끝없는
이야기

비룡소 걸작선 029

끝없는 이야기

미하엘 엔데 글 · 로즈비타 크바트플리크 그림 / 허수경 옮김

1판 1쇄 펴냄—2000년 1월 20일, 1판 2쇄 펴냄—2001년 8월 6일
2판 1쇄 펴냄—2003년 3월 15일, 2판 45쇄 펴냄—2025년 1월 23일
펴낸이 박상희 펴낸곳 (주)비룡소 출판등록 1994.3.17.(제16-849호)
주소 (06027) 서울시 강남구 도산대로1길 62 강남출판문화센터 4층
전화 02)515-2000 팩스 02)515-2007
홈페이지 www.bir.co.kr
제품명 어린이용 환양장 도서 제조자명 (주)비룡소 제조국명 대한민국 사용연령 3세 이상

DIE UNENDLICHE GESCHICHTE
by Michael Ende
Copyright © 1979 by Thienemann Verlag(Thienemann Verlag GmbH), Stuttgart/Wien
All rights reserved.
Korean Translation Copyright © 1999, 2003 by BIR Publishing Co., Ltd.
Korean translation edition is published by arrangement with Thienemann Verlag through Agency Chang.

이 책의 한국어판 저작권은 에이전시 창을 통해 Thienemann Verlag와 독점 계약한 (주)비룡소에 있습니다.
저작권법에 의해 한국 내에서 보호를 받는 저작물이므로 무단 전재와 무단 복제를 금합니다.

ISBN 978-89-491-7060-2 73850

미하엘 엔데

끝없는 이야기

로즈비타 크바트플리크 그림
허수경 옮김

비룡소

차례

프롤로그 · 7

제1장 위기에 처한 환상 세계 · 27

제2장 아트레유 호출 · 51

제3장 늙고도늙은 모를라 · 77

제4장 위그라물, 많은 자들 · 103

제5장 두 개척자 · 121

제6장 세 개의 마법의 문 · 139

제7장 정적의 목소리 · 165

제8장 불량배들의 나라 · 191

제9장 유령 도시 · 213

제10장 상아탑으로의 비행 · 239

제11장 어린 여왕 · 261

제12장 방랑산의 노인 · 283

제13장 밤의 숲 페렐린 · 307

제14장 빛깔 사막 고압 · 329

제15장 다채로운 죽음 그라오그라만 · 351

제16장 은의 도시 아마르간트 · 371

제17장 영웅 휜레크를 위한 용 한 마리 · 399

제18장 아하라이 족 · 431

제19장 길동무들 · 455

제20장 눈 달린 손 · 479

제21장 별들의 수도원 · 511

제22장 상아탑을 둘러싼 전투 · 539

제23장 늙은 황제들의 도시 · 573

제24장 아이우올라 부인 · 605

제25장 그림들의 광산 · 635

제26장 생명의 물 · 657

옮긴이의 말 · 687

```
고서점

주인: 홉 코르크 크로에버
```

이런 글자가 어느 작은 상점의 유리문에 쓰여 있었다. 물론 어둠침침한 상점 안쪽에서 유리를 통해 거리를 내다볼 때만 이렇게 보였다.

11월의 추운 잿빛 아침, 바깥은 비가 억수같이 퍼붓고 있었다. 빗방울이 유리를 타고 내려와 장식체로 쓰인 글자 위로 흘러내렸다. 유리문을 통해 보이는 거라고는 빗물로 얼룩진, 길 건너편 담뿐이었다.

갑자기 유리문이 벌컥 열렸다. 그 바람에 문 위에 걸려 있던 한 묶음의 작은 놋쇠 종들이 세차게 울리기 시작하더니 한동안 그칠 줄 몰랐다.

이 소란을 일으킨 주인공은 열 살이나 열한 살쯤 되어 보이는 작고 통통한 사내아이였다. 아이의 짙은 갈색 머리가 젖은 채 얼굴에 착 달라붙어 있었고 비에 흠뻑 젖은 외투에서는 물이 뚝뚝 떨어졌으며, 어깨에는 책가방이 메여 있었다. 아이는 약간 창백한 얼굴로 숨을 헐떡였지만 방금 전까지 서둘렀던 것과는 영 딴판으로 마치 못 박힌 듯이 꼼짝 않고 문턱에 서 있었다.

아이 앞으로는 길고 좁은 공간이 펼쳐졌는데, 저 뒤쪽으로 갈수록 어둠 속에 묻혀 버렸다. 벽 쪽에는 온갖 형태와 크기의 책들

로 빽빽하게 채워진 책장들이 천장까지 뻗어 있었다. 바닥에는 커다란 책들이 잔뜩 쌓여 있었고, 몇몇 탁자에는 가죽으로 장정되고 금박 테두리가 둘러진 작은 책들이 산더미 같았다. 방의 반대쪽 끝에는 책들이 층층이 쌓여 사람 키만 한 벽을 이루었고 그 뒤로 전등 불빛이 보였다. 그 불빛 속에서 가끔 둥그스름한 연기가 올라와 점점 커지더니 계속 위로 올라가서 어둠 속으로 흩어졌다. 그건 마치 인디언들이 이 산에서 저 산으로 소식을 전할 때 쓰는 신호같이 보였다. 보아하니 누군가 거기에 앉아 있는 것 같았고, 실제로 아이는 책 더미로 된 벽 뒤에서 상당히 퉁명스러운 목소리를 들었다.

"안이건 밖이건 어디서 감탄하든 상관없지만 문은 좀 닫아 주시죠. 바람 들어옵니다."

아이는 시키는 대로 문을 살며시 닫았다. 그러고 나서 책 더미 벽 쪽으로 다가가 조심스럽게 구석을 들여다보았다. 거기에는 닳아 빠진 가죽으로 된 높은 안락의자에 땅딸막한 남자가 앉아 있었다. 그는 먼지가 잔뜩 묻은 것처럼 보이는 낡고 구겨진 검정색 양복을 입고 있었다. 남자의 배는 꽃무늬 조끼로 꽉 조여 있었다. 남자는 대머리였는데, 오로지 귀 위에만 하얀 머리카락 한 뭉텅이가 위쪽으로 뻗쳐 있었다. 붉은 얼굴은 사나운 불도그 같았고, 주먹코 위에는 작은 금테 안경이 걸쳐져 있었다. 그 남자는 아치형 파이프를 물고 담배를 피우고 있어서 입 전체가 비뚤어져 있었다. 무릎에는 책 한 권이 놓여 있었는데, 책을 덮을 때 굵은 왼손 집

게손가락을—일종의 서표로—책갈피에 끼워 두는 걸 보면 그 책을 읽고 있었던 모양이었다.

남자는 오른손으로 안경을 벗고는 자기 앞에 물을 뚝뚝 떨어뜨리면서 서 있는 작고 통통한 사내아이를 살펴보았다. 그러면서 눈을 아주 가늘게 뜨는 바람에 한층 더 인상이 사나워 보였다. 하지만 남자는 단지 "원, 저런!" 하고 중얼거리기만 했다. 그러더니 다시 책을 펴서 계속 읽기 시작했다.

아이는 어찌해야 할지 몰라서 그냥 서서 휘둥그레진 눈으로 그 남자를 쳐다보았다. 마침내 남자는 책을 다시 덮고 아까처럼 손가락을 책갈피에 끼운 채 투덜거렸다.

"이것 봐라, 애야. 나는 애들을 좋아하지 않아. 요새는 온통 너희와 야단법석을 떠는 게 유행이라지만 난 아니야! 난 절대로 '어린이의 친구' 따위가 아니란다. 애들이란 울보에다가 뭐든지 다 망가뜨리고 책에다가 온통 잼을 발라 놓고 책장을 찢어 놓고, 어른들이 행여 무슨 고민이나 걱정거리가 있는지 조금도 신경 쓰지 않는 귀찮은 존재일 뿐이니까 말이다. 난 그냥, 네가 어디 와 있는지 빨리 깨달으라고 이 얘기를 하는 거다. 여기엔 애들이 볼 만한 책도 없고, 다른 책들은 너한텐 팔지도 않을 거다. 그러니 내 말을 알아들었으면 좋겠구나!"

남자는 입에서 파이프를 빼지도 않고 이 모든 말을 했다.

그러고는 다시 책을 펼치더니 계속 읽었다.

아이는 말없이 고개를 끄덕이고는 가려고 몸을 틀었다. 하지만

어쩐지 남자의 말을 고분고분하게 그냥 받아들일 수 없다는 생각이 들었다. 그래서 다시 뒤돌아 서서 나지막하게 말했다.

"모두 다 그런 건 아니에요."

남자는 천천히 고개를 들고 다시 한 번 안경을 벗었다.

"너 아직도 거기 있었니? 너 같은 애한테서 벗어나려면 도대체 어떻게 해야 하는 건지 좀 알려 줄래? 방금 뭐 굉장히 중요한 할 말이 있었던 거니?"

"중요한 건 아니에요."

아이가 더 작은 목소리로 대답했다.

"전 그냥, 모든 애들이 다 아저씨가 말씀하시는 것 같지는 않다는 말을 하려고 했던 것뿐이에요."

"아, 그래!"

남자는 마치 놀랐다는 듯이 눈썹을 위로 치켜 올렸다.

"그렇다면 네가 아마 그 대단한 예외에 드는가 보구나, 안 그러냐?"

통통한 사내아이는 뭐라 대답해야 할지 몰랐다. 아이는 그저 어깨를 조금 으쓱하더니 가려고 다시 돌아섰다.

"그런데 예의라고는 눈곱만큼도 없구나. 예의가 있다면 적어도 자기 소개부터 했을 것 아니냐."

아이의 뒤에서 퉁명스러운 목소리가 들렸다.

"제 이름은 바스티안이에요."

아이가 말했다.

"바스티안 발타자르 북스."

"상당히 특이한 이름이구나."

남자가 투덜거렸다.

"ㅂ이 세 개나 들어가다니. 하긴 뭐 너야 어쩔 수 없지. 네가 직접 이름을 지은 건 아니니까. 내 이름은 칼 콘라트 코레안더다."

"ㅋ이 세 개네요."

아이가 진지하게 말했다.

"음, 맞아!"

남자가 투덜거렸다.

그는 담배 연기를 뿜어 구름을 만들었다.

"하긴 뭐, 이름이 뭐든 아무래도 상관없지. 우린 서로 다시 볼 일이 없을 테니까. 단지 한 가지 궁금한 게 있다면 네가 아까 왜 그리 급하게 내 가게로 뛰어 들어왔는가 하는 거란다. 마치 도망치는 사람 같았는데. 내 말이 맞냐?"

바스티안은 고개를 끄덕였다. 그 애의 동그란 얼굴은 갑자기 아까보다 한층 더 창백해졌고 눈은 더 휘둥그레졌다.

"보아하니 어떤 가게를 털었나 보구나."

코레안더 씨가 넘겨짚었다.

"아니면 나이 든 부인을 때렸든지 혹은 네 또래 애들이 요새 잘 하는 그런 짓을 했겠지. 경찰에게 쫓기고 있는 거냐, 애야?"

바스티안이 고개를 흔들었다.

"말해 봐라. 누구한테 쫓기고 있는 거냐?"

코레안더 씨가 말했다.

"애들한테요."

"애들, 누구?"

"우리 반 애들."

"왜?"

"걔들이……, 걔들이 저를 잠시도 가만두질 않아요."

"대체 뭘 어쩌는데?"

"학교 앞에 숨어서 저를 기다려요."

"그러고는?"

"그러고는 그냥 온갖 소리를 질러 대요. 저를 이리저리 떠밀고 놀려 대고요."

"그런데도 넌 잠자코 가만 있냐?"

코레안더 씨는 한동안 아이를 못마땅하게 쳐다보더니 물었다.

"왜 그 애들한테 한 방 먹이지 않니?"

바스티안이 놀라서 코레안더 씨를 쳐다보았다.

"아뇨, 그건 싫어요. 그리고 또……, 전 권투 잘 못해요."

"그럼 레슬링은 어떠냐?"

코레안더 씨가 궁금해했다.

"달리기, 수영, 축구, 체조는? 이중에 정말 아무것도 못 하냐?"

아이가 고개를 흔들었다.

"달리 말해서……."

코레안더 씨가 말했다.
"넌 약골이구나, 그렇지?"
바스티안은 어깨를 으쓱했다.
"하지만 적어도 말은 할 수 있겠지."
코레안더 씨가 말했다.
"걔들이 너를 놀려 댈 때 왜 뭐라 한마디 못 하냐?"
"한 번 그래 봤는데……."
"그랬더니?"
"절 쓰레기통 속에 처넣고 뚜껑을 끈으로 묶어 버렸어요. 누가 올 때까지 저는 두 시간 동안이나 소리를 질러 댔어요."
"음. 그래서 이젠 더 이상 시도해 보지 않는 거구나."
코레안더 씨가 중얼거렸다.
바스티안은 고개를 끄덕였다.
"그러니까……."
마침내 코레안더 씨가 단언했다.
"너는 겁쟁이로구나."
그러자 바스티안이 고개를 떨구었다.
"아마 넌 엄청난 공부 벌레인가 보지? 온통 '수'만 받는 우등생에다 모든 선생들의 귀염둥이 아니냐?"
"아니에요."
바스티안은 여전히 시선을 아래로 향한 채 말했다.
"작년에 낙제했는걸요."

"맙소사!"

코레안더 씨가 소리쳤다.

"그러니까 넌 모든 방면에서 낙오자로구나."

바스티안은 아무 말도 하지 않았다. 팔을 아래로 축 늘어뜨린 채 그냥 서 있을 뿐이었다. 외투에서는 물이 뚝뚝 떨어졌다.

"걔들이 너를 놀릴 때 도대체 뭐라고 소리를 지르냐?"

코레안더 씨가 물었다.

"음……, 아무 말이나 되는 대로요."

"예를 들어서?"

"뚱보! 뚱보! 대들보 위에 앉았네! 대들보가 무너지네. 뚱보는 말하네. '내가 헤비급이라서 그래.'"

"별로 웃기지도 않구나."

코레안더 씨가 말했다.

"또 뭐라 그러냐?"

바스티안은 좀 머뭇거리고 나서 늘어놓았다.

"미친놈, 천치, 허풍쟁이, 거짓말쟁이……."

"미친놈이라고? 왜?"

"전 이따금 제 자신에게 말을 걸거든요."

"예를 들면?"

"이야기를 생각해 내고, 세상에 없는 이름과 단어들을 만들어 내고, 뭐 그래요."

"그리고 그걸 네 자신한테 얘기한다는 거냐? 왜?"

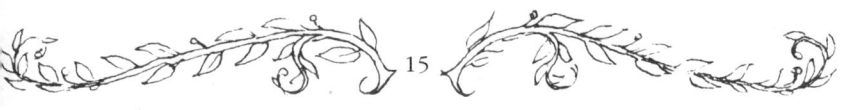

"그야 뭐, 저 말고는 그런 것에 관심 있는 사람이 없으니까요."
코레안더 씨는 한동안 생각에 잠겨 아무 말도 하지 않았다.
"그럼 네 부모님은 뭐라 하시냐?"
바스티안은 곧장 대답하지 않았다. 아이는 한참이 지난 후에야 중얼거렸다.
"아빠는 아무 말도 안 하세요. 한 번도 뭐라 한 적이 없어요. 아빠한테는 뭐든 다 상관없거든요."
"그럼 어머니는?"
"엄마는……, 안 계세요."
"부모님이 이혼하셨냐?"
"아뇨."
바스티안이 말했다.
"엄만 돌아가셨어요."

그 순간 전화벨이 울렸다. 코레안더 씨는 안락의자에서 좀 머뭇머뭇 일어나 상점 뒤쪽에 있는 작은 방으로 발을 질질 끌며 갔다. 코레안더 씨가 수화기를 들었고, 바스티안은 코레안더 씨가 자기 이름을 말하는 소리를 어렴풋이 들었다. 곧 방문이 닫혔고 웅얼웅얼하는 소리만 들렸다.
바스티안은 그 자리에 서서 자기에게 어떻게 이런 일이 일어났는지, 왜 자기가 그 모든 걸 얘기하고 인정했는지 어리둥절했다. 바스티안은 누가 그렇게 캐묻는 걸 싫어했다. 불현듯 학교에 엄청 지각할 거라는 생각이 들었다. 그래, 정말로 서둘러야만 했다. 뛰

어가야만 했다. 하지만 바스티안은 그 자리에 그대로 서 있었고 결정을 내릴 수가 없었다. 무엇인가 자신을 꽉 붙잡고 있었지만 바스티안은 그게 뭔지 몰랐다.

여전히 방에서는 웅얼거리는 목소리가 새어 나오고 있었다. 긴 전화 통화였다.

바스티안은 코레안더 씨가 손에 들고 있다가 이제 가죽 안락의자에 놓고 간 책을 자기가 여태껏 내내 뚫어지게 보고 있었다는 사실을 깨달았다. 바스티안은 왠지 책에서 눈을 뗄 수 없었다. 마치 그 책이 자신을 자석처럼 꼼짝할 수 없게 끌어당기고 있는 것 같았다.

바스티안은 안락의자에 다가가 천천히 손을 뻗어서 책을 만졌다. 그리고 바로 그 순간 마치 덫에 걸린 것처럼 바스티안의 내부에서 뭔가 "찰칵." 하고 소리를 냈다. 바스티안은 책을 만짐으로써 뭔가 돌이킬 수 없는 일이 시작되었고 이제 계속되리라는 막연한 느낌이 들었다.

바스티안은 책을 들고는 이리저리 살펴보았다. 겉표지는 구릿빛 비단으로 되었고 앞뒤로 책을 돌릴 때마다 희미한 빛이 났다. 후닥닥 책장을 넘겨 보면서 활자가 서로 다른 두 가지 색으로 인쇄된 것을 보았다. 그림은 없는 것 같았지만 각 장의 첫 글자들은 정말 멋지고 크게 쓰여 있었다. 바스티안은 표지를 다시 한 번 더 자세히 들여다보고는 두 마리 뱀이 그려진 것을 발견했다. 각각 어두운 색깔과 밝은 색깔의 뱀은 서로 꼬리를 물고 하나의 타원을

이루었다. 그리고 이 타원 안에 특이하게 구불거리는 글씨체로 제목이 쓰여 있었다.

끝없는 이야기

인간의 정열이란 수수께끼 같은 것이고 그건 어른이나 아이나 마찬가지이다. 정열에 사로잡혀 버린 사람은 정열이 뭔지 설명할 수 없고, 그런 경험을 한 번도 해 보지 못한 사람은 정열을 이해할 수 없다. 산의 정상을 정복하기 위하여 자기 목숨을 거는 사람들이 있다. 어느 누구도, 심지어 자기 자신조차도 정말로 그 이유를 설명할 수 없다. 또 어떤 사람들은 자기한테 관심조차 없는 그 누군가의 마음을 얻기 위하여 자신을 파멸시킨다. 음식을 즐기는 것 또는 술을 즐기는 것을 그만둘 수 없기 때문에 자신을 망가뜨리는 사람들도 있다. 어떤 이들은 노름에서 이기기 위하여 전 재산을 쏟아 붓는가 하면 결코 실현될 수 없는 어떤 확고한 신념을 위하여 모든 것을 희생하는 이들도 있다. 어떤 사람들은 자기가 현재 있는 곳이 아닌 다른 곳에 있으면 행복해질 수 있다고 믿고 평생 온 세상을 여행한다. 그리고 어떤 사람들은 권력이 있어야 안정을 되찾는다. 간단히 말해서 가지각색의 사람들이 있는 것처럼 수없이 많은 종류의 정열이 있다.

바스티안 발타자르 북스에게 정열이란 곧 책이었다.

오후 내내 귀가 발갛게 달아오르고 머리가 헝클어진 채 책에

빠져 들어 주위 세상을 온통 잊어버리고 배가 고픈지도 혹은 추운지도 알아차리지 못하는 경험을 한 번도 해 본 적이 없는 사람.

아버지나 어머니, 또는 다른 누군가가 아침에 일찍 일어나야 하니 이제 자야지 하는 선의의 이유를 대며 배려한답시고 전등을 꺼 버리는 바람에 이불을 뒤집어쓴 채 남몰래 손전등을 켜고 책을 읽어 본 적이 한 번도 없는 사람.

굉장한 이야기가 끝나 버리고, 수많은 모험을 함께 했던 인물들, 자기가 사랑하고 존경하고 걱정하고 희망을 걸었던 인물들, 그들과 함께 하지 않았다면 삶이 공허하고 무의미하게 보였을 인물들과 헤어져야만 했기 때문에 남들 앞에서 또는 남몰래 눈물을 철철 흘려 본 적이 한 번도 없는 사람.

이런 경험을 한 번이라도 해 본 적이 없는 사람은 아마도 지금 바스티안이 하는 짓을 이해하지 못할 것이다.

바스티안은 책 제목을 뚫어지게 쳐다보았다. 몸이 뜨거워졌다 차가워졌다 했다. 이것이 바로 바스티안이 그토록 자주 꿈꿔 왔던 것이고, 자기 정열에 사로잡힌 이래로 줄곧 원해 왔던 것이었다. 결코 끝나지 않는 이야기! 모든 책 중의 책!

바스티안은 이 책을 꼭 가져야만 했다. 값이 얼마가 나가더라도!

값이 얼마가 나가더라도라고? 이렇게 쉽게 말을 내뱉다니! 바스티안이 지금 가지고 있는 3마르크 50페니히보다 돈을 더 많이 준다고 해도, 저 퉁명스러운 코레안더 씨가 바스티안에게는 책을

　단 한 권도 팔지 않겠노라고 너무도 분명하게 말하지 않았던가. 그러니 공짜로 줄 리는 더더욱 없다. 아무 희망이 없었다.
　그렇지만 바스티안은 그 책을 두고 그냥 갈 수 없다는 걸 깨달았다. 이제 바스티안은 자기가 오로지 이 책 때문에 이곳에 왔다는 것을, 책이 자기에게 오고 싶었기 때문에, 벌써 예전부터 자기 것이었기 때문에 신비한 방법으로 자기를 불렀다는 것을 분명히 알았다.
　바스티안은 여전히 방에서 흘러나오는 웅얼거리는 소리에 귀를 기울였다.
　저도 모르게 바스티안은 재빨리 책을 외투 속에 집어넣고 두 팔로 책을 꼭 감싸안았다. 방으로 통하는 문을 걱정스럽게 주시하면서 상점 문 쪽으로 소리 안 나게 뒷걸음질쳤다. 조심조심 손잡이를 눌렀다. 놋쇠 종들이 울릴까 봐 겨우 비집고 나갈 수 있을 정도로만 유리문을 열었다. 조심스럽게 밖에서 살짝 문을 닫았다.
　그러고 나서 바스티안은 달리기 시작했다.
　책가방 속에서 공책, 교과서, 필통이 뛰는 걸음에 리듬을 맞춰 위아래로 움직이고 덜컹거렸다. 옆구리가 쿡쿡 쑤셨지만 계속해서 달렸다.
　빗줄기가 바스티안의 얼굴을 타고 내려와 뒤쪽 옷깃 속으로 들어갔다. 추위와 물기가 외투를 뚫고 들어왔지만 바스티안은 느끼지 못했다. 바스티안은 열이 났다. 꼭 뛰어서 그런 것만은 아니었다.
　아까 서점에서는 꿈쩍도 하지 않았던 양심이 이제 갑자기 깨어

났다. 그렇게 타당하게 생각되었던 모든 이유가 갑자기 의심스럽게 여겨졌고 마치 불을 뿜어 내는 용의 입김을 쐰 눈사람처럼 녹아 버렸다.

바스티안은 도둑질을 했다. 바스티안은 도둑인 것이다!

바스티안이 한 짓은 여느 도둑질보다 더 나빴다. 이 책은 분명히 한 권밖에 없고 다른 걸로 대신할 수 없는 책일 것이다. 틀림없이 코레안더 씨가 가장 아끼는 보물이었을 것이다. 바이올린 연주자에게서 하나밖에 없는 바이올린을 훔치거나 왕에게서 왕관을 훔치는 것은 금고에서 돈을 훔쳐 가는 것과는 확실히 뭔가 달랐다.

그렇게 달려가면서도 바스티안은 외투 밑에 있는 책을 꼭 안았다. 어떤 호된 대가를 치르더라도 그 책을 잃고 싶지 않았다. 그 책은 바스티안이 이 세상에서 가지고 있는 전부였다. 집으로는 이제 당연히 돌아가지 못할 테니까.

바스티안은 실험실로 꾸며진 커다란 방에 앉아 일하고 있을 아버지를 상상해 보았다. 아버지 주위에는 수많은 치아 석고 모형이 놓여 있었다. 아버지는 치과 기공사였다. 바스티안은 아버지가 그 일을 정말로 좋아하는지 여태껏 한 번도 생각해 본 적이 없었다. 이제야 처음으로 그런 생각이 들었지만 이젠 영영 아버지에게 물어볼 수 없을 것이다.

바스티안이 지금 집으로 가면 아버지는 하얀 가운을 입은 채 아마도 손에는 석고 모형을 하나 들고 실험실에서 나와 "이제 오니?" 하고 물어볼 것이다. ─ "네."라고 바스티안은 대답하겠

지. ─"오늘은 수업이 없었니?" 바스티안은 아버지의 조용하고 슬픈 얼굴을 떠올렸고 아버지에게 거짓말하는 건 불가능하다는 걸 깨달았다.

하지만 지금 진실을 말할 수도 없었다. 할 수 있는 것은 오직 떠나 버리는 것, 어디론가 멀리 가 버리는 것뿐이었다. 아버지는 아들이 도둑이 되었다는 사실을 결코 알지 못할 것이다. 어쩌면 아버지는 바스티안이 옆에 없다는 사실조차 알아차리지 못할지도 모른다. 이런 생각을 하니 오히려 위안이 되었다.

바스티안은 뛰다가 멈추었다. 이제 바스티안은 천천히 걸어가며 거리 끝에 있는 학교 건물을 바라보았다. 자기도 모르는 사이에 늘 다니던 등교길을 뛰어왔던 것이다. 이따금 사람들이 오가고 있었지만 바스티안에게는 거리가 마치 텅 빈 것처럼 보였다. 어차피 한참 지각한 학생에게는 언제나 학교 주변 세계가 죽어 없어져 버린 것처럼 보인다. 그리고 바스티안은 한 발 한 발 내디딜 때마다 마음속에서 두려움이 커지는 것을 느꼈다. 바스티안은 날마다 혼만 나는 학교를 무서워하고, 친절하게 타이르거나 혹은 화내는 선생님들을 무서워하고, 바스티안을 놀려 대고 기회가 있을 때마다 바스티안이 얼마나 실수투성이에다 힘없는 아이인지 남들에게 알리는 다른 애들을 무서워했다. 바스티안에게 학교는 언제나, 그냥 묵묵히 체념한 채 견뎌 내야만 하고 어른이 될 때까지 계속될 것 같은 마치 끝이 보이지 않는 긴 징역살이처럼 여겨졌다.

하지만 바닥에 바른 왁스 냄새와 젖은 외투 냄새를 맡으면서

소리가 울리는 복도를 걷게 되자, 그리고 건물 안에 잔뜩 도사리고 있는 침묵이 마치 솜마개처럼 갑자기 그의 귀를 틀어막게 되자, 또 마침내 사방 벽들과 마찬가지로 시든 시금치색으로 칠해진 교실 문 앞에 서게 되자, 바스티안은 이곳에서도 이제 더 이상 잃을 것이 없음을 분명하게 느꼈다. 바스티안은 떠나야만 했다. 그리고 곧장 그곳을 떠날 수 있었다.

하지만 어디로?

바스티안은 행운을 찾기 위하여 배를 타고 넓은 세상으로 나간 소년들의 이야기를 책에서 읽은 적이 있었다. 어떤 아이들은 해적이나 영웅이 되었고 또 어떤 아이들은 오랜 세월이 지난 후에 부자가 되어 고향에 돌아왔지만, 어느 누구도 그들이 누구인지 알아차리지 못했다.

하지만 바스티안은 자기가 그런 일을 할 수 있을 것 같지 않았다. 자기를 견습 선원으로 채용해 줄 거라고 상상조차 할 수 없었다. 게다가 그런 용감한 모험에 어울릴 만한 배가 있을 만한 항구로 어떻게 가야 하는지 전혀 감도 잡을 수 없었다.

그러면 어디로?

갑자기 바스티안에게 적당한 장소가 떠올랐다. 사람들이 바스티안을—적어도 당분간은—찾지 않고 또 발견하지 못할 유일한 장소가…….

창고는 크고 어두웠다. 먼지 냄새와 좀약 냄새가 났다. 커다란

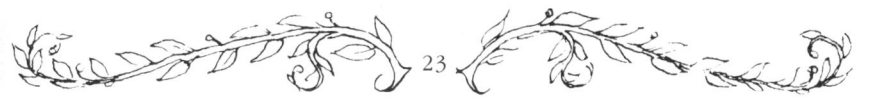

지붕 동판 위에 떨어지는 나지막한 빗방울 소리밖에는 아무 소리도 들리지 않았다. 빛 바랜 검은색의 거대한 기둥들이 일정한 간격을 두고 마룻바닥으로부터 우뚝 솟아올라 지붕의 골조를 이루는 들보들과 저 위에서 만났다가 어둠 속 어느 지점에서 사라졌다. 여기저기에 그물 침대만큼이나 큰 거미줄들이 걸려 있었다. 거미줄들은 살짝 들어와 부는 바람에 마치 유령처럼 조용히 이리저리 흔들렸다. 저 높이 채광창이 있는 곳에서부터 부드러운 빛이 들어왔다.

시간이 멈춰 버린 듯한 그 창고 안에는 생쥐만이 마룻바닥 위를 뛰어다니면서, 먼지 위에 아주 작은 발자국을 남겨 놓으며 살았다. 생쥐가 꼬리를 끌고 지나간 곳에는 발자국 사이로 얇은 줄이 생겼다. 생쥐는 갑자기 몸을 똑바로 일으키고 귀를 기울였다. 그러더니─휙!─하고 마루청 사이 구멍으로 사라졌다.

커다란 열쇠 구멍 안에 열쇠를 집어넣어 돌리는 소리가 났다. 삐걱거리며 창고 문이 천천히 열렸고 잠깐 동안 그 틈으로 기다란 불빛이 새어 들어왔다. 바스티안이 안으로 살짝 들어왔고 곧 문이 다시 삐걱거리며 닫혔다. 바스티안은 안쪽에서 커다란 열쇠를 열쇠 구멍에 꽂고 돌렸다. 빗장까지 지르고 나서야 안도의 한숨을 내쉬었다. 이제 아무도 바스티안을 찾아내지 못할 것이다. 아무도 여기까지 찾아오지는 않을 것이다. 이곳에 누가 오는 것은 정말이지 아주 드문 경우였고─바스티안은 이 사실을 익히 알고 있었다.─설령 우연의 장난으로 하필이면 오늘이나 내일 누군가 여

기에 볼일이 있다고 하더라도 문이 잠긴 것을 발견할 것이다. 물론 열쇠를 원래 놓여 있던 제자리에서 찾을 수는 없을 것이다. 어떻게 문을 열게 된다 하더라도 바스티안이 잡동사니 사이에 숨을 시간은 충분히 있다.

점차 바스티안의 눈은 어스름한 빛에 익숙해졌다. 바스티안은 이곳을 알고 있었다. 반년 전에 학교 관리인이 바스티안에게 낡은 서류와 문서로 가득찬 큰 빨래 바구니를 창고로 옮기는 걸 도와달라고 부탁한 적이 있었는데 그때 바스티안은 관리인이 창고 문 열쇠를 어디에 놔두는지도 잘 봐 두었다. 바로 맨 꼭대기 층계참 옆에 있는 벽장 속이었다. 그 후로 한 번도 열쇠에 대해 생각해 본 적이 없었다. 하지만 지금 다시 생각이 났다.

바스티안은 와들와들 떨기 시작했다. 외투는 푹 젖은 데다 창고 안은 너무 추웠다. 우선 좀 편안하게 있을 수 있는 장소를 찾아야만 했다. 결국 이곳에 오랫동안 있어야 할 테니까. 얼마 동안이 될지 당장은 생각하지 않았다. 또 금방 배가 고프고 목이 마르게 될 거라는 점도 별로 대수롭지 않게 여겼다.

바스티안은 한 번 살펴보았다.

온갖 종류의 잡동사니들이 여기저기에 널려 있었다. 서류철과 이미 오래전부터 필요 없는 서류들로 가득한 책장들, 겹겹이 쌓인 의자들과 잉크가 얼룩진 책상들, 낡은 지도 여러 개가 걸려 있는 스탠드, 색이 다 떨어져 나간 칠판 몇 개, 녹슨 철제 난로, 가죽 덮개가 다 해져서 속에 든 쿠션이 다 튀어나온 뜀틀, 터진 메디신

볼, 낡고 얼룩진 체조 매트 더미 같은 못쓰게 된 체조 기구들, 그 밖에도 커다란 부엉이와 검독수리, 여우 등 반은 좀이 쓸어 버린 박제 동물 몇 마리, 금이 간 각종 화학용 증류기와 유리관들, 발전기, 옷걸이 비슷한 것에 걸린 해골과 낡은 공책과 교과서로 가득한 궤짝과 상자들. 바스티안은 마침내 낡은 체조 매트 더미를 보금자리로 삼기로 결정했다. 그 위에서 몸을 뻗으면 제법 소파에 누운 것 같은 느낌이 들었다. 바스티안은 가장 밝은 채광창 밑으로 매트를 끌고 갔다. 근처에는 회색 군용 담요들이 몇 개 쌓여 있었다. 물론 먼지투성이인 데다 여기저기 찢어졌지만 그런대로 쓸 만했다. 바스티안은 담요를 가지고 왔다. 젖은 외투를 벗어서 해골 옆에다 걸었다. 해골이 약간 흔들렸지만 바스티안은 별로 무섭지 않았다. 아마도 집에서 그런 비슷한 물건들을 많이 봐서 익숙했기 때문인가 보다. 흠뻑 젖은 장화도 벗었다. 양말만 신고 체조 매트 위에 책상다리를 하고 앉아 회색 담요를 어깨에 둘렀다. 마치 인디언처럼. 옆에는 책가방과 구릿빛 그 책이 놓여 있었다.

바스티안은 다른 애들은 아래 교실에서 지금쯤 독일어 수업을 받고 있을 거라는 생각을 했다. 아마 그 애들은 엄청나게 지루한 주제에 대해 작문을 하고 있을지도 몰랐다.

바스티안은 책을 쳐다보았다.

"알고 싶어."

바스티안은 혼잣말로 중얼거렸다.

"책이 덮여 있는 동안 그 안에서 도대체 무슨 일이 일어나는지

말이야. 물론 그 안에는 종이에 인쇄된 글자들밖에 없지. 하지만 그래도 무슨 일인가 벌어지고 있는 게 틀림없어. 내가 책을 펼치면 갑자기 온전한 이야기가 들어 있으니까 말이야. 거기엔 내가 몰랐던 사람들이 있고, 일어날 수 있는 모든 모험과 행동, 싸움이 있지. 그리고 때때로 바다에 폭풍이 일어나기도 하고 낯선 나라와 도시에 가게 되기도 하고. 아무튼 모든 것이 책 안에 있거든. 그걸 경험하려면 책을 읽어야만 해. 그건 확실해. 대체 어떻게 그럴 수 있는지 알고 싶어."

갑자기 바스티안은 거의 엄숙하기까지 한 기분에 사로잡혔다.

바스티안은 똑바로 앉아 책을 들었다. 그러고는 첫 장을 펼치고 읽기 시작했다.

끝없는 이야기

를.

제 1 장

위기에 처한 환상 세계

하울레 숲에서 사는 모든 짐승들은 제 집으로 삼은 동굴이나 둥지, 굴 속에 몸을 구부리고 있었다.

한밤중이었다. 커다란 고목들의 우듬지에는 폭풍이 쏴쏴거리며 몰아쳤고 탑만큼이나 굵직한 나무 둥치는 우우거리며 신음 소리를 냈다.

갑자기 희미한 불빛이 덤불 사이를 지그재그 모양으로 휙 지나갔다. 불빛은 이곳저곳에 부르르 떨며 멈추어 있다가 갑자기 솟아올라 어떤 나뭇가지에 앉더니 서둘러 다시 떠나갔다. 그 불빛 덩어리는 아이들이 가지고 노는 공만 한 크기의 반짝이는 구형 물체였고, 통통 튀면서 가끔 바닥을 건드렸다가 다시 위로 솟아올랐다. 그러나 공은 아니었다.

그건 도깨비불이었다. 길을 잃은 도깨비불이었다. 그렇지만 도깨비불이 길을 잃는다는 것은 환상 세계에서조차도 상당히 드문 일이었다. 보통 때는 다른 사람들을 길을 잃게 만드는 게 바로 도깨비불이니까 말이다.

둥근 불빛 속에는 작고 아주 활기찬 형체가 온 힘을 다하여 뛰어 오르고 뛰는 게 보였다. 그건 수컷도 아니고 암컷도 아니었다. 도깨비불에게는 그런 구별이 없기 때문이다. 그놈은 오른손에 하얗고 조그만 깃발을 들고는 등 뒤로 펄럭이며 다녔다. 놈은 그러니까 사자(使者)이거나 중재자였다.

그놈은 어둠 속에서 이리저리 펄쩍펄쩍 뛰었지만 나무줄기에 부딪힐 위험은 없었다. 도깨비불은 믿기 힘들 정도로 아주 능란하

고 잽싸기 때문에, 뛰면서도 그때그때 방향을 바꿀 수 있다. 그래서 지그재그로 길을 뚫고 나갔지만 전체적으로 보면 항상 어떤 일정한 방향으로 가고 있었다.

갑자기 도깨비불은 튀어나온 바위에 부딪혔고 깜짝 놀라 주춤했다. 그러더니 강아지처럼 낑낑대며 나무 둥치에 나 있는 구멍 속에 앉아서 잠시 무언가를 생각했다. 그러고는 구멍에서 나와 조심스럽게 바위 모퉁이 건너편을 엿보았다.

도깨비불 앞에는 숲 속의 빈 터가 펼쳐졌고 그곳에는 서로 종류도 크기도 다른 세 형체가 모닥불 주위에 빙 둘러 앉아 있었다.

온통 회색 돌로 만들어진 듯한 거인 한 놈이 몸을 쭉 뻗고 엎드려 있었는데, 키가 거의 삼 미터는 되어 보였다. 그는 팔꿈치로 윗몸을 받치고 모닥불 빛을 바라보고 있었다. 떡 벌어진 어깨 위에 조그맣게 얹혀 있는, 비바람에 깎인 돌로 된 얼굴에는 강철 끝을 잇대어 놓은 것처럼 생긴 이빨들이 툭 튀어나와 있었다. 도깨비불은 그놈이 바위베어먹기 족이라는 것을 알아보았다. 바위베어먹기 족은 하울레 숲에서 상상할 수 없을 만큼 멀리 떨어진 산맥에 살고 있다. 그들은 산맥 속에서 살고 있을 뿐만 아니라 산맥을 먹고 살았다. 그들은 산을 점점 먹어 치웠다. 바위가 그들의 먹을거리였다. 다행스럽게도 그들은 별로 욕심이 없어서 자기들에게는 매우 영양가가 많은 이 음식을 단 한 입만 먹고도 몇 주, 몇 달을 버티었다. 또 바위베어먹기 족은 숫자가 그리 많지 않았고 산맥은 아주 컸다. 하지만 그들은 이미 아주 오랫동안 그곳에 살았으므로

―환상 세계에 있는 대부분의 주민들보다 훨씬 나이가 많았다.―시간이 가면서 산맥은 정말 이상한 모습을 띠게 되었다. 마치 구멍이 숭숭 뚫린 에멘탈 치즈처럼 보였다. 아마 그래서 그 산맥에는 '길이 난 산'이라는 이름이 붙었을 것이다.

바위베어먹기 족은 바위를 먹을 뿐만 아니라 바위를 가지고 필요한 모든 것을 만들어 냈다. 가구나 모자, 신발이나 연장, 심지어 뻐꾸기 시계까지도. 그러므로 이 바위베어먹기 족 뒤에, 맷돌처럼 생긴 바퀴 두 개가 붙어 있는 바위 자전거 같은 것이 서 있다고 해서 별로 놀랄 일은 아니었다. 전체적으로 봐서는 오히려 페달이 달린 증기롤러처럼 보이긴 했지만.

모닥불 오른쪽에 앉아 있는 두 번째 형체는 자그마한 밤요정이었다. 밤요정은 기껏해야 도깨비불보다 두 배 정도 컸고, 마치 가죽을 뒤집어쓴 새까만 애벌레가 앉아 있는 것처럼 보였다. 놈은 말할 때마다 자그마한 분홍빛 손을 열심히 움직여 댔다. 헝클어진 검은 머리카락 아래에 얼굴이 있을 법한 자리에는 달처럼 크고 둥근 눈이 반짝거렸다.

환상 세계에는 어디에나 갖가지 모양과 크기의 밤요정들이 있었다. 그래서 지금 보이는 밤요정이 가까이에서 온 놈인지 멀리서 온 놈인지 단박에 짐작하기는 어려웠다. 물론 놈은 여행하고 있는 중인 것 같았다. 밤요정이 보통 타고 다니는 큰 박쥐 한 마리가 마치 접은 우산처럼 머리를 날개에 파묻고 놈 뒤에 있는 나뭇가지에 거꾸로 매달려 있었기 때문이다.

도깨비불은 모닥불 왼쪽에 앉아 있는 세 번째 형체를 한참 만에 알아보았다. 놈이 너무나 작아 멀리서는 알아보기 힘들었기 때문이었다. 놈은 소인족(小人族)에 속했고 알록달록한 양복을 걸치고 머리에 붉은 실크 모자를 눌러쓴 아주 가냘픈 꼬마였다.

도깨비불은 소인들에 대해서 아는 것이 거의 없었다. 언젠가 한번 주워들었던 것은 그들이 나뭇가지 위에 도시를 만들었는데, 아래위로 겹쳐 있는 집들을 계단과 줄사다리, 미끄럼대로 연결했다는 얘기였다. 그들은 끝이 보이지 않는 환상 세계의 아주 다른 구석에 살았다. 바위베어먹기 족이 사는 산맥보다 더 멀리, 아주 더 멀리 떨어진 곳에. 더욱 놀라운 점은 이 소인이 타고 온 동물이 하필이면 달팽이라는 것이었다. 달팽이는 소인 뒤에 앉아 있었다. 분홍빛 집 위에는 은으로 된 작은 안장이 반짝거렸고 달팽이 촉수에 묶여 있는 고삐와 굴레 역시 은빛 실처럼 반짝거렸다.

도깨비불은 이렇게 서로 다른 세 족속들이 한자리에 사이좋게 모여 있어서 깜짝 놀랐다. 대개의 경우 환상 세계에 사는 모든 족속들이 서로 평화롭게 혹은 사이좋게 지내지는 않았기 때문이다. 크고 작은 분쟁과 전쟁이 끊이지 않았고 어떤 족속들 간에는 수백 년 동안이나 반목이 계속되었으며, 진실하고 착한 이들도 있었지만 도둑 근성이 있고 고약하며 잔인한 놈들도 있었다. 믿음과 신뢰라는 관점에 있어서 도깨비불 자신 역시 어느 정도 비난을 받을 수 있는 족속에 속했다.

도깨비불은 모닥불 가의 정경을 한참 바라본 후에야 비로소 세

놈 모두 하얀 깃발을 갖고 있거나 가슴에 비스듬히 하얀 장식 띠를 두르고 있는 걸 알아차렸다. 그렇다면 그들 역시 사자이거나 중재자였고 그런 이유로 평화롭게 모여 있었던 것이다.

그들도 결국 도깨비불과 마찬가지 용건으로 여행을 하고 있는 걸까?

그들이 무슨 이야기를 하고 있는지는 쏴쏴거리며 나무 우듬지를 지나가는 바람 소리 때문에 멀리서 알아듣기는 힘들었다. 그러나 그들이 사자로서 서로 존중해 주는 걸 보면 도깨비불도 사자로 인정하고 나쁜 짓은 하지 않을 것이다. 어쨌든 누군가에게 길을 물어봐야 했다. 숲 한가운데에서, 더구나 이런 한밤중에 이보다 더 좋은 기회를 잡기는 힘들 것이다. 그래서 도깨비불은 용기를 내어 숨어 있던 곳에서 나와 하얀 깃발을 흔들었고, 떨면서 공중에 서 있었다.

얼굴을 이쪽 방향으로 돌리고 누워 있던 바위베어먹기가 제일 먼저 도깨비불을 알아보았다.

"오늘 밤엔 여기가 정말 붐비는걸."

바위베어먹기가 그르렁거리는 목소리로 말했다.

"또 한 녀석이 오잖아."

"아니, 도깨비불이잖아!"

밤요정이 속삭이듯 말하며 달 같은 눈을 반짝거렸다.

"잘 왔어, 잘 왔다고."

소인이 일어나 도깨비불 쪽으로 몇 걸음 걸어오더니 앵앵거리

는 목소리로 말했다.
"제가 바로 본 거라면 당신도 사자로서 여기까지 오신 거지요?"
"네."
도깨비불이 말했다.
소인은 붉은 실크 모자를 벗고 가볍게 절하며 지저귀듯 말했다.
"아, 여기 가까이 오세요. 우리도 사자랍니다. 우리랑 합석하시죠."
소인은 초대하듯이 모자로 모닥불 주위 빈자리를 가리켰다.
"감사합니다."
도깨비불은 이렇게 인사하고는 머뭇거리다가 다가갔다.
"실례합니다. 제 소개를 하지요. 저는 블루브라고 합니다."
"반갑습니다. 제 이름은 윅위크예요."
소인이 대답했다.
밤요정은 앉아서 인사했다.
"난, 부슈부줄."
바위베어먹기가 그르렁거렸다.
"반갑군. 나는 푀른라흐차르크야."
세 놈 다 도깨비불을 뚫어지게 보았고 도깨비불은 당황해서 고개를 돌렸다. 도깨비불들이란 원래 노골적으로 남들로부터 관찰당하는 것을 극도로 불편해한다.
"왜 앉지 않고요, 블루브 씨?"
소인이 물었다.

"사실 전 지금 몹시 바쁘답니다. 단지 여러분께 여기서 상아탑으로 가는 길이 어디인지 혹시 좀 알려 주실 수 있나 여쭤 보려고만 했어요."

블루브가 대답했다.

"이런! 어린 여왕한테 가려고?"

밤요정이 물었다.

"그래요. 저는 지금 여왕에게 중요한 소식을 전해야 해요."

도깨비불이 말했다.

그러자 바위베어먹기가 투덜거렸다.

"대체 무슨 소식인데?"

"그건······."

도깨비불은 안절부절못했다.

"비밀입니다."

"저런, 우리 셋 모두 너와 목적이 같을걸! 우린 동료라고."

밤요정 부슈부줄이 대꾸했다.

"우리 모두 똑같은 소식을 전하려고 하는 건지도 몰라요."

소인 윅위크가 말했다.

"앉아서 말해 봐!"

푀른라흐차르크가 걸걸대며 말했다.

도깨비불은 빈자리에 앉았다.

도깨비불은 잠시 생각한 뒤 말을 꺼냈다.

"내 고향은 여기서 아주 먼 곳인데, 혹 여기 있는 누가 거기를

아는지 모르겠군요. '곰팡이 늪지'라고 하지요."

"이런! 정말 아름다운 곳이지!"

밤요정이 황홀한 듯 내뱉었다.

도깨비불은 살짝 미소를 지었다.

"그래요, 그렇지요?"

"그게 다야? 왜 길을 떠난 거지, 블루브?"

푀른라흐차르크가 그르렁거렸다.

"제가 사는 곰팡이 늪지에……."

도깨비불이 더듬거리며 말을 이었다.

"뭔가 일어났어요. 도무지 이해가 안 되는 어떤 일이……. 사실 말이지, 아직도 일어나고 있어요. 설명하기 힘든데……. 그 일은 이렇게 시작됐어요. 그러니까 우리나라 동쪽에는 호수가 하나 있는데, 아니 그것보다 호수가 있었다고 말하는 게 맞겠네요. 그 호수 이름은 '끓어오르는 증기'라고 해요. 그런데 어느 날 끓어오르는 증기 호수가 그 자리에 없었던 게 사건의 시작이었어요. 그냥 사라져 버린 거지요. 이해하시겠어요?"

"당신 말은 말라 버렸다는 건가요?"

윅위크가 물었다.

"아뇨. 그렇다면 거기에 호수가 말라 버린 터가 남아 있어야 하지요. 하지만 그렇지 않거든요. 호수가 있던 자리에 이제 아무것도 없어요. 전혀 아무것도 없다고요. 아시겠어요?"

도깨불이 대답했다.

"구멍은?"

바위베어먹기가 툴툴거렸다.

"아니, 구멍도 없어요."

도깨비불은 눈에 띄게 난감해 보였다.

"구멍이라면 뭐라도 되지요. 하지만 거건 아무것도 없어요."

나머지 세 사자가 서로 눈길을 주고받았다.

"도대체 그게 뭐야? 그 '무(無)'가 어떻게 생겼는데?"

밤요정이 물었다.

"그러니까, 그게 참, 설명하기 곤란하다니까요."

도깨비불이 침울하게 대답했다.

"그러니까, 진짜 아무것도 보이지 않아요. 그러니까……, 그게 마치……. 아이 참, 그걸 설명할 말이 없다니까."

"그러니까, 마치 거기를 바라보면 눈이 멀어 버린 듯한 것, 뭐 그런 건가요?"

소인이 끼어들었다.

도깨비불은 입을 딱 벌리고 소인을 바라보았다.

"그게 아마 정확한 표현일 거야!"

도깨비불은 계속해서 소리쳤다.

"아니 어디에서? 그러니까 제 말은, 당신들이 그걸 어떻게 아셨죠?"

"잠깐!"

바위베어먹기가 그르렁거리며 끼어들었다.

"그러니까 한 군데만 그랬나, 응?"

"처음엔 그랬지요."

도깨비불이 계속해서 설명했다.

"무슨 말인가 하면 그 자리가 점점 커지고 있다는 뜻이에요. 어찌 된 건지 그 근방에서 점점 더 많은 게 사라져 가고 있어요. 끓어오르는 증기 호수 속에 살았던 원조 두꺼비 움프 족속이 갑자기 획 사라져 버렸어요. 다른 주민들은 도망가기 시작했지요. 그러나 곰팡이 늪지의 다른 곳들에서도 점차 똑같은 일이 벌어지기 시작했어요. 처음에는 이 자리가 아주 작았죠. 그러니까 흰눈썹뻐꾸기 알 크기만 했어요. 그런데 점점 넓어졌어요. 만일 실수로 거기에 발을 들여놓으면 발이 없어지는 거예요. 혹은 손이……. 뭐가 됐든지 간에 그 안에 들어가는 건 전부. 그런데 아프지는 않아요. 그냥 갑자기 몸 한 부분이 없어지는 거예요. 어떤 이들은 아주 가까이 다가가서 일부러 거기에 빠지기도 하죠. '무(無)'는 저항할 수 없는 매력을 내뿜는데, 그 자리가 크면 클수록 그 힘이 더 강해지죠. 아무도 이 끔찍한 게 대관절 무엇인지, 어디에서 온 건지, 어떻게 없애야 하는지 설명할 수 없었어요. 그리고 그게 저절로 사라지기는커녕 날이면 날마다 더 커지니까 하는 수 없이 어린 여왕에게 사자를 보내기로 한 거지요. 조언과 도움을 청하려고요. 그 사자가 바로 나고요."

다른 세 놈은 입을 다문 채 앞만 쳐다보았다.

"이봐!"

얼마 후 걱정으로 가득 찬 밤요정의 목소리가 들려왔다.
"내 고향도 마찬가지야. 나도 똑같은 목적으로 여행 중이라고. 이런!"

소인이 도깨비불 쪽으로 얼굴을 돌리더니 앵앵거리는 목소리로 말했다.

"우리 모두 환상 세계의 각기 다른 나라에서 왔어요. 아주 우연히 여기서 만났죠. 하지만 모두 어린 여왕님께 똑같은 소식을 전하러 가는 길이죠."

"그렇다면 환상 세계 전체가 위기에 처한 거로군."

바위베어먹기가 신음했다.

도깨비불은 너무나 놀라서 세 사자를 번갈아 쳐다보았다.

"하지만 그렇다면 한시라도 꾸물거리고 있을 틈이 없어요!"

도깨비불은 펄쩍 뛰며 소리쳤다.

"우리도 어차피 막 출발하려고 했어요."

소인이 설명했다.

"그저 여기 하울레 숲의 칠흑 같은 어둠을 뚫고 나갈 수가 없어서 쉬고 있었을 뿐이에요. 하지만 이제 블루브 씨 당신이 우리랑 같이 있으니 우리에게 길을 밝혀 줄 수 있겠죠."

"안 돼요! 전 달팽이를 타고 가는 이를 기다릴 순 없어요. 미안해요."

도깨비불이 소리쳤다.

그러자 소인이 기분이 상해 말했다.

"이 달팽이는 경주용 달팽이예요!"

이번엔 밤요정이 나서서 속삭였다.

"이봐! 안 그러면 너한테 올바른 길을 알려 주지 않을 거야."

바위베어먹기도 끼어들어 그르렁거렸다.

"너희, 지금 대체 누구한테 말하는 거지?"

아닌 게 아니라 도깨비불은 다른 사자들의 말이 끝나기도 전에 이미 깡충거리며 숲 속으로 뛰어가고 있었다.

"뭐 할 수 없지. 길을 밝히는 데 어차피 도깨비불은 그다지 적당하지 않을 거예요."

소인 윅위크는 이렇게 말하고는 붉은 실크 모자를 머리에 푹 눌러썼다.

그러면서 소인은 경주용 달팽이의 안장 위에 훌쩍 올라탔다.

"나도 사실은 그게 더 좋아."

밤요정이 말하고는 "어이!" 하고 박쥐를 불렀다.

"우리 모두 각자 스스로 알아서 가자고. 나는 날아갈게."

그리고 휙하고 가 버렸다.

바위베어먹기는 넓적한 손으로 한두 번 쳐서 모닥불을 껐다.

"나도 그게 더 좋아."

어둠 속에서 바위베어먹기가 그르렁거리는 소리가 들렸다.

"그럼 뭔가 조그만 녀석을 짓밟아 버리지나 않을까 걱정할 필요도 없고 말이야."

그러고는 거대한 바위 자전거에 올라타고 탁탁, 퉁탕거리며 숲

속으로 달려가는 소리가 들렸다. 가끔 바위베어먹기가 커다란 나무에 우당탕하고 부딪혀 낑낑대고 그르렁대는 소리가 들려왔다. 그 소리는 천천히 어둠 속에서 멀어져 갔다.

소인 웍위크는 혼자 남았다. 웍위크는 은실로 된 고삐를 잡고 말했다.

"두고 보라지, 누가 제일 먼저 도착하는지. 이랴, 친구, 가 볼까!"

웍위크는 혀를 끌끌 찼다.

그러고 나서는 하울레 숲 나무 우듬지 사이를 쐐쐐거리며 몰아치는 폭풍 소리만 들렸다.

근처에 있는 탑 시계가 아홉 시를 쳤다.

바스티안의 생각은 마지못해 현실로 돌아왔다. 『끝없는 이야기』가 현실과 아무 상관도 없어서 기뻤다.

바스티안은 기분 나쁘고 불만이 가득한 투로 아주 평범한 사람들의 아주 평범한 생활에서 생긴 아주 평범한 이야기를 늘어놓는 책을 싫어했다. 현실에서도 이미 지겹도록 일어나는 일을 무엇 때문에 책에서까지 읽어야 하는가? 게다가 바스티안은 누가 자기를 설득하려고 하는 걸 알게 되면 진저리를 쳤다. 그런데 그런 유의 책에서는 항상 어느 정도는 공공연하게 사람을 설득하려고 한다.

바스티안은 흥미진진하거나 재미있거나 또는 꿈을 꾸게 만드는 책, 창조된 인물들이 상상을 초월하는 모험을 겪고 가능한 모든

것을 하나하나 상상해 볼 수 있는 그런 책을 좋아했다.

왜냐하면 바스티안은 그걸 할 수 있었으니까. 그게 아마도 바스티안이 정말로 할 수 있었던 유일한 것이었을 테니까. 뭔가를 상상하는 것, 거의 보고 들은 것처럼 그렇게 분명하게 상상하는 것 말이다. 바스티안은 자신에게 자기가 만든 이야기를 들려줄 때면 때로 주위 모든 것을 잊어버렸고, 이야기가 끝나야만 비로소 꿈에서 깨어나듯 현실로 돌아왔다. 그런데 이 책은 바로 바스티안이 만들어 내곤 하던 이야기와 똑같은 종류였던 것이다! 책을 읽으면서 바스티안은 두꺼운 나무줄기가 내는 삐걱거리는 소리나 바람이 나무 우듬지를 쏴쏴거리며 지나가는 소리를 들었을 뿐만 아니라, 우스꽝스러운 네 사자들의 각기 다른 목소리도 들었다. 심지어 이끼 냄새와 숲의 흙 냄새까지 난다고 믿었다.

아래 교실에서는 이제 곧 꽃잎이나 꽃술의 숫자 따위나 세는 자연 시간이 시작될 참이었다. 바스티안은 이렇게 비밀스러운 장소에 앉아 책을 읽을 수 있어서 기뻤다. 이 책은 바로 바스티안이 바라던 책이었다. 바라마지 않던 그런 책 말이다!

일주일쯤 지나 작은 밤요정 부슈부줄이 제일 먼저 목적지에 도착했다. 아니 공기 속을 달려왔기에 일등으로 도착했다고 스스로 확신했다.

해 질 무렵이었다. 저녁 하늘의 구름은 잘 녹은 황금처럼 보였다. 밤요정은 자기가 탄 박쥐가 벌써 '미로' 위를 날고 있다는 것

을 깨달았다. 이 지평선에서 저 지평선으로 이어지고, 온갖 향기와 꿈같은 빛깔들로 가득 찬 거대한 꽃밭으로 뒤덮인 이 넓은 평원의 이름이 바로 미로였다. 특이하고 진기한 꽃들로 만들어진 덤불과 울타리, 초원과 꽃밭 사이로 넓은 길과 좁다란 오솔길이 정교하게 사방으로 뻗어 있어서 초원 전체가 상상할 수 없을 정도로 광대한 미로를 만들었다. 물론 이 미로는 오로지 놀이와 재미를 위하여 만들어졌지 누군가를 진짜로 궁지에 빠뜨리거나 혹은 침략자를 막아 내기 위하여 설계된 것은 아니었다. 미로는 그런 용도에 별로 적합하지 않았고, 또 어린 여왕에게도 그런 보호가 전혀 필요하지 않았을 것이다. 끝없는 환상 세계를 통틀어서 어린 여왕이 적으로 생각해야 할 무리는 아마도 없을 것이다. 여기에는 한 가지 이유가 있는데, 우리는 곧 그 이유를 알게 될 것이다.

　작은 밤요정은 박쥐를 타고 꽃이 가득 핀 미로를 전혀 아무 소리도 내지 않고 날아다니면서 온갖 종류의 신기한 동물들을 보았다. 라일락과 등나무 사이의 작은 공터에서는 일각수들이 석양 아래에서 떼를 지어 놀고 있었다. 한번은 스쳐 지나가면서 거대한 푸른 초롱꽃 아래에 그 유명한 불사조가 둥지를 틀고 있는 걸 본 것 같기도 했다. 하지만 전적으로 확신할 순 없는 데다 시간을 허비하고 싶지 않았기 때문에 다시 돌아가서 확인해 보려고 하지는 않았다. 미로 한가운데에 환상 세계의 심장이자 어린 여왕이 살고 있는 상아탑이 신비로운 흰빛을 내면서 밤요정의 눈앞에 모습을 드러냈다.

상아탑을 직접 본 적이 없는 사람은 아마도 '탑'이라는 말을 듣고는 교회의 탑이나 성에 있는 탑같이 생겼을 거라고 오해할는지도 모른다. 하지만 상아탑은 도시 하나만큼 크다. 멀리서 보면 상아탑은 달팽이 집처럼 안쪽으로 똬리를 틀고 꼭대기는 구름 속에 감추고 있는 높고 뾰족한 원뿔 모양의 산처럼 보였다. 가까이 다가가서야 비로소 이 어마어마한 원뿔이 수많은 크고 작은 탑과 둥근 지붕과 보통 지붕, 돌출된 창과 테라스, 아치 문과 계단, 난간들이 서로 겹치고 아래위로 포개어져 이루어져 있다는 것을 알아차릴 수 있다. 이 모든 것이 환상 세계에서 난 눈부신 흰색 상아로 되어 있으며, 하나하나 아주 공들여 조각되어 있어 탁월한 솜씨의 격자 세공품으로 여겨질 정도였다.

이 모든 건물들에는 어린 여왕을 둘러싼 궁인들, 즉 시종과 시녀, 산파와 점성술사, 마술사와 광대, 사자, 요리사와 곡예사, 줄타기꾼과 이야기꾼, 전령관, 정원사, 문지기, 재단사, 구두장이와 연금술사들이 살았다. 그리고 가장 높은 곳, 거대한 탑의 맨 꼭대기에는 어린 여왕이 하얀 목련 꽃봉오리처럼 생긴 정자에서 살고 있었다. 별이 반짝이는 하늘에 보름달이 특히 아름답게 빛나는 밤이면 이따금 상앗빛의 꽃잎이 활짝 열리면서 황홀한 꽃이 피어났고, 그 한가운데 어린 여왕이 앉아 있었다.

작은 밤요정은 승용(乘用) 동물들의 우리가 있는 아래쪽 테라스에 박쥐와 함께 내려앉았다. 필시 누군가 부슈부줄의 도착을 미리 알리기라도 한 듯 이미 왕실 동물 사육사 다섯이 부슈부줄을 기다

리고 있다가 안장에서 내리는 것을 도와주었고 부슈부줄에게 인사를 하고서는 말없이 환영의 술을 내밀었다. 부슈부줄은 예의를 차리기 위해 상아로 만든 잔에 잠깐 입을 댔다가 돌려주었다. 사육사들도 모두 한 모금씩 마시고 나서 다시 인사를 하더니 박쥐를 데리고 우리 안으로 들어갔다. 이 모든 것이 아무 말 없이 행해졌다.

기진맥진한 박쥐는 우리 안에 자신을 위해 마련된 자리에 도착하자마자, 물이나 먹이는 거들떠보지도 않고 곧장 몸을 돌돌 말고 갈고리에 거꾸로 매달려 깊은 잠에 빠졌다. 박쥐에게 이 여행은 조금 힘들었던 것이다. 사육사들은 박쥐를 그대로 두고 살며시 발뒤꿈치를 들고 나갔다.

우리에는 박쥐 말고도 타고 다닐 수 있는 다른 짐승들이 많이 모여 있었다. 분홍 코끼리와 푸른 코끼리, 머리는 독수리 같고 몸통은 사자같이 생긴 거대한 새 그리폰, 예전에 그 이름이 환상 세계 바깥까지 알려졌지만 지금은 잊혀져 버린 날개 달린 백마, 날아다니는 개 몇 마리, 또 박쥐 몇 마리, 심지어 아주 작은 이들이 타고 다니는 잠자리와 나비까지도. 다른 우리에는 날지는 못하고 달리거나 기거나 뛰거나 또는 헤엄치는 다른 승용 짐승들이 있었다. 짐승들 각자 돌봐 주고 보살펴 주는 전용 사육사가 있었다.

이곳은 보통 때 같으면 온갖 소리들이 뒤섞여 시끌벅적했을 것이다. 울부짖거나 꺽꺽대거나 피리 소리같이 휙휙거리거나 앵앵거리거나 꽉꽉거리거나 꽥꽥대는 소리가. 그러나 지금은 완전한 정적뿐이었다.

사육사들이 떠나간 자리에 밤요정은 그대로 서 있었다. 갑자기 의기소침해졌고 용기가 없어졌지만 무엇 때문에 그러는지 알지 못했다. 밤요정도 길고 긴 여행 때문에 몹시 지쳐 있었다. 일등으로 도착했다는 사실조차도 별로 기분 좋지 않았다.

"여보세요."

갑자기 앵앵거리는 목소리가 들려왔다.

"부슈부줄 친구 아닙니까? 이거 반갑군요. 드디어 당신도 도착했으니."

밤요정은 두리번거리며 주위를 둘러보다가 깜짝 놀라서 달 같은 눈을 둥그렇게 떴다. 소인 웍위크가 저기 난간 위 상아 화분에 태연히 기대고 서서 붉은 실크 모자를 흔들고 있지 않은가.

"이런!"

밤요정은 어쩔 줄 몰라 하며 소리치더니 조금 있다가 다시 한 번 소리쳤다.

"이런!"

밤요정에게는 더 적절한 말은 생각나지 않았다.

"다른 둘은 아직 도착하지 않았어요. 나는 어제 아침에 여기 도착했지요."

소인이 설명했다.

"어떻게……, 이런 어떻게 된 거지?"

밤요정이 물었다.

"나 원 참."

소인이 약간 우쭐한 듯 미소를 지으며 말했다.

"내가 말하지 않았던가요. 나에게는 경주용 달팽이가 있다고?"

밤요정은 작은 분홍빛 손으로 머리를 뒤덮고 있는 덤불 같은 검은 털을 긁적거렸다.

"지금 당장 어린 여왕님을 만나 뵈어야겠어."

밤요정은 울먹이며 말했다.

그러나 소인은 생각에 잠겨 밤요정을 바라보았다.

"흐흠."

소인이 소리를 냈다.

"나 원 참. 나는 어제 벌써 신청했어요."

"신청을 했다고?"

밤요정이 물었다.

"그러면 여왕님을 당장 만날 수 없단 말이야?"

"그런 것 같아요."

소인이 앵앵거렸다.

"한참 기다려야 해요. 참, 뭐라고 말해야 할지……. 여기에는 엄청나게 많은 사자들이 몰려와 있어요."

"이런, 왜?"

밤요정은 신음했다.

"가장 좋은 방법은, 직접 살펴보는 거죠. 이리 와요, 부슈부줄씨. 따라오세요."

소인이 짹짹거렸다.

둘은 같이 길을 나섰다.

상아탑을 돌며 점점 좁아지는 나선형으로 된, 위로 향해 있는 중심가는 온통 이상하게 생긴 놈들로 가득 차 있었다. 커다란 터번을 둘러쓴 드쉰(회교 전설에 나오는 정령/옮긴이), 아주 조그만 요괴, 머리가 세 개 달린 트롤(북구 신화에 나오는 정령/옮긴이), 수염 난 난쟁이, 빛을 발하는 요정, 산양 다리를 한 목신, 구불거리는 금빛 털로 덮여 있는 마녀들, 번쩍이는 눈(雪)의 정령, 그 밖에도 수없이 많은 다른 존재들이 거리를 왔다 갔다 했고, 떼를 지어 서 있었으며 조용히 이야기를 주고받거나 혹은 잠자코 바닥에 쪼그리고 앉아서 슬픈 표정으로 앞을 바라보고 있었다.

부슈부줄은 그들을 보고 그대로 멈추어 섰다.

"이런!"

부슈부줄이 말했다.

"도대체 무슨 일이 일어난 거야? 다들 여기서 뭐 하고 있는 거지?"

"모두 사자들이에요."

윅위크가 낮은 목소리로 설명했다.

"환상 세계 모든 지역에서 모여든 사자들. 모두 우리와 같은 소식을 가지고 왔어요. 나는 이미 많은 사자들하고 이야기를 나눠 봤어요. 도처에서 똑같은 위험이 일어난 것 같아요."

밤요정은 신음 섞인 긴 한숨 소리를 냈다.

"그렇다면 도대체, 그게 무엇이고 어디서 왔는지 아는가?"

밤요정이 물었다.

"모두들 모르는 것 같아요. 누구도 설명을 못 해요."

"그럼 어린 여왕 자신도?"

"어린 여왕은……."

소인이 나지막이 말했다.

"아파요, 아주 많이 아파요. 아마도 이것이 환상 세계에 찾아온 이해할 수 없는 불행의 원인일지도 몰라요. 저 위 궁전 목련 정자에 모여 있는 수많은 의사들 모두 여태껏 왜 여왕이 아픈지, 치료 방법이 뭔지 알아내지 못했지요."

"그럼……, 이런! 큰일 났군."

밤요정이 먹먹한 목소리로 말했다.

"맞아요."

부슈부줄은 하는 수 없이 어린 여왕에게 알현 신청을 하는 것을 당분간 포기했다.

이틀 후에 도깨비불 블루브도 도착했다. 물론 길을 잘못 들어 먼 길을 둘러서 왔던 것이다.

그리고 마침내—사흘이 더 지나서야—바위베어먹기 푀른라흐차르크가 도착했다. 푀른라흐차르크는 쿵쿵거리며 걸어왔는데, 오는 도중에 갑자기 굉장히 허기가 져서 그만 바위로 만든 자전거를 먹어 치워 버린 탓이었다. 말하자면 여행용 식량으로 말이다.

오래 기다리는 동안 서로 다른 네 사자는 아주 친해졌고 그 후에도 같이 다녔다.

그러나 그건 또 다른 이야기이니 다음 기회에 이야기하도록 하겠다.

제 2 장
아트레유 호출

환상 세계 전체의 운명에 대한 논의는 원래는 대개 궁전 구역 내 목련 정자에서 불과 몇 층 아래에 있는 상아탑의 커다란 알현실에서 열렸다.

넓고 둥그런 방은 지금 낮게 웅성거리는 소리로 가득 차 있었다. 환상 세계 전역에서 온 뛰어난 의사들 499명이 이 방에 모여 크고 작은 무리를 지어 속삭이거나 나지막한 목소리로 얘기를 나누고 있었다. 그들 모두 어린 여왕을 이미 진찰해 보았고— 어떤 이들은 벌써 오래전에, 또 어떤 이들은 바로 최근에— 누구나 나름대로의 의술로 여왕을 도우려고 노력했다. 하지만 아무도 성공하지 못했고, 아무도 여왕이 무슨 병인지, 병의 원인이 뭔지 알아내지 못했으며, 아무도 어떻게 치료해야 할지 몰랐다. 그리고 지금 환상 세계의 모든 의사 중에 가장 저명한 의사인 오백 번째 의사, 그가 모르는 약초, 영약, 자연의 비밀이란 없다고 소문난 그 의사가 벌써 몇 시간째 환자를 보고 있었고, 모두들 긴장한 채 진찰 결과를 기다리고 있었다.

물론 이런 모임을 인간 세상에서나 하는 의사 회의 같을 거라고 상상해선 안 된다. 환상 세계에는 외모가 어느 정도 사람과 비슷하게 생긴 이들도 아주 많았지만, 동물이나 또는 전혀 다른 종류의 생물과 닮은 이들도 마찬가지로 많았다. 바깥에서 왔다 갔다 하는 사자들의 모습이 너무나 다양한 것처럼 이곳 알현실에 모여 있는 의사들도 너무나 각양각색이었다. 하얀 수염에 곱사등을 한 난쟁이 의사들, 은빛이 도는 파란색의 반짝이는 예복을 입고 머리

에 반짝이는 별을 달고 있는 요정 의사들, 배는 불룩 나오고 손과 발에는 두꺼운 물갈퀴가 달린 물의 정령들(그들을 위해서 특별히 욕조식 의자가 준비되었다.)이 있었다. 또 방 중앙에 있는 긴 탁자 위에는 커다란 흰 뱀들이 똬리를 틀었고, 벌의 요정들이 있는가 하면 일반적으로 별로 자선을 베풀거나 건강을 장려할 것 같지 않은 마녀, 흡혈귀, 유령들도 와 있었다.

마지막에 언급한 이들이 여기에 왜 와 있는지를 이해하기 위해서는 꼭 알아 둬야만 하는 게 있다.

어린 여왕은 비록—그 칭호가 이미 말해 주듯이— 끝없는 환상 세계의 수많은 나라를 전부 다스리는 통치자로 여겨졌지만 실제로는 통치자 이상의 존재였다. 아니 더 정확히 말해서 여왕은 뭔가 전혀 다른 존재였다.

어린 여왕은 통치하지 않았고, 결코 폭력을 쓰거나 자신의 권력을 이용하지 않았으며, 명령을 하지도 않았고 아무에게도 그릇된 판단을 내리지 않았다. 또 결코 간섭하지 않았으며, 누구도 여왕에게 반항하거나 나쁜 짓을 할 생각을 하지 않을 것이기 때문에 결코 침략자로부터 자신을 방어해야 할 필요가 없었다. 그 앞에선 누구나 똑같이 대우받았다.

여왕은 그저 그 자리에 있을 뿐이었다. 하지만 특별한 방식으로 있었다. 여왕은 환상 세계 모든 생명의 중심이었다.

그리고 모든 피조물이—선하거나 악하거나, 아름답거나 추하거나, 명랑하거나 진지하거나, 멍청하거나 현명하거나 상관없이

―전부 여왕의 존재 때문에 존재할 뿐이었다. 여왕 없이는 아무 것도 존재할 수 없었다. 심장이 없어지면 인간의 육체가 존재할 수 없는 것처럼.

아무도 여왕의 비밀을 완전히 이해할 수 없었지만, 상황이 그렇다는 걸 모두 알고 있었다. 그래서 어린 여왕은 이 세계의 모든 피조물들로부터 똑같이 존경 받았고, 모두들 여왕의 생명에 대하여 똑같이 걱정했다. 어린 여왕의 죽음은 동시에 모두의 종말을 뜻했다. 끝없는 환상 세계의 멸망 말이다.

바스티안의 생각이 다른 데로 흘렀다.

엄마가 수술을 받았던 병원의 긴 복도가 갑자기 눈앞에 어른거렸다. 바스티안은 아버지와 함께 몇 시간이고 수술실 앞에 앉아서 기다렸다. 의사들과 간호원들이 왔다 갔다 하고 있었다. 아버지는 엄마가 어떠냐고 여러 번 물었지만 그때마다 얼버무리는 대답을 들었을 뿐이었다. 엄마 상태가 어떤지 아무도 정확히 모르는 것 같았다. 그러다가 마침내 하얀 가운을 입은 대머리 남자가 지치고 우울한 얼굴로 수술실에서 나왔다. 그러고는 바스티안과 아버지에게 모든 것이 헛수고였노라고, 죄송하다고 말했다. 남자는 그들 둘의 손을 잡고는 "고인의 명복을 빕니다."라고 중얼거렸다.

그 뒤로 아버지와 바스티안 사이의 모든 것이 달라졌다.

겉으로는 안 그랬다. 바스티안은 원하는 것은 무엇이든 가질 수 있었다. 3단 기어 자전거, 전기 기차, 수많은 비타민 정제, 책

쉰세 권, 밤색 털을 가진 햄스터, 열대어가 든 어항, 작은 사진기, 특허를 받은 주머니칼 여섯 개와 다른 온갖 것들을. 하지만 근본적으로 바스티안은 이 모든 것들을 그다지 좋아하지 않았다.

바스티안은 예전에는 아버지가 바스티안과 장난치길 좋아했다는 것을 기억했다. 때때로 이야기를 들려주거나 책을 읽어 주기도 했다. 그러나 그때 이후로 그런 시절은 지나갔다. 바스티안은 아버지와 말을 할 수가 없었다. 아무도 뚫고 들어갈 수 없는, 눈에 보이지 않는 벽이 아버지를 둘러싸고 있는 것 같았다. 아버지는 바스티안을 야단치지도 칭찬하지도 않았다. 바스티안이 낙제했을 때조차도 아버지는 아무 말도 없었다. 그는 다만 얼빠진 듯한 근심스러운 표정으로 바스티안을 바라보았고, 바스티안은 자기가 그 자리에 없는 것 같은 느낌을 받았다. 바스티안은 대개 아버지에 대해 이런 느낌이 들었다. 저녁에 함께 텔레비전 앞에 앉아 있을 때면 바스티안은 아버지가 텔레비전을 전혀 보고 있지 않고 딴생각을 하면서 바스티안이 쫓아갈 수 없는 먼 곳, 아주 먼 곳으로 가 있다는 느낌을 받았다. 혹은 가끔 둘이 함께 책을 읽을 때면 바스티안은 아버지가 다음 장으로 넘기지 않고 몇 시간이고 같은 페이지를 쳐다보고 있는 것을 보고는 아버지가 결코 책을 읽고 있는 게 아니라는 걸 알았다.

바스티안은 알고 있었다, 아버지는 슬퍼하고 있다는 것을. 바스티안 자신도 그 당시 수많은 밤을 울었고 때때로 너무 울어서 흐느끼다가 토해야 했던 적도 있었다. 그러나 그런 일은 점차 없

어졌다. 바스티안은 아직 살아 있었다. 왜 아버지는 바스티안과 전혀 얘기를 하지 않을까. 엄마에 대해서도, 중요한 일에 대해서도? 그저 필요한 일에 대해서만 얘기하고.

"알 수만 있다면 좋겠군요."
붉은 불꽃 수염이 난 키 크고 비쩍 마른 불의 정령이 말했다.
"여왕의 병이 도대체 뭔지 말입니다. 열도 나지 않고 어디 부어오른 데도 없고, 발진도 아니고 염증이 생긴 것도 아니고. 그냥, 기운이 없어지는 것 같기만 하니……. 그 원인도 모르고 말이죠."
한 마디씩 입을 뗄 때마다 그의 입에서는 작은 연기 구름이 나와 어떤 모양을 만들었다. 마지막 말이 끝났을 때에는 물음표가 만들어졌다.
커다란 감자에다 여기저기 검은 깃털을 몇 개 꽂아 놓은 것처럼 생긴 털 뽑힌 늙은 까마귀가 까옥거리며 말을 받았다.(그는 감기 전문 의사였다.)
"여왕은 기침도 안 하고 콧물도 안 나고, 그러니까 의학적으로는 전혀 병이 아니지요."
까마귀는 부리에 걸친 큰 안경을 고쳐 쓰고는 둘러서 있는 이들을 도전적으로 바라보았다.
"이것 하나만은 분명합니다."
뿔풍뎅이(종종 '말똥구리'라고도 하는 딱정벌레/옮긴이) 한 마리가 웽웽거렸다.

"여왕의 병하고 환상 세계 전역에서 온 사신들이 우리에게 전해 준 끔찍한 일들 간에는 뭔가 비밀스러운 연관이 있다는 거죠."

"오, 당신은, 당신은 항상 어디에나 비밀스러운 연관이 있다고 그러는군요!"

잉크맨이 비웃는 투로 끼어들었다.

"그러는 당신은 잉크병 밖은 절대로 내다보지 않습디다."

뿔풍뎅이가 화가 나서 윙윙거렸다.

"동료 여러분!"

기다란 흰색 가운에 파묻힌, 볼이 움푹 들어간 귀신이 낮은 목소리로 말했다.

"우리가 감정에 치우쳐서 개인적인 다툼을 하려는 게 아니지 않습니까. 그리고 무엇보다도 목소리 좀 낮추십시오!"

이런 식의 비슷한 대화가 커다란 알현실 여기저기서 오갔다. 아마 이렇게 다양한 종류의 존재들이 서로 의사 소통이 된다는 점이 놀라워 보일 수도 있을 것이다. 하지만 환상 세계의 거의 모든 존재들은 최소한 두 가지 언어를 구사할 수 있었다. 동물들까지도 말이다. 우선 같은 족속끼리만 사용하고 외지인은 이해하지 못하는 고유의 언어가 있었고, 둘째로 표준 환상어 또는 위대한 언어라고도 하는 공용어가 있었다. 누구나 표준 환상어를 자유롭게 구사했다. 비록 약간 독특한 방식으로 사용하는 자들도 더러 있긴 했지만.

갑자기 방 안이 조용해지더니, 모두의 눈이 열리고 있는 커다

란 날개문 쪽으로 향했다. 그 문으로 가장 유명하고 전설적인 의술의 대가 카이론이 들어왔다.

옛날에는 그를 켄타우로스라고 불렀다. 머리에서 엉덩이까지는 사람의 모습이고 나머지는 말의 몸을 하고 있었다. 그런데 카이론은 이른바 검은 켄타우로스였다. 그는 아주아주 먼 남쪽 지역 출신이었다. 그래서 사람인 부분은 흑단처럼 새까맸는데, 머리카락과 수염만 희고 곱슬거렸다. 하지만 말인 엉덩이 아랫부분은 얼룩말처럼 줄무늬였다. 카이론은 골풀로 엮은 이상한 모자를 쓰고 있었다. 그리고 목에 걸린 사슬에는 한 마리는 밝고 한 마리는 어두운 뱀 두 마리가 서로 꼬리를 물고 타원을 만들고 있는 그림이 그려진 커다란 황금 부적이 달려 있었다.

바스티안은 깜짝 놀라 책을 읽다가 멈추었다. 책을 덮고는—조심스럽게 책갈피에 손가락을 끼운 채—책 표지를 다시 한 번 아주 자세히 살펴보았다. 표지에는 서로 꼬리를 물고 타원을 만들고 있는 뱀 두 마리가 있지 않은가! 이 이상한 표시는 도대체 무엇을 뜻하는 걸까?

환상 세계 주민이라면 누구나 이 메달이 무엇을 뜻하는지 다 알고 있었다. 이 메달은 어린 여왕의 위임을 받았고 마치 여왕 자신이 그 자리에 있는 것처럼 여왕의 이름으로 행동할 수 있는 자라는 표시였다.

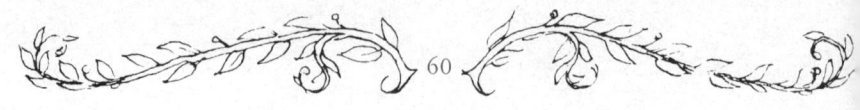

비록 어떤 힘인지는 아무도 정확히 몰랐지만, 이 메달이 그것을 걸고 있는 자에게 비밀스러운 힘을 준다고들 했다. 이름만은 누구나 다 알고 있었다. 아우린.

그러나 그 이름을 입에 담기 꺼려 했던 많은 이들은 '보석'이라느니 '반짝이는 것', 혹은 간단하게 '광채'라고 불렀다.

그러니까 이 책도 어린 여왕의 상징을 지녔던 것이다!

웅성거림이 알현실을 메웠고, 몇몇이 놀라서 내지르는 소리가 들렸다. 누군가가 이 보석을 맡은 것은 실로 오랜 만의 일이었다.

카이론은 몇 번 발굽을 굴러 소란을 잠재우고는 낮은 목소리로 말했다.

"친구들, 너무 놀라지 마십시오. 나는 그저 잠시 아우린을 맡았을 뿐이에요. 전달자일 뿐이죠. 곧 더 적합한 자에게 이 '광채'를 넘겨줄 겁니다."

긴장이 가득한 정적이 방 안에 퍼졌다.

"나는 우리의 패배를 듣기 좋은 말로 축소할 생각이 없어요."

카이론이 말을 계속했다.

"우리는 지금 아무런 대책 없이 어린 여왕의 병환을 보고만 있는 형편입니다. 우리는 단지 여왕이 병이 남과 동시에 환상 세계가 파괴되기 시작했다는 것만 알고 있어요. 더 이상은 모르지요. 의술로 여왕을 구할 수 있는지 그것조차도 모릅니다. 하지만 이럴

수도 있어요. 내가 이런 말을 입 밖에 냈을 때 여러분이 모욕감을 느끼지 않기를 바랍니다. 여기 모인 우리가 모든 지식과 모든 지혜를 다 가지고 있지 않을 수도 있다는 거죠. 이 끝없는 제국에 우리보다 현명하고 우리에게 조언을 해 주고 도움을 줄 수 있는 그런 존재가 있었으면 하는 것이 나의 마지막 희망이자 유일한 희망입니다. 그렇지만 그런 이가 있다고 장담할 수는 없지요. 구원의 가능성이 어디에 있든지 간에 한 가지는 확실해요. 그걸 찾기 위해선 길이 없는 곳에서 길을 찾을 수 있고 어떤 위험이나 고생도 마다하지 않는, 한마디로 영웅이 필요하다는 거죠. 그리고 어린 여왕은 내게 여왕과 우리 모두의 운명을 맡길 수 있는 영웅의 이름을 말해 주셨습니다. 그의 이름은 아트레유이고 은 산맥 뒤에 있는 풀의 바다에 살고 있습니다. 나는 그에게 아우린을 넘겨주고 대탐험의 길로 떠나보낼 겁니다. 이젠 사정을 전부 아시겠죠."

그 말을 남기고 늙은 켄타우로스는 쿵쿵거리며 방을 나갔다.

뒤에 남은 이들은 어리둥절하여 서로 쳐다보았다.

"이름이 뭐라 그랬죠?"

누군가 물었다.

"아트레윤가 뭔가랍니다."

다른 이가 말했다.

"한 번도 못 들어 본 이름이야."

또 다른 이가 말했다. 그리고 의사들 499명은 전부 걱정스럽게 머리를 흔들었다.

탑 시계가 열 시를 쳤다. 시간이 너무 빨리 가서 바스티안은 놀랐다. 공부 시간에는 한 시간 한 시간이 마치 짧은 영겁처럼 느껴졌는데 말이다. 아래 교실에서는 이제 드뢴 선생님이 역사 수업을 하고 있었다. 드뢴 선생님은 비쩍 마르고 거의 항상 기분이 좋지 않은 남자였는데, 바스티안이 전쟁이 일어난 연도나 어떤 인물이 태어난 날짜와 통치 기간을 외우고 있지 못하면 다른 애들 앞에서 바스티안을 웃음거리로 만드는 걸 아주 좋아했다.

은 산맥 뒤에 있는 풀의 바다는 아주아주 여러 날이 걸려야 도착할 수 있을 만큼 상아탑에서 멀리 떨어져 있었다. 그곳은 실제로 바다만큼 넓고 크고 평평한 대초원이었다. 윤기 흐르는 풀이 사람 키만큼 자라 있었고, 바람이 그 위를 스쳐 지나갈 때마다 대양에서처럼 평야 위로 물결이 일어나 물처럼 쏴쏴 소리를 냈다.

이곳에 사는 이들은 '풀 사람' 또는 '초록 피부' 종족이었다. 머리카락은 검푸르렀는데, 남자들도 머리가 길었고 종종 땋기도 했으며 살갗은 올리브 빛처럼 약간 갈색이 도는 암녹색이었다. 그들은 너무나 검소하고 엄격하며 강한 생활을 했고, 부모들은 사내아이건 계집아이건 상관없이 아이들을 용감하고 관대하며 자부심이 강하게 키웠다. 아이들은 더위와 추위, 지독한 궁핍을 참아 내는 것을 배워야만 했고 용기를 입증해야 했다. 초록 피부들은 사냥꾼 종족이었기 때문에 이런 것이 필요했다. 그들은 사는 데 필요한 모든 것을 억세고 섬유질이 많은 대초원의 풀로 만들거나,

풀의 바다에서 거대한 무리를 지어 돌아다니는 자줏빛 물소들에게서 구했다.

자줏빛 물소는 보통 황소나 암소보다 두 배쯤 크고 길며 비단처럼 빛나는 붉은 자줏빛 털을 가졌고, 끝이 단도처럼 날카롭고 단단하고 어마어마하게 큰 뿔을 가졌다. 대개 물소들은 평화롭게 살았다. 그러나 위험을 감지하거나 공격을 받았다고 느끼면 마치 자연의 힘처럼 무시무시해질 수 있었다. 초록 피부 족말고는 아무도 감히 이 물소들을 사냥하려고 하지 않았다. 게다가 초록 피부 족은 오로지 활과 화살만으로 물소들을 사냥했다. 그들은 기사다운 전투를 선호했기 때문에 짐승이 아니라 사냥꾼이 목숨을 잃는 경우가 허다했다. 초록 피부 족은 물소를 사랑하고 섬겼으며, 물소에게 죽임을 당할 준비가 된 자만이 물소를 죽일 권리가 있다고 믿었다.

아직 이곳에는 어린 여왕의 병과 환상 세계 전체를 위기로 몰아넣은 재앙에 대한 소식이 알려지지 않았다. 초록 피부 족이 사는 천막 촌으로 여행객이 들른 지도 아주 오래되었다. 풀은 예전보다 더 기름지게 자랐다. 낮에는 햇볕이 쨍쨍했고 밤에는 별들이 가득했다. 모든 것이 좋아 보였다.

그러던 어느 날 흰 머리카락의 나이 든 검은 켄타우로스 하나가 천막 촌에 나타났다. 털가죽에서는 땀이 뚝뚝 흘렀고 모습은 지칠 대로 지쳐 보였으며 수염이 가득 난 얼굴은 비쩍 마르고 해쓱했다. 머리에는 골풀로 엮은 기묘한 모자를 쓰고 목 언저리에는

황금 부적이 달린 메달을 걸고 있었다. 카이론이었다.

카이론은 천막들이 원을 그리며 빙 둘러싼 빈 터 한가운데에 서 있었다. 그 빈 터는 원로들이 회의를 하기 위해 모이거나 축제날 춤을 추고 옛 노래를 부르곤 하는 곳이었다. 그는 기다리며 주위를 둘러보았다. 그러나 주위에는 아주 늙은 할머니, 할아버지들과 어린아이들만 모여들어 호기심 어린 눈으로 그를 뚫어지게 쳐다보았다. 카이론은 조급해서 발굽을 쿵쿵 굴렀다.

"사냥꾼들은 어디 있소?"

카이론은 힝힝거리더니 모자를 벗어 이마를 닦았다.

아기를 안고 있던 머리가 하얗게 센 여자가 대답했다.

"다 사냥하러 갔다우. 돌아오려면 사나흘은 걸릴 게요."

"아트레유도 같이 갔소?"

켄타우로스가 물었다.

"그렇다오, 낯선 양반. 근데 어찌 아트레유를 아시우?"

"난 그를 잘 모릅니다만, 그를 좀 데려다 주시오."

"낯선 양반, 그 아이는 아마 오려고 하지 않을 거유. 오늘은 그 애의 사냥날이거든. 사냥은 해 질 무렵에 시작될 거유. 무슨 말인지 알겠수?"

지팡이를 쥔 노인이 대답했다.

카이론은 갈기를 흔들며 발굽을 쿵쿵 굴렀다.

"난 몰라요, 그리고 그런 건 중요하지 않소. 아트레유에겐 이제 더 중요한 일이 있어요. 내가 지닌 이 표시를 아실 테죠. 그러니

아트레유를 데려오시오!"

"그 보석이군요."

작은 계집아이가 말했다.

"어린 여왕이 아저씨를 보내셨군요. 그런데 아저씨는 누구세요?"

"내 이름은 카이론이오. 의사 카이론. 당신들에게 이 이름이 무슨 의미가 있겠소만."

켄타우로스가 투덜거렸다.

곱사등을 한 노파가 앞으로 밀치고 나오며 소리쳤다.

"그래, 맞아. 이분을 알아. 젊었을 때 한 번 봤지. 환상 세계 전체에서 제일 유명하고 위대한 의사이시지!"

카이론은 노파에게 고개를 끄덕였다.

"고맙습니다, 부인."

카이론이 말했다.

"그러면 이제 누가 좀 호의를 베풀어 그 아트레유를 데려와 주겠소? 급하단 말이오. 어린 여왕의 목숨이 걸린 일이오."

"제가 갔다 올게요."

다섯 살이나 여섯 살쯤 되어 보이는 계집아이가 소리쳤다.

아이는 뛰어갔고 잠시 후에 천막 사이로 그 애가 안장도 없지 않은 채 말을 타고 떠나는 모습이 보였다.

"참, 이제 됐군!"

카이론은 중얼거렸다. 그러고는 의식을 잃고 쓰러졌다.

　카이론이 다시 정신을 차렸을 때 주위가 온통 어두웠기 때문에 처음에는 자기가 어디에 있는지 알지 못했다. 얼마 후에야 넓은 천막 안, 폭신한 털가죽 이불 위에 누워 있다는 걸 차츰 깨달았다. 밤인 것 같았고 천막 문 사이로 깜박거리는 불빛이 어른거리며 비쳤다.

　"아이고, 조상님! 도대체 얼마 동안이나 여기 누워 있었던 거지?"

　일어나려고 애쓰며 카이론은 중얼거렸다.

　머리 하나가 천막 문틈으로 들여다보고선 쓱 없어지더니 누군가 말하는 소리가 들려왔다.

　"깨어난 것 같아."

　천막 문이 옆으로 젖혀지더니 열 살쯤 되어 보이는 사내아이가 들어왔다. 아이는 부드러운 물소 가죽으로 만든 긴 바지와 장화 차림이었다. 위에는 아무것도 입지 않았고, 단지 물소 털로 짠 듯한 바닥까지 내려오는 붉은 자주색 망토를 어깨에 걸치고 있었다. 검푸르고 긴 머리카락은 뒤통수에 가죽끈으로 묶여 있었다. 올리브 빛이 도는 이마와 단순한 흰색 장식이 몇 개 그려진 뺨. 아이의 검은 눈이 노여움으로 가득 차서 침입자를 노려보았지만, 그 외에는 달리 감정의 움직임을 알아차릴 수 없었다.

　"무슨 일이시죠, 낯선 아저씨?"

　아이가 물었다.

　"왜 내 천막에 들어온 거예요? 왜 내 사냥을 방해했어요? 오늘

내가 그 커다란 물소를 죽였더라면……. 날 부르러 왔을 때 난 벌써 활시위를 겨누고 있었단 말이에요. 그랬다면 난 내일이면 사냥꾼이 되었을 텐데. 이제 또 꼬박 한 해를 기다려야 한다고요. 도대체 뭣 때문에?"

늙은 켄타우로스는 당황하여 아이를 바라보았다.

"그럼 네가 바로 그 아트레유냐?"

켄타우로스가 마침내 물었다.

"그래요, 낯선 아저씨."

"혹시 다른 사람, 그러니까 같은 이름을 가진 어른이나 노련한 사냥꾼은 없단 말이냐?"

"없어요, 아트레유는 바로 나고 다른 사람은 없어."

늙은 카이론은 바닥에 주저앉더니 가쁜 숨을 몰아쉬었다.

"어린애잖아! 어린 사내아이! 어린 여왕의 결정을 도무지 이해할 수 없군!"

아트레유는 입을 다문 채 꼼짝도 하지 않고 기다렸다.

"미안하다, 아트레유."

흥분을 겨우 가라앉힌 카이론이 말했다.

"너를 모욕할 생각은 아니었단다. 하지만 너무 뜻밖이라서, 그만. 솔직히 말하자면 난 제정신이 아니란다. 뭘 생각해야 할지 이젠 더 이상 모르겠구나. 어린 여왕이 자기가 뭘 하는지 정말로 알고 너 같은 어린아이를 선택했는지 진정 의심스럽구나. 환장할 노릇이다. 만약 여왕이 일부러 그랬다면……, 그랬더라면……."

카이론은 격렬하게 머리를 흔들고 외쳤다.

"아니야! 아니야! 누구한테 나를 보냈는지 여왕이 알았더라면 너한테 자신이 내린 임무를 전하는 걸 한마디로 거절했을 거야! 거절했을 거라고!"

"무슨 임무인데요?"

아트레유가 물었다.

"엄청난 거야!"

카이론이 불만에 가득 차서 소리쳤다.

"그 임무를 완수하는 것은 아주 위대하고 경험 많은 영웅조차도 아마 불가능한 일일 테지. 그러니 너한테는……. 여왕은 아무도 모르는 어떤 것을 찾아오라고 미지의 세계로 널 보내는 거다. 누구도 너를 도와줄 수 없고, 누구도 너에게 충고해 줄 수 없으며 너한테 무슨 일이 일어날지 누구도 예측할 수 없다. 그리고 넌 임무를 받아들일 건지 아닌지 당장 결정해야 한다. 지금 이 자리에서. 더 이상 낭비할 시간이 없단다. 난 너를 만나기 위해 열흘 밤낮을 거의 쉬지 않고 달려왔단다. 그런데 이제는 여기 도착하지 못했더라면 하고 바랄 지경이다. 난 너무 늙었고 힘이 다 빠져 버렸어. 물 한 모금만 주겠니!"

아트레유는 신선한 샘물 한 동이를 가져왔다. 켄타우로스는 한참 동안 물을 들이켜더니 수염을 닦고 조금 침착하게 말했다.

"아, 고맙다. 시원하구나! 이제 기분이 나아졌다. 잘 들어 봐라, 아트레유. 임무를 꼭 받아들일 필요는 없단다. 어린 여왕은

너에게 그걸 맡기는 거지, 명령을 내리는 게 절대 아니야. 내가 여왕에게 사정을 설명하면 여왕은 다른 사람을 찾아낼 거다. 네가 어린 소년이라는 걸 여왕이 몰랐을 수도 있다. 너를 다른 이로 착각했다는 게 유일한 설명이 되겠지."

"임무가 뭔데요?"

아트레유가 물었다.

"어린 여왕을 치료하는 약을 찾아내는 것."

늙은 켄타우로스가 대답했다.

"그리고 환상 세계를 구하는 것."

"여왕이 편찮으신가요?"

아트레유가 놀라서 물었다.

카이론은 여왕의 상태며 환상 세계 전역에서 온 사자들이 보고한 내용을 말해 주기 시작했다. 아트레유는 계속 질문을 해 댔고 카이론은 할 수 있는 한 자세히 대답해 주었다. 이야기는 밤이 깊도록 계속 이어졌다. 아트레유가 환상 세계에 닥친 재앙을 더 자세히 알게 될수록 처음엔 그렇게 무표정하던 얼굴에 동요의 빛이 점점 더 뚜렷하게 퍼졌다.

"난 아무것도 모르고 있었어."

마침내 아트레유가 핏기 없는 입술로 중얼거렸다.

카이론은 무성한 하얀 눈썹 아래로 소년을 진지하면서도 걱정스럽게 바라보았다.

"이제 너도 일이 어떻게 돌아가고 있는지 알았겠지. 그리고 내

가 너를 보았을 때 왜 당황했는지 이제는 아마 이해할 거다. 하지만 어린 여왕은 네 이름을 거명하셨다. '가서 아트레유를 찾아오게.'라고 여왕은 내게 말씀하셨어. '난 전적으로 그를 믿어.'라고 말씀하셨지. '나와 환상 세계를 위해 대탐험을 떠날 것인지 그에게 물어보게.' 하시고. 왜 여왕이 너를 지명했는지 난 모르겠다. 아마 너같이 어린 소년만이 이 불가능한 과제를 풀 수 있나 보지. 난 잘 모르겠고 너한테 충고를 해 줄 수도 없구나."

아트레유는 고개를 숙이고 입을 다문 채 앉아 있었다. 그는 사냥보다 훨씬 훨씬 더 큰 시험이 이제 자기에게 부과된 것을 깨달았다. 아주 위대한 사냥꾼과 최고의 길잡이조차 통과하기 힘든 것이니, 더구나 아트레유에게는 너무나 어려운 시험이었다.

"자, 하겠니?"

늙은 켄타우로스가 나지막하게 물었다.

아트레유는 고개를 들고 카이론을 뚫어지게 보았다.

"할래요."

아트레유는 단호하게 말했다.

카이론은 천천히 고개를 끄덕이더니 목에서 황금빛 부적이 달린 메달을 벗어서 아트레유의 목에 걸어 주었다.

"아우린이 너에게 큰 힘을 줄 거다."

카이론이 엄숙하게 말했다.

"하지만 너는 이 힘을 사용해서는 안 된다. 어린 여왕도 이 힘을 사용한 적이 한 번도 없어. 아우린은 너를 보호해 주고 이끌어

줄 거다. 무엇을 보더라도 절대로 간섭하지 말아야 한다. 이 순간부터 네 자신의 생각은 중요하지 않기 때문이다. 그러니 너는 무기 없이 떠나야 한다. 무슨 일이 일어나거든 그냥 내버려 두어라. 어린 여왕 앞에서는 모든 것이 똑같은 것처럼 너도 악한 것이든 선한 것이든, 아름다운 것이든 추한 것이든, 어리석은 것이든 지혜로운 것이든 상관없이 전부 똑같이 여겨야 한다. 너는 그저 찾고 물어볼 수 있을 뿐이지, 자신의 생각에 따라 판단해서는 안 되는 거란다. 절대로 잊지 마라, 아트레유!"

"아우린!"

아트레유는 경외감에 차서 되풀이했다.

"내가 이 보석에 부끄럽지 않다는 걸 증명하고 말 거야. 언제 떠나야 되죠?"

"당장!"

카이론이 대답했다.

"너의 대탐험이 얼마나 오래 걸릴지 아무도 모른다. 한시가 급할 수도 있고. 가서 부모님과 형제들에게 작별 인사를 해라!"

"난 아무도 없어요."

아트레유가 대답했다.

"부모님은 두 분 다 내가 태어난 지 얼마 지나지 않아 물소에게 당했어요."

"누가 너를 키웠니?"

"모든 여자들과 남자들이 함께. 그래서 사람들이 나를 아트레

유라고 부르는 거예요. 위대한 언어로 '모두의 아들'이라는 뜻이 거든요."

바스티안만큼 이 뜻을 잘 이해할 수 있는 사람은 없을 것이다. 비록 바스티안의 아버지는 살아 계시지만, 아트레유는 아버지도 어머니도 안 계셨다. 그 대신 아트레유는 모든 남자와 여자들이 함께 키웠고 그래서 '모두의 아들'이었지만, 반면 바스티안에게는 전혀 아무도 없었다. 그렇다, 바스티안은 '누구의 아들'도 아니었다. 그런데도 바스티안은 이런 식으로나마 아트레유와 뭔가 공통점이 있어서 기뻤다. 그걸 빼고는 안타깝게도 아트레유와 그다지 비슷한 점이 없으니까 말이다. 용기와 결단력도 없고 외모도 비슷하지 않았다. 그렇지만 바스티안도 아트레유와 함께 어디로 가는지, 어디서 끝날지 모르는 대탐험을 떠나고 있었다.

"그렇다면 작별 인사를 하지 않고 떠나는 게 낫겠구나. 난 남아서 다른 이들에게 모든 걸 설명해 주겠다."

늙은 켄타우로스가 말했다.

아트레유의 얼굴이 굳어졌다.

"어디서 시작해야 해요?"

아트레유가 물었다.

"어디든지, 어디에서나."

카이론이 대답했다.

"이제부터 너 혼자다. 누구도 너에게 충고해 줄 수 없어. 그리고 대탐험이 끝날 때까지 그럴 것이다. 어떻게 끝나든지 상관없이 말이다."

아트레유는 고개를 끄덕였다.

"잘 있어요, 카이론."

"잘 가거라, 아트레유. 그리고 행운을 빈다!"

아트레유는 돌아서서 천막을 막 나가려고 했다. 그 때 카이론이 다시 한 번 아트레유를 불러 세웠다. 그들이 마주보고 섰을 때 카이론은 아트레유의 어깨에다 양손을 얹고 존경이 가득한 미소를 띠고서 아트레유의 눈을 들여다보며 천천히 말했다.

"이제 이해가 될 것 같기도 하구나, 어린 여왕이 왜 너를 지명했는지, 아트레유."

아트레유는 고개를 약간 숙이더니 곧 재빨리 밖으로 나갔다.

천막 앞에는 그의 말 아르탁스가 서 있었다. 녀석은 얼룩 무늬가 있었고 야생마처럼 덩치가 작았다. 두 다리는 굵고 짧았지만 아르탁스는 주변에서 가장 빠르고 인내심이 강한 경주마였다. 말에는 아트레유가 사냥에서 돌아왔던 그대로 안장과 고삐가 채워져 있었다.

"아르탁스."

아트레유가 속삭이며 말의 목을 두드렸다.

"우린 떠나야 해. 아주 멀리 떠나야 해. 우리가 돌아올 수 있을지 또 언제쯤 돌아올지 아무도 몰라."

작은 말은 고개를 끄덕이며 조용히 힝힝거렸다.

"알았어요, 주인님."

녀석이 대답했다.

"그런데 사냥은 어떻게 되는 거죠?"

"우리는 훨씬 더 큰 사냥을 떠나는 거야."

아트레유는 대답하고 안장에 올라탔다.

"잠깐만요, 주인님!"

작은 말이 힝힝거렸다.

"무기를 가지고 가야지요. 화살과 활도 없이 떠나시려고요?"

"그래, 아르탁스!"

아트레유가 대답했다.

"난 '광채'를 달고 있기 때문에 무장을 하면 안 돼!"

"호!"

작은 말이 외쳤다.

"어디로 가야 하죠?"

"네가 원하는 곳으로, 아르탁스."

아트레유가 대답했다.

"지금 이 순간부터 우리는 대탐험을 하는 거야!"

아르탁스와 함께 둘은 떠났고 밤의 어둠이 그 둘을 삼켜 버렸다.

같은 시간에 환상 세계 다른 곳에서는 아무도 보지 못했고, 아트레유도 아르탁스도 카이론도 눈곱만큼도 예상하지 못했던 어떤 일이 벌어지고 있었다.

멀리 떨어진 황야에 어둠이 몰려들어 아주 크고 희미한 형체가 만들어졌다. 어둠은 점차 짙어져 그 형체는, 칠흑 같은 밤 한가운데서도 검은색으로 된 거대한 몸뚱이로 나타났다. 윤곽이 뚜렷하지는 않았지만, 네 발로 딛고 서 있었고 크고 텁수룩한 머리에 달린 눈에는 초록 불꽃이 작열했다. 이제 녀석은 주둥이를 공중에 높이 올리고 냄새를 맡았다. 그렇게 제법 오래 서 있었다. 그러고는 찾던 냄새를 발견했는지, 목구멍에서 나지막하고 승리에 가득 찬 신음 소리가 울려 나왔.

놈은 뛰기 시작했다. 소리 없이 길게 도약하면서, 그림자 생물은 별도 없는 밤을 뚫고 서둘러 나아갔다.

탑 시계가 열한 시를 쳤다. 이제 제법 긴 쉬는 시간이 시작되었다. 복도에서 운동장으로 뛰어 내려가는 아이들의 떠드는 소리가 위층으로 울려 퍼졌다.

여전히 책상다리로 체조 매트 위에 앉아 있던 바스티안은 발이 저렸다. 여하튼 바스티안은 인디언이 아니었으니까. 바스티안은 일어나서, 가방에서 간식용 빵과 사과를 꺼내 와 창고 안을 잠시 왔다 갔다 했다. 발이 찌릿찌릿하더니 서서히 감각이 되살아났다.

그런 다음 바스티안은 뜀틀 위에 기어 올라가 마치 말을 타듯이 그 위에 앉았다. 바스티안은 자기가 아르탁스를 타고 밤을 달리는 아트레유라고 상상해 보았다. 그러고는 작은 말의 목 위로 엎드렸다.

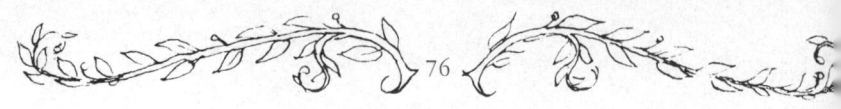

"이러!"

바스티안은 소리쳤다.

"달려라, 아르탁스, 이러! 이러!"

그러다 제풀에 깜짝 놀랐다. 그렇게 큰 소리를 지르다니 너무나 조심성이 없었다. 누가 듣기라도 했다면 어쩌지? 바스티안은 잠시 기다렸다가 귀를 기울였다. 하지만 운동장에서 여러 명이 떠드는 소리가 들릴 뿐이었다.

조금은 겸연쩍어하면서 바스티안은 뜀틀에서 내려왔다. 정말이지 어린아이처럼 굴었잖아!

바스티안은 간식용 빵의 포장을 열었다. 사과도 바지에 대고 윤이 나도록 문질렀다. 하지만 사과를 한입 물려고 하다 움찔했다.

"아니지."

바스티안이 큰 소리로 혼잣말을 했다.

"비축 식량을 세심하게 나눠 둬야 해. 이걸로 얼마나 버텨야 할지 모르는 일이니까!"

바스티안은 내키지 않는 마음으로 빵을 다시 싸서 사과와 함께 책가방 안에 도로 집어넣었다. 그러고는 한숨을 내쉬며 다시 체조 매트 위에 앉아 책을 집어 들었다.

제 3 장

늙고도늙은 모를라

늙고 검은 켄타우로스 카이론은 아트레유의 말이 내는 말굽 소리가 점점 멀어지는 걸 듣고는 다시 폭신한 털가죽 이불에 쓰러졌다. 지쳐서 힘이 다했던 것이다. 다음 날 아트레유의 천막 안에서 카이론을 발견한 여자들은 그의 목숨이 위태로울까 봐 걱정했다. 며칠 뒤 사냥꾼들이 돌아왔을 때에도 카이론의 상태는 그다지 나아지지 않았지만, 그럼에도 그는 왜 아트레유가 떠나갔는지, 왜 당분간은 돌아올 수 없는지 사냥꾼들에게 설명해 주었다. 그리고 모두들 아트레유를 좋아했기 때문에 그때부터 그들은 심각해진 채 아트레유를 걱정했다. 그렇지만 그와 동시에 어린 여왕이 아트레유에게 대탐험을 맡겼다는 점을 자랑스러워했다. 비록 아무도 그게 뭔지 완전히 이해하지는 못했지만.

그건 그렇고 늙은 카이론은 다시는 상아탑으로 돌아가지 않았다. 그렇다고 죽은 것도 아니었고, 풀의 바다에서 초록 피부 족 곁에 머물러 있지도 않았다. 그의 운명은 그를 전혀 짐작도 못 했던, 아주 다른 길로 이끌었다. 그러나 그건 또 다른 이야기이니 다음 기회에 얘기하도록 하겠다.

아트레유는 떠난 날 밤에 은 산맥 발치에 도착했다. 쉬려고 했을 때는 이미 새벽녘이었다. 아르탁스는 풀을 조금 먹고 맑은 계곡 물을 마셨다. 아트레유는 붉은 망토를 덮고 몇 시간쯤 잠을 잤다. 하지만 해가 뜨자마자 그들은 다시 길을 떠났다.

첫날엔 은 산맥을 가로질러 달렸다. 은 산맥에 있는 길이란 길은 전부 둘 다 잘 알고 있었으므로 빨리 앞으로 나아갈 수 있었

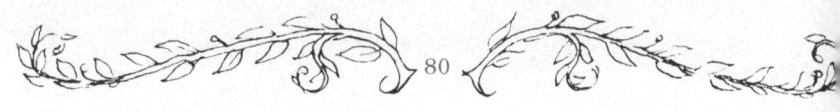

다. 배가 고파지자 아트레유는 안장에 달린 자루에 보관해 두었던 말린 물소 고기 한 조각과 풀씨로 만든 작은 팬케이크 두 개를 먹었다. 원래는 사냥을 위해 준비해 둔 것이었다.

"그렇지! 사람은 가끔 뭔가 먹어야 해."
바스티안이 말했다.
그러고는 가방 안에서 간식용 빵을 꺼내서 포장을 벗긴 후 조심스럽게 두 조각으로 갈랐다. 한 조각은 다시 싸서 가방 안에 집어넣고 다른 한 조각을 먹어 치웠다.
쉬는 시간이 끝났다. 바스티안은 이제 무슨 시간인지 생각해 보았다. 아, 그렇지. 카르게 선생님의 지리 시간이었다. 강과 지류들, 도시들과 인구 수, 지하 자원과 산업들을 늘어놓아야 했다. 바스티안은 어깨를 으쓱하더니 읽기를 계속했다.

해 질 무렵 아트레유와 아르탁스는 은 산맥을 다 넘어갔고 다시 휴식을 취했다. 그날 밤 아트레유는 자줏빛 물소 꿈을 꾸었다. 아트레유는 멀리서 물소들이 풀의 바다를 지나가는 것을 보았고 말에 탄 채 소 떼에게 다가가려고 했다. 그러나 소용없었다. 아무리 말을 몰아 앞으로 가려고 해도 물소 떼는 아트레유에게서 항상 같은 거리만큼 멀리 떨어져 있었다.
두 번째 날 그들은 '노래하는 나무들의 나라'를 지나갔다. 나무마다 다른 모습을 하고 있었고, 다른 이파리와 다른 껍질을 갖고

있었지만, 이 나라를 그렇게 부르는 이유는 마치 잔잔한 음악처럼 나무가 성장하는 소리를 들을 수 있기 때문이었다. 그 음악은 가까이에서 또 멀리에서 들려왔고 환상 세계의 다른 무엇과도 비교할 수 없는 아름답고 웅장한 하나의 화음으로 통일되었다. 이 지역을 지나가는 것은 꽤 위험하다고 했다. 많은 이들이 음악에 마음을 빼앗겨 주저앉아 버리고 모든 것을 잊어버렸기 때문이다. 아트레유도 이 경이로운 화음의 마력을 느꼈지만 멈추고 싶은 유혹을 뿌리쳤다.

그날 밤 아트레유는 또 자줏빛 물소 꿈을 꾸었다. 이번에는 아트레유가 걸어가고 있었고 물소들은 커다란 무리를 지어 그의 곁을 지나쳤다. 그러나 물소 떼는 활의 사정 거리 바깥에 있었다. 그리고 아트레유가 몰래 접근하려고 했지만, 발이 마치 땅에 붙어 버린 것같이 움직이지 않는다는 것을 깨달았다. 아트레유는 발을 빼려고 애쓰다가 잠에서 깨어났다. 아직 해가 뜨지 않았지만 그 즉시 아트레유는 떠났다.

세 번째 날 아트레유는 에리보의 유리탑들을 보았다. 이 지역 주민들은 탑 안에서 별빛을 잡아 모았다. 그들은 별빛으로 멋지게 장식된 물건들을 만들었는데, 그것들이 어디에 쓰이는지는 이곳 주민말고는 환상 세계의 그 누구도 알지 못했다.

아트레유는 주민들 몇 명과 마주치기까지 했다. 그들 자신도 마치 유리를 불어서 만든 것처럼 자그마하게 생겼다. 그들은 무척 친절하게 아트레유에게 음식을 가져다 주었지만, 어린 여왕의 병

에 대해 뭔가 알고 있느냐는 아트레유의 질문에는 모두 슬퍼하고 당황해하며 입을 다물었다.

그날 밤, 아트레유는 또다시 자줏빛 물소 떼가 옆을 지나쳐 가는 꿈을 꾸었다. 그 가운데 특히 크고 위풍당당한 황소 한 마리가 다른 소들이 있는 대열에서 빠져나와 두려움이나 분노의 기미 없이 천천히 자기에게 다가오는 것을 보았다. 다른 진짜 사냥꾼처럼 아트레유에게도 어떤 생물이건 그놈의 급소를 금방 간파해 내는 재주가 있었다. 더구나 그 자줏빛 물소는 아트레유가 정확히 급소를 맞힐 수 있는 자리에 서 있었다. 아트레유는 화살을 걸고 온 힘을 다하여 활시위를 팽팽히 당겼다. 하지만 쏘지 못했다. 손가락이 활시위에 한데 붙어 버린 것같이 화살을 놓아주지 않았다.

그 후 밤마다 꿈속에서 그와 비슷한 일이 일어났다. 아트레유는 점점 더 그 자줏빛 물소에게 다가갔지만—그놈은 현실에서 아트레유가 죽이려고 했던 바로 그 녀석이었고, 아트레유는 이마의 커다란 흰 점을 보고 그놈인지 알았다.—어찌 된 까닭인지 그놈을 죽일 화살을 쏠 수가 없었다.

아트레유는 낮에는 점점 더 멀리 계속 달렸다. 어디로 가는지도 모르고 충고를 해 줄 수 있는 누군가를 만나지도 못한 채. 아트레유가 걸고 있는 황금 메달을 만나는 이들마다 모두 존중했지만, 그의 질문에 대해서는 아무도 대답해 주지 못했다.

한번은 저 멀리에 브로우슈 시의 불의 거리들이 보였다. 몸뚱이가 불로 된 생물들이 사는 곳이었는데, 아트레유는 그곳에 들르

고 싶은 마음이 없었다. 또 노인으로 태어나 젖먹이가 되면 죽는 사사프라스 인들이 사는 넓은 고원을 지나갔다. 한번은 무아마트의 원시림 사원에 들어갔는데, 그곳에는 월석(月石)으로 된 기둥이 공중에 떠다녔다. 아트레유는 그곳에 사는 수도사들과 이야기를 나누었다. 하지만 여기에서도 아무런 정보도 얻지 못하고 떠나야 했다.

벌써 거의 일주일 동안이나 아트레유는 여기저기 헤매고 다니다가 일곱 번째 날 낮과 그날 밤에 완전히 다른 두 가지 일을 경험하였는데 그 경험들이 그의 내적, 외적 상황을 철두철미하게 변화시켜 버렸다.

환상 세계 전역에서 일어난 무시무시한 사건들에 관한 늙은 카이론의 이야기는 아트레유에게 깊은 인상을 주었지만, 지금까지 그 모든 것이 아트레유에게는 단지 들은 얘기에 지나지 않을 뿐이었다. 그런데 일곱 번째 날, 아트레유는 자기 눈으로 직접 그 일을 보게 되었다.

정오 무렵 아트레유는 유난히 거대하고 울퉁불퉁한 나무들이 울창한 어두운 숲을 지나가고 있었다. 그 숲은 얼마 전 네 사자가 만났던 하울레 숲이었다. 아트레유가 알기로는 이 부근에는 나무껍질 괴물들이 살고 있었다. 얘기 들은 바로는 그놈들은 울퉁불퉁한 나무줄기처럼 생긴 거대한 남자와 여자들이었다. 그들이 평소 습관대로 꼼짝 않고 서 있으면, 진짜 나무로 보고 아무것도 모르고 지나쳐 갈 수도 있었다. 그들이 움직일 때만 나뭇가지처럼 생

긴 팔과 나무뿌리 같은 구부러진 발이 보였다. 나무껍질 괴물들은 엄청나게 힘이 셌으나 위험하지는 않았다. 기껏해야 이따금 길을 잃은 나그네를 골탕먹이는 정도였다.

때마침 아트레유는 실개천이 굽이쳐 흐르는 숲 속의 풀밭을 발견하고는 아르탁스에게 물과 풀을 먹이려고 말에서 내렸다. 그 때 갑자기 등 뒤 덤불에서 우지끈 우당탕 하는 소리가 들려 뒤돌아섰다.

나무껍질 괴물 셋이 숲 속에서 나와 아트레유를 향해서 걸어왔다. 아트레유는 놈들을 보자 등줄기에 차가운 전율을 느꼈다. 첫 번째 놈은 다리와 아랫도리가 없어서 손을 짚고 걸어야만 했다. 두 번째 놈은 가슴에 커다란 구멍이 뚫려 있어서 그 사이로 내다볼 수 있었다. 세 번째 놈은 마치 몸 가운데에서 두 동강이 난 것처럼 왼쪽 절반이 몽땅 없어서 남아 있는 오른쪽 다리로 깡충거렸다.

나무껍질 괴물들은 아트레유의 가슴에 있는 황금 부적을 보자 서로 고개를 끄덕이더니 천천히 다가왔다.

"놀라지 마!"

손으로 땅을 짚으며 걸어온 놈이 말했다. 목소리는 마치 나무가 삐걱거리는 소리처럼 들렸다.

"분명 우리가 꼴사나워 보이겠지만 하울레 숲 근처에는 우리말고 너에게 경고해 줄 자가 이젠 아무도 없어. 그래서 우리가 온 거야."

"경고라고? 무슨 경고?"

아트레유가 물었다.

"우린 네 소문을 들었어. 네가 뭣 때문에 떠돌아다니고 있는지 얘기를 다 들었다고. 여기서 더 돌아다니면 안 돼. 그랬다간 길을 잃게 돼."

가슴에 구멍이 뚫린 녀석이 신음 조로 말했다.

"그랬다간 너도 우리와 똑같은 일을 당하게 돼. 우릴 봐. 이렇게 되고 싶어?"

반쪽짜리가 한숨을 내쉬었다.

"너희, 도대체 무슨 일을 당한 거야?"

아트레유가 물었다.

"파괴가 퍼지고 있어."

첫째 놈이 신음했다.

"점점 자라고 있고 날마다 더 많아져. 무(無)가 더 많아진다고 말할 수 있다면 말이야. 다른 이들은 모두 늦기 전에 하울레 숲에서 도망쳤어. 하지만 우린 고향을 떠나고 싶지 않았어. 우리가 잠든 사이에 그놈이 우리를 덮쳤고 네가 지금 보다시피 이런 꼴로 만들어 버렸어."

"많이 아프니?"

아트레유가 물었다.

"아니."

가슴에 구멍이 뚫린 두 번째 나무껍질 괴물이 대답했다.

"아무 느낌이 없어. 그냥 뭐 하나가 없어질 뿐이야. 한번 그놈

이 덮치고 나면 날마다 점점 더 없어지지. 우린 곧 더 이상 존재하지 않게 될 거야."

"도대체 이 숲에서 그게 시작된 곳이 어디니?"

아트레유는 궁금했다.

"그걸 보고 싶니?"

반쪽만 남은 세 번째 나무껍질 괴물이 괜찮겠느냐는 눈빛으로 같은 운명의 친구들을 바라보았다. 친구들이 고개를 끄덕거리자 그는 말을 계속했다.

"그걸 볼 수 있는 데까지만 데려다 줄게. 하지만 더 이상 가까이 가지 않겠다고 약속해 줘. 더 다가가면 네가 저항할 수 없는 힘으로 그놈이 너를 끌어당길 거야."

"좋아. 약속할게."

아트레유가 말했다.

세 괴물은 몸을 돌려 숲 가장자리 쪽으로 움직였다. 아트레유는 아르탁스의 고삐를 잡고 뒤따라갔다. 잠시 동안 그들은 커다란 나무들 사이를 이리저리 지나가더니 유난히 굵은 나무 줄기 앞에서 멈추어 섰다. 그 둘레는 어른 남자 다섯 명이 둘러싸도 남을 만큼 두꺼웠다.

"할 수 있는 한 높이 올라가 봐. 그리고 해 뜨는 쪽을 쳐다봐. 그러면 그게 보일 거야. 아니, 보이지 않는다고 해야 하나."

다리가 없는 괴물이 말했다.

아트레유는 나무 줄기 마디와 튀어나온 데를 잡고 오르기 시작

했다. 얼마 후에 가장 아래쪽에 있는 가지에 다다랐다. 곧 그 다음 가지로 올라갔고, 그렇게 밑이 내려다보이지 않을 때까지 점점 더 높이 올라갔다. 위로 갈수록 줄기는 가늘어지고 가지는 더 많아져서 쉽게 올라갈 수 있었다. 마침내 나무 꼭대기에 앉았을 때 아트레유는 해가 떠오르는 쪽으로 시선을 돌려 그것을 보았다.

아주 가까이 서 있는 나무의 이파리들은 초록색이었다. 그러나 그 뒤에 있는 나무들의 잎은 전부 색깔을 잃어버린 것 같았다. 잿빛이었다. 그리고 조금 더 떨어진 데를 보면 그것은 이상하게도 투명하고 안개 같거나, 조금 더 정확하게 말하면 그냥 점점 더 비현실적으로 보였다. 그리고 그 뒤에는 아무것도 없었다. 전혀 아무것도. 텅 빈 자리도 아니고, 어둠도 아니고, 밝음도 아니었다. 그건 눈이 견뎌 낼 수 없고, 마치 장님이 된 것 같은 느낌을 주는 뭔가였다. 어떤 눈도 완전한 무(無)를 들여다볼 수 없으니까. 아트레유는 손으로 얼굴을 가리다 하마터면 나뭇가지에서 떨어질 뻔했다. 그는 단단히 매달려서 될 수 있는 대로 빨리 다시 밑으로 내려왔다. 볼 만큼 보았다. 이제야 비로소 그는 환상 세계에 퍼진 공포를 전부 이해했다.

아트레유가 다시 커다란 나무 밑둥치에 도달했을 때 세 나무껍질 괴물은 사라지고 없었다. 아트레유는 말 위에 올라타고는 천천히 하지만 쉬지 않고 퍼져 가는 무(無)에서 되도록이면 멀어지는 방향으로 온 힘을 다해 말을 몰았다. 날이 어두워지고 하울레 숲에서 멀찍이 벗어났을 때야 비로소 숨을 돌렸다.

그리고 그날 밤 아트레유의 대탐험에 새로운 방향을 제시하게 될 두 번째 사건이 일어났다. 아트레유는—지금까지보다 훨씬 더 생생하게—자기가 죽이려고 했던 그 커다란 자줏빛 물소 꿈을 꾸었던 것이다. 이번에 아트레유는 활과 화살도 없이 물소와 마주보고 서 있었다. 아트레유는 자신이 아주 작은 것처럼 느꼈고, 물소의 얼굴은 하늘을 전부 채우고 있었다. 아트레유는 물소가 자신에게 하는 말을 들었다. 전부 다 알아들을 수는 없었지만 물소가 한 말은 대충 이러했다.

"네가 나를 죽였다면 너는 지금쯤 사냥꾼이 되었을 거야. 그런데 너는 그걸 포기했기 때문에 이제 내가 너를 도와줄 수 있게 되었다. 아트레유. 잘 들어. 환상 세계에는 다른 모든 존재보다 더 나이가 많은 자가 있어. 여기서 멀리멀리 떨어진 북쪽에는 슬픔의 늪들이 있어. 그 늪들 한가운데에는 뿔의 산이 솟아 있지. 그곳에 늙고도늙은 모를라가 살지. 늙고도늙은 모를라를 찾아가!"

그런 다음 아트레유는 잠에서 깨어났다.

탑 시계가 열두 번 울렸다. 바스티안의 반 친구들은 이제 곧 마지막 수업을 받으려고 체육관으로 내려갈 것이다. 아마 오늘은 저 커다랗고 무거운 메디신 볼을 들고 피구를 할 것이다. 바스티안이 메디신 볼을 다루는 데 언제나 너무 서툴렀기 때문에 어느 편도 그를 넣어 주지 않으려고 했다. 때때로 작고 돌처럼 딱딱한 라운더스 공으로 피구를 해야만 했는데, 그 공에 맞으면 지독하게 아

팠다. 그런데 바스티안은 맞히기 쉬운 표적이었기 때문에 번번이 직통으로 맞았다. 어쩌면 오늘은 밧줄 오르기도 할지 모른다. 그건 바스티안이 정말 질색하는 운동이었다. 다른 애들 대부분이 이미 밧줄 위쪽 끝까지 올라가 있을 때 바스티안은 보통 얼굴이 새빨개진 채 밀가루 자루처럼 밧줄 맨 밑에 대롱대롱 매달려서는 단 오십 센티미터도 못 올라가서 반 아이들 전부의 웃음거리가 되곤 했다. 그러면 체조 담당 멩에 선생님은 바스티안을 가지고 온갖 농담을 다 해 댔다.

바스티안은 아트레유처럼 될 수 있다면 무슨 짓이라도 했을 것이다. 그리고 모두에게 본때를 보여 줬을 것이다.

바스티안은 깊이 한숨을 내쉬었다.

아트레유는 북쪽으로, 계속 북쪽으로 달려갔다. 잠자고 먹는 데 필요한 최소한의 시간만 쉬었다. 밤낮으로, 작열하는 태양과 빗속을 뚫고 폭풍과 뇌우를 헤치며 달렸다. 더 이상 아무것도 신경 쓰지 않았고 아무에게도 묻지 않았다.

북쪽으로 가면 갈수록 어두워졌다. 항상 똑같은 푸르스름한 잿빛을 띤 어스름한 빛이 낮을 물들였다. 밤이면 북극광이 하늘에서 어른거렸다.

희미한 여명 속에서 시간이 완전히 정지해 버린 듯한 어느 날 아침에 드디어 아트레유는 어떤 언덕에서 슬픔의 늪들을 발견하였다. 그 위에는 안개가 짙게 깔려 있었고, 작은 숲들이 군데군데

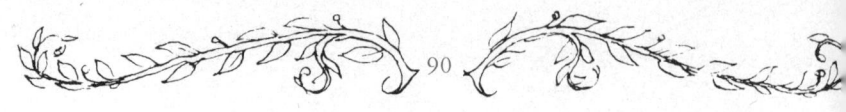

솟아 있었다. 그 숲들에는 줄기가 네댓 개, 또 구부러진 뿌리는 그 이상으로 갈라진 나무들이 있었는데 마치 여러 개의 다리로 검은 물 속에 서 있는 커다란 게처럼 보였다. 움직이지 않는 촉수처럼 생긴 공기뿌리들이 갈색으로 물든 잎들에서부터 아래로 축 늘어져 있었다. 웅덩이의 어디가 단단한 땅이고 어디가 부초(浮草)로 덮인 곳인지 분간하기는 거의 불가능했다.

아르탁스는 깜짝 놀라서 흥흥거렸다.

"저 안으로 들어가야 해요, 주인님?"

"그렇단다. 우린 늪들의 한가운데에 있는 뿔의 산을 찾아가야 해."

아트레유가 대답했다.

아트레유는 아르탁스를 몰았고 작은 말은 복종했다. 녀석은 한 걸음 뗄 때마다 발굽으로 땅이 단단한지 살폈기 때문에 매우 더디게 앞으로 나아갔다. 결국 아트레유는 말에서 내려 아르탁스의 고삐를 잡고 끌고 갔다. 말은 늪에 몇 번 빠졌지만 그때마다 가까스로 빠져나왔다. 그러나 슬픔의 늪지대로 깊이 들어가면 갈수록 아르탁스의 움직임은 점점 둔해졌다. 녀석은 머리를 푹 숙이고 겨우겨우 앞으로 나아갈 뿐이었다.

"아르탁스, 왜 그래?"

아트레유가 물었다.

"저도 모르겠어요, 주인님."

아르탁스가 대답했다.

"우리, 돌아가는 게 좋겠어요. 전부 다 쓸데없는 짓이에요. 우리는 주인님이 꿈꾼 것만을 좇아서 가고 있어요. 하지만 아무것도 찾지 못할 거예요. 어쩌면 어차피 너무 늦어 버렸을지도 몰라요. 어쩌면 어린 여왕이 벌써 죽었을지도 모르고요. 우리가 하는 일은 전부 무의미한 거예요. 돌아가요, 주인님."

"너 한 번도 그렇게 말한 적 없잖아, 아르탁스. 왜 그래? 어디 아프니?"

아트레유는 깜짝 놀라서 말했다.

"그런 것 같아요. 우리가 걸음을 뗄 때마다 가슴속에서 슬픔이 점점 더 크게 차 올라 와요. 제겐 더 이상 아무 희망도 없어요, 주인님. 제가 너무 무겁게 느껴져요, 너무 무겁게. 더 이상 갈 수 없을 것 같아요."

아르탁스가 대답했다.

"그렇지만 우린 계속 가야 해! 힘내, 아르탁스!"

아트레유가 소리쳤다.

아트레유가 고삐를 당겼다. 그러나 아르탁스는 꼼짝도 하지 않았다. 녀석은 벌써 배까지 잠겼다. 그런데도 빠져나오려고 아무런 노력도 하지 않았다.

"아르탁스! 지금 포기하면 안 돼! 힘내! 빠져나와. 안 그러면 가라앉아 버릴 거야!"

아트레유가 소리쳤다.

"절 내버려 둬요, 주인님! 전 못 해요. 혼자 계속 가요! 제 걱

정하지 말고! 전 이 슬픔을 더 이상 참을 수가 없어요. 죽고 싶어요."

작은 말이 대답했다.

아트레유는 절망해서 힘껏 고삐를 잡아당겼지만 작은 말은 점점 더 깊이 빠져 들어갔다. 아트레유는 어쩔 수가 없었다. 마침내 검은 물 밖으로 오직 아르탁스의 머리만 남게 되었을 때 아트레유는 말의 머리를 끌어안았다.

"내가 널 꼭 붙잡고 있을게, 아르탁스. 네가 가라앉게 내버려두지 않을 거야."

아트레유가 속삭였다.

작은 말은 다시 한 번 나지막이 힝힝거렸다.

"주인님은 저를 더 이상 도와줄 수 없어요. 전 끝났어요. 우리는 둘 다 이곳에서 무엇이 우리를 기다리고 있는지 몰랐어요. 이제야 왜 슬픔의 늪이란 이름을 갖게 되었는지 알겠어요. 바로 이 슬픔 때문에 제가 아주 무거워져서 가라앉게 된 거예요. 벗어날 수 없어요."

"하지만 나도 여기 있잖아. 그런데 난 아무 느낌도 없어."

아트레유가 말했다.

"주인님은 광채를 걸고 있잖아요. 보호받고 있는 거라고요."

아르탁스가 대답했다.

"그럼 이 표시를 너에게 걸어 줄게. 아마 이게 너도 지켜 줄 거야."

아트레유가 소리치며 목에서 메달을 벗으려고 했다.

"안 돼요!"

작은 말이 힝힝거렸다.

"그러면 안 돼요, 주인님. 그 메달은 주인님에게 맡겨진 거고 그걸 주인님 마음대로 남에게 줄 수 있도록 허락을 받은 게 아니에요. 주인님은 저 없이 계속 찾아야만 해요."

아트레유는 말의 뺨에 얼굴을 갖다 댔다.

"아르탁스……."

아트레유는 목이 메어 속삭였다.

"오, 나의 아르탁스!"

"제 마지막 소원을 좀 들어 주겠어요, 주인님?"

말이 물었다.

아트레유는 말없이 끄덕였다.

"그럼 계속 가세요. 이제 제가 마지막 가는 모습을 보지 않았으면 좋겠어요. 제 소원을 들어주겠어요?"

아트레유는 천천히 일어섰다. 말의 머리는 이제 벌써 반쯤 검은 물 속에 잠겼다.

"잘 가요, 아트레유, 나의 주인님!"

녀석이 말했다.

"그리고 고마웠어요!"

아트레유는 입을 꽉 다물었다. 아무 말도 할 수 없었다. 그는 한 번 더 아르탁스에게 고개를 끄덕이고는 몸을 돌려 떠나갔다.

바스티안은 훌쩍거렸다. 참을 수가 없었다. 눈에 눈물이 가득 고여서 책을 계속 읽을 수 없었다. 손수건을 꺼내 코를 풀고 나서야 계속 읽을 수 있었다.

얼마나 오랫동안 그저 늪 속을 계속 헤매고 다녔는지 아트레유는 몰랐다. 마치 눈이 멀고 귀가 먹은 것 같았다. 안개는 점점 더 짙어졌고, 아트레유는 몇 시간째 같은 곳을 빙빙 돌고만 있는 것 같았다. 발을 디딜 때 더 이상 조심하지는 않았지만, 한 번도 무릎 위까지 빠지지 않았다. 이해할 수 없는 어떤 방식으로 어린 여왕의 표시가 아트레유를 옳은 길로 이끌었다.

갑자기 높고 상당히 가파른 산허리가 아트레유의 앞을 가로막았다. 아트레유는 갈라진 바위를 타고 둥그런 산꼭대기에 기어 올라갔다. 처음에는 이 바위들이 무엇으로 되었는지 알아채지 못했다. 맨 꼭대기에 도착해서 산 밑을 내려다보았을 때야 비로소 그것들이 거대한 뿔판이고 또 갈라진 틈에는 이끼가 무성하게 자라 있는 것을 알아차렸다.

그러니까 아트레유는 뿔의 산을 발견한 것이었다!

하지만 아트레유는 산을 발견하고도 기쁘지 않았다. 충실한 말의 죽음 때문에 이 사실에 거의 무관심했다. 여기 산다는 늙고도 늙은 모를라가 누구고 어디 있는지 이제 알아내야만 했다.

아트레유가 여전히 생각에 잠겨 있는데 갑자기 조용한 진동이 산을 관통해 지나가는 느낌이 들더니, 씨근거리고 쩝쩝거리는 무

시무시한 소리가 들렸다. 곧 이어 땅속 가장 깊은 내부 속에서 나오는 것 같은 목소리가 들렸다.

"이것 봐, 할망구. 뭔가 우리 위에서 기어 올라가고 있어."

아트레유는 소리가 울린 산등성이 끝으로 서둘러 갔다. 그러다가 무성한 이끼를 밟고 미끄러지더니 계속 밑으로 미끄러져 내려갔다. 무언가를 붙잡으려고 해도 소용이 없었다. 점점 더 빨리 밑으로 미끄러져 내려가다 마침내 떨어져 버렸다. 다행스럽게도 아트레유는 밑에 있는 나무 한 그루 위에 떨어졌다. 나뭇가지가 그를 잡아 주었다.

아트레유의 눈앞에 산속의 거대한 동굴이 보였다. 그 안에는 검은 물이 철썩거렸다. 거기 물속에서 무언가가 꿈적이며 천천히 밖으로 나왔다. 언뜻 보기에 집채만 한 바윗덩이 같았다. 완전히 모습을 드러냈을 때 비로소 아트레유는 그것이 길고 주름이 많은 목에 붙은 거북의 머리라는 것을 알아챘다. 녀석의 눈은 검은 연못만 했다. 입에서는 진흙과 해초 물이 뚝뚝 떨어지고 있었다. 이 뿔의 산 전체가——이제야 갑자기 아트레유는 깨달았다.——어마어마하게 큰 단 하나의 짐승, 바로 거대한 늪지 거북 늙고도늙은 모를라였던 것이다!

곧 그 씨근거리고 그르렁거리는 소리가 다시 들려왔다.

"꼬마야, 거기서 뭐 하는 거냐?"

아트레유는 가슴에 있는 부적을 잡아 거북의 연못만 한 눈에 보이도록 들었다.

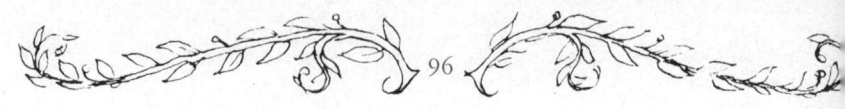

"이게 뭔지 알아, 모를라?"

모를라가 대답하기까지 시간이 좀 걸렸다.

"이봐, 할망구. 아우린이야. 우리는 저걸 오랫동안 보지 못했어. 어린 여왕의 표시 말이야. 오랫동안 못 봤지."

"어린 여왕이 아파."

아트레유가 말했다.

"알고 있었어?"

"우리한텐 상관없다. 그렇지 않아, 할망구?"

모를라가 대꾸했다. 모를라는 이렇게 독특한 방식으로 자기 자신과 이야기하는 것처럼 보였다. 아마도 달리 말동무가 없었기 때문인 것 같았다. 얼마나 오랫동안 그랬는지는 누구도 알 수 없는 노릇이지만.

"우리가 구하지 않으면 여왕은 죽을 거야."

아트레유가 급하게 덧붙였다.

"그렇겠지."

모를라가 대답했다.

"그렇게 되면 환상 세계도 같이 멸망할 거야. 벌써 곳곳에서 파괴가 번지고 있어. 내 눈으로 직접 봤다고."

아트레유가 소리쳤다.

모를라는 크고도 텅 빈 눈으로 아트레유를 응시했다.

"우린 어쩔 수 없어. 안 그래, 할망구?"

모를라가 그르렁거렸다.

"그렇게 되면 우리도 다 죽게 된다고! 우리 모두!"

아트레유가 소리쳤다.

"이봐, 꼬마야."

모를라가 대답했다.

"그게 우리랑 무슨 상관이지? 우리에겐 모든 게 더 이상 중요하지 않아. 전부 다 상관없어, 전부 다 전혀 상관없다고."

"너도 파괴될 거야, 모를라! 너도 말이야! 아니면 네가 너무 늙어서 환상 세계가 없어져도 살아남을 거라고 생각하는 거야?"

아트레유는 화가 나서 소리쳤다.

"이봐."

모를라가 또 그르릉거렸다.

"우리는 늙었다, 꼬마야. 정말 늙었지. 충분히 살 만큼 살았어. 정말 많은 걸 봤지. 우리처럼 많은 걸 알면, 더 이상 아무것도 중요하지 않다. 모든 건 영원히 되풀이되지. 낮과 밤, 여름과 겨울, 세상은 텅 비어 있고 아무 의미도 없다. 모든 것은 돌고 도는 거야. 생긴 것은 다시 없어져야 하고, 태어난 건 죽어야 한다. 모든 것은 상쇄되는 거야. 선과 악, 어리석음과 지혜, 아름다움과 추함. 모든 것이 공허하다. 아무것도 실재하지 않아. 아무것도 중요하지 않아."

아트레유는 뭐라고 대답해야 할지 몰랐다. 늙고도늙은 모를라의 거대하고 어둡고 공허한 시선이 생각을 전부 마비시켰다. 얼마 후에 모를라가 다시 말하는 소리가 들렸다.

"넌 어리다, 꼬마야. 우리는 늙었어. 네가 우리처럼 나이가 들면 알게 될 거다, 슬픔밖에는 아무것도 존재하지 않는다는 것을. 이봐, 왜 우리가 죽으면 안 되는 거지, 너, 나, 어린 여왕, 모두, 모두 다? 모든 것이 그저 허상이고 무(無) 속에서의 장난일 뿐이다. 모든 것이 아무 상관 없다. 우리를 내버려 둬라, 꼬마야, 떠나라."

아트레유는 모를라의 시선에 마비되지 않으려고 자신의 의지를 전부 모았다.

"만일 네가 그렇게 아는 것이 많다면, 어린 여왕이 왜 아픈지, 여왕을 구할 치료약이 있는지도 알겠구나."

아트레유가 말했다.

"우린 알고 있지, 안 그래, 할망구? 우린 알고 있지."

모를라가 헐떡였다.

"하지만 여왕이 낫든 낫지 않든 상관없어. 그러니 뭣 때문에 우리가 말해 줘야 하지?"

"너한테 정말 아무 상관이 없다면, 그렇다면 나한테 말해 줄 수도 있겠네."

아트레유는 모를라에게 졸라 댔다.

"우리가 해 줄 수도 있지. 할망구, 안 그래?"

모를라가 웅얼거렸다.

"하지만 그러고 싶지 않다."

"그렇다면, 너한테 진짜로 상관없는 게 아니네! 그렇다면 너 자

신도 네가 하는 말을 믿지 않는 거잖아!"

아트레유가 소리쳤다.

한참 동안 침묵이 흘렀다. 그리고 나서 아트레유는 깊게 그르렁거리는 소리와 트림 소리를 들었다. 그 소리는 틀림없이 웃음소리였다. 늙고도늙은 모를라가 도대체 웃을 줄이나 안다면 말이다. 어쨌든 모를라는 말문을 열었다.

"영리하구나, 꼬마야. 이봐. 넌 영리해. 오랫동안 이렇게 즐거웠던 적은 없었다. 안 그래, 할망구? 이봐. 너한테 정말 말해 주지 않을 수도 있고, 마찬가지로 말해 줄 수도 있어. 차이가 없지. 저 아이에게 말해 줄까, 할망구?"

긴 침묵이 흘렀다. 아트레유는 모를라가 길고 지루하게 생각하는 동안 질문을 해서 방해하는 대신, 다만 긴장한 채 모를라의 대답을 기다렸다. 드디어 모를라가 말을 이어 갔다.

"넌 짧게 산다, 꼬마야. 우린 오래 살지. 이미 너무 오래 살았어. 하지만 우리는 시간 속에 살고 있다. 넌 짧게. 우리는 길게. 어린 여왕은 내가 존재하기 전부터 있었다. 그런데 여왕은 늙지 않았어. 여왕은 항상 어려. 이봐. 여왕의 존재는 시간으로 계산되는 것이 아니라 이름으로 계산된다. 여왕은 새로운 이름이 필요해, 항상 새로운 이름이. 여왕의 이름이 뭔지 아니, 꼬마야?"

"아니. 한 번도 들어 본 적 없어."

아트레유는 인정했다.

"들을 수도 없단다. 우리도 전혀 기억나지 않는다. 그렇지만 여

왕은 이름이 많았단다. 하지만 전부 잊혀졌지. 전부 지나가 버렸어. 이봐. 그러나 여왕은 이름 없이는 살 수 없다. 새로운 이름만 얻게 되면 어린 여왕은 다시 건강해질 거다. 하지만 중요한 건 여왕이 건강해지는 것이 아니야."

모를라가 대답했다.

모를라는 연못만 한 눈을 감고 천천히 머리를 집어넣기 시작했다.

"기다려!"

아트레유가 소리쳤다.

"어디에서 여왕은 이름을 얻을 수 있지? 누가 여왕에게 이름을 줄 수 있어? 어디에서 내가 이름을 찾을 수 있지?"

"우리 중 누구도 아니야."

아트레유는 모를라가 그르렁거리는 것을 들었다.

"환상 세계에 있는 그 어떤 존재도 여왕에게 새 이름을 지어 줄 수 없다. 그렇기 때문에 전부 헛수고야. 괜히 헛수고하지 마라, 꼬마야. 모든 것이 중요하지 않다."

"도대체 누구지? 누가 여왕에게 여왕과 우리 모두를 구할 수 있는 이름을 줄 수 있냐고?"

아트레유는 흥분해서 소리쳤다.

"법석 떨지 마라!"

모를라가 말했다.

"우리를 내버려 두고 가거라. 우리도 누가 그 일을 할 수 있는

지 모른다."

"네가 만일 모른다면, 누가 알 수 있지?"

아트레유는 점점 더 크게 소리를 질렀다.

모를라는 다시 한 번 눈을 떴다.

"네가 만일 광채를 걸고 있지 않았더라면, 우린 널 벌써 잡아먹었을 거다. 그래야만 다시 평온해지니까. 이봐."

모를라가 헐떡거렸다.

"누구야?"

아트레유는 고집스럽게 물었다.

"나한테 말해 줘, 누가 아는지. 그러면 널 영원히 내버려 둘게!"

"아무래도 상관없어. 어쩌면 남쪽 신탁소에 있는 우유랄라가 알지도 몰라. 알 수도 있지. 우리에겐 상관없다."

모를라가 대답했다.

"어떻게 해야 거기에 갈 수 있지?"

"넌 절대로 그곳에 갈 수 없다, 꼬마야. 이봐. 일만 일을 여행해도 안 된다. 넌 너무 짧게 산다. 도착하기도 전에 죽을 거야. 너무 멀다. 남쪽이야. 너무너무 멀다. 그래서 전부 헛수고라고 우리가 처음부터 말했지. 안 그래, 할망구? 내버려 두고 포기해라, 꼬마야. 그리고 무엇보다도, 우리를 내버려 둬라!"

이 말과 함께 모를라는 공허하게 바라보는 눈을 영원히 감고 머리를 다시 동굴 속으로 집어넣었다. 아트레유는 모를라에게서

더 이상 아무것도 알아내지 못하리라는 것을 알았다.

같은 시각, 밤의 황야의 암흑이 모여 만들어진 그림자 존재는 아트레유가 남긴 흔적을 찾아내고 슬픔의 늪으로 가고 있었다. 환상 세계에 사는 어떤 것도 그 누구도 아트레유의 흔적으로부터 그림자를 떼어 내지 못할 것이다.

바스티안은 손으로 머리를 괴고 생각에 잠겨 앞을 쳐다보며 큰 소리로 말했다.

"이상하다. 환상 세계에 있는 그 누구도 어린 여왕에게 새로운 이름을 지어 줄 수 없다니!"

오로지 이름을 지어 내는 게 문제라면 바스티안이 쉽게 여왕을 도와줄 수 있었다. 그 점에선 바스티안은 뛰어났다. 하지만 유감스럽게도 바스티안은 지금 그의 능력을 쓸 수 있고 심지어는 호의나 존경을 받을지도 모를 환상 세계에 있는 것이 아니었다. 다른 한편으로 바스티안은 환상 세계에 있지 않아서 아주 기쁘기도 했다. 슬픔의 늪 같은 곳에는 죽었다 깨어나도 들어가 볼 엄두도 내지 못했을 테니까. 그리고 자기가 쫓기는지조차도 모르는 아트레유를 뒤에서 쫓고 있는 그 무시무시한 그림자 존재라니! 바스티안은 아트레유에게 경고해 주고 싶었지만 그건 불가능했다. 희망을 갖고 계속 책을 읽는 것말고는 달리 할 수 있는 일이 없었다.

제 4 장
위그라물, 많은 자들

갈증과 허기가 아트레유를 괴롭히기 시작했다. 슬픔의 늪들을 뒤로 한 지 이틀이 지났고, 그 뒤로 아무 생물도 살지 않는 바위 사막을 헤매고 있었다. 조금 남아 있던 비상 식량은 아르탁스와 함께 검은 물 속에 빠져 버렸다. 풀뿌리나마 찾아보려고 손으로 돌 사이를 파헤쳐 보았지만 헛수고였다. 여기에는 아무것도 자라지 않았다. 하다못해 이끼 같은 것조차도.

처음에는 다시 단단한 땅을 디딜 수 있다는 게 기뻤지만, 시간이 갈수록 상황이 오히려 훨씬 더 나빠졌다는 사실을 인정하지 않을 수 없었다. 아트레유는 길을 잃었다. 어디로 움직이고 있는지 방향조차 이제는 알 수 없었다. 어스름한 빛이 사방으로 똑같이 퍼져 있어서 방향을 찾는 데 아무런 도움도 되지 않았다. 사방으로 우뚝 솟은 뾰족한 바위 사이로 차가운 바람이 끊임없이 몰아쳤다.

아트레유는 산등성이와 바위 고개를 힘들게 기어올랐다. 올라갔다가 다시 기어 내려오곤 했지만, 더 멀리에 있는 산맥들 외에는 결코 아무것도 보이지 않았다. 산맥 뒤로는 또다시 산맥들이 있었고 그렇게 지평선까지 사방으로 이어졌다. 그리고 살아 움직이는 것은 아무것도 없었다. 풍뎅이, 개미 새끼 한 마리도 없었고, 길을 잃은 사람이 쓰러질 때까지 끈질기게 따라오곤 하는 독수리조차 없었다.

더 이상 의심할 여지가 없었다. 아트레유가 길을 잃고 헤매는 이 나라는 바로 죽음의 산맥이었다. 죽음의 산맥을 본 사람은 극히 적었고, 거기서 돌아온 사람은 거의 한 명도 없었다. 하지만

아트레유가 속한 족속에 전해오는 전설에는 이 산맥에 대한 이야기가 나왔다. 아트레유는 오래된 노래 한 구절을 떠올렸다.

어떤 사냥꾼이라도

늪에서 죽는 것이 더 낫지,

죽음의 산맥의 나라에는

저 깊은 심연이 있기 때문이지,

그곳에는 위그라물, 많은 자들이 살고 있지,

공포 중에서도 가장 끔찍한 것이…….

설령 아트레유가 돌아가는 방향을 알고 있다고 하더라도 이미 때는 늦었다. 이미 너무 깊숙한 곳까지 들어와 버리고 말았던 것이다. 계속 갈 수밖에 없었다. 만약 아트레유 혼자만의 일이었다면 아마 자기 족속의 사냥꾼들이 흔히 그랬던 것처럼 그냥 어느 바위 동굴에 들어가 앉아 거기서 침착하게 죽음을 기다렸을 것이다. 하지만 그는 대탐험 중이었고, 그것은 어린 여왕의 목숨과 환상 세계 전체가 걸린 일이었다. 포기란 용납되지 않았다.

그래서 아트레유는 계속해서 산을 오르락내리락했다. 이따금 자기가 오랫동안 마치 몽유병자처럼 돌아다니고 있고, 그럴 때 자기의 정신은 다른 지역에 머물다가 마지못해 겨우 돌아오곤 한다는 생각이 들었다.

바스티안은 깜짝 놀랐다. 탑 시계가 한 시를 쳤다. 오늘 수업이 끝난 것이다.

바스티안은 아래 교실에서 나와 복도를 뛰어가는 아이들의 떠들썩한 소리에 귀를 기울였다. 수많은 발이 우당탕거리며 층계를 내려가는 소리가 들렸다. 그러더니 잠깐 동안 거리에서 여러 외침 소리가 울려 왔다. 그리고 마침내 정적이 학교 건물에 퍼졌다.

이 정적이 바스티안의 기분을 마치 답답하고 무거운 이불처럼 덮어 질식시킬 것만 같았다. 지금부터 이 커다란 학교 건물에 완전히 혼자 있게 되는 것이다. 하루 종일, 다가올 밤에도. 얼마나 오래 있게 될지 모른다. 이제 사태가 심각해졌다.

다른 아이들은 지금 점심을 먹으러 집으로 갔다. 바스티안도 배가 고팠고 군용 담요를 덮고 있었지만 추웠다. 갑자기 바스티안은 모든 용기를 잃어버렸고, 자기 계획이 아주 황당하고 무의미한 것처럼 여겨졌다. 집으로 가고 싶었다. 당장 이 자리에서! 지금은 아직 시간이 있었다. 아직까지 아버지는 아무 눈치도 못 챘을 것이다. 바스티안은 아버지에게 오늘 학교를 땡땡이 쳤다는 것을 말할 필요조차 없었다. 물론 언젠가 들통이 나겠지만 이미 시간이 꽤 지난 뒤일 것이다. 그렇다면 책을 훔친 일은? 그래, 그것도 언젠가 고백해야만 할 것이다. 아버지는 결국 그 사실을 받아들일 것이다. 바스티안이 안겨 주었던 실망이란 실망은 모두 다 받아냈던 것처럼. 아버지를 무서워할 이유는 없었다. 아마 아버지는 아무 말도 하지 않고 코레안더 씨를 찾아가서 일을 수습할 것이다.

바스티안은 구릿빛 책을 가방에 집어넣으려다가 멈칫했다.

"아니야."

바스티안은 갑자기 창고 안의 정적을 깨며 크게 말했다.

"아트레유라면 좀 힘들다는 이유만으로 이렇게 금세 포기하지는 않을 거야. 뭔가 시작을 했으면 끝을 봐야 해. 이제 돌아가기에는 벌써 너무 멀리 와 버렸어. 어떻게 되든지 계속 갈 수밖에 없어."

바스티안은 아주 외로웠지만 동시에 뿌듯한 느낌도 들었다. 계속 강하게 버텨서 유혹에 굴복하지 않았다는 데 대한 뿌듯함이.

아주 조금이라도 아트레유와 비슷한 데가 있었다!

아트레유가 정말이지 더는 앞으로 나아갈 수 없는 순간이 왔다. 앞에는 심연이 아가리를 벌리고 있었다.

그 광경이 얼마나 무시무시한지는 이루 형언할 수가 없었다. 죽음의 산맥을 가로질러 폭이 1킬로미터 정도 되게 땅이 쩍 갈라져 있었다. 얼마나 깊은지는 알 수 없었다.

아트레유는 튀어나온 바위 가장자리에 엎드려 땅의 가장 깊숙한 곳까지 닿을 듯한 암흑 속을 내려다보았다. 손이 닿는 곳에 있던 머리 크기만 한 돌을 집어서 있는 힘껏 멀리 던졌다. 돌은 아래로 아래로 아래로 떨어졌고, 이윽고 어둠이 돌을 삼켜 버렸다. 아트레유는 귀를 기울였다. 하지만 한참을 기다려 봐도 돌이 땅에 부딪히는 소리가 들려오지 않았다.

그러고 나서 아트레유는 '자기가' 유일하게 할 수 있는 일을 했다. 깊은 심연의 가장자리를 따라 걷기 시작한 것이다. 그리고 매 순간마다 그 옛날 노래에 나오는 '공포 중에서도 가장 끔찍한 것'과 마주칠 때를 대비했다. 그게 어떤 종류의 생물인지 아트레유는 몰랐고, 단지 그놈의 이름이 위그라물이라는 것만 알고 있었다.

깊은 심연은 톱날처럼 들쭉날쭉하게 바위 사막 사이로 뻗어 있었다. 그러니 당연히 그 가장자리에 길이 따로 있을 리 없었고, 여기에도 탑같이 높은 바위들이 솟아 있어서 애써 기어 올라가야 했다. 때때로 아트레유는 그 위에서 불안하게 비틀거리기도 했으며, 거대한 바윗덩이가 앞을 가로막고 버티고 있어서 힘들게 돌아가기도 했다. 또 땅의 갈라진 틈을 향해 경사진 자갈 비탈이 아트레유가 지나가기가 무섭게 굴러 떨어졌다. 한 발만 더 앞으로 나갔더라면 떨어질 뻔한 적도 여러 번 있었다.

자신의 발자국을 쫓는 추적자가 있고 매 시간마다 더 가까이 다가오고 있다는 것을 아트레유가 알았더라면, 아마 아트레유는 안 그래도 힘든 여정에 그 대가를 혹독히 치르게 될 만한 어떤 경솔한 짓을 했을지도 모른다. 그자는 암흑으로 만들어진 존재로, 아트레유가 길을 떠났을 때부터 줄곧 아트레유를 뒤쫓고 있었다. 그동안 놈의 형체는 더욱 더 진해져서 윤곽을 분명하게 알아볼 수 있었다. 그놈은 황소만 한 크기의 새까만 늑대였다. 항상 코를 땅에다 박은 채, 놈은 아트레유의 흔적을 쫓아 죽음의 산맥의 바위 사막을 달려오고 있었다. 혀는 주둥이 밖으로 길게 늘어져 있었고 입술은 위로 치켜 올라가 무시무시한 이빨이 보였다. 놈은 신선한 냄새로 제물이 몇 킬로미터 떨어져 있지 않다는 것을 알았다. 그리고 놈과 아트레유 사이의 간격은 가차없이 줄어들고 있었다.

그러나 아트레유는 추적자가 있다는 사실을 전혀 몰랐고 조심스럽게 천천히 자신이 갈 길을 찾았다.

아트레유가 커다란 바윗덩이를 뚫고서 마치 구불구불한 관처럼 나 있는 좁다란 동굴 안에 막 들어갔을 때, 갑자기 어떤 소리인지 설명할 수 없는 소음이 들려왔다. 그 소리는 여태껏 들어 봤던 다른 어떤 소리와도 비슷한 구석이 없었다. 쐐쐐거리기도 하고 포효하는 것 같기도 하고 쨍그랑거리기도 했다. 동시에 아트레유는 마치 자기가 들어와 있는 바위 동굴 전체가 진동하는 것같이 느꼈고, 밖에서 돌 파편들이 산기슭에서 떨어져 내려 쿵하고 서로 부딪치는 소리를 들었다. 잠깐 동안 아트레유는 지진— 또는 그게 다른 무엇이든지 간에—이 가라앉길 기다렸다. 그것이 멈췄을 때 아트레유는 계속 기어서 마침내 출구에 도착했고 조심스럽게 머리를 밖으로 내밀었다.

그리고 아트레유는 보았다. 깊은 심연의 암흑 위로 이쪽 끝에서 저쪽 끝에 걸쳐 어마어마하게 큰 거미줄이 걸려 있는 것을. 그리고 밧줄만큼 굵고 끈적끈적한 그 거미줄에 크고 하얀 행운의 용이 휘감겨 있었다. 용은 꼬리와 발로 사방을 쳐 댔지만 그럴수록 점점 더 어찌할 도리 없이 거미줄에 칭칭 휘감겼다.

행운의 용은 환상 세계에서 가장 귀한 동물에 속했다. 거대하고

징그러운 뱀처럼 깊은 지하 동굴 속에 살면서 고약한 냄새를 풍기고, 실제로 있거나 혹은 있다고 사람들이 믿는 보물을 지키는 평범한 용이나 이무기하고는 닮은 데가 전혀 없었다. 그런 혼돈의 화신들은 대개는 음흉하거나 까다로웠고, 박쥐처럼 비막이 달려서 그걸로 시끄러운 소리를 내며 서투르게 공중으로 날아오를 수 있고 불과 연기를 내뿜는다. 그와 반대로 행운의 용은 공기와 불로 이루어진 피조물이자, 사그라지지 않는 기쁨의 피조물이고, 그 몸집이 거대해도 여름 하늘의 구름만큼이나 가볍다. 그렇기 때문에 행운의 용은 날기 위해 날개가 필요하지 않다. 행운의 용은 물속의 물고기들처럼 공기 속에서 헤엄친다. 지상에서 바라보면 천천히 지나가는 번개 같다. 무엇보다도 가장 아름다운 것은 행운의 용이 부르는 노래다. 행운의 용의 목소리는 커다란 종이 아름답게 울리는 소리 같고, 용이 나지막하게 말하면 마치 멀리서 그 종소리를 듣는 것 같다. 그 노랫소리를 들을 수 있었던 사람은 평생 잊지 못하고 손자들에게까지 그 얘기를 해 주게 된다.

그러나 아트레유가 지금 보고 있는 이 행운의 용은 정말이지 노래를 부르고 싶어 할 형편이 아니었다. 장밋빛과 흰빛으로 반짝이는 진줏빛 비늘이 달린 길고도 부드러운 몸은 커다란 거미줄에 걸려 우그러진 채 꼼짝 못 하고 있었다. 입가에 난 긴 수염, 풍성한 갈기, 꼬리와 사지에 달린 술들이 끈적거리는 거미줄에 엉켜서 용은 거의 움직일 수조차 없었다. 다만 사자처럼 생긴 얼굴의 눈동자만이 루비 빛으로 빛나고 있어서 아직 용이 살아 있다는 것을

알려 주었다.

 이 훌륭한 동물은 수많은 상처에서 피를 흘리고 있었다. 거기에는 뭔가 다른 것, 뭔가 거대한 것이 또 있었는데, 그것은 마치 끊임없이 모양을 바꾸는 먹구름처럼, 하얀 용의 몸 위를 번개같이 빠르게 계속 덮쳤다. 그것은 긴 다리와 타오르는 수많은 눈을 가진, 검고 엉클어진 덤불 같은 털로 잔뜩 뒤덮인 뚱뚱한 몸뚱이의 거대한 거미 같더니, 곧 긴 손톱이 달린 커다란 손 하나로 변해 행운의 용을 짓눌러 버리려고 했고, 그 다음 순간에는 시커먼 커다란 전갈로 둔갑해 불행한 제물에게 독침을 휘둘러 댔다.

 두 거대한 존재 간의 싸움은 무시무시했다. 행운의 용은 푸른 불을 뿜으며 자기를 방어하고 있었는데, 불이 구름 같은 상대의 머리털을 태웠다. 연기가 일어나더니 연기 덩어리가 바위 틈으로 회오리치며 나갔다. 고약한 냄새 때문에 아트레유는 거의 숨을 쉴 수조차 없었다. 한번은 행운의 용이 상대편의 긴 다리를 물어뜯기까지 했다. 그러나 떨어져 나간 다리는 심연 저 아래로 빠지기는커녕 잠시 동안 공기 속에서 혼자 꿈틀거리다가 원래 위치로 돌아가더니 새까만 구름 몸체와 다시 결합해 버렸다. 그리고 그런 일은 계속 반복되었다. 용이 이빨로 상대의 사지를 물면 마치 허공을 깨무는 것처럼 되어 버리는 것이었다.

 그제야 비로소 아트레유는 지금까지 알아채지 못했던 점을 깨달았다. 이 무시무시한 놈은 하나의 단단한 몸체가 아니라 셀 수 없이 많이 작은 강청색(鋼靑色) 벌레들로 이루어졌고, 이 벌레들

은 마치 성난 말벌들처럼 윙윙거리고 조밀하게 무리를 지어 항상 새로운 형체를 만들어 내었던 것이다.

위그라물이었다. 아트레유는 그제야 위그라물을 왜 '많은 자들'이라고 부르는지 알게 되었다.

아트레유는 숨어 있던 곳에서 뛰어나와 가슴에 달린 보석을 움켜쥐고는 있는 힘껏 크게 고함을 질렀다.

"멈춰라! 어린 여왕의 이름으로 명한다! 멈춰라!"

그러나 싸우는 자들이 내는 으르렁대고 쉭쉭거리는 소리에 아트레유의 목소리는 파묻혀 버렸다.

깊이 생각하지 않고 아트레유는 끈적거리는 그물 위로 가서 싸우고 있는 자들에게로 달려갔다. 그물이 발밑에서 흔들거렸다. 아트레유는 몸의 균형을 잃고 그물코 사이로 빠져, 두 손만으로 단단히 그물을 붙잡고 어두운 심연 위에 매달려 있다가 다시 위로 올라와 몸을 추슬러서 바쁘게 계속 갔다.

위그라물은 갑자기 뭔가 다가오고 있다는 것을 느꼈다. 놈은 번개같이 빨리 몸을 홱 돌렸는데 그 모습은 끔찍했다. 놈은 이제 거대한 강청색 얼굴이 되어 있었고, 콧잔등 위에 달린 외눈은 동공이 수직으로 된 채 상상할 수조차 없는 악의를 담고 아트레유를 응시하였다.

바스티안은 나지막하게 비명을 질렀다.

비명이 좁은 골짜기에 울렸고 메아리가 되어 여기저기 퍼져 나갔다. 위그라물은 또 다른 자가 와 있는지 보려고 눈을 왼쪽 오른쪽으로 돌렸다. 공포로 마비된 듯 자기 앞에 서 있는 소년이 소리 질렀을 리는 없었기 때문이다. 하지만 아무도 없었다.

'놈이 혹 내 목소리를 들은 건가?'
바스티안은 극도로 불안해져서 생각했다.
'하지만 그건 절대로 있을 수 없는 일이야.'

그 때 아트레유는 위그라물의 목소리를 들었다. 거대한 얼굴에 전혀 어울리지 않는 아주 높고 약간 쉰 목소리였다. 놈은 말할 때 입을 움직이지 않았다. 거대한 말벌 떼가 내는 붕붕 소리가 모여서 말소리가 형성되었다.
"두 다리 달린 놈!"
아트레유에게 이렇게 들렸다.
"그렇게 긴, 긴 시간 동안 굶은 끝에 맛있는 간식이 한꺼번에 둘이나! 위그라물에게 행운의 날이군!"
아트레유는 온 힘을 모아야만 했다. 아트레유는 광채를 괴물의 외눈에다 들이대고 물었다.
"너희들, 이 표시를 아느냐?"
"가까이 다가와라, 두 다리야! 위그라물은 눈이 나쁘다."
여러 개의 목소리가 함께 붕붕거렸다.

아트레유는 위그라물의 얼굴 앞으로 한 걸음 더 다가갔다. 놈이 이제 입을 열었다. 혀 대신에 수많은 더듬이와 집게가 반짝거리고 있었다.

"더 가까이!"

벌 떼가 붕붕거렸다.

아트레유는 다시 한 걸음 다가갔고, 이제 얼굴 아주 가까이에서 한데 뒤엉켜 격렬하게 움직이고 있는 수많은 강청색 존재들을 하나하나 뚜렷이 볼 수 있었다. 하지만 그 끔찍한 얼굴은 전체적으로는 미동도 하지 않았다.

"난 아트레유다. 어린 여왕의 위임을 받았다."

아트레유가 말했다.

"넌 때를 잘못 맞춰서 왔다."

잠시 후 성난 붕붕 소리가 대답했다.

"위그라물에게서 원하는 게 뭐지? 위그라물은 보다시피 아주 바쁘다."

"이 행운의 용을 원한다. 용을 내게 줘!"

아트레유가 대답했다.

"어째서 행운의 용이 필요하지, 아트레유 두 다리야?"

"난 슬픔의 늪에서 내 말을 잃었다. 난 남쪽 신탁소에 가야 해. 거기 있는 우유랄라만이 누가 어린 여왕에게 새로운 이름을 지어 줄 수 있는지 말해 줄 수 있거든. 만일 여왕이 새 이름을 얻지 못하면 여왕은 죽어야만 해, 여왕과 함께 환상 세계 전체도…….

많은 자들이라고 불리는 너희들, 위그라뭄도 마찬가지야."

"아!"

얼굴로부터 소리가 울려 퍼졌다.

"그게 아무것도 없는 그런 자리들이 생기는 이유냐?"

"그래."

아트레유가 대답했다.

"그러니까 너희들도 알고 있었구나, 위그라뭄! 남쪽 신탁소는 너무나 멀어서 내가 살아 있는 동안에 도착하지 못할 거야. 그래서 너희한테 이 행운의 용을 달라고 하는 거다. 용이 공중으로 날아서 나를 데리고 가면 아마 목적지에 닿을 수 있을 거야."

얼굴을 형성하고 있는 격렬하게 움직이는 떼로부터 여러 목소리가 제각기 킥킥거리는 것 같은 소리가 들려왔다.

"넌 착각하고 있다, 아트레유 두 다리야. 우리는 남쪽 신탁소에 대해서도, 우유랄라에 대해서도 아는 게 없다. 하지만 우리는 용이 너를 이제는 태울 수 없다는 것은 알고 있다. 용이 다치지 않았다 하더라도 너희들의 여행은 너무 오래 걸려서 어린 여왕은 그 사이 병으로 죽을 거다. 너의 생명에 맞춰서 대탐험을 계산하면 안 된다, 아트레유 두 다리. 여왕의 생명에 맞춰야지."

동공이 수직으로 된 눈에서 나오는 시선을 차마 견딜 수 없어서 아트레유는 고개를 숙였다.

"그 말이 맞아."

아트레유는 나지막이 말했다.

"게다가 위그라물의 독이 용의 몸속에 들어갔다. 용은 채 한 시간도 버티지 못할 거야."

꿈쩍하지도 않고 얼굴이 말을 이어갔다.

"그렇다면, 아무 희망이 없구나. 용도, 나도, 그리고 너희들도, 위그라물."

아트레유가 중얼거렸다.

"그렇다면, 위그라물은 적어도 한 끼는 잘 차려 먹겠군. 하지만 이번이 정말 위그라물의 마지막 식사라고는 아직 말하지 않겠다. 위그라물은 너를 눈 깜짝할 사이에 남쪽 신탁소로 보내 줄 방법을 한 가지 더 알고 있다. 단지 네가 그 방법을 좋다고 할는지, 그게 문제야, 아트레유 두 다리야."

목소리가 붕붕거렸다.

"그게 뭔데?"

"그건 위그라물의 비밀이다. 심연에 사는 생물들도 그들만의 비밀이 있다, 아트레유 두 다리야. 위그라물은 지금껏 한 번도 비밀을 털어놓은 적이 없다. 너도 절대로 발설하지 않겠다고 맹세해야 한다. 만일 이것이 밝혀지면, 위그라물은 손해를 입을 것이다. 오, 아주 큰 손해를."

"맹세할게! 말해 줘!"

강청색의 거대한 얼굴은 잠깐 고개를 숙이더니 거의 알아듣기 힘들게 붕붕거렸다.

"네가 위그라물에게 물려야 한다."

아트레유는 놀라서 뒤로 물러섰다.

"위그라물의 독은 한 시간 안에 너를 죽일 거다."

목소리는 말을 계속했다.

"그렇지만 그 독은 동시에 독이 몸속에 들어간 자에게 환상 세계 안에서 원하는 곳이면 어디든지 이동할 수 있는 힘을 준다. 이 사실이 알려지면 어떻게 될지 생각해 봐라! 먹이들은 다 위그라물에게서 도망칠 거다!"

"한 시간이라고? 하지만 겨우 한 시간 안에 도대체 뭘 할 수 있지?"

아트레유가 소리쳤다.

"자, 적어도 여기서 아직 너한테 남아 있는 시간보다는 많은 시간이다. 결정해라!"

벌 떼가 붕붕거렸다. 아트레유는 자신과 싸우고 있었다.

"내가 만일 어린 여왕의 이름으로 너희한테 부탁하면 행운의 용을 풀어줄 거니?"

마침내 아트레유가 물었다.

"아니."

얼굴이 대답했다.

"아무리 네가 아우린, 그 광채를 목에 걸고 있다고 해도 넌 위그라물에게 부탁할 권리가 없다. 어린 여왕은 우리 모두를 원래 생긴 그대로 인정해 준다. 그래서 위그라물도 여왕의 표시에 복종하는 거다. 너도 그걸 전부 알고 있지 않느냐."

아트레유는 여전히 고개를 떨군 채 서 있었다. 위그라물이 한 말은 사실이었다. 그러니까 아트레유는 하얀 행운의 용을 구할 수 없었다. 아트레유 자신의 소원은 중요하지 않았다.

아트레유는 용기를 내서 말했다.

"네가 제안한 대로 하겠다!"

강청색 구름이 번개처럼 재빨리 아트레유에게 덤벼들어 사방에서 둘러쌌다. 아트레유는 왼쪽 어깨에 엄청난 통증을 느꼈지만 오직 하나만을 생각했다. 남쪽 신탁소로! 그러더니 눈앞이 깜깜해졌다.

얼마 후에 늑대가 그 자리에 도착했을 때, 거대한 거미줄밖에 보이지 않았다. 그 외에는 아무것도 없었다. 여기까지 따라서 왔던 흔적은 갑자기 끊어졌고 아무리 애써도 찾을 수 없었다.

바스티안은 책을 읽다가 멈추었다. 마치 자신의 몸속에 위그라물의 독이 들어온 것처럼 기분이 나빴다.

"다행이야. 환상 세계에 있지 않아서. 그런 괴물은 다행히 현실에는 없거든. 이건 다 그냥 이야기일 뿐이니까."

바스티안은 나지막이 중얼거렸다.

그러나 그것이 정말 단순한 이야기에 불과했을까? 그렇다면 위그라물이, 또 아트레유조차도 어떻게 바스티안의 비명을 들을 수 있었던 걸까?

이 책이 바스티안에게는 차츰 무시무시해지기 시작했다.

제 5 장

두 개척자

 잠깐 동안 아트레유는 위그라물이 자기를 속인 게 아닌가 하는 의심에 사로잡혔다. 아트레유가 깨어났을 때 그는 여전히 바위 사막에 있었기 때문이다.

 아트레유는 힘겹게 일어났다. 그러고는 자기가 조금 전과는 전혀 다른 곳인 황무지 산에 있다는 것을 알았다. 이 지대는 온통 서로 층층이 포개지고 쌓여서 수많은 독특한 탑과 피라미드를 형성하는 커다란 적갈색 바위판들로 이루어진 것처럼 보였다. 바위 사이사이에는 키 작은 관목과 풀들이 땅을 뒤덮고 있었고, 타는 듯한 더위가 맹위를 떨쳤다. 풍경은 빛나는, 아니 눈이 부실 정도로 작열하는 햇빛에 잠겨 있었다.

 손으로 얼굴을 가린 아트레유는 1.5킬로미터쯤 떨어진 곳에 제멋대로 생긴 바위문이 있는 것을 보았다. 문의 아치는 가로로 놓인 석판으로 만들어졌고 문의 높이는 3.5킬로미터쯤 되어 보였다.

 저것이 남쪽 신탁소의 입구일까? 아트레유가 볼 수 있는 한, 바위문 뒤로는 끝없이 펼쳐진 텅 빈 평원밖에 없었다. 건물도, 사원도, 작은 숲도……. 신탁소에 있을 법한 것은 아무것도 없었다.

 아트레유가 어떻게 해야 하나 곰곰이 생각하고 있는데 갑자기 청동의 울림 같은 깊은 목소리가 들렸다.

 "아트레유!"

 그러고 나서 또 한 번.

 "아트레유!"

 아트레유는 뒤돌아보았고 어떤 적갈색 바위탑 뒤에서 하얀 행

운의 용이 나오는 것을 보았다. 녀석은 상처에서 피를 흘렸고 너무 약해져서 간신히 몸을 질질 끌고서야 겨우 아트레유 쪽으로 올 수 있었다. 그런데도 용은 루비처럼 빨간 눈으로 장난스럽게 윙크하고는 말했다.

"내가 여기 있다고 너무 놀라지 마, 아트레유. 거미줄에 걸려 있을 때 난 거의 마비된 상태였지만, 위그라물이 너한테 하는 말을 다 들었어. 그리고 생각했지, 결국 나도 위그라물에게 물린 거니까 놈이 너한테 털어놓은 비밀을 이용하지 못할 까닭이 없다고. 그래서 녀석에게서 달아난 거야."

아트레유는 기뻤다.

"널 위그라물 손아귀에 내버려 두는 게 괴로웠어. 하지만 내가 달리 뭘 할 수 있었겠어?"

"아무것도."

행운의 용이 대답했다.

"그래도 넌 내 목숨을 구해 준 거야. 물론 나도 노력했지만 말이야."

그리고 또 한 번 윙크했다. 이번에는 다른 쪽 눈으로.

"목숨을 구했다고……"

아트레유는 되풀이하고는 다시 말을 이었다.

"한 시간 동안만이지. 우리 둘 다 더 이상은 시간이 없어. 매 순간마다 위그라물의 독이 점점 강해지는 게 느껴져."

"모든 독에는 해독제가 있게 마련이지. 두고 봐, 모든 게 다 잘

될 거야."

하얀 용이 대답했다.

"어떻게? 난 모르겠어."

아트레유가 말했다.

"나도 몰라. 그렇지만 그게 바로 좋은 점이지. 지금부터 너한테는 모든 일이 잘될 거야. 나는 행운의 용이잖아. 거미줄에 매달려 있었을 때도 난 희망을 버리지 않았어. 그리고 네가 보다시피 내 생각이 옳았잖아."

용의 말에 아트레유는 웃었다.

"말해 봐, 왜 너도 이곳으로 왔는지. 왜 치료약을 구할 수 있는 다른 더 나은 곳으로 안 간 거지?"

"내 목숨은 네 것이야. 네가 그걸 받아들이겠다면 말이야. 네가 대탐험을 하는 데 타고 다닐 동물이 필요하다고 생각했지. 그리고 너도 보면 알겠지만, 두 다리로 엉금엉금 기어가는 것, 심지어 좋은 말을 타고 달리는 것과 행운의 용의 등에 타고 하늘을 질주하는 건 아주 다르단다. 얘기 끝난 거지?"

"얘기 끝났어!"

아트레유가 대답했다.

"그건 그렇고, 내 이름은 푸후르야."

행운의 용이 덧붙였다.

"좋아, 푸후르. 그런데 우리가 이렇게 떠드는 사이에 얼마 남지 않은 시간이 지나가 버리잖아. 난 뭔가 해야 해. 그런데 뭘 해야

하지?"

아트레유가 물었다.

"행운을 가져야지. 뭐가 더 필요해?"

푸후르가 대답했지만 아트레유는 그 말을 듣지 못했다. 아트레유는 쓰러졌고 용의 몸의 부드러운 굴곡에 말려 꼼짝없이 누워 있었다.

위그라물의 독이 효력을 나타낸 것이었다.

아트레유가—시간이 얼마나 지났는지 모른다.—다시 눈을 떴을 때, 맨 처음 본 거라곤 자기 얼굴을 내려다보고 있는 아주 이상한 얼굴뿐이었다. 아트레유가 여태껏 본 것 중에 가장 주름이 쪼글쪼글한 얼굴이었지만, 크기는 겨우 아트레유의 주먹만 했다. 얼굴빛은 구운 사과처럼 짙은 갈색이었고, 작은 눈은 별처럼 반짝였다. 머리에는 시든 잎으로 만든 모자 같은 것이 얹혀 있었다.

이윽고 아트레유는 작은 잔이 입술에 와닿는 것을 느꼈다.

"좋은 약이다, 잘 듣는 약!"

주름투성이 얼굴에 있는 쪼글거리는 작은 입술이 중얼거렸다.

"잠자코 마셔라, 아가야. 마셔. 몸에 좋단다!"

아트레유는 홀짝홀짝 마셨다. 맛이 특이했다. 좀 달면서도 씁쓸했다.

"하얀 용은 어떻게 됐죠?"

아트레유는 힘겹게 말문을 열었다.

"이미 괜찮아졌단다."

소곤거리는 목소리가 대답했다.

"걱정 마라, 애야. 다시 건강해질 거야. 둘 다 다시 건강해질 거다. 최악의 상황은 이미 다 지나갔단다. 그냥 마시기만 해라, 마셔."

아트레유는 또 한 모금을 마시고 난 뒤 금방 잠들었다. 그러나 이번에는 회복을 위한 깊고도 상쾌한 잠을 잤다.

탑 시계가 두 시를 쳤다.

바스티안은 더 이상 참을 수가 없었다. 화장실이 급했다. 벌써 한참 전부터 급했지만 책 읽는 걸 멈출 수가 없었다. 더군다나 학교 건물로 내려가는 게 약간 겁나기도 했다. '겁낼 이유가 없어, 학교는 텅 비었고 아무도 보지 못할 거야.'라고 스스로에게 말했다. 그런데도 학교 건물 자체가 자기를 지켜보는 존재인 것처럼 겁났다.

그렇지만 이제는 달리 어쩔 도리가 없었다. 무조건 가야만 했다!

바스티안은 책을 펼친 채로 체조 매트 위에 두고는 일어서서 창고 문으로 갔다. 그리고 잠시 동안 두근거리는 가슴을 안고 가만히 귀를 기울였다. 온통 조용했다. 바스티안은 빗장을 벗기고는 열쇠 구멍에 꽂힌 큰 열쇠를 살며시 돌렸다. 손잡이를 누르자 삐거덕거리는 요란한 소리와 함께 문이 열렸다.

바스티안은 다시 한 번 불필요한 소음을 내지 않기 위해 문을

그대로 열어 둔 채 양말 바람으로 쏜살같이 달려나갔다. 그러고는 계단으로 이층까지 살금살금 내려갔다. 앞에는 시금치 색으로 칠해진 교실 문들이 죽 늘어서 있는 긴 복도가 있었다. 학생용 화장실은 복도 끝에 있었다. 오줌이 막 나올 지경이었다. 바스티안은 최대한 빨리 달려갔다. 말 그대로 마지막 순간에 구원의 장소에 도착했다.

변기에 앉아 있는 동안 바스티안은 그런 이야기 속에 나오는 영웅들은 도대체 왜 이런 종류의 문제에 결코 시달리지 않는지 곰곰이 생각해 보았다. 예전에— 바스티안이 훨씬 더 어렸을 때— 종교 수업 시간에 예수님이 보통 사람처럼 먹고 마시고 했기 때문에 보통 사람처럼 볼일도 보셨냐고 물어본 적이 있었다. 교실 안은 떠나갈 듯한 웃음바다가 되었고 종교 선생님은 출석부 바스티안 이름 옆에다 "버릇없는 행동을 했음."이라고 경고를 적어 넣었다. 대답은 해 주지도 않았다. 바스티안이 정말 버릇없이 행동한 것도 아니었는데 말이다.

"아마도 이런 일은 그냥 아주 사소하고 별로 중요하지 않아서 그런 이야기에서 언급할 필요가 없나 보지."

바스티안은 혼자 중얼거렸다.

그래도 때때로 바스티안에게는 이런 일이 절망스럽고 창피할 정도로 중요하기도 했다.

볼일이 끝나서 물을 내리고 막 나오려던 참이었다. 갑자기 바깥 복도에서 발소리가 들려왔다. 교실 문이 차례로 열렸다 닫혔고

발소리는 점점 더 가까이 다가왔다.

바스티안의 심장이 심하게 고동쳤다. 대체 어디로 숨는담? 바스티안은 마비된 듯 그 자리에 그대로 서 있었다.

화장실 문이 열렸다. 다행히도 바스티안이 가려질 정도로. 학교 관리인이 안으로 들어왔다. 관리인은 칸마다 하나하나 차례로 들여다보았다. 물이 아직 흐르고 물 내리는 사슬이 흔들리는 칸에 왔을 때 그는 잠깐 주춤했다. 뭐라고 혼잣말로 툴툴거리더니 물이 그치자 어깨를 으쓱하고서는 화장실에서 나갔다. 발소리가 계단에서 울렸다.

바스티안은 그동안 내내 숨도 못 쉬고 있다가 그제야 숨을 깊이 내쉬었다. 밖으로 나오려고 할 때 무릎이 떨리고 있다는 걸 깨달았다.

조심스럽게, 그러나 되도록 빨리 시금치 빛깔로 칠해진 문들이 열 지어 있는 복도를 지나 계단을 올라 창고로 돌아왔다. 창고 문을 다시 닫고 잠그고 나서야 비로소 긴장이 풀렸다.

바스티안은 깊은 한숨을 쉬면서 다시 체조 매트 위 자리에 주저앉아 군용 담요로 몸을 감싸고는 책을 집어 들었다.

다시 깨어났을 때 아트레유는 더할 나위 없이 상쾌하고 힘이 나는 것 같았다. 아트레유는 일어나 앉았다.

밤이었고, 달빛이 환하게 비치고 있었다. 아트레유는 자기가 행운의 용 옆에서 쓰러졌던 바로 그 자리에 그대로 있다는 것을

알았다. 푸후르도 여전히 옆에 있었다. 편안하고 깊게 숨을 쉬는 걸 보니 푸후루는 깊이 잠든 것 같았다. 상처는 전부 붕대로 감겨 있었다.

아트레유는 자신의 어깨도 똑같이 처치되어 있는 것을 알아차렸다. 헝겊이 아니라 약초와 식물성 섬유로 말이다.

몇 걸음 떨어진 바위 속에 작은 동굴이 하나 있었고 그 입구에서 희미한 불빛이 새어 나왔다.

아트레유는 왼쪽 팔을 움직이지 않으면서 조심스럽게 일어나 야트막한 동굴 입구까지 걸어갔다. 몸을 굽혀서 안을 들여다보니 연금술사의 작업실을 축소해 놓은 듯한 방이 있었다. 뒤편에는 벽난로에서 불꽃이 탁탁 소리를 내며 활활 타고 있었다. 곳곳에 도가니며 냄비, 괴상하게 생긴 병이 뒹굴고 있었다. 책장에는 여러 종류의 말린 식물 다발들이 쌓여 있었다. 중간에 있는 탁자와 다른 가구들은 그루터기로 짠 것 같았다. 전체적으로 아주 안락한 느낌이 드는 방이었다.

흠흠 하는 잔기침 소리를 듣고서야 아트레유는 벽난로 앞 안락의자에 난쟁이 남자가 앉아 있다는 것을 눈치 챘다. 그자는 머리에 나무뿌리로 만든 모자를 쓰고 있었는데, 그 모자는 마치 파이프 머리를 뒤집어 놓은 것 같았다. 얼굴은 아트레유가 처음 깨어났을 때 내려다보고 있었던 그 얼굴과 마찬가지로 짙은 갈색에 주름투성이였다. 하지만 이 얼굴은 코에 커다란 안경이 걸쳐져 있었고, 인상이 훨씬 더 날카롭고 근심스러워 보였다. 난쟁이 남자는

커다란 책을 무릎에 얹고 읽고 있었다.

이윽고 뒤편에 있던 다른 방에서 또 다른 작은 인물이 뒤뚱거리며 걸어 들어왔다. 아트레유는 아까 자기를 돌보아 주었던 난쟁이임을 금방 알아보았다. 그리고 그제야 비로소 그 난쟁이가 여자인 것을 알았다. 이 난쟁이 여자는 나뭇잎으로 만든 모자 말고도 —벽난로 가의 안락의자에 앉아 있는 난쟁이 남자와 마찬가지로 —수도복 같은 옷을 걸치고 있었는데, 그 옷도 역시 시든 나뭇잎으로 만든 것 같았다. 여자는 기분이 좋은 듯 콧노래를 흥얼거리며 손을 비비더니 불 위에 걸린 솥 앞으로 다가갔다. 둘 다 간신히 아트레유의 무릎에 닿을까 말까 한 키였다. 이 둘은 널리 퍼져서 사는 '그놈'(땅의 요정이나 정령들. 아주 작으며 땅속에 있는 보물을 지킨다고 함./옮긴이) 족의 일원임이 틀림없었다. 비록 상당히 특이한 일원이긴 했지만.

"할망구, 불빛 좀 가리지 마! 연구에 방해가 된다고!"

난쟁이 남자가 성난 목소리로 말했다. 그러자 난쟁이 여자가 대답했다.

"당신이 연구를 한다고! 누가 관심이나 있을 줄 알고? 지금 중요한 건 내 영약을 완성하는 거라고. 바깥에 있는 둘 다 이 약이 필요하거든."

"바깥에 있는 둘, 그 둘한테 진짜 필요한 건 내 충고와 도움이야."

난쟁이 남자는 발끈해서 대답했다.

"그러시겠지. 하지만 다시 건강해진 다음에 보자고. 비켜, 이 영감아!"

난쟁이 여자가 대답했다.

난쟁이 남자는 투덜거리며 안락의자를 끌고 불에서 약간 비켜났다.

아트레유는 주의를 끌기 위해 헛기침을 했다. 그놈 부부는 아트레유 쪽을 돌아보았다.

"벌써 멀쩡해졌네. 이젠 내 차례로군!"

난쟁이 남자가 말했다.

"턱도 없어!"

난쟁이 여자가 남자를 나무랐다.

"쟤가 건강해졌는지 아닌지는 내가 판단해! 내가 당신 차례야 하고 말해야 당신 차례가 된다고!"

그러고 나서 여자는 아트레유 쪽으로 돌아섰다.

"여기에 들어오라고 하고는 싶지만 너에겐 너무 좁을 거야. 잠깐 기다려라. 내가 금방 나가마."

난쟁이 여자는 작은 절구에 뭔가를 찧어서 솥에 집어넣었다. 그런 다음 손을 씻고 옷에다 닦으면서 난쟁이 남자에게 말했다.

"내가 부를 때까지 여기에 잠자코 있어, 엥귀부크. 알았지?"

"알았다고, 우르글!"

난쟁이 남자가 투덜거렸다.

그놈 족 여자는 동굴 바깥으로 나왔다. 실눈을 뜨고 아트레유

를 밑에서부터 찬찬히 훑어보았다.

"어때? 벌써 다 나은 것 같기는 하구나, 그래?"

아트레유는 고개를 끄덕거렸다.

난쟁이 여자는 아트레유의 얼굴 높이에 있는, 바위가 튀어나온 부분으로 기어 올라가서는 자리를 잡고 앉았다.

"이제 아프지 않니?"

여자가 물었다.

"두말하면 잔소리죠."

아트레유는 대답했다.

"뭐라고? 아픈 거니, 아니니?"

난쟁이 여자는 작은 눈을 번득이며 타박했다.

"아직 좀 아프긴 해요."

아트레유가 설명했다.

"하지만 상관없어요……."

"난 상관 있다!"

우르글이 씩씩거렸다.

"환자들은 의사한테 어디가 어떤지 말해야 하는 거다. 네가 뭘 알겠냐, 이 초록 주둥이야! 나으려면 아픈 게 당연한 거다. 만일 더 이상 아프지 않으면 네 팔은 이미 못쓰게 된 거야."

"미안해요!"

아트레유는 마치 자신이 꾸중을 들은 아이처럼 여겨졌다.

"나는 그저……, 그러니까, 고맙다고 인사하려고 했어요."

"나 원 참!"

우르글은 퉁명스럽게 아트레유의 말을 잘랐다.

"난, 의사란 말이다. 직업상의 의무를 행했을 뿐이야. 그리고 우리 영감 엥귀부크가 네 목에 걸린 광채를 보았거든. 그러니 의심할 여지가 없었지."

"그런데 푸후르는? 녀석은 괜찮아요?"

아트레유가 물었다.

"그게 누구냐?"

"하얀 행운의 용."

"아 그래. 아직 모르겠다. 걔 너보다 좀 더 심하게 다쳤어. 그러니까 너보다 시간이 좀 더 걸릴 거야. 이겨냈으면 좋겠구나. 다시 회복될 거라고 난 확신한다. 다만 조금 더 휴식이 필요하단다. 근데 너희들 도대체 어디서 이 독에 쏘인 거냐, 응? 그리고 어디에서 그렇게 갑자기 나타난 거야? 어디로 가려는 거냐? 너희들은 대체 누구냐?"

엥귀부크도 이제 동굴 입구로 나와 있었고 아트레유가 늙은 우르글의 질문에 대답하는 것을 듣고 있었다. 그러더니 앞으로 나와 소리를 질렀다.

"입 닥쳐, 할망구. 이제 내 차례야!"

그러고 나서 아트레유 쪽으로 돌아서서는 파이프 담배통 같은 모자를 벗고 대머리를 한 번 긁적이고는 말했다.

"할멈의 말투에 기분 나빠할 것 없다. 저 우르글 할망구가 퉁명

스럽게 굴 때가 많긴 하지만 속마음은 안 그렇단다. 내 이름은 엥귀부크다. 우리를 보고 두 개척자라고 부르기도 하지. 우리에 대해 들은 적 있느냐?"

"아뇨."

아트레유가 솔직하게 말했다.

엥귀부크는 약간 기분이 상한 것 같았다.

"그래 좋아."

엥귀부크가 계속 말을 이었다.

"너는 학문하는 이들과는 어울리지 않나 보구나. 그랬더라면 남쪽 신탁소에 있는 우유랄라를 찾아가려고 하면 나보다 더 나은 조언자는 없다는 말을 틀림없이 들었을 텐데. 넌 제대로 찾아온 거다, 애야."

"젠체하지 좀 마!"

우르글이 버럭 소리를 질렀다. 그러더니 바위에서 기어 내려와서 투덜거리며 동굴 속으로 들어갔다.

엥귀부크는 우르글의 참견을 일부러 못 들은 체했다.

"너한테 전부 실명해 줄 수 있다."

엥귀부크는 말을 계속했다.

"평생 동안 이 문제를 철저하게 연구했거든. 연구를 위해서 따로 관측소까지 세웠단다. 얼마 뒤엔 신탁소에 관한 위대한 학술 저서를 낼 거다. 제목은 '우유랄라의 수수께끼, 엥귀부크 교수가 풀다.' 어떠냐, 그럴듯하게 들리지 않느냐? 그런데 유감스럽게도

아직 몇 가지 사소한 문제가 있단다. 네가 날 도와줄 수 있을 것 같구나, 얘야."

"관측소?"

그 단어를 들어 본 적이 없는 아트레유가 물었다.

엥귀부크는 자부심으로 작은 눈을 반짝이며 고개를 끄덕였다. 그는 아트레유에게 따라오라고 손짓을 했다.

두 개의 커다란 바위판 사이로 좁고 구불구불한 길이 위쪽으로 뻗어 있었다. 특히 가파른 곳에는 조그마한 계단이 설치되어 있었는데, 아트레유가 발을 딛기에는 물론 너무 좁았다. 아트레유는 큰 걸음으로 간단하게 그곳을 지나갔다. 그런데도 자기 앞에서 민첩하게 종종걸음 치는 난쟁이를 따라가느라 안간힘을 써야 했다.

"오늘 밤은 달이 밝구나. 볼 수 있을 거다."

아트레유는 엥귀부크의 목소리를 들었다.

"누구를? 우유랄라를요?"

아트레유가 물었다.

하지만 엥귀부크는 귀찮다는 듯 손짓을 하더니 계속 뒤뚱거리며 걸어갔다.

드디어 그들은 바위탑 꼭대기에 다다랐다. 바닥은 평평했고, 한쪽에만 일종의 천연 흉벽(胸壁)이라 할 수 있는 석판으로 된 난간이 솟아 있었다. 석판 가운데에는 공구로 잘라 만든 게 분명한 구멍이 나 있었다. 구멍 앞에는 나무뿌리로 된 삼각대 위에 작은 망원경이 놓여 있었다.

 엥귀부크는 망원경을 들여다보고는 나사 몇 개를 돌려서 손쉽게 조정했다. 그러고는 만족한 듯 고개를 끄덕인 다음, 아트레유에게 자기 쪽으로 와서 한번 보라고 요구했다. 아트레유는 그 말을 따랐지만, 바닥에 주저앉아 팔꿈치로 딛고 망원경을 들여다봐야 했다.

 망원경은 커다란 바위문에 맞춰져 있었다. 그것도 오른쪽 기둥의 밑부분이 눈에 들어오도록. 그리고 지금 아트레유는 그 기둥 옆에 거대한 스핑크스가 우뚝 솟아 달빛을 받으며 꼼짝도 하지 않고 앉아 있는 것을 보았다. 몸을 떠받치는 앞발은 사자의 것이었고 몸의 뒷부분은 황소처럼 생겼으며 등에는 거대한 독수리 날개를 달고 있었고 얼굴은 인간의 얼굴을 하고 있었다. 어쨌든 그 형태만은 그랬다. 표정은 인간적이지 않았으니까. 그 얼굴이 웃고 있는지 아니면 헤아릴 수 없는 깊은 슬픔을 나타내는지 아니면 전혀 무표정한 건지 가리기 힘들었다. 처음엔 한없이 깊은 악의와 잔인함으로 가득 찬 것 같아 보였지만, 얼마간 들여다보고 나니 아트레유는 곧 자기가 받은 인상을 바로잡아야만 했다. 그 얼굴에서는 순수한 쾌활함 말고는 달리 아무것도 찾아볼 수 없었다.

 "그만둬라!"

 아트레유의 귓가에 난쟁이의 목소리가 들려왔다.

 "넌 알아내지 못할 거야. 그 누구도 못 한다. 나도 그래. 평생 들여다보았지만 아무것도 알아낸 게 없어. 이제 다른 걸 봐라."

 그리고 엥귀부크가 나사 하나를 돌리자 화면이 뒤로 텅 빈 평

원만이 드넓게 펼쳐진 아치의 구멍을 지나더니, 왼쪽 기둥이 아트레유의 시야에 들어왔다. 거기에도 똑같은 자세로 두 번째 스핑크스가 앉아 있었다. 거대한 몸은 달빛을 받아 마치 액체로 된 은같이 기묘하게 창백한 빛을 냈다. 첫 번째 놈이 꼼짝하지 않고 두 번째 놈 쪽을 바라보고 있었던 것과 마찬가지로 두 번째 놈도 첫 번째 스핑크스를 뚫어지게 바라보는 것 같았다.

"동상들이에요?"

아트레유는 망원경에서 눈을 떼지 못하고 나지막하게 물었다.

"오, 아니야."

엥귀부크는 대답하고 낄낄거렸다.

"살아 있는 진짜 스핑크스야. 정말 생생하지! 일단 그만큼 본 걸로 됐다. 자, 내려가자. 내가 다 설명해 주마."

그리고 엥귀부크가 손으로 망원경을 가렸기 때문에 아트레유는 더 이상 볼 수 없었다. 그들은 아무 말 없이 왔던 길을 되돌아갔다.

제 6 장
세 개의 마법의 문

엥귀부크가 아트레유와 함께 난쟁이 동굴로 돌아왔을 때 푸후르는 아직 깊은 잠에 빠져 있었다. 우르글 할머니는 그동안 탁자를 바깥으로 꺼내 놓고 온갖 종류의 단 과자와 딸기와 진한 야채 주스로 상을 차려 놓았다.

그 외에도 작은 사발과 향기롭고 따뜻한 약초차가 가득 든 작은 주전자가 있었다. 기름으로 불을 밝히는 작은 등불 두 개가 이 광경을 완벽하게 해 주었다.

"앉아! 우선 뭘 좀 먹고 마셔야 해, 그래야 기운이 나지. 약만으로는 충분하지 않아."

난쟁이 여자가 명령하듯이 말했다.

"고마워요. 벌써 몸이 아주 좋아진 것 같아요."

아트레유가 말했다.

"잔말 마라!"

우르글이 씩씩거렸다.

"여기에 있는 동안은 내가 시키는 대로 해라. 알아들었니? 네 몸에 들어 있던 독은 중화되었어. 그러니까 이제 서두를 필요는 없다. 얘야. 네가 원하는 만큼 시간이 많이 있어. 그러니 여유를 가져라."

"중요한 건 나뿐만이 아닌걸요. 어린 여왕이 죽어 가고 있어요. 지금 벌써 한시가 급할지도 몰라요."

아트레유가 이의를 제기했다.

"허튼 소리 마!"

작은 노파가 잘라 말했다.

"서두르면 아무 일도 못 해. 앉아! 먹어! 마셔! 자, 어서 못 하겠니?"

"저 할멈 말을 듣는 게 좋아. 내 경험에 따르면 그렇다. 저 할멈이 뭘 하고자 하면 아무도 못 말려. 게다가 의논할 게 많단다, 우리 둘이서."

엥귀부크가 속삭였다.

그래서 아트레유는 책상다리를 하고 조그만 탁자 앞에 앉아 열심히 먹었다. 한 모금 마시고 한입 먹을 때마다 정말로 금빛 찬연한, 따뜻한 생명이 그의 혈관과 근육으로 퍼져 나가는 것 같았다. 그제야 아트레유는 자기가 얼마나 쇠약해졌는지를 깨달았다.

바스티안은 입 안에 군침이 돌았다. 불현듯 난쟁이네 음식 냄새를 맡은 듯한 느낌이 들었다. 바스티안은 허공에다 대고 코를 킁킁거렸지만, 물론 착각일 뿐이었다.

배에서 꼬르륵 소리가 났다. 더 이상 참을 수가 없었다. 바스티안은 책가방에서 남은 빵과 사과를 꺼내서는 다 먹어 버렸다. 그러고 나니 배가 부르지는 않았지만 그래도 조금 나아졌다.

이윽고 바스티안은 이것이 마지막 식사였다는 생각이 들었다. 마지막이라는 생각에 바스티안은 깜짝 놀랐다. 바스티안은 더 이상 그 생각을 하지 않으려고 애썼다.

"이렇게 좋은 것들을 다 어디에서 구해 왔어요?"

아트레유가 우르글에게 물었다.

"그게 그렇단다, 애야. 제대로 된 약초와 나무를 찾아내려면 멀리, 아주 멀리 돌아다녀야 해. 그런데 저 위인이, 저 고집불통 엥귀부크가 하필이면 여기에서 살아야겠다는구나. 그 잘난 연구 때문에 말이다! 밥이 어떻게 밥상까지 올라오게 되는지 전혀 관심도 없단다."

우르글이 말했다.

"할멈, 뭐가 중요하고 뭐가 중요하지 않은지 당신이 어떻게 안다고. 그만 가 보지 그래. 우리 얘기 좀 하게!"

엥귀부크가 위엄 있게 말했다.

우르글은 투덜거리면서 작은 동굴 안으로 들어가더니 온갖 접시들로 요란한 소리를 냈다.

"그냥 둬."

엥귀부크가 낮게 속삭였다.

"우르글은 좋은 할망구야. 가끔 뭐라고 씹어 대야만 직성이 풀리기는 하지만. 잘 들어라, 애야! 이제 남쪽 신탁소에 대해 꼭 알아야만 하는 이야기를 몇 가지 해 주겠다. 우유랄라한테까지 가는 것은 그렇게 간단하지가 않단다. 상당히 어렵다고 할 수 있지. 하지만 너한테 학술 강연을 할 생각은 없단다. 네가 질문을 하는 게 나을지도 모르겠구나. 난 곧잘 샛길로 빠지는 경향이 좀 있거든. 이제 질문해라!"

"좋아요."

아트레유가 대답했다.

"우유랄라는 누구예요?"

"빌어먹을!"

엥귀부크는 으르렁거렸고 화가 나서 아트레유를 쏘아보았다.

"우리 할망구처럼 노골적으로 물어보는구나. 뭐 다른 질문으로 시작할 순 없겠니?"

아트레유는 곰곰이 생각하더니 다시 물었다.

"할아버지가 나한테 보여 준, 스핑크스가 있던 그 커다란 바위문, 그 문이 입구인가요?"

"훨씬 낫구나!"

엥귀부크가 만족스레 대답했다

"그런 식으로 하는 거다. 그 바위문이 입구이기는 하지. 하지만 그 뒤에 다른 문이 두 개 더 있어. 그리고 세 번째 문 뒤에 우유랄라가 산단다. 살고 있다라고 말할 수 있다면 말이다."

"직접 우유랄라에게 가 본 적 있어요?"

"너, 무슨 생각을 하는 거냐!"

엥귀부크는 또다시 기분이 상해서 말했다.

"난 궁극적으로 학문에 종사하고 있는 거다. 그 안에 들어갔던 자들이 쓴 모든 보고서를 수집했단다. 돌아온 자들 말이지, 물론. 아주 중요한 작업이다! 몸소 모험을 감행할 순 없어. 내 연구에 지장을 줄 수 있으니까."

"이해해요. 그런데 그 세 개의 문이라는 건 뭐죠?"

아트레유의 질문에 엥귀부크는 일어나서 뒷짐을 지고 왔다 갔다 하면서 다음과 같이 설명했다.

"첫 번째 문은 커다란 수수께끼 문이라고 한다. 두 번째는 요술 거울 문이라고 하지. 그리고 세 번째는 열쇠 없는 문이란다……."

"이상하네. 내가 본 대로라면 바위문 뒤에는 텅 빈 평원말고는 아무것도 없었는데. 다른 문들은 도대체 어디에 있는 거예요?"

아트레유가 말을 끊었다. 그러자 엥귀부크가 호통쳤다.

"조용히 해! 네가 계속 말을 끊으면 내가 아무것도 설명할 수가 없어. 모든 게 아주 어렵단다! 사실은 이렇다. 두 번째 문은 첫 번째 문을 통과해야만 비로소 나타난단다. 세 번째 문은 두 번째 문을 지나간 후에야 비로소 나타나지. 그리고 우유랄라는 세 번째 문을 통과한 후에야 비로소 있단다. 그 전에는 그 모든 것이 어디에도 존재하지 않아. 한마디로 없는 거다. 내 말이 무슨 뜻인지 알아듣겠냐?"

아트레유는 고개를 끄덕였고, 난쟁이를 다시 화나게 하고 싶지 않아서 아무 말도 하지 않기로 했다.

"첫 번째 커다란 수수께끼 문은 내 망원경으로 보았지. 스핑크스 두 놈도. 이 문은 언제나 열려 있다. 당연한 거야. 문짝도 없으니까. 그렇지만 아무도 지나갈 수 없다, 단……."

이 대목에서 엥귀부크는 조그마한 집게손가락을 높이 치켜들었다.

"스핑크스가 눈을 감을 때만 제외하고! 왜 그런지 아니? 스핑크스의 시선은 다른 어떤 존재의 시선하고도 전혀 다른 거란다. 우리 둘과 다른 모든 이들, 우리는 시선으로 뭔가를 받아들이지. 세상을 보는 거야. 하지만 스핑크스는 아무것도 보지 못해. 어떤 의미에서는 장님이야. 그 대신 그들의 눈은 무언가를 내보내고 있단다. 그들의 시선이 내보내는 게 뭐냐? 바로 세상의 모든 수수께끼지! 그래서 저 스핑크스 두 놈이 언제나 마주보고 있는 거란다. 스핑크스의 시선은 다른 스핑크스만 참아 낼 수 있거든. 자, 상상해 봐라. 그 두 놈이 주고받고 있는 시선 사이로 감히 뛰어 들어가는 자가 어떻게 될지. 그 자리에 굳어서 세상의 모든 수수께끼를 전부 풀기 전에는 다시는 움직이지 못하게 된다. 뭐, 거기를 지나가면 그런 불쌍한 귀신들의 흔적을 발견할 거다."

"하지만 스핑크스가 가끔 눈을 감는다고 그러지 않았어요? 그놈들도 가끔 잠을 자야 하지 않나요?"

아트레유가 끼어들었다.

"잔다고?"

엥귀부크는 낄낄대면서 온몸을 흔들어 댔다.

"내 참, 스핑크스와 잠이라니. 아니, 절대로 그런 일 없어. 넌 정말 쥐뿔도 모르는 어린애구나. 그렇지만 아주 엉뚱한 건 아니야, 네 질문 말이다. 그게 바로 내 연구의 중점이기도 하니까. 어떤 방문자들의 경우 스핑크스가 눈을 감고 통과시켜 준단다. 오늘날까지 아직 아무도 풀지 못한 문제는 바로 이거다. 왜 어떤 자들

한테는 그러면서 다른 자들한테는 그러지 않느냐? 현명한 자, 용감한 자, 착한 자는 통과시켜 주고 멍청한 자, 비겁한 자 혹은 악한 자는 못 가게 하고 그런 게 결코 아니란다. 아니, 전혀 안 그래. 내 눈으로 직접 여러 번 보았다. 어떤 멍청한 바보나 비열한 악한은 통과시켜 주면서 아주 예의바르고 이성적인 자들은 몇 달이나 헛되이 기다리게 하다가 결국은 목적을 달성하지 못하고 돌아서게 하는 걸 말이야. 절박한 이유가 있어서 신탁소에 가려는 건지 아니면 그저 장난삼아 한번 그러는 건지, 그것도 전혀 중요하지 않은 것 같아."

"그렇다면 할아버지의 연구로 어떤 단서도 알아내지 못했어요?"

아트레유가 묻자 엥귀부크의 눈빛이 금세 다시 분노로 번득였다.

"도대체 내 말을 듣고 있는 거냐? 지금까지 아무도 이 문제를 해명하지 못했다고 방금 말했잖니. 물론 난 몇 년 동안 몇 가지 이론을 세웠다. 처음엔 이렇게 생각했지. 스핑크스가 판단을 내리는 결정적인 기준은 아마 특정한 신체적 특징일 거라고. 크기, 미모, 힘 뭐, 그런 것 말이다. 하지만 곧 포기해야 했다. 그 다음에는 특정한 수치 관계를 알아내려고 했지, 예를 들면 다섯 명이면 항상 그중 세 명은 못 들어간다거나 또는 소수(素數)만 들여보내 준다거나 뭐 그런 거 말이다. 전에 있었던 일에 대해서는 아주 잘 맞아떨어졌지. 그렇지만 예측을 하는 건 하나도 맞지 않았어. 이제는 스핑크스의 결정이 전적으로 우연이며 결코 아무 의미도 없

다는 게 내 견해야. 하지만 할망구는 이 의견이 모독적인 데다 환상 세계와 어울리지 않는 의견이며 학문하고는 아무 상관도 없는 거라고 주장하고 있지."

"그새 또 헛소리를 하는 거야?"

난쟁이 여자가 꾸짖는 소리가 동굴에서 들려왔다.

"부끄러운 줄 알아야지! 당신 머리 속에 뇌가 좀 말라 굳었다고 해서, 그런 대단한 비밀을 간단히 아무것도 아니라고 부정할 수 있다고 생각하는 거야, 이 멍청한 영감아?"

"너도 들었지! 그런데 난처한 건 할망구 말이 옳다는 거야."

엥귀부크가 말하며 한숨을 내쉬었다.

"그렇다면 어린 여왕의 부적은? 스핑크스가 이걸 존중하지 않을 거라고 생각해요? 결국엔 스핑크스도 환상 세계의 피조물이잖아요."

아트레유가 물었다.

"그건 그래."

엥귀부크는 대답은 했지만 사과만 한 작은 머리를 흔들며 말을 이었다.

"하지만 그러려면 놈들이 부적을 봐야만 해. 그런데 놈들은 아무것도 보지 못해. 하지만 놈들의 시선이 너를 맞힐 거야. 스핑크스가 어린 여왕의 소유인지도 확실하지 않아. 어쩌면 여왕보다 더 위대할지도 몰라. 모르겠다, 모르겠어. 어쨌든 아주 걱정스럽다."

"그러니까 나한테 뭘 충고하려는 거예요?"

아트레유는 알고 싶었다.

"모든 이들이 해야 하는 것을 너도 해야 해."

난쟁이가 대답했다.

"얘야, 기다려라. 놈들이 결정할 때까지. 이유는 모르는 채로."

아트레유는 생각에 잠겨 고개를 끄덕였다.

작은 우르글이 동굴에서 나왔다. 한 손으로는 김이 나는 액체가 든 작은 양동이를 질질 끌었고 다른 팔 밑에는 말린 풀 몇 다발을 끼고 있었다. 우르글은 혼잣말로 중얼거리면서 여전히 미동 없이 자고 있는 행운의 용 쪽으로 갔다. 우르글은 용의 몸 위로 기어 올라가서는 상처를 싼 붕대를 갈기 시작했다. 그녀의 거대한 환자는 단 한 번 기분 좋은 듯한 신음을 내고서 몸을 쭉 뻗었을 뿐, 자기가 치료받고 있다는 것을 전혀 못 느끼는 것 같았다.

"차라리 좀 쓸모 있는 일을 하지. 여기에 앉아서 쓸데없는 수다를 떠는 대신에 말이야."

우르글이 다시 부엌으로 되돌아가며 엥귀부크에게 말했다.

"난 아주 쓸모 있는 일을 하고 있는 중이야. 어쩌면 당신이 하는 것보다 더 쓸모 있는 거라고. 하지만 절대로 이해하지 못하겠지, 이 멍청한 여편네야!"

우르글의 남편이 우르글 뒤에 대고 소리를 질렀다.

그리고 아트레유 쪽을 향해 말을 계속했다.

"저 할망구는 실제적인 것밖에 생각하지 못한단다. 통찰력이라곤 도통 없어."

탑 시계가 세 시를 쳤다.

만약 그런 일이 있을 수 있다면, 아버지는 적어도 지금쯤이면 바스티안이 집에 오지 않았다는 것을 알아차렸을 것이다. 아버지가 걱정하고 있을까? 어쩌면 달려나가 바스티안을 찾고 있을지도 모른다. 혹시 어쩌면 벌써 경찰에 신고를 했을지도 모른다. 결국에는 라디오에 바스티안을 찾는 방송이 나갔을지도. 바스티안은 명치가 쿡쿡 쑤시는 것 같았다.

만약 그렇다면 어디서 나를 찾을까? 학교로 올까? 혹시 여기 다락방까지 올까?

화장실에 갔다 와서 문을 잠그긴 했던가? 기억이 나지 않았다. 바스티안은 일어나서 살펴보았다. 그렇다, 문은 이미 잠겨 있었고 빗장도 질러져 있었다.

바깥은 차츰 어두워지기 시작했다. 채광창으로 들어오는 빛이 어느새 희미해졌다.

불안한 마음을 달래기 위해 바스티안은 잠시 창고 안을 이리저리 돌아다녔다. 그러다가 여기 있는 학교 비품과는 전혀 상관없는 물건들을 잔뜩 발견했다. 예를 들면 낡고 찌그러진 나팔관이 달린 축음기—언제 여기에 누가 가져다 두었는지 어떻게 알겠는가?—가 있었고 한구석에는 요란하게 장식된 금테 액자에 든 낡은 그림 몇 점이 있었다. 어두운 배경에서 희미한 빛을 내는 창백하고 엄격한 눈초리의 얼굴말고는 거기에서는 거의 아무것도 알아볼 수 없었다. 녹슨 일곱 갈래의 촛대도 있었는데, 거기에는 두꺼

운 밀초 토막들이 수염처럼 긴 촛농을 늘어뜨린 채 아직도 꽂혀 있었다.

　그러다가 바스티안은 소스라쳤다. 어두운 구석에서 웬 형상이 움직였기 때문이다. 바스티안은 다시 한 번 보고서야 거기에 뿌연 커다란 거울이 있고 그 거울에 흐릿하게 비친 자기 자신을 본 것이라는 걸 알아차렸다. 바스티안은 거울로 다가가 자기 모습을 한동안 들여다보았다. 뚱뚱한 몸매와 안짱다리, 눈에 띄게 창백한 얼굴. 정말이지 못생겼다. 바스티안은 고개를 천천히 흔들며 큰 소리로 말했다.

　"아니야!"

　그런 다음 바스티안은 매트로 돌아왔다. 이제 눈앞에다 책을 바짝 갖다 대야만 글씨를 읽을 수 있었다.

　"어디까지 얘기했지?"

　엥귀부크가 물었다.

　"커다란 수수께끼 문."

　"맞다! 그러면 네가 그 문을 지나가는 데 성공했다고 가정해 보자. 그 다음에, 그런 다음에야 비로소 두 번째 문이 네 앞에 나타나게 된다. 요술 거울 문 말이다. 이미 말했듯이 이 문에 대해서는 내가 직접 관찰한 것이 아니라 보고서에서 수집한 사실만을 말해 줄 수 있을 뿐이다. 이 두 번째 문은 열려 있기도 하고 닫혀 있기도 하다. 정신 나간 소리로 들리지, 안 그래? 어쩌면 이렇게

말하는 게 더 적절할 게다. 이 문은 열려 있지도 않고 닫혀 있지도 않다고. 이러나저러나 정신 나간 소리로 들리기는 마찬가지겠다만. 한마디로 말해서 그 문은 커다란 거울이나 뭐, 그 비슷한 거다. 비록 그게 유리로 된 것도 아니고 금속으로 된 것도 아니지만 말이다. 뭘로 만들어졌는지는 여태껏 아무도 말해 주지 못했다. 어쨌든 그 앞에 서 있으면 바로 자기 자신을 보게 된단다. 하지만 보통 거울에서 보는 것과는 다른 게 당연하지. 자기 겉모습이 아니라 자기 내부의 진짜 본성이 실제 그대로 보인단다. 그 문을 통과하려는 자는, 말하자면 자기 자신 속으로 들어가야 한단다."

"어쨌든 이 요술 거울 문이 첫 번째 문보다 통과하기 쉬워 보이는데요."

아트레유가 말했다.

"착오야!"

엥귀부크는 소리쳤고 다시 흥분해서 왔다 갔다 하기 시작했다.

"아주 엄청난 착오지, 친구! 자기가 아주 나무랄 데 없다고 여겼던 바로 그런 방문자들이 거울 속에서 자기들과 마주보고 히죽거리는 괴물을 보고 비명을 지르며 도망쳤다. 어떤 이들은 우리가 몇 주일 동안이나 치료를 해 준 뒤에야 겨우 다시 집으로 돌아갈 수 있을 만큼 원기를 회복했지."

"우리라고! 언제나 우리라고 그러지! 당신이 도대체 누구를 치료했는데?"

막 새로운 양동이를 들고 지나가던 우르글이 투덜거렸다. 그러자 엥귀부크는 그만두라는 손짓만 했다.

"다른 이들은 훨씬 더 무시무시한 것을 본 게 분명한데도 지나가는 용기를 보여 주었지. 어떤 이들에게는 무서움이 덜 하기도 했지만 누구나 극기를 발휘해야 했어. 어떤 기준이 있는지 아무 말도 해 줄 수 없어. 각자 다르니까."

엥귀부크가 설명을 계속했다.

"좋아요. 그래도 어쨌든 저 요술 거울을 지나갈 수는 있는 거죠?"

아트레유가 말했다.

"할 수 있지! 당연히 지나갈 수 있어야지, 안 그러면 문이 아니지. 그래야 말이 되지, 안 그러냐?"

난쟁이가 말했다.

"바깥으로 돌아갈 수도 있잖아요. 아니면 안 되나요?"

아트레유가 물었다.

"할 수 있지!"

엥귀부크가 반복했다.

"전적으로 가능하지! 하지만 그렇게 하면 뒤에 아무것도 없다. 세 번째 문은 두 번째 문을 통과해 가야만 비로소 나타나는 거야. 몇 번을 말해야 알아듣겠냐!"

"그러면 세 번째 문은 어떤데요?"

"거기서 비로소 문제가 진짜 어려워진단다! 열쇠 없는 문은 말하자면 닫혀 있다. 그냥 닫혀 있어. 그게 다야! 거기엔 손잡이도 고리도 열쇠 구멍도 없다, 아무것도 없지! 내 이론에 의하면 이음새 없이 막힌 그 유일한 문짝은 환상의 셀레늄으로 만들어졌단다. 너도 알고 있을지 모르지만 환상의 셀레늄을 파괴하거나 구부리거나 녹일 수 있는 건 아무것도 없단다."

"그러니까 그 문을 절대로 통과하지 못하는 거예요?"

"천천히 천천히, 애야. 그 문을 지나 우유랄라와 얘기하고 온 사람들이 있단다. 그러니 그 문을 열 수 있는 거지."

"하지만 어떻게?"

"잘 들어라. 환상의 셀레늄은 말하자면 우리의 의지에 따라 반응한단다. 그걸 그렇게 완강하게 만드는 건 바로 우리 의지야. 안으로 들어가려고 애쓰면 애쓸수록 문은 더 굳건하게 닫힌다. 그러나 모든 목적을 잊어버리고 전혀 아무것도 원하지 않게 되면 그 앞에서 문이 저절로 열린단다."

아트레유는 시선을 떨구고 작게 말했다.

"그게 사실이라면 내가 어떻게 통과할 수 있겠어요? 내가 어떻게 아무것도 원하지 않을 수가 있죠?"

엥귀부크는 한숨을 내쉬며 고개를 끄덕였다.

"벌써 말했잖아, 열쇠 없는 문이 제일 어렵다고."

"그럼에도 불구하고 내가 그 문을 지나는 데 성공하면, 그럼 남쪽 신탁소에 들어간 건가요?"

"그래."

난쟁이가 대답했다.

"그리고 우유랄라와 이야기를 할 수 있게 되는 거예요?"

"그래."

"그런데 우유랄라는 누구예요?"

"모른다."

난쟁이가 대답하는 순간 눈이 분노로 번쩍거렸다.

"우유랄라를 만나고 온 자들은 아무도 내게 그 점을 털어놓으려고 하지 않았다. 모두들 대단한 비밀인 양 입을 다물고 있으니 어떻게 학문적 업적을 완성할 수가 있겠니, 응? 머리카락을 쥐어뜯을 일이지 뭐냐. 머리카락이 남아 있다면 말이다. 아트레유, 네가 만일 기어이 우유랄라한테까지 뚫고 가게 되면 나에게 말해 주겠냐? 그러겠니? 난 알고 싶어서 죽을 지경인데 아무도, 아무도 날 도와주려고 하지 않는단다. 제발, 나한테 말해 주겠다고 약속해 주렴."

아트레유는 일어나서 밝은 달빛을 받고 있는 커다란 수수께끼 문을 바라보았다.

"난 약속힐 수가 없어요, 엥귀부크."

아트레유는 나지막하게 말을 이었다.

"내 감사의 마음을 보여 주면 좋겠어요. 하지만 아무도 우유랄라가 누구인지 말하지 않았다면 거기엔 틀림없이 무슨 이유가 있을 거예요. 내가 그 이유를 알기 전에는, 직접 우유랄라와 대면하지 않은 누군가가 그 사실을 알아도 될지 결정할 수가 없어요."

"그렇다면 가 버리려무나!"

엥귀부크는 아트레유에게 소리쳤다. 작은 눈에서는 정말이지 불꽃이 튀겼다.

"배은망덕밖에 돌아오는 것이 없다니! 모두가 알고 싶어 하는 비밀을 풀기 위해 평생을 애썼는데. 그런데도 도움을 받을 수가 없으니. 널 돌보지 말았어야 하는 걸 그랬다!"

그 말과 함께 엥귀부크는 작은 동굴 안으로 뛰어 들어갔고, 곧이어 그 안에서 문이 세게 쾅 닫히는 소리가 들렸다.

우르글이 아트레유에게로 다가와 킥킥거리며 말했다.

"진심으로 그렇게 말한 건 아니야. 저 늙은 영감 말이야. 그저 그 웃기는 연구 때문에 다시 지독하게 실망한 것뿐이야. 그 중요한 수수께끼를 자기가 풀고 싶어서 안달인 게지. '유명한 그놈 엥귀부크'가 되고 싶은 거야. 영감을 나쁘게 생각하지 마라."

"그렇게 생각하지 않아요. 할아버지한테 내가 진심으로 고마워한다고 전해 줘요. 그리고 할머니도 고마웠어요. 만약 내게 허락된다면 할아버지한테 비밀을 말해 줄게요. 내가 돌아온다면 말이에요."

아트레유가 말했다.

"떠나려는 거냐?"

늙은 우르글이 물었다.

"가야 해요. 시간이 없어요. 지금 신탁소로 갈 거예요. 잘 있어요! 그리고 그동안 나 대신 행운의 용 푸후르를 돌봐 줘요!"

 이 말과 함께 아트레유는 뒤돌아서서 커다란 수수께끼의 문을 향해 떠났다.
 우르글은 아트레유의 곧은 형체가 망토를 펄럭이며 바위 사이로 사라지는 것을 보았다.
 "행운을 빈다, 아트레유!"
 그러나 아트레유가 그 말을 들었는지는 알 수 없었다. 우르글은 작은 동굴로 뒤뚱거리며 돌아오면서 혼자 중얼거렸다.
 "저 애는 필요할 거야. 정말로 많은 행운이 필요할 거야."

 아트레유는 바위문까지 쉰 걸음쯤 남겨 두고 다가갔다. 바위문은 아트레유가 멀리서 보고 상상했던 것보다 훨씬 더 거대했다. 문 뒤에는 완전히 황량한 평원이 펼쳐져 있었다. 눈을 둘 곳이 단 한 군데도 없어서 시선이 허공으로 떨어지는 것 같았다. 아트레유는 문 앞과 두 개의 기둥 사이에 셀 수 없이 많은 해골과 뼈가 뒹굴고 있는 것을 보았다. 그 문을 통과하려고 했다가 스핑크스의 시선에 영원히 굳어 버린 환상 세계 주민들의 뼈였다.
 그러나 그것 때문에 아트레유가 멈추어 선 것은 아니었다. 아트레유를 멈칫하게 한 것은 스핑크스의 모습이었다.
 아트레유는 대탐험을 하면서 많은 경험을 했다. 멋진 것, 무시무시한 것을 보았다. 그러나 지금 이 순간까지 아트레유가 알지 못했던 점은 이 두 가지가 하나 속에 공존할 수 있다는 것, 아름다움이 공포스러울 수도 있다는 것이었다.

달빛이 두 개의 거대한 존재에게 쏟아지고 있었다. 아트레유가 천천히 그리로 다가갈수록 스핑크스들은 끝없이 커지는 것 같았다. 머리는 마치 달까지 닿는 것 같았고, 서로 쳐다보는 표정은 한 걸음씩 다가갈 때마다 변하는 것 같았다. 높이 우뚝 솟은 몸뚱이, 그러나 무엇보다도 사람을 닮은 얼굴을 통해 무시무시하고 알 수 없는 힘의 전류가 흘러 섬광처럼 지나갔다. 여느 대리석 조각처럼 그냥 있는 것이 아니라, 매 순간 막 사라지려다가 동시에 자체로부터 새롭게 창조되는 것 같았다. 바로 그 때문에 스핑크스들은 다른 어떤 바위보다 훨씬 더 현실적이었다.

아트레유는 공포를 느꼈다.

그건 아트레유를 위협하는 위험에 대한 공포라기보다는 자신을 초월하는 공포였다. 아트레유는—스핑크스의 시선이 자기를 맞힐 경우에—자기가 영원히 사로잡혀 그 자리에 굳어 버릴 거라는 생각은 거의 하지 않았다. 아니, 아트레유의 발걸음을 점점 더 무겁게 만든 것은 이해할 수 없는 것에 대한 공포요, 무한하게 광대한 것, 강력한 것의 실재에 대한 공포였다. 마침내 아트레유는 자신이 마치 차가운 회색 납으로 만들어진 것 같은 느낌이 들었다.

그럼에도 불구하고 아트레유는 계속 나아갔다. 더 이상 위를 쳐다보지 않았다. 고개를 숙이고 아주 천천히, 한 걸음씩 한 걸음씩 바위문을 향해 갔다. 공포의 무게는 점점 더 커져 그를 바닥으로 누르려고 했다. 그러나 아트레유는 계속 갔다. 스핑크스가 눈을 감았는지 아닌지 아트레유는 알지 못했다. 낭비할 시간이 없었

다. 입장을 허락 받든지, 아니면 이것이 자신의 대탐험의 끝이 되든지 운에 맡기기로 했다.

그리고 더 이상 단 한 발자국도 앞으로 옮길 수 없을 정도로 모든 의지력이 떨어졌다고 생각한 바로 그 순간, 아트레유는 바위 아치 문의 내부에서 발소리가 울리는 것을 들었다. 그리고 그와 동시에 모든 공포가 떨어져 나갔다. 아주 완전히, 아무런 잔재도 남기지 않고. 그래서 아트레유는 이제부터 무슨 일이 일어나더라도 결코 다시는 공포를 느끼지 않을 거라고 느꼈다.

아트레유는 고개를 들었고 커다란 수수께끼 문이 자기 뒤에 있는 것을 보았다. 스핑크스가 아트레유를 통과시켜 준 것이었다.

아트레유의 앞에는 겨우 스무 걸음쯤 떨어진 곳에, 아까까지는 끝없이 텅 빈 평원이 보였던 그곳에, 이제 요술 거울 문이 서 있었다. 그 문은 컸고 두 번째 보름달처럼(진짜 보름달은 여전히 저 위 하늘에 높이 떠 있었으니까.) 둥글었으며 반짝이는 은처럼 빛났다. 이 금속성 평면을 통과해 갈 수 있다는 사실을 믿기 어려웠지만 아트레유는 한시도 주저하지 않았다.

아트레유는 엥귀부크가 설명했던 것처럼 전율스러울 자신의 어떤 모습을 거울에서 대면할 거라고 예상했다. 그러나 그건 이제—모든 공포를 떨쳤기 때문에—거의 신경 쓸 가치가 없다고 생각했다. 그러는 동안 아트레유는 끔찍한 모습 대신에 전혀 예상도 하지 못했고 또 이해할 수도 없는 그 무엇을 보았다. 아트레유는 창백한 얼굴을 한 통통한 소년—나이가 아트레유 정도 되어 보

이는—을 보았다. 소년은 체조 매트 위에 책상다리를 하고 앉아 책을 읽고 있었다. 그는 너덜거리는 회색 담요를 뒤집어쓰고 있었다. 소년의 눈은 크고 아주 슬퍼 보였다. 소년의 뒤에는 움직이지 않는 동물 몇 마리가 희미한 빛 속에 보였다. 독수리 한 마리, 부엉이 한 마리 그리고 여우 한 마리. 그리고 조금 더 떨어진 곳에서 하얀 해골 같아 보이는 뭔가가 어슴푸레 보였다. 정확히 무엇인지는 알아볼 수 없었다.

바스티안은 방금 읽은 게 무엇인지 알아차리곤 움찔했다. 그건 바로 자기였다! 모든 세부 묘사가 들어맞았다. 책을 든 손이 떨리기 시작했다. 이제 일이 돌이킬 수 없이 너무 심각하게 돼 버렸다! 인쇄된 책 속에 이 순간에만, 바스티안에게만 들어맞는 일이 쓰여 있다니, 이건 결코 있을 수 없는 일이었다. 다른 누구라도 이 부분에서 같은 내용을 읽을 것이다. 이건 정신 나간 우연이라 할 수밖에 없었다. 비록 의심할 여지 없이 너무나 이상한 우연이긴 했지만.

"바스티안."

바스티안은 큰 소리로 혼잣말을 했다.

"너 정말 미쳤구나. 제발 정신 좀 차려!"

될 수 있으면 엄격한 어조로 말하려고 했지만, 목소리가 약간 떨렸다. 그게 단지 우연이었다고 완전히 확신하지 못했기 때문이었다.

 '상상해 봐.'라고 바스티안은 생각했다. '환상 세계에 있는 이들이 너라는 애에 대해 정말로 뭔가 알고 있다고 말이야. 굉장할 거야.'

 그러나 감히 큰 소리로 그렇게 말할 용기를 내지 못했다.

 거울에 비친 영상 안으로 들어갔을 때 아트레유는 놀라움이 담긴 희미한 미소를 입술에 띠었을 뿐이었다. 다른 이들에게는 이겨내기 힘들 정도로 어려웠던 일이 자기에게는 그렇게 쉽게 이루어졌다는 데 조금 어리둥절했다. 그러나 문을 지나가는 동안 아트레유는 기이하고 아찔한 전율을 느꼈다. 그리고 실제로 자기한테 무슨 일이 일어났는지 알지 못했다.

 말하자면 요술 거울 문의 다른 한쪽에 섰을 때 아트레유는 자기 자신, 지금까지의 삶, 자기의 목표와 목적에 대한 기억을 모조리 잊어버렸던 것이다. 아트레유는 자기를 이곳까지 오게 한 대탐험에 대해 더 이상 아무것도 모르게 되었고, 심지어 자기 이름마저 잊어버리고 말았다. 막 태어난 아기와 같았다.

 겨우 몇 걸음 앞에 열쇠 없는 문이 보였지만, 아트레유는 문의 이름도, 자신이 남쪽 신탁소에 가기 위해 그 문을 통과하려고 했다는 사실도 기억하지 못했다. 아트레유는 자기가 그곳에서 무엇을 하려고 하는지 아니면 해야 하는지, 왜 여기에 있는지 결코 알지 못했다. 날아갈 듯 가볍고 아주 유쾌한 기분이었으며 이유도 없이 그저 즐거워서 웃었다.

앞에 보이는 문은 보통 문처럼 작고 낮았고 황량한 평지에 동그마니—둘러싼 담도 없이—서 있었다. 그리고 문짝은 닫혀 있었다.

아트레유는 잠시 문을 살펴보았다. 구릿빛으로 희미하게 빛나는 소재로 만들어진 것 같았다. 예쁜 문이었지만 아트레유는 금방 관심을 잃었다. 아트레유는 문 뒤로 돌아가 살펴보았다. 하지만 모양이 앞 모양과 다르지 않았다. 아닌 게 아니라 손잡이도 문고리도, 열쇠 구멍도 없었다. 보아하니 이 문은 열 수 없는 게 분명했다. 어느 곳으로도 통하지 않고 그냥 거기 서 있었기 때문에 애써 열 필요도 없는 것 같았다. 문 뒤에는 넓고 평평하며 완전히 텅 빈 평원만이 펼쳐져 있었기 때문이다.

아트레유는 떠나고 싶었다. 돌아서서 둥근 요술 거울 문 쪽으로 걸어가서는 얼마 동안 뒷면을 살펴보았지만, 무슨 의미인지 이해하지 못했다. 그는 떠나기로 마음먹었다.

"안 돼, 안 된다고! 떠나지 마!"
바스티안은 큰 소리로 말했다.
"돌아가, 아트레유. 넌 열쇠 없는 문을 지나가야 해!"

하지만 다시 열쇠 없는 문 쪽으로 돌아섰다. 아트레유는 다시 한 번 더 구릿빛을 살펴보려고 했다. 그래서 다시 문 앞에 서서 왼쪽으로, 오른쪽으로 몸을 숙이면서 좋아했다. 그 기이한 물질을

부드럽게 쓰다듬었다. 그건 따뜻하고 심지어 살아 있다는 느낌까지 주었다. 그러더니 문이 조금 열렸다.

아트레유는 그 안으로 머리를 들이밀었고 문 뒤로 돌아갔을 때 반대쪽에서 보지 못했던 뭔가를 이제 보았다. 다시 머리를 빼고 문 옆을 지나쳐 바라보았다. 거기에는 텅 빈 평원만이 있을 뿐이었다.

아트레유는 다시 문틈으로 들여다보았다. 수없이 많은 거대한 기둥이 늘어선 긴 복도가 보였다. 그리고 그 뒤로는 계단과 다른 기둥들, 테라스들, 또다시 계단과 기둥들로 된 숲이 있었다. 그러나 어떤 기둥 위에도 지붕은 달려 있지 않았다. 기둥들 위로 밤하늘이 보였다.

아트레유는 문 안으로 들어가 경탄하며 주위를 둘러보았다. 그의 등 뒤로 문이 닫혔다.

탑 시계가 네 시를 쳤다.

채광창으로 스며들던 흐릿한 햇빛이 차츰차츰 사라져 갔다. 책을 계속 읽기에는 너무 어두웠다. 금방 읽은 책장도 바스티안은 겨우겨우 글자를 판독할 수 있었다. 바스티안은 책을 옆에 내려놓았다.

'이제 어떻게 해야 하나?'

분명히 창고 안에는 전등이 있을 것이다. 바스티안은 어둑어둑한 창고 안을 더듬어 문 쪽으로 가서 벽을 더듬어 보았다. 스위치

를 찾을 수가 없었다. 반대편에도 스위치는 없었다.

바스티안은 바지 주머니에서 성냥갑을 꺼냈다.(바스티안은 불장난을 좋아해서 언제나 성냥을 가지고 다닌다.) 그렇지만 성냥이 젖어 있어서 네 번째 성냥에서야 겨우 불이 붙었다. 바스티안은 작은 불꽃의 약한 빛에 의지해서 스위치를 찾아보았지만, 어디에도 없었다.

이 점은 미처 예상하지 못했다. 저녁과 밤 내내 여기 완전한 어둠 속에 있어야 한다고 상상하자 바스티안은 무서워서 등골이 오싹해졌다. 어린아이도 아니고, 집이나 다른 잘 아는 장소에서는 어둠을 전혀 두려워하지 않았다. 하지만 이상한 물건들로 가득 찬 여기 이 커다란 창고에서는 사정이 전혀 달랐다.

성냥에 손가락을 데는 바람에 바스티안은 성냥을 버렸다.

한참 동안 바스티안은 가만히 서서 귀를 기울였다. 빗줄기는 약해져서 커다란 함석 지붕을 아주 낮은 소리로 두드릴 뿐이었다.

그러다 바스티안은 갑자기 잡동사니 속에서 발견했던 일곱 갈래의 녹슨 촛대가 생각났다. 그 자리까지 더듬어 가서 촛대를 찾아내 체조 매트로 끌고 왔다.

두꺼운 양초 토막의 심지에—일곱 개 전부에— 불을 붙이자 곧 황금빛 불빛이 퍼졌다. 불꽃은 나지막하게 탁탁 소리를 냈고 이따금 바람결에 이리저리 흔들렸다.

바스티안은 깊이 숨을 내쉬고 다시 책을 잡았다.

제 7 장
정적의 목소리

　행복한 미소를 띤 채 아트레유는 환한 달빛 속에 검은 그림자를 드리우고 있는 기둥의 숲 속으로 들어갔다. 깊은 정적이 그를 감쌌고 자기의 발소리조차 거의 들리지 않았다. 아트레유는 자신이 누구인지, 이름이 무엇인지, 어떻게 이곳으로 오게 되었는지, 이곳에서 무엇을 찾는 건지 몰랐다. 아트레유의 마음은 놀라움으로 가득 찼지만 전혀 불안하지 않았다.

　바닥은 온통 불가사의하게 뒤엉킨 장식이나 신비로운 장면과 그림이 그려진 모자이크로 뒤덮여 있었다. 아트레유는 그 위를 지나 넓은 계단으로 올라가서 아주 넓은 테라스에 다다랐고 다시 계단을 내려가서 돌기둥이 늘어선 기다란 길을 지나갔다. 아트레유는 돌기둥을 하나씩 살펴보았고, 각 기둥이 서로 다른 방식으로 장식되어 있고 서로 다른 기호로 덮여 있는 것을 보고 즐거워했다. 그렇게 아트레유는 열쇠 없는 문에서 계속 멀어져 갔다.

　얼마나 오래 걸었을까, 계속 그렇게 걸어가다가 아트레유는 마침내 멀리서 떠다니는 소리를 듣고는 멈추어 서서 귀를 기울였다. 소리가 가까이 다가왔다. 그것은 노래하는 목소리였는데, 매우 아름답고 종소리처럼 맑으며 아이의 목소리처럼 높았다. 하지만 끝없이 슬프게 울렸다. 정말이지 때때로 흐느끼는 것같이 들리기도 했다. 이 슬픔의 노래는 미풍처럼 빠르게 기둥과 기둥 사이를 떠돌더니 다시 어디엔가 멈추어 서서 아래위로 떠다니고, 가까워졌다가 다시 멀어졌고, 넓게 원을 그리며 아트레유의 주위를 도는 것 같았다.

아트레유는 꼼짝하지 않고 기다렸다.

목소리가 아트레유 주위를 돌며 만드는 원은 점차 좁아졌고, 이제 아트레유는 목소리의 노랫말을 알아들을 수 있었다.

"아, 모든 것은 단 한 번만 일어난다네.
그러나 모든 것이 한 번은 일어나야 한다네.
산과 골짜기를 넘어, 들과 밭을 지나
나는 사라지리, 흩날려 버리리……."

아트레유는 쉴 새 없이 기둥 사이를 이리저리 날아다니는 목소리가 나는 쪽으로 몸을 돌렸다. 하지만 아무도 보이지 않았다.

"넌 누구니?"

아트레유가 소리쳤다.

그러자 마치 메아리처럼 목소리가 되돌아왔다.

"넌 누구니?"

아트레유는 곰곰이 생각했다.

"내가 누구더라?"

아트레유는 중얼거렸다.

"그건 말해 줄 수 없어. 언젠가 알았던 것도 같은데. 그런데 그게 중요하니?"

노래하는 목소리가 대답했다.

"그대가 나에게 남몰래 묻고 싶다면,
시로, 운율을 맞춰 내게 이야기해.
시구로 이야기하지 않으면,
난 이해 못 해, 난 이해 못 해……."

아트레유로는 운율을 맞춰 시를 짓는 데 그다지 익숙하지 않았다. 그래서 목소리가 운율이 맞는 말만 이해한다면 이 대화가 다소 어려워질 것 같다는 생각이 들었다. 아트레유는 얼마 동안 곰곰이 생각한 후에 말문을 열었다.

"내가 질문을 해도 된다면,
네가 누구인지 알고 싶구나."

곧장 목소리가 대답했다.

"이제야 그대 말을 알아듣겠네!
그대 말을 분명히 이해하겠네!"

그러고 나서 목소리는 다른 방향에서 노래했다.

"고마워, 친구, 그대 의지가 선하니,
그대를 손님으로 환영하네.

난 우유랄라, 정적의 목소리,
깊은 비밀의 궁전에 산다네."

목소리가 때로 크게, 때로 작게 울리긴 하지만 결코 완전히 끊어지지는 않는다는 점이 아트레유의 관심을 끌었다. 목소리가 노래를 부르지 않을 때조차, 또는 아트레유가 말할 때에도 지속되는 어떤 소리가 계속해서 그의 주위를 떠다녔다.
 소리가 천천히 멀어지자 아트레유는 목소리를 따라가서 물었다.

"말해 줘, 우유랄라, 아직 내 말을 듣는 거야?
난 너를 볼 수 없으니 좀 보고 싶구나."

목소리가 숨결처럼 아트레유의 귓가를 스쳐 지나갔다.

"한 번도 그런 일은 없었지,
누군가 나를 본다는 것.
그대는 나를 볼 수 없지
그러나 난 존재하는걸."

"그러니까 너는 보이지 않는 거지?"
 아트레유가 물었지만 대답이 들리지 않자 그제야 아트레유는 시 형식으로 질문해야 한다는 걸 기억해 내고 말했다.

"그냥 보이지 않는 건가,
아니면 몸조차 없는 건가?"

웃음인지 흐느낌인지 알 수 없는 나지막한 울림이 들렸다. 그러더니 목소리가 노래했다.

"그렇기도 하고 아니기도 하지만 둘 다 아니야,
그대가 생각하는 대로는.
난 빛 속에서 보이지 않아,
그대가 보이는 것처럼은.
내 몸은 울림과 소리니까,
그저 들을 수만 있다네,
바로 이 목소리 자체가
내 존재의 전부라네."

아트레유는 깜짝 놀랐지만 계속 소리의 뒤를 쫓았다. 기둥의 숲을 이리저리 다니며. 얼마 후에 아트레유는 새로운 질문을 던졌다.

"내가 제대로 알아들은 거니?
너의 형체는 오직 이 소리뿐이니?
만일 네가 언젠가 노래하는 걸 그만두면?
그럼 넌 더 이상 존재하지 않는 거니?"

그러자 다시 아주 가까이에서 또 대답이 들려왔다.

"노래가 끝나면,
내게 일어나겠지,
육체가 소멸하면,
다른 모든 존재들에게 일어나는 일이.
이것이 만물의 순서지.
내가 울리는 한 나는 살아 있지,
하지만 그리 오래 존속하지는 못하리."

다시 그 흐느끼는 소리가 들려왔다. 아트레유는 왜 우유랄라가 우는지 알지 못해서 서둘러 물었다.

"너는 왜 슬퍼하지, 빨리 말해 주려무나!
너는 아직 어린데. 네 목소리는 아이 같구나."

그러자 다시 메아리처럼 울려 왔다.

"바람이 곧 나를 쓸어 가네.
나는 한낱 슬픔의 노래일 뿐이니.
하지만 이봐, 시간이 흘러가네.
그러니 물어봐! 물어봐!

내가 그대에게 무슨 말을 해 주길 바라니?"

목소리는 기둥 사이 어딘가에서 울리고 있었다. 아트레유는 목소리를 잘 알아들을 수 없어서 머리를 사방으로 돌리며 귀를 기울였다. 잠시 침묵이 흐르더니 노랫소리가 멀리서부터 순식간에 다시 가까이 다가와 거의 초조하게 울렸다.

"우유랄라는 대답하지. 그대가 물어봐야 한다네!
그대가 묻지 않으면, 아무 말도 할 수 없다네."

아트레유가 우유랄라를 향해 외쳤다.

"우유랄라, 도와줘, 난 알고 싶구나.
네가 왜 곧 흩날려 사라져야 한다는 거야?"

목소리가 노래했다.

"어린 여왕은 오랫동안 병들어 있어,
환상 세계도 여왕과 함께 병들어 있지.
무(無)가 삼켜 버리리, 내가 있는 이곳을,
그리고 금방 나도 삼켜 버리겠지.
우리는 아무 곳도 아닌 곳, 한 번도 없었던 시간 속

으로 사라지리,
　　마치 우리가 단 한 번도 없었던 것처럼.
　　여왕에겐 새로운 이름이 필요하리,
　　이름을 가져야만 그녀는 낫는다네."

아트레유가 대답했다.

　　"말해 줘, 우유랄라,
　　누가 여왕의 목숨을 구할 수 있지?
　　누가 여왕에게 새 이름을 줄 수 있지?"

목소리가 계속 이어졌다.

　　"내가 하는 말을 들어 보렴,
　　지금은 이해하지 못하더라도,
　　기억 속에 깊이 새겨 두렴,
　　그대가 떠나가기 전에,
　　그래서 나중에 더 좋은 때에,
　　기억의 바다 밑 속에서
　　다시 햇빛 속으로 끄집어내렴,
　　지금 울리는 그대로, 온전하게.
　　모든 것은 거기에 달렸지, 그대가 해내느냐,

못 해내느냐."

얼마간 말없이 흐느끼는 소리만 들렸다. 그러다 갑자기 마치 누군가 아트레유의 귀에 대고 속삭이는 것처럼 아주 가까이에서 소리가 들렸다.

"누가 어린 여왕에게
새 이름을 줄는지?
그대도 아니고 나도 아니고 요정도 악령도 아니라네,
우리 중 그 누구도 여왕의 생명을 구하지 못하네,
누구도 우리 모두를 저주에서 풀어줄 수 없다네,
누구도 여왕을 낫게 할 수 없다네.
우리는 한낱 책 속의 인물일 뿐
우리가 창조된 목적을 수행할 뿐
한낱 이야기 속 꿈과 모습들일 뿐,
그렇게 우리는 생긴 그대로 있어야 할 뿐.
새로운 것을 창조하는 것. 우리는 할 수 없지,
어떤 현자도, 어떤 왕도, 어떤 아이도.
하지만 환상 세계 저 너머에는 어떤 제국이 있지,
바깥 세상이라고 한다네,
그리고 그들은 그곳에 산다네.

그래, 그들은 부자이지,
그들은 처지가 다르다네!
아담의 아들들, 그렇게 당당히 불리지,
지상 세계의 주민들은.
이브의 딸들, 인류라고 불리지,
실재하는 언어의 피로 맺어진 형제들은.
그들은 모두 처음부터
이름을 붙이는 재능을 타고났지.
그들은 어린 여왕에게
언제나 생명을 주었지.
그들은 여왕에게 새롭고 멋진 이름을 선물했지,
하지만 벌써 오래전 일이라네,
사람들이 우리 환상 세계로 온 것은.
그들은 이제 길을 모른다네.
우리가 실재한다는 것을 그들은 잊어버렸지,
그리고 우리의 존재를 더 이상 믿지 않지.
아아, 만일 인간이 한 명이라도 온다면,
만사가 다 이루어질 텐데!
아아, 단 한 명이라도 믿을 용의가 있어서
이 외침을 들어 준다면 좋을 텐데!
그들에겐 가깝지만, 우리에겐 멀다네,
그들에게 가기엔 너무 멀다네.

환상 세계 저편은 그들의 세상이니,
우리는 그곳으로 갈 수 없다네.
그대, 나의 어린 영웅이여, 기억하겠니,
우유랄라가 한 말을?"

"그래, 그래."
아트레유는 당황해서 말했다. 자기가 들은 말을 기억 속에 각인하느라 온갖 노력을 기울였지만, 사실 무엇 때문에 그래야 하는지 몰랐고, 그렇기 때문에 목소리가 무슨 말을 하는지도 이해하지 못했다. 그저 이 일이 아주, 아주 중요하다는 것만 느꼈다. 하지만 그 노랫가락과 모든 것을 운율에 맞춰 듣고 말하느라 기울인 노력 때문에 아트레유는 졸음이 왔다. 아트레유는 웅얼거렸다.

"그럴 거야! 난 기억할 거야,
하지만 말해 줘, 그런 다음 뭘 해야 하는 거야?"

그러자 목소리가 대답했다.

"그건 그대가 스스로 결정해야 한다네.
그대는 이제 지식을 갖고 있다네.
그러니 이제 우리 둘이
작별할 시간이 왔다네."

이미 반쯤은 잠든 채 아트레유는 물었다.

"떠나는 거니?
어디로 가니?"

이제 다시 그 흐느낌이 목소리 속에 들어 있었다. 노래하는 동안 목소리는 점점 멀어져 갔다.

"무가 가까이 왔네.
그런데 신탁은 침묵하고 있네.
오르고 내리고 하던
소리도 이제 더 이상 들리지 않네.
돌기둥의 숲으로
나를 찾아와
내 목소리를 들었던 모든 이들 중에,
그대가 마지막이 되리니.
아마도 그댄 해낼 수 있으리,
여태껏 누구도 하지 못했던 일을,
그러나 그 일을 하기 위해,
기억하렴, 내가 그대에게 불러 준 노래를!

그러고 나서 점점 더 멀리서 들려오는 말을 아트레유는 들었다.

"산과 골짜기를 넘어, 들과 밭을 지나
나는 사라지리, 흩날려 버리리.
아, 모든 것은 단 한 번만 일어난다네.
그러나 모든 것이 한 번은 일어나야 한다네……."

그것이 아트레유가 들은 마지막 말이었다.

아트레유는 어떤 기둥 곁에 앉아 등을 기대고 밤하늘을 올려다 보았다. 그리고 들었던 말을 애써 이해하려고 했다. 부드럽고 무거운 외투처럼 정적이 주위를 감쌌고 아트레유는 잠들었다.

깨어났을 때 차가운 여명이 그를 둘러싸고 있었다. 그는 누워서 하늘을 들여다보았다. 마지막 남은 별들도 그 빛이 희미해졌다. 우유랄라의 목소리가 여전히 기억 속에서 울렸다. 갑자기 아트레유는 지금까지 겪었던 모든 일과 자기의 대탐험의 목적을 생각해 냈다.

그러니까 이제 마침내 무엇을 해야 하는지 알게 되었다. 환상 세계 경계선 저 너머에 있는 세상에서 온 사람만이 어린 여왕에게 새 이름을 줄 수 있는 것이다. 아트레유는 그런 사람을 찾아 여왕에게 데리고 가야 한다!

아트레유는 벌떡 몸을 일으켜 세웠다.

아아, 바스티안은 생각했다. 나라면 여왕을 기꺼이 도와줄 텐데. 여왕과 아트레유도. 정말 멋진 이름을 생각해 낼텐데. 어떻게

아트레유에게 갈 수 있는지 알기만 한다면 당장 갈 텐데! 내가 갑자기 그곳에 나타나면 걔가 얼마나 놀랄까! 하지만 그건 안타깝게도 불가능한 일이야, 안 그래?

그러더니 바스티안은 작은 목소리로 말했다.

"너희한테로 가는 어떤 길이 있다면, 나에게 말해 줘. 난 갈 거야, 분명코 꼭, 아트레유! 두고 보라고."

아트레유가 사방을 둘러보니 이미 기둥의 숲은 계단, 테라스와 함께 사라지고 없었다. 주위에는 마법의 문 세 개를 통과하기 전에 각 문 뒤로 보았던 완전히 텅 빈 그 평원만이 펼쳐져 있었다. 열쇠 없는 문도 요술 거울 문도 없었다.

아트레유는 일어나서 사방을 살펴보았다. 그리고 평원 한가운데에, 자기가 있는 곳에서 그리 멀지 않은 곳에 그 전에 하울레 숲에서 한 번 보았던 그런 지점이 형성되어 있는 것을 발견했다. 그러나 이번에는 아트레유에게 훨씬 더 가까이 있었다. 아트레유는 몸을 돌려 반대 방향으로 있는 힘을 다하여 뛰기 시작했다.

한참을 달려간 후에 아트레유는 멀리 지평선에서 자그마한 언덕을 발견했다. 아마 그곳은 커다란 수수께끼 문이 있는, 적갈색 바위판으로 이루어진 그 산지인 것 같았다.

아트레유는 그리로 달려갔다. 한참을 달린 후에야 세세한 것을 식별할 정도로 충분히 가까이 다가갈 수 있었다. 그제야 아트레유는 의심이 들었다. 분명히 그곳은 바위판으로 이루어진 그 풍경과

비슷하긴 했지만, 이제 문 같은 건 찾아볼 수 없었다. 그리고 돌판들은 붉은색이 아니라 회색과 무색이었다.

다시 오랫동안 그곳을 향해 뛴 후에 아트레유는 거기 바위들 사이에 실제로 문의 밑 부분과 비슷한 갈라진 틈이 있는 것을 알아보았다. 하지만 그 위로 아치는 없었다. 무슨 일이 일어난 걸까?

그 대답은 오랜 시간을 뛰어 마침내 그 자리에 도착했을 때 비로소 알아냈다. 돌로 된 그 거대한 아치는 무너져 내렸고, 스핑크스는 사라지고 없었다!

아트레유는 폐허 사이로 길을 찾아서 바위 피라미드 하나를 기어 올라가, 두 개척자와 행운의 용이 있을 법한 지점을 바라보았다. 아니면 그들도 그 사이에 무(無)를 피해 도망쳤을까?

그러다 아트레유는 엥귀부크의 관측소인 바위 난간 뒤에서 조그마한 깃발이 흔들리는 것을 보았다. 아트레유는 양팔을 흔들고 손을 입가에 갖다 대며 소리쳤다.

"이봐요! 아직 거기에 있어요?"

아트레유의 목소리가 울리자마자 두 개척자의 동굴이 있었던 그 좁은 골짜기로부터 진주처럼 빛나는 하얀 행운의 용이 솟아올랐다. 푸후르였다.

행운의 용이 뱀처럼 멋지게 그리고 천천히 움직이면서 공기를 가르며 왔다. 오면서 몇 번이고 기분이 좋아서 뒤로 벌렁 누웠고, 번개처럼 빠르게 큰 곡선을 그려서 마치 혀를 날름대는 하얀 불꽃처럼 보였다. 그러더니 용은 아트레유가 서 있는 바위 피라미드

앞에 내려앉았다. 앞발을 괴었지만 몸집이 너무 커서, 위로 쑥 빠진 목에 달린 용의 머리가 아트레유를 내려다보았다. 용은 루비빛 눈동자를 굴리며 즐거워서 입을 딱 벌린 채 혀를 쭉 내밀고 청동 같은 목소리로 꽹꽹거렸다.

"아트레유! 내 친구, 내 주인! 마침내 돌아왔구나. 정말 기뻐. 우리는 거의 포기하고 있었단다. 그러니까 두 개척자 말이야, 나는 빼고!"

"나도 널 다시 보게 되어서 기뻐."

아트레유가 대답했다.

"그런데 이 하룻밤 사이에 도대체 무슨 일이 일어난 거야?"

"하룻밤이라고?"

푸후르가 소리쳤다.

"겨우 하룻밤이 지났다고 생각하는 거야? 그렇다면 놀라겠구나! 올라타, 내가 널 태워 줄게!"

아트레유는 거대한 짐승의 등에 올라탔다. 행운의 용 등에 앉아 보기는 처음이었다. 비록 아트레유가 이미 야생마를 타 보았고 그렇게 겁나는 것도 아니었지만, 잠시 공중을 나는 동안 처음에는 거의 들리지도 보이지도 않았다. 아트레유는 푸후르의 휘날리는 갈기를 꼭 붙잡았다. 그러자 행운의 용은 꽹꽹대며 웃더니 소리쳤다.

"이제부터 이렇게 나는 데 익숙해져야 해, 아트레유!"

"어쨌든 넌 완전히 건강을 되찾은 것 같구나!"

아트레유가 숨을 헐떡이며 소리쳤다.

"거의. 하지만 다 나은 건 아냐!"

용이 대답했다.

그러고 나서 그들은 두 개척자가 사는 동굴 앞에 착륙했다. 엥귀부크와 우르글이 입구에 나란히 서서 그들을 기다리고 있었다.

"어떤 일을 겪었냐?"

엥귀부크가 당장에 말문을 열었다.

"모조리 내게 얘기해 줘야 한다! 문들은 어땠냐? 내 이론이 옳았느냐? 우유랄라는 누구냐?"

"그만해!"

우르글 할머니가 남편의 말을 가로막았다.

"얘는 우선 뭘 좀 먹고 마셔야 해. 내가 괜히 음식을 만든 게 아냐! 당신의 쓸데없는 호기심을 충족시킬 시간은 충분히 있어!"

아트레유는 용의 등에서 내려와 난쟁이 부부에게 인사했다. 세 명 모두 온갖 맛있는 음식과 김이 무럭무럭 나는 약초 차가 담긴 작은 주전자로 뒤덮인 작은 탁자 앞에 다시 앉았다.

탑 시계가 다섯 시를 쳤다. 바스티안은 우울한 마음으로 밤에 배가 고플 때 먹으려고 자기 침대 옆 탁자에 넣어 둔 헤이즐넛 초콜릿 두 개를 떠올렸다. 다시 집으로 돌아가지 않을 거라는 것을 미리 알았더라면 비상 식량으로 가지고 왔을 텐데. 하지만 이제 어쩔 수 없었다. 더 이상 생각하지 않는 편이 나아!

푸후르는 이야기를 전부 들을 수 있게 커다란 머리를 아트레유 옆에 두고 작은 바위 골짜기 안에서 몸을 쭉 뻗었다.

"이것들 봐요."

용이 소리쳤다.

"내 친구이자 내 주인은 자기가 겨우 하룻밤 떠나 있었다고 믿고 있어!"

"그럼 아니니?"

아트레유가 물었다.

"일곱 낮과 일곱 밤이었어! 봐, 내 상처가 거의 다 나았잖니!"

푸후르가 말했다.

그제야 아트레유는 자신의 상처도 다 아물었다는 것을 알아차렸다. 약초 붕대도 떨어지고 없었다. 그는 놀랐다.

"어떻게 그럴 수가 있지? 난 마법의 문 세 개를 지나갔고 우유랄라와 이야기를 나누었어. 그러고 나서 잠들었지. 하지만 그렇게 오래 잤을 리는 없어."

"공간과 시간이 그 안에서는 여기와 좀 다른 거지. 하지만 너만큼 신탁소에 오래 머물다 온 이는 그 전엔 없었다. 무슨 일이 있었니? 말 좀 해 봐라!"

엥귀부크가 말했다.

"그보다 여기에 무슨 일이 일어났는지 알고 싶어요."

아트레유가 말했다.

"네가 보고 있는 그대로야. 모든 빛깔은 바래져 가고 모든 것이

점점 더 비현실적이 되어 간다. 커다란 수수께끼 문은 이미 없어졌다. 여기도 파괴가 시작된 것 같구나."

엥귀부크가 말했다.

"스핑크스들은? 어디로 갔어요? 날아가 버렸어요? 봤어요?"

아트레유가 물었다.

"우리는 아무것도 못 봤다. 네가 뭔가 말해 주길 기대했지. 바위문은 갑자기 무너져 버렸다. 하지만 우리 모두 아무것도 듣거나 보지 못했어. 난 거기까지 가서 잔해를 조사해 보았지. 그런데 뭘 알아냈는지 아니? 무너진 자리는 아주 오래된 듯했고 회색 이끼로 덮여 있었단다. 마치 수백 년 전부터 지금과 같은 모습이었던 것처럼, 마치 커다란 수수께끼 문 따위는 아예 없었던 것처럼 말이다."

엥귀부크가 투덜거렸다.

"하지만 거기 있었어요. 내가 지나갔는걸요. 그러고 나서 요술 거울 문을 지나 마지막으로 열쇠 없는 문을 통과했어요."

아트레유가 나지막이 말했다.

그러고 나서 아트레유는 자기에게 일어난 일을 전부 들려주었다. 힘들이지 않고도 세세한 일을 전부 기억해 냈다.

처음에는 중간중간 열심히 질문을 해 대며 더 자세하게 설명하라고 요구했던 엥귀부크는 이야기가 진행될수록 점점 말이 없어졌다. 마침내 아트레유가 우유랄라가 털어놓았던 이야기를 거의 한 마디 한 마디 되풀이하자 엥귀부크는 완전히 입을 닫아 버렸다.

작고 주름이 많은 얼굴엔 상심의 빛이 깊이 드리워져 있었다.

"자, 이제 비밀을 알게 됐죠? 어떻게 해서든 비밀을 알아내려고 했잖아요, 안 그래요? 우유랄라는 목소리로만 이루어진 존재예요. 모습은 들을 수만 있지. 우유랄라는 소리가 나는 그곳에 있는 거예요."

아트레유는 보고를 끝냈다.

엥귀부크는 한동안 침묵하고 있다가 쉰 목소리로 말을 꺼냈다.

"그곳에 있었어라고 말하고 싶겠지."

"그래요. 우유랄라 자신의 말에 따르면 내가 그와 얘기한 마지막 자예요."

아트레유가 대답했다.

엥귀부크의 주름투성이 뺨 위로 두 줄기 눈물이 흘러내렸다.

"헛수고였어!"

엥귀부크는 쉰 목소리로 말했다.

"내 평생의 작업이, 내 연구가, 수 년 동안의 관찰이 전부 헛수고가 됐어! 내 학문의 건물을 완성시킬 마지막 돌이 마침내 내 손에 들어와서, 마침내 끝낼 수 있었는데, 마침내 마지막 장을 쓸 수 있었는데……. 그런데 이제 아무 소용도 없어졌어. 완전히 쓸모없게 됐어. 아무 도움도 안 돼. 눈곱만큼의 가치도 없어졌어. 누구의 흥미도 끌지 못하게 됐어. 문제의 대상이 더 이상 존재하지 않으니 말이야. 완전히 끝났어, 이제 안녕이라고!"

발작적인 기침 소리처럼 들리는 흐느낌이 엥귀부크를 뒤흔들었

다. 늙은 우르글은 가엾다는 듯 남편을 바라보다가 그의 대머리를 쓰다듬어 주면서 중얼거렸다.

"가엾은 늙은이 엥귀부크! 가엾은 늙은이 엥귀부크! 너무 실망하지 마! 곧 다른 걸 찾아낼 거야."

"이 할망구야! 지금 할멈이 보고 있는 건 가엾은 늙은이 엥귀부크가 아니라 비극의 주인공이라고!"

엥귀부크는 반짝이는 작은 눈으로 우르글을 꾸짖었다. 그러고는 전에 한 번 그랬듯이 동굴 속으로 뛰어 들어갔고 곧 이어 작은 문이 쾅 닫히는 소리가 들렸다. 우르글은 한숨을 쉬며 머리를 흔들고는 중얼거렸다.

"진심으로 그렇게 말한 건 아니야. 좋은 영감이란다. 그저 안타깝게도 완전히 미쳐 버린 것뿐이란다."

식사가 끝나자 우르글이 일어나 말했다.

"이제 일곱 가지 물건을 꾸리려고 한단다. 많이 들고 갈 순 없지만 이것저것 싸야 해. 자, 지금 해치워야 해."

"그럼 여길 떠나려는 거예요?"

아트레유가 물었다.

우르글은 슬픈 표정으로 고개를 끄덕였다.

"그 수밖에 딴 도리가 없구나. 파괴가 퍼진 곳에는 아무것도 자라지 않는단다. 그리고 우리 영감도 여기 남아 있을 이유가 이젠 없진 않니. 어떻게 될지 두고 봐야겠지. 어떻게든 될 거야. 근데 너희들은? 무슨 계획이 있니?"

"난 우유랄라가 일러 준 일을 해야 해요. 어린 여왕이 새 이름을 얻을 수 있도록 사람을 하나 찾아 여왕에게 데리고 가야 해요."

아트레유가 대답했다.

"어디에서 그 사람을 찾을 거니?"

우르글이 물었다.

"잘 모르겠어요. 환상 세계 경계선 너머에서겠죠."

아트레유가 말했다.

"우린 해낼 거야."

푸후르의 종소리 같은 목소리가 들려왔다.

"내가 너를 태우고 갈게. 두고 봐, 우린 행운을 얻을 거야!"

"자, 그럼 떠나라!"

우르글이 투덜거렸다.

"우리가 좀 태워 주면 어떨까요?"

아트레유가 제안했다.

"말도 안 된다! 내 평생 결코 하늘을 나는 일은 없을 거야. 행실 바른 그놈이란 언제나 탄탄한 땅에다 발을 붙이고 있는 법이란다. 그리고 너희들도 우리랑 어정거리고 있으면 안 돼. 더 중요한 일을 해야 하잖니, 너희 둘이. 우리 모두를 위해!"

우르글이 소리쳤다.

"하지만 두 분께 고마움을 표시하고 싶어요."

아트레유가 말했다.

"그러려면 가장 좋은 방법은, 쓸데없는 수다로 시간을 낭비하지 않고 곧장 출발하는 거다!"

우르글이 투덜거렸다.

"그 말이 맞아! 가자, 아트레유!"

푸후르가 맞장구쳤다.

아트레유는 푸후르의 등에 훌쩍 올라탔다. 작고 늙은 우르글을 다시 한 번 돌아보고 소리쳤다.

"다시 만나요!"

하지만 우르글은 이미 동굴로 들어가 짐을 싸고 있었다.

몇 시간쯤 지나 우르글이 엥귀부크와 함께 바깥으로 나왔을 때는 각자 등에 높이 솟은 등짐을 메고 다시 서로 으르렁거리며 싸우고 있었다. 그렇게 그들은 한 번 뒤돌아보지도 않고 짧고 휘어진 다리로 비틀거리며 갔다.

그건 그렇고, 엥귀부크는 나중에 아주 유명해졌다. 자기 가문에서 가장 유명한 그놈이 되었던 것이다. 하지만 그의 학문적 연구 때문에 그렇게 된 것은 아니었다. 그러나 그건 또 다른 이야기이니 다음 기회에 얘기하도록 하겠다.

두 개척자가 길을 떠난 바로 그 때 아트레유는 푸후르의 등에 타고 환상 세계의 하늘을 가르며 벌써 멀리, 아주 멀리 날아가고 있었다.

바스티안은 저도 모르게 채광창을 쳐다보았다. 그리고 이미 깜

깜해진 저 위 하늘에서 갑자기 행운의 용이 활활 타는 흰 불꽃처럼 자기 눈앞에 나타난다면 어떨까 상상해 보았다. 나를 데리러 그 둘이 온다면!

"아, 그럼 멋지겠지!"

바스티안은 한숨을 내쉬었다.

바스티안은 그들을 도울 수 있을 것이다. 그리고 그들은 바스티안을. 또 그건 모두를 구할 것이다.

제 8 장
불량배들의 나라

아트레유는 하늘 높이 날아갔다. 붉은 망토는 힘차게 원을 그리며 펄럭였다. 가죽끈으로 묶은 검푸른 머리카락은 바람에 나부꼈다. 하얀 행운의 용 푸후르는 천천히 규칙적으로 물결 모양을 만들며 하늘의 안개와 구름 조각을 뚫고 미끄러져 갔다.

올라갔다 내려갔다 또 올라갔다 내려갔다 또 올라갔다 내려갔다······.

길을 떠난 지 벌써 얼마나 지났을까. 몇 번의 낮과 밤, 또 낮······. 아트레유는 얼마나 오래되었는지 더 이상 알지 못했다. 용은 잠을 자면서도 날 수 있었다. 계속, 또 계속. 이따금 아트레유는 용의 하얀 갈기를 단단히 붙든 채 꾸벅꾸벅 졸기도 했다. 하지만 아주 얕고 불안한 잠일 뿐이었다. 그래서 그런지 깨어 있을 때에도 점차 아무것도 분명하지 않은 꿈처럼 되어 버렸다.

저 한참 아래에서는 어렴풋이 산들이 지나갔다. 육지와 바다, 섬과 강들도······. 아트레유는 그런 것에 더 이상 주의를 기울이지 않았고, 남쪽 신탁소를 떠나고 나서 처음에 그랬던 것처럼 자기가 타고 있는 짐승을 몰지도 않았다. 처음에 아트레유는 조급하게 굴었다. 행운의 용을 타고 가면 환상 세계의 경계선 그리고 경계선 너머에 있는 사람들이 사는 바깥 세계에 도달하는 것이 그리 어렵지 않을 거라고 믿었기 때문이었다.

아트레유는 환상 세계가 얼마나 큰지 몰랐던 것이다.

지금 그는 밀려오는 돌덩이 같은 피곤과 맞서 싸우고 있었다. 평소에는 어린 독수리의 눈처럼 날카롭던 검은 눈은 멀리 있는 것

은 감지하지 못했다. 이따금 온 의지를 긁어모아 앉은 자리에서 몸을 곧추세우고 이리저리 살펴보기도 했으나 얼마 가지 못해 다시 몸에 힘이 쭉 빠진 채, 눈앞에 있는 진줏빛 비늘이 분홍빛, 흰빛으로 반짝이는 용의 길고 유연한 몸만 쳐다보았다. 푸후르도 지칠 대로 지쳐 있었다. 무한한 것처럼 보였던 푸후르의 힘조차도 이제 점점 바닥났다.

　그들은 이렇게 오랫동안 비행하면서 아래에 펼쳐진 풍경에서 무(無)가 퍼져 있는 그런 지점을 여러 번 보았다. 그런 곳을 볼 때면 눈이 멀어 버린 듯한 느낌이 들었다. 그런 높이에서 내려다보았을 때는 여러 곳이 비교적 작아 보였지만, 한 나라 전체만큼이나 크고 지평선까지 쭉 뻗어 있는 곳들도 있었다. 그럴 때면 행운의 용과 아트레유는 공포에 사로잡혔고 그 끔찍한 것을 쳐다보지 않으려고 그곳에서 벗어나 다른 방향으로 날아가곤 했다. 하지만 이상한 사실은 그 끔찍한 것이 반복될수록 그것에 대한 공포심이 사라진다는 것이다. 그리고 파괴된 지점이 줄어들기는커녕 점점 더 많아질수록 푸후르와 아트레유는 점차 거기에 익숙해졌다. 아니 오히려 일종의 무관심이 그들을 엄습했다고 하는 편이 더 정확하다. 그들은 거의 신경을 쓰지 않게 되었다.

　푸후르와 아트레유는 벌써 오랫동안 서로 말을 하지 않았다. 그 때 갑자기 푸후르의 청동 같은 목소리가 들려왔다.

　"아트레유, 작은 주인님! 자고 있니?"

　"아니."

아트레유는 사실 불안한 꿈에 빠져 있었지만 그렇게 대답했다.

"왜 그래, 푸후르?"

"돌아가는 게 더 현명하지 않을까 생각 중이야."

"돌아가다니? 어디로?"

"상아탑으로. 어린 여왕에게로."

"임무를 완수하지 못한 채 여왕에게 가자는 말이야?"

"글쎄, 나는 그렇게 생각하지 않아, 아트레유. 도대체 네 임무가 뭐였니?"

"나는 어린 여왕이 앓고 있는 병의 원인이 무엇인지, 어떤 치료약이 있는지 알아내야 해."

"그럼 그 치료제를 직접 구해서 가져가는 것은 네 임무가 아니었네."

푸후르가 단호히 말했다.

"그게 무슨 말이니?"

"우리가 사람을 찾으려고 환상 세계 경계를 넘어가려고 하는 게 큰 실수일지도 몰라."

"네가 무슨 생각을 하고 있는지 잘 모르겠어, 푸후르. 더 자세히 설명해 봐!"

"어린 여왕은 죽어 가고 있어. 새 이름이 필요하기 때문이지. 늙고도늙은 모를라가 너한테 그 사실을 털어놓았지. 하지만 그 이름은 바깥 세상에서 온 사람들만이 지어 줄 수 있어. 그건 우유랄라가 가르쳐 주었고. 그걸로 너는 임무를 완수한 거야. 넌 이 모

든 사실을 곧장 어린 여왕에게 보고해야 할 것 같다."

용이 말했다.

"그렇지만 내가 여왕에게 그 모든 걸 알리기만 하고 여왕을 구할 수 있는 사람을 데려가지 못하면 그게 무슨 도움이 되겠어?"

아트레유가 소리쳤다.

"그건 네가 모르는 일이야."

푸후르가 대답했다.

"여왕은 너나 나보다 훨씬 더 많은 능력이 있어. 어쩌면 사람을 자기 곁으로 데려오는 게 여왕에게는 쉬운 일이지도 몰라. 어쩌면 너와 나, 환상 세계에 사는 모든 이들이 알지 못하는 방법과 길을 여왕은 알고 있을지도 몰라. 하지만 그러려면 여왕은 지금 네가 알고 있는 사실을 알아야만 해. 만약 그렇다고 한번 가정해 봐. 그렇다면 우리가 우리 힘으로 사람을 하나 찾아서 여왕에게 데려가는 게 아주 무의미할 뿐만 아니라, 우리가 마냥 찾으러 다니는 동안 여왕이 죽어 버릴 수도 있는 거라고. 우리가 제때에 돌아간다면 여왕을 구할 수 있을지도 모르는 일이고."

아트레유는 침묵했다. 용이 한 말은 의심할 여지 없이 옳았다. 그럴 수도 있었다. 하지만 사정이 전혀 다를 수도 있었다. 지금 그가 이 소식을 갖고 돌아갔을 때 여왕이 이렇게 말할 가능성도 있었다. "그게 전부 내게 무슨 소용이지? 그대가 날 구해 줄 사람을 데려왔더라면 난 건강해졌을텐데. 하지만 지금 그대를 다시 한번 보내기에는 너무 늦었어."라고.

아트레유는 어떻게 해야 좋을지 몰랐다. 그리고 피곤했다. 어떤 결정을 내리기에는 너무나 피곤했다.

"이것 봐, 푸후르."

아트레유는 나지막이 말했지만 용은 그의 말을 잘 알아들었다.

"어쩌면 네 말이 옳을지도 몰라. 하지만 아닐 수도 있어. 우리 조금만 더 날아가 보자. 그래도 경계선에 닿지 않으면 그때 돌아가자."

"조금만이라니 얼마나?"

용이 물었다.

"몇 시간. 아 그래, 딱 한 시간만 더."

아트레유가 중얼거렸다.

"좋아. 한 시간만이다!"

푸후르가 대답했다.

그러나 그 한 시간은 너무나 긴 한 시간이었다.

북쪽 하늘이 구름으로 뒤덮여 새카맸지만 아트레유와 푸후르 둘 다 별로 수의를 기울이지 않았다. 해가 떠 있는 서쪽 하늘은 작열하고 있었고, 재앙을 예고하는 긴 선이 피 흘리는 해초처럼 지평선에 낮게 걸려 있었다. 동쪽에는 회색 납으로 된 이불처럼 뇌우가 솟아올랐고, 그 앞에는 이리저리 흩어진 조각 구름들이 흘러 넘친 파란 잉크처럼 떠 있었다. 그리고 남쪽에서부터 유황 빛 연기와 안개가 몰려왔고 번개가 번쩍거렸다.

"아무래도 날씨가 나빠질 것 같아."

푸후르가 말했다.

아트레유는 사방을 둘러보았다.

"그래. 예사롭지 않구나. 그래도 우린 계속 날아가야 해."

"숨을 곳을 찾아보는 게 나을 것 같아. 내 추측이 맞다면 이건 장난이 아냐."

푸후르가 대꾸하며 두리번거렸다.

"무슨 추측?"

아트레유가 물었다.

"네 명의 바람 거인이 또 한바탕 서로 싸우려고 하는 거야."

푸후르가 설명했다.

"거인들은 누가 제일 힘이 세서 나머지를 지배할 건지를 놓고 거의 매일 싸우지. 거인들에게는 일종의 놀이야, 싸움을 해도 자신들은 아무 해도 입지 않으니까. 하지만 그 싸움에 휘말려드는 자는 큰일 나지. 거의 남아나는 게 없어."

"더 높이 날 순 없니?"

아트레유가 물었다.

"바람 거인들의 힘이 미치지 않는 곳으로 말이니? 못 해, 그렇게 높이 날 순 없어. 그리고 밑에는 온통 물뿐이야, 망망대해라고. 우리가 숨을 수 있는 곳이 아무 데도 없는 것 같아."

"그럼 달리 방법이 없구나. 기다릴 수밖에. 어차피 거인들에게 물어볼 것도 있어."

아트레유가 결정했다.

"어쩌려는 거야?"

용은 놀라서 소리치며 공중에서 한 번 펄쩍 뛰었다.

"네 명의 바람 거인이라면 환상 세계의 사방팔방을 다 알 거야. 우리에게 경계선이 어디 있는지 말해 줄 수 있는 적임자들이라고."

아트레유가 설명했다.

"맙소사! 그 거인들하고 노닥거릴 수 있을 것 같니?"

용은 소리를 질렀다.

"거인들 이름이 뭐니?"

아트레유가 물었다.

"북쪽 거인 이름은 리르야. 동쪽 거인은 바우레오, 남쪽 거인은 쉬르크 그리고 서쪽 거인은 마예스트릴이야."

푸후르가 대답했다.

"그런데 아트레유, 넌 도대체 정체가 뭐니? 어린 사내아이니, 아니면 겁이라곤 전혀 없는 강철 조각이니?"

"스핑크스의 문을 지나갈 때, 난 모든 두려움을 잃어버렸어. 게다가 난 어린 여왕의 표시를 지니고 있잖니. 환상 세계의 모든 피조물들이 이 표시를 존중하잖아. 바람 거인들이라고 왜 안 그러겠어?"

"오, 존중하겠지! 하지만 거인들은 멍청하고 아무리 너라고 해도 그 싸움을 말릴 수는 없어. 내 말이 무슨 뜻인지 이제 두고 보

면 알 거야!"

그 사이에 뇌우를 가득 품은 구름이 사방에서 몰려들었고 아트레유는 어마어마한 규모의 깔때기 또는 화산 분화구처럼 생긴 것이 자기 주위를 둘러싼 것을 알아차렸다. 그 깔때기의 벽은 점점 더 빠른 속도로 돌기 시작하더니 유황 빛의 노랑, 납빛의 회색, 핏빛의 빨강, 진한 검정이 서로 뒤섞여 버렸다. 그리고 아트레유마저 하얀 용의 등에 앉은 채, 마치 거대한 소용돌이 속에 빨려 들어간 성냥개비처럼 그 회오리 속에 휘말려 들어갔다. 아트레유는 바람 거인들을 보았다.

거인들은 사실 얼굴만으로 되어 있었다. 사지는 너무나 변화무쌍했고—금방 길어졌다가, 또 금방 짧아졌다가, 금방 수백 개였다가, 또 금방 하나도 없어졌다가, 금방 선명해졌다가 또 금방 불분명해졌다가 했다.—또 어마어마하게 큰 원을 그리며 춤을 추거나 씨름을 하듯이 서로 뒤엉켜 있어서 그들의 진짜 모습을 알아보는 것은 전혀 불가능했다. 게다가 얼굴도 끊임없이 변했다. 뚱뚱해서 부풀어 올랐다가, 다시 위아래로, 양 옆으로 잡아당긴 듯이 늘어났다. 그래도 그 얼굴들을 항상 서로 구별할 수는 있었다. 그들은 입이 찢어져라 크게 벌려 서로 소리를 질러 대고 포효하고 울부짖고 또 웃어 댔다. 용과 그 위에 탄 아이 따위는 눈에 들어오지도 않는 모양이었다. 그도 그럴 것이 그들에 비하면 용도 모기만큼 조그마했으니까.

아트레유는 몸을 곧추세웠다. 그리고 오른손으로 가슴에 있는

황금빛 부적을 움켜쥐고 가능한 한 크게 고함을 질렀다.

"어린 여왕의 이름으로 명하노니, 조용히 하고 내 말을 들어라!"

그러자 믿을 수 없는 일이 일어났다!

갑자기 벙어리가 된 것처럼 거인들이 조용해졌다. 입이 다물어졌고 휘둥그레진 눈 여덟 개가 아우린을 향했다. 소용돌이도 멈췄다. 갑자기 쥐 죽은 듯이 조용해졌다.

"대답해 줘! 환상 세계의 경계선이 어디에 있지? 리르, 알고 있나?"

아트레유가 소리쳤다.

"북쪽에는 없다."

검은 구름 얼굴이 대답했다.

"바우레오, 너는?"

"동쪽에도 없어."

납빛 구름 얼굴이 대꾸했다.

"쉬르크, 말해 봐!"

"님쪽에는 경계선이 없어."

유황 빛 구름 얼굴이 말했다.

"마에스트릴, 너는 아니?"

"서쪽에도 경계는 없어."

불꽃처럼 붉은 구름 얼굴이 대답했다.

그리고 나서 넷이 모두 이구동성으로 말했다.

"어린 여왕의 표시를 달고 다니면서 환상 세계가 끝이 없다는 걸 모르는 넌 대체 누구냐?"

아트레유는 침묵했다. 머리를 한 방 맞은 것 같은 느낌이었다. 경계가 전혀 없으리라고는 사실 한 번도 생각해 본 적이 없었다. 그렇다면 모든 일이 헛수고였던 것이다.

아트레유는 바람 거인들이 다시 싸움을 시작한 것도 거의 알아차리지 못했다. 앞으로 무슨 일이 일어나든 상관없었다. 아트레유는 갑작스러운 회오리바람으로 용이 위로 팽개쳐지자 용의 갈기를 단단히 붙잡았다. 그들은 번개에 에워싸여 회오리 속을 빠르게 빙빙 돌다가 수직으로 사납게 쏟아지는 빗줄기에 거의 빠져 죽을 뻔했다. 갑자기 그들은 타는 듯이 뜨거운 숨결 속에 휘말려 들어 거의 타 죽을 뻔했지만 금방 우박 속으로 빠졌다. 우박은 낱알이 아니라, 창만큼 긴 고드름 모양이었고 아트레유와 용을 아래로 내리쳤다. 그리고 다시 그들은 위로 빨아들여졌다가 내던져지고 이리저리 내동댕이쳐졌다. 네 바람 거인이 주도권을 놓고 서로 싸우는 것이었다.

"꼭 잡아!"

강풍이 등을 때리자 푸후르가 소리쳤다.

하지만 이미 너무 늦었다. 아트레유는 붙잡았던 것을 놓치고 밑으로 떨어졌다. 계속, 계속 떨어졌다. 그러고는 정신을 잃었다.

다시 정신을 차렸을 때 아트레유는 부드러운 모래밭에 누워 있

었다. 파도가 철썩이는 소리가 들렸다. 머리를 들어 보니 어느 해변에 밀려와 있었다. 날은 우중충하고 안개가 자욱했지만 바람은 잠잠했다. 바다는 고요했고 여기서 바로 얼마 전까지만 하더라도 바람 거인들의 격렬한 싸움이 벌어졌다는 흔적은 전혀 없었다. 아니면 아주 멀리 전혀 다른 장소에 와 있는 것은 아닐까? 해변은 평평했고 바위도 언덕도 없었으며, 구부러지고 기울어진 나무 몇 그루만 커다란 야수의 발처럼 안개 속에 서 있었다.

아트레유는 일어나 앉았다. 몇 걸음 떨어진 곳에 물소 털가죽으로 만든 그의 붉은 망토가 보였다. 아트레유는 그리로 기어가서 망토를 집어 어깨에 걸쳤다. 놀랍게도 망토는 거의 말라 있었다. 그러니까 이미 오랫동안 이곳에 누워 있었던 모양이었다.

어떻게 여기까지 왔을까? 어떻게 바다에 빠져 죽지 않았을까?

자기를 들어 옮겨 주었던 팔에 대한 흐릿한 기억이 떠올랐다. 그리고 이상하게 노래하던 목소리도. 불쌍한 녀석, 잘생긴 녀석! 녀석을 붙잡아! 가라앉지 않게 해!

어쩌면 물결이 철썩거리는 소리에 불과했는지도 모른다.

아니면 인어나 물의 정령들이었나? 아마도 부적을 보고 그를 구해 주었나 보다.

자기도 모르게 아트레유는 손을 뻗어 부적을 찾았다. 그런데 부적이 없었다! 목에 걸린 사슬이 없어져 버렸다. 메달을 잃어버린 것이었다.

"푸후르!"

아트레유는 있는 힘껏 소리를 질렀다. 벌떡 일어나 왔다 갔다 하며 사방으로 소리쳤다.

"푸후르! 푸후르! 너 어디 있니?"

대답이 없었다. 그저 규칙적으로 느리게 해변에 와서 부딪히는 파도의 철썩거리는 소리만 들릴 뿐.

바람 거인들이 하얀 용을 어디로 날려 버렸는지 누가 알겠는가! 어쩌면 푸후르도 여기서 아주 멀리 떨어진, 어디 엉뚱한 곳에서 그의 작은 주인을 찾고 있을지 몰랐다. 어쩌면 살아 있지 않을지도 몰랐다.

이제 아트레유는 용을 타고 다니는 자도 어린 여왕의 사자도 아니었다. 단지 어린 소년에 불과했다. 그리고 완전히 혼자였다.

탑 시계가 여섯 시를 쳤다.

바깥은 벌써 깜깜했다. 비는 그쳤다. 아주 조용했다. 바스티안은 촛불을 바라보았다.

그러다 마룻바닥이 삐걱거리는 소리에 바스티안은 놀라서 움찔했다.

꼭 누군가 숨쉬는 소리를 들은 것만 같았다. 숨을 멈추고 귀를 기울였다. 촛불이 비추는 작은 범위만 빼고 거대한 창고 안은 지금 온통 어둠에 휩싸여 있었다.

계단을 올라오는 조용한 발소리가 들리지 않았던가? 창고 문 손잡이가 지금 막 천천히 움직이지 않았던가?

다시 마룻바닥이 삐걱거렸다.

이 창고 안에 유령이 나온다면?

"그럴 리 없어. 유령 따윈 없다고. 다들 그렇게 말하잖아!"

바스티안이 소리를 죽여 말했다.

그렇다면 왜 그렇게 많은 유령 이야기가 있을까?

아마도 유령이 없다고 말하는 사람들은 전부 유령이 있다고 인정하길 겁내는지도 몰랐다.

아트레유는 추워서 붉은 망토로 몸을 단단히 감싸고는 육지 쪽으로 걸어갔다. 주변 풍경은 안개 때문에 잘 보이지 않았지만 거의 변함이 없었다. 평평하고 단조로웠고, 단지 구부러진 나무들 사이로 덤불이 점점 더 빽빽하게 들어서 있었다. 녹슨 양철로 된 것 같은, 그처럼 단단하기도 한 덤불이었다. 주의하지 않으면 부딪혀 다치기 딱 좋았다.

한 시간쯤 걸었을까, 아트레유는 울퉁불퉁하고 모양이 들쭉날쭉한 돌 조각들로 포장된 길에 이르렀다. 아트레유는 어디론가 통할 테니까 그 길을 따라가기로 했다. 그러나 울퉁불퉁한 포석 위로 걷느니 길 옆에서 먼지 속을 걷는 게 더 편했다. 길은 뱀처럼 꾸불꾸불하고 왼쪽, 오른쪽으로 굽이져 있었다. 이곳엔 언덕도 강도 없어서 딱히 그럴 이유도 없는 것 같은데 말이다. 이 지역에서는 모든 것이 구부러진 것처럼 보였다.

그다지 오래 가지 않았을 때 아트레유는 멀리서 뭔가 쿵쿵거리

는 소리가 가까이 오는 걸 들었다. 커다란 북이 둔중하게 울리는 소리 같았는데, 그 소리 사이로 틈틈이 작은 피리의 새된 삑삑 소리와 방울 소리가 들렸다. 아트레유는 길가 덤불 뒤에 숨어서 기다렸다.

그 이상한 음악은 점차 가까이 왔고 마침내 안개 속에서 첫 번째 형체들이 나타났다. 보아하니 그들은 춤을 추고 있었지만 그것은 즐겁거나 우아한 춤이 아니었다. 오히려 그들은 지극히 이상한 동작으로 이리저리 펄쩍 뛰었고 바닥에 뒹굴었으며, 네 발로 기었다가 벌떡 일어났고 마치 미친 듯이 행동했다. 하지만 들리는 소리는 오직 둔중하고 느린 북소리와 새된 피리 소리, 그리고 여러 사람 목에서 나오는 듯한 낑낑거리고 헐떡이는 소리뿐이었다.

그들은 점점 더 많아졌다. 끝없어 보이는 행렬이었다. 아트레유는 문득 춤추는 자들의 얼굴을 보았다. 재처럼 회색이었고 땀으로 뒤범벅되어 있었지만, 눈은 전부 사납고 열에 들뜬 광채로 번득였다. 채찍으로 자기 몸을 때리는 놈들도 있었다.

'저자들 미쳤군.' 하고 아트레유는 생각했다. 그러자 등골이 오싹해졌다.

더욱이 아트레유는 이 행렬의 대부분이 밤요정, 요괴, 유령들인 것을 알았다. 개중에는 흡혈귀와 마녀도 많이 있었다. 곱사등에 염소 수염이 난 늙은 마녀도 있었지만 예쁘면서도 못되게 생긴 젊은 마녀들도 있었다. 아마도 아트레유는 암흑의 피조물들이 사는 환상 세계의 어느 나라에 들어선 것 같았다. 만일 여태껏 아우

린을 가지고 있었더라면 아트레유는 망설임 없이 그들을 가로막고 서서 이곳에 무슨 일이 일어났는지 물어봤을 것이다. 하지만 어찌할 도리 없이, 이 광란의 행렬이 지나가고 마지막으로 뒤쳐진 자가 절뚝거리고 껑충대며 안개 속으로 사라질 때까지 숨어서 기다렸다.

그러고 나서야 비로소 아트레유는 다시 길로 나와 유령 같은 행렬의 꽁무니를 바라보았다. 따라가야 하나 말아야 하나? 결정할 수가 없었다. 사실 지금 무엇을 해야 하는지 혹은 할 수 있을지 도무지 알 수 없었다.

처음으로 아트레유는 어린 여왕의 부적이 자기에게 얼마나 절실하고 부적 없이는 자기가 얼마나 무기력한지 분명히 깨달았다. 중요한 것은 부적이 그를 보호해 준다는 사실이 아니었다. 부적이 있다 하더라도 모든 수고와 결핍, 모든 두려움과 외로움을 혼자 힘으로 극복해야만 했으니까. 하지만 그 표시를 달고 있는 한 자기가 해야 하는 일에 대하여 한 번도 확신하지 못했던 적이 없었다. 마치 신비한 나침반처럼 부적은 의지와 결심을 올바른 방향으로 이끌어 주었다. 그러나 이제는 달라졌다. 이제는 아트레유를 이끌어 주는 신비한 힘 같은 건 없었다.

그저 마비된 듯 서 있지 않으려고 아트레유는 둔중한 리듬의 북소리가 여전히 멀리에서 들려오는 유령들의 행렬을 따라가라고 스스로에게 명령했다.

안개 속을 재빨리 뚫고 가는 동안──마지막에 뒤쳐진 자들과

어느 정도 적당한 간격을 유지하도록 계속 신경 쓰면서—아트레유는 자기의 처지를 확실히 파악하려고 노력했다.

어째서, 아아, 어째서 푸후르가 곧장 어린 여왕에게 가자고 충고했을 때 그의 말을 듣지 않았을까? 그랬더라면 여왕에게 우유랄라의 메시지를 전하고 광채를 돌려줄 수 있었을 텐데. 아우린 없이는, 푸후르 없이는 이제 어린 여왕에게 다다를 수 없었다. 여왕은 마지막 숨을 거둘 때까지 아트레유를 기다리고 그가 돌아오길 희망하며 그가 여왕 자신과 환상 세계를 구하리라고 믿겠지. 하지만 소용없는 일이다!

이것만으로도 충분히 상황이 나쁜데 그보다 더 고약한 것은, 바람 거인들한테 들은 경계가 없다는 말이었다. 환상 세계를 벗어나는 것이 불가능하다면 경계선 저편에서 도와줄 사람을 불러오는 것 역시 불가능했다.

짙은 안개를 헤치며 계속 울퉁불퉁한 길을 비틀거리며 걸어가는 동안 아트레유는 자신의 기억 속에서 다시 한 번 우유랄라의 부드러운 목소리를 들었다. 실낱같은 희망의 불꽃이 가슴속에서 타올랐다.

예전에는 어린 여왕에게 항상 새롭고 멋진 이름을 주기 위하여 사람들이 종종 환상 세계로 왔었지. 그렇게 우유랄라는 노래했었다. 그러니까 한 세계에서 다른 세계로 통하는 길이 있었던 것이다!

"그들에겐 가깝지만, 우리에겐 멀다네,
그들에게 가기엔 너무 멀다네."

그래, 우유랄라의 노래는 그런 가사였다. 단지 인간들이 그 길을 잊어버린 것뿐이다. 그렇지만 한 사람이, 단 한 사람이라도 다시 그 길을 기억해 낼 수 있지 않을까?

자신에게는 더 이상 희망이 없다는 사실에 아트레유는 그다지 관심을 두지 않았다. 중요한 것은 오직 한 사람이 환상 세계의 외침을 듣고 오는 것이었다. 언제나 그랬던 것처럼. 어쩌면, 어쩌면 벌써 누군가 길을 떠나 여기로 오고 있는 중일지도 몰랐다.

"그래! 그래!"

바스티안은 소리를 질렀다. 바스티안은 자기 목소리에 놀라 조그만 소리로 덧붙여 말했다.

"알기만 한다면 너희를 도우러 갈 거야! 하지만 난 길을 몰라, 아트레유. 정말로 몰라."

둔중한 북소리와 새된 피리 소리가 그쳤다. 자기도 모르게 아트레유는 행렬에 아주 가까이 다가가서 하마터면 맨 끝에 있는 자들과 부딪칠 뻔했다. 아트레유는 맨발이었으므로 발소리가 나지 않았다. 하지만 그 점 때문에 이 사람들이 아트레유를 무시한 건 아니었다. 그가 징이 박힌 장화를 신고 쿵쿵거리며 큰 소리를 질

렀더라도 아무도 관심을 기울이지 않았을 것이다.

그들은 이제 행렬을 이루며 서 있지 않았고, 회색 풀과 진흙으로 뒤덮인 들판에 넓게 퍼져 있었다. 어떤 이들은 가볍게 몸을 이리저리 흔들었고 또 어떤 이들은 꼼짝하지 않고 서 있거나 쪼그리고 앉아 있었다. 하지만 열에 들뜬 맹목적인 광채를 내뿜는 눈은 전부 같은 방향을 보고 있었다.

그리고 이제 아트레유도 그들이 전율에 사로잡힌 채 무아경에 빠져 응시하는 곳을 보았다. 들판 반대편에 무(無)가 있었다.

그건 아트레유가 전에 나무껍질 괴물들을 만났을 때 나무 꼭대기에서 봤던 것, 또는 남쪽 신탁소의 마법의 문들이 서 있던 평원에서 봤던 것, 또는 푸후르의 등에 타고 아주 높은 곳에서 내려다봤던 것과 같았다. 그러나 여태껏 항상 멀리에서만 봤었다. 그런데 이제 아트레유는 마음의 준비도 없이 아주 가까이에서 그것과 대면하게 되었던 것이다. 그것은 그 지역 전체를 가로질러 갔고 어마어마하게 컸다. 그리고 천천히, 천천히, 그러나 멈추지 않고 다가오고 있었다.

아트레유는 유령 같은 자들이 들판 위에서 실룩거리기 시작하는 것을 보았다. 사지는 마치 경련이 인 듯 뒤틀렸고 소리를 지르거나 웃으려고 하는 듯이 입이 활짝 벌어졌지만, 죽음 같은 정적만이 흘렀다. 그러더니 마치 돌풍을 맞은 시든 이파리처럼 그들은 모두 동시에 무(無)를 향하여 돌진하고 달려들고 굴러가서는, 그 안으로 뛰어들었다.

 이 유령 같은 무리의 마지막 자가 소리도 흔적도 없이 사라지기가 무섭게 아트레유는 자신의 몸도 갑작스럽게 종종걸음을 치며 무(無)를 향해 움직이기 시작하는 것을 알아차리고 깜짝 놀랐다. 자기도 그 안으로 뛰어들고 싶다는 아주 강력한 욕구가 그를 사로잡으려고 했다. 아트레유는 온 의지를 다 모아서 그 욕구에 대항했다. 온 힘을 다해서 멈춰 서 있으려고 노력했다. 보이지 않는 강력한 물결을 거슬러 가는 것처럼 천천히, 아주 천천히 뒤돌아서서 한 걸음 한 걸음 나아갈 수 있었다. 빨아들이는 힘이 점점 약해지자 아트레유는 있는 힘껏 빨리 뛰고 또 뛰어서 울퉁불퉁한 길로 돌아갔다. 미끄러지고 엎어져도 벌떡 일어나 계속 달렸다. 안개에 싸인 이 길이 자기를 어디로 이끌지 생각해 보지도 않고.

 아트레유는 의미 없이 구부러진 길을 뛰면서 따라갔고 안개를 뚫고 칠흑 같은 시의 높다란 성벽이 눈앞에 불쑥 나타나자 비로소 멈춰 섰다. 성벽 뒤로는 비스듬히 기울어진 탑 몇 개가 잿빛 하늘을 향해 솟아 있었다. 성문의 육중한 나무 문짝은 다 썩어 빠졌고 녹슨 경첩이 삐딱하게 달려 있었다.

 아트레유는 문 안으로 들어갔다.

 창고 안은 점점 더 추워졌다. 바스티안은 너무 추워서 몸을 떨기 시작했다.

 만일 아프기라도 하면 어떻게 될까? 가령 같은 반 빌리처럼 폐렴에 걸릴 수도 있을 것이다. 그렇게 되면 여기 이 창고에서 완전

히 혼자서 죽어가야 하리라. 도와줄 사람은 아무도 없을 테니까.

지금 아버지가 나를 발견해서 구해 준다면 정말 기쁠 텐데.

하지만 집으로 돌아가다니. 아니, 그럴 수는 없었다. 차라리 죽고 말지!

바스티안은 나머지 군용 담요를 가져와서 몸을 폭 감쌌다.

차츰 몸이 따뜻해졌다.

# 제 9 장

유령 도시

파도로 출렁이는 바다 위 어디에선가 청동 종소리처럼 힘찬 푸후르의 목소리가 울려 퍼졌다.

"아트레유! 어디 있니? 아트레유!"

바람 거인들은 벌써 오래전에 격전을 끝내고 서로에게서 떨어져 나갔다. 벌써 아득한 옛날부터 해 왔던 대로 그들은 어디에선가 또다시 만나 싸움을 다시 시작할 것이다. 방금 있었던 일 따위는 이미 잊어버렸을 것이다. 거인들은 자신의 억제할 수 없는 힘 외에는 아무것도 가지고 있지 않았고 아무것노 알지 못했다. 그래서 하얀 용이나 용에 타고 있던 꼬마 따위는 기억 속에서 사라진 지 이미 오래였다.

아트레유가 밑으로 떨어졌을 때 처음에 푸후르는 떨어지는 아트레유를 잡으려고 온 힘을 다해 뒤쫓아 갔다. 하지만 용은 회오리바람 속에 휘말려 위쪽으로 멀리, 멀리 실려 가 버렸다. 다시 돌아왔을 때 바람 거인들은 벌써 바다 위 다른 지점에서 미친 듯이 날뛰고 있었다. 푸후르는 아트레유가 물에 빠졌을 만한 지점을 찾기 위해 필사적으로 애썼다. 하지만 아무리 하얀 행운의 용이라 할지라도 세찬 파도로 부글부글 거품이 끓어오르는 바다에서 거기 휩쓸린 조그만 점 같은 육체를 찾는 것, 또는 물에 빠져 바다 밑바닥에 가라앉았을지도 모르는 아이를 찾는 것은 거의 불가능한 일이었다.

그런데도 푸후르는 포기하려 하지 않았다. 더 잘 보기 위하여 공중으로 높이 올라갔다가 다시 물결 위에 바짝 붙어 날았다. 혹

은 점점 더 크게 원을 그리며 날았다. 그러면서 격렬한 물거품 속 어디에선가 아트레유를 발견할 수 있을 거라는 희망을 가지고 아트레유의 이름을 계속 불러 댔다.

푸후르는 행운의 용이었고, 모든 게 좋게 끝날 것이라는 그의 확신은 무슨 일이 있어도 흔들리지 않았다. 무슨 일이 일어나더라도 푸후르는 결코 포기하지 않을 것이다.

"아트레유!"

사나운 물결 속으로 그의 힘찬 목소리가 울려 퍼졌다.

"아트레유, 어디 있니?"

아트레유는 죽은 듯이 고요한, 황폐한 도시 거리를 걸었다. 도시의 광경은 음울하고 무시무시했다. 위협적이고 저주를 받은 듯한 인상을 주지 않는 건물은 여기에 하나도 없는 것 같았고, 도시 전체가 유령의 성과 귀신이 나오는 집들로만 이루어진 것 같았다. 이 나라에 있는 모든 것이 그러하듯 구불구불하고 비스듬히 기울어진 도로와 골목길 위로는 커다란 거미줄들이 달려 있었고, 지하실 구멍과 빈 우물에서 고약한 악취가 올라왔다.

처음에 아트레유는 눈에 띄지 않으려고 성벽 구석에서 다른 구석으로 재빠르게 옮겨 다녔지만 곧 몸을 숨기려고 애쓰지 않게 되었다. 눈앞의 광장과 도로는 텅 비어 있었고 건물 안에서도 쥐새끼 한 마리 돌아다니지 않았다. 몇몇 건물 안에 들어가 보았지만, 쓰러져 있는 가구, 갈기갈기 찢어진 커튼, 깨진 접시와 컵밖에 없

었다. 온통 폐허의 표시뿐, 주민은 없었다. 어떤 탁자 위에는 반쯤 먹다가 놔둔 음식이 놓여 있었다. 거무튀튀한 수프가 담긴 접시 몇 개, 아마도 빵인 것 같은 끈적이는 조각 몇 개. 아트레유는 둘 다 집어먹었다. 맛이 역겨웠지만 아트레유는 배가 몹시 고팠다. 어떤 의미에서는 하필이면 이곳에 오게 된 것이 자기에게 딱 맞는 것처럼 보였다. 이 모든 것이 아무 희망도 남아 있지 않은 자에게 정말 잘 어울렸다.

바스티안은 배가 몹시 고파서 기운이 하나도 없었다.

하필이면 바로 지금 때맞춰 안나 양이 만들어 준 사과 파이 생각이 날 게 뭐람. 그건 세상에서 가장 맛있는 사과 파이였다.

안나 양은 일주일에 세 번쯤 와서 아버지를 대신해 편지 같은 걸 쓰고 집안일을 했다. 대개는 음식을 만들거나 빵 따위를 구웠다. 안나 양은 억센 사람이었고 거리낌 없이 큰 소리로 떠들고 웃어 댔다. 아버지는 안나 양에게 공손하게 대했지만, 평소에는 그 존재를 거의 알아차리지도 못하는 것 같았다. 하지만 아주 가끔 안나 양은 아버지의 우울한 얼굴에 언뜻 미소가 스쳐 지나가게 만들기도 했다. 안나 양이 있으면 집 안이 약간 밝아졌다.

안나 양은 결혼은 하지 않았지만 딸이 하나 있었다. 그 여자애 이름은 크리스타였고 바스티안보다 세 살 어렸으며 무척이나 아름다운 금발 머리를 가졌다. 예전에 안나 양은 딸을 거의 매번 데리고 왔었다. 크리스타는 부끄럼이 많았다. 바스티안이 몇 시간이나

그 애에게 자기가 지어 낸 이야기를 들려주면 한 마디도 하지 않고 앉아 눈을 크게 뜨고 귀를 기울였다. 크리스타는 바스티안에게 감탄했고 바스티안은 크리스타를 참 좋아했다.

그러나 일 년 전에 안나 양은 딸을 시골 기숙 학교로 보내 버렸다. 그 뒤로 둘은 거의 만나지 못했다.

바스티안은 안나 양에게 상당히 화가 났다. 안나 양이 기숙 학교가 크리스타에게 더 나은 이유를 백 번이고 설명하려 해도 도무지 납득할 수 없었다.

하지만 안나 양이 만든 사과 파이는 결코 거부할 수 없었다.

바스티안은 꽤나 걱정이 되어 사람이 먹지 않고 도대체 얼마나 버틸 수 있을까 생각해 보았다. 사흘? 이틀? 어쩌면 스물네 시간만 지나도 벌써 헛것을 보게 되는 건 아닐까? 바스티안은 자기가 여기 얼마나 있었는지 손가락으로 세어 보았다. 벌써 열 시간, 아니 그보다 더 오래되었다. 간식용 빵, 아니 적어도 사과만이라도 남겨 두었더라면!

깜박거리는 촛불 속에서 여우, 부엉이 그리고 거대한 독수리의 유리눈이 꼭 살아 있는 것처럼 보였다. 그들의 그림자가 창고 벽에서 커다랗게 흔들리고 있다.

탑 시계가 일곱 번 쳤다.

아트레유는 다시 거리로 나와 정처 없이 도시 안을 돌아다녔다. 도시는 상당히 커 보였다. 아트레유는 집들이 전부 작고 야트

막해서 그냥 서서 처마를 만질 수 있는 구역들을 지나갔고, 정면이 조각상들로 장식되어 있고 여러 층으로 된 궁전들이 있는 구역들을 지나가기도 했다. 그런데 그 조상들은 전부 해골이나 악령의 형상을 하고 있었고, 잔뜩 찌푸린 얼굴로 외로운 나그네를 내려다보고 있었다.

그러다 아트레유는 못 박힌 듯 갑자기 멈춰 섰다.

아주 가까운 어디에선가 거칠고 새된 울부짖음이 들려왔다. 그 소리는 너무나 절망적이고 슬프게 들려서 아트레유의 가슴을 저미는 듯했다. 암흑의 피조물들에게 지워진 모든 고독과 저주가 다 이 탄식에 스며들어 있었다. 탄식은 그칠 줄 모르고 점점 더 멀리 있는 건물들의 벽에 부딪혀 울려 퍼지더니 결국은 여기저기 흩어져 있는 커다란 늑대의 무리가 울부짖는 소리처럼 들렸다.

아트레유는 소리를 따라갔다. 소리는 차츰 잦아지더니 끝내는 거친 흐느낌으로 변했다. 하지만 아트레유는 한참 동안 찾아 헤매야 했다. 어떤 입구를 지나 불빛도 없는 좁은 마당으로 들어가 아치 문을 지나서 결국 축축하고 더러운 뒷마당에 이르렀다. 그곳에는 담 구멍 앞에 거의 굶어 죽어 가는 커다란 늑대 인간이 사슬에 묶여 누워 있었다. 비루먹은 가죽 아래로 갈빗대가 하나하나 셀 수 있을 정도로 드러나 있었고, 척추 뼈는 톱날처럼 불거져 있었으며 반쯤 벌어진 아가리에서 혀가 축 늘어져 있었다.

아트레유는 살그머니 다가갔다. 늑대 인간은 누가 다가오는 것을 느끼자 단숨에 커다란 머리를 쳐들었다. 눈에는 초록빛 불꽃이

어른거렸다.

한동안 둘은 아무 말도 하지 않고, 아무 소리도 내지 않고 서로를 뜯어보았다. 마침내 늑대 인간이 나직하지만 매우 위협적으로 으르렁거렸다.

"꺼져! 조용히 죽게 날 내버려 둬!"

아트레유는 움직이지 않았다. 똑같이 나지막하게 대답했다.

"네가 부르는 소리를 들었어. 그래서 온 거야."

늑대 인간은 다시 고개를 숙였다.

"난 아무도 부르지 않았다. 그건 내 죽음을 슬퍼하는 소리였다."

늑대 인간이 으르렁거렸다.

"너는 누구니?"

한걸음 더 가까이 다가가면서 아트레유는 물었다.

"난, 그모르크, 늑대 인간."

"왜 여기에 묶여 있는 거야?"

"그들이 떠나면서 나를 잊어버렸어."

"그들이라니……, 누구?"

"날 이 사슬로 묶은 것들!"

"어디로 갔는데?"

그모르크는 대답하지 않았다. 늑대 인간은 아트레유를 반쯤 감긴 눈으로 음험하게 바라보았다. 한참 침묵이 흐른 후에 그모르크가 물었다.

"넌 이곳 출신이 아니구나, 낯선 꼬마야. 이 도시 출신도, 이 나라 출신도 아니지. 여기서 뭘 찾고 있는 거냐?"

아트레유는 고개를 떨구었다.

"어떻게 이곳까지 왔는지 잘 모르겠어. 그런데 이 도시 이름이 뭐니?"

"환상 세계 전체에서 제일 유명한 나라의 수도지."

그모르크가 대답했다

"다른 어떤 나라, 어떤 도시보다도 이곳에 대한 이야기가 많지. 불량배의 나라에 있는 '유령 도시'라고 너도 아마 들어 봤을 거다, 안 그러냐?"

아트레유는 천천히 고개를 끄덕였다.

그모르크는 소년에게서 눈을 떼지 않았다. 이 초록빛 피부의 소년이 크고 검은 눈으로 느긋하게 자기를 바라보며 전혀 무서워하는 기색을 보이지 않는 것이 놀라울 따름이었다.

"그런데, 너, 넌 누구냐?"

그모르크가 물었다.

아드레유는 잠시 고민한 후에 대답했다.

"난 아무도 아니야."

"그게 무슨 말이냐?"

"무슨 뜻이냐면, 전에는 나에게도 이름이 있었다는 거지. 이젠 그 이름을 부를 수 없어. 그래서 나는 아무도 아니야."

늑대 인간은 입술을 약간 위로 당겨 무시무시한 이빨을 드러냈

다. 아마도 미소를 짓는 듯했다. 그모르크는 모든 종류의 마음의 번뇌에 통달해 있었고, 어떤 면에서 자기와 필적할 만한 상대가 여기 눈앞에 서 있다는 걸 느꼈다.

"그렇다면, 아무도 아닌 자가 내 소리를 들었고 아무도 아닌 자가 나에게로 왔고 내 마지막 순간에 아무도 아닌 자가 나와 이야기를 나누는 거구나."

늑대 인간은 쉰 목소리로 말했다.

아트레유는 다시 고개를 끄덕였다. 그러더니 물었다.

"아무도 아닌 자가 너를 사슬에서 풀어줄 수 있니?"

늑대 인간의 눈에서 초록빛 불꽃이 깜박거렸다. 그는 헐떡거리며 입술을 핥기 시작했다.

"정말 날 풀어주고 싶냐?"

그모르크가 내뱉듯이 말했다.

"굶주린 늑대 인간을 풀어주겠다는 거냐? 그게 뭘 뜻하는지 모르는 거냐? 아무도 내 앞에서는 안전하지 않아!"

"그래."

아트레유가 말했다.

"그리고 난 아무도 아니야. 왜 내가 너를 겁내야 하지?"

아트레유는 그모르크에게 다가가려 했다. 하지만 그모르크는 다시 한 번 그 깊고 무서운 으르렁 소리를 냈다. 소년은 뒤로 물러났다.

"내가 널 자유롭게 해 주길 원하지 않니?"

아트레유가 물었다.

늑대 인간은 갑자기 매우 지친 것 같아 보였다.

"넌 그렇게 할 수 없어. 하지만 네가 내 손이 닿는 곳까지 오면 난 널 분명히 갈기갈기 찢어 버릴 거다. 꼬마야. 그렇다 해도 내 종말이 약간 늦춰질 뿐이다. 한 시간이나 두 시간쯤. 그러니 나를 괴롭히지 말고 조용히 죽게 내버려 두라고!"

아트레유는 곰곰이 생각했다.

"어쩌면 내가 먹을 걸 좀 찾을 수 있을 거야. 시내를 뒤져 보면 돼."

드디어 아트레유가 말했다.

그모르크는 다시 천천히 눈을 뜨고 소년을 바라보았다. 눈의 초록빛 불꽃은 사라지고 없었다.

"지옥에나 가 버려, 이 바보 같은 꼬마 놈아! 무(無)가 여기 올 때까지 날 살려 두려는 거냐?"

"내 생각엔……."

아트레유가 더듬거리며 말했다.

"먹을 걸 구해 와서 네 배가 부르면, 내가 가까이 가서 사슬을 풀어줄 수 있을 것 같아서……."

그모르크는 이빨을 뿌드득 갈았다.

"여기 나를 묶은 이 사슬이 보통 사슬이었다면 내가 벌써 이빨로 끊어 버리지 않았을까?"

증명이라도 하듯 그모르크는 사슬을 무시무시한 이빨로 탁 소리

나게 덥석 깨물었다. 그러고는 사슬을 잡아당기더니 다시 놓았다.

"이건 마법의 사슬이다. 날 묶어 놓은 사람만이 이 사슬을 풀 수 있지. 하지만 그자는 결코 다시 돌아오지 않아."

"누가 너를 묶어 놨는데?"

그모르크는 얻어맞은 개처럼 낑낑거리기 시작했다. 얼마 지나고 나서야 비로소 그는 진정하고 대답할 수 있었다.

"가야가 그랬다. 암흑의 여왕이."

"어디로 갔는데?"

"무(無) 속으로 뛰어들었지. 여기 살던 다른 모든 이들처럼."

아트레유는 도시 바깥 안개 속에서 보았던, 춤을 추던 미친 무리를 떠올렸다.

"왜?"

아트레유가 중얼거렸다.

"왜들 도망가지 않니?"

"희망이 없었다. 그건 너희 같은 놈들을 약하게 만들어 버리지. 무(無)는 강력한 힘으로 너희들을 끌어당긴다. 너희들은 아무도 무(無)에 저항할 수 없어."

그 말을 하면서 그모르크는 나직하고 음흉한 웃음소리를 냈다.

"그런데 넌?"

아트레유는 계속 물었다.

"넌 마치 우리가 아닌 것처럼 말하는구나."

그모르크는 다시 음험한 눈빛으로 아트레유를 바라보았다.

"난 너희들과 다르다."

"그럼 넌 어디에서 왔니?"

"넌 도대체 늑대 인간이 뭔지 모르는 거냐?"

아트레유는 말없이 고개를 흔들었다.

"넌 환상 세계만 알고 있지. 하지만 다른 세계들도 있다. 이를테면 인간들의 세계가 있지. 그런가 하면 속하는 세계가 없는 존재들도 있다. 그 대신 많은 세계를 들어갔다 나왔다 할 수 있지. 난 그 족속에 속한다. 난 인간 세상에서는 인간처럼 보이지. 하지만 난 인간이 아니야. 그리고 환상 세계에서는 환상 세계에 맞는 모습을 취하지. 하지만 난 너희가 아니다."

그모르크가 말했다.

아트레유는 천천히 바닥에 쪼그리고 앉아 크고 검은 눈으로 죽어 가는 늑대 인간을 바라보았다.

"인간들이 사는 세계에 가 본 적 있니?"

"인간들의 세계와 너희들의 세계를 여러 번 왔다 갔다 했지."

"그모르크."

아트레유가 말을 더듬었다. 입술이 떨리는 걸 막을 수 없었다.

"나에게 인간들이 사는 세계로 가는 길을 알려 줄 수 없겠니?"

그모르크의 눈에서 초록빛 불꽃이 번득였다. 마치 내심 비웃는 것 같았다.

"너나 너 같은 족속이 그리로 가는 길은 아주 간단하다. 하지만 너희에게는 한 가지 난제가 있다. 너희는 결코 다시 돌아올 수 없

어. 영원히 거기서 살아야만 한다. 그래도 하겠느냐?"

"어떻게 하면 되지?"

아트레유는 단호히 물었다.

"여기 살던 다른 모든 이들이 너보다 앞서 했던 것을 하면 된다, 꼬마야. 무(無) 속으로 뛰어들기만 하면 돼. 하지만 급할 것 없다. 조만간 환상 세계의 마지막 남은 부분까지 사라지면 어차피 그렇게 될 테니까."

아트레유는 일어났다.

그모르크는 소년의 온몸이 떨리고 있음을 알아챘다. 왜 그러는지 진짜 이유를 몰랐기 때문에 그모르크가 달래듯이 말했다.

"겁먹을 필요 없어, 아프지 않으니까."

"난 겁나지 않아. 하필이면 여기에서 너를 통해 모든 희망을 다시 얻게 될 줄은 꿈에도 생각 못 했어."

아트레유가 대답했다.

그모르크의 눈이 두 개의 가느다란 초록빛 달처럼 번쩍였다.

"희망을 가질 이유는 하나도 없다, 꼬마야. 네가 뭘 계획하고 있든지 간에. 인간 세상에 들어가면 넌 이곳에서의 네가 더 이상 아니다. 이게 바로 환상 세계에서는 아무도 모르는 비밀이다."

아트레유는 팔을 축 늘어뜨리고 그 자리에 서 있었다.

"그곳에선 내가 뭐가 되는데? 비밀을 말해 줘!"

아트레유가 물었다.

그모르크는 한참 동안 말도 하지 않고 꼼짝도 하지 않았다. 아

트레유는 대답을 듣지 못할까 봐 걱정했지만, 이윽고 무거운 한숨과 함께 늑대 인간은 가슴을 치켜들고 새된 목소리로 말하기 시작했다.

"날 무엇으로 생각하는 거냐, 꼬마야? 네 친구로? 조심해라! 난 그저 너랑 시간을 때우고 있을 뿐이야. 그리고 넌 이제 떠날 수도 없다. 너의 희망인지 뭔지로 내가 너를 붙잡고 있으니까. 그렇지만 내가 떠들어 대는 동안 무(無)가 사방에서 이 유령 도시를 에워쌀 거고 곧 빠져나갈 구멍도 없어질 거다. 그럼 넌 끝이야. 내 말을 계속 듣고 있을 거라면 벌써 결정을 내린 거나 마찬가지야. 하지만 아직은 도망갈 수도 있다."

그모르크의 아가리 언저리의 잔인한 표정이 짙어졌다. 아트레유는 아주 잠시 망설이더니 속삭였다.

"비밀을 말해 줘! 거기에서 나는 무엇으로 변하니?"

다시 그모르크는 오랫동안 대답하지 않다. 그는 이제 숨이 가빠지고 뚝뚝 끊어졌다. 그러나 아주 갑작스럽게 몸을 일으켜서 앞발로 버티고 앉았다. 아트레유는 그모르크를 올려다봐야 했다. 그제야 비로소 아트레유는 그가 어마어마하게 크고 무시무시하다는 걸 알았다. 다시 말을 하자 목소리가 쩌렁쩌렁 울렸다.

"무(無)를 본 적이 있느냐, 꼬마야?"

"그래, 여러 번."

"어떻게 보이든?"

"마치 눈이 먼 것 같았어."

"그럼 좋다. 너희들이 무(無) 안으로 들어가면, 무(無)가 너희들한테 달라붙는다. 너희들은 일종의 전염병이 되는 거야. 그 병으로 사람들은 눈이 멀어 버려서 허상과 현실을 더 이상 구별하지 못하게 된다. 거기서 너희들을 뭐라고 부르는지 아느냐?"

"몰라."

아트레유가 속삭였다.

"거짓!"

그모르크가 짖어 댔다.

아트레유는 머리를 흔들었다. 입술에서 핏기가 전부 가셨다.

"어떻게 그럴 수가 있지?"

그모르크는 아트레유가 놀라는 걸 보고 즐거워했다. 이 대화가 그에게 활력을 불어넣어 준 게 분명했다. 잠시 후에 그모르크는 말을 계속했다.

"그곳에서 네가 무엇이 되는지 나에게 물어보는 거냐? 그렇다면 넌 여기선 도대체 뭐냐? 너희들, 환상 세계의 피조물들인 너희들은 도대체 뭐냐? 너희는 꿈속의 영상, 시의 세계의 허구, 어느 끝없는 이야기에 나오는 등장 인물이야! 넌 네가 실재한다고 생각하냐, 꼬마야? 그래 좋아, 여기 너의 세상에서는 그렇지. 하지만 무(無)를 지나가면 넌 더 이상 실재하지 않는다. 넌 알아볼 수 없게 되어 버리지. 넌 다른 세계에 있는 거야. 거기에서 너희들은 완전히 달라지게 돼. 너희는 환각과 현혹을 인간 세상으로 가져가지. 맞혀 봐라, 꼬마야. 무(無)에 뛰어든 유령 도시의 주민들이

다 어떻게 되었을까?"

"난 몰라."

아트레유가 더듬거렸다.

"사람들의 머릿속에서 망상이 되지. 실제로는 아무것도 두려워할 게 없는데 상상의 두려움이 되고, 사람들을 병들게 하는 물건에 대한 욕심이 되고, 절망할 이유가 없는데 상상의 절망이 되지."

"우리 모두 그렇게 되니?"

아트레유는 깜짝 놀라 물었다.

"아니."

그모르크가 단호하게 대답했다.

"너희가 여기서 어떠냐에 따라 여러 종류의 망상과 현혹이 있다. 예쁜가 또는 추한가, 멍청한가 또는 현명한가에 따라 너희들은 거기에서 예쁘거나 추하거나, 멍청하거나 현명한 거짓말이 되는 거지."

"그렇다면 나는, 나는 뭐로 변하니?"

아트레유가 물었다.

그모르크가 히죽거렸다.

"말해 주지 않겠다, 꼬마야. 두고 보면 알 거다. 어쩌면 네가 더 이상 네가 아닐 테니 모를 수도 있겠군."

아트레유는 말없이 눈을 크게 뜨고 늑대 인간을 바라보았다.

그모르크는 계속 말했다.

"그래서 사람들은 환상 세계와 여기서 온 모든 것을 미워하고 겁내는 거다. 사람들은 환상 세계를 없애려고 하지. 그런데 사람들은 그렇게 하는 것 때문에 쉴 새 없이 인간 세상으로 쏟아져 들어가는 거짓의 물결을 불어나게 한다는 걸 모르고 있다. 알아볼 수 없게 되어 버린 환상 세계 주민들의 물결 말이다. 그들은 거기서 산송장으로 허상의 삶을 살아야 하고 자기들의 곰팡이 냄새로 인간의 영혼을 중독시켜야 하지. 사람들은 그걸 모른다. 우습지 않느냐?"

"그럼 우리를 미워하고 겁내지 않는 사람은 하나도 없는 거야?"

아트레유는 나지막이 물었다.

"내가 아는 한, 없다."

그모르크가 말했다.

"그리고 그게 그리 놀랄 일도 아니다. 거기에서 사람들이 환상 세계란 없다고 믿게 만들어야 하는 건 너희들 자신이니까."

"환상 세계가 없다고?"

아트레유가 당황해서 되풀이했다.

"그래, 꼬마야. 게다가 그게 가장 중요한 점이야! 그런 생각이 안 드냐? 사람들이 환상 세계가 없다고 믿어야만 너희들을 찾아올 생각을 못 하는 거다. 그리고 여기에 모든 게 달려 있다. 사람들이 너희 진짜 모습을 알지 못해야만 우리가 사람들을 마음대로 할 수 있으니까."

그모르크가 대답했다.

"사람들을 어떻게 하려고?"

"우리가 원하는 대로 전부. 우리는 사람들을 지배하지. 그리고 무(無)는 거짓보다 더 강력한 힘으로 사람들을 지배한다. 왜냐하면 사람들은, 꼬마야, 상상을 먹고 살거든. 우리는 그 상상을 조종할 수 있다. 이 힘이 유일하게 가치 있는 것이다. 그렇기 때문에 난 힘의 편에 붙어서 힘을 나누어 갖기 위해 힘에 봉사했지. 너와 너희 족속과는 다른 방법이긴 하지만."

"난 그 따위 짓거리에 가담하지 않을 거야!"

아트레유가 내뱉었다.

"진정해라, 어리석은 꼬마야."

늑대 인간이 으르렁거렸다

"무(無) 안으로 뛰어들 차례가 되면 너도 곧 의지도 없고, 알아볼 수도 없는 그 힘의 종이 되어 버리고 말 거다. 그 힘에 무릎을 꿇고 만다. 아무 소리 못 하고 고개를 수그리고. 네가 그 힘에 어떤 소용이 될지 누가 알겠느냐. 어쩌면 네 도움으로 사람들이 필요 없는 걸 사게 만들거나 자기가 알지 못하는 걸 미워하게 만들고, 자기를 복종하게 만드는 것을 믿게 하거나 자기가 구할 수 있는 것을 의심하게 만들지도 모르지. 너희들, 작은 환상의 존재들은 인간 세상에서 무척 바쁠 거다. 전쟁을 일으키고 세계 제국을 건설하고……."

그모르크는 반쯤 감긴 눈으로 소년을 살펴보더니 다시 덧붙여 말했다.

"거기에는 불쌍한 바보 녀석들도 잔뜩 있다. 그놈들은 물론 자신이 아주 명석하다고 생각하고 진실을 위해 봉사한다고 믿지. 그놈들은 아이들에게 환상 세계가 없다는 걸 믿게 하려는 것 말고는 아무것도 열심히 하지 않지. 어쩌면 너는 바로 그놈들에게 쓸모가 있겠구나."

아트레유는 고개를 숙이고 그 자리에 서 있었다.

아트레유는 왜 사람들이 이제 더 이상 환상 세계를 찾아오지 않았는지, 어린 여왕에게 새 이름을 주기 위해서 왜 사람들이 결코 다시는 오지 않을지 알게 되었다. 환상 세계가 파괴의 제물이 되면 될수록 인간 세상으로 퍼지는 거짓의 물결은 점점 커지고 바로 그 때문에 사람이 환상 세계로 올 가능성은 매 순간 점점 희박해졌다. 그건 빠져나올 길이 없는 악순환이었다. 아트레유는 이제 그 사실을 알았다.

그리고 또 한 사람이 이제 그 사실을 알고 있었다. 바스티안 발타자르 북스.

바스티안은 환상 세계만 병든 것이 아니라 인간 세상도 마찬가지라는 걸 이제 깨달았다. 한 세계는 다른 세계와 연결되어 있는 것이었다. 사실 바스티안은 왜 그런지 설명할 수는 없었지만 이미 계속 그것을 느끼고 있었다. 바스티안은 모든 사람들이 "인생이란 그런 거야!"라고 주장하듯이 삶이 그렇게 암담하고 재미없고, 비밀도 놀라움도 없다는 사실을 결코 인정하려 들지 않았다.

하지만 이제 바스티안은 두 세계 전부 다시 건강하게 만들기 위해 누군가 환상 세계로 가야 한다는 것을 알게 되었다.

그리고 그리로 가는 길을 아는 사람이 아무도 없는 것은 바로 환상 세계의 파괴로 인해 인간 세상으로 넘어와 사람을 눈멀게 만든 거짓과 망상 때문이라는 것을.

바스티안은 자기가 했던 거짓말들을 생각하고는 놀라고 부끄러워졌다. 자기가 지어낸 이야기들은 거기에 치지 않았다. 그건 뭔가 달랐다. 하지만 몇 번은 정말 알면서, 고의적으로 거짓말을 했다. 때로는 겁나서, 때로는 무조건 갖고 싶었던 뭔가를 얻기 위해서, 때로는 그냥 잘난 체하고 싶어서. 그렇게 거짓말을 해서 환상 세계의 어떤 피조물들을 파괴하고 알아볼 수 없게 만들고 악용했을까? 바스티안은 이전에 그들이 진짜 어떤 모습이었을지 상상해 보려고 했다. 하지만 할 수 없었다. 아마 거짓말을 했기 때문에 불가능했을 것이다.

어쨌든 한 가지는 확실했다. 바스티안도 환상 세계의 상황이 저토록 나빠지는 데 한몫했다는 것. 상황을 다시 개선하기 위해 뭔가 하고 싶었다. 그게 오로지 자기를 데려오기 위해서 뭐든지 할 준비가 된 아트레유에 대한 바스티안의 의무였다. 바스티안은 아트레유를 실망시킬 수도 없었고 그러고 싶지도 않았다. 길을 찾아야만 했다!

탑 시계가 여덟 번 쳤다.

늑대 인간은 아트레유를 찬찬히 살펴보았다.

"그러니 네가 어떻게 인간 세상으로 갈 수 있는지 이제 알겠지."

그모르크가 말했다.

"아직도 가고 싶으냐, 꼬마야?"

아트레유는 고개를 가로저었다.

"난 거짓이 되고 싶지 않아."

아트레유가 중얼거렸다.

"하지만 네가 원하든 원치 않든지 간에 그렇게 될 거다."

그모르크는 꽤나 명랑하게 대답했다.

"그런데 넌? 넌 왜 여기에 있니?"

아트레유가 물었다.

"난 임무가 있었다."

그모르크가 내키지 않는 듯 말했다.

"너도? 그럼 임무를 다 마쳤니?"

아트레유는 주의 깊게, 거의 동정적으로 늑대 인간을 바라보았다.

"아니."

그모르크가 으르렁댔다.

"그랬더라면 분명히 이 사슬에 묶여 있지 않겠지. 처음엔 일이 꽤 술술 잘 풀려 갔지, 이 도시에 오기 전까지 말이다. 이곳을 다스리던 암흑의 여왕은 모든 예를 갖추어 나를 영접했다. 궁전에 초대해서 넘칠 정도로 음식을 대접하고 이야기를 나누고, 모든 면

에서 마치 내 편인 양 굴었다. 그러니 불량배의 나라에 사는 주민들도 당연히 내게 꽤 친절하게 굴었고, 말하자면 난 내 집처럼 편안한 기분이었지. 그리고 암흑의 여왕은 나름대로 아주 아름다운 여자였다. 어쨌든 내 취향이었어. 그녀는 나를 쓰다듬고 어루만졌고 난 그렇게 하게 내버려 뒀지. 기분이 무척 좋았거든. 아무도 나를 그렇게 쓰다듬고 어루만져 준 적이 없었다. 간단히 말해서, 난 이성을 잃고 지껄여 대기 시작했지. 여왕은 마치 나에게 감탄하는 것처럼 굴었고, 그러다 결국 내 임무를 털어놓고 말았다. 그 여자가 틀림없이 내가 잠들도록 수를 쓴 것 같다. 보통 때 난 얕은 잠을 자거든. 그리고 깨어나 보니 이 사슬에 묶여 있더군. 암흑의 여왕은 내 앞에 서서 말했지.

'넌 나도 환상 세계의 피조물이라는 걸 잊어버렸어, 그모르크. 네가 환상 세계를 상대로 싸움을 한다면 그건 바로 나와 싸움을 하는 거나 마찬가지다. 그러니까 넌 내 적이고, 그래서 난 널 속여 넘겼지. 이 사슬은 나 아니면 누구도 풀 수 없다. 그런데 나는 지금 내 시종들과 시녀들과 함께 무(無) 안으로 들어갈 거고 다시 돌아오지 않을 거다.'

그러더니 여왕은 뒤돌아 서서 가 버렸다. 하지만 전부 그 뒤를 따른 건 아니었어. 무(無)가 점점 더 가까이 오자 그제야 점차 많은 주민들이 강력한 힘에 이끌려서 더 이상 저항할 수 없었지. 그리고 바로 오늘, 내가 착각한 게 아니라면, 마지막까지 남아 있던 자들도 굴복하고 말았다. 그래, 난 덫에 걸려들었다, 꼬마야. 그

여자 말을 너무 오래 듣고 있었던 탓이지. 하지만 꼬마야, 너도 지금 똑같은 덫에 걸려들었어. 넌 내 말을 너무 오래 듣고 있었어. 지금 이 순간 무(無)가 마치 고리처럼 이 도시 주위를 다 둘러싸 버렸다. 넌 지금 붙잡혀 버렸고 빠져나가긴 글렀다."

"그렇다면 우린 함께 죽는 거지."

아트레유가 말했다.

"그렇겠지."

그모르크가 대답했다.

"하지만 아주 다른 방법으로지, 멍청한 꼬마야. 난 무(無)가 이리로 오기 전에 죽을 것이다. 그렇지만 넌 그놈에게 먹혀 버릴 거야. 그건 엄청난 차이다. 무(無)가 오기 전에 죽는 자의 이야기는 끝나지만, 네 이야기는 끝나지 않고 거짓말로 계속될 테니까."

"어째서 넌 그렇게 못됐니?"

아트레유가 물었다.

"너희들은 세계를 가지고 있었다. 그런데 난 그렇지 못했어."

그모르크가 음울하게 대답했다.

"네 임무는 뭐였지?"

여태껏 똑바로 앉아 있던 그모르크가 바닥으로 미끄러졌다. 기력이 다한 것이 분명했다. 거친 목소리는 헐떡거리는 소리처럼 들릴 뿐이었다.

"내가 섬기는 자들, 환상 세계를 파괴하기로 결정한 그자들은 자기들의 계획에 위험이 닥쳤다는 걸 알았지……. 어린 여왕이 사자 한 명을, 위대한 영웅을 파견했다는 걸 알게 되었던 거지……. 그리고 그자가 사람을 하나 환상 세계로 데려오는 일을 해낼 것처럼 보였다……. 그자를 찾아내 제때 죽여 버리지 않으면 안 되었지……. 그래서 나를 보낸 거다. 난 환상 세계를 많이 돌아다녀 봤으니까……. 난 금방 그놈의 흔적을 발견하곤……, 밤낮으로 뒤쫓았다……. 점차 그놈을 따라잡았지……. 사사프라스 인들의 나라를 지나……, 무아마트의 원시림 사원……, 하울레 숲……, 슬픔의 늪들……, 죽음의 산맥을 지나고……, 하지만 위그라물의 거미줄이 있는 깊은 심연에서……, 그놈의 흔적을 잃어버렸다……. 마치 공중으로 사라진 것 같았어……. 그래도 나는 계속 찾았다. 어디엔가 있기는 할 테니까……. 하지만 더 이상 놈의 흔적을 찾을 수가 없었어……. 그러다가 결국 이곳까지 흘러들어 왔다……. 난 실패했어……. 하지만 그자도 마찬가지야. 환상 세계는 멸망해 가고 있으니까! 그건 그렇고 놈의 이름은 아트레유라고 한다……."

그모르크는 고개를 들었다. 소년은 한 발자국 뒤로 물러서서는 몸을 똑바로 폈다.

"그건 나다. 내가 아트레유다."

아트레유가 말했다.

늑대 인간의 말라비틀어진 몸에 경련이 일었다. 경련은 반복되더니 점점 더 격렬해졌다. 그러더니 헐떡이는 기침 같은 소리가 그의 목에서 흘러나왔다. 그 소리는 점점 더 커지고 쩌렁쩌렁대더

니 고함으로 변해 사방 벽에 부딪혀 울려 퍼졌다. 늑대 인간은 웃고 있었다!

그것은 여태껏 아트레유가 들어 본 가장 몸서리쳐지는 소음이었고, 그 후로 다시는 그와 같은 소리를 들어 보지 못했다.

그러더니 갑자기 소리가 그쳤다.

그모르크가 죽은 것이었다.

아트레유는 오랫동안 꼼짝 않고 서 있었다. 이윽고 그는 죽은 늑대 인간에게로 다가가서—왜 그랬는지 자신도 몰랐다.—늑대 인간의 머리 위로 몸을 숙이고 손으로 텁수룩한 검은 털을 쓰다듬었다. 그런데 바로 그 순간 어떤 생각보다도 빠르게 그모르크의 이빨이 탁 닫히면서 아트레유의 다리를 꽉 물었다. 그모르크 속에 들어 있던 악은 죽음을 뛰어넘을 정도로 강력했다.

아트레유는 필사적으로 이빨을 열어 보려고 했다. 소용없었다. 마치 강철 나사로 조여 놓은 것처럼 거대한 이빨이 그의 살 속에 박혀 있었다. 아트레유는 늑대 인간의 시체 옆, 더러운 바닥에 주저앉았다.

그리고 한 걸음 한 걸음, 멈추지 않고 도시를 에워싼 검고 높다란 성벽을 꿰뚫고 무(無)가 소리 없이 사방에서 밀려오고 있었다.

제 10 장

상아탑으로의 비행

아트레유가 어둠침침한 유령 도시의 성문을 지나 구불구불한 골목에 들어서서 저 더러운 뒷마당에서 그렇게 불행하게 끝날 방황을 시작한 그 순간, 하얀 행운의 용 푸후르는 정말 놀라운 발견을 하게 되었다.

행운의 용은 여전히 지칠 줄 모른 채 작은 주인이자 친구를 찾느라고 하늘의 구름과 안개 속으로 높이 올라가 둘러보고 있었다. 밑바닥까지 온통 뒤흔들었던 대단한 폭풍이 지나간 후에 서서히 잠잠해진 바다가 사방으로 펼쳐졌다. 갑자기 푸후르는 아주 멀리에서 설명할 수 없는 뭔가를 보았다. 그것은 황금빛 광선 같았고, 일정한 간격을 두고 반짝 빛났다가 꺼지고 다시 반짝 빛났다가 꺼졌다. 그리고 그 광선은 정확히 푸후르 쪽을 향하는 것 같았다.

푸후르는 가능한 한 빨리 그곳으로 다가갔다. 마침내 그 위에 떠 있게 되었을 때 그 깜박이는 신호가 바다 속 깊은 곳, 아마도 바다 밑바닥에서 뻗어 나온다는 것을 알았다.

행운의 용들은—전에 이미 얘기했듯이—공기와 불로 이루어진 생물이다. 그들에게 물기는 낯설 뿐만 아니라 아주 위험하기도 하다. 물속에서 그들은 정말이지 불꽃처럼 사그라질 수 있다. 그 전에 질식해 죽지 않는다면 말이다. 그들은 수십만 개의 진줏빛 비늘을 통해 온몸으로 끊임없이 공기를 들이마시기 때문이다. 또한 그들은 공기와 온기를 먹고 살므로 다른 음식은 필요하지 않다. 하지만 공기와 온기가 없으면 그저 짧은 시간밖에 버티지 못한다.

　푸후르는 어떻게 해야 좋을지 몰랐다. 이 이상한 빛이 저 아래 바다 깊은 데에서 나오는 것인지 그게 아트레유와 과연 상관이 있는지 전혀 알지 못했다.

　그렇지만 오래 생각하지 않았다. 푸후르는 공중으로 높이 올라간 다음 머리를 밑으로 하고 몸을 돌려 앞발을 몸에 바짝 붙였다. 그러고는 몸을 막대기처럼 빳빳하고 곧게 펴서 밑으로 돌진했다. 거대한 분수의 물이 솟구쳐 나오듯 첨벙하는 커다란 소리와 함께 푸후르는 바다 속으로 들어갔다. 처음엔 충격으로 거의 정신을 잃었지만, 곧 안간힘을 써서 루비 빛 눈을 떴다. 그 때 푸후르는 눈 앞 아주 가까이에, 겨우 자기 몸의 몇 배 거리밖에 떨어지지 않은 깊은 곳에서 반짝거리는 것을 보았다. 물은 용의 몸 주변에서 몰아쳤고, 막 끓기 시작한 도가니 속처럼 공기 방울이 생기기 시작했다. 그와 동시에 푸후르는 몸이 차가워지면서 점점 약해지는 것을 느꼈다. 남아 있는 마지막 힘을 모아 겨우겨우 더 깊이 잠수했다. 그리고 아주 가까이에 빛의 근원이 있는 것을 보았다. 그건 아우린, 광채였다! 부적은 다행스럽게도 사슬과 함께 바위로 된 협곡의 벽에서 툭 튀어나온 산호 가지에 걸려 있었다. 만일 그렇지 않았더라면 보석은 끝도 없는 심연으로 가라앉아 버렸을 것이다.

　푸후르는 부적을 잡아떼 내어 잃어버리지 않게 목에다 걸었다. 자기가 곧 정신을 잃으리라는 것을 느꼈기 때문이다.

　다시 깨어났을 때 푸후르는 처음에는 어떻게 된 건지 갈피를

잠을 수 없었다. 정말 놀랍게도 자기가 다시 바다 위 공기 속을 날고 있었기 때문이다. 빠른 속도로 어떤 특정한 방향으로 날고 있었다. 기운이 다 빠진 것에 비해 너무나 빠르게. 좀 천천히 날려고 애썼지만, 몸이 더 이상 자기 말을 듣지 않는다는 것을 확인했을 뿐이다. 지금 다른 어떤, 아주 훨씬 더 강한 의지가 그의 몸을 지배하고 조종하고 있었다. 그리고 이 의지는 목에 건 사슬에 달린 아우린에서 나오고 있었다.

푸후르가 마침내 저 멀리에 어떤 해변을 보았을 때는 이미 날이 저물고 저녁이었다. 해변 뒤의 육지는 잘 보이지 않았다. 안개로 덮여 있는 것 같았다. 더 가까이 가 보고는 육지의 대부분을 무(無)가 삼켜 버린 것을 발견했다. 마치 눈이 먼 것 같은 느낌이 들었고, 눈이 아팠다.

만약 푸후르가 자기 의지로 결정할 수 있었더라면 여기서 아마 방향을 돌렸을 것이다. 하지만 보석의 신비로운 힘이 계속 똑바로 날아가라고 강요했다. 그리고 곧 그 이유도 알게 되었다. 갑자기 끝없이 펼쳐진 무(無)의 한가운데에서 아직 온전하게 남아 있는 작은 섬을 발견했던 것이다. 뾰족한 박공 지붕과 비스듬히 기울어진 탑으로 이루어진 섬을. 푸후르는 그곳에서 누구를 발견하게 될지 짐작할 수 있었다. 그리고 이제 그 목표를 향해 날아가게 만드는 것은 더 이상 부적이 발휘하는 강력한 의지뿐만이 아니었다. 그건 푸후르 자신의 의지이기도 했다.

아트레유가 죽은 늑대 인간 옆에 누워 있는 불빛 없는 뒤뜰은

 이미 거의 어두워져 있었다. 집들로 둘러싸인 좁은 공간으로 떨어지는 회색 불빛은 너무나 희미해서, 밝은 빛이 나는 소년의 몸과 괴물의 검은 털가죽을 분간할 수 없었다. 그리고 어두워질수록 그 둘은 점점 더 한 몸처럼 보였다.

 아트레유는 나사 조이개 같은 늑대의 이빨에서 벗어나야겠다는 생각을 이미 일찌감치 포기했다. 아트레유는 반쯤 정신을 잃은 상태에서 자기가 죽이지 못한 자줏빛 물소가 풀의 바다에 있는 것을 보았다. 이제는 전부 어엿한 사냥꾼이 되어 있을 다른 아이들, 사냥 친구들을 이따금 불러 보았다. 하지만 아무도 대답하지 않았다. 그저 거대한 물소만이 꼼짝 않고 그 자리에 서서 아트레유를 보고 있었다. 아트레유는 그의 작은 말, 아르탁스를 불러 보았다. 하지만 아르탁스는 오지 않았고 밝게 힝힝거리는 아르탁스의 소리도 아무 데서도 들리지 않았다. 아트레유는 어린 여왕을 불렀다. 하지만 소용없었다. 그는 여왕에게 아무것도 설명할 수 없었다. 아트레유는 사냥꾼이 되지도 못했고, 사자도 아니었으며, 아무도 아니었다.

 아트레유는 체념했다.

 하지만 그 때 뭔가 다른 것을 느꼈다. 바로 무(無)를! 그것은 벌써 아주 가까이에 있는 것이 틀림없었다. 아트레유는 현기증 같은 그 끔찍한 빨아들이는 힘을 다시금 느꼈다. 아트레유는 일어나서 끙끙대며 다리를 잡아당겼다. 그러나 이빨은 그를 놓아주지 않았다.

 그런데 이 경우에는 그것이 아트레유에게 행운이었다. 그모르

크의 이빨이 그를 꽉 붙잡고 있지 않았더라면 푸후르가 도착했을 때는 이미 너무 늦었을 테니까.

아트레유는 갑자기 자기 머리 위 하늘에서 행운의 용의 청동 같은 목소리를 들었다.

"아트레유! 너 여기 있니? 아트레유!"

"푸후르!"

아트레유는 소리쳤다. 그러더니 두 손을 깔때기 모양으로 모아 입에 대고 위를 향해 소리 질렀다.

"나 여기 있어. 푸후르! 푸후르! 도와줘! 나 여기 있어!"

아트레유는 계속해서 소리를 질렀다.

그러고 나서 푸후르의 날름거리는 하얀 몸이 마치 살아 있는 번개처럼 꺼져 가는 작은 하늘 조각을 뚫고 오는 것을 보았다. 처음에는 아주 멀리, 저 위 아주 높은 곳에서, 그러다가 두 번째에는 훨씬 더 가까이에서. 아트레유는 소리치고 또 소리쳤고 행운의 용은 종소리 같은 목소리로 대답했다. 그리고 마침내 저 위에 있는 용이 저 아래 있는 아트레유를, 어두운 구멍 속에 빠진 가엾은 딱정벌레같이 작은 아트레유를 보게 되었다.

푸후르는 착륙하기 시작했지만, 뒷마당은 너무나도 좁은 데다 이미 밤이라서 용은 내려오면서 뾰족한 박공 지붕을 부수었다. 천둥 같은 소리와 함께 지붕 뼈대의 들보가 무너져 내렸다. 푸후르는 찌르는 듯한 통증을 느꼈다. 날카로운 용마루에 찔려 몸에 심한 상처를 입은 것이었다. 평소처럼 우아한 착륙이 되지 못했다.

 용은 마당으로 떨어졌고 아트레유와 죽은 그모르크 옆, 축축하고 더러운 땅바닥에 쾅하고 곤두박질쳤다.
 푸후르는 물에서 빠져나온 개처럼 몸을 흔들며 재채기를 하고는 말했다.
 "드디어! 여기 박혀 있었구나! 내가 마침 때맞춰 온 것 같아."
 아트레유는 아무 말도 하지 않았다. 팔로 푸후르의 목을 끌어안고서는 은빛 갈기에 얼굴을 묻었다.
 "가자! 내 등에 올라타! 낭비할 시간이 없어."
 푸후르가 아트레유에게 재촉했다.
 하지만 아트레유는 그저 고개만 흔들 뿐이었다. 그제야 푸후르는 아트레유의 다리가 그모르크의 입에 물려 있는 것을 보았다.
 "금방 될 거야. 걱정하지 마!"
 루비 빛 눈동자를 굴리며 용이 말했다.
 용은 두 발로 그모르크의 이빨을 잡고 벌리려고 했다. 하지만 이빨은 단 1밀리미터도 열리지 않았다.
 푸후르는 헐떡거리고 씩씩대며 전력을 다했지만 마찬가지였다. 푸후르에게 행운이 따르지 않았더라면 틀림없이 그의 작은 친구를 구할 수 없었을 것이다. 그러나 행운의 용들에겐 언제나 행운이 따르고 행운의 용이 좋아하는 자들 역시 마찬가지였다.
 그러니까 푸후르가 기진맥진하여 하던 일을 멈추고는 뭘 할 수 있을지 어둠 속에서 더 잘 보려고 그모르크의 머리 위로 몸을 숙였을 때, 푸후르의 목에 달린 사슬에 걸려 있던 어린 여왕의 부적

이 죽은 늑대 인간의 이마에 닿았던 것이다. 그 순간 이빨이 벌어지더니 아트레유의 다리를 놓아 주었다.

"이봐! 너 봤니?"

푸후르가 소리쳤다.

하지만 아트레유는 대답하지 않았다.

"무슨 일이야? 너 어디에 있니, 아트레유?"

푸후르가 소리쳤다.

어둠 속을 더듬어 친구를 찾아 보았지만 아트레유는 이미 그곳에 없었다. 붉게 빛나는 눈으로 밤의 어둠을 꿰뚫으려고 애쓰는 동안 푸후르는 아트레유가 자유로워지자마자 휩쓸고 가 버린 무언가를 느끼기 시작했다. 바로 점점 더 가까이 오는 무(無)였다. 하지만 아우린이 푸후르가 빨려 들어가지 않도록 보호해 주었다.

아트레유는 저항했지만 소용없었다. 그 힘은 아트레유 자신의 작은 의지보다 더 강했다. 사방을 치고 저항하고 발버둥을 쳤지만 이미 사지는 그의 말을 듣지 않고 그 저항할 수 없는 힘에 빨려 들어가고 있었다. 아트레유는 영원한 파멸로부터 단지 몇 발자국 떨어져 있을 뿐이었다.

그 순간 푸후르는 날름거리는 하얀 번개처럼 아트레유의 머리 위로 날아와 길고 검푸른 머리카락을 잡고 끌어올려 칠흑 같은 밤하늘로 돌진해 올라갔다.

탑 시계가 아홉 시를 쳤다.

　푸후르와 아트레유, 둘 중 어느 누구도 훗날 완전한 암흑을 뚫고 한 그 비행이 얼마나 오래 걸렸는지, 정말 단 하룻밤뿐이었는지 말할 수 없었다. 어쩌면 모든 시간이 그들을 위해 멈추었고 그들은 꼼짝도 하지 않고 끝없는 어둠 속에 걸려 있었는지도 모른다. 그 밤은 이제까지 아트레유가 겪은 밤 중에 가장 긴 밤이었을 뿐 아니라 훨씬, 아주 훨씬 나이가 많은 푸후르에게도 마찬가지였다.

　그러나 가장 길고 어두운 밤도 언젠가는 끝나게 마련이다. 희미한 아침이 밝아 왔을 때 그들은 멀리 지평선에 모습을 드러낸 상아탑을 보았다.

　여기서 잠깐 멈추고 환상 세계의 지리상 특징에 대해 설명할 필요가 있을 것 같다. 그곳의 육지와 바다, 산맥과 강의 흐름은 인간 세상과는 달리 고정되어 있지 않다. 그러므로 환상 세계 지도를 그리는 것은 전적으로 불가능하다. 그곳에서는 어떤 나라가 어떤 나라와 맞닿아 있는지 결코 확실하게 말할 수 없다. 심지어 방위도 지금 어느 지역에 있느냐에 따라 달라진다. 여름과 겨울, 낮과 밤도 각 지역마다 다른 법칙을 따른다. 태양이 작열하는 사막을 지나자마자 바로 그 옆에 있는 북극의 눈밭에 갈 수 있는 것이다. 이 세계에는 자로 잴 수 있는 외적 거리는 없으며, 따라서 '가깝다' 혹은 '멀다'라는 단어는 다른 뜻을 지닌다. 이 모든 것이 특정한 길을 가는 자의 마음 상태와 의지에 달려 있다. 환상 세계는 끝이 없으므로 어디나 중심이 될 수 있다. 아니, 더 정확히 말하면 중심은 어디에서나 똑같이 가깝거나 멀다. 중심으로 오

고 싶어 하는 자에게 전부 달린 것이다. 그리고 환상 세계의 중심 중의 중심은 바로 상아탑이다.

아트레유는 자기가 행운의 용 등에 앉아 있는 걸 발견하고는 어리둥절했다. 어떻게 그 위에 올라갔는지 기억이 나지 않았다. 그저 푸후르가 머리채를 잡아 끌어올렸다는 것만 기억하고 있었다. 오들오들 떨며 뒤로 펄럭이는 망토를 몸 쪽으로 잡아당겼을 때 아트레유는 망토가 온통 색이 다 없어지고 회색이 되어 버린 것을 알아차렸다. 피부와 머리카락도 마찬가지였다. 그리고 점차 밝아지는 아침 햇빛 속에서 푸후르에게도 똑같은 일이 일어난 것을 알게 되었다. 용은 잿빛 안개 띠 같았고 이미 거의 비현실적으로 보였다. 둘 다 무(無)에 너무 가까이 갔던 것이다.

"아트레유, 작은 주인님!"

용의 나지막한 말소리가 들렸다.

"상처 난 데가 많이 아파?"

"괜찮아. 이제 아무것도 느껴지지 않아."

아트레유가 대답했다.

"열이 있니?"

"아니, 푸후르. 그런 것 같지 않은데. 왜 묻니?"

"네가 떠는 게 느껴져서."

용이 대답했다.

"세상에 아트레유를 아직까지 떨게 할 수 있는 게 뭐지?"

아트레유는 잠시 침묵한 뒤에 대답했다.

"우린 곧 도착할 거야. 그러면 난 환상 세계를 구할 방법이 없다는 걸 어린 여왕님께 말씀드려야 해. 내가 해야 했던 모든 일 중에 이게 가장 어려운 거야."

"그래. 그건 사실이야."

푸후르는 더 조용하게 말했다.

아무 말 없이 그들은 계속 상아탑을 향해 날아갔다.

얼마 후 행운의 용은 다시 말을 시작했다.

"너 본 적이 있니, 아트레유?"

"누구?"

"어린 여왕. 아니, 더 정확하게 말하면 황금빛 눈의 소원의 지배자. 여왕 앞에 서면 그렇게 불러야 하거든."

"아니. 아직 한 번도 못 봤어."

"난 봤어. 아주 오래전 일이야. 그땐 네 증조할아버지도 어린아이였을 거다. 나도 아직 머릿속에 허튼 생각밖에 든 게 없는 어린 몽상가였지. 어느 날 밤, 난 하늘에 있는 달을 따오려고 했어. 크고 둥그렇게 저 위에서 빛나는 달을 말이야. 말했듯이 난 아는 게 아무것도 없었거든. 결국 실망해서 땅으로 떨어졌는데 그게 상아탑 바로 근처였지. 그날 밤 목련 정자는 꽃잎을 활짝 피우고 있었고 그 가운데에 어린 여왕이 앉아 있는 걸 보았지. 여왕은 나를 바라보았어, 그저 아주 잠깐. 그러나…… 어떻게 내가 설명을 해야 좋을지 모르겠다만, 그날 밤 이후로 나는 아주 달라졌단다."

"여왕은 어떻게 생겼어?"

"어린 소녀처럼. 하지만 여왕은 환상 세계에 사는 가장 늙은 자들보다 훨씬 더 나이가 많아. 이렇게 말하는 게 더 맞겠구나. 여왕은 나이가 없어."

"하지만 지금은 아주 위독하잖아. 희망이 전혀 없다는 사실을 조심스럽게 알려야 할까?"

아트레유가 물었다.

푸후르는 고개를 흔들었다.

"아니, 괜히 좋은 말로 위로하려 하면 즉시 알아챌 거야. 넌 여왕에게 사실을 털어놔야 해."

"그것 때문에 여왕이 죽더라도?"

아트레유가 물었다.

"그렇게 되지는 않을 거야."

푸후르가 말했다.

"나도 알아. 넌 행운의 용이잖아."

아트레유가 말했다.

그런 다음 그들은 다시 한참 동안 말없이 날아갔다.

이윽고 아트레유와 용은 세 번째로 이야기를 나누었다. 이번에 침묵을 깬 것은 아트레유였다.

"너에게 물어볼 것이 또 있어, 푸후르."

"물어봐!"

"여왕은 누구야?"

"무슨 말이니?"

"아우린은 환상 세계의 모든 존재를 지배하는 힘을 가졌잖아. 빛의 피조물이건 암흑의 피조물이건 상관없이 말이야. 너와 나에 대해서도 힘을 가지고 있지. 하지만 여왕은 결코 힘을 행사하지 않아. 여왕은 존재하지 않는 것 같지만 어디에든 있거든. 여왕은 우리와 같은 존재니?"

"아니. 여왕은 우리와 같지 않아. 환상 세계의 피조물이 아니거든. 우린 모두 여왕의 존재로 인해 존재하는 거야. 여왕은 다른 종류야."

"그렇다면 여왕은……."

아트레유는 질문을 입 밖에 내는 걸 주저했다.

"여왕은 인간 같은 거야?"

"아니. 여왕은 인간과 같지 않아."

푸후르가 대답했다.

"그러니까, 여왕은 누구니?"

아트레유가 되풀이했다.

긴 침묵이 흐른 후에야 비로소 푸후르는 대답했다.

"환상 세계에 사는 어느 누구도 모르고 누구도 알 수 없어. 그건 우리 세계의 가장 깊은 비밀이야. 언젠가 어떤 현자가 말하는 걸 들었는데, 그 비밀을 전부 이해할 수 있는 자는 그렇게 해서 자기 자신의 존재를 끝내게 된대. 그게 무슨 말인지 모르겠어. 더 이상은 말해 줄 수 없어."

"그러면, 여왕의 비밀을 모르는 채로, 여왕과 우리 모두의 존재

가 사라질까?"

아트레유가 말했다.

이번에는 푸후르가 침묵했다. 하지만 푸후르의 사자 같은 입 주위에 미소가 서렸다. 마치 그런 일은 생기지 않아라고 말하려는 듯이.

그때부터 그들은 더 이상 이야기를 나누지 않았다.

얼마 뒤 그들은 '미로', 그러니까 상아탑을 둘러싼 꽃밭과 울타리, 꼬불꼬불한 길들로 이루어진 그 평원의 맨 가장자리 위를 넓은 원을 그리며 날고 있었다. 그들은 이곳에도 이미 무(無)가 일을 시작한 것을 확인하고 놀라고 말았다. 비록 아직은 작은 지점들만이 '미로'에 침투했지만, 이미 곳곳에 그런 지점들이 있었다. 이런 지점들 사이에 있는 화려한 색깔의 꽃밭과 꽃이 만발한 덤불들은 시들면서 회색으로 변했다. 작고 우아했던 나무들은 마치 도움을 청하듯이 앙상하고 구부러진 가지들을 용과 아트레유에게 뻗었다. 예전에는 푸르고 울긋불긋했던 초원은 이제 빛이 바랬고 곰팡이와 썩는 냄새가 이제 막 도착한 그들에게까지 풍겨 올라왔다. 아직 남아 있는 유일한 색깔들은 우뚝 솟은 커다란 버섯들과, 독이 있는 것처럼 보이는 지나치게 울긋불긋한 변종 꽃들의 색깔들이었는데, 오히려 광기와 부패의 산물 같은 인상을 주었다. 사방에서 포위하고 침식해 들어오는 영원한 파괴에 맞서 환상 세계 가장 내부에 있는 최후의 생명이 지금 움찔하며 힘없이 대항하고 있는 것이었다.

하지만 한가운데에 상아탑만은 아직 흠집 없이 원래 그대로 신비로운 흰빛으로 빛났다.

아트레유와 함께 푸후르는 날아서 오는 사자들을 위해 마련된 예의 그 아래쪽 테라스에 착륙하지 않았다. 푸후르는 자신도 아트레유도 아래쪽에서부터 탑의 꼭대기로 뻗은 나선형의 긴 중심 도로를 올라갈 기운을 내지 못하리라는 걸 느꼈다. 또한 전체 상황을 볼 때 모든 규정과 예법 따위를 무시해도 괜찮을 것 같았다. 푸후르는 비상 착륙을 하기로 결정했다. 푸후르는 상아로 만들어진 돌출된 창, 다리, 난간 위를 빠른 속도로 지나 마지막 순간에 중심가의 가장 꼭대기에 닿았고, 본래 궁전 구역 앞 중심가가 끝나는 곳으로 내려앉아 위로 미끄러지면서 길을 올라갔다. 몇 번이나 몸을 돌리다가 마침내 꼬리를 앞으로 내민 채 정지했다.

두 팔로 푸후르의 목을 단단히 부여잡고 있던 아트레유는 몸을 일으켜 사방을 둘러보았다. 아트레유는 어떤 종류로든 환영식이 있을 거라고 기대했고 아니면 적어도 궁전 호위병들 한 떼가 그가 누구이고 용건이 뭔지 물어볼 거라고 기대했다. 하지만 주변에 아무도 보이지 않았다. 주위에 하얗게 빛나는 건물들에는 아무도 없는 것 같았다.

'모두 다 달아났어!'

문득 그런 생각이 머리를 스쳤다.

'여왕을 혼자 내버려 두고 가 버렸어. 아니면 여왕이 이미……'

"아트레유. 넌 여왕에게 보석을 돌려줘야 해."

푸후르가 속삭였다.

푸후르는 목에서 황금 사슬을 풀었다. 순간 사슬이 바닥에 떨어졌다.

아트레유는 푸후르의 등에서 뛰어내리다가 바닥에 넘어졌다. 그는 상처 생각을 미처 못 했던 것이다. 쓰러진 채로 부적을 집어 목에 걸었다. 그러고는 용을 붙잡고 간신히 일어났다.

"푸후르, 어디로 가야 하니?"

아트레유가 물었다.

하지만 용은 대답하지 않았다. 용은 그 자리에 죽은 듯 누워 있었다.

중심가는 높고 하얀 환상(環狀) 성벽에 멋지게 조각된 커다란 문 앞에서 끝이 났다. 문은 활짝 열려 있었다.

아트레유는 절뚝거리며 문 쪽으로 가서 입구에 기대고 섰다. 문 뒤로는 하늘까지 닿을 것 같은, 하얗게 빛나는 넓은 옥외 계단이 있었다. 아트레유는 층계를 올라가기 시작했다. 새로 힘을 모으기 위해 때때로 멈추어 섰다. 하얀 계단 위에 핏방울이 떨어져 흔적을 남겼다.

드디어 아트레유는 꼭대기에 다다랐고 눈앞에 긴 복도가 펼쳐졌다. 기둥을 붙잡고 비틀거리며 앞으로 나아갔다. 그리고 온통 분수와 폭포들로 가득 찬 뜰을 지나갔지만, 무엇을 보고 있는 건지 거의 분간이 되지 않았다. 꿈속인 것처럼 힘들게 앞으로 나아

갔다. 아트레유는 좀 더 작은 두 번째 문을 발견했고 그 문을 지나 아주 높지만 좁은 계단을 힘들게 올라가 나무, 꽃, 짐승 등 모든 것이 상아로 조각된 정원에 도착했다. 개중 가장 작은 세 번째 문으로 이어지는 난간 없는 아치형 다리를 몇 개 기어서 건너갔다. 배를 바닥에 대고 엎드린 채 계속 앞으로 갔고 이윽고 천천히 눈을 들자 거울처럼 반짝이는 상아로 된 원추형 산과 그 꼭대기에 눈부시게 하얀 목련 정자가 보였다. 하지만 그 위로 가는 길도, 계단도 없었다.

아트레유는 팔에 머리를 묻었다.

옛날에 그 위로 올라가 봤던 자, 또 앞으로 올라갈 자 중 어느 누구도 그 길의 마지막 구간을 어떻게 지나갔는지 설명할 수 없다. 그건 선물로서 주어져야 한다.

아트레유는 갑자기 정자 입구에 서 있었다. 그리고 들어섰다. 이제 아트레유는 황금빛 눈의 소원의 지배자와 얼굴을 마주하고 서 있었다.

여왕은 꽃 모양의 아치 한가운데 여러 개의 쿠션에 기댄 채 폭신하고 동그란 방석 위에 앉아서 아트레유를 바라보았다. 그녀는 한없이 가녀리고 고귀해 보였다. 아트레유는 창백하다 못해 거의 투명해 보이는 얼굴을 보고 여왕이 얼마나 아픈지 알 수 있었다. 아몬드 모양의 눈은 진한 황금색이었다. 눈에는 근심이나 불안의 빛은 전혀 보이지 않았다. 여왕은 미소 짓고 있었다. 가늘고 조그마한 몸은 넓은 비단 가운에 휩싸여 있었는데, 가운은 너무나 하

얗게 빛나서 목련 꽃잎조차 그에 비하면 어두워 보였다. 여왕은 기껏해야 열 살 정도의 형언할 수 없이 예쁜 어린 소녀처럼 보였고, 매끄럽게 빗질되어 어깨와 등을 지나 방석까지 내려온 긴 머리카락은 눈처럼 새하얬다.

바스티안은 깜짝 놀랐다.

이 순간, 한 번도 겪어 보지 못한 어떤 일이 일어났다.

바스티안은 지금까지 끝없는 이야기에 나온 이야기를 전부 아주 선명하게 상상할 수 있었다. 물론 이 책을 읽는 동안 이상한 일이 몇 번 일어났다는 것을 부인할 순 없지만, 그것들을 어떻게든 설명할 수 있었다. 바스티안은 행운의 용을 타고 가는 아트레유와 미로, 상아탑을 할 수 있는 한 선명하게 상상해 보았다. 하지만 이 순간까지 그건 단지 바스티안 자신의 상상에 불과했다.

그렇지만 어린 여왕에 대한 이야기가 나온 부분에 이르렀을 때 바스티안은 아주 잠깐 동안—번개가 번쩍이는 데 걸리는 시간 동안만—눈앞에서 여왕의 얼굴을 보았다. 그것도 생각 속에서뿐만 아니라 자기 눈으로 직접! 그게 환각이 아니었다는 걸 바스티안은 전적으로 확신했다. 심지어 전혀 묘사되지 않은 세세한 부분까지도 보았다. 이를테면 황금빛 눈 위에 둥글게 자리잡고 있는 먹으로 그린 듯한 두 개의 섬세한 둥근 눈썹, 혹은 유별나게 길게 늘어진 귓불을 가졌다는 것, 혹은 머리가 부드러운 목 쪽으로 특이하게 기울어졌다는 것. 바스티안은 지금까지 이 얼굴보다 더 아름

다운 것은 한 번도 본 적이 없음을 분명히 알았다. 그리고 그 순간 바스티안은 여왕의 이름이 뭔지도 알았다. '달아이'였다. 그것이 여왕의 이름이라는 데는 추호의 의심도 없었다.

그리고 달아이는 그를 바라보았다. 바스티안 발타자르 북스를!

달아이는 알 수 없는 표정으로 바스티안을 바라보았다. 달아이도 놀랐을까? 그 눈빛이 어떤 바람을 담고 있었던가? 아니면 동경? 아니면 글쎄, 무엇이었을까?

바스티안은 다시 달아이의 눈을 떠올려 보려고 했지만 잘 되지 않았다. 다만 한 가지만은 확실히 알고 있었다. 그 눈빛이 자신의 눈을 꿰뚫고 목을 지나 심장 한가운데를 맞혔다는 것. 바스티안은 눈빛이 지나간 길에 남은 작열하는 흔적을 아직까지 느꼈다. 그리고 그 눈빛이 이제 심장 속에 자리잡고 신비한 보물처럼 빛나고 있음을 느꼈다. 그것은 이상하고도 동시에 놀라운 방식으로 아픔을 주었다.

설령 바스티안이 원했다 하더라도 자신에게 일어난 일에 더 이상 저항할 수 없었을 것이다. 하지만 바스티안은 저항하고 싶지 않았다. 오, 아니다! 오히려 반대로 세상 어떤 것과도 이 보물을 바꾸지 않았을 것이다. 바스티안은 단지 한 가지만을 원했다. 다시 달아이 곁에 있기 위하여, 달아이를 다시 보기 위하여 책을 계속 읽는 것을.

그럼으로써 이제 자신이 돌이킬 수 없는 가장 유별나고도 아마 가장 위험한 모험을 감행하게 되리라는 것을 바스티안은 예감하지

못했다. 그렇지만 설령 예감했다 하더라도 그것이 책을 덮어 한쪽으로 치우고 다시는 건드리지 않을 이유가 절대로 되지 못했을 것이다.

바스티안은 떨리는 손가락으로 읽다가 멈추었던 자리를 찾아 계속 읽었다.

탑 시계가 열 시를 쳤다.

제 11 장

어린 여왕

 감히 한 마디도 꺼내지 못하고 아트레유는 그 자리에 서서 어린 여왕을 쳐다보았다. 아트레유는 어떻게 시작해야 할지 어떻게 행동해야 좋을지 몰랐다. 자주 이 순간을 상상하면서 할 말을 준비해 두었지만, 갑자기 모든 것이 머릿속에서 지워져 버렸다.

 드디어 여왕이 아트레유에게 미소 짓고는 잠든 작은 새의 노랫소리처럼 아주 나지막하고 부드럽게 울리는 목소리로 말했다.

 "대탐험에서 돌아왔구나, 아트레유."

 "예."

 아트레유는 말하고 고개를 숙였다.

 "네 멋진 망토가 회색이 되었구나."

 잠시 침묵이 흐른 뒤 그녀는 말을 이었다.

 "네 머리카락과 피부는 돌처럼 회색이구나. 그렇지만 모두 다 다시 예전처럼 되돌아가고 한층 더 아름다워질 거다. 두고 보렴."

 아트레유는 목이 조이는 것 같았다. 거의 눈에 띄지 않게 고개를 흔들었다. 이윽고 부드러운 목소리가 들려왔다.

 "넌 내가 맡긴 임무를 완수했지……."

 아트레유는 이 말이 질문인지 아닌지 몰랐다. 고개를 들어 여왕의 표정을 살필 엄두가 나지 않았다. 황금 부적이 달린 사슬로 천천히 손을 뻗어 목에서 떼어 내었다. 손을 뻗어 부적을 어린 여왕에게 내밀었지만 시선은 여전히 바닥을 향했다. 아트레유는 고향의 천막촌에서 들었던 이야기와 옛 노래에 나오는 사자들이 그랬듯이 무릎을 꿇으려고 했지만, 다친 다리 때문에 뜻대로 되지

않았다. 아트레유는 어린 여왕의 발 앞에 쓰러져 얼굴을 바닥에 대고 엎드렸다.

여왕은 몸을 구부려 아우린을 집어 들고는 하얀 손가락에 사슬이 흘러내리게 하면서 말했다.

"네가 맡은 일을 훌륭하게 해냈다. 난 매우 만족스럽구나."

"아니에요!"

아트레유는 거의 사납게 들릴 정도로 말을 토했다.

"다 헛수고였어요. 구할 방법이 없어요."

긴 침묵이 시작되었다. 아트레유는 팔에 얼굴을 묻었고 온몸에 전율이 흘렀다. 여왕의 입에서 절망의 외침이 나올까 봐, 비탄의 소리, 혹은 쓰디쓴 비난이나 분노의 소리가 터져 나올까 봐 두려웠다. 아트레유는 자기가 뭘 기다리는지 스스로도 알지 못했다. 하지만 지금 듣는 이 소리는 분명히 아니었다. 여왕은 웃고 있었다. 나지막하고 유쾌하게 웃고 있었다. 아트레유의 머릿속은 혼란에 빠졌고, 잠시 동안 아트레유는 여왕이 미쳐 버렸다고 생각했다. 하지만 그건 광기의 웃음이 아니었다. 이윽고 아트레유는 여왕의 목소리를 들었다.

"그렇지만 넌 그를 데리고 왔어."

아트레유는 고개를 들었다.

"누구를?"

"우리의 구원자를."

아트레유는 탐색하듯 여왕의 눈을 들여다보았지만 맑고 유쾌한

빛 말고는 아무것도 찾을 수 없었다. 여왕은 다시 미소 지었다.

"넌 네 임무를 완수했어. 고맙다. 네가 한 모든 일과 네가 당한 모든 고통에 대해 감사한다."

아트레유는 고개를 저었다.

"황금빛 눈의 소원의 지배자시여……."

아트레유는 더듬거리며 이제 처음으로 푸후르가 가르쳐 준 공식 호칭을 썼다.

"저는……, 무슨 말씀을 하시는지 정말 모르겠군요."

"그런 것 같구나."

여왕이 말을 이었다.

"하지만 네가 지금 이해하든 하지 못하든 상관없이, 넌 그 일을 마쳤다. 그리고 중요한 건 바로 그거야, 안 그러냐?"

아트레유는 입을 다물었다. 더 이상 물어볼 말이 생각나지 않았다. 입을 벌린 채 어린 여왕을 응시했다.

"난 그를 봤단다."

여왕이 말을 계속했다.

"그도 나를 보았고."

"언제 말인가요?"

아트레유가 물었다.

"지금 막. 네가 들어왔을 때. 넌 그를 데리고 왔어."

아트레유는 자기도 모르게 주위를 둘러보았다.

"그가 대체 어디에 있어요? 여기엔 저와 여왕님, 둘뿐이잖아요."

"오, 내게 보이지 않는 것도 많단다."

여왕이 대답했다.

"하지만 날 믿어도 돼. 아직 그는 우리 세계에 오지 않았어. 하지만 우리의 두 세계는 이미 아주 가까워져서 우리는 서로를 볼 수 있었다. 섬광처럼 짧은 순간 동안 우리를 갈라놓은 얇은 벽이 투명해졌거든. 곧 그는 우리에게로 와서 오직 그만이 나에게 지어 줄 수 있는 새 이름으로 나를 불러 줄 거야. 그러면 나는 건강해지고 나와 함께 환상 세계도 그리 될 거다."

어린 여왕이 말하는 동안 아트레유는 애써 일어나 앉았다. 그러고는 방석에 약간 높이 앉아 있는 여왕을 올려다보았다. 이제 질문을 하는 그의 목소리가 약간 쉬었다.

"그렇다면 당신은 진작에 제가 무슨 소식을 가지고 올 거라는 걸 알고 있었나요? 그리고 슬픔의 늪에 사는 늙고도늙은 모를라가 저한테 무슨 말을 할지, 남쪽 신탁소에 있는 신비한 목소리 우유랄라가 제게 무슨 비밀을 털어놓을지, 전부 이미 알고 있었던 건가요?"

"그래. 너를 대탐험에 보내기 전부터 알고 있었단다."

여왕이 말했다.

아트레유는 몇 번 침을 삼켰다.

"그렇다면……."

마침내 그가 입을 열었다.

"왜 저를 보냈나요? 저한테 뭘 기대하신 거죠?"

"바로 네가 한 일들."

여왕이 대답했다.

"제가 한 일……."

아트레유는 천천히 되풀이했다. 분노로 인해 양미간에 수직 주름이 생겼다.

"여왕님의 말씀대로라면 전부 불필요한 거였군요. 저를 대탐험의 길로 보내신 건 쓸데없는 짓이었어요. 당신의 결정을 우리 같은 자들은 종종 이해할 수 없다는 말을 들었어요. 그럴 수도 있겠죠. 하지만 그 모든 일을 겪은 지금, 당신이 그저 저를 놀린 거라는 사실을 용납하기는 힘들군요."

어린 여왕의 눈빛이 매우 진지해졌다.

"난 너를 놀린 적이 없단다, 아트레유."

여왕이 말했다.

"그리고 내가 네게 어떤 은혜를 입었는지도 잘 알고 있다. 네가 견뎌 내야 했던 모든 것은 필요한 일이었단다. 내가 너를 대탐험의 길로 보낸 것은 네가 나에게 가져오려고 했던 그 소식 때문이 아니라, 그것이 우리의 구원자를 부를 수 있는 유일한 방법이었기 때문이야. 그는 네가 겪은 일에 전부 참여했고, 너와 함께 그 먼 길을 왔거든. 네가 위그라물과 이야기를 나눴을 때 넌 그 깊은 심연에서 그의 비명을 들었고, 요술 거울 문 앞에 섰을 때 그의 모습을 보았지. 넌 그의 영상 속으로 들어가서 그것을 데리고 갔다. 그래서 그는 너를 따라왔지. 그가 네 눈을 빌어서 자기 자신을 보

왔기 때문이야. 그리고 지금도 그는 우리가 나누는 이야기를 한 마디 한 마디 다 듣고 있다. 그리고 우리가 자기 얘기를 하고 있고 자기를 기다리면서 자기에게 희망을 걸고 있다는 것을 알고 있다. 그리고 이제 어쩌면 그는, 아트레유 네가 했던 그 모든 엄청난 고생이 자기 때문이었다는 걸, 환상 세계 전체가 자기를 부르고 있다는 걸 알 것이다."

아트레유는 여전히 언짢은 듯 앞만 바라보았다. 하지만 분노로 이마에 지었던 주름이 점차 펴졌다.

"어떻게 그 모든 것을 알고 있죠?"

얼마 후에 아트레유가 물었다.

"깊은 심연에서의 비명, 요술 거울에 나타난 영상, 아니면 이모든 것 역시 당신이 미리 정해 놓았던 거였나요?"

어린 여왕은 아우린을 높이 들었고 그걸 목에 걸면서 대답했다.

"넌 항상 광채를 걸고 다니지 않았니? 내가 그걸 통해 항상 네 옆에 있었다는 걸 몰랐니?"

"언제나 걸고 있었던 건 아니에요. 잃어버린 적이 있거든요."

아트레유가 대꾸했다.

"그래. 그때 넌 정말 혼자였지. 그때 무슨 일이 일어났는지 말해 주렴."

여왕이 말했다.

아트레유는 자신이 겪은 일을 보고했다.

"이제 알겠다. 네가 왜 그런 회색이 되었는지. 무(無)에 너무

가까이 갔던 게로구나."

어린 여왕이 말했다.

"그런데 그게 사실인가요? 늑대 인간 그모르크가 환상 세계의 파괴된 피조물들에 대해서 말한 거, 그들이 인간 세계에서 거짓이 된다는 거요."

아트레유는 알고 싶어 했다.

"그래, 사실이란다."

어린 여왕이 대답했고 그녀의 황금빛 눈동자는 어두워졌다.

"모든 거짓들은 한때 환상 세계의 피조물들이었지. 그들은 같은 물질로 되어 있어. 하지만 알아볼 수 없게 되어 버렸고 진짜 본질을 잃어버렸지. 그렇지만 그모르크가 네게 들려준 말은 반만 진실이란다. 반쪽 존재에게서 다른 걸 기대할 수는 없는 노릇이지만.

환상 세계와 인간 세계 사이의 경계를 넘는 데는 두 가지 길이 있어. 하나는 옳은 길이고 하나는 잘못된 길이지. 만일 환상 세계의 존재가 그 무시무시한 방법으로 경계를 넘어 버리게 된다면 그건 잘못된 길이란다. 하지만 만일 사람들이 우리 세계로 온다면 그건 옳은 길이란다. 우리에게 왔던 사람들은 모두 오직 여기서만 경험할 수 있는 것을 경험했고, 그 경험으로 그 사람들은 변화된 채 자기들 세계로 돌아갔지. 그들은 너희의 참모습을 보았기 때문에 눈을 뜨게 되었단다. 그래서 그 사람들은 이제 그들 자신의 세계와 다른 사람들도 예전과는 다른 눈으로 볼 수 있게 되었단다. 그 전에는 그저 일상적인 일로 여겼던 것에서 갑자기 기적과 비밀

을 발견하게 되었지. 그래서 그들은 기꺼이 우리를 찾아 환상 세계로 왔단다. 그리고 우리 세계가 풍요로워지고 번영하면 할수록 그들 세계에 거짓이 적어지고 그래서 더 완전해졌지. 우리 두 세계는 서로를 파괴할 수 있는 것처럼 서로를 건강하게 만들 수도 있단다."

아트레유는 한동안 생각하더니 물었다.

"이것이 도대체 어떻게 시작되었죠?"

"두 세계에 닥친 불행에도, 이중 원인이 있단다. 이제 모든 것이 반대로 되어 버렸지. 눈을 뜨게 만들 수 있는 것이 눈을 멀게 하고, 새로운 것을 창조할 수 있는 것이 파괴가 되어 버린다. 우리를 구할 수 있는 건 인간이다. 단 한 명, 단 한 명이라도 와서 나에게 새 이름을 줘야 한다. 그리고 그는 반드시 올 거야."

어린 여왕이 대답했다.

아트레유는 입을 다물었다.

"이제 이해하겠니, 아트레유?"

어린 여왕이 물었다.

"내가 왜 네게 그렇게 무거운 짐을 지워야만 했는지? 오직 모험과 기적, 위험으로 가득 찬 길고긴 이야기를 통해서만 너는 우리의 구원자를 나에게 데려올 수 있었던 거란다. 그리고 그건 너의 이야기였어."

아트레유는 깊은 생각에 빠진 채 앉아 있었다. 마침내 그는 고개를 끄덕였다.

"이제 이해합니다. 황금빛 눈의 소원의 지배자여. 저를 선택해 주셔서 정말 고맙습니다. 화낸 걸 용서해 주세요."

"네가 그 모든 것을 알 순 없었지. 그리고 그럴 필요도 있었단다."

여왕이 부드럽게 대답했다.

아트레유는 다시 고개를 끄덕였다. 잠시 침묵이 흐른 후 아트레유는 말했다.

"전 몹시 피곤해요."

"넌 할 만큼 했다, 아트레유. 쉬고 싶니?"

"아직 아니에요. 먼저 제 이야기가 좋게 끝나는 걸 지켜보고 싶어요. 당신이 말한 대로라면, 제가 제 임무를 완수했다면, 어째서 구원자가 아직까지 여기에 나타나지 않는 건가요? 그는 뭘 더 기다리고 있는 거죠?"

"그러게 말이다."

어린 여왕이 조용하게 말했다.

"무엇을 더 기다리고 있는 거지?"

바스티안은 흥분한 나머지 손이 축축해진 것을 느꼈다.

"난 할 수 없어."

바스티안은 말했다.

"내가 뭘 해야 하는지 전혀 모르겠는걸. 그리고 어쩌면 내게 떠오른 이름이 맞지 않을 수도 있잖아."

"뭘 좀 더 여쭤 봐도 될까요?"

아트레유가 대화를 다시 시작했다.

여왕은 웃으면서 고개를 끄덕였다.

"어째서 당신은 새 이름을 얻어야만 건강해질 수 있는 거죠?"

"올바른 이름만이 모든 존재와 사물들에 실재성을 준단다. 틀린 이름은 모든 것을 비현실적으로 만들지. 그것이 거짓이 하는 일이다."

여왕이 말했다.

"아마 구원자는 당신에게 줄 올바른 이름을 아직 모르나 봐요."

"아니. 알고 있어."

여왕이 대답했다.

다시 그들은 말없이 앉아 있었다.

"그래."

바스티안이 말했다.

"난 알고 있어. 너를 보자마자 곧 알게 되었지. 하지만 어떻게 해야 할지 모르겠어."

아트레유는 위를 쳐다보았다.

"어쩌면 그는 오고는 싶지만 단지 어떻게 해야 하는지 모르는 건지도 몰라요."

"그는 아무것도 할 필요 없어. 다만 그가 지금 알고 있는 나의

새 이름을 부르기만 하면 된단다."
어린 여왕이 말했다.

바스티안의 심장은 거칠게 뛰기 시작했다. 그냥 시험해 봐야 할까? 하지만 그랬다가 성공하지 못하면? 내가 완전히 착각하고 있는 거라면? 두 사람이 내가 아니라 전혀 다른 구원자 얘기를 했던 거라면? 도대체 그들이 정말로 나를 두고 한 말인지 어떻게 안단 말인가?

"생각해 봤는데요……."
아트레유가 마침내 다시 말을 시작했다.
"혹시 그가 다른 누구도 아닌 자기를 두고 한 말이란 걸 여태 깨닫지 못했을 수도 있지 않을까요?"
"아니. 그 모든 신호들을 받고서도 그렇게 어리석을 수는 없어."
어린 여왕이 말했다.

"그냥 한번 시험해 보는 거야!"
바스티안은 말했다. 하지만 그 이름을 입 밖에 내지는 않았다.
정말로 성공하면 어쩌지? 그렇다면 어떻게든 환상 세계로 가게 될 것이다. 하지만 어떻게? 어쩌면 변신도 해야 할지 모른다. 그렇다면 나는 무엇으로 변신할까? 혹시 아프거나 기절하지 않을까?

도대체 환상 세계로 가고 싶긴 한 걸까? 바스티안은 아트레유와 어린 여왕에게로 가고 싶었지만, 거기 득시글거리는 그 모든 괴물들한테로는 전혀 가고 싶은 마음이 없었다.

"어쩌면, 그에게 용기가 없는 걸까요?"
아트레유가 물었다.
"용기? 내 이름을 부르는 데 용기가 필요할까?"
어린 여왕이 물었다.
"그렇다면, 제가 알기론 그를 망설이게 하는 이유는 하나밖에 없어요."
"뭐지?"
아트레유는 망설이더니 말했다.
"한마디로 오고 싶지 않은 거예요. 여왕님과 환상 세계를 전혀 중요하게 생각하지 않는 거예요. 우리에게 아무 관심도 없는 거죠."
어린 여왕은 깜짝 놀라 아트레유를 쳐다보았다.

"아니야! 아니야!"
바스티안이 소리를 질렀다.
"그렇게 생각하면 안 돼! 그건 절대 아니라고! 아, 제발, 제발 나를 그런 식으로 생각하지 말아 줘! 너네 내 말 들리니? 그런 게 아니야, 아트레유!"

"그는 나에게 오겠다고 약속했단다."
어린 여왕이 말했다.
"난 그의 눈에서 그걸 읽었어."

"그래, 맞아."
바스티안이 소리쳤다.
"난 곧 갈 거야. 하지만 모든 걸 한번 곰곰이 생각해 봐야만 해. 그렇게 간단한 게 아니거든."

아트레유는 고개를 숙였다. 둘은 다시 입을 다물고 한참을 기다렸다. 그러나 구원자는 나타나지 않았고 그가 적어도 그들 앞에 나타나려고 애쓰고 있다는 눈곱만큼의 징조도 없었다.

바스티안은 자기가 갑자기 그들 앞에 나타나면 어떨까 상상해 보았다. 뚱보에다 안짱다리에 창백한 얼굴을 한 채……. 바스티안은 어린 여왕이 자기에게 "넌 도대체 여기서 뭘 하려는 거지?"라고 말할 때 그녀의 얼굴에 떠오를 실망의 빛을 똑똑히 볼 수 있었다.
그리고 아트레유는 어쩌면 웃을지도 모른다.
이런 상상을 하자 바스티안의 얼굴이 부끄러움으로 벌겋게 달아올랐다.
당연히 그들은 영웅이나 왕자나 뭐 그런 자를 기대했을 것이다. 바스티안은 그들 앞에 나서면 안 되었다. 그것은 전혀 불가능

했다. 차라리 모든 걸 참아 내고 말자. 그들 앞에 나서는 것만 빼고!

어린 여왕이 마침내 눈을 들었을 때 그녀의 얼굴 표정은 변했다. 아트레유는 여왕의 단호하고 강한 눈빛에 매우 놀랐다. 그리고 전에 어디서 이런 표정을 봤었는지도 알고 있었다. 바로 스핑크스의 눈빛이었다!

"내게 아직 한 가지 방법이 더 남아 있다. 하지만 그 방법을 쓰고 싶진 않아. 그가 이렇게까지 되도록 놔두지 않기를 바랐는데."

여왕이 말했다.

"무슨 방법이죠?"

아트레유가 소곤대며 물었다.

"그가 알든지 모르든지 간에 그는 벌써 끝없는 이야기의 일부란다. 이제 물러설 수도 없고 그래서도 안 돼. 그는 나에게 약속했고 그 약속을 지켜야만 해. 그렇지만 나 혼자서는 그렇게 만들 수 없어."

"환상 세계 전체에서 누가, 당신이 할 수 없는 일을 할 수 있죠?"

아트레유가 소리쳤다.

"오직 한 사람, 만일 그가 원한다면. 바로 방랑산의 노인이지."

여왕은 대답했다.

아트레유는 몹시 놀라서 어린 여왕을 바라보았다.

"방랑산의 노인이라고요?"

아트레유는 낱말 하나하나에 힘을 주면서 되풀이했다.

"그가 존재한다는 말씀이세요?"

"그걸 의심하는 거니?"

"우리 천막촌에 사는 노인들은 아주 어린아이들이 말을 안 듣거나 못되게 굴면 방랑산의 노인 이야기를 해 주세요. 그는 우리가 하거나 하지 않은 일, 심지어 우리가 생각하고 느끼는 것까지도 전부 그의 책에 써 놓는다고요. 그러면 경우에 따라 그 책에 아름답거나 또는 추한 이야기로 영원히 기록되어 남아 있다고요. 저도 어렸을 때는 그 말을 믿었죠. 하지만 나중에는 그냥 아이들을 겁주려고 꾸며 낸 이야기에 불과하다고 생각했어요."

"누가 알겠니, 꾸며 낸 이야기가 무슨 진실을 담고 있는지."

여왕은 웃으며 말했다.

"그러니까 당신은 그를 아는 거군요. 그를 보았나요?"

아트레유는 탐문했다.

여왕은 머리를 흔들었다.

"내가 그를 발견한다면 우리는 처음으로 만나게 되는 거란다."

"우리 노인들이 말하기를, 그 노인이 사는 산이 이 순간 도대체 어디에 있는지 절대로 알 수 없고, 노인 또한 항상 예기치 않게 나타난다고 하더라고요. 한 번은 여기에, 한 번은 저기에. 그리고 오로지 우연이나 운명의 섭리에 의해서만 그를 만날 수 있다고요."

"맞다. 방랑산의 노인을 찾아 다닐 수는 없어. 그저 발견할 수 있을 뿐이야."

여왕이 말했다.

"당신도요?"

아트레유가 물었다.

"나도 그래."

여왕이 대답했다.

"하지만 만약 그를 발견하지 못하면요?"

"만약 그가 존재한다면 나는 그를 발견할 거다. 그리고 내가 그를 발견한다면 그는 존재할 거야."

여왕은 수수께끼 같은 미소를 띠며 결연히 대답했다.

하지만 아트레유는 그 대답을 이해하지 못했다. 조금 머뭇거리며 다시 물었다.

"그는……, 당신과 같나요?"

"그는 나와 같지. 모든 면에서 나와 정반대거든."

아트레유는 이런 식으로는 아무것도 알아낼 수 없다는 걸 깨달았다. 그 밖에도 다른 생각이 그를 걱정스럽게 했다.

"당신은 중병에 걸렸어요, 황금빛 눈의 소원의 지배자시여."

아트레유는 단호하게 말했다.

"당신 혼자서는 그렇게 멀리 갈 수 없어요. 제가 본 바로는 당신의 시종들과 충복들은 전부 당신을 두고 떠나 버렸어요. 푸후르와 저는 당신이 어디를 가시든 상관없이 동행하고 싶어요. 하지만

솔직히 말해서 푸후르에게 아직 기운이 남아 있는지 모르겠어요. 그리고 제 발은……, 이제 당신도 직접 보셨지만, 제 몸을 더 이상 감당하지 못하고요."

"고맙구나, 아트레유. 용감하고 신의 있는 제안을 해 줘서 고맙다. 하지만 너희와 같이 갈 생각은 없구나. 방랑산의 노인은 혼자서만 발견할 수 있어. 그리고 푸후르는 지금 네가 그를 두고 온 그곳에 없어. 푸후르는 지금 상처가 전부 낫고 기운을 완전히 회복할 수 있는 곳에 가 있어. 그리고 아트레유, 너도 곧 그곳으로 가게 될 거야."

여왕은 손가락으로 아우린을 만지작거렸다.

"어떤 곳이에요?"

"지금 알 필요는 없다. 넌 자면서 그곳에 도착할 거야. 네가 어디에 있었는지 알게 될 날이 올 거다."

"하지만 내가 어떻게 잠을 잘 수 있어?"

아트레유는 외쳤다. 너무나 걱정스러운 나머지 예의바른 표현 방법을 다 잊어버렸다.

"당신이 언제라도 죽을 수 있다는 걸 아는데!"

어린 여왕은 다시 조용히 웃었다.

"난 네가 생각하는 대로 그렇게 완전히 혼자 남은 건 아니다. 네게는 보이지 않는 것이 많이 있다고 이미 말했을 텐데. 네가 너의 기억이라든지 용기라든지 생각들을 가지고 있듯이 내게 속하는 일곱 개의 힘이 나를 둘러싸고 있단다. 넌 그것을 볼 수도 들을

수도 없지만 지금 이 순간 그 힘들은 전부 내 곁에 있다. 그 가운데 세 개는 너와 푸후르를 돌봐 주도록 너희에게 남겨 두마. 네 개는 내가 데리고 가겠다. 그러니 아트레유, 넌 마음 놓고 자도 된단다."

어린 여왕이 이 말을 했을 때 대탐험을 하는 동안 쌓였던 모든 피로가 갑자기 검은 베일처럼 아트레유를 엄습했다. 하지만 그건 기진맥진하여 생긴 돌덩이처럼 무거운 피로가 아니라 고요하고 평화로운 잠을 향한 그리움이었다. 황금빛 눈의 소원의 지배자에게 물어보고 싶은 게 아직도 굉장히 많았지만, 아트레유는 마치 여왕이 그녀의 말로써 그의 마음속에 든 모든 소원을 다 억누르고 오직 한 가지 아주 강력한 소원, 즉 잠자고 싶은 소원만을 남겨 놓은 것 같았다. 아트레유의 눈이 감겼다. 그는 쓰러지지 않고 앉은 채로 벌써 어둠 속으로 미끄러져 들어갔다.

탑 시계가 열한 시를 쳤다.

아트레유는 아주 멀리서 어린 여왕이 작고 부드러운 목소리로 무슨 명령을 하는 걸 들었다. 그런 다음 자기가 힘센 팔에 의해 조심스럽게 들어올려져 옮겨지는 것을 느꼈다.

오랫동안 주위는 어둡고 따뜻했다. 한참, 한참 뒤에 맛있는 음료수가 한 번 그의 마르고 부어오른 입술을 건드리고 목구멍을 타고 내려갔을 때, 아트레유는 반쯤 잠에서 깨어났다. 어렴풋이 벽

이 온통 황금으로 된 듯한 커다란 동굴 같은 것이 보였다. 그리고 자기 옆에 하얀 행운의 용이 누워 있는 것이 보였다. 그런 다음 아트레유는 동굴 한가운데에 샘이 솟고, 그 샘을 한 마리는 밝고 한 마리는 어두운 뱀 두 마리가 서로 꼬리를 물고 둘러싸고 있는 것을 보았다. 아니, 본 것 같았다……

그러나 곧 보이지 않는 손이 아트레유의 눈을 쓸어내렸다. 그 손길은 말할 수 없이 부드러워 아트레유는 다시 꿈도 꾸지 않는 깊은 잠에 빠졌다.

같은 시각, 어린 여왕은 상아탑을 떠났다. 여왕은 유리로 만든 가마 안에 푹신한 비단 쿠션에 파묻혀 누워 있었다. 여왕의 보이지 않는 시종 넷이 가마를 메고 갔기 때문에 가마가 마치 천천히 혼자서 떠가는 것처럼 보였다.

시종들은 미로 정원을, 아니 정확히 말해서 정원의 아직 남아 있는 부분을 지나갔다. 많은 길들이 이미 무(無)로 통하고 있었기 때문에 자주 돌아서 가야 했다.

마침내 평원의 가장 외곽에 도착해서 미로를 벗어났을 때 보이지 않는 시종들은 멈춰 섰다. 명령을 기다리는 것 같았다.

어린 여왕은 쿠션에서 몸을 일으켜 상아탑을 한 번 돌아보았다. 그리고 다시 쿠션 사이에 누우면서 여왕은 말했다.

"계속 가거라! 그냥 계속 가거라, 어디든지!"

돌풍이 눈처럼 하얀 머리카락을 스쳐 갔다. 머리카락은 깃발처럼 길고 무겁게 유리 가마 뒤로 흩날렸다.

제 12 장
방랑산의 노인

　눈사태가 우레 같은 소리를 내며 갈라진 틈이 많은 산 절벽 위에서 무너져 내려갔고, 눈보라는 얼음 갑옷을 입은 산마루의 바위 탑들 사이로 미친 듯이 몰아치면서 동굴과 협곡에서 붙잡혀 울부짖다가 다시 넓은 빙원을 휩쓸고 지나갔다. 이 지역에서는 전혀 별난 날씨가 아니었다. 왜냐하면 운명의 산맥—이게 이곳의 이름이었다.—은 환상 세계에서 제일 크고 높은 산맥이고 이 산맥의 정상은 말 그대로 하늘까지 치솟아 있었으니까.

　가장 대담한 등반가들조차 이 만년빙 지역으로는 감히 오르려고 하지 않았다. 아니 더 정확히 말한다면, 누군가 등정에 성공했던 것이 벌써 상상할 수 없을 정도로 옛날 일이기 때문에 이제는 아무도 그 일에 대해 알지 못했다. 왜냐하면 환상 세계에 있는 수많은 이해할 수 없는 법칙 가운데 하나가 바로 이것이었기 때문이다. 운명의 산맥은 앞서 이 산맥을 올랐던 자가 완전히 잊혀지고 돌이건 청동이건, 그자에 대한 비명(碑銘)이 하나도 남지 않았을 때에야 비로소 새로운 등반가가 이 산맥을 정복할 수 있었다. 그래서 등정에 성공한 자는 언제나 최초의 정복자가 되었다.

　여기 위에는 몇몇 거대한 얼음 사나이들을 제외하고는 살아 있는 생물이 존재할 수 없었다. 어쨌거나 그들을 살아 있는 생물로 치려고 한다면 말이다. 왜냐하면 그들은 상상할 수 없을 정도로 느리게 움직여서 한 걸음을 떼는 데 몇 년이 필요했고 잠깐 산책을 하는 데는 수백 년이 걸렸다. 그래서 그들은 자기들끼리만 교제했고 환상 세계 나머지 부분의 존재에 대해서는 눈곱만큼도 알

지 못했다. 그들은 스스로를 이 우주에 있는 단 하나의 생명체라고 생각했다.

그래서 얼음 사나이들은, 지금 저 조그만 점이 꼬불꼬불한 길을 지나 수직으로 깎아지른 듯한 얼음벽에서 튀어나온 거의 발 디딜 수조차 없는 바위를 딛고서 칼처럼 날카로운 산등성이를 넘어, 깊은 협곡과 갈라진 틈을 통과해 점점 더 정상에 가까이 다가오는 모습을 어쩔 줄 몰라 하며 뚫어져라 내려다보고 있었다.

그것은 어린 여왕이 탄 유리 가마로 여왕에게 속한 보이지 않는 네 개의 힘이 메고 오는 중이었다. 가마는 주위 풍경과 거의 구별이 되지 않았다. 가마의 유리가 투명한 유리 조각과 아주 비슷했고 어린 여왕의 하얀 가운과 머리카락이 주변의 눈과 거의 분간이 되지 않았기 때문이다.

여왕은 벌써 오랫동안 여행 중이었다. 수많은 낮과 밤, 폭우와 작열하는 태양을 지나고 어둠과 달빛을 지나 네 힘은 여왕의 가마를 메고 왔다. 계속 앞으로, 여왕이 명령한 것처럼 어디든지 계속 앞으로. 여왕은 예전에 자기 왕궁에 있는 모든 것, 즉 어둠과 빛, 아름다움과 추함을 똑같이 대했던 것처럼 무엇은 참을 만하고 무엇은 참을 수 없는지 구별하지 않았다. 여왕은 이미 모든 것을 감수할 각오를 한 터였다. 방랑산의 노인은 어디에든 있으면서 또 아무 데도 없을 수 있기 때문이었다.

그렇지만 여왕의 보이지 않는 네 힘이 순전히 우연에만 의지해 접어든 길을 선택한 것은 아니었다. 이제 벌써 거의 모든 나라를

삼켜 버린 무(無)가 그들에게 오직 단 하나의 좁은 길만을 출구로 남겨 두는 경우가 점점 더 빈번해졌다. 네 힘들은 때로는 다리나 동굴 또는 문을 통해 가까스로 빠져나올 수 있었고, 때로는 호수나 협만의 파도를 타고 중병에 걸린 여왕이 탄 가마를 지고 가야 했다. 이 가마꾼들에게는 고체와 액체 사이에 구별이 없었던 것이다.

그리하여 마침내 네 힘들은 얼음으로 뒤덮인 운명의 산맥의 정상 지역에 올라왔고, 쉬지 않고 지칠 줄 모른 채 계속해서 올라갔다. 그들은 어린 여왕이 다른 명령을 내리기 전에는 계속해서 여왕을 지고 올라갈 것이다. 하지만 여왕은 쿠션에 파묻혀 누운 채 눈을 감고 꼼짝도 하지 않았다. 벌써 한참 동안 여왕은 그렇게 누워 있었다. 여왕이 마지막으로 했던 말은 상아탑과 이별을 하면서 명령했던 "어디든지."였다.

가마는 이제 깊은 협곡을 지나가고 있었다. 겨우 가마 한 대가 지나갈까 말까 할 정도로 가깝게 붙은 두 개의 암벽 사이의 틈이었다. 바닥은 몇 미터나 되는 폭신한 눈으로 덮여 있었지만 보이지 않는 가마꾼들은 눈에 빠지기는커녕 발자국 하나 남기지 않았다. 햇빛은 고작해야 가늘고 긴 빛줄기로 저 위 높은 데서 비치는 것 뿐이었으므로 바위틈의 바닥은 매우 어두웠다. 길은 완만하게 위로 향했고 가마가 높이 올라가면 갈수록 햇빛 줄기는 점점 가까워졌다. 그러더니 거의 예기치 않게 바위벽들이 갑자기 완전히 옆으로 물러서더니 하얗게 반짝이는 널찍한 평원이 눈앞에 활짝 열렸다. 여기가 제일 높은 곳이었다. 운명의 산맥에서는 대부분의

다른 산들과는 달리 뾰족한 꼭대기가 아니라 웬만한 나라만큼이나 넓은 이 고원이 산의 정상이었다.

그러나 이 평원 중앙에 놀랍게도 특이한 모양의 작은 산이 우뚝 솟아 있었다. 그 산은 상아탑과 비슷하게 꽤 뾰족하고 높았지만 빛깔은 빛나는 푸른색이었다. 기묘하게 생긴 수많은 톱니 같은 봉우리들이 모여 산을 만들었는데, 그 봉우리들은 마치 거꾸로 뒤집은 거대한 고드름처럼 하늘을 향해 솟아 있었다. 산 중턱쯤에는 이런 세 개의 톱니 봉우리 위에 집채만 한 크기의 알이 하나 놓여 있었다.

알 주위의 반원과 그 뒤에는 좀 더 크고 푸른 톱니 봉우리가 마치 커다란 오르간의 파이프처럼 높이 솟아 있었고 사실상의 정상을 이루었다. 그 큰 알에는 문 같기도 하고 창문 같기도 한 구멍이 있었다. 이 구멍에서 얼굴 하나가 나타나 가마를 쳐다보았다.

어린 여왕은 그 시선을 느끼고는 눈을 뜨고 그 얼굴에 응대했다.

"멈춰!"

여왕은 조용히 말했다.

보이지 않는 힘들은 멈춰 섰다.

어린 여왕은 일어나 앉았다.

"저 사람이다."

여왕은 말을 계속했다.

"남은 길은 나 혼자 가야 한다. 무슨 일이 일어나더라도 여기서 나를 기다려라."

알의 둥근 구멍 속에 있던 얼굴이 사라졌다.

어린 여왕은 가마에서 내려서 넓은 설원 위를 걸어갔다. 대단히 힘든 발걸음이었다. 여왕은 맨발인 데다 눈은 아주 단단히 얼어붙어 있었다. 한 걸음 뗄 때마다 갈라진 빙판에 빠졌고 여린 발은 유리처럼 딱딱하게 얼어붙은 눈에 베였다. 얼음처럼 차가운 바람이 여왕의 하얀 머리카락과 가운을 잡아당겼다.

마침내 여왕은 푸른 산에 도착했고 유리처럼 매끄러운 고드름 앞에 섰다.

커다란 알의 둥글고 어두운 구멍에서 기다란 사다리가 밀려 내려왔다. 너무너무 길어서 알 속에 다 들어가지 못할 것만 같은 사다리였다. 드디어 사다리는 푸른 산 발치까지 내려왔다. 그리고 사다리를 잡았을 때 여왕은 사다리가 서로 연결된 글자들로 순전히 이루어졌으며 각 디딤대는 한 행이라는 것을 알았다. 어린 여왕은 올라가기 시작했고 디딤대를 하나하나 오를 때마다 글자들을 읽었다.

돌아가라, 돌아가라, 떠나가라, 떠나가라.
어떤 시간에도 어떤 장소에서도
너는 나를 만나선 안 된다. 내버려 둬라.
바로 너에게 그리고 오직 너에게만
나는 길을 허용해서는 안 된다.
돌아가라, 깨우쳐라,

>네가 나 늙은이를 만나면
>일어날 수 없는 일이 일어난다.
>처음이 끝을 찾아간다.
>돌아가라, 돌아가라, 올라오지 마라.
>그렇지 않으면 너는 도달할 뿐이다.
>비할 바 없는 혼란에.

여왕은 새로 힘을 모으기 위해 멈춰 서서 위를 쳐다보았다. 아직 한참 더 올라가야 했다. 여태껏 반도 채 못 올라왔다.

"방랑산의 노인이여, 우리가 만나는 것을 원하지 않는다면 내게 이 사다리를 써 줄 필요는 없었을 텐데. 오지 말라는 그대의 금지령이 나를 그대에게 데려다 주는군."

여왕은 큰 소리로 말했다.

그러고는 계속 올라갔다.

>네가 만들어 낸 것과 네 자신을
>나는 연대기 저자로서 보존한다.
>한때 삶이었던 모든 것은
>죽어 있고 변할 수 없는 문자가 된다.
>네가 이제 내게 오려고 애쓴다면
>불행이 있을 것이다.
>너로 인해서 시작된 것이 여기에서 끝난다.

너는 결코 늙지 않는다, 어린 여왕이여.

나 늙은이는 한 번도 너처럼 젊었던 적이 없었다.

네가 격앙시키는 것을 나는 진정시킨다.

생명에게는 금지되어 있다.

죽음 속에서 자기 자신을 보는 것이다.

숨을 쉬기 위해 여왕은 다시 멈춰 서야 했다.

여왕은 이미 아주 높이 올라와 있었고 사다리는 눈보라 속에서 나뭇가지처럼 이리저리 흔들렸다. 어린 여왕은 얼음같이 차가운 글자 디딤대에 꽉 매달려 사다리의 마지막 부분을 올라갔다.

넌 경고를 듣지 않는구나,

사다리가 그렇게 의미심장하게 말하는 것을.

그런데 넌 행할 준비가 되어 있다.

공간과 시간 속에서 허락되지 않은 것을.

그러니 나는 너를 막을 수 없다.

늙은이 집에 온 것을 환영한다.

사다리의 마지막 디딤대를 다 지났을 때 어린 여왕은 나지막이 한숨을 내쉬고 아래를 내려다보았다. 넓고 하얀 가운은 갈기갈기 찢겨 글자 사다리의 횡선과 갈고리, 쇠못에 걸려 있었다. 글자들이 호의적이지 않은 건 새삼스러운 일이 아니었다. 그건 피차 마

찬가지였다.

여왕의 눈앞에 알과 둥근 구멍이 보였고, 거기서 사다리는 끝났다. 여왕은 그 안으로 들어갔다. 등 뒤로 즉각 구멍이 닫혔다. 여왕은 꼼짝하지 않고 어둠 속에서 무슨 일이 일어날까 기다렸다.

하지만 처음에는 한참 동안 아무 일도 일어나지 않았다.

"나 여기 왔네."

마침내 여왕은 어둠 속을 향해 조용히 말했다. 목소리가 텅 빈 커다란 홀에서처럼 울렸다. 아니면 훨씬 낮은 다른 목소리가 똑같은 말로 여왕에게 대답한 것이었나?

점차로 어둠 속에서 희미하고 불그스름한 빛이 보였다. 그 빛은 알 모양의 방 한가운데 펼쳐진 채로 공중에 떠 있는 책에서 나오고 있었다. 책이 비스듬히 서 있었기 때문에 여왕은 표지를 볼 수 있었다. 구릿빛 비단으로 장정되어 있었고 어린 여왕의 목에 걸린 보석에 있는 것처럼 그 책에도 서로 꼬리를 물어 타원형을 이룬 뱀 두 마리가 그려져 있었다. 그리고 그 타원 안에 제목이 쓰여 있었다.

끝없는 이야기

바스티안은 머릿속이 뒤죽박죽이 되었다. 그건 지금 읽고 있는 바로 이 책이 아닌가! 바스티안은 책을 한 번 더 살펴보았다. 그래, 의심할 여지도 없이 바로 자기 손에 들린 이 책에 관한 얘기

였다. 하지만 어떻게 이 책이 똑같은 책 속에 나올 수가 있는가?

어린 여왕은 가까이 다가갔다. 그리고 이제, 떠 있는 책의 반대편에서 푸른빛을 받고 있는 한 남자의 얼굴을 보았다. 그 푸른빛은 펼쳐진 페이지에서 나오는 것이었다. 바로 책에 인쇄된 푸른색 글자들에서 나오고 있었다.

남자의 얼굴은 아주 늙은 나무껍질처럼 보일 정도로 주름이 깊게 패 있었다. 수염은 희고 길었으며 눈은 어두운 눈구멍 속에 너무 깊이 박혀 있어서 보이지 않았다. 남자는 두건이 달린 푸른 수도복을 입고 있었고 손에는 펜을 쥔 채 그걸로 책에 뭔가를 쓰고 있었다. 남자는 눈을 들지 않았다.

어린 여왕은 한참 동안 아무 말도 하지 않고 서서 남자를 바라보았다. 남자가 하고 있는 것은 사실 뭔가를 쓰는 것이 아니었다. 오히려 펜은 천천히 빈 페이지 위로 미끄러졌고, 글자들과 낱말들이 저절로 형성되었다. 말하자면 빈 페이지에서 불쑥 떠올랐다.

어린 여왕은 거기 쓰인 것을 읽었다. 그것은 바로 이 순간 일어나는 일이었다. 그러니까 "어린 여왕은 거기 쓰인 것을 읽었다……"였다.

"일어나는 모든 일을 기록하는구나."

여왕은 말했다.

"내가 기록하는 모든 일은 일어난다."

그것이 대답이었다. 이번에도 여왕이 자기 목소리의 메아리처

럼 들렸던 그 낮고 어두운 목소리였다.

특이한 것은 방랑산의 노인이 입을 열지 않았다는 점이다. 그는 여왕의 말과 자신의 말을 써 내려갔고 여왕은 마치 노인이 방금 한 말을 상기하듯이 그 말을 들었던 것이다.

"그대와 나, 그리고 전 환상 세계……. 모든 게 이 책에 기록되어 있는가?"

여왕은 물었다.

노인은 썼고 그와 동시에 여왕은 대답을 들었다.

"그렇지는 않다. 이 책이 바로 전 환상 세계이고 너와 나이다."

"그럼 이 책은 어디에 있는가?"

"책 속에."

그것이 노인이 쓴 대답이었다.

"그렇다면 이건 다만 허상과 반영일 뿐인가?"

여왕이 물었다.

그러자 노인은 썼고 여왕은 그가 말하는 것을 들었다.

"거울 속에 비치는 거울은 무엇을 나타내지? 그걸 아는가, 황금빛 눈의 소원의 지배자여?"

어린 여왕은 한동안 말이 없었고 동시에 노인은 여왕이 말이 없었다고 기록했다.

그런 다음 여왕은 조용하게 말했다.

"난 그대의 도움이 필요하네."

"알고 있다."

노인은 대답했고 썼다.

"그래. 그래야겠지. 그대는 환상 세계의 기억이고 지금 이 순간까지 일어난 모든 일을 다 알고 있지. 하지만 미리 책장을 넘겨 앞으로 무슨 일이 일어날 건지 볼 수는 없는가?"

여왕이 물었다.

"빈 책장이야!"

그것이 대답이었다.

"난 오로지 일어났던 일을 뒤돌아볼 수만 있다. 그걸 쓰는 동안 읽을 수 있었지. 그리고 읽었기 때문에 아는 것이다. 또 일어났기 때문에 썼던 것이고. 그렇게 끝없는 이야기는 내 손을 통해서 스스로 쓰이고 있는 것이다."

"그러니까 그대는 내가 왜 그대를 찾아왔는지 모른다는 건가?"

"그렇다."

노인이 쓰고 있는 동안 여왕은 그의 어두운 목소리를 들었다.

"그리고 네가 오지 않기를 바랐다. 나를 통해서 모든 것은 불변하고 최종적인 것이 된다. 너도 마찬가지다, 황금빛 눈의 소원의 지배자여. 이 알은 너의 무덤이고 너의 관이다. 넌 환상 세계의 기억 속으로 들어오고 만 것이다. 어떻게 이곳을 다시 떠나려고 하는가?"

"모든 알은, 새로운 생명의 시작이네."

여왕은 대답했다.

"맞다."

노인은 썼고 대답했다.

"하지만 오로지 껍질이 깨질 때만 그렇지."

"그대는 껍질을 열 수 있네. 나를 들여보낸 건 그대다."

여왕이 외쳤다.

노인은 고개를 흔들고는 적었다.

"그렇게 되게 한 건 너의 힘이었어. 하지만 너는 지금 여기 있기 때문에 이제 그 힘이 없다. 우리는 영원히 갇힌 것이다. 정말이지 너는 이곳에 오지 말았어야 했다! 이것이 끝없는 이야기의 끝이다."

어린 여왕은 미소 지었고 조금도 불안해하는 것 같아 보이지 않았다.

"그대와 나는, 더 이상 그럴 능력이 없지. 하지만 그걸 할 수 있는 이가 하나 있다네."

여왕이 말했다.

"새로운 시작을 만들 수 있는 건, 오직 사람뿐이다."

노인이 썼다.

"그래."

여왕이 대꾸했다.

"인간뿐이지."

방랑산의 노인은 천천히 고개를 들고 처음으로 여왕을 바라보았다. 그 시선은 마치 우주의 또 다른 끝에서 오는 것 같았다. 그렇게 먼 곳으로부터, 그런 어둠으로부터 시선은 오고 있었다. 여

왕은 자신의 황금빛 눈으로 그 시선에 맞섰고 그것을 견디어 냈다. 고요하고 움직임 없는 싸움이었다. 드디어 노인은 다시 책 위로 몸을 굽히고 썼다.

"그대에게도 정해진 경계선을 지켜라!"

"그럴 것이네."

여왕이 대답했다.

"하지만 내가 말하는 그 사람, 내가 기다리고 있는 그 사람은 이미 경계선을 넘었어. 그는 그대가 쓰고 있는 이 책을 읽고 있고 우리가 하는 말을 전부 다 듣고 있지. 그러니까 그는 우리와 같이 있는 거지."

"맞다."

여왕은 노인이 쓰는 동안 그의 목소리를 들었다.

"그도 역시 이미 돌이킬 수 없이 끝없는 이야기의 일부가 되었다. 이건 바로 그 자신의 이야기니까."

"내게 그 이야기를 해 다오!"

어린 여왕이 명령했다.

"환상 세계의 기억인 그대여, 내게 그 이야기를 해 다오. 처음부터 그대가 썼던 글자 그대로!"

글을 쓰는 노인의 손이 떨리기 시작했다.

"그렇게 하려면 모든 걸 다시 한 번 써야 한다. 그리고 내가 쓰는 것은 다시 한 번 일어날 거다."

"그래야 하지!"

어린 여왕이 말했다.

바스티안은 마음이 불안해졌다.
여왕은 뭘 하려는 걸까? 뭔가가 바스티안과도 관련이 있었다.
하지만 방랑산의 노인조차 손이 떨리기 시작한다면…….

노인은 썼고 말했다.

"만일 끝없는 이야기가
자기 자신을 담고 있다면
그렇다면 세계는
이 책 속에서 멸망하리!"

어린 여왕은 대답했다.

"그러나 영웅이
우리에게 온다면
새 생명이 싹틀 수 있다네.
그는 지금 결정해야 한다네!"

"정말이지 너는 무시무시하구나."
늙은이는 말했고 썼다.

"그건 끝이 없는 끝을 뜻한다. 우리는 영원한 회귀의 순환 속에 들어가게 될 거다. 거기서 빠져나올 길은 없어."

"우리에게는 그렇지."

여왕은 대답했다. 목소리는 더 이상 부드럽지 않고 마치 다이아몬드같이 딱딱하고 투명했다.

"하지만 그에게도 그렇다네. 만일 그가 우리 모두를 구하지 못한다면."

"너는 정말로 모든 것을 사람의 손에 맡기려고 하느냐?"

"그렇다네."

그러더니 여왕은 한층 더 조용하게 덧붙였다.

"아니면 다른 방책을 아는가?"

오랫동안 침묵이 흐른 뒤 노인의 어두운 목소리가 들렸다.

"아니."

노인은 책 쪽으로 깊숙이 몸을 구부린 채 섰다. 얼굴은 두건에 가려서 더 이상 보이지 않았다.

"그렇다면 내가 부탁한 것을 하게!"

방랑산의 노인은 어린 여왕의 의지에 무릎을 꿇었고 여왕에게 끝없는 이야기를 처음부터 들려주기 시작했다.

이 순간 책장으로부터 흘러나오던 빛의 색깔이 변했다. 빛은 지금 노인의 펜 아래에서 형성되는 글자처럼 붉은색을 띠었다. 그의 수도복과 두건도 이제 구릿빛이었다. 그리고 노인이 쓰고 있는 동안 동시에 그의 낮은 목소리가 울려 퍼졌다.

바스티안도 그 목소리를 아주 똑똑히 들었다.

그런데도 노인이 말한 첫 마디는 알아들을 수가 없었다. 대충 이렇게 들렸다.

"점서고 더안레코 드라콘 칼 인주."

이상하다 하고 바스티안은 생각했다. 왜 저 노인이 갑자기 낯선 언어로 말하지? 아니면 혹시 무슨 주문인가?

노인의 목소리는 계속됐고 바스티안은 그 소리를 따라가야만 했다.

"이런 글자가 어느 작은 상점의 유리문에 쓰여 있었다. 물론 어둠침침한 안쪽에서 유리를 통해 거리를 내다볼 때만 이렇게 보였다.

11월의 추운 잿빛 아침, 바깥은 비가 억수같이 퍼붓고 있었다. 빗방울이 유리를 타고 내려와 장식체로 쓰인 글자 위로 흘러내렸다. 유리문을 통해 보이는 거라고는 빗물로 얼룩진, 길 건너편 담뿐이었다."

내가 전혀 모르는 이야기잖아 하고 바스티안은 약간 실망한 채 생각했다. 지금까지 내가 읽은 책에는 이런 얘긴 나오지도 않아.

하긴 뭐, 이제야 내가 내내 착각하고 있었다는 걸 알게 된 거지, 뭐. 노인이 이제 끝없는 이야기를 다시 처음부터 들려주는 거라고 진짜로 믿었잖아.

"갑자기 유리 문이 벌컥 열렸다. 그 바람에 문 위에 걸려 있던 한 묶음의 작은 놋쇠 종들이 세차게 울리기 시작하더니 한동안 그칠 줄 몰랐다.

이 소란을 일으킨 주인공은 열 살이나 열한 살쯤 되어 보이는 작고 통통한 사내아이였다. 아이의 짙은 갈색 머리가 젖은 채 얼굴에 착 달라붙어 있었고 비에 흠뻑 젖은 외투에서는 물이 뚝뚝 떨어졌으며, 어깨에는 책가방이 메여 있었다. 아이는 약간 창백한 얼굴로 숨을 헐떡였지만 방금 전까지 서둘렀던 것과는 영 딴판으로 마치 못 박힌 듯이 꼼짝 않고 문턱에 서 있었다……."

바스티안은 이 부분을 읽으면서 동시에 방랑산의 노인의 낮은 목소리를 듣는 동안, 귓속이 윙윙거리고 눈앞이 어른거렸다.

여기서 얘기되는 것은 바로 바스티안 자신의 이야기였다! 그 이야기가 끝없는 이야기 속에 들어 있는 것이다. 지금까지 스스로 독자라고 생각했던 바스티안 자신이 등장 인물로 책에 나오다니! 그리고 누가 알겠는가, 지금 이 책을 읽고 있는 어떤 또 다른 독자도 자기가 단지 독자일 뿐이라고 믿고 있을지! 그렇게 끝없이 계속되다니!

바스티안은 이제 두려워졌다. 갑자기 숨을 쉬지 못할 것만 같았다. 마치 보이지 않는 감옥에 갇혀 버린 느낌이었다. 바스티안은 그만두고 싶었다. 더 이상 읽고 싶지 않았다.

그러나 방랑산의 노인의 낮은 목소리는 계속해서 이야기했고,

바스티안은 그걸 막을 수 없었다. 바스티안은 귀를 막았다. 하지만 소용없었다. 목소리는 바스티안의 안에서 울려 나오고 있었으니까. 우연이 아니라는 것을 진작부터 알고는 있었지만 바스티안은 여전히 자신의 이야기와 이렇게 일치하는 것이 단지 정신나간 우연에 불과할지도 모른다는 생각에 매달렸다.

하지만 그 낮은 목소리는 거침없이 계속 말했고

이제 바스티안은 그 말하는 목소리를 아주 분명하게 들었다.

"그런데 예의라고는 눈곱만큼도 없구나. 예의가 있다면 적어도 제 소개부터 했을 것 아니냐."
아이의 뒤에서 퉁명스러운 목소리가 들렸다.
"제 이름은 바스티안이에요."
아이가 말했다.
"바스티안 발타자르 북스."

그 순간 바스티안은 중요한 경험을 했다. 사람은 자신의 소원이 이루어질 수 없다는 걸 아는 한은—어쩌면 몇 년 동안이나—자기가 무엇인가를 소원한다고 확신할 수 있다. 그러나 갑자

기 그 꿈같은 소원이 현실이 될 가능성이 눈앞에 있다면 그때부터는 오직 하나만을 소원하게 된다. "그런 걸 원하지 않았더라면."

어쨌든 바스티안은 그랬다.

소원이 거침없는 현실이 되어 버린 지금 바스티안은 그것으로부터 도망치고 싶을 뿐이었다. 단지 이 경우에는 "그것으로부터"라는 게 없을 뿐이었다. 그래서 바스티안은 전혀 소용없는 짓을 해 보았다. 뒤로 자빠져 있는 딱정벌레처럼 그냥 죽은 척해 봤다. 바스티안은 소리도 내지 않고 자기가 존재하지 않는 듯이 행동하려 했다. 바스티안은 가능한 한 작아지고 싶었다.

방랑산의 노인은 이야기를 계속했고 동시에 바스티안이 어떻게 책을 훔쳤으며, 어떻게 학교 건물에 있는 창고까지 와서 그곳에서 책을 읽기 시작했는지 새로이 기록했다. 그리고 이제 아트레유의 탐험이 다시 한 번 시작되었다. 아트레유는 늙고도늙은 모를라에게 가고, 깊은 심연에서 위그라물의 그물에 걸린 푸후르를 만나고 거기서 바스티안의 비명을 들었다. 다시 한 번 늙은 우르글에게 치료 받고 엥귀부크의 지도를 받았다. 마법의 문 세 개를 지나고 바스티안의 영상 속으로 들어가고 우유랄라와 이야기를 나눴다. 그런 다음 바람 거인들, 유령 도시와 그모르크, 아트레유의 구출과 상아탑으로의 귀환 얘기가 나왔다. 그리고 사이사이 바스티안이 겪었던 모든 일이 일어났다. 촛불을 켠 것과 어떻게 어린 여왕을 보았는지, 여왕이 바스티안이 오기를 기다렸지만 헛수고였다는

것. 그리고 다시 한 번 여왕은 방랑산의 노인을 만나기 위해 길을 떠나 글자 사다리를 타고 올라가서 알 속으로 들어갔고 다시 한 번 노인과 둘이 나누었던 모든 대화를 한 마디 한 마디 되풀이했고, 노인이 끝없는 이야기를 쓰고 들려주기 시작하는 걸로 대화는 끝났다.

그리고 여기에서 모든 것이 다시 새로이 시작되었고—변하지 않고 변경할 수 없이—다시 모든 것이 어린 여왕과 방랑산의 노인의 만남 부분에서 끝났고, 노인은 다시 끝없는 이야기를 쓰고 들려주기 시작했다…….

……그리고 이야기는 영원히 계속될 것이다. 일의 진행에 변화를 일으키는 것은 전적으로 불가능했으니까. 오직 바스티안, 바스티안만이 개입할 수 있었다. 그리고 그 자신이 이 순환 속에 갇혀 있지 않으려면 그렇게 해야만 했다. 이야기는 벌써 천 번도 더 반복된 것 같았다. 아니, 이전도 이후도 없고 모든 것이 영원히 동시에 일어나는 것 같았다. 이제야 바스티안은 왜 노인의 손이 떨렸는지 이해할 수 있었다. 영원한 회귀의 순환은 끝없는 끝이었던 것이다!

바스티안은 얼굴 위로 눈물이 흐르는 것도 느끼지 못했다. 거의 정신을 잃은 채 바스티안은 갑자기 소리를 질렀다.

"달아이야! 내가 갈게!"

그 순간 많은 일이 한꺼번에 일어났다.

 거대한 알의 껍질이 무시무시한 힘에 의해 산산조각 났고 그와 함께 천둥치는 소리가 나지막이 들렸다. 그러더니 멀리서 폭풍이 몰려와서,

 바스티안의 무릎에 놓여 있던 책의 페이지들로부터 밀려나와 책장이 심하게 펄럭이기 시작했다. 바스티안은 머리카락과 얼굴에 폭풍을 느꼈고 거의 숨을 쉴 수가 없었다. 일곱 갈래의 촛대에서 불꽃이 춤을 추다가 수평으로 가라앉았다. 그러더니 두 번째 더 격한 폭풍이 책 안으로 휘몰아쳤고 촛불을 꺼뜨렸다.
 탑 시계가 열두 번 쳤다.

제 13 장

밤의 숲 페렐린

"달아이야! 내가 갈게!"

바스티안은 다시 한 번 조용히 어둠을 향해 말했다. 이 이름에서 형용할 수 없이 달콤하고 위안이 되는 힘이 솟아나와 자신을 온통 채우는 것 같은 느낌이 들었다. 그래서 바스티안은 곧바로 몇 번 더 그 이름을 혼자 불러 보았다.

"달아이야! 달아이야! 내가 갈게, 달아이야! 벌써 여기에 왔어!"

하지만 바스티안은 어디에 있는 걸까?

단 한 줄기의 빛도 보이지 않았지만 바스티안을 에워싸고 있는 것은 더 이상 창고의 차가운 어둠이 아니라 벨벳같이 따뜻한 어둠이었다. 그 속에서 바스티안은 안전하고 행복하다는 느낌이 들었다. 모든 두려움과 불안이 떨어져 나갔다. 아주 오래전에 느꼈던 것처럼 기억될 뿐이었다. 바스티안의 기분은 너무 명랑하고 경쾌해서 심지어 살며시 웃음이 나기까지 했다.

"달아이야, 내가 어디에 있는 거니?"

바스티안이 물었다.

바스티안은 몸의 무게를 더 이상 느끼지 못했다. 손으로 주위를 더듬어 보고는 자신이 공중에 떠 있다는 것을 알았다. 매트도 딱딱한 바닥도 없었다.

그것은 결코 전엔 몰랐던 굉장한 느낌이었다. 해방과 한없는 자유의 기분이었다. 바스티안을 짓누르고 옥죄었던 그 어떤 것도 이제 그에게 다가올 수 없었다.

혹시 우주 어디엔가 떠 있는 걸까? 하지만 우주라면 별들이 있어야 하는데 그 비슷한 것도 볼 수 없었다. 그저 벨벳 같은 어둠만이 있었고 기분이 아주 좋았다. 태어나고 나서 이렇게 기분 좋은 적이 없었다. 혹시 죽은 걸까?

"달아이야, 너 어디 있니?"

그 때 새소리같이 섬세한 목소리의 대답이 들려왔다. 어쩌면 그 목소리는 벌써 여러 번 대답했는데 바스티안이 듣지 못했을지도 모른다. 목소리는 아주 가까이에서 들렸지만 어느 방향에서 들려오는지 알 수가 없었다.

"여기 있어, 나의 바스티안."

"달아이, 너니?"

달아이는 독특하게 노래하는 투로 웃었다.

"나 아니면 누구겠니. 네가 방금 전에 이 예쁜 이름을 주었잖아. 고마워. 환영한다, 나의 구원자, 나의 영웅!"

"우린 어디에 있는 거니, 달아이야?"

"난 너와 함께 있고 넌 나와 함께 있지."

마치 꿈속의 대화 같았지만 바스티안은 자기가 깨어 있으며 꿈꾸는 게 아니라는 걸 아주 확실히 알고 있었다.

"달아이야."

바스티안은 속삭였다.

"이제 끝인 거니?"

"아니, 이건 시작이야."

달아이가 대답했다.

"환상 세계는 어디에 있니, 달아이야? 다른 이들은 다 어디 있니? 아트레유랑 푸후르는 어디 있어? 모두 사라진 거니? 그리고 방랑산의 노인과 그의 책은? 이제 없는 거니?"

"환상 세계는 네 소원으로부터 새로 생겨날 거야, 나의 바스티안. 나를 통해서 현실이 되지."

"내 소원으로부터?"

바스티안은 놀라서 되풀이했다.

"너도 알잖아."

바스티안은 달콤한 목소리를 들었다.

"나를 소원의 지배자로 부른다는 걸. 원하는 게 뭐니?"

바스티안은 곰곰이 생각한 후 조심스럽게 물었다.

"몇 가지 소원을 가질 수 있는데?"

"네가 원하는 만큼. 많으면 많을수록 좋아, 나의 바스티안. 그럴수록 환상 세계는 더 풍부해지고 다양해지지."

바스티안은 그 말에 놀라고 압도당했다. 그러나 막상 눈앞에 끝없는 가능성이 펼쳐지자 단 한 가지 소원도 떠오르지 않았다.

"아무것도 모르겠어."

바스티안이 말했다.

한동안 정적이 흘렀다. 이윽고 새처럼 섬세한 목소리가 다시 들려왔다.

"그건 좋지 않은걸."

"왜?"

"그러면 환상 세계는 생기지 않으니까."

바스티안은 혼란스러워 입을 다물었다. 모든 것이 자기에게 달려 있다는 사실이 무한한 차유의 기분을 조금 깨뜨렸다.

"왜 이렇게 어둡니, 달아이야?"

바스티안은 물었다.

"시작은 항상 이렇게 어두운 거야, 나의 바스티안."

"난 너를 한 번 더 보고 싶어, 달아이야. 있잖아, 네가 나를 바라봤던 그 순간처럼."

바스티안은 조용하고도 노래하는 듯한 웃음 소리를 다시 들었다.

"왜 웃니?"

"기뻐서."

"도대체 뭐가?"

"네가 방금 첫 번째 소원을 말했잖아."

"그러면 그 소원을 들어줄 거야?"

"그럼. 손을 내밀어 봐."

바스티안은 그렇게 했고 달아이가 뭔가를 자기의 평평한 손 위에 놓는 걸 느꼈다. 아주 조그마했지만 이상하게도 무거웠다. 거기에선 차가운 기운이 나왔고 감촉이 딱딱하고 죽은 것 같았다.

"이게 뭐니, 달아이야?"

"모래알."

달아이가 대답했다.

"나의 끝없는 왕국에서 남은 거라고는 이게 다야. 너한테 선물할게."

"고맙다."

바스티안은 어리둥절해서 말했다. 정말이지 이 선물로 무엇부터 해야 할지 몰랐다. 하다못해 이게 살아 있는 것이었더라면!

달아이가 자기에게 기대하는 것이 무엇인지 바스티안이 궁리하고 있는 동안 갑자기 손에서 뭔가 꿈틀거리는 게 느껴졌다. 바스티안은 자세히 들여다보았다.

"여기 좀 봐, 달아이야!"

바스티안은 속삭였다.

"빛이 나고 반짝거리기 시작했어! 그리고 저기, 보이니? 저기서 조그만 불꽃이 나오고 있어. 아니, 새싹이야! 달아이야, 이건 모래알이 아니었어! 싹이 트기 시작한 반짝이는 씨앗이야!"

"잘했어, 나의 바스티안!"

달아이가 말하는 소리가 들렸다.

"그것 봐, 네겐 아주 쉬운 일이야!"

바스티안의 손바닥 위에 있던 작은 점에서 이제 겨우 알아볼 수 있을 만한 불빛이 나오더니 재빨리 커졌다. 그 불빛은 기적을 굽어보는 서로 너무나 다른 두 아이의 얼굴을 벨벳 같은 어둠으로부터 비추었다.

바스티안은 천천히 손을 뒤로 뺐고 빛나는 그 점은 달아이와 바스티안 사이에 작은 별처럼 떠 있었다.

싹은 눈에 보일 정도로 아주 빨리 자랐다. 잎과 가지가 뻗어 나왔고, 꽃봉오리가 돋아 나더니 이내 색색으로 빛나면서 인광(燐光)을 발하는 멋진 꽃들이 피어났다.

어느새 작은 열매가 맺히더니 금방 익었고 소형 로켓처럼 터지더니 새로운 씨앗들의 화려한 불꽃 비가 쏟아져 내렸다.

새 씨앗들로부터 다시 식물이 자라났다. 하지만 제각기 다른 모양이었다. 깃 모양의 양치식물의 잎새, 혹은 작은 야자수, 선인장, 쇠뜨기, 혹은 마디가 있는 나무들. 모두 다른 색깔로 반짝거리고 빛났다.

곧 바스티안과 달아이 주위로, 위아래로, 사방으로 벨벳 같은 어둠이 싹이 나고 무성하게 자라나는 빛 식물들로 가득 채워졌다. 색색으로 반짝거리는 공, 빛나는 새로운 세계가 아무 데도 아닌 곳에서 둥둥 떠서 자라고 또 자랐고, 그곳의 가장 깊은 안쪽에서 바스티안과 달아이는 손에 손을 잡고 앉아서 놀라움에 가득 찬 눈으로 경이로운 광경을 지켜보고 있었다.

식물들은 지치지도 않고 계속 새로운 모양과 빛깔을 만들어 내는 듯했다. 점점 더 커다란 꽃봉오리가 생겨났고 점점 더 풍성한 꽃차례들이 피어났다. 그리고 이 모든 성장은 완전한 정적 속에서 이루어졌다.

얼마 뒤에 많은 식물들은 벌써 해바라기만큼 자라났고, 심지어 어떤 것들은 과실나무만큼 키가 커졌다. 에메랄드 빛의 길쭉한 이파리들이 부채나 붓 모양을 만들었고, 무지개색 눈들이 잔뜩 붙은

공작새 꼬리 같은 꽃들도 있었다. 또 어떤 식물들은 보랏빛 비단으로 된 우산들을 쫙 펼친 채 세워서 층층이 겹쳐 놓은 탑 모양을 닮았다. 두꺼운 줄기들 몇 개도 땋은 것처럼 서로 엉켜 있었다. 그것들은 투명했기 때문에 안으로부터 빛을 내는 분홍빛 유리처럼 보였다. 그리고 푸르고 노란 초롱들이 크게 한데 뭉쳐 있는 것 같은 꽃다발들도 있었다. 어떤 곳에는 수천 송이의 작은 별 모양 꽃들이 은빛으로 빛나는 폭포처럼 축 늘어져 있거나, 기다랗고 술처럼 생긴 꽃술이 달린 초롱꽃들로 만들어진 어두운 금빛의 휘장이 늘어져 있었다. 그리고 이 빛나는 밤식물들은 점점 울창하고 빽빽하게 자라났고 점차 은은한 빛으로 서로 하나로 엮이는 것이었다.

"넌 여기에 이름을 붙여 주어야 해!"

달아이가 속삭였다.

바스티안은 고개를 끄덕였다.

"페렐린, 밤의 숲."

바스티안이 말했다.

바스티안은 어린 여왕의 눈을 들여다보았다. 그러자 여왕과 처음 시선이 마주쳤을 때 일어났던 일이 다시 한 번 일어났다. 바스티안은 마치 마술에 걸린 듯 그 자리에 앉아서 여왕을 바라보았고 도무지 그녀에게서 눈을 뗄 수가 없었다. 첫 번째 보았을 때 여왕은 몹시 위독했었다. 하지만 지금은 훨씬, 훨씬 더 아름다웠다. 찢긴 가운은 다시 새것처럼 되었고 티없이 새하얀 비단과 머리카락 위로 갖가지 색의 부드러운 빛이 반사되고 있었다. 소원이 이

루어진 것이었다.

"달아이야."

바스티안은 멍해져서 더듬거렸다.

"너 이제 다시 건강해진 거니?"

달아이는 웃었다.

"그렇게 보이지 않니, 나의 바스티안?"

"난 영원히 지금 같았으면 좋겠어."

바스티안이 말했다.

"순간은 영원하단다."

달아이가 대답했다.

바스티안은 입을 다물었다. 달아이의 대답을 이해할 수 없었다. 그렇지만 지금은 골똘히 생각할 기분이 아니었다. 달아이 앞에 앉아 바라보는 일말고는 아무것도 하고 싶지 않았다.

빛의 식물들이 무성한 숲은 둘의 주위에서 차츰 조밀한 격자를 형성하였다. 그것은 마치 마술 양탄자로 된 크고 둥근 천막처럼 색색으로 빛나는 조직으로 그들을 에워쌌다. 그래서 바스티안은 바깥에서 일어나는 일에는 신경을 쓰지 않았다. 페렐린이 계속 커지고 있는 것도, 식물들이 점점 자라는 것도 바스티안은 알지 못했다. 그리고 여전히 어디에나 불꽃만큼 작은 씨앗들이 비처럼 쏟아졌고 그 씨앗들로부터 새로운 싹이 돋아났다.

바스티안은 달아이를 넋 놓고 바라보고 있었다.

시간이 많이 흘렀는지 혹은 조금밖에 지나지 않았는지 알 수

없었다. 그 때 달아이가 손으로 바스티안의 눈을 덮었다.

"왜 나를 그렇게 오래 기다리게 했니?"

달아이가 묻는 소리가 들렸다.

"왜 내가 방랑산의 노인에게 갈 수밖에 없게 만든 거니? 왜 내가 불렀을 때 오지 않았니?"

바스티안은 침을 삼켰다.

"그건, 왜냐하면……."

바스티안은 당황해서 입을 열었다.

"내 생각에……, 온갖 이유가 있었어. 두렵기도 했고. 하지만 사실은 네 앞에 나타나는 게 부끄러웠어, 달아이야."

달아이는 손을 거두었고 어리둥절해서 바스티안을 바라보았다.

"부끄러웠다고? 도대체 뭐 때문에?"

"저 뭐야……."

바스티안은 주저하며 말했다.

"네가 분명히 너한테 어울리는 어떤 사람을 기다린다고 생각했거든."

"그러는 너는? 넌 나한테 어울리지 않니?"

달아이가 물었다.

"무슨 뜻이냐면……."

바스티안은 더듬거렸고 얼굴이 빨개진 걸 느꼈다.

"그러니까 내 말은 용감하고 강하고 잘생긴 사람, 왕자나 뭐 그런 사람 말이지. 어쨌든 나 같은 아이는 아니라고 생각했어."

바스티안은 눈을 내리깔았고 다시 조용히 노래하듯이 웃는 소리를 들었다.

"그것 봐. 이제 너도 나를 비웃고 있잖아."

바스티안이 말했다.

오랫동안 침묵이 흘렀다. 그리고 바스티안은 마침내 다시 눈을 들어 보았을 때 달아이가 아주 가까이에서 자기 쪽으로 몸을 굽히고 있는 것을 보았다. 달아이의 표정은 심각했다.

"너에게 뭔가 보여 주고 싶어, 나의 바스티안."

달아이가 말했다.

"내 눈을 봐!"

비록 심장이 두근거리고 약간 현기증이 났지만 바스티안은 그 말을 따랐다.

그리고 달아이 눈의 황금 거울 속에서 어떤 형상을 보았다. 그 형상은 처음에는 조그맣고 아주 멀리에 있는 듯하더니 차츰 커지고 선명해졌다. 그것은 바스티안 나이 또래의 사내아이였다. 하지만 마르고 놀랄 정도로 잘생겼다. 그 애의 자세는 당당하고 곧았으며 얼굴은 약간 갸름했다. 그러면서도 기품 있고 남자다웠다. 동양에서 온 어린 왕자처럼 보였다. 터번은 푸른 비단으로 만들어졌고 은실로 수놓인 무릎까지 내려오는 저고리도 마찬가지였다. 발에는 부드러운 고급 가죽으로 만든 긴 붉은 장화를 신고 있었는데, 앞코가 뾰족하니 위로 올라와 있었다. 등에는 은빛으로 반짝이고 깃이 빳빳하게 위로 올라간 망토가 어깨에서 바닥까지 늘어

져 있었다. 무엇보다도 가장 아름다운 것은 손이었는데, 가느다랗고 우아하면서도 동시에 굉장히 힘이 넘쳐 나 보였다.

바스티안은 매혹당하고 경탄에 가득 차서 그 영상을 바라보았다. 아무리 보아도 싫증이 나지 않았다. 이 아름다운 젊은 왕자가 누구냐고 막 물어보려던 순간, 그건 바스티안 자신이라는 깨달음이 섬광처럼 뇌리를 스쳤다.

그건 달아이의 황금빛 눈 속에 비친 바스티안 자신의 영상이었다!

이 순간 바스티안에게 무슨 일이 일어났는지 말로 설명하기는 아주 어렵다. 황홀한 기분이 바스티안을 그 자신으로부터 멀리, 거의 기절했을 때처럼 아주 멀리로 데리고 갔다. 그리고 다시 내려앉아 자기 자신으로 완전히 되돌아왔을 때 바스티안은 자기 모습이 방금 보았던 영상 속의 그 아름다운 소년으로 변해 있는 것을 알았다.

바스티안은 자기 몸을 내려다보았다. 모든 것이 달아이의 눈에 비쳤던 그대로였다. 붉은 가죽으로 된 부드러운 고급 장화, 은실로 수놓인 푸른 저고리, 터번, 길고 반짝거리는 망토, 그의 몸매, 그리고—그가 느낄 수 있는 한—얼굴도. 깜짝 놀라서 바스티안은 자신의 손을 살펴보았다.

바스티안은 달아이에게 돌아섰다.

달아이는 거기 없었다!

바스티안은 반짝이는 식물들의 숲이 형성한 둥그런 공간에 혼

자 있었다.

"달아이야!"

바스티안은 사방으로 소리쳤다.

"달아이야!"

하지만 아무 대답도 들리지 않았다.

바스티안은 어쩔 줄 몰라서 주저앉았다. 이제 어떻게 해야 하나? 왜 달아이는 바스티안을 혼자 두고 가 버렸을까? 만일 어디든 갈 수 있고 새장 같은 데 갇힌 것이 아니라면 이제 어디로 가야 하나?

거기 그렇게 앉아 아무 설명도 없이, 작별 인사도 없이 달아이가 가 버린 동기가 무엇이었을까 알아내려고 애쓰는 동안 바스티안은 목에 걸고 있는 사슬에 달린 황금 부적을 손가락으로 만지작거렸다.

바스티안은 그것을 살펴보고는 놀라서 외마디 소리를 질렀다.

그건 아우린이었다. 보석, 광채, 어린 여왕의 표시! 그것을 지니고 있는 이는 여왕의 대리인이었다. 달아이는 환상 세계의 모든 존재와 사물에 대한 자신의 힘을 바스티안에게 넘겨준 것이었다. 그리고 이 표시를 지니고 있는 한 달아이는 바스티안과 함께 있는 거나 마찬가지였다.

바스티안은 서로 꼬리를 물어 동그라미를 만들고 있는 하나는 밝고, 하나는 어두운 두 마리의 뱀을 한참 동안 바라보았다. 그런 다음 메달을 뒤집어 보았다. 놀랍게도 뒷면에 글귀가 새겨져 있었

다. 독특하게 구불구불한 글씨로 된 네 마디의 짧은 글귀였다.

네가
원하는 것을
해라

이건 지금까지 끝없는 이야기 속에서 한 번도 얘기된 적이 없는 말이었다. 아트레유는 이 글귀를 발견하지 못했던 걸까?

그러나 그건 지금 중요하지 않았다. 중요한 것은 오로지 이 말이 무엇이든 하고 싶은 건 전부 하라는 허락, 아니 바로 요구를 의미한다는 것뿐이었다.

바스티안은 빠져나갈 수 있는지 어디에 빠져나갈 틈이 있는지 보려고 색색으로 반짝이는 식물들의 덤불로 된 벽 앞으로 다가갔다. 그러나 힘들이지 않고 커튼처럼 옆으로 밀 수 있다는 것을 확인하고 기뻐했다. 바스티안은 밖으로 나갔다.

그 사이 밤식물들은 끊임없이 조용하면서도 동시에 엄청난 성장을 거듭하였고 페렐린은 바스티안 이전에는 어떤 인간도 본 적이 없는 숲이 되었다.

가장 큰 나무줄기들은 이제 교회 탑만큼 높고 두꺼워졌다. 그런데도 아직 계속 자랐고 성장을 멈추지 않았다. 여러 곳에서 거대한 우윳빛 나무 기둥들이 이미 너무 서로 가까이 붙어 있어서 그 사이를 뚫고 가는 것은 불가능했다. 그리고 새로운 씨앗들이

여전히 불꽃 비처럼 떨어지고 있었다.

바스티안은 빛의 성당 같은 이 숲을 걸어가면서 바닥에 떨어진 빛나는 새싹들을 밟아 뭉개지 않으려고 애썼다. 하지만 그것은 불가능했다. 아무 싹도 트지 않는 공간은 한치도 없었다. 그래서 바스티안은 하는 수 없이 걱정을 접고 커다란 나무줄기들이 내주는 길을 따라 계속 걸었다.

바스티안은 자기가 아름다워진 것을 즐겼다. 자기를 보고 감탄해 줄 사람이 아무도 없다는 게 전혀 아무렇지도 않았다. 반대로 이런 즐거움을 오직 자기 혼자만이 누린다는 게 좋았다. 지금까지 자기를 놀려 댔던 애들의 감탄 따위는 전혀 중요하지 않았다. 이제는 그랬다. 그 애들을 생각하자 거의 동정심이 생길 정도였다.

계절도 없고 낮과 밤이 바뀌지도 않는 이 숲에서는 시간에 대한 경험도 바스티안이 지금까지 알았던 것과는 전혀 달랐다. 그래서 바스티안은 얼마나 오랫동안 숲을 산책하고 있는지 알 수가 없었다. 그러나 아름다워졌다는 데 대한 기쁨이 차츰 뭔가 다른 것으로 변해 갔다. 그 기쁨이 당연한 것이 되어 버렸다. 덜 기뻐하게 되었다는 것이 아니라 마치 자기가 예전부터 그랬던 것처럼 생각되었다.

거기에는 바스티안이 아주, 아주 한참 후에야 비로소 알게 될 것이며 지금은 전혀 짐작도 못 하는 이유가 있었다. 자기에게 선사된 아름다움의 대가로 바스티안은 차츰 자기가 한때 뚱뚱하고 안짱다리였다는 사실을 잊어버렸던 것이다.

　설령 그 점을 알아차렸다 하더라도 틀림없이 그 기억은 그다지 중요하게 여겨지지 않았을 것이다. 하지만 망각은 전혀 눈에 띄지 않게 진행되었다. 기억이 완전히 사라지고 나자 바스티안은 자기가 항상 지금처럼 잘생겼었다고 생각하게 되었다. 그리고 이를 통하여 아름다워지고 싶다는 바스티안의 소원은 충족되었다. 항상 아름다웠던 이는 아름다워지기를 더 이상 원하지 않으니까.

　이 지점에 이르자마자 바스티안은 벌써 어떤 부족함을 느꼈고 가슴속에서 새로운 소원이 깨어났다. 그저 아름답기만 한 것은 사실 제대로 된 게 아니야! 바스티안은 또한 강해지고 싶었다. 어느 누구보다도 강해지고 싶었다. 사상 최고의 강자!

　계속 밤의 숲 페렐린을 산책하는 동안 바스티안은 허기를 느끼기 시작했다. 여기저기에서 특별한 모양을 띠고서 빛나는 열매를 몇 개 따 먹을 수 있는지 조심스레 살폈다. 바스티안은 이내 먹을 수만 있는 게 아니라 맛도 아주 기가 막히다는 걸 알고는 만족했다. 어떤 건 떫고, 어떤 건 달콤하고, 어떤 건 약간 쌉싸래했지만, 전부 너무나 맛이 좋았다. 바스티안은 계속 걸어가면서 차례차례 먹었고 그 때마다 팔다리에 놀라운 힘이 샘솟는 것을 느꼈다.

　그 사이 바스티안을 둘러싼 숲의 반짝이는 낮은 관목들이 너무나 빽빽해져서 사방 시야를 다 막아 버렸다. 게다가 이제 덩굴 식물들과 기근(氣根)들은 위에서부터 아래로 자라서 덤불과 서로 엮이더니 꿰뚫고 들어갈 수 없는 관목숲을 이루었다. 바스티안은 손끝으로 치면서 작은 길을 만들어 나갔고 그러면 마치 나무 베는

칼을 사용한 듯이 관목숲이 나누어졌다. 그러나 등 뒤로 갈라진 틈은 마치 전혀 그런 적이 없었던 것처럼 금방 아주 완벽하게 다시 붙었다.

바스티안은 계속 걸었다. 하지만 줄기가 빈틈 없이 서로 꽉 붙은 채 서 있는 거목들의 장벽이 길을 막았다.

바스티안은 두 손으로 잡고 나무줄기 둘을 휘어서 서로 떼어 놓았다! 하지만 바스티안이 지나가자 다시 갈라졌던 틈이 소리 없이 닫혔다.

바스티안은 격렬하게 환호성을 질렀다.

바스티안이 이 원시림의 주인이었다!

한동안 바스티안은 위대한 부름을 받은 코끼리처럼 밀림을 뚫고 길을 내느라 신이 났다. 힘은 줄어들지 않았고 잠시 멈춰 숨을 돌릴 필요도 없었으며 옆구리가 쑤시지도, 심장이 빨리 뛰지도 않았다. 땀도 한번 흘리지 않았다.

하지만 결국 바스티안은 미친 듯이 뛰어다니는 데 싫증이 났고 자신의 왕국, 페렐린이 얼마나 멀리까지 뻗어 있는지 보기 위하여 높은 곳에서 한번 내려다보고 싶다는 욕망에 사로잡혔다.

바스티안은 위를 살피듯 올려다보았다. 손바닥에 침을 뱉은 뒤 덩굴을 하나 잡고 위로 올라가기 시작했다. 언젠가 봤던 서커스 곡예사가 했듯이 다리를 쓰지 않고 손을 바꿔 가면서 간단히. 잠시 동안 바스티안은 체조 시간에 등반용 밧줄의 맨 아래 부분에 밀가루 부대처럼 매달려 반 전체의 웃음거리가 되었던 자기 모습

을 옛날의 빛 바랜 기억의 영상으로 보았다. 바스티안은 미소 짓지 않을 수가 없었다. 만일 그 애들이 지금의 바스티안을 볼 수 있다면 입을 딱 벌릴 것이다. 그리고 그를 안다는 데 자부심을 느낄 것이다. 그렇지만 바스티안은 그 애들을 무시해 버릴 것이다.

바스티안은 한 번도 쉬지 않고 마침내 덩굴이 뻗어 나온 가지까지 올라갔다. 그 위에 걸터앉았다. 가지는 큰 통만큼 굵었고 속에서 붉은빛이 났다. 바스티안은 조심스럽게 일어나서 균형을 잡고 나무줄기로 향했다. 여기에도 빽빽한 덩굴 덤불이 길을 막았지만 바스티안은 힘들이지 않고 지나갔다.

줄기는 여기 위에서도 여전히 아주 두꺼워서 남자 어른 다섯이 안아도 모자랄 것 같았다. 조금 더 높은 데 있고 줄기에서 다른 방향으로 뻗어 나온 다른 곁가지는 바스티안이 있는 곳에서는 닿을 수가 없었다. 그래서 바스티안은 훌쩍 뛰어서 어떤 기근으로 건너갔고 한동안 이리저리 흔들거리다가 다시 한 번 훌쩍 뛰어 높이 있던 그 곁가지를 붙잡았다. 그곳에서부터 더 높이 있는 다른 가지로 올라갈 수 있었다. 바스티안은 벌써 적어도 백 미터는 됨 직한 아주 높은 가지 위에 와 있었다. 하지만 반짝이는 잎사귀와 가지들이 여전히 시야를 가로막았다.

바스티안이 두 배 정도 더 높은 곳까지 올라갔을 때에야 비로소 전경을 볼 수 있는 빈 공간이 있었다. 그러나 그 다음부터는 일이 어려워지기 시작했는데 작고 큰 가지들의 수가 점점 적어졌기 때문이다. 그리고 마침내 거의 꼭대기에 다다랐을 때 바스티안

은 멈춰야만 했다. 여전히 전신주만큼 굵으며 벌거벗고 미끄러운 줄기밖에는 잡고 올라갈 게 없었기 때문이다.

바스티안은 위를 쳐다보았고 이 둥치인지 줄기인지가 대략 이십 미터 위에서 엄청 크고 어두운 붉은색으로 빛나는 꽃에서 끝나는 것을 보았다. 밑에서 어떻게 그리로 올라갈지 막막했다. 하지만 올라가야만 했다. 지금 있는 곳에 머물고 싶지 않았기 때문이다. 그래서 바스티안은 줄기를 안고 마지막 이십 미터를 마치 곡예사처럼 올라갔다. 나무줄기는 이리저리 흔들렸고 바람 속의 풀줄기처럼 구부러졌다.

드디어 바스티안은 튤립처럼 위를 향하여 벌어진 꽃 바로 밑에 다다랐다. 한 손을 꽃잎 사이에 밀어 넣을 수 있었다. 바스티안은 붙잡을 것을 찾아 꽃잎을 더 넓게 펼쳐서 그 안으로 들어갔다.

바스티안은 한동안 누워 있었다. 이제 조금 숨이 찼기 때문이었다. 하지만 곧 일어나서 마치 전망대에서 내다보듯이, 붉게 빛나는 거대한 꽃 가장자리 너머로 사방을 바라보았다.

그 광경은 어떤 말로도 표현할 수 없이 웅대했다!

바스티안이 딛고 선 꽃 달린 나무는 전체 밀림에서 가장 높았다. 그래서 바스티안은 아주 멀리까지 볼 수 있었다. 머리 위로는 여전히 벨벳 같은 어둠이 별 없는 밤하늘처럼 있었지만 발밑으로는 페렐린의 우듬지들이 온갖 색으로 끝없이 펼쳐졌다. 거의 눈에 다 들어오지 않을 정도로.

바스티안은 오래도록 서서 그 광경을 마음 깊이 새겼다. 그것

은 그의 왕국이었다! 바스티안이 창조한 것이었다! 바스티안이 페렐린의 군주였다.

　다시 한 번 바스티안의 격렬한 환호성이 반짝이는 밀림 위로 널리 퍼져 나갔다.

　하지만 밤식물들의 성장은 조용히, 부드럽게 그리고 쉬지 않고 계속되었다.

제 14 장
빛깔 사막 고압

　붉게 빛나는 커다란 꽃 속에서 깊고 긴 잠을 자고 나서 눈을 떴을 때 바스티안은 머리 위로 여전히 벨벳처럼 까만 밤하늘이 펼쳐진 것을 보았다. 바스티안은 기지개를 켰고 팔다리에 놀라운 힘을 느끼고는 만족했다.

　바스티안이 모르는 새 다시 변화가 일어났던 것이다. 강해지고 싶다는 소원이 이루어졌다.

　일어나서 커다란 꽃 가장자리 너머로 빙 둘러보았을 때 바스티안은 페렐린이 차츰 성장을 멈추어 간다는 것을 알아차렸다. 밤의 숲은 그다지 변화가 없었다. 바스티안은 이 또한 자기 소원과 관련이 있으며, 그와 동시에 자신의 나약함과 서투름에 대한 기억이 소멸되어 버렸다는 것을 몰랐다. 바스티안은 잘생기고 강했지만 어쩐지 그것만으로는 만족스럽지 않았다. 이제 심지어 자기가 좀 유약하다고까지 생각했다. 아름다움과 강함은 스파르타 식으로 강인하게 단련되어 있어야만 비로소 가치가 있었다. 아트레유처럼. 하지만 손만 뻗치면 열매를 따먹을 수 있는 이 빛나는 꽃들 아래에서는 그럴 기회가 없었다.

　페렐린의 시녕선 저 너머 동쪽에서 아침 여명의 부드러운 진줏빛 색조가 펼쳐지기 시작했다. 날이 밝을수록 밤의 식물들의 인광이 바래졌다.

　"좋아."

바스티안은 혼잣말을 했다.

"여긴 낮이 절대 안 올 거라고 생각했는데."

　바스티안은 꽃의 바닥에 앉아 이제 무엇을 하고 싶은지 곰곰이 생각했다. 다시 밑으로 내려가서 계속 산책을 해 볼까? 바스티안이 페렐린의 주인으로서 마음에 드는 곳에 길을 낼 수 있다는 점은 확실했다. 며칠이고, 몇 달이고 몇 년이고 숲을 돌아다닐 수 있으리라. 밀림은 출구를 찾을 수 없을 정도로 너무나 컸다. 밤의 식물들은 매우 아름다웠지만, 언제까지나 바스티안에게 어울리는 것은 아니었다. 뭔가 좀 다른 것이 어울리리라. 이를테면 사막을 돌아다니는 것—환상 세계에서 제일 큰 사막을. 맞아, 그거라면 진짜 자랑스러워할 수 있을 거야!

　바로 그 순간 바스티안은 거대한 나무 전체가 격렬하게 흔들리는 것을 느꼈다. 줄기가 기우뚱하더니 바스락대고 우지끈하는 소리가 들려왔다. 바스티안은 계속 내려앉더니 이제 아예 수평으로 누워 버린 꽃 밖으로 굴러떨어지지 않기 위해 꽉 잡아야만 했다. 눈에 들어오는 페렐린의 광경은 끔찍했다.

　그 사이에 해가 떠올라 파괴의 광경을 비추고 있었다. 거대한 밤의 식물들은 거의 남아 있지 않았다. 식물들은 이제 작열하는 햇빛 속에서, 생겨난 속도보다 훨씬 더 빠르게 먼지와 빛깔이 있는 고운 모래로 변해 부서져 버렸다. 다만 여기저기에 몇 그루 거대한 나무 그루터기들이 우뚝 서서 바닷가 모래성이 마를 때처럼 무너져 내렸다. 아직 버티고 있는 듯이 보이는 마지막 식물은 바로 바스티안이 들어앉아 있는 꽃이 핀 나무였다. 하지만 바스티안이 꽃잎을 잡고 버티려고 하자 꽃잎은 그의 손아귀에서 부스러져

모래 구름으로 흩날려 버렸다. 아래로의 시야를 가로막는 것이 전부 없어진 지금, 바스티안은 자기가 얼마나 아찔하게 높은 곳에 있는지도 알게 되었다. 추락하는 위험에 빠지지 않으려면 될 수 있는 대로 빨리 아래로 내려가야 했다.

바스티안은 쓸데없는 진동이 생기지 않도록 조심스럽게 꽃에서 나와 이제 낚싯대처럼 구부러져 버린 나무줄기에 걸터앉았다. 그러자마자 곧 뒤에서 꽃이 전부 떨어지더니 산산이 부스러져 붉은 모래 구름이 되어 버렸다.

바스티안은 아주 주의 깊게 계속 움직였다. 바닥이 아찔할 정도로 한참 아래에 있는 것을 보았다면 많은 사람들이 견디지 못하고 공포에 사로잡혀 추락했을 것이다. 하지만 바스티안은 전혀 현기증이 나지 않았고 강철처럼 강한 신경을 가졌다. 바스티안은 단 한 번의 경솔한 움직임으로 나무가 부러져 버릴 수 있다는 것을 깨달았다. 아무리 위급하다 하더라도 경솔한 행동을 해서는 안 되었다. 바스티안은 천천히 계속 움직여서 마침내 줄기가 다시 가팔라져 이윽고 수직으로 서 있는 지점에 도착했다. 바스티안은 나무줄기를 껴안고 조금씩 조금씩 아래로 미끄러져 내려갔다. 몇 번이나 위에서 빛깔 있는 커다란 먼지 구름이 바스티안에게로 쏟아졌다. 곁가지들은 하나도 남아 있지 않았고 그루터기 하나가 남아 있었으나 그나마 바스티안이 버팀대로 쓰려고 하자마자 곧바로 산산이 부서져 버렸다. 밑으로 내려오면 올수록 줄기는 점점 더 두꺼워져서 껴안을 수가 없었다. 아직 바스티안은 바닥에서부터 탑

하나 정도의 높이에 있었다. 그는 잠시 멈추어 어떻게 계속 내려 갈지 곰곰이 생각했다.

하지만 다시 한 번 진동이 거대한 그루터기를 뒤흔드는 바람에 바스티안은 더 이상 고민할 수가 없었다. 아직 남아 있던 줄기가 한꺼번에 무너져 내려 원추형의 산을 이루었다. 그 때문에 바스티안은 격렬한 소용돌이를 일으키며 아래로 굴러떨어졌고 몇 번이고 공중제비를 하다가 결국 산 발치에 내려앉았다. 뒤이어 미끄러져 내려온 빛깔 먼지가 바스티안에게 쏟아지기 시작했지만 애써 빠져 나와 귀와 옷에서 모래를 털어 내고 몇 번 세게 침을 뱉었다. 그런 다음 주위를 둘러보았다.

눈에 보이는 광경은 실로 엄청났다. 도처에서 모래가 천천히 물 흐르듯이 움직이고 있었다. 모래는 독특한 소용돌이와 물결을 만들며 여기저기로 옮겨 가더니 갖가지 높이와 너비의 구릉과 언덕을 만들었다. 하지만 언덕마다 빛깔은 항상 한 가지 특정한 색을 띠었다. 연한 푸른빛 모래는 한데 모여 연한 푸른빛 언덕을, 초록빛은 초록빛 언덕, 보랏빛은 보랏빛 언덕을 이루었다. 페렐린이 붕괴하여 사막이 된 것이었다. 하지만 이 얼마나 굉장한 사막인가!

바스티안은 자줏빛 언덕으로 기어 올라가서 사방을 살폈다. 상상할 수 있는 온갖 빛깔로 된 언덕밖에는 아무것도 보이지 않았다. 언덕마다 다른 언덕에서 절대 반복되지 않는 저마다의 색조가 있었다. 바로 옆에 있는 언덕은 코발트 색이었고, 어떤 것은 사프

란의 노란빛, 그 뒤로는 짙은 다홍색, 인디고 빛, 사과 같은 초록빛, 하늘빛, 오렌지 빛, 복숭아 빛, 연한 자줏빛, 터키석 빛, 라일락 빛, 이끼 빛, 루비 빛, 흑갈색, 인도 노랑색, 주홍빛 그리고 짙은 남청색의 언덕이 펼쳐졌다. 그렇게 계속 지평선에서 지평선까지 이어져 더 이상 눈으로 가름할 수 없을 정도였다. 황금빛과 은빛의 모래 개울이 언덕 사이로 흘러 빛깔들을 서로 분리했다.

"이건 고압, 빛깔 사막이야!"

바스티안은 큰 소리로 말했다.

태양은 점점 더 높이 떠올랐고 더위는 살인적이었다. 울긋불긋한 언덕들 위로 공기가 어른어른거리기 시작했다. 바스티안은 상황이 이제 진짜로 어려워진 것을 깨달았다. 이 사막에 머무를 수는 없었다. 그건 확실했다. 여기서 빠져나가지 못하면 얼마 못 가서 죽을 게 분명했다.

자기도 모르게 바스티안은 자기를 이끌어 주겠지 하는 희망을 안고 가슴에 달린 어린 여왕의 표시를 만져 보았다. 그러고는 결연히 길을 떠났다.

언덕을 차례로 기어오르고 다시 차례로 내려오면서 바스티안은 매 시간 고군분투하며 앞으로 나아갔지만, 계속 이어지는 언덕 외에는 달리 아무것도 보이지 않았다. 그저 빛깔만 계속 바뀌었다. 엄청난 체력도 이제 도움이 되지 못했다. 드넓은 사막을 힘으로 정복할 수 없는 법이니까. 공기는 쐬면 타 버릴 듯이 뜨거운 지옥의 입김과 같아 거의 숨을 쉴 수 없을 지경이었다. 혀는 입천장에 붙어 버렸고 얼굴에는 땀이 폭포처럼 쏟아졌다.

　태양은 하늘 한가운데에서 불꽃 소용돌이가 되었다. 벌써 오래 전부터 거기 떠서 움직이지 않는 것처럼 보였다. 이 사막의 낮은 페렐린의 밤만큼이나 오래 지속되었다.

　바스티안은 계속해서 앞으로 나아갔다. 눈은 타는 듯했고 혀는 가죽 조각처럼 느껴졌다. 하지만 바스티안은 포기하지 않았다. 몸은 바싹 말라 버렸고 혈관 속의 피는 진득진득해져서 흐르려고 하지 않았다. 하지만 바스티안은 계속 갔다. 사막을 많이 다녀 본 이들이 그러듯이 천천히, 한 발짝 한 발짝씩, 서두르지도 않고 멈추지도 않으며. 몸을 조여 오는 갈증의 고통도 무시해 버렸다. 마음속에 강철같이 굳은 의지가 깨어나 있어 피곤도 결핍도 바스티안을 굴복시킬 수 없었다.

　바스티안은 예전에 자기가 얼마나 쉽게 낙담해 버리곤 했었는지 생각했다. 수많은 일을 시작해 놓고 아주 사소한 어려움만 닥쳐도 금방 포기했었다. 끊임없이 먹을 것만 걱정했고 병이 나거나 아픔을 견뎌야 하는 것을 어처구니없을 정도로 두려워했다. 그 모든 것이 이제 다 지나간 일이 되어 버렸다.

　바스티안이 지금 건너온 빛깔 사막 고압은 그 전에 어느 누구도 감히 지나가 보려고 시도한 적이 없었고 앞으로도 이곳을 지나갈 사람은 아무도 없을 것이다.

　그리고 아마 어느 누구도 바스티안이 한 일에 대해 알지 못할 것이다.

 이런 생각을 하자 바스티안은 정말 섭섭했다. 그 생각을 떨쳐 버릴 수가 없었다. 모든 정황을 봤을 때 고압은 상상할 수 없을 정도로 커서 바스티안은 사막의 가장자리에 결코 도달할 수 없을 것이다. 아무리 끈기를 가져도 언젠가는 죽고 말 거라는 생각에도 바스티안은 겁나지 않았다. 아트레유 종족의 사냥꾼들이 그러하듯이 태연하게, 그리고 품위 있게 죽음을 받아들이리라. 하지만 감히 아무도 이 사막에 들어오지 않으려 할 테니 바스티안의 죽음에 대한 소식을 퍼뜨려 줄 이도 아무도 없을 것이다. 환상 세계에도 인간 세계에도. 바스티안은 그저 실종된 걸로 생각될 테고 환상 세계와 고압 사막에 와 본 적이 없는 걸로 여겨질 것이다.

 계속 가면서 골똘히 그 문제를 생각하는 동안 바스티안에게 불현듯 좋은 생각이 떠올랐다. 환상 세계 전체가 방랑산의 노인이 썼던 그 책 속에 다 들어 있잖아 하고 그는 혼잣말을 했다. 그리고 그 책은 바로 자기가 창고에서 읽었던 끝없는 이야기였다. 어쩌면 바스티안 자신이 겪고 있는 일이 전부 지금 그 책에 쓰여 있을지도 몰랐다. 그리고 언젠가 다른 사람이 그 책을 읽게 될 가능성이 컸다. 혹은 심지어 바로 지금, 이 순간에 읽고 있을 수도 있다. 그러니까 그 누군가에게 표시를 하나 남길 수 있어야만 한다.

 지금 바스티안이 서 있는 모래 언덕은 짙은 푸른색이었다. 그 언덕과 작은 골짜기를 사이에 두고 새빨간 언덕이 있었다. 바스티안은 새빨간 언덕으로 가서 양손으로 빨간 모래를 떠서 푸른 언덕으로 가지고 왔다. 그런 다음 언덕 비탈에 길게 선을 그리며 모래

를 뿌렸다. 다시 돌아가서 새로 붉은 모래를 가져와 또 뿌렸다. 얼마 뒤에 푸른색 바탕에 어마어마하게 큰 붉은 글자가 뿌려져 다음과 같이 되었다.

ㅂ ㅂ ㅂ

바스티안은 자기 작품을 만족스럽게 살펴보았다. 끝없는 이야기를 읽는 사람은 누구도 이 글자를 그냥 지나치지 못하리라. 이제 바스티안이 어떻게 되더라도 사람들이 그가 어디에 머물렀는지 알게 되리라.

바스티안은 새빨간 언덕의 꼭대기에 앉아 잠시 쉬었다. 글자 세 개가 눈부신 사막의 태양 아래에서 빛났다.

다시 인간 세상에서의 바스티안에 대한 기억 한 조각이 지워져 버렸다. 바스티안은 예전에 자기가 예민했고 때로 심하게 엄살을 떨기까지 했다는 사실을 잊어버렸다. 자기의 끈기와 강인함에 바스티안은 자부심을 느꼈다. 하지만 벌써 새로운 소원이 생겨났다.

"두려움은 없어."

바스티안은 버릇된 대로 혼잣말을 했다.

"하지만 내겐 참된 용기가 부족해! 결핍을 참아 내고 힘든 고생을 견디어 낼 수 있는 것은 훌륭한 일이야. 하지만 대담함과 용기는 좀 다른 거야! 난 엄청난 용기가 필요한 진짜 모험을 하고 싶어. 여기 이 사막에서는 아무도 만날 수가 없어. 하지만 위험한

녀석과 마주친다면 정말 끝내 줄 거야. 위그라물처럼 그렇게 끔찍하진 않으면서 훨씬 더 위험한 놈. 아름다우면서 동시에 환상 세계에서 가장 위험한 피조물 말이야. 그리고 내가 그놈과 맞서 싸우고……."

바스티안은 더 이상 말할 수 없었다. 바로 그 순간 자기 밑에서 사막 바닥이 흔들리는 것을 느꼈기 때문이다. 그것은 듣는다기보다는 오히려 감지하는 그러한 깊이의 으르렁 소리 같았다.

바스티안은 돌아섰고 멀리 떨어진 사막의 지평선에서 어떤 형체를 보았는데, 처음에는 그게 뭔지 설명할 수 없었다. 거기서 불로 된 공 같은 것이 질주해 오고 있었다. 믿을 수 없이 빠른 속도로 바스티안이 앉아 있는 곳 주위로 넓은 원을 그리더니 갑자기 바로 바스티안을 향해 달려왔다. 모든 윤곽을 불꽃처럼 흔들리게 만드는 열기로 어른거리는 공기 속에서 그 형체는 마치 춤추는 불의 악마같이 보였다.

바스티안은 두려움에 사로잡혔다. 제대로 생각해 보기도 전에 달려오는 불의 피조물로부터 몸을 피하려고 벌써 붉은 언덕과 푸른 언덕 사이에 있는 골짜기로 달려 내려갔다. 하지만 아래로 내려가자마자 곧 그렇게 겁을 낸 걸 부끄러워하고 자기 안의 두려움을 물리쳤다.

바스티안은 목에 걸고 있는 아우린을 만졌고 자기가 조금 전에 원했던 모든 용기가 마음속에서 솟구쳐 나와 마음을 온통 채우는 것을 느꼈다.

　다시 사막 바닥을 뒤흔드는 으르렁 소리가 들렸다. 하지만 이번에는 바로 옆에서 들려왔다. 바스티안은 위를 쳐다보았다.
　새빨간 언덕 꼭대기에 거대한 사자 한 마리가 서 있었다. 녀석은 태양 바로 아래 서 있었는데, 어마어마한 갈기가 마치 불꽃 화환처럼 얼굴을 둘러싸고 타올랐다. 그런데 갈기와 털이 다른 사자들처럼 노랗지 않고 놈이 서 있는 모래 언덕처럼 새빨갰다.
　사자는 자기에 비하면 너무나 조그만 소년이 양 언덕 사이 골짜기에 서 있는 것을 발견하지 못한 듯했고 오히려 소년이 붉은 글자들로 뒤덮어 놓은 건너편 언덕 비탈을 바라보았다. 그리고 다시 그 엄청나게 크고 으르렁거리는 목소리가 들려왔다.
　"누가 이렇게 했지?"
　"내가."
　바스티안이 대답했다.
　"이게 무슨 뜻이지?"
　"내 이름이야."
　바스티안이 대답했다.
　"난 바스티안 발타자르 북스라고 한다."
　그제야 비로소 사자는 바스티안에게 시선을 돌렸고 바스티안은 불꽃 외투가 자기를 감싸서 그 자리에서 타다 남아 재가 되어 버릴 듯한 느낌이 들었다. 하지만 이런 느낌은 금방 지나갔고, 바스티안은 사자의 시선을 견디어 냈다.
　"나는, 그라오그라만, 빛깔 사막의 주인이다. 다채로운 죽음이

라고도 하지."

사자가 말했다.

둘은 여전히 서로 응시하고 있었고 바스티안은 사자의 눈에서 나오는 살인적인 힘을 느꼈다.

그것은 눈에 보이지 않는 힘겨루기 같았다. 결국 사자가 눈을 내리깔았다. 느리고도 위엄 있는 몸짓으로 사자는 언덕에서 내려왔다. 짙은 남색 모래에 발을 딛자 사자의 색깔도 변해서 털과 갈기도 역시 푸른색이 되었다. 거대한 짐승은 잠깐 동안 바스티안의 앞에 서 있었는데, 바스티안은 마치 쥐가 고양이를 쳐다보듯 사자를 올려다봐야 했다. 그러다 갑자기 그라오그라만은 주저앉아서 소년의 앞에서 땅에 닿을 정도로 머리를 숙였다.

"주인님. 나는 당신의 종이고 당신의 명령만을 기다리고 있습니다!"

사자가 말했다.

"난 이 사막에서 빠져나가고 싶어. 나를 데리고 갈 수 있니?"

바스티안이 물었다.

그라오그라만은 갈기를 흔들었다.

"주인님, 그건 불가능합니다."

"왜?"

"내가 이 사막을 짊어지고 있으니까요."

바스티안은 사자가 무슨 말을 하는지 이해가 되지 않았다.

"그렇다면 나를 이곳에서 데리고 나갈 수 있는 또 다른 생물은

없어?"

바스티안이 물었다.

"어떻게 그런 게 가능하겠어요, 주인님."

그라오그라만이 대답했다.

"내가 있는 곳 주위에는 살아 있는 생물은 있을 수 없습니다. 내가 있는 것만으로도 주위 수천 킬로미터 내에 있는 아주 힘세고 무시무시한 존재들이 타 버려 한 움큼의 재가 될 수 있습니다. 그래서 나를 다채로운 죽음, 빛깔 사막의 왕이라고 부르는 겁니다."

"넌 잘못 생각하고 있어. 네 왕국에서 누구나 다 타 버리는 건 아니야. 예를 들면 네가 보다시피 나는 너를 견뎌 내고 있잖아."

바스티안이 말했다.

"당신이 광채를 걸고 있기 때문입니다, 주인님. 아우린이 당신을 지켜 주고 있어요. 심지어 환상 세계의 모든 존재 중에서 가장 위험한 내 앞에서조차 말입니다."

"만일 내가 보석을 가지고 있지 않았더라면 벌써 타 버려 한 움큼의 재가 되었을 거라는 말이니?"

"그렇습니다, 주인님. 내가 설령 그걸 슬퍼한다 하더라도 그렇게 될 겁니다. 당신은 지금까지 나와 말을 해 본 최초이자 유일한 분입니다."

바스티안은 부적을 쥐었다.

"고맙다, 달아이야!"

바스티안이 조용히 말했다.

그라오그라만은 다시 몸을 쫙 펴고 일어나 바스티안을 굽어보았다.

"내 생각으로는, 주인님. 우리 둘이서 이것저것 할 이야기가 있는 것 같군요. 어쩌면 난 당신에게 당신이 모르는 비밀을 털어놓을 수도 있을 겁니다. 어쩌면 당신은 내가 모르는 내 존재의 수수께끼를 설명해 줄 수 있을 거고요."

바스티안은 고개를 끄덕였다.

"만약 가능하다면 우선 뭐 좀 마셨으면 좋겠는데. 목이 몹시 말라."

"당신의 하인은 듣고 복종합니다."

그라오그라만이 대답했다.

"황송하지만 내 등에 타겠습니까, 주인님? 당신을 내 궁전으로 데리고 가겠습니다. 거기엔 필요하신 게 전부 있을 겁니다."

바스티안은 사자의 등에 올라탔다. 양손으로 갈기를 붙잡았는데, 갈기의 털들은 화염처럼 불타올랐다. 그라오그라만이 바스티안에게로 고개를 돌렸다.

"꽉 잡으세요, 주인님. 전 빨리 달리거든요. 그리고 한 가지 부탁하고 싶습니다, 주인님. 내 왕국에 있을 동안, 아니 저와 함께 있을 동안에는 어떤 이유에서건, 단 한 순간도 당신을 보호하는 그 보석을 풀어 놓지 않겠다고 약속해 주세요."

"약속해."

바스티안은 말했다.

그러고 나서 사자는 움직이기 시작했다. 처음에는 천천히 품위 있게, 그러더니 점점 더 빨리. 바스티안은 새로운 모래 언덕을 지날 때마다 사자의 갈기와 털가죽 빛깔이 언덕의 빛깔에 따라 달라지는 것을 보고는 깜짝 놀랐다. 하지만 드디어 그라오그라만은 크게 도약하며 이 꼭대기에서 저 꼭대기로 건너뛰었고 질주했으며 거대한 발은 거의 땅에 닿지도 않았다. 털 빛깔의 변화는 점점 더 빨리 진행되어 마침내 바스티안은 눈앞이 어른거리고 모든 빛깔이 동시에 보여 그 거대한 짐승 전체가 무지개 빛깔을 내는 오팔처럼 보일 지경이 되었다. 바스티안은 눈을 감아야만 했다. 지옥처럼 뜨거운 바람이 씽씽하고 귓가를 스쳐 갔고 망토가 잡아당겨져 펄럭였다. 바스티안은 사자의 몸에서 근육이 움직이는 것을 느꼈고 털이 수북한 갈기에서 나는 거칠고 자극적인 냄새를 맡았다. 바스티안은 맹수가 내는 것 같은 쨍쨍 울리고 승리감에 찬 소리를 질렀고, 그라오그라만은 사막이 흔들릴 정도의 포효로 답했다. 그들 사이의 차이가 얼마나 크든지와 상관없이 이 순간만큼 둘은 하나였다. 바스티안은 도취된 기분이었고 그라오그라만이 하는 말을 듣고서야 비로소 다시 정신을 차렸다.

"도착했습니다, 주인님. 황공하지만 내리시겠습니까?"

바스티안은 모래 바닥에 펄쩍 뛰어내렸다. 눈앞에 검은 바위로 이루어졌고 갈라진 틈이 많은 산이 보였다. 아니면 어떤 건축물의 폐허인가? 뭐라고 단정지을 순 없었다. 울긋불긋한 모래에 반쯤 덮인 채 여기저기 흩어져 있거나 무너져 내린 아치 문, 담, 기둥

과 테라스를 형성하는 돌은 깊은 틈과 균열로 뒤덮여 있었고 마치 아주 옛날부터 모래 폭풍이 모든 모서리와 울퉁불퉁한 부분을 갈아 없앤 것처럼 속이 패 있었기 때문이다.

 "주인님, 여기가 내 궁전입니다. 내 무덤이기도 하고요. 들어가시지요. 그라오그라만의 최초이자 유일한 손님을 환영합니다."

 바스티안은 사자의 목소리를 들었다.

 태양은 이미 위력을 잃어 커다랗고 빛 바랜 노란빛으로 지평선 위에 걸려 있었다. 보아하니 여기까지 오는 데 바스티안이 생각했던 것보다 훨씬 더 오래 걸린 것 같았다. 기둥 토막인지 혹은 뾰족한 바위인지, 그게 뭐든지 간에, 벌써 긴 그림자를 던지고 있었다. 곧 저녁이 될 터였다.

 바스티안이 사자를 따라 그라오그라만의 궁전 내부로 통하는 어두운 아치 문을 지나갔을 때 사자의 걸음이 아까보다 힘이 빠진데다 지치고 느릿느릿해진 것 같아 보였다.

 어두운 복도를 통과해 아래로, 다시 위로 올라가는 여러 계단을 지나 그들은 역시 검은 바위로 만들어진 듯한 문짝이 달린 커다란 문에 도착했다. 그라오그라만이 문에 다가가자 문은 저절로 열렸고 바스티안이 지나가자 등 뒤에서 다시 저절로 닫혔다.

 바스티안과 사자는 이제 현등(懸燈) 수백 개가 비추고 있는 넓은 홀 안에, 아니 더 정확하게 말하면 동굴 안에 들어섰다. 등불은 그라오그라만의 털이 일으키는 화려한 불꽃놀이와 비슷했다. 빛깔 있는 석판으로 덮인 계단 바닥은 한가운데 솟아오른 둥근 평

면으로 이어졌고, 그 평면 위에는 검은 바윗덩이가 놓여 있었다. 그라오그라만은 천천히 바스티안에게 눈길을 돌렸는데, 이제 그 빛은 마치 꺼진 듯이 보였다.

"나의 시간이 다 되었습니다, 주인님."

그라오그라만이 말했다. 목소리가 마치 중얼거리는 것처럼 울렸다.

"우리가 이야기할 시간이 없어요. 하지만 걱정 마시고 날이 밝기를 기다리세요. 항상 일어났던 일이 이번에도 일어날 겁니다. 그리고 어쩌면 당신은 왜 그런 건지 내게 말해 줄 수 있을 겁니다."

그런 다음 그라오그라만은 동굴 다른 쪽 끝에 있는 작은 문으로 머리를 돌렸다.

"저리로 들어가세요, 주인님. 당신을 위해서 모든 게 준비되어 있을 겁니다. 이 방은 아주 옛날부터 당신을 기다리고 있었지요."

바스티안은 문으로 다가갔다. 하지만 문을 열기 전에 다시 한 번 뒤돌아보았다. 그라오그라만은 그 검은 돌덩어리 위에 앉아 있었고 이제는 그 자신이 바위처럼 시커메져 있었다. 거의 속삭임과 같은 목소리로 그라오그라만이 말했다.

"이것 보세요, 주인님. 당신을 깜짝 놀라게 할 소리를 듣게 될 수도 있습니다. 하지만 걱정 마세요! 그 표시를 걸고 있는 한 당신에게는 아무 일도 생기지 않을 겁니다."

바스티안은 고개를 끄덕이고 문 안으로 들어갔다.

　바스티안의 앞에 아주 호화롭게 장식된 방이 있었다. 바닥에는 화려한 색깔의 푹신한 양탄자가 깔려 있었다. 여러 번 구부러진 둥근 천장을 받치고 있는 가느다란 기둥들은 황금 모자이크로 뒤덮여 있었는데, 그 모자이크가 여기에서도 역시 온갖 색깔로 빛나는 현등의 불빛을 수많은 방향으로 굴절시켜 반사하고 있었다. 한쪽 구석에는 부드러운 담요와 온갖 종류의 쿠션이 놓인 넓은 소파가 있었고, 그 위로는 하늘빛 비단으로 된 천막이 펼쳐져 있었다. 다른 쪽 구석에는 바위 바닥을 깎아 내어 만든 커다란 욕조가 있었고, 그 안에 담긴 황금빛으로 빛나는 액체에서 김이 모락모락 나고 있었다. 낮은 탁자에는 음식이 담긴 접시와 대접들이 있었고, 루비 빛 음료가 든 유리병과 황금잔도 놓여 있었다.

　바스티안은 책상다리를 하고 탁자 앞에 앉아 음식을 먹었다. 음료수는 씁쓸하고 야생적인 맛이었고 놀랍게도 갈증을 해소해 주었다. 음식은 모조리 전혀 모르는 것들이었다. 고기 파이인지 아니면 커다란 완두콩인지 호두인지 전혀 알 수 없었다. 어떤 것은 호박과 멜론으로 만든 것 같아 보였지만, 맛은 전혀 달랐다. 맵고 양념 맛이 강했다. 흥분될 정도로 무척 맛있었다. 바스티안은 배가 부를 때까지 먹어 댔다.

　그런 다음 옷을 벗고—부적만은 그대로 둔 채—욕조로 들어갔다. 한동안 첨벙거리며 불타는 듯한 탕 속을 돌아다니고는 몸을 씻고 잠수했다가 해마처럼 푸 하고 물을 내뿜었다. 그러다 바스티안은 욕조 가장자리에 기묘하게 생긴 병들이 있는 것을 발견했다.

바스티안은 목욕용 향유라고 생각했다. 거리낌없이 종류별로 전부 조금씩 물속에 뿌렸다. 초록빛과 붉은빛, 노란빛 불꽃이 생기더니 수면에서 쉬쉬 소리를 내며 튀고 약간 연기가 올라왔다. 송진과 쓴 약초 냄새가 났다.

드디어 바스티안은 욕조에서 나와 미리 준비된 부드러운 수건으로 몸을 닦고 다시 옷을 입었다. 그 때 방 안의 등불이 갑자기 흐릿해진 것 같은 느낌이 들었다. 그러더니 등줄기에 차가운 전율이 일게 하는 어떤 소리가 귓가를 때렸다. 마치 얼음으로 된 커다란 바위가 폭파되듯이 우지끈 쾅쾅하더니 차츰 작아지는 신음 소리로 변했다.

바스티안은 가슴을 두근거리며 귀를 기울였다. 그는 걱정 말라고 했던 그라오그라만의 말을 생각했다.

그 소리는 반복되지 않았다. 하지만 정적이 더 무시무시했다. 무슨 일이 일어났는지 알아야만 했다!

바스티안은 침실 문을 열고 커다란 동굴 안을 들여다보았다. 처음에는 등불이 어두워졌고 점점 느려지는 심장 박동처럼 빛이 깜박거리는 것말고는 아무 변화도 찾아볼 수 없었다. 사자는 여전히 같은 자세로 검은 바윗덩이 위에 앉아 있었고 바스티안을 바라보는 것 같았다.

"그라오그라만!"

바스티안은 나지막하게 소리쳤다.

"여기 무슨 일이 일어난 거야? 그게 무슨 소리였어? 네가 낸 소

리니?"

사자는 대답하지도, 움직이지도 않았다. 하지만 바스티안이 다가가자 눈으로 그를 좇았다.

바스티안은 갈기를 쓰다듬으려고 머뭇거리며 손을 뻗었다. 하지만 손을 대기가 무섭게 깜짝 놀라 뒤로 물러섰다. 갈기는 검은 바위처럼 딱딱하고 몹시 차가웠다. 그라오그라만의 얼굴과 발도 마찬가지였다.

바스티안은 어떻게 해야 할지 몰랐다. 바스티안은 커다란 문의 검은 돌문짝이 천천히 열리는 것을 보았다. 길고 어두운 복도에 들어서서 계단을 올라갔을 때야 비로소 바스티안은 도대체 저 밖에서 무엇을 해야 하나 하고 자신에게 물었다. 이 사막에 그라오그라만을 구해 줄 수 있는 자가 있을 리 만무했다.

그런데 그곳은 이제 사막이 아니었다!

밤의 어둠 속에서 어디에나 반짝이며 빛이 나기 시작했다. 조그만 식물 새싹들 수백만 개가 이제는 다시 씨앗이 되어 버린 모래알에서 돋아났다. 밤의 숲 페렐린이 새로이 성장하기 시작한 것이었다!

갑자기 바스티안은 그라오그라만이 굳어 버린 것과 이것이 어떤 식으로 관련이 있다는 사실을 감지했다.

바스티안은 다시 동굴로 돌아왔다. 현등의 불빛은 아주 약하게 깜박거릴 뿐이었다. 바스티안은 사자에게로 다가가서 그의 강인한 목을 껴안고 자기 얼굴을 사자의 얼굴에 갖다 댔다.

 지금 사자의 눈은 바위처럼 검고 죽어 있었다. 그라오그라만은 돌이 된 것이다. 마지막으로 불빛이 반짝하더니 무덤 속처럼 컴컴해졌다.

 바스티안은 격렬하게 울었고 돌이 되어 버린 사자의 얼굴은 바스티안의 눈물로 젖었다. 마침내 바스티안은 사자의 거대한 앞발 사이에 몸을 돌돌 말고 잠들었다.

제 15 장

다채로운 죽음 그라오그라만

"오, 주인님!"

으르렁거리는 사자의 목소리가 말했다.

"그렇게 하고 밤을 꼬박 보낸 겁니까?"

바스티안은 일어나서 눈을 비볐다. 바스티안은 사자의 앞발 사이에 앉아 있었고, 커다란 짐승의 얼굴이 바스티안을 내려다보았다. 그라오그라만의 눈에는 놀라움이 담겨 있었다. 사자의 털가죽은 그가 앉아 있는 바윗덩이처럼 여전히 까맸지만, 눈은 반짝였다. 동굴 안의 등불은 다시 빛나고 있었다.

"아, 난……, 난 네가 돌이 되어 버린 줄 알았어."

바스티안은 더듬거렸다.

"그랬지요."

사자가 대답했다.

"저는 매일 밤이 찾아오면 죽지요. 그리고 매일 아침이면 다시 깨어납니다."

"영원히 그렇게 된 줄 알았어."

바스티안이 말했다.

"매번 영원하답니다."

그라오그라만은 수수께끼 같은 대답을 했다.

사자는 일어나 기지개를 켜고 나서 사자답게 동굴 속을 왔다 갔다 했다. 불꽃 같은 털가죽은 울긋불긋한 석판의 빛깔로 점점 환하게 빛나기 시작했다. 갑자기 그라오그라만은 멈춰 서서 소년을 바라보았다.

"혹 저 때문에 눈물을 흘렸습니까?"

바스티안은 말없이 고개를 끄덕였다.

"그렇다면 주인님은 다채로운 죽음의 발 사이에서 잠을 잔 유일한 자일 뿐만 아니라 그의 죽음을 슬퍼하여 울어 준 유일한 자입니다."

사자가 말했다.

바스티안은 다시 느릿느릿하게 왔다 갔다 하는 사자를 바라보다가 이윽고 조용히 물었다.

"넌 언제나 혼자니?"

사자는 다시 멈추어 섰으나 이번에는 바스티안을 보지 않았다. 머리를 돌린 채 사자는 으르렁거리는 목소리로 되풀이했다.

"혼자라……"

그 말이 동굴 가득히 울려 퍼졌다.

"내 왕국은 이 사막이지요. 그리고 그건 내 작품이기도 합니다. 내가 어디를 향하든지 내 주위의 모든 것은 사막이 되어 버리죠. 나는 사막을 짊어지고 다니는 겁니다. 나는 치명적인 불로 만들어졌어요. 그러니 영원히 지속되는 고독 말고 다른 무엇이 내게 주어질 수 있겠습니까?"

바스티안은 당황하여 입을 다물었다.

"주인님."

사자는 소년에게로 다가와 이글거리는 눈으로 그의 얼굴을 들여다보면서 계속 말했다.

"주인님은 어린 여왕의 표시를 지니고 있으니 내게 대답해 줄 수 있을 겁니다. 왜 나는 밤이 오면 죽어야 합니까?"

"빛깔 사막 속에서 밤의 숲 페렐린이 자랄 수 있게 하기 위해서야."

"페렐린?"

사자가 되풀이했다. 그러더니 물었다.

"그게 무엇입니까?"

이제 바스티안은 살아 있는 빛으로 이루어진 밀림의 기적에 대해 이야기해 주었다. 그라오그라만이 꼼짝 않고 감탄하며 듣는 동안 바스티안은 스스로 증식하는 빛나는 인광 식물들의 다양함과 웅장함, 그 식물들의 끊임없고 소리 없는 성장, 꿈같은 아름다움과 웅장함을 묘사해 주었다. 바스티안은 열광적으로 이야기하였고 그라오그라만의 눈은 점점 더 밝게 빛났다.

"그리고 이 모든 것은 네가 돌로 변해 있는 동안에만 존재할 수 있어. 하지만 네가 깨어나자마자 매번 페렐린이 다시 죽어 먼지로 부서져 버리지 않는다면 페렐린은 모든 걸 삼켜 버리고 스스로 질식해 죽어 버릴 거야. 페렐린과 너, 그라오그라만은 서로에게 속한 거야."

바스티안은 결론을 맺었다.

사자는 오랫동안 침묵했다.

"주인님."

이윽고 사자가 말했다.

"이제 나의 죽음이 생명을 주고 나의 생명이 죽음을 주며 이 두 가지 다 좋은 거라는 것을 알겠습니다. 이제 나란 존재의 의미를 이해하겠어요. 고맙습니다."

그라오그라만은 천천히 그리고 엄숙하게 동굴의 제일 어두운 구석으로 걸어갔다. 그가 거기서 무엇을 하는지 바스티안에게 보이지 않았다. 대신 쨍그랑거리는 금속성 소리가 들렸다. 되돌아왔을 때 그라오그라만은 입에 무언가를 물고 있었고, 머리를 깊이 숙여서 그것을 바스티안의 발 앞에 내려놓았다.

칼이었다.

하지만 결코 멋져 보이지 않았다. 쇠로 된 칼집은 녹슬었고 손잡이는 오래된 나무토막으로 만든 장난감 칼 손잡이와 별다를 바 없었다.

"이 칼의 이름을 지어 줄 수 있습니까?"

그라오그라만이 물었다.

바스티안은 생각에 잠겨 칼을 관찰하였다.

"지칸다!"

바스티안이 말했다.

그 순간 칼이 칼집에서 쉭 소리를 내며 튀어나와 문자 그대로 바스티안의 손으로 날아왔다. 칼날은 거의 쳐다볼 수 없을 정도로 강하게 번쩍이는 빛으로 되어 있었다. 양날이었고 무게는 깃털처럼 가벼웠다.

"그 칼은 옛날부터 주인님 것으로 정해져 있었습니다. 주인님

처럼 내 등에 타 본 사람, 내 불을 먹고 마시고 불 속에서 목욕을 해 본 사람만이 아무 위험 없이 그 칼을 만질 수 있으니까요. 하지만 주인님이 그 칼에 올바른 이름을 지어 줄 수 있었다는 바로 그 점 때문에 주인님이 그 칼의 주인입니다."

그라오그라만이 말했다.

"지칸다!"

바스티안은 속삭였고 칼을 천천히 공중에서 휘둘러보면서 번쩍이는 빛을 황홀하게 바라보았다.

"이건 마술 칼이지, 그렇지?"

"강철이든 바위든 환상 세계에는 그 칼을 이겨낼 수 있는 것이 아무것도 없습니다. 그러나 그 칼을 주인님 마음대로 써서는 안 됩니다. 지금 방금 그랬던 것처럼 칼이 저절로 주인님의 손에 뛰어들 때만 그 칼을 사용할 수 있지요. 그 무엇이 주인님을 위협하더라도 말이죠. 칼은 주인님의 손을 이끌어 주고 해야 할 일을 자신의 힘으로 할 겁니다. 하지만 주인님이 주인님 마음대로 칼집에서 칼을 뽑으면 주인님과 환상 세계에 커다란 재앙이 닥칠 겁니다. 이 점을 절대 잊지 마십시오."

그라오그라만이 대답했다.

"잊어버리지 않을게."

바스티안은 약속했다.

칼은 칼집 안으로 돌아갔고 이제 다시 낡고 가치 없어 보였다. 바스티안은 칼집에 붙은 가죽끈을 허리춤에 묶었다.

"자 그럼, 주인님. 괜찮으시다면 우리 함께 사막을 돌아다녀 볼까요. 내 등에 오르세요. 난 지금 나가 봐야 하거든요."

그라오그라만이 제안했다.

바스티안은 몸을 날려 올라탔고 사자는 터벅터벅 밖으로 나갔다. 아침 해가 사막의 지평선 위로 떠올랐고 밤의 숲은 이미 오래 전에 다시 색색의 모래로 부서져 버렸다. 그들은 이제 함께 마치 춤추는 불덩이처럼, 이글거리는 폭풍처럼 언덕을 휩쓸고 다녔다. 바스티안은 꼭 타오르는 혜성을 타고 빛과 빛깔 속을 달려가는 느낌이었다.

정오 무렵 그라오그라만은 갑자기 멈추어 섰다.

"여기가 우리가 어제 마주쳤던 지점입니다, 주인님."

바스티안은 격렬한 질주에 약간 취해 있었다. 주위를 둘러보았지만 짙은 남색의 모래 언덕도, 새빨간 모래 언덕도 찾아볼 수 없었다. 글자도 사라지고 없었다. 그 언덕들은 이제 올리브 빛과 분홍빛이었다.

"전부 완전히 달라졌잖아."

바스티안이 말했다.

"그래요, 주인님."

사자가 대답했다.

"매일 이렇습니다. 계속 달라지지요. 지금까지는 왜 이런 줄 몰랐습니다. 하지만 주인님이 페렐린이 모래에서 자라난다고 말해 주었기 때문에 이제는 그 이유를 알게 되었습니다."

"그렇지만 어제 그 자리라는 것을 어떻게 알아보지?"

"마치 내 몸의 한 부분처럼 저는 그것을 느낀답니다. 사막은 저의 일부니까요."

바스티안은 그라오그라만의 등에서 내려와 올리브 빛 언덕 꼭대기에 앉았다. 사자도 바스티안 옆에 앉았다. 사자도 이제 올리브 빛이었다. 바스티안은 손으로 턱을 괴고 생각에 잠긴 듯 지평선을 바라보았다.

"뭐 좀 물어봐도 되니, 그라오그라만?"

한참 동안 조용히 있다가 바스티안이 말했다.

"주인님의 하인은 듣고 있습니다."

사자가 대답했다.

"넌 정말 옛날부터 항상 이곳에 있었니?"

"옛날부터 항상 있었지요."

그라오그라만이 대답했다.

"그러면 빛깔 사막도 언제나 계속 있었니?"

"네, 사막도 그렇습니다. 왜 묻는 거지요?"

바스티안은 한동안 생각에 잠겼다.

"이해가 안 돼."

마침내 바스티안이 고백했다.

"내 장담하건대 사막은 어제 아침에 처음 생겼어."

"무슨 뜻입니까, 주인님?"

바스티안은 달아이를 만난 이후로 자신이 경험한 모든 일을 다

들려주었다.

"모든 게 다 너무 이상해."

바스티안은 그렇게 말을 맺었다.

"내게 뭔가 소원이 생기면 항상 금방 딱 맞게 소원을 이루어 주는 어떤 일이 일어나거든. 하지만 그걸 내가 생각해 낸 건 아니야, 알겠니? 난 절대 그런 일을 할 수 없어. 난 페렐린에 있는 그 모든 갖가지 밤의 식물을 절대 생각해 낼 수 없어. 아니면 고압의 빛깔들. 아니면 너를! 모든 게 내가 상상할 수 있는 것보다 훨씬 더 훌륭하고 현실적이야. 그런데도 모든 것이 항상 내가 소원했을 때 그때야 비로소 생겨난단 말이야."

"그건 주인님이 아우린, 광채를 지니고 있기 때문입니다."

"내가 이해할 수 없는 건 좀 다른 문제야."

바스티안은 설명해 보려고 애썼다.

"모든 것이 내가 소원했을 때 비로소 생겨나는 거야, 아니면 그 전부터 이미 존재했던 걸 내가 그저 어찌어찌하다 알아내게 된 거야?"

"둘 다지요."

그라오그라만이 말했다.

"하지만 대체 어떻게 그럴 수가 있지?"

바스티안은 참지 못하고 소리쳤다.

"넌 모르긴 몰라도 벌써 오래전부터 이곳, 빛깔 사막 고압에 살고 있어. 네 궁전에 있는 방은 옛날부터 나를 기다렸지. 지칸다는

상상할 수 없이 오래전부터 내 것으로 정해져 있었고. 바로 네가 그렇게 말했잖아!"

"그렇습니다, 주인님."

"하지만 나는, 나는 겨우 어젯밤부터 환상 세계에 있었는걸! 그런데 모든 게 내가 여기 온 다음에 처음으로 생겨난 것이 아니잖아!"

"주인님, 환상 세계는 이야기의 왕국이라는 것을 모릅니까? 한 이야기는 새로운 것이지만 옛날 옛적에 대해 들려줄 수 있습니다. 과거가 그 이야기와 함께 탄생하는 거지요."

사자가 조용히 대답했다.

"그렇다면 페렐린도 예전부터 항상 있었던 게 분명하구나."

바스티안은 어리둥절해서 말했다.

"주인님이 이름을 붙인 그 순간부터 그것은 옛날부터 존재했던 것이지요, 주인님."

그라오그라만이 대답했다.

"내가 그것을 창조했다는 말이니?"

사자는 한동안 침묵했다가 대답했다.

"그건 어린 여왕만이 말해 줄 수 있습니다. 주인님은 여왕으로부터 모든 것을 받았으니까요."

사자는 일어났다.

"궁전으로 돌아갈 시간입니다, 주인님. 해는 벌써 저물고 갈 길은 멀답니다."

이날 저녁 바스티안은 다시 검은 바윗덩이 위에 앉은 그라오그라만의 옆에 머물렀다. 그들은 더 이상 많은 말을 나누지 않았다. 바스티안은 침실의 낮은 탁자 위에 보이지 않는 손이 차려 놓은 듯한 음식을 가지고 나왔다. 그리고 바윗덩이로 이어지는 계단에 앉아서 식사를 했다.

등불이 어두워지면서 점점 느려지는 심장 박동처럼 깜박이기 시작할 무렵 바스티안은 일어났고 말없이 사자의 목을 껴안았다. 갈기는 딱딱했고 꼭 굳은 용암 같았다. 그러더니 다시 그 무시무시한 소리가 들렸으나 바스티안은 이제 무섭지 않았다. 바스티안의 눈에 다시 눈물이 솟게 한 것은 그라오그라만의 고통이 영원히 계속된다는 사실에 대한 슬픔이었다.

밤늦게 바스티안은 다시 더듬더듬 밖으로 나갔고 빛나는 밤의 식물들이 소리 없이 성장하는 것을 오랫동안 지켜보았다. 그런 다음 동굴로 돌아와 돌이 된 사자의 앞발 사이에 다시 누워 잠들었다.

여러 밤낮을 바스티안은 다채로운 죽음 곁에 손님으로 머물렀고 그들은 친구가 되었다. 그들은 오랜 시간을 사막에서 거친 놀이를 하며 보냈다. 바스티안은 모래 언덕 사이로 숨었지만, 그라오그라만은 언제나 그를 찾아냈다. 달리기 시합을 했지만 사자가 수천 배는 더 빨랐다. 그들은 심지어 재미 삼아 싸우기도 했다. 서로 엉겨 붙어 치고 받고 했다. 여기서는 바스티안이 사자와 막상막하였다. 물론 장난일 뿐이었지만, 그라오그라만은 소년의 적수가 된다는 걸 보여 주기 위하여 온 힘을 다 쏟아야만 했다. 둘

중 어느 누구도 상대를 이길 수 없었다.

한번은 그렇게 한바탕 난리를 치고 난 뒤 바스티안이 약간 헐떡거리며 앉더니 물었다.

"나, 영원히 너와 함께 있으면 안 되니?"

사자는 갈기를 흔들었다.

"안 됩니다, 주인님."

"왜 안 돼?"

"여기에는 오직 삶과 죽음, 페렐린과 고압만 있고 이야기가 없습니다. 주인님은 주인님의 이야기를 경험해야 해요. 여기에 머물러 있으면 안 됩니다."

"하지만 난 떠날 수가 없어. 사막은 너무나 넓어서 누구도 빠져나갈 수 없어. 그리고 너는 사막을 지고 다니기 때문에 나를 바깥으로 데려다 줄 수 없잖아."

바스티안이 말했다.

"환상 세계에 있는 길들은 주인님의 소원을 통해서만 발견할 수 있습니다. 그리고 주인님은 언제나 한 소원으로부터만 다른 소원으로 옮겨갈 수 있지요. 주인님이 원하지 않는 것에는 도달할 수 없습니다. 그것이 이곳에서 '멀다'와 '가깝다'란 말이 뜻하는 것입니다. 그리고 어떤 장소를 떠나려고 하는 것만으로는 충분하지 않습니다. 어떤 다른 장소로 가고자 노력해야 합니다. 주인님의 소원이 주인님을 이끌도록 해야 하는 거지요."

그라오그라만이 말했다.

"하지만 난 전혀 떠나고 싶지 않은걸."

바스티안이 대답했다.

"주인님은 주인님의 다음 소원을 찾아내야만 할 겁니다."

그라오그라만은 사뭇 엄격하게 대꾸했다.

"내가 만일 소원을 찾아낸다면 나는 어떻게 이곳에서 빠져 나갈 수가 있지?"

바스티안이 물었다.

"들어 보세요, 주인님."

그라오그라만이 조용히 말했다.

"환상 세계에는 어디로든 통하고 어디에서든 도달할 수 있는 장소가 하나 있습니다. 천 개 문의 사원이라고 하지요. 여태껏 아무도 그 사원을 바깥에서 본 적이 없습니다. 사원에는 외양이 없으니까요. 하지만 내부는 문들의 미궁으로 이루어져 있습니다. 그 사원을 알고자 하는 자는 안으로 들어가야 합니다."

"바깥에서 전혀 접근할 수 없다면서 어떻게 안으로 들어갈 수 있다는 거지?"

"모든 문은, 환상 세계에 있는 모든 문은, 심지어 아주 평범한 가축 우리의 문이나 부엌문, 옷장문 할 것 없이 어떤 특정한 한 순간에 천 개 문의 사원으로 들어가는 입구가 될 수 있습니다. 그 순간이 지나고 나면 문은 다시 원래 모습으로 돌아오지요. 그래서 누구도 같은 문으로 두 번 들어갈 수는 없습니다. 그리고 천 개의 문 중 어느 것도 들어왔던 그 자리로 돌려보내 주지 않지요. 되돌

야간다는 건 없습니다."

사자가 말했다.

"하지만 일단 그 안으로 들어가면, 어디론가로 다시 나갈 수 있는 거야?"

바스티안이 물었다.

"그럼요."

사자가 대답했다.

"하지만 보통 건물들에서처럼 그렇게 간단하지가 않습니다. 오직 진실한 소원만이 천 개 문의 미궁에서 주인님을 이끌어 줄 수 있으니까요. 진실한 소원이 없는 자는 자기가 뭘 원하는지 깨달을 때까지 그 안에서 헤매야만 합니다. 그건 때로 아주 오래 걸리기도 하지요."

"그럼 어떻게 입구를 찾을 수 있지?"

"그걸 소원해야만 합니다."

바스티안은 한참 동안 생각하더니 말했다.

"자기가 하려는 걸 그냥 소원할 수 없다니 이상하잖아. 도대체 우리 마음속 소원은 어디에서 오는 거지? 그리고 소원이란 건 도대체 뭐야?"

그라오그라만은 소년을 한참 바라보았지만 대답하지 않았다.

며칠이 지나서 다시 한 번 그들은 아주 중요한 대화를 나누었다.

바스티안은 사자에게 보석 뒷면에 있는 글귀를 보여 주었다.

"이게 무슨 뜻일까?"

바스티안이 물었다.

"네가 원하는 것을 해라. 이 말은 내가 기분이 내키는 것은 뭐든지 해도 된다는 뜻일까? 그렇지 않니?"

그라오그라만의 얼굴이 갑자기 놀랍게도 진지해졌고 눈은 이글거리기 시작했다.

"아닙니다. 그 말은 주인님이 주인님의 참뜻을 행해야 한다는 뜻입니다. 그리고 그보다 어려운 일은 없지요."

사자가 낮고 으르렁거리는 목소리로 말했다.

"나의 참뜻?"

바스티안이 감명받은 듯 되풀이했다.

"도대체 그게 뭔데?"

"그건 주인님도 모르는 주인님 자신의 가장 깊은 비밀이지요."

"그걸 대체 어떻게 알아낼 수 있지?"

"한 소원에서 다른 소원으로, 그리고 마지막 소원까지 이어지는 소원의 길을 가면서 알게 될 겁니다. 그 길이 주인님을 주인님의 참뜻으로 이끌어 줄 겁니다."

"그건 사실 그다지 어려워 보이지 않는걸."

바스티안이 말했다.

"그건 모든 길 중에서 가장 위험한 길입니다."

사자가 말했다.

"어째서?"

바스티안이 물었다.

"난 겁나지 않아."

"그게 문제가 아닙니다."

그라오그라만이 으르렁거렸다.

"그 길을 가려면 최대한의 진실함과 주의가 필요합니다. 그렇게 쉽게 영원히 길을 잃는 길은 달리 어디에도 없으니까요."

"사람들이 갖는 소원이 어쩌면 항상 좋은 것만은 아니기 때문에 그렇다는 거니?"

바스티안이 조심스럽게 물었다.

사자는 꼬리로 자기가 누워 있던 자리의 모래를 때렸다. 사자는 귀를 접고 코를 찡그렸다. 눈에서는 불꽃이 튀었다. 그라오그라만이 다시 바닥을 뒤흔드는 그런 목소리로 말하자 바스티안은 자기도 모르게 몸을 움츠렸다.

"소원이 뭔지 알기나 합니까! 좋은 게 뭔지 알기나 합니까!"

바스티안은 그 뒤 며칠 동안 다채로운 죽음이 했던 말을 전부 되씹고 되씹어 보았다. 하지만 어떤 일들은 곰곰이 생각하는 것만으로는 규명할 수 없다. 그런 것은 겪어 봐야만 한다. 바스티안은 아주 오랜 뒤에 많은 것을 경험해 보고 나서야 비로소 그라오그라만이 했던 말을 회상했고 그 뜻을 이해하기 시작했던 것이다.

그 즈음에 바스티안에겐 또다시 변화가 일어났다. 달아이를 만난 이래 바스티안이 얻은 모든 재능에다 이제 용기가 추가되었다. 그리고 언제나처럼 이번에도 용기를 얻는 대신 무엇인가 사라져

버렸다. 즉 과거의 소심함에 대한 모든 기억 말이다.

그리고 이제 그가 두려워하는 것이 아무것도 없었기 때문에 처음에는 눈에 띄지 않게, 그러다가 점점 더 뚜렷하게 그의 마음속에 새로운 소원이 자리를 잡기 시작했다. 바스티안은 더 이상 혼자이고 싶지 않았다. 다채로운 죽음과 함께 있다고 하더라도 어떤 의미에서 바스티안은 혼자였다. 바스티안은 자신의 능력을 다른 이들에게 보여 주고 싶었고, 경탄받고 명성을 얻고 싶었다.

그러던 어느 날 밤, 바스티안이 다시 페렐린의 성장을 지켜 보고 있었을 때 불현듯 이번이 마지막이고 빛나는 밤의 숲의 찬란함과 이별을 고해야 한다는 느낌이 들었다. 내면의 어떤 목소리가 그에게 떠나라고 소리치고 있었다.

바스티안은 반짝이는 찬란한 빛깔들에 마지막 시선을 던지고는 그라오그라만의 무덤 동굴로 내려가 어둠 속에서 계단에 앉았다. 자기가 무엇을 기다리고 있는지 말할 수 없었지만 이날 밤은 잠을 자지 말아야 한다는 것은 알고 있었다.

하지만 앉은 채로 깜빡 졸았던 모양이다. 누군가 자기의 이름을 부르는 걸 들은 것처럼 갑자기 벌떡 일어났으니 말이다.

침실로 통하는 문이 홱 열렸다. 틈 사이로 불그스레한 긴 빛줄기가 어두운 동굴로 떨어졌다.

바스티안은 일어났다. 이 순간 문이 천 개 문의 사원으로 들어가는 입구로 변한 것인가? 머뭇거리며 바스티안은 틈 가까이로 다가가 그 틈으로 들여다보려고 했다. 아무것도 알아볼 수 없었다.

　그러더니 틈이 천천히 다시 닫히기 시작했다. 떠날 수 있는 유일한 기회가 곧 지나가고 말 거다!

　바스티안은 그라오그라만을 다시 한 번 뒤돌아보았다. 그라오그라만은 죽어 버린 돌의 눈을 하고 꼼짝하지 않고 바윗덩이 위에 앉아 있었다. 문에서 새어 나온 빛줄기가 바로 그를 비추었다.

　"잘 있어, 그라오그라만! 전부 다 고마웠어!"

　바스티안은 나지막이 말했다.

　"난 다시 올 거야, 정말 꼭 그럴 거야. 난 돌아올 거야."

　그리고 나서 바스티안은 문틈으로 빠져나갔고, 그가 지나가자마자 문은 바로 닫혔다.

　바스티안은 자기가 약속을 지키지 못하리라는 것을 알지 못했다. 아주, 아주 오랜 뒤에야 어떤 사람이 그를 대신하여 올 것이고 그 대신 약속을 지킬 것이다.

　그러나 그건 또 다른 이야기이므로 다음 기회에 얘기하도록 하겠다.

제 16 장

은의 도시 아마르간트

자주색 빛이 천천히 물결치면서 방의 바닥과 벽을 지나갔다. 커다란 벌집 구멍 같은 육각형 방이었다. 벽 두 개마다 하나씩 문이 있었고 그 사이에 있는 나머지 세 개의 벽에는 특이한 그림이 그려져 있었다. 꿈같은 풍경의 그림과 반은 식물이고 반은 동물인 듯한 생물들의 그림이었다. 바스티안은 그중 하나의 문으로 들어왔고 나머지 문 두 개는 앞에 좌우로 위치해 있었다. 양쪽 문의 모양은 완전히 똑같았는데, 다만 색깔이 왼쪽은 검은색, 오른쪽은 흰색이었다. 바스티안은 하얀 문을 택했다.

그 다음 방에는 노란빛이 가득했다. 벽은 똑같이 배치되어 있었다. 이곳에는 온갖 종류의 기계들이 그려져 있었는데, 바스티안은 그것들이 뭔지 도무지 알 수 없었다. 공구일까, 아니면 무기일까? 좌우로 나 있는 두 개의 문은 똑같이 노란색이었지만, 왼쪽 문은 높고 좁았고 그에 반해 오른쪽 문은 낮고 넓었다. 바스티안은 왼쪽 문으로 들어갔다.

바스티안이 지금 들어선 방도 앞의 두 방처럼 육각형이었지만, 푸르스름한 조명이 비추었다. 벽에 그려진 그림들은 구불거리는 장식이나 낯선 알파벳 문자들이었다. 여기에서는 양쪽 문이 모양은 같았지만 다른 소재로 만들어졌다. 하나는 나무, 다른 하나는 금속이었다. 바스티안은 나무 문을 택했다.

바스티안이 천 개 문의 사원을 돌아다닐 때 통과한 문과 방을 모두 묘사하는 것은 불가능하다. 커다란 열쇠 구멍처럼 보이는 문이 있는 반면 동굴 입구와 비슷하게 생긴 문도 있었으며, 황금 문

과 녹슨 문이 있었고, 푹신한 문과 못을 박은 문, 종이처럼 얇은 문과 금고 문만큼이나 두꺼운 문이 있었다. 또 거인의 입처럼 생긴 문이 있는 반면 도개교(跳開橋)처럼 열어야 하는 문도 있었고, 큰 귀와 비슷한 모양의 문이 있는 반면 구운 과자로 만든 문도 있었고, 난로 뚜껑 같은 모양의 문이 있는 반면 매듭을 풀 듯 열어야 하는 문도 있었다. 한 방에서 다른 방으로 통하는 두 개의 문은 모양, 소재, 크기, 색깔 등에 있어서 뭔가 서로 공통점이 있었지만, 또한 두 문을 근본적으로 서로 구별해 주는 다른 뭔가도 있었다.

바스티안은 벌써 여러 번 육각형의 방을 지나 다른 육각형의 방으로 들어서곤 했다. 바스티안이 내리는 결정은 매번 새로운 결정을 하게 했고 또다시 새로운 결정을 이끌어 냈다. 하지만 이런 모든 결정에도 그가 여전히 천 개 문의 사원 안에 있고 계속 그럴 것이라는 사실은 전혀 바뀌지 않았다. 계속해서, 끊임없이 계속 가면서 바스티안은 도대체 그 이유가 뭔지 골똘히 생각하기 시작했다. 그의 소원은 비록 바스티안을 미궁 안으로 이끌기에는 충분했지만, 보아하니 거기서 빠져나가는 길을 찾기에는 충분하지 않았던 것 같았다. 바스티안은 누군가와 어울리게 되기를 원했다. 하지만 그러면서 자기가 전혀 아무것도 정확하게 상상해 보지 않았다는 것을 이제야 알게 되었다. 그리고 그 점은 유리로 된 문을 택해야 할지 아니면 골풀로 엮은 문을 택해야 할지를 결정하는 데 조금도 도움이 되지 않았다. 지금까지 많이 고민하지 않고 그냥

기분 내키는 대로 선택했던 것이다. 그러니 사실 매번 다른 문을 택했을 수도 있었던 것이고, 이런 식으로는 절대 밖으로 나가지 못할 것이다.

지금 바스티안은 초록색 빛이 비치는 방 안에 서 있었다. 벽 여섯 개 가운데 세 개에는 구름 모양들이 그려져 있었다. 왼쪽에 있는 문은 하얀 진주로 되어 있었고 오른쪽에 있는 문은 검은 흑단으로 되어 있었다. 불현듯 바스티안은 자기가 원했던 게 뭔지 알게 되었다. 아트레유였다!

진주 문을 보자 바스티안은 비늘이 하얀 진주처럼 반짝이는 행운의 용 푸후르를 떠올렸다. 그래서 그는 그 문을 열었다.

그 다음 방에는 풀로 엮어 만든 문과 철 격자로 된 문 두 개가 있었다. 바스티안은 아트레유의 고향 풀의 바다가 생각났기 때문에 풀로 만든 문을 선택했다.

그 다음으로 들어간 방에는 하나는 가죽으로, 다른 하나는 펠트로 되어 있다는 점만 다른 문 두 개가 있었다. 바스티안은 물론 가죽으로 된 문으로 들어갔다.

다시 그는 두 개의 문 앞에 서게 되었다. 여기서는 좀 곰곰이 생각해야만 했다. 하나는 자줏빛, 하나는 올리브 빛이었다. 아트레유는 초록 피부 족이었고 자줏빛 물소 가죽으로 만든 망토를 입고 있었다. 올리브 빛 문에는 카이론이 아트레유를 찾아갔을 때 아트레유의 이마와 뺨에 그려져 있던 것과 같은 하얀 색으로 된 간단한 부호가 몇 개 그려져 있었다. 하지만 같은 부호가 자줏빛

문에도 있었다. 아트레유의 망토에 그런 부호가 그려져 있었는지 바스티안은 전혀 몰랐다. 그러니 이 문은 아트레유가 아닌 다른 누군가에게로 이끌어 줄 게 틀림없었다.

그래서 바스티안은 올리브 빛 문을 열었다. 그랬더니 바깥이었다!

하지만 놀랍게도 바스티안이 도착한 곳은 풀의 바다가 아니라 탁 트인 봄의 숲이었다. 햇빛은 어린 이파리들을 뚫고 지나갔고 빛과 그림자가 이끼 덮인 바닥에 너울거리며 유희를 벌였다. 흙과 버섯 냄새가 났고, 부드러운 공기는 새들이 지저귀는 소리로 가득했다.

바스티안은 뒤돌아 섰고 자기가 지금 막 숲 속의 작은 예배당에서 나온 것임을 알았다. 그러니까 이 순간 예배당의 문이 천 개 문의 사원의 출구였던 것이다. 바스티안은 다시 한 번 그 문을 열어 보았지만, 좁고 작은 예배당 내부밖에 보이지 않았다. 지붕은 숲의 대기 속으로 우뚝 솟은 썩은 들보 몇 개로만 되었고 벽은 이끼로 뒤덮였다.

바스티안은 우선 어디로 가는 건지도 모르는 채 길을 나섰다. 바스티안은 조만간 아트레유와 마주치게 될 거라는 걸 의심하지 않았다. 그리고 그 만남을 잔뜩 고대하고 있었다. 바스티안은 새들을 향해 휘파람을 불었고 새들은 그에게 답해 주었다. 또 떠오르는 대로 막 큰 소리로 신이 나서 노래를 불렀다.

얼마 가지 않아 바스티안은 숲 속의 빈 터에 앉아 있는 한 무리

를 보았다. 가까이 다가가 보니 그들은 화려한 갑옷을 입은 남자 몇 명이었다. 아름다운 숙녀도 한 명 그들 가운데 끼어 있었다. 그 여자는 풀밭에 앉아 류트를 퉁기고 있었다. 뒤쪽에는 고급스러운 안장을 얹고 재갈을 물린 말 몇 마리가 서 있었다. 풀밭에 누워서 수다를 떨고 있는 남자들 앞에는 하얀 천이 펼쳐져 있었고, 그 위에는 온갖 종류의 음식과 술잔이 놓여 있었다.

바스티안은 그 무리에게 다가갔다. 하지만 그 전에 어린 여왕의 부적을 셔츠 밑에 감추었다. 우선은 자기가 누군지 알리지 않은 채 소란을 일으키지 않고 그들과 어울려 보고 싶었기 때문이다.

바스티안이 오는 것을 보고 남자들은 일어나 몸을 숙이면서 공손하게 맞이했다. 바스티안을 동양에서 온 왕자쯤으로 여기는 게 분명했다. 아름다운 숙녀 역시 미소를 띤 채 고개를 숙였다가 다시 악기를 뜯었다. 남자들 가운데 한 명은 유난히 덩치가 크고 유난히 화려하게 차려입었다. 그는 아직 젊었고 금발 머리는 어깨까지 내려왔다.

"나는 영웅 휜레크요. 이 숙녀분은 룬 왕의 따님이신 오글라마르 공주님이고. 여기 남자분들은 내 친구인 휘크리온, 휘스발트, 휘도른이오. 그대 이름은 무엇이오, 젊은 친구?"

그가 말했다.

"나는 내 이름을 말해서는 안 됩니다. 아직은요."

"서약인가요?"

오글라마르 공주가 약간 비꼬듯이 물었다.

"그렇게 젊은데 벌써 서약을 했나요?"
"그대는 분명히 멀리에서 왔지요?"
영웅 휜레크가 궁금해했다.
"예, 아주 멀리서요."
바스티안이 대꾸했다.
"왕자인가요?"
공주는 묻고 호감을 갖고 바스티안을 관찰하였다.
"그건 밝힐 수 없습니다."
바스티안이 대답했다.
"자, 어쨌든 우리의 연회에 온 것을 환영하오! 우리와 동석하여 함께 식사하는 영광을 베풀겠소, 젊은 양반?"
영웅 휜레크가 말했다.
바스티안은 감사하면서 그 제의를 받아들였고 자리에 앉아 식사를 했다.
숙녀와 네 기사가 나누는 대화를 통해서 바스티안은 바로 근처에 크고 훌륭한 은의 도시 아마르간트가 있다는 것을 알게 되었다. 그곳에서 일종의 시합이 열린다는 것이었다. 도처에서 가장 용감한 영웅들, 최고의 사냥꾼들, 가장 용맹한 전사들뿐만 아니라 온갖 모험가들과 대담한 사나이들이 이 행사에 참가하기 위해 몰려들었다. 다른 이들을 모두 이긴 가장 용감하고 훌륭한 세 명에게 일종의 수색 탐험에 참가하는 영예가 주어진다는 것이었다. 그 수색 탐험이란 다분히 아주 오래 걸리고 모험으로 가득 찬 여행으

로서, '구원자'라고 불리며 환상 세계의 수많은 나라 중 어딘가에 머물고 있는 어떤 사람을 찾아내는 것이 여행의 목표였다. 그 사람의 이름은 아직 아무도 몰랐다. 아무튼 그 사람 덕분에 환상 세계는 다시, 아니 여전히 존재하는 것이었다. 오래전 언젠가 무시무시한 재앙이 환상 세계를 덮치는 바람에 환상 세계는 하마터면 완전히 파괴될 뻔했었단다. 앞서 말한 "구원자"가 와서 어린 여왕에게 달아이라는 새 이름을 지어 주어 마지막 순간에 환상 세계가 파괴되는 것을 막았고, 지금은 환상 세계에 사는 누구나 여왕을 달아이라는 이름으로 알고 있다는 것이었다. 하지만 그 후로 구원자는 신분을 드러내지 않고 이곳저곳을 헤매고 있고, 수색 탐험의 과제는 구원자를 찾아내서 그에게 아무 일도 생기지 않도록, 말하자면 호위병으로서 구원자를 따라다니는 것이라고 했다. 하지만 이 일을 위해서는 오직 최고로 유능하고 용감한 장정들만 뽑혀야 했다. 상상을 초월하는 모험을 겪어야 할지도 몰랐기 때문이다.

이 선발이 이루어질 시합은 은발 원로 크베르크보바트가 개최했지만—아마르간트 시에서는 항상 가장 나이가 많은 남자 혹은 가장 나이가 많은 여자가 통치했는데, 크베르크보바트는 백일곱 살이었다.—크베르크보바트가 시합의 승자를 선발하는 것이 아니라 지금 은발 원로의 손님으로 와 있는 초록 피부 족 출신 소년인 아트레유라는 젊은 야만인이 그 일을 담당할 것이라고 했다. 그 아트레유라는 자는 이후에 탐험대를 이끌기로 되어 있었다. 그가 언젠가 요술 거울에서 구원자를 본 적이 있기 때문에 구원자를 알아볼 수 있는 유일한 자였기 때문이다.

바스티안은 아무 말도 하지 않고 그저 듣기만 했다. 그러고 있기가 쉽지는 않았다. 구원자가 바로 자기라는 것을 아주 금방 알아차렸기 때문이다. 게다가 아트레유의 이름까지 나왔을 때는 너무나 반가웠지만 정체를 드러내지 않으려고 안간힘을 썼다. 바스티안은 당분간 계속해서 자기 정체를 숨기기로 결심했다.

그건 그렇고 이 모든 일에 있어서 영웅 휜레크에게는 수색 탐험과 그 목표는 그다지 중요하지 않았고, 오글라마르 공주의 마음을 얻는 것이 더 중요했다. 영웅 휜레크가 그 젊은 숙녀에게 홀딱 반했다는 것을 바스티안은 금세 알아차렸다. 휜레크는 때때로 전혀 한숨 쉴 게 없는 대목에서 한숨을 내쉬었고 자꾸만 슬픈 눈으로 사모하는 여인을 바라보았다. 그런데 공주는 본체만체했다. 밝혀진 바에 따르면 오글라마르 공주는 우연한 기회에 자기는 다른 모든 이들을 물리칠 수 있는, 모든 영웅 중의 가장 위대한 영웅만을 남편으로 삼겠다고 맹세했다. 그 이하로는 만족하려고 하지 않았다. 영웅 휜레크의 고민은 바로 거기에 있었다. 자기가 가장 위대한 자라는 것을 공주에게 어떻게 증명하겠는가. 그렇다고 자기에게 아무 짓도 안 한 누군가를 때려죽일 수도 없었다. 게다가 벌써 오랫동안 전쟁도 일어나지 않았다. 그는 기꺼이 괴물, 마귀와 싸웠을 테고 가능하기만 했다면 매일 아침마다 피 묻은 용 꼬리를 공주의 아침 식탁에 갖다 바쳤으리라. 하지만 어디에도 괴물과 용 따위는 없었다. 은발 원로 크베르크보바트의 사신이 시합에 초대

하기 위해 찾아오자 휘레크는 당연히 그 자리에서 수락하였다. 하지만 오글라마르 공주는 같이 가겠다고 고집을 부렸다. 자기 눈으로 직접 휘레크의 능력을 확인하려고 했기 때문이었다.

"알다시피 영웅들의 이야기는 믿을 수가 없어요. 다들 과장하는 경향이 있거든요."

공주는 웃으며 바스티안에게 말했다.

"과장을 하든 하지 않든, 난 분명히 전설상의 구원자보다 백 배는 더 가치가 있소."

영웅 휘레크가 말을 가로막았다.

"어떻게 그걸 아시죠?"

바스티안이 물었다.

"자, 그 녀석이 내 반만큼만이라도 힘이 있다면 아기처럼 자기를 보호해 주고 돌봐 줄 호위병 따위는 필요 없을 거요. 내가 보기엔 아주 불평 많은 애송이에 지나지 않소, 그 구원자라는 작자는."

영웅 휘레크가 말했다.

"어떻게 그런 말을 할 수가 있죠! 어찌 됐건 그가 환상 세계를 멸망에서 구했어요!"

오글라마르가 격분하여 소리쳤다.

"그러시겠지! 거기에 딱히 영웅적인 행동이 필요하진 않았을 거요."

영웅 휘레크는 경멸 조로 대꾸했다.

　바스티안은 적당한 기회가 오면 그에게 따끔하게 주의를 한번 줘야겠다고 생각했다.

　나머지 세 기사는 이 한 쌍과 우연히 길에서 만나 동행하게 되었다. 무성한 검은 콧수염이 난 휘크리온은 자기가 환상 세계에서 가장 강하고 힘센 검투사라고 주장했다. 빨간 머리에 다른 두 명에 비해 한층 부드러운 인상을 지닌 휘스발트는 아무도 자기보다 잽싸고 기민하게 검을 다루지 못한다고 주장했다. 그리고 휘도른은 끈기와 지구력 싸움에서 자기에게 맞설 자는 아무도 없다고 확신했다. 겉모습을 보면 그 주장이 맞는 것 같았다. 휘도른은 키가 크고 바짝 말랐고 오로지 근육과 뼈만 있는 것 같아 보였다.

　식사가 끝난 후 그들은 길을 떠났다. 접시와 천, 여분의 음식은 짐 나르는 짐승의 가죽 주머니에 집어넣었다. 오글라마르 공주는 자신의 백마에 올라타더니 다른 이들은 돌아보지도 않고 그냥 달려가 버렸다. 영웅 휜레크는 새까만 수말에 올라타고는 공주를 뒤쫓아 질주해 갔다. 나머지 세 기사들은 바스티안에게 짐 나르는 짐승의 비축품 주머니 사이에 앉아서 가라고 권했다. 바스티안은 올라탔고 그 기사들도 또한 화려하게 치장한 말에 올라탔다. 그런 다음 바스티안이 맨 뒤에 처져서 그들을 따라 숲을 달려갔다. 짐 나르는 짐승인 늙은 버새가 자꾸 뒤로 처지는 바람에 바스티안은 버새를 몰아 보려고 노력했다. 하지만 속력을 내는 대신에 버새는 멈춰 서더니 고개를 돌리고 말했다.

　"나를 몰아댈 필요는 없어요. 난 일부러 처진 거예요, 주인님."

"왜?"

바스티안이 물었다.

"난 주인님이 누구인지 알아요."

"어떻게 그걸 안다는 거야?"

"나처럼 반만 당나귀고 완전한 당나귀가 아니면 그런 걸 느끼지요. 심지어 말들조차도 뭔가 눈치를 챘는걸요. 나한테 아무 말 하지 않아도 돼요, 주인님. 내 자식들이랑 손자들에게 '구원자'를 태웠었고 제일 먼저 그분께 인사했다고 얘기해 주고 싶어요. 하지만 우리 같은 족속은 자식이 없지요."

"이름이 뭐니?"

바스티안이 물었다.

"이하예요, 주인님."

"이봐, 이하. 내 재미를 망치지 말고 당분간 네가 알고 있는 걸 남한테 말하지 말아 줘. 그렇게 하겠니?"

"그럴게요, 주인님."

그러고 나서 버새는 다른 이들을 따라잡기 위하여 달리기 시작했다.

일행은 숲 가장자리에서 기다리고 있었다. 눈앞에 햇빛을 받으며 반짝이는 아마르간트 시를 모두들 감탄하여 내려다보고 있었다. 숲 가장자리는 언덕 위에 있었고 거기서부터 숲이 우거진 비슷비슷한 언덕들로 사방이 둘러싸인 보랏빛에 가까운 커다란 호수가 한눈에 내려다보였다. 바로 그 호수 한가운데에 은의 도시 아마르간트가 있었다. 모든 집들은 배 위에 있었고, 커다란 궁전들은 널찍한 화물용 거룻배 위에, 작은 궁전들은 범선과 보트 위에 있었다. 그리고 어느 집, 어느 배나 전부 정교하게 세공되고 솜씨 좋게 장식된 은으로 만들어졌다. 크고 작은 궁전의 창문과 문, 작은 탑과 발코니는 너무나 멋진 은사 세공으로 되어 있어서 환상 세계를 통틀어 비길 만한 것이 없었다. 호수 곳곳에는 방문객들을 호반에서 도시로 실어다 주는 배와 범선들이 보였다. 영웅 휜레크와 그 일행도 이제 서둘러 호숫가로 내려갔는데, 거기에는 뱃머리가 멋있게 휘어진 은 나룻배가 기다리고 있었다. 말들과 버새를 비롯하여 일행 전부 그 배에 탈 수 있었다.

가는 길에 바스티안은 은 직물로 만든 옷을 입은 뱃사공으로부터 보랏빛 호수 물이 너무나 짜고 써서 은을 빼고는 다른 어떤 것도 호수 물의 용해 작용을 오래 견뎌 내지 못한다는 이야기를 들었다. 호수는 무르후 또는 눈물의 호수라고 했다. 아주 오래전에 침략을 막기 위하여 아마르간트 시는 호수 한가운데로 옮겨졌다. 호수 물이 배와 배에 탄 자들을 순식간에 녹여 버렸기 때문에 나무배나 철로 만든 배를 타고 아마르간트에 도달하려고 한 자는 누가 되었든지 침몰하거나 사라져 버렸으니까. 하지만 지금 아마르간트를 호수 위에 그대로 두는 데는 다른 이유가 있다. 말인즉슨 그 도시 주민들은 이따금 집들의 배열을 바꿔서 거리와 광장을 새로 구성하는 걸 좋아했다. 예를 들어 도시의 서로 반대편 끝에 사는 두 집안이 서로 친해지거나 집안 젊은이들의 혼인으로 친척이

되면 그들은 지금까지 살던 장소를 떠나 그들의 은 배를 나란히 세워 놓아서 간단히 이웃이 되어 버리는 것이었다. 덧붙여 말하면 이곳의 은은 특별한 종류이고 비할 바 없이 아름다운 세공만큼이나 진기한 것이었다.

　바스티안은 이야기를 더 듣고 싶었으나 나룻배는 도시에 도착했고 일행과 함께 내려야만 했다.

　우선 그들은 자신들과 가축들이 묵을 숙소를 찾았다. 여기저기서 시합에 참가하려고 모여든 여행자들이 아마르간트를 말 그대로 점령하고 있었기 때문에 숙소를 찾는 게 쉽지 않았다. 하지만 결국 어떤 여관에 자리를 잡았다. 바스티안은 버새를 우리로 데려다 주면서 귀에다 대고 속삭였다.

　"네가 한 약속 잊지 마라, 이하. 우린 곧 다시 만나게 될 거야."

　이하는 고개만 끄덕였다.

　그리고 나서 바스티안은 동행들에게 더 이상 짐이 되고 싶지 않으므로 혼자서 도시를 둘러보겠다고 말했다. 바스티안은 그들의 친절에 감사를 표하고 작별했다. 사실은 물론 아트레유를 찾고 싶어서 안달이 났기 때문이다.

　크고 작은 배들은 잔교(棧橋)로 서로 연결되어 있었는데, 어떤 다리는 좁고 아담해서 겨우 한 명만 지나갈 수 있었고, 어떤 것은 도로처럼 넓고 화려해서 많은 인파가 몰려갔다. 위에 지붕이 달린 아치형 다리도 있었고 궁전 배들 사이에 있는 운하에는 은으로 만

든 작은 배 수백 척이 왔다 갔다 했다. 그러나 어디를 걸어가건, 서 있건 항상 발밑 바닥이 가볍게 올라갔다 내려갔다 하는 느낌이 들었고, 그 느낌 때문에 도시 전체가 물 위에 떠 있다는 사실을 새삼 떠올렸다.

이 도시에 들끓는 수많은 방문객들은 너무나 각양각색이라 그들을 묘사하는 것만으로도 책 한 권을 다 채울 수 있을 정도였다. 아마르간트 시민들은 모두 바스티안의 망토만큼이나 아름다운 은직물로 만든 옷을 입고 있었기 때문에 금방 알아볼 수 있었다. 그들은 머리카락도 은발이었고 키가 크고 몸매가 좋았으며 눈은 슬픔의 호수 무르후처럼 보랏빛이었다. 방문객들은 대부분 그리 아름답지 않았다. 개중에는 떡 벌어진 어깨 사이에서 사과처럼 작아 보이는 머리를 가진 근육질의 거인들이 있었다. 또 음침하고 무모해 보이는 밤의 불량배들이 돌아다녔고, 남들과 어울리기 힘들 것 같아 보이는 혼자 다니는 사내들도 있었다. 또 잽싼 눈과 잽싼 손을 가진 멍청이들과 거만하게 굴면서 입과 코에서 연기를 뿜어 대는 난폭한 자들도 있었다. 또 사기꾼들이 살아 있는 팽이처럼 이리저리 휩쓸고 다녔고, 숲의 요괴들은 어깨에 두꺼운 몽둥이를 멘 채 휜 다리로 종종걸음을 쳤다. 바스티안은 심지어 이빨이 강철 끌처럼 입에서 툭 튀어나온 바위베어먹기 족도 한 명 보았다. 그가 쿵쿵거리며 지나가자 은 잔교는 그 무게 때문에 휘어졌다. 하지만 바스티안이 혹시 이름이 푀른라흐차르크가 아니냐고 물어보기도 전에 그는 군중 속으로 사라지고 없었다.

마침내 바스티안은 시내 중심가에 도착했다. 거기가 바로 시합이 열리는 곳이었다. 시합은 이미 한창 진행 중이었다. 마치 커다란 서커스 무대처럼 생긴 크고 둥근 광장에서 선수들 수백 명이 힘을 겨루고 자신의 능력을 보여 주고 있었다. 그 주변에는 수많은 구경꾼들이 몰려들어 환호성을 지르며 선수들을 응원했고, 주위에 있는 궁전 배들의 창문과 발코니들도 구경꾼들로 넘치고 있었으며 몇 명은 은사 세공으로 장식된 지붕에 올라가 있기까지 했다.

하지만 바스티안은 처음에는 선수들이 제공하는 구경거리에 별로 관심을 두지 않았다. 바스티안은 틀림없이 어딘가에서 시합을 지켜 보고 있을 아트레유를 찾으려고 했다. 얼마 뒤 바스티안은 군중들이 자꾸만 기대에 가득 차서 어떤 특정한 궁전 쪽을 쳐다보는 것을 목격했다. 특히 어떤 선수가 아주 인상적인 묘기에 성공했을 때 그랬다. 하지만 먼저 아치형 다리 위로 뚫고 올라간 다음 일종의 가로등 기둥에 기어 올라가서야 비로소 바스티안은 그 궁전을 볼 수 있었다.

넓은 발코니 위에 은으로 만든 높다란 의자가 두 개 놓여 있었다. 그중 한 의자에는 은빛 수염과 머리카락이 허리띠까지 내려와 치렁거리는 아주 늙은 남자가 앉아 있었다. 틀림없이 그가 은발 원로 크베르크보바트였다. 그 옆에는 바스티안의 나이 정도 되는 사내아이가 앉아 있었다. 아이는 부드러운 가죽으로 만든 긴 바지를 입고 윗몸에는 아무것도 걸치지 않아서 올리브 빛 피부가 그대로 드러났다. 갸름한 얼굴의 표정은 진지함을 넘어 엄격하다시피

했다. 길고 검푸른 머리카락은 가죽끈으로 묶어서 뒤로 늘어뜨렸다. 어깨에는 자줏빛 망토가 걸쳐져 있었다. 그 애는 침착하게, 그러나 이상하게도 긴장된 얼굴로 시합장을 내려다보고 있었다. 검은 눈동자는 아무것도 놓치지 않는 것처럼 보였다. 아트레유였다!

이 때 아트레유의 등 뒤로 열린 발코니 문에 또 다른 아주 커다란 얼굴이 나타났는데, 사자와 비슷해 보였지만 털 대신에 하얀 진주 비늘이 달려 있었고 주둥이에서부터 길고 흰 수염이 늘어져 있었다. 눈동자는 루비 빛으로 번쩍였고, 머리를 아트레유 위로 높이 들어 올리자 길고 부드럽고 역시나 진줏빛 비늘로 뒤덮인 목과 목에서부터 하얀 불처럼 늘어진 갈기가 보였다. 행운의 용 푸후르였다. 아트레유가 고개를 끄덕이는 걸 보면 푸후르가 아트레유의 귀에 대고 무슨 말을 하고 있는 듯했다.

바스티안은 가로등 기둥에서 내려왔다. 충분히 보았다. 이제 바스티안은 선수들에게로 주의를 돌렸다.

사실 진짜 결투들을 벌인다기보다는 오히려 일종의 대규모 서커스 공연 같았다. 지금 막 두 거인 간에 레슬링 경기가 벌어져 둘의 몸이 한데 엉겨 붙어 이리저리 뒹굴고 있기도 했고, 또 여기저기에 비슷한 유의 선수들이나 아니면 칼싸움 솜씨나 곤봉이나 창 다루는 솜씨를 자랑하는 전혀 다른 유의 선수들이 있었지만, 물론 모두들 진심으로 목숨을 걸고 하는 건 아니었다. 심지어 얼마나 공정하고 예의 바르게 싸우는가와 얼마나 자신을 잘 제어하는지 보여 주는 것도 경기 규칙 중 하나였다. 어떤 선수가 화를

내거나 아니면 공명심에 사로잡혀 상대 선수를 진짜로 다치게 하면 당장에 실격으로 판정된다. 선수들 대부분은 활 쏘는 능력을 보여 주거나 아주 무거운 역기를 들어 올려 힘을 과시했고, 또 어떤 이들은 곡예를 하거나 온갖 종류의 담력 시험을 통과해 자기들의 재능을 드러냈다. 지원자가 가지각색인 만큼 보여 주는 묘기도 다양했다.

  시합에 진 선수들은 계속 자리를 떴기 때문에 남은 선수들이 점점 적어졌다. 이윽고 바스티안은 강한 휘크리온과 잽싼 휘스발트, 끈질긴 휘도른이 원형 경기장에 들어서는 것을 보았다. 영웅 휜레크와 그가 사모하는 오글라마르 공주는 옆에 없었다.

  이때에는 약 백 명쯤 되는 선수들만 시합장에 남아 있었다. 이들은 최고 중에서도 최고였기 때문에 휘크리온, 휘스발트, 휘도른이 상대를 이기는 게 어쩌면 생각했던 만큼 그리 쉽지 않았다. 휘크리온이 강한 자들 중에 가장 힘센 자로, 휘스발트가 잽싼 자들 중에 가장 날렵한 자로, 휘도른이 끈질긴 자들 중에 가장 끈기 있는 자로 뽑히기까지 오후가 꼬박 다 걸렸다. 관중들은 환호성을 지르고 열광적인 갈채를 보냈고, 그 세 명은 은발 원로 크베르크보바트와 아트레유가 앉아 있는 발코니 쪽으로 몸을 숙여 인사했다. 아트레유는 이미 자리에서 일어나 뭔가 말하려고 하던 참이었는데, 갑자기 또 한 선수가 경기장에 들어왔다. 휜레크였다. 긴장 섞인 정적이 감돌았고 아트레유는 다시 앉았다. 세 장정만 아트레유와 동행할 수 있었기 때문에 이제 저 아래에서는 한 명이 남는

것이었다. 그 가운데 하나는 물러나야 했다.

"여보게들, 자네들이 자네들의 능력을 이미 보여 주고 끝낸 그 작은 공연 때문에 힘이 다 빠졌으리라고는 생각하지 않네. 그렇다 하더라도 이런 상황에서 자네들 각자에게 일 대 일로 겨루어 보자고 하는 건 내게 부끄러운 일이지. 나는 지금까지 이 모든 선수들 중에서 나와 견줄 만한 상대를 보지 못했기 때문에 시합에 참여하지 않았고, 그래서 아직 생생하다네. 자네들 가운데 누구든 너무 지쳤다는 생각이 들면 자진해서 빠져도 좋네. 그렇지 않다면 나는 자네들 셋 전부와 동시에 겨룰 준비가 되어 있네. 내 말에 이의 있는가?"

휜레크는 누구나 들을 수 있게 큰 목소리로 말을 했다.

"없어."

세 명이 이구동성으로 말했다.

그리고 나서 불꽃 튀는 격투가 시작되었다. 휘크리온의 주먹은 그 위력을 조금도 상실하지 않았지만, 영웅 휜레크가 더 셌다. 휘스발트는 마치 번개처럼 사방에서 휜레크에게 돌진했지만, 영웅 휜레크가 더 빨랐다. 휘도른은 휜레크의 진을 빼려고 애썼지만, 영웅 휜레크가 더 끈질겼다. 격투가 시작된 지 채 십 분도 지나지 않아 세 기사는 전부 무장 해제 당하였고 영웅 휜레크에게 무릎을 꿇었다. 영웅 휜레크는 의기양양하게 주위를 둘러보았는데, 보아하니 군중 속에 어딘가 서 있을 공주의 감탄하는 눈길을 찾고 있는 것 같았다. 구경꾼들의 환호와 갈채가 마치 폭풍처럼 광장을

휩쓸었다. 아마 눈물의 호수 무르후의 가장 멀리 떨어진 호반에서도 그 소리를 들을 수 있었을 것이다.

조용해지자 은발 원로 크베르크보바트가 일어나 큰 소리로 물었다.

"영웅 횐레크와 겨뤄 보고 싶은 자가 또 있는가?"

모두들 침묵한 가운데 어떤 사내아이의 목소리가 들려왔다.

"네, 제가 해보겠습니다!"

바스티안이었다.

모든 얼굴이 바스티안을 향했다. 군중은 길을 내주었고 바스티안은 광장으로 나갔다. 경탄과 걱정의 탄성이 들려왔다.

"저것 봐, 정말 잘생겼는걸!" ─ "안됐군!" ─ "허락하면 안 돼요!"

"너는 누구냐?"

은발 원로 크베르크보바트가 물었다.

"제 이름은, 나중에 말하겠습니다."

바스티안이 대답했다.

바스티안은 아트레유의 눈이 가늘어졌고, 살피듯이 하지만 아직은 의심에 가득 차서 자기를 바라보고 있는 것을 알았다.

"젊은 친구, 우린 함께 먹고 마셨잖나. 왜 내가 자네에게 창피주기를 원하는 건가? 지금 한 말을 거두고 떠나게나!"

영웅 횐레크가 말했다.

"아뇨! 내 말은 유효합니다."

바스티안이 대답했다.

영웅 휜레크는 한동안 주저했다. 그러더니 제안했다.

"자네와 결투를 벌여 겨루는 건 옳지 않은 것 같네. 우선은 누가 더 높이 화살을 쏠 수 있는지 한번 보세나."

"그러지요!"

바스티안이 대꾸했다.

각자에게 튼튼한 활과 화살이 제공되었다. 휜레크는 시위를 당겨 하늘로 화살을 쏘았다. 눈에 보이지 않을 정도로 높이. 거의 동시에 바스티안이 활을 당겨 화살을 쏘아 올렸다.

얼마 후에 두 화살은 되돌아와 양 사수들 사이의 바닥에 떨어졌다. 그러자 붉은 깃털을 단 바스티안의 화살이 파란 깃털을 단 영웅 휜레크의 화살을 가장 높은 지점에서 너무나 힘차게 맞혀서 휜레크의 화살이 뒤에서부터 쪼개졌다는 것이 드러났다.

영웅 휜레크는 서로 꽂힌 화살들을 응시하였다. 휜레크는 약간 창백해졌고, 뺨에만 붉은 반점이 생겼다.

"우연일 거야."

영웅 휜레크는 중얼거렸다.

"누가 더 날렵하게 펜싱 검을 다루는지 보세나."

휜레크는 펜싱 검 두 자루와 트럼프 두 벌을 달라고 했다. 두 가지 다 전달되었다. 휜레크는 트럼프 두 벌을 꼼꼼하게 섞었다.

그리고 트럼프 한 벌을 공중으로 높이 던진 후 번개처럼 빨리 칼을 뽑아서 찔렀다. 나머지 카드들이 땅으로 떨어졌을 때 휜레크

가 하트 에이스를, 그것도 카드에 그려진 단 하나의 하트 한가운데를 찔렀다는 것이 밝혀졌다. 그는 칼과 카드를 여기저기 보여 주면서 눈으로는 다시 공주를 찾아보았다.

이제 바스티안이 다른 트럼프 한 벌을 높이 던지고는 칼을 공중에 휘둘렀다. 카드는 한 장도 바닥에 떨어지지 않았다. 바스티안은 한 벌 그러니까 카드 서른두 장 전부의 한가운데를 뚫었으며 더구나 순서까지 정확하게 맞추었다. 영웅 휜레크가 그렇게 잘 섞었는데도 말이다.

영웅 휜레크는 그것을 들여다보았다. 그는 아무 말도 하지 못했고, 다만 입술이 약간 떨렸을 뿐이었다.

"하지만 힘으로는 나를 못 당할 걸세."

마침내 휜레크는 약간 쉰 목소리로 말문을 열었다.

그리고는 광장 여기저기에 놓인 역기들 중에서 가장 무거운 역기를 잡고 천천히 위로 들어 올렸다. 그러나 역기를 채 내려놓기도 전에 바스티안이 그를 붙잡고 역기와 함께 들어 올렸다. 영웅 휜레크가 너무나 당황한 표정을 지어서 구경꾼들 몇 명이 참지 못하고 웃음보를 터뜨렸다.

"지금까지는 당신이 우리가 겨룰 종목을 정했습니다. 이제 내가 제안을 해도 괜찮겠습니까?"

바스티안이 말했다.

영웅 휜레크는 말없이 고개를 끄덕였다.

"담력 시험을 하지요."

바스티안이 계속 말했다.

영웅 휘레크는 다시 한 번 힘을 모아 소리쳤다.

"아무것도 내 용기를 꺾을 수는 없소!"

"그렇다면 눈물의 호수를 헤엄쳐 건너가는 내기를 제안합니다. 먼저 호숫가에 도착하는 자가 이기는 겁니다."

바스티안이 대꾸했다.

광장 전체에 숨죽인 정적이 퍼졌다.

영웅 휘레크의 얼굴빛이 붉으락푸르락했다.

"그건 담력 시험이 아니오. 그건 미친 짓이야!"

휘레크가 내뱉듯이 말했다.

"나는 각오가 되어 있습니다. 그러니 가시죠!"

바스티안이 대답했다.

이제 영웅 휘레크는 자제력을 잃었다.

"안 돼!"

그는 고함을 지르며 발을 굴렀다.

"무르후의 물은 모든 것을 녹여 버린다는 것을 그대도 나만큼 잘 알잖소. 그건 뻔히 죽으러 가는 거요."

"나는 두렵지 않습니다."

바스티안은 조용히 말했다.

"나는 빛깔 사막을 돌아다녔고 다채로운 죽음의 불을 먹고 마시고 그 안에서 목욕을 했습니다. 이런 물 따위는 겁나지 않아요."

"그건 거짓말이오!"

영웅 휜레크는 분노로 새빨개진 채 부르짖었다.

"환상 세계에 있는 그 누구도 다채로운 죽음 앞에서 살아남지 못하오. 그건 어린아이들도 다 아는 얘기요!"

"영웅 휜레크, 나더러 거짓말한다고 덮어씌우기 전에 당신이 그저 겁이 나는 거라고 인정하는 게 나을 겁니다."

바스티안이 천천히 말했다.

그 말은 영웅 휜레크에게는 너무 지나쳤다. 휜레크는 분노로 정신이 나가서 칼집에서 커다란 칼을 빼어 바스티안에게로 돌진했다. 바스티안은 뒤로 물러서며 경고의 말을 하려고 했지만, 영웅 휜레크는 그럴 틈을 주지 않았다. 휜레크는 바스티안을 내리쳤고 그건 진심이었다. 바로 그 순간 녹슨 칼집에서 지칸다가 바스티안의 손으로 번개처럼 날아와 춤을 추기 시작하였다.

그 다음에 일어난 일은 너무 엄청나서 구경꾼 어느 누구도 평생 잊을 수 없었다. 다행히도 바스티안은 칼 손잡이를 놓치지 않아서 지칸다가 알아서 움직이는 대로 따라가야만 했다. 처음에 칼은 영웅 휜레크의 화려한 갑옷을 하나씩 하나씩 절단내었다. 잘린 조각들이 사방으로 날아갔지만 휜레크의 몸에는 생채기 하나 나지 않았다. 영웅 휜레크는 필사적으로 저항하면서 미친 사람처럼 닥치는 대로 휘둘렀지만, 지칸다에서 나오는 빛이 불꽃 소용돌이처럼 그의 주위에서 번쩍이며 눈을 부시게 했기 때문에 휘둘러 봤자 전혀 맞지 않았다. 드디어 휜레크가 속옷만 입은 채 서서 여전히 바스티안을 공격해 대자 지칸다는 휜레크의 칼을 문자 그대로 산

산조각 내 버렸다. 그것도 칼이 한순간 온전하게 공중에 떠 있다가 갑자기 동전 더미처럼 짤랑거리면서 바닥으로 떨어지는 그런 속도로 말이다. 영웅 휜레크는 눈이 휘둥그레져서 자기 손에 남아 있는 쓸모 없는 칼 손잡이를 뚫어져라 쳐다보았다. 그러다가 손잡이를 떨어뜨리고 머리를 숙였다. 지칸다는 녹슨 칼집 안으로 되돌아갔고 바스티안은 칼을 놓을 수 있었다.

수많은 구경꾼들로부터 열광과 감탄의 함성이 수천 개의 목소리로 터져 나왔다. 구경꾼들은 광장으로 몰려들어 바스티안을 잡아 높이 들어 올리더니 승리감에 취해 이리저리 지고 돌아다녔다. 환호성은 그칠 줄 몰랐다.

바스티안은 위에서 영웅 휜레크를 찾아보았다. 바스티안은 휜레크에게 화해의 말을 외치고 싶었다. 사실 그 불쌍한 자가 가여웠고 그를 그렇게 웃음거리로 만들 의도는 없었기 때문이다. 하지만 영웅 휜레크는 어디에도 보이지 않았다.

그러더니 갑자기 조용해졌다. 군중이 뒤로 물러나 자리를 내주었다. 거기에 아트레유가 서서 미소를 띤 채 바스티안을 올려다보고 있었다. 바스티안도 미소를 지었다. 군중은 바스티안을 어깨에서 내려 주었고, 이제 두 소년은 마주하고 서서 오랫동안 말없이 서로를 바라보았다.

드디어 아트레유가 말하기 시작했다.

"내가 아직 환상 세계의 구원자를 찾으러 가는 데 동행이 필요하다면 이분 하나로 족할 것입니다. 이분은 다른 이들 백 명을 합

친 것보다 더 가치가 있으니까요. 하지만 이제 동행은 필요 없습니다. 수색 탐험은 이제 없을 테니까요."

놀라움과 실망의 웅성거림이 들렸다.

"환상 세계의 구원자는 우리의 보호를 필요로 하지 않습니다."

아트레유가 목소리를 높여 계속 말했다.

"그는 우리 모두 다같이 할 수 있는 것보다 훨씬 잘 스스로를 보호할 수 있으니까요. 그리고 우리는 더 이상 구원자를 찾을 필요가 없습니다. 그가 이미 우리를 찾아냈거든요. 나는 그를 금방 알아보지 못했습니다. 내가 남쪽 신탁소의 요술 거울 문에서 그를 보았을 때 그는 지금과는 다른 모습이었거든요. 전혀 달랐죠. 하지만 그의 눈빛을 나는 잊지 않았습니다. 그것은 지금 나를 보고 있는 바로 그 눈빛입니다. 내가 잘못 봤을 리 없습니다."

바스티안은 웃으며 고개를 흔들고 말했다.

"넌 잘못 보지 않았어, 아트레유. 내가 어린 여왕에게 새 이름을 지어 줄 수 있게 나를 여왕에게 데려다 준 건 바로 너였어. 그렇게 해 줘서 고마워."

경외심으로 가득 찬 술렁거림이 마치 돌풍처럼 구경꾼들 사이를 휩쓸고 지나갔다.

"넌 약속했어. 황금빛 눈의 소원의 지배자를 빼고는 환상 세계에서 아직 아무도 모르는 네 이름을 우리에게 알려주기로 말이야. 지금 말해 주겠니?"

아트레유가 부탁했다.

"내 이름은 바스티안 발타자르 북스야."

이제 구경꾼들은 더 이상 참을 수 없었다. 군중의 환호성은 수천 가지의 만세 소리로 폭발했다. 수많은 이들이 열광하여 춤을 추기 시작해서 잔교와 다리들, 광장 전체가 흔들리기 시작했다.

아트레유는 웃으며 바스티안에게 손을 내밀었고 바스티안은 그 손을 잡았다. 그리고 그렇게—손에 손을 잡고—입구에서 은발 원로 크베르크보바트와 행운의 용 푸후르가 기다리고 있는 궁전으로 갔다.

그날 저녁 아마르간트 시는 탄생 이래 가장 멋진 축제를 벌였다. 다리가 달린 이들은 길거나 짧거나, 휘었거나 곧거나 상관없이 모두 춤을 추었고, 목소리를 가진 이들은 아름답거나 나쁘거나, 낮거나 높거나 상관없이 모두 노래를 부르고 웃어 댔다.

어두워지자 아마르간트 시민들은 그들의 은배와 궁전에 색색가지 등불 수천 개를 밝혔다. 그리고 자정에는 환상 세계 시민들조차 한 번도 보지 못했던 불꽃놀이가 벌어졌다. 바스티안은 아트레유와 함께 발코니에 서 있었고, 양옆에는 푸후르와 은발 원로 크베르크보바트가 서서 하늘에 있는 색색가지 불꽃 다발과 은의 도시의 등불 수천 개가 눈물의 호수 무르후의 어두운 물속에 비치는 것을 바라보았다.

제 17 장
영웅 휜레크를 위한 용 한 마리

은발 원로 크베르크보바트는 안락의자에서 곯아떨어졌다. 벌써 밤이 깊었기 때문이다. 그래서 그는 자신의 백칠 년 간의 생애에서 가장 대단하고 근사했을 뻔한 경험을 놓치고 말았다. 축제를 벌이느라 지쳐서 잠자리에 든 아마르간트의 다른 많은 시민들과 손님들도 마찬가지였다. 단지 소수만이 아직 깨어 있었고, 그 몇 안 되는 이들은 그들이 지금까지 들은 적도 없고 앞으로도 못 들을 가장 아름다운 뭔가를 듣게 되었다.

행운의 용 푸후르가 노래를 불렀던 것이다.

밤하늘 높은 데에서 푸후르는 은의 도시와 눈물의 호수 위를 빙빙 돌면서 종소리 같은 목소리를 들려 주었다. 그것은 가사가 없는 노래였고, 순수한 행복을 담은 위대하고 단순한 멜로디였다. 그 노래를 듣노라면 듣는 모든 이의 마음이 활짝 열렸다.

크베르크보바트의 넓은 궁전 발코니에 나란히 앉은 아트레유와 바스티안도 마찬가지였다. 둘 다 행운의 용의 노래를 듣는 건 처음이었다. 두 소년은 자신들도 모르게 서로 손을 잡고 말없는 황홀경에 빠져 귀를 기울이고 있었다. 둘 다 상대가 자기와 똑같은 것을 느끼고 있다는 걸 알았다. 바로 친구를 갖게 된 기쁨이었다. 그들은 공연히 입 밖으로 말해서 그 느낌을 깨뜨릴까 봐 조심했다.

위대한 시간은 지나갔고, 푸후르의 노랫소리는 점점 작아지더니 마침내 그쳐 버렸다.

완전히 조용해졌을 때 크베르크보바트가 깨어나더니 일어나서 미안하다는 듯 말했다.

"나 같은 늙은이는 잠을 자야 한다네. 자네들 같은 젊은이들은 다르겠지만. 날 나쁘게 생각하지 말게나. 난 이제 자러 가야겠네."

소년들이 크베르크보바트에게 잘 자라는 인사를 하고 나자 그는 가 버렸다.

다시 두 친구는 오랫동안 아무 말 없이 앉아서 행운의 용이 여전히 느리고 조용하게 물결 모양을 그리며 돌고 있는 밤하늘을 쳐다보았다. 때때로 용은 하얀 구름 조각처럼 둥둥 떠서 보름달 앞을 지나갔다.

"푸후르는 잠을 자지 않니?"

드디어 바스티안이 물었다.

"이미 자고 있어."

아트레유가 대답했다.

"날면서?"

"응. 푸후르는 집 안에 있는 걸 좋아하지 않아. 크베르크보바트의 궁전처럼 이렇게 큰 집이더라도. 집 안에 있으면 비좁고 갇힌 듯한 느낌이 드는 데다 뭘 떨어뜨리거나 어딘가에 부딪히지 않도록 될 수 있는 한 조심스럽게 움직여야 하거든. 푸후르는 정말 너무 커. 그래서 대개 공중에 높이 떠서 자는 거야."

"푸후르가 나도 한번 태워 줄 거 같니?"

바스티안이 물었다.

"그럼."

아트레유가 말했다.

"하지만 타는 게 아주 쉽지는 않아. 우선 거기에 익숙해져야 해."

"난 그라오그라만을 타 봤는걸."

바스티안이 말했다.

아트레유는 고개를 끄덕이고는 감탄하여 바스티안을 바라보았다.

"담력 시험을 할 때 영웅 휘레크에게 그 말을 했었지. 어떻게 다채로운 죽음을 제압했니?"

"난 아우린을 가지고 있거든."

바스티안이 말했다.

"그래?"

아트레유는 매우 놀란 것 같아 보였지만 아무 말도 하지 않았다.

바스티안은 셔츠 밑에서 어린 여왕의 표시를 끄집어내어 아트레유에게 보여 주었다. 아트레유는 한동안 살펴보더니 중얼거렸다.

"그러니까 이제 네가 광채를 가졌구나."

아트레유의 얼굴이 약간 퉁명스럽게 보였기 때문에 바스티안은 성급히 말했다.

"이걸 한 번 더 걸어 볼래?"

바스티안은 목걸이를 풀려고 했다.

"아니!"

아트레유의 목소리는 사뭇 날카롭게 울렸고 바스티안은 당황하여 멈칫했다. 아트레유는 미안한 듯이 미소를 짓더니 부드럽게 말

했다.

"아니, 바스티안. 난 그걸 충분히 오랫동안 걸고 다녔어."

"네 맘대로 해."

바스티안이 말했다. 그러고 나서 부적을 뒤집었다.

"여기 좀 봐! 너 이 글귀를 봤니?"

"보기야 했지. 하지만 무슨 말인지 몰라."

아트레유가 대답했다.

"어째서?"

"우리 초록 피부 족은 자취는 읽을 줄 알지만 글자는 못 읽어."

이번에는 바스티안이 "그래?" 하고 대꾸했다.

"뭐라고 쓰여 있는데?"

아트레유가 궁금해했다.

"네가 원하는 것을 해라."

바스티안이 읽어 주었다.

아트레유는 꼼짝 않고 부적을 쳐다보았다.

"그게 그런 말이었나?"

아트레유가 중얼거렸다. 하지만 얼굴에 동요의 빛이 떠오르지 않았기 때문에 바스티안은 그가 무슨 생각을 하고 있는지 짐작할 수가 없었다. 그래서 바스티안은 물었다.

"만일 무슨 말인 줄 알았더라면 너한테 뭔가 달라졌겠니?"

"아니. 난 내가 원하는 걸 했어."

아트레유가 말했다.

다시 한동안 둘은 침묵했다.

"너한테 또 물어볼 게 있어, 아트레유."

결국 바스티안이 다시 말문을 열었다.

"네가 요술 거울 문에서 날 봤을 때 내가 전혀 다른 모습이었다고 그랬지."

"그래, 전혀 달랐어."

"어땠는데?"

"아주 뚱뚱하고 창백했고 옷도 전혀 달랐어."

"뚱뚱하고 창백했다고?"

바스티안이 되물었고 믿을 수 없다는 듯이 웃었다.

"내가 그랬다는 게 정말 확실하니?"

"그럼 그렇지 않았었니?"

바스티안은 곰곰이 생각했다.

"네가 날 보았다는 건 알아. 하지만 난 항상 지금 같았는걸."

"진짜?"

"내가 기억 못 하겠니!"

바스티안이 소리쳤다.

"그래."

아트레유는 말하고는 생각에 잠겨 바스티안을 바라보았다.

"그렇겠지."

"혹시 일그러져 보이는 거울이었니?"

바스티안이 묻자 아트레유는 고개를 흔들었다.

"그런 것 같진 않아."

"그러면 네가 날 그런 모습으로 본 건 어떻게 설명하겠니?"

"모르겠어. 내가 아는 건 단지 내가 착각한 게 아니라는 것뿐이야."

아트레유가 말했다.

그 후 그들은 다시 오랫동안 말하지 않았고 결국 자러 갔다.

머리맡과 발치가 정교한 은사 세공으로 된 침대에 누워서도 아트레유와 나눈 대화가 바스티안의 머리를 떠나지 않았다. 바스티안이 광채를 지녔다는 것을 알고 난 후부터는 어쩐지 영웅 휜레크를 이기고 그라오그라만과 함께 지냈던 일로 아트레유가 그다지 감명을 받지 않은 것처럼 보였다. 어쩌면 아트레유는 그런 조건에서는 그런 일이 별로 특별한 것이 아니라고 생각했을지도 몰랐다. 하지만 바스티안은 아트레유로부터 무한한 존경을 받고 싶었다.

바스티안은 오랫동안 곰곰이 생각했다. 바스티안은 환상 세계에 있는 그 누구도 할 수 없는 것, 부적을 가지고 있어도 못 하는 뭔가를 하고 싶었다. 그, 바스티안만이 할 수 있는 뭔가를.

마침내 바스티안에게 어떤 생각이 떠올랐다. 이야기를 만들어 내는 것이다!

환상 세계에 있는 어느 누구도 새로운 것을 만들어 내지는 못한다는 말을 거듭 듣지 않았던가. 심지어 우유랄라의 목소리도 그런 말을 했었다. 그런데 바로 그것이 바스티안이 유달리 잘할 줄 아는 분야였다.

아트레유는 그, 바스티안이 위대한 작가라는 것을 알게 되리라!

바스티안은 친구에게 그걸 보여 줄 기회가 될 수 있는 대로 빨리 생기길 바랐다. 어쩌면 내일 당장이라도. 예를 들어 아마르간트에 작가 축제가 열려서 거기서 바스티안이 기발한 착상으로 다른 이들을 전부 압도하면 어떨까!

아니면 바스티안이 이야기한 것이 전부 현실이 되어 버리면 훨씬 더 좋을지도 모른다! 환상 세계는 이야기의 나라이기 때문에 이미 오래전에 지나가 버린 일조차 이야기에 나오면 새로 일어날 수 있다고 그라오그라만이 말하지 않았던가?

아트레유는 깜짝 놀라리라!

바스티안은 아트레유가 경탄하는 모습을 상상하다가 잠들었다.

다음 날 아침 은발 원로 크베르크보바트가 궁전의 화려한 홀에서 진수성찬을 앞에 두고 말했다.

"우리는 우리의 손님인 환상 세계의 구원자와 그를 우리 곁으로 데려온 그의 친구를 위해 아주 특별한 축제를 열기로 결정했네. 자네, 바스티안 발타자르 북스는 아마 모르겠지만 우리 아마르간트 시민들은 아주 오래된 전통에 따라 환상 세계의 음유 시인이자 이야기꾼이라네. 우리 아이들은 어릴 때부터 이 예술을 배운다네. 그들이 자라면 몇 년 동안 사방을 돌아다니면서 모든 이들에게 도움이 되도록 이 천직을 수행하지. 때문에 우리는 어딜 가나 존경과 기쁨으로 환대받는다네. 하지만 걱정거리가 생겼네. 우리가 비축해 둔 노래와 이야기는 솔직히 말해서 그리 많지 않다

네. 그리고 많은 이들이 이 얼마 안 되는 것을 나눠야 하지. 맞는지 모르겠지만 자네가 자네 세계에서 이야기를 지어 낼 줄 아는 걸로 유명하다는 전설이 있다네. 그게 사실인가?"

"네. 그것 때문에 비웃음을 당하기도 했답니다."

바스티안이 말했다.

은발 원로 크베르크보바트는 놀라서 눈썹을 치켜 올렸다.

"아직 아무도 듣지 못한 이야기를 할 수 있다는 것 때문에 비웃음을 당했다고? 어떻게 그럴 수가 있지! 우리는 어느 누구도 그러지 않을 거고, 우리 모두, 즉 나와 나의 시민들은 자네가 우리에게 새 이야기를 몇 가지 선사해 준다면 말할 수 없이 고마워할 거네. 자네의 천재적인 능력으로 우리를 도와주겠나?"

"좋습니다!"

바스티안이 대답했다.

아침 식사가 끝난 뒤에 그들은 크베르크보바트의 궁전 계단으로 갔다. 푸후르가 벌써 와서 기다리고 있었다.

광장에는 그 사이에 많은 군중이 모여 있었다. 하지만 이번에는 시합에 참가하기 위해 이 도시로 왔던 손님들은 거의 없었다. 대다수는 아마르간트 시민들이었는데, 남자, 여자, 아이들 전부 체격이 좋고 파란 눈에 말쑥한 은색 옷을 입고 있었다. 대부분은 낭독할 때 반주를 할 요량으로 하프, 수금, 기타나 류트처럼 은으로 된 현악기를 손에 들고 있었다. 모두들 바스티안과 아트레유 앞에서 기량을 펼쳐 보이길 바랐기 때문이다.

　다시 의자가 놓였다. 바스티안은 아트레유와 크베르크보바트 사이에 앉았다. 푸후르는 그들 뒤에 자리를 잡았다.

　이윽고 크베르크보바트가 박수를 한 번 치고 조용해진 가운데 말했다.

　"위대한 작가께서 우리의 소원을 들어주겠다오. 그분은 우리에게 새로운 이야기를 선사해 줄 것이오. 그러니 친구들, 그분의 기분을 돋우기 위해 최선을 다해 주시오."

　광장에 있던 아마르간트 시민들은 전부 말없이 깊이 몸을 숙여 인사했다. 그런 다음 첫 번째 시민이 앞으로 나와 낭송을 시작했다. 뒤이어 계속 다른 이들이 나왔다. 모두 아름답고 낭랑한 목소리를 가졌고 기량을 맘껏 선보였다.

　낭독한 이야기, 시, 노래는 제각각 흥미진진하고 유쾌하거나 또 슬프기도 했지만, 그걸 여기 다 쓰자면 너무 많은 공간이 필요할 것이다. 그러니 다음 기회에 얘기하도록 하겠다. 통틀어서 약 백여 가지의 다른 작품들에 불과했다. 그 다음부터는 나왔던 이야기들이 반복되었다. 새로 등장한 아마르간트 시민들은 앞에서 이미 낭독되었던 것을 들려줄 수밖에 없었다.

　그런데도 바스티안은 점점 더 흥분되었다. 자기 차례가 오기를 기다리고 있었던 것이다. 어젯밤에 빌었던 소원이 그대로 정확히 이루어졌다. 바스티안은 다른 소원들도 모두 이루어질 거라는 기대감에 이젠 더 이상 참고 있을 수가 없었다. 곁눈질로 아트레유를 바라보았다. 하지만 아트레유는 표정의 변화 없이 경청하고 있

었다. 감성의 동요를 읽을 수가 없었다.

드디어 은발 원로 크베르크보바트가 시민들에게 그만하라고 말했다. 크베르크보바트는 한숨을 쉬며 바스티안을 돌아보고 말했다.

"바스티안 발타자르 북스, 내 자네에게 우리가 비축해 둔 이야기가 유감스럽게도 아주 적다고 말하지 않았던가. 더 이상 이야기가 없는 것은 우리 잘못이 아니라네. 자네가 보다시피 우리는 우리가 할 수 있는 것을 한다네. 이제 우리에게 자네 이야기 중 하나를 들려주지 않겠나?"

"나는 여러분에게 내가 지은 이야기를 전부 다 선사하겠습니다."

바스티안은 아량 있게 말했다.

"난 얼마든지 이야기를 생각해 낼 수 있거든요. 그 가운데 많은 이야기를 크리스타라는 어린 소녀에게 들려주었지만, 대부분은 나 자신에게만 들려주었어요. 그러니까 그 이야기들은 나말고는 아무도 모릅니다. 하지만 이야기를 하나하나 다 하려면 몇 주, 몇 달이 걸릴 거예요. 그런데 우리는 여러분 곁에 그렇게 오래 머무를 수는 없답니다. 그래서 나는 여러분에게 다른 모든 이야기가 다 들어 있는 이야기 하나를 들려 드리려고 해요. 제목은 '아마르간트의 도서관 이야기'이고 아주 짧아요."

바스티안은 잠시 생각한 다음 하늘에 운을 맡기고 시작했다.

"아주 까마득한 옛날에 아마르간트에는 크바나라는 이름의 은발 여원로가 살고 있었습니다. 그분이 도시를 다스렸지요. 그 옛

날에는 눈물의 호수 무르후도 없었고, 아마르간트도 그 물에 견디는 특별한 은으로 만들어지지 않았죠. 그저 돌과 나무로 지어진 집들이 있는 아주 평범한 도시였답니다. 그리고 숲이 우거진 언덕 사이 골짜기에 있었지요.

크바나에게는 크빈이라는 이름의 아들이 하나 있었는데, 그는 위대한 사냥꾼이었어요. 어느 날 크빈은 숲에서 뿔 끝에 반짝이는 돌이 달린 일각수를 보게 되었답니다. 크빈는 일각수를 죽이고 그 돌을 가지고 집으로 돌아왔어요. 하지만 그 일로 그는 아마르간트 시에 엄청난 재앙을 가져왔답니다. 태어나는 아이들의 수가 점점 줄어들었던 거죠. 해결책을 찾지 않으면 그들은 멸종하고 말 지경이었습니다. 하지만 일각수를 다시 살릴 수야 없었고 아무도 어찌할 바를 몰랐습니다.

그래서 은발 여원로 크바나는 그 당시에는 있었던 남쪽 신탁소에 사자를 보내 우유랄라에게 어떻게 해야 할지 물어보고 오도록 했습니다. 하지만 남쪽 신탁소는 너무나 멀었어요. 사자는 청년일 때 길을 떠났는데 돌아왔을 때는 아주 늙었지요. 크바나는 오래전에 죽었고 그 사이 아들 크빈이 그 자리를 물려받았어요. 크빈도 물론 이미 아주 늙었고, 다른 아마르간트 시민들 모두 다 그랬답니다. 아이라고는 딱 둘밖에 없었는데, 사내아이와 계집아이 하나씩이었죠. 소년의 이름은 아크빌, 소녀의 이름은 무크바였습니다.

사자는 우유랄라의 목소리가 밝힌 이야기를 알렸습니다. 아마르간트를 환상 세계에서 제일 아름다운 도시로 만들어야만 아마르

간트가 계속 존속할 수 있다는 것이었죠. 그런 방법으로만 크빈의 죄악이 보상될 수 있다고 했습니다. 그러나 아마르간트 시민들은 환상 세계에서 가장 추한 존재인 아하라이 족의 도움을 받아야만 그렇게 할 수 있다는 것이었죠. 아하라이 족은 자기들의 추한 모습을 걱정해서 끊임없이 눈물을 흘렸기 때문에 '항상 우는 자들'이라고도 합니다. 하지만 바로 이 눈물의 강물로 땅속 깊은 곳에서 캐낸 특별한 은을 씻은 뒤 그 은으로 무척이나 아름다운 세공품을 만들 수 있는 겁니다.

자, 그래서 모든 아마르간트 시민들은 아하라이 족을 찾으러 나섰지요. 하지만 아하라이 족은 땅 밑 깊은 곳에 살기 때문에 어느 누구도 찾아내지 못했어요. 결국 아크빌과 무크바만 남았지요. 다른 이들은 모두 죽었고, 둘은 그 사이에 어른이 되었답니다. 그리고 그 둘은 함께 아하라이 족을 발견했고 아마르간트를 환상 세계에서 제일 아름다운 도시로 만들어 달라고 설득할 수 있었어요.

그래서 아하라이 족은 우선 은으로 거룻배를 만들고 그 위에 은사 세공으로 된 작은 궁전을 지은 다음 그것을 몰락한 도시의 장터에 세웠습니다. 그런 다음 눈물의 강줄기를 지하에서 움직여서 그 강이 숲이 우거진 언덕 사이의 골짜기에서 샘물로 땅 위에 드러나게 했지요. 골짜기는 쓴 물로 가득 차서 눈물의 호수 무르후가 되었고, 그 위에 최초의 은 궁전이 떠다니게 되었죠. 그 안에서 아크빌과 무크바가 살았습니다.

하지만 아하라이들은 그 젊은이들에게 한 가지 조건을 내걸었

는데, 그건 바로 그들과 그들의 자손들이 모두 노래를 부르고 이야기를 들려주는 일에 전념해야 한다는 것이었습니다. 그렇게 하는 한 아하라이 족은 그들을 도울 거라고 했습니다. 왜냐하면 그런 방법으로 자기들도 이런 일에 참여하여 자기들의 추함으로 뭔가 아름다운 것에 기여할 수 있었으니까요.

그래서 아크빌과 무크바는 도서관을 세워서——바로 그 유명한 아마르간트의 도서관이죠.——그 안에 내가 지은 이야기를 전부 모았습니다. 그들은 지금 막 여러분이 들은 여기 이 이야기부터 모으기 시작했지만, 차츰 내가 했던 모든 이야기들이 추가되었죠. 그렇게 해서 결국 그 두 명도, 오늘날 은의 도시에 사는 그들의 수많은 자손들도, 끝까지 다 읽을 수 없을 만큼 그렇게 많은 이야기들이 모이게 됐지요.

환상 세계에서 제일 아름다운 도시 아마르간트가 오늘날에도 여전히 존재하는 것은 아하라이 족과 아마르간트 시민들이 서로 약속을 지켰기 때문입니다. 비록 둘 다 더 이상 서로에 대해 모르지만 말입니다. 다만 눈물의 호수 무르후라는 이름만이 아주 까마득한 옛날에 그런 일이 있었다는 것을 생각나게 해 줄 뿐이지요."

바스티안이 이야기를 끝내자 은발 원로 크베르크보바트는 천천히 의자에서 일어났다. 얼굴에는 행복한 미소를 띠고 있었다.

"바스티안 발타자르 북스. 자네는 우리에게 하나의 이야기 이상의 것, 모든 이야기 이상의 것을 선사하였네. 자네는 우리에게 우리의 뿌리를 선사하였네. 이제 우리는 무르후가 어디에서 왔는

지, 호수가 받치고 있는 우리의 은 배와 궁전들이 어디에서 생겨났는지 알게 되었다네. 이제 우리는 왜 우리가 옛날부터 음유 시인과 이야기꾼의 민족인지 알게 되었다네. 그리고 무엇보다도 우리는 이제 우리 도시에 있는 저 커다랗고 둥근 건축물 안에 무엇이 들어 있는지 알게 되었다네. 그 건물은 아주 옛날부터 잠겨 있었기 때문에 그 누구라도 한 번도 들어가 본 적이 없거든. 그곳에 우리의 가장 귀중한 보물이 들어 있는데 우리는 그 사실을 지금껏 몰랐다네. 거기에 아마르간트의 도서관이 있는 걸세!"

크베르크보바트가 말했다.

바스티안은 자기가 지금 막 이야기한 모든 것이 현실이 되었다는 것에 스스로도 압도되었다.(아니면 이미 항상 그래 왔던 건가? 그라오그라만이라면 아마 '둘 다!'라고 말하겠지.) 아무튼 바스티안은 자기 눈으로 직접 그 점을 확인해 보고 싶었다.

"그 건물이 어디에 있나요?"

바스티안이 물었다.

"내가 보여 주겠네."

크베르크보바트가 말하고는 군중을 향해 다시 소리쳤다.

"모두 함께 가세나! 오늘 우리에게 더 많은 기적이 일어날지도 모르겠네!"

은발 원로, 그 옆으로 아트레유와 바스티안이 앞장선 긴 행렬이 은 배들을 서로 연결해 주는 잔교들을 지나갔고 마침내 아주 커다란 건축물 앞에 멈춰 섰다. 그 건물은 원형 배 위에 서 있었

고 거대한 은 상자 모양이었다. 외벽은 매끄럽고 아무 장식도 없었고 창문도 없었다. 커다란 문이 딱 하나 있을 뿐이었지만 그나마도 잠겨 있었다.

은으로 된 매끈한 문짝의 중앙에는 고리 모양의 틀 안에 투명한 유리 조각처럼 보이는 돌이 하나 박혀 있었다. 돌 위에는 다음과 같은 글귀가 새겨져 있었다.

"일각수의 뿔에서 베어내진 뒤, 나의 빛은 꺼졌노라.
내 이름을 불러 줄 이가 내 빛을 깨울 때까지,
나는 이 문을 잠가 두리라.
그에게 나는 백 년 동안 빛을 비추어 주고
그를 요르의 민루트의
어두운 심연으로 이끌어 주리라.
그러나 그가 나의 이름을 뒤에서 앞으로,
두 번째로 불러 준다면
나는 백 년 동안의 빛을
한 순간에 발하리라."

"누구도 이 글귀를 해석하지 못했다네. 누구도 요르의 민루트라는 말이 무슨 뜻인지 알지 못한다네. 우리 모두 거듭해서 노력했지만, 지금까지 아무도 돌의 이름을 알아내지 못했지. 하지만 우리 모두 이미 환상 세계에 있는 이름밖에 사용할 수 없다네. 그

리고 그것들은 다른 사물들의 이름이니 아무도 이 돌을 빛나게 해서 문이 열리게 할 수 없었지. 자네가 이름을 알아낼 수 있겠는가, 바스티안 발타자르 북스?"

크베르크보바트가 말했다.

기대에 가득 찬 깊은 정적이 흘렀다. 아마르간트 시민들과 외지인들 모두 숨을 죽였다.

"알 차히르!"

그 순간 돌이 환하게 빛을 발했고 틀에서 튀어나와 곧장 바스티안의 손으로 들어갔다. 문이 열렸다.

"아!" 하는 탄성이 수천 개의 목구멍에서 새어 나왔다.

바스티안은 반짝이는 돌을 손에 든 채 문 안으로 들어갔고 아트레유와 크베르크보바트가 뒤를 따랐다. 그 뒤로 군중이 밀려들었다.

크고 둥근 방은 어두웠다. 바스티안은 돌을 높이 들었다. 돌의 빛은 촛불보다는 밝았지만 방 안을 전부 밝히기에는 충분하지 않았다. 그저 벽을 따라 몇 층 높이로 책이 가득 쌓인 것만 보였다.

누군가 등불들을 가져왔고 금세 커다란 방 전체가 환해졌다. 그러자 책으로 가득 찬 벽들이 여러 다양한 항목으로 분류되어 있고 항목별로 푯말이 붙어 있는 것이 보였다. 이를테면 "웃긴 이야기"라고 쓰여 있거나 "흥미진진한 이야기"라든가 "진지한 이야기" 또는 "짧은 이야기" 뭐 이런 식이었다. 원형 홀의 바닥 중앙에는 누구나 알아볼 수 있게 크게 글귀가 새겨져 있었다.

바스티안 발타자르 북스
전작(全作)
도서관

아트레유는 그 자리에 서서 눈을 동그랗게 뜨고 주위를 둘러보았다. 놀라움과 경탄에 너무나 압도당해서 감정의 동요가 뚜렷하게 드러났다. 그걸 보자 바스티안은 기뻤다.

"이게 모두 네가 지어 낸 이야기니?"

아트레유가 손가락으로 주위를 가리키면서 물었다.

"응."

바스티안은 말하고 알 차히르를 주머니 안에 넣었다.

아트레유는 넋을 잃고 바스티안을 바라보았다.

"난 상상도 못 하겠다."

아트레유가 고백했다.

아마르간트 시민들은 물론 이미 정신없이 책으로 달려들어 책을 훑어보고 서로 읽어 주었고, 어떤 이들은 아예 비닥에 주저앉아 특정한 부분을 외우기 시작했다.

이미 엄청난 사건의 소문은 시민들이나 방문객들이나 할 것 없이 은의 도시 전체에 순식간에 쫙 퍼졌다.

바스티안과 아트레유가 막 도서관에서 바깥으로 나왔을 때 휘크리온, 휘스발트, 휘도른이 맞은편에서 달려왔다.

"바스티안 님."

빨간 머리 휘스발트가 말했다. 칼을 다루는 데 있어서뿐만 아니라 혀를 놀리는 데도 가장 빠른 자임이 분명했다.

"당신이 비할 데 없는 능력을 보여 주셨다는 말을 들었습니다. 그래서 말인데 우리를 종자로 삼아 당신이 앞으로 할 여행에 데려가 달라고 청하고 싶군요. 우리 셋 모두 자신만의 이야기를 갖게 되길 간절히 원합니다. 당신은 당연히 우리의 보호가 필요하지 않겠지만, 우리처럼 쓸모 있고 유능한 기사 셋을 데리고 있으면 도움이 될지 누가 압니까. 그렇게 하시겠습니까?"

"좋습니다. 그런 동행이 있다면 누구나 뿌듯할 거예요."

바스티안이 대답했다.

이제 세 기사는 당장에 바스티안의 칼에 대고 무조건 충성을 맹세하려고 했으나 바스티안은 그들을 만류했다.

"지칸다는 마술 칼입니다. 다채로운 죽음의 불을 먹고 마시고 그걸로 목욕하지 않은 자는 누구도 생명의 위험 없이 이 칼을 만질 수가 없어요."

바스티안은 그들에게 설명했다.

그래서 세 기사는 우정을 맹세하는 악수로 만족해야 했다.

"그런데 영웅 휜레크는 어떻게 됐습니까?"

바스티안이 물었다.

"완전히 망가졌지요."

휘크리온이 말했다.

"그 여자 때문이죠."

휘도른이 덧붙였다.

"한번 보러 가시죠."

휘스발트가 말을 맺었다.

그리하여 그들은——이제 다섯이서——처음에 일행이 묵었고 바스티안이 늙은 이하를 우리에 데려다 주었던 그 여관으로 향했다.

여관에 들어갔을 때 그곳에는 남자 한 명만 앉아 있었다. 그는 탁자 위로 몸을 숙인 채 손을 금발 머리에 파묻고 있었다. 영웅 휜레크였다.

휜레크는 여행 가방 안에 여분의 갑옷을 넣어 갖고 온 게 틀림없었다. 이제 그는 전날 바스티안과 격투를 할 때 갈기갈기 찢긴 옷보다는 다소 수수한 모양의 옷을 입고 있었다.

바스티안이 인사하자 휜레크는 벌떡 일어나 두 소년을 뚫어지게 보았다. 눈은 충혈되어 있었다.

바스티안이 옆에 앉아도 되겠느냐고 묻자 그는 어깨를 으쓱하고 고개를 끄덕이더니 다시 자기 자리에 앉았다. 탁자 위에는 종이가 한 장 있었는데, 여러 번 구겼다가 다시 반듯하게 펴놓은 듯했다.

"괜찮은지 묻고 싶군요. 당신의 마음을 상하게 했다면 미안합니다."

바스티안이 말을 시작했다.

그러자 영웅 휜레크는 머리를 흔들었다.

"난 끝났소."

탁한 목소리로 휜레크가 말문을 열었다.

"자, 직접 읽어 보시오!"

그는 바스티안에게 쪽지를 내밀었다.

"나는 가장 위대한 자만을 원해요."라고 그 위에 쓰여 있었다.

"그런데 당신은 아니에요. 그러니 잘 있어요!"

"오글라마르 공주가 준 겁니까?"

바스티안이 물었다.

영웅 휜레크가 끄덕였다.

"우리 시합이 끝나자마자 공주는 곧바로 말을 타고 호숫가로 가 버렸소. 지금 어디에 있는지 어찌 알겠소? 다시는 못 볼 거요. 이제 도대체 뭘 어떻게 해야 하나!"

"공주를 뒤따라갈 수는 없습니까?"

"뭐 하려고?"

"마음을 돌릴 수도 있지 않을까요."

영웅 휜레크는 쓴웃음을 터뜨렸다.

"오글라마르 공주를 모르고 하는 말이오. 난 모든 것을 할 수 있기 위하여 십 년 이상을 훈련했소. 신체에 나쁘다 싶은 건 모두 삼갔소. 확고한 규율로 최고의 검술 대가들에게 검술을 배웠고, 최강의 투사들에게 모든 종류의 싸움을 익혔소. 결국 모두를 이겼다오. 난 말보다 빨리 달릴 수 있고 사슴보다 높이 뛸 수 있고, 난 뭐든지 최고라오. 아니 어제까지는 그랬소. 예전에 공주는 날 절대 쳐다보지도 않았소. 하지만 차츰차츰 내 능력이 커질수록 나

에 대한 관심이 커졌다오. 공주가 나를 택할 거라고 희망할 수 있었소. 하지만 이제 전부 영원히 소용없게 되었소. 내가 희망 없이 어떻게 살겠소?"

"어쩌면 오글라마르 공주에게 그렇게 미련을 두지 않는 게 좋을 겁니다. 분명히 그 여자만큼 좋은 여자들이 또 나타날 거예요."

바스티안이 말했다.

"그렇지 않소. 내가 오글라마르 공주를 좋아하는 이유는 바로 공주가 오직 가장 위대한 자에게만 만족한다는 것 때문이오."

휜레크가 말했다.

"아, 그래요."

바스티안은 어이가 없었지만 말을 이었다.

"그것 참 어렵군요. 그렇다면 뭘 할 수 있습니까? 다른 식으로 구혼하면 어떨까요? 이를테면 가수나 시인이 되어서?"

"난 영웅이란 말이오. 다른 일은 할 수도 없고 하기도 싫소. 나는 나요."

휜레크가 약간 불끈해서 대꾸했다.

"네, 알겠습니다."

바스티안이 말했다.

모두 입을 다물었다. 세 기사는 영웅 휜레크를 동정하는 눈길로 쳐다보았다. 그들은 휜레크의 마음이 어떤지 알 수 있었다. 마침내 휘스발트가 헛기침을 하더니 바스티안에게 조용히 말했다.

"바스티안 님, 당신에겐 그를 돕는 게 사실 그리 큰일은 아닐 겁니다."

바스티안은 아트레유를 쳐다보았다. 하지만 아트레유는 다시 속을 알 수 없는 얼굴을 했다.

"영웅 휜레크 같은 자에겐 사실 주변에 괴물이 없다는 게 유감이죠. 아시겠어요?"

이제 휘도른이 덧붙였다.

바스티안은 여전히 이해하지 못했다.

"영웅이, 진짜 영웅이 되려면 괴물이 필요한 거지요."

휘크리온은 커다란 콧수염을 쓰다듬으며 말했다.

그러면서 휘크리온은 바스티안에게 눈을 찡긋거렸다.

그제야 마침내 바스티안은 이해했다.

"잘 들어 보세요, 영웅 휜레크."

바스티안이 말했다.

"내가 다른 숙녀에게 마음을 주라고 제안했던 건 단지 당신의 마음이 얼마나 확고한지 한번 시험해 본 것뿐이었습니다. 사실 오글라마르 공주는 지금 당신의 도움이 필요하고 당신 아닌 다른 누구도 공주를 구할 수 없습니다."

영웅 휜레크가 귀를 기울였다.

"진담입니까, 바스티안 님?"

"진담이고말고요. 곧 그 사실을 확인할 수 있을 겁니다. 그러니까 오글라마르 공주는 몇 분 전에 습격 당해 납치되었습니다."

"누구한테?"

"환상 세계가 생긴 이래 가장 끔찍한 괴물 중 하나한테요. 스메르크라는 용이지요. 공주가 막 숲 속의 빈 터를 지나고 있을 때 괴물이 보고 공중에서 날아와 덮쳐 말 등에서 낚아채서는 데리고 가 버렸습니다."

휜레크는 벌떡 일어났다. 눈은 빛나고 뺨은 달아오르기 시작했다. 휜레크는 기뻐서 손뼉을 쳤다. 그러나 곧 눈동자의 빛이 다시 사라지더니 주저앉았다.

"안됐지만 그건 불가능하오. 근처에 용이라고는 없소."

휜레크는 우울하게 말했다.

"내가 아주 멀리서 왔다는 걸 잊으셨군요, 영웅 휜레크. 당신이 가 본 곳보다 훨씬 더 멀리서 왔죠."

바스티안이 설명했다.

"그건 사실이에요."

아트레유가 처음으로 참견하며 확인해 주었다.

"공주가 진짜로 그 괴물한테 납치를 당했다는 거요?"

영웅 휜레크가 소리쳤다. 그러더니 양손을 가슴에 대고 한숨을 내쉬었다.

"오, 사모하는 오글라마르, 지금 얼마나 고통스럽소. 하지만 겁내지 말아요, 당신의 기사가 갈 거요. 벌써 출발했소! 내가 뭘 해야 하는지 말해 주시오. 어디로 가야 하오? 뭐가 중요하오?"

그러자 바스티안이 이야기를 시작했다.

"여기서 아주 먼 곳에 모르굴이라는 나라가 있습니다. 그곳에서는 불꽃이 얼음보다 차갑기 때문에 차가운 불의 나라라고도 하지요. 그 나라를 어떻게 찾아낼 수 있는지는 당신에게 말해 줄 수 없어요. 당신 스스로 찾아내야 합니다. 그 나라의 한가운데에 보트가바이라는 이름의 돌이 된 숲이 하나 있어요. 그리고 그 돌이 된 숲 한가운데엔 납으로 만든 라가르 성이 있습니다. 그 성은 세 개의 해자(垓字)로 둘러싸여 있지요. 첫 번째 해자에는 녹색 독이 흐르고, 두 번째에는 김이 나는 질산이 흐르고, 세 번째에는 당신의 발 크기만 한 전갈이 득실거리죠. 잔교도 없고 다리도 없습니다. 그 납으로 만든 라가르 성을 다스리는 군주는 바로 그 날개 달린 괴물 스메르크거든요. 놈의 날개는 점액질의 피부로 되어 있고 펼치면 너비가 삼십이 미터나 되죠. 날지 않을 때는 거대한 캥거루처럼 똑바로 서 있습니다. 놈의 몸은 비루먹은 쥐 같지만, 꼬리는 전갈의 꼬리죠. 놈의 독침이 아주 살짝만 건드려도 틀림없이 죽고 맙니다. 뒷발은 거대한 메뚜기의 뒷발처럼 생겼지만, 조그맣고 구부러진 것처럼 보이는 앞발은 어린아이의 손처럼 생겼지요. 하지만 그렇다고 해서 잘못 생각하면 안 됩니다. 바로 그 작은 손에 무시무시한 힘이 들었거든요. 놈은 긴 목을 달팽이가 촉수를 오므리듯이 오므릴 수 있고 목 위에는 머리가 세 개 달렸답니다. 하나는 크고 악어의 머리같이 생겼죠. 그 입에서 얼음처럼 차가운 불을 내뿜죠. 하지만 악어의 눈이 있을 자리에 혹이 두 개 있는데, 그게 나머지 머리랍니다. 오른쪽 머리는 늙은 남자의 머리처

럼 생겼어요. 그걸로 듣고 볼 수 있답니다. 하지만 말할 때는 왼쪽 머리로 하는데, 그건 주름이 쪼글쪼글한 늙은 여자의 얼굴처럼 생겼지요."

이렇게 묘사하자 영웅 휜레크는 약간 창백해졌다.

"이름이 뭐라고 했소?"

"스메르크."

바스티안이 되풀이했다.

"그놈은 벌써 천 년 전부터 행패를 부려 왔습니다. 놈의 나이가 그렇게 됐거든요. 놈은 번번이 아름다운 처녀를 훔쳐다가 죽을 때까지 집안일을 시키죠. 처녀가 죽고 나면 새로운 처녀를 훔쳐 오지요."

"어째서 난 그 얘길 전혀 못 들었을까?"

"스메르크는 상상할 수 없이 멀리, 빨리 날 수 있어요. 지금까지 매번 환상 세계의 다른 나라를 찾아 약탈 행각을 벌였죠. 그리고 오십 년에 한 번 그런 짓을 합니다."

"지금까지 아무도 붙잡힌 처녀를 구해 준 적이 없소?"

"네, 그래서 아주 특별한 영웅이 필요한 겁니다."

이 말에 영웅 휜레크의 뺨이 다시 발그레해졌다.

"스메르크에게 약점이 있소?"

휜레크가 전문가처럼 물었다.

"아! 가장 중요한 것을 빠뜨릴 뻔했군요. 라가르 성의 제일 깊은 지하실에 납으로 만든 도끼 한 자루가 있습니다. 그 도끼가 놈

을 죽일 수 있는 유일한 무기라는 말씀을 드리면 스메르크가 그 도끼를 목숨처럼 지키고 있다는 게 상상이 되시겠죠. 그걸로 작은 머리 두 개를 베어야 합니다."

바스티안이 대답했다.

"어디서 그걸 다 알았습니까?"

영웅 횐레크가 물었다.

바스티안은 대답할 필요가 없었다. 그 순간 거리에서 비명이 울려 퍼졌기 때문이다.

"용이 나타났다! 괴물이야! 저기, 저 위 하늘 좀 보라고! 무서워라! 도시로 오고 있어! 빨리 피해! 아냐, 아냐, 벌써 누구를 잡아가는걸!"

영웅 횐레크는 거리로 달려나갔고 다들 그를 따라나갔다. 아트레유와 바스티안이 맨 뒤에서.

하늘에 커다란 박쥐처럼 생긴 뭔가가 펄럭이며 날아가고 있었다. 그게 가까이 왔을 때 한 순간 차가운 그림자가 은의 도시를 온통 덮어 버린 것 같았다. 그건 스메르크였고 놈의 생김새는 바스티안이 금방 지어 낸 바로 그대로였다. 그리고 작지만 아주 위험한 양손으로 젊은 여자를 붙잡고 있었는데, 그 여자는 온 힘을 다해 소리를 지르고 바동거렸다.

"횐레크!"

그 소리는 점점 더 멀리서 들려왔다.

"도와줘요, 횐레크! 날 구해 줘요, 나의 영웅!"

휜레크는 이미 자기의 흑마를 우리에서 꺼내 와 육지로 가는 은 나룻배를 타고 있었다.

"더 빨리! 원하는 건 뭐든지 줄 테니 더 빨리 가시오!"

휜레크가 사공에게 소리치는 게 들렸다.

바스티안은 멀어져 가는 영웅 휜레크를 보면서 중얼거렸다.

"너무 어려운 숙제를 낸 게 아니었으면 좋겠어."

아트레유가 곁눈질로 바스티안을 보았다. 그러더니 조용히 말했다.

"우리도 떠나는 게 좋을 것 같다."

"어디로?"

"넌 나를 통해서 환상 세계로 왔어. 내 생각으로는 이제 네가 돌아가는 길을 찾는 걸 도와야 할 것 같아. 넌 분명히 언젠가는 너의 세계로 돌아갈 거지, 안 그래?"

아트레유가 물었다.

"이런, 지금까지 그 생각은 전혀 못 했어. 하지만 네 말이 맞아, 아트레유. 그래, 당연히 네 말이 전적으로 맞아!"

바스티안이 말했다.

"넌 환상 세계를 구했어."

아트레유가 계속 말했다.

"그리고 내가 보기엔 넌 그 덕분에 많은 것을 얻은 것 같아. 네가 이제 돌아가서 네가 속한 세계를 건강하게 만들고 싶어 할 수도 있다는 생각이 들어. 아니면 아직 너를 여기에 붙잡아 두는 게

또 있니?"

자기가 항상 강하고 잘생기고 용감하고 힘센 게 아니었다는 것을 잊어버린 바스티안은 대답했다.

"아니, 없는 것 같아."

아트레유는 다시 생각에 잠겨서 친구를 바라보더니 덧붙였다.

"어쩌면 길고 험난한 길이 될지도 몰라, 누가 알겠니?"

"그래. 누가 알겠니? 네가 원한다면 우리 곧바로 떠나자."

바스티안이 동의했다.

그런 다음 세 기사들 간에 우정 어린 짧은 다툼이 있었다. 누가 바스티안을 위해 자기 말을 내놓을지 합의를 볼 수 없어서였다. 하지만 바스티안이 버새인 이하를 달라고 하여 그 일은 간단히 마무리가 지어졌다. 기사들은 그런 짐승을 타는 건 바스티안의 격에 떨어진다고 말했지만, 바스티안이 고집을 부렸기 때문에 결국 뜻을 굽혔다.

기사들이 떠날 준비를 하는 동안 바스티안과 아트레유는 환대해 준 데 대해 은발 원로에게 고마움을 표하고 작별 인사를 하기 위해 크베르크보바트의 궁전으로 돌아갔다. 행운의 용 푸후르가 궁전 앞에서 아트레유를 기다리고 있었다. 용은 떠날 거라는 말을 듣고 몹시 흡족해했다. 아마르간트처럼 아름다운 도시라 할지라도 도시는 용에게 적합한 곳이 아니었다.

은발 원로 크베르크보바트는 바스티안 발타자르 북스 도서관에서 가져온 책을 읽고 있었다.

"자네들을 더 오래 내 손님으로 잡아 두고 싶구먼. 이렇게 위대한 작가를 날마다 모실 수 있는 건 아니니까. 하지만 이제 그의 작품들이 우리에게 위안을 주겠지."

크베르크보바트가 약간 멍하니 말했다.

그들은 작별 인사를 하고 밖으로 나왔다.

아트레유는 푸후르의 등에 올라타고는 바스티안에게 물었다.

"푸후르를 타 보고 싶지 않니?"

"좀 있다가. 지금은 이하가 날 기다리고, 녀석에게 약속한 게 있어."

바스티안이 대답했다.

"그럼 육지에서 널 기다릴게."

아트레유가 소리쳤다. 행운의 용은 공중으로 올라갔고 다음 순간 벌써 시야에서 사라졌다.

바스티안이 여관으로 돌아왔을 때 세 기사는 이미 여행 준비를 마치고 말과 버새와 함께 나룻배를 타고 기다리고 있었다. 세 기사는 이하의 등에서 길마를 떼어 내고 대신 장식이 화려한 안장을 올려놓았다. 이하는 바스티안이 자기에게 다가와 귀에다 대고 속삭인 후에야 비로소 그 이유를 알았다.

"넌 이제 내 거야, 이하."

배가 움직이고 은의 도시에서 멀어지는 동안 눈물의 호수 무르후의 쓰디쓴 물 위로 늙은 버새의 환호성이 오랫동안 울려 퍼졌다.

그건 그렇고 휜레크의 이야기를 하자면, 그는 실제로 차가운 불의 나라 모르굴에 가는 데 성공했다. 휜레크는 돌이 된 숲 보트 가바이를 지나 라가르 성 주변의 해자 세 개를 건너갔다. 납으로 만든 도끼를 찾아내어 용 스메르크를 죽였다. 그리고 나서 오글라마르를 그녀의 아버지에게 데려다 주었다. 이제는 공주 쪽에서 휜레크와 결혼하고 싶어 했지만 휜레크는 더 이상 원하지 않았다. 그러나 그건 또 다른 이야기이니 다음 기회에 얘기하도록 하겠다.

제 18 장
아하라이 족

　말을 타고 가는 자들의 머리 바로 위를 휩쓸고 지나가는 먹구름에서 굵고 세찬 빗줄기가 떨어졌다. 그러다가 크고 끈끈한 눈송이가 떨어지기 시작하더니 결국 눈과 비가 하나가 되어 내렸다. 폭풍이 너무 세차게 불어서 말들조차도 몸을 비스듬히 해서 버텨야만 했다. 말을 탄 이들의 망토는 젖어서 무거웠고 철썩 소리를 내며 말 등을 때렸다.

　길을 떠난 지 벌써 여러 날이 지났고 사흘 전부터는 이 고원 지대를 넘어가고 있었다. 날씨는 날이 갈수록 나빠졌고 땅바닥은 모서리가 날카로운 돌 파편들과 진흙이 섞여 있어서 앞으로 나아가기가 점점 더 힘들어졌다. 여기저기에 덤불이 떼지어 서 있거나 바람에 비스듬히 휜 작은 나무들이 서 있을 뿐, 풍경은 바뀌지 않았다.

　버새 이하를 타고 앞서 나가는 바스티안은 반짝이는 은빛 망토를 입고 비교적 잘 가고 있었다. 망토는 가볍고 얇았지만 놀라울 정도로 따뜻하고 물방울이 그대로 흘러내렸다. 강한 휘크리온의 땅딸막한 체구는 두꺼운 파란 모직 망토에 거의 파묻혀 있었다. 날씬한 휘스발트는 거친 모직으로 된 갈색 망토의 커다란 두건을 빨간 머리 위로 뒤집어썼다. 휘도른의 범포(帆布)로 된 회색 망토는 그의 바짝 마른 사지를 휘감았다.

　그런데도 세 기사는 약간 거친 그들만의 방식으로 유쾌하게 굴었다. 그 세 기사는 바스티안과 함께 하는 모험 여행이 일요일에 하는 산책 같으리라고는 기대하지 않았다. 이따금 그들은 폭풍에 맞서 큰 소리로 아름답게라기보다는 힘차게 노래를 불렀다. 때로

는 혼자서, 때로는 합창으로. 그들이 가장 즐겨 하는 노래는 보아 하니 이런 가사로 시작하는 것이었다.

"내가 작은 꼬마였을 때,
비바람이 불면 환호했지……."

그들이 설명한 바에 따르면 이 노래는 셰익스피어인지 뭔지 하는 아주 오래전 환상 세계를 여행한 여행객이 지은 것이었다.

일행 중에서 습기와 추위에도 아랑곳하지 않는 듯이 보이는 유일한 이는 아트레유였다. 대부분 그랬듯이 여행이 시작된 이래 아트레유는 푸후르의 등에 타고 구름 사이, 구름 위를 이리저리 뚫고 다녔고 먼저 앞서 가서 지역을 답사하고 다시 돌아와서 보고하곤 했다.

그들 모두는, 행운의 용마저도, 바스티안이 그의 세계로 돌아가는 길을 자기들이 찾고 있다고 생각했다. 바스티안도 그렇게 생각했다. 아트레유의 제안을 사실은 그저 우정 때문에, 그저 호의로 받아들였을 뿐 실제로는 전혀 돌아가고 싶어 하지 않는다는 것을 바스티안 자신도 모르고 있었다. 하지만 환상 세계의 지리는 당사자가 알든 모르든 간에 소원에 의해서 결정된다. 그리고 어느 방향으로 가야 하는지 결정해야 할 사람은 바스티안이었기 때문에 그들은 환상 세계의 점점 더 깊숙한 곳으로 들어갔다. 바로 상아탑이 형성하고 있는 그 중심을 향해서 말이다. 이것이 무엇을 뜻

하는지 바스티안은 나중에야 알게 될 것이다. 당장은 바스티안도 그의 일행들도 이 점에 대해 아무것도 알지 못했다.

바스티안은 다른 문제에 골몰하고 있었다.

아마르간트를 떠난 지 이틀째 되는 날 그들은 무르후를 둘러싼 숲 속에서 용 스메르크의 분명한 자취를 발견했다. 거기 있는 나무들 중 일부가 돌이 되어 있었다. 괴물이 거기 내려앉았다가 입에서 얼음같이 차가운 불을 그 나무들에 내뿜은 것이 틀림없었다. 거대한 메뚜기의 발자국도 쉽게 알아볼 수 있었다.

자취를 찾아내는 데 능숙한 아트레유는 또 다른 발자국도 발견했는데, 바로 영웅 휜레크의 말 발자국이었다. 그러니까 휜레크는 용을 뒤쫓고 있는 것이었다.

"이게 썩 마음에 드는 건 아니야. 스메르크가 괴물이든 아니든 간에 어쨌든 아주 멀기는 하지만 내 친척뻘이잖아."

푸후르가 루비 빛 눈동자를 굴리면서 반쯤은 농담조로 말했다.

그들은 영웅 휜레크의 자취를 따라가지 않고 다른 방향으로 갔다. 그들의 목표는 바스티안이 집으로 돌아가는 길을 찾는 것이었기 때문이다.

그 이후로 바스티안은 자기가 영웅 휜레크를 위해 용을 만들어 낸 것이 과연 어떤 일이었는지 골똘히 생각했다. 확실히 영웅 휜레크는 자기의 능력을 증명하고 맞서 싸울 수 있는 상대가 필요했다. 하지만 그가 이길 거라는 말은 전혀 하지 않았다. 스메르크가 휜레크를 죽이기라도 하면 어쩌지! 게다가 오글라마르 공주도 이

제 무시무시한 상황에 처했다. 공주가 아주 오만한 건 사실이지만 그렇다고 해서 그런 식으로 공주를 불행에 빠뜨릴 권리가 바스티안에게 있었을까? 그리고 이 모든 것을 빼고 생각해 보더라도 스메르크가 환상 세계에 또 어떤 해를 입힐지 누가 알겠는가. 바스티안은 깊이 생각해 보지도 않고 자신이 없어져도 계속 존재하고 어쩌면 수많은 죄 없는 이들에게 말할 수 없이 큰 재앙을 가져다 줄지도 모르는 예측할 수 없는 위험을 만들어 낸 것이었다. 바스티안은 달아이가 그녀의 제국에서 악과 선, 아름다움과 추함을 차별하지 않는다는 것을 알고 있었다. 여왕에게 환상 세계의 모든 피조물은 똑같이 중요하고 권리가 있었다. 하지만 그, 바스티안이 여왕과 똑같이 처신해도 괜찮을까? 그리고 무엇보다도 그 자신이 그러길 원하는 걸까?

아니, 바스티안은 스스로에게 말했다. 나는 절대로 괴물과 괴수의 창조자로 환상 세계의 이야기에 관여하고 싶진 않아. 내가 선행을 베풀고 사심이 없는 걸로 유명해진다면, 모든 이들에게 빛나는 모범이 된다면, 다른 이들이 나를 "좋은 인간"이라고 부르고 "위대한 자선가"로 존경한다면 훨씬 더 멋질 텐데. 그래, 그게 그가 원하는 거였다.

그 사이에 그들은 바위가 많은 지대에 들어섰다. 아트레유는 푸후르를 타고 답사를 하고 돌아와서 몇 마일 앞에 비교적 바람을 잘 막아 줄 듯한 작은 분지가 있다고 말했다. 자기가 본 게 맞다면 거기에는 동굴도 몇 개 있어서 그 안에서 비와 눈을 피할 수

있을 거라고 했다.

 벌써 늦은 오후였고 밤을 보낼 수 있는 적당한 야영지를 찾을 시간이었다. 그래서 모두들 아트레유가 가져온 소식을 듣고 기뻐하며 말을 몰았다. 길은 아마도 말라 버린 강바닥인 듯한, 점점 높아지는 바위로 둘러싸인 골짜기의 바닥으로 이어졌다. 약 두 시간쯤 후에 분지에 도착했고 실제로 사방 벽에 동굴이 몇 개 있었다. 그들은 가장 넓은 동굴을 택했고 그 안에서 가능한 한 편안하게 자리를 잡았다. 세 기사는 근처에서 마른 땔감과 폭풍에 꺾인 가지들을 모아 왔고 동굴 안에 곧 환하게 불을 피웠다. 젖은 망토를 말리려고 쫙 펼쳐 놓았고 말과 버새도 안으로 끌고 와서 안장을 풀어주었다. 평소에는 야외에서 자는 것을 선호했던 푸후르조차도 동굴 뒤편에 몸을 둘둘 말고 있었다. 장소는 제법 아늑했다.

 끈질긴 휘도른이 휴대 식량에서 커다란 고깃덩이를 꺼내 긴 칼에다 꽂아서 불에다 구웠다. 모두들 기대에 가득 찬 눈으로 그걸 쳐다보고 있는 동안 아트레유는 바스티안을 돌아보며 부탁했다.

 "크리스타에 대해서 좀 더 얘기해 줘."

 "누구?"

 바스티안이 이해할 수 없다는 듯이 물었다.

 "네 친구 크리스타. 네가 지은 이야기를 들려줬다는 어린 여자애 말이야."

 "난 그런 여자애 몰라."

 바스티안이 대답했다.

"근데 어떻게 내가 그 애에게 이야기를 해 줬다는 생각을 하게 됐니?"

아트레유는 다시 그 생각에 잠긴 눈길로 바스티안을 바라보았다.

"네 세계에서 넌 많은 이야기를 들려주었잖아. 그 애한테, 또 너 자신에게도."

아트레유가 천천히 말했다.

"네가 그걸 어디서 알았니, 아트레유?"

"네가 말해 줬잖아. 아마르간트에서. 그리고 또 네가 그것 때문에 종종 비웃음을 당하기도 했다는 말도 했어."

바스티안은 불을 응시하였다.

"맞아. 내가 그렇게 말했지. 하지만 왜 그랬는지 모르겠어. 기억이 나지 않아."

바스티안이 중얼거렸다.

그건 바스티안 자신에게도 이상하게 생각되었다.

아트레유는 푸후르와 눈길을 주고받았고 지금 증명된 사실에 대하여 둘이 의논이라도 했던 것처럼 심각하게 고개를 끄덕였다. 하지만 아트레유는 더 이상 아무 말도 하지 않았다. 세 기사 앞에서 그 말을 하고 싶지 않은 눈치였다.

"고기가 다 익었습니다."

휘도른이 알렸다.

그는 각자에게 칼로 고기를 한 조각씩 잘라 주었고 모두들 먹었다. 아무리 잘 봐줘도 고기가 다 익었다고 말할 수는 없었지만

—겉은 타서 숯덩이였고 속은 아직 날것이었다.—이런 상황에서는 까다롭게 구는 게 어울리지 않으리라.

한동안 모두들 씹는 데 열중했다. 이윽고 아트레유가 다시 한 번 부탁했다.

"네가 어떻게 우리한테로 왔는지 얘기해 줘!"

"너도 알잖아. 네가 나를 어린 여왕에게 데려다 줬잖아."

바스티안이 대답했다.

"내 말은, 그 전에 말이야. 너의 세계에서 넌 어디에 있었고 모든 일이 어떻게 일어난 거지?"

아트레유가 물었다.

이제 바스티안은 코레안더 씨에게서 책을 훔친 일과 학교의 창고에 숨어 들어 책을 읽기 시작했던 일을 이야기했다. 바스티안이 아트레유의 대탐험에 대해 얘기를 시작하려고 하자 아트레유는 손짓을 해서 말을 막았다. 아트레유는 바스티안이 자기에 대해 읽은 내용에는 관심이 없는 듯했다. 그 대신 아트레유는 바스티안이 어떻게, 왜 코레안더 씨의 가게를 찾아가고 학교 창고로 도망가게 됐는지에 대해 아주 정확하게 알고 싶어 했다.

바스티안은 애써 생각해 보았지만 그 점에 대해서는 더 이상 아무것도 기억해 내지 못했다. 겁이 많았다든지, 뚱뚱하고 허약하고 예민했다든지 등에 관련된 기억은 전부 잊어버리고 말았다. 기억은 단편적이었고 그 단편들은 너무나 아득하고 불분명하게 여겨져서, 그 기억이 바스티안 자신이 아니라 다른 누군가의 것인 양

생각되었다.

아트레유는 다른 기억들에 대해 물었고 바스티안은 아직 엄마가 살아 계실 때에 대해서, 아버지에 대해서, 집에 대해서, 학교와 그가 사는 도시에 대해서 이야기해 주었다. 자기가 아직 알고 있는 내용을. 세 기사는 이미 곯아떨어졌고 바스티안은 아직도 이야기하고 있었다. 바스티안은 아트레유가 일상적인 일에 그렇게 커다란 관심을 보인다는 점에 놀랐다. 바스티안에게조차 아주 평범하고 일상적인 일들이 차츰차츰 전혀 일상적이지 않고 마치 그 모든 일이 자기가 전혀 알아차리지 못한 어떤 비밀을 담고 있는 것처럼 생각되는 것은 아마도 자기 말을 주의 깊게 듣는 아트레유의 태도 때문인지도 몰랐다.

드디어 바스티안은 무슨 얘기를 해야 할지 몰랐고, 아무 생각도 떠오르지 않았다. 벌써 밤은 깊었고 모닥불은 다 타 버렸다. 세 기사는 나지막이 코를 골았다. 아트레유는 동요 없는 얼굴로 앉아 있었고 생각에 잠긴 듯했다.

바스티안이 몸을 쭉 뻗고 누워 은빛 망토에 몸을 감싸고 막 잠들려고 했을 때 아트레유가 나지막이 말했다.

"아우린 때문이야."

바스티안은 한 손으로 머리를 괴고는 잠에 취해서 친구를 바라보았다.

"무슨 말이야?"

"광채는 인간에게는 우리 같은 족속한테와는 다르게 작용하는

것 같아."

아트레유는 마치 자신에게 말하듯 계속 말했다.

"어째서 그런 생각을 하니?"

"부적은 너에게 큰 힘을 주었어. 너의 소원을 다 들어주지. 하지만 동시에 너에게서 뭔가를 빼앗아 버려. 너의 세계에 대한 기억을."

바스티안은 곰곰이 생각해 보았다. 자기한테서 뭔가 없어졌다는 것을 느끼지 못했다.

"그라오그라만은 나의 참뜻을 발견하려면 소원의 길을 따라가야 한다고 했어. 그리고 아우린에도 그런 글귀가 새겨져 있고. 하지만 그러려면 나는 한 소원에서 다음 소원으로 넘어가야 해. 뛰어넘을 순 없어. 다른 식으로는 환상 세계에서 결코 계속 나아갈 수가 없다고 그라오그라만이 말했지. 그래서 난 보석이 필요해."

"그래. 보석은 너에게 길을 내주고 그와 동시에 너에게서 목표를 빼앗아 가 버려."

아트레유가 말했다.

"나 참, 딸아이는 내게 이 표시를 주었을 때 자기가 무슨 일을 했는지 이미 알고 있었을 거야. 넌 공연한 생각을 하는 거야, 아트레유. 아우린은 절대로 함정이 아니야."

바스티안은 태평스럽게 말했다.

"그래. 나도 그렇게 생각하진 않아."

아트레유가 중얼거렸다.

그리고 잠시 뒤 아트레유는 덧붙였다.

"어쨌든 우리가 벌써 너의 세계로 가는 길을 찾고 있으니 됐어. 우린 그러고 있는 거지, 그렇지?"

"그래, 그래."

벌써 반쯤은 잠든 채 바스티안이 대답했다.

한밤중에 바스티안은 이상한 소리 때문에 잠을 깼다. 무슨 소리인지 설명할 수 없었다. 불은 꺼졌고 완전한 어둠이 바스티안을 에워싸고 있었다. 이윽고 아트레유의 손이 어깨에 느껴졌고 아트레유가 속삭이는 소리가 들렸다.

"저게 뭐지?"

"나도 모르겠어."

바스티안도 속삭였다.

그들은 소리가 들려오는 동굴 입구 쪽으로 기어 가서 귀를 기울였다.

그건 셀 수 없이 많은 목에서 나오는 억누른 듯한 흐느낌과 울음 소리 같았다. 하지만 전혀 사람의 소리 같지도 않았고 동물들의 탄식 소리와도 조금도 비슷하지 않았다. 그건 일반적인 쏴쏴거리는 소리 같았고, 이따금 거품이 이는 물결처럼 한숨 소리로 고조되었다가 다시 잦아들었고, 또 얼마 있다가 재차 고조되곤 했다. 그 소리는 바스티안이 들어 본 중에 가장 구슬픈 소리였다.

"적어도 뭔가 보이기라도 한다면!"

아트레유가 속삭였다.

"기다려! 나에게 알 차히르가 있어."

바스티안이 대답했다.

바스티안은 주머니에서 반짝이는 돌을 끄집어내어 높이 들었다. 빛은 촛불처럼 은은해서 분지를 그저 약하게만 비췄지만 역겨움에 소름 끼치는 광경을 두 친구에게 보여 주기에는 그 빛만으로도 충분했다.

분지 전체가 마치 더럽고 너덜거리는 넝마와 헝겊 조각을 뒤집어쓴 것 같은 피부를 한, 팔 길이만 한 기형적인 벌레들로 득실거렸다. 피부의 주름 사이로 마치 해파리의 촉수처럼 보이는 점액질의 사지가 뻗어 나와 있었다. 몸통의 한쪽 끝에는 헝겊 조각 밑으로 각각 두 개의 눈, 눈꺼풀 없는 눈이 내다보고 있었고, 눈에서 쉴 새 없이 눈물이 흘러나왔다. 그들 자신은 물론 분지 전체가 그 눈물로 젖었다.

알 차히르의 빛을 받는 순간 그들은 굳어 버렸고, 그래서 그들이 지금 막 무엇을 하고 있었는지 볼 수 있었다. 그들의 중간에는 아주 정교한 은사 세공으로 된 탑이 우뚝 솟아 있었다. 바스티안이 아마르간트에서 보았던 그 어떤 건축물보다 더 아름답고 귀중했다. 벌레 같은 존재들 중 많은 수가 막 이 탑에 기어 올라가 각 조각들을 조립하려던 참이었던 게 틀림없었다. 하지만 지금은 모두 꼼짝도 하지 않고 알 차히르의 빛을 응시하고 있었다.

"슬프도다! 슬프도다!"

이런 소리가 무시무시한 속삭임같이 분지에 울려 퍼졌다.

"이제 우리의 추한 모습을 들켜 버렸구나! 슬프도다! 슬프도다! 누구의 눈이 우리를 봤느냐? 슬프도다! 슬프도다, 우리가 우리 자신의 모습을 봐야 하다니! 네가 누구인지는 몰라도, 잔인한 침입자여, 자비와 온정을 베풀어 우리에게서 불빛을 치우렴!"

바스티안은 일어났다.

"나는 바스티안 발타자르 북스다. 너희들은 누구지?"

바스티안이 말했다.

"우린 아하라이들이다. 아하라이, 아하라이 족이지. 환상 세계에서 제일 불쌍한 족속이 우리다!"

바스티안 쪽으로 소리가 울렸다.

바스티안은 입을 다물고 깜짝 놀라서 아트레유를 바라보았다. 아트레유도 역시 일어나서 바스티안 옆으로 다가왔다.

"그렇다면 너희들이 환상 세계에서 제일 아름다운 도시 아마르간트를 세웠느냐?"

바스티안이 물었다.

"그렇다, 아아. 우리에게서 빛을 좀 치우고 우리를 보지 마라. 부탁이야!"

아하라이들은 소리쳤다.

"너희들이 울어서 눈물의 호수 무르후가 생긴 거니?"

"이봐. 네가 말한 그대로야. 하지만 네가 계속 우리를 빛 속에서 있게 한다면 우리는 자신에 대한 부끄러움과 공포 때문에 죽게 될 거다. 너는 왜 그렇게 잔인하게 우리의 고통을 늘리는 거지?

아, 우린 너에게 아무 짓도 하지 않았고 우리 모습을 보여 누구에게 모욕을 준 일도 없어."

아하라이들이 신음했다.

바스티안은 알 차히르를 다시 집어넣었고, 온통 깜깜해졌다.

"고맙다! 너의 자비와 온정에 감사한다."

흐느끼는 목소리들이 소리쳤다.

"난 너희들하고 얘기하고 싶어. 난 너희들을 돕고 싶어."

바스티안이 말했다.

바스티안은 이 절망의 피조물들이 역겹고도 불쌍해서 기분이 나빠질 지경이었다. 아하라이들이 바스티안이 지어 낸 아마르간트의 탄생에 대한 이야기에서 언급했던 그 생물들이라는 것은 분명했지만, 매번 그랬듯이 이번에도 그들이 벌써 옛날부터 항상 존재해 왔던 것인지 아니면 자기에 의해 비로소 생겨난 것인지 바스티안은 확신할 수 없었다. 만일 후자의 경우라면 바스티안은 어떤 식으로든 그들의 모든 고통에 책임이 있을 것이다. 하지만 상황이 어떻게 되든 상관없이 바스티안은 이 끔찍한 일을 바꿔 놓기로 결심했다.

"아, 누가 우리를 도울 수가 있을까?"

탄식하는 목소리들이 신음했다.

"나."

바스티안이 소리쳤다.

"난 아우린을 지니고 있다."

그러자 갑자기 조용해졌다. 울음 소리도 완전히 약해졌다.

"너희들은 그렇게 갑자기 어디에서 나타난 거야?"

바스티안이 어둠 속에 대고 물었다.

"우리는 빛이 없는 땅속 깊은 곳에 산다."

여러 음성의 합창처럼 속삭임이 울렸다.

"우리 모습을 태양 아래 드러내지 않으려고. 그곳에서 우리는 끊임없이 우리 존재가 슬퍼서 울고 우리의 눈물로 원생 암석에서 나오는 파괴할 수 없는 은을 씻고 그걸로 네가 본 그 은사 세공품을 만들어 낸다. 아주 깜깜한 밤에만 우리는 감히 땅 위로 올라오는데 이 동굴들은 우리의 출입구란다. 여기 지상에서 우리는 지하에서 준비한 것을 이어 붙인다. 오늘 밤은 우리 모습을 감출 수 있도록 충분히 깜깜했지. 그래서 우리는 여기 와 있는 거야. 이 작업을 통해 우리는 세상에다 우리의 추함에 대해 보상하고 약간의 위안을 얻는단다."

"하지만 너희들이 그렇게 생긴 게 너희들 죄는 아니잖아."

바스티안이 말했다.

"아아, 많은 죄가 있지. 행동의 죄, 생각의 죄. 우리의 죄는 우리가 존재한다는 거야."

아하라이들이 대답했다.

"어떻게 하면 너희들을 도울 수 있지?"

바스티안이 물었다. 동정심에 거의 울음이 나올 지경이었다.

"아아, 아우린을 지녔고 우리를 구제할 수 있는 힘을 가진 위대

한 자선가여. 너한테 한 가지만 부탁한다. 우리에게 다른 모습을 주렴!"

아하라이들이 소리쳤다.

"그렇게 할게. 안심해라, 가엾은 벌레들! 나는 너희들이 지금 잠들어 내일 아침 깨어나면 껍데기에서 기어 나와 나비가 되어 있기를 소원하노라. 너희들은 울긋불긋하고 유쾌하고 그저 웃고 즐거워만 하리라! 내일부터 너희들의 이름은 더 이상 아하라이, 항상 우는 자들이 아니라 슐라무펜, 항상 웃는 자들이다!"

말하고 나서 바스티안은 어둠 속으로 귀를 기울였으나 아무 소리도 들리지 않았다.

"벌써 잠들었어."

아트레유가 속삭였다.

두 친구는 동굴로 돌아왔다. 휘스발트, 휘도른, 휘크리온은 무슨 일이 벌어졌는지 전혀 모르는 채 여전히 나지막이 코를 골고 있었다.

바스티안은 누웠다. 그는 자신이 대단히 만족스러웠다.

곧 온 환상 세계가 방금 자신이 한 선행에 대해 알게 되리라. 그리고 그 일은 정말로 사심이 없는 것이었다. 누구도 바스티안이 그 일을 하면서 자신을 위해 뭔가 바랐다고 주장하지 못할 테니까. 그의 호의에 대한 명성이 환한 광채 속에서 빛나리라.

"네 생각은 어떠니, 아트레유?"

바스티안이 속삭였다.

아트레유는 한동안 가만히 있다가 대답했다.

"그 일이 너한테서 뭘 앗아갔을까?"

얼마 후 아트레유도 이미 잠들고 난 뒤에야 비로소 바스티안은 친구의 그 말이 바스티안의 자기 희생 같은 걸 뜻하는 게 아니라 망각을 뜻한다는 걸 깨달았다. 하지만 더 이상 생각하지 않고 기쁜 마음으로 잠들었다.

다음 날 아침 바스티안은 세 기사가 놀라서 내지르는 시끄러운 소리에 잠이 깼다.

"저것 좀 봐! 세상에! 내 늙은 말이 다 낄낄거리네!"

바스티안은 그들이 동굴 입구에 서 있고 아트레유도 옆에 있는 것을 보았다. 오직 아트레유만 웃지 않고 있었다.

바스티안은 일어나 그들 곁으로 갔다.

온 분지에 그가 여태껏 본 중에 제일 웃기게 생긴 조그마한 형체들이 기고 곤두박질치고 날아다니고 있었다. 모두 등에 울긋불긋한 나방 날개를 달고 바둑판 무늬, 줄무늬, 고리 무늬, 물방울 무늬 등 온갖 종류의 넝마를 입고 있었다. 하지만 옷들은 전부 너무 꽉 끼거나 너무 넓고, 너무 크거나 너무 작아서, 말하자면 되는 대로 꿰맨 것처럼 보였다. 아무것도 어울리지 않았고 어디에나, 심지어 날개에까지 헝겊 조각을 덧대어 놨다. 서로 닮은 놈은 아무도 없었고, 얼굴은 어릿광대처럼 알록달록했으며 둥글고 빨간 코 아니면 엄청나게 큰 코에다 지나치게 큰 입을 갖고 있었다. 어떤 놈들은 온갖 빛깔의 실크 해트를 쓰고 있었고, 다른 놈들은 끝

이 뾰족한 모자를 쓰고 있었으며 몇 놈은 새빨간 머리 다발 세 개만 위로 뻗쳐 있었고 또 몇 놈은 반들반들한 대머리였다. 그들 대부분은 귀중한 은사 세공으로 된 아름다운 탑에 앉거나 매달려 있었고 왔다 갔다 하고 그 위에서 깡충깡충 뛰면서 탑을 망가뜨리려고 하고 있었다.

바스티안은 바깥으로 뛰어나갔다.

"이봐, 거기 너희들!"

바스티안은 위를 향하여 소리를 질렀다.

"당장 그만둬! 그러면 안 돼!"

그러자 그들은 멈추고 바스티안을 내려다보았다.

제일 꼭대기에 있던 놈이 물었다.

"뭐라는 소리야?"

밑에 있던 다른 놈이 위를 향해 소리를 질렀다.

"저기 저것이 우리가 그러면 안 된다고 말하네."

"왜 우리가 그러면 안 된다고 그러는 거지?"

세 번째 놈이 물었다.

"너희들은 절대 그러면 안 되니까! 그렇게 간단하게 모든 걸 망가뜨릴 순 없어!"

바스티안이 소리를 질렀다.

"저기 저것이 우리가 모든 걸 망가뜨릴 순 없다고 말하네."

첫 번째 어릿광대 나방이 다른 놈들에게 전했다.

"아니, 우린 할 수 있어!"

다른 놈이 대답하고 탑에서 커다란 조각을 떼어 냈다.

첫 번째 놈은 미친 듯이 껑충껑충 뛰면서 다시 바스티안을 내려다보고 소리쳤다.

"아니, 우린 할 수 있어!"

탑이 흔들거리더니 불안하게 삐걱거리기 시작했다.

"도대체 뭘 하는 거야!"

바스티안은 소리를 질렀다. 화도 나고 놀라기도 했지만 어떻게 행동해야 할지 몰랐다. 그놈들은 정말 너무 우스꽝스러웠기 때문이다.

"저기 저것이 우리가 뭘 하냐고 묻네."

첫 번째 나방이 다시 자기 동무들에게 말했다.

"우리가 도대체 뭘 하고 있지?"

다른 놈이 물었다.

"재미 보고 있지."

세 번째 놈이 대답했다.

그러자 주위에 있던 놈들이 전부 왁자지껄하게 웃음을 터뜨리고 헐떡거렸다.

"우린 재미보고 있어!"

첫 번째 나방이 바스티안을 내려다보고 소리쳤다. 놈은 웃다가 사레가 들릴 지경이었다.

"너희들이 그만두지 않으면 탑이 무너질 거야!"

바스티안은 소리를 질렀다.

"저기 저것이 탑이 무너질 거라고 말하네."

첫 번째 나방이 다른 놈들에게 전했다.

"그래서?"

다른 놈이 말했다. 연달아 첫 번째 놈이 밑으로 소리쳤다.

"그래서?"

바스티안은 어이가 없었다. 그가 적당한 대답을 찾기도 전에 탑에 매달려 있던 모든 어릿광대 나방들이 갑자기 공중에서 일종의 원무를 추기 시작했다. 그러나 그들은 서로 손을 잡은 게 아니라 일부는 다리를 잡고 일부는 목을 잡았고, 어떤 놈들은 물구나무 서기를 하고 빙빙 돌았고 모두들 환호성을 지르고 웃어 댔다.

그 날개 달린 녀석들이 하는 짓이 너무 우스꽝스럽고 재미있게 보여서 바스티안은 본의 아니게 같이 웃을 수밖에 없었다.

"하지만 그러면 안 돼! 그건 아하라이들의 작품이야!"

바스티안이 소리쳤다.

"저기 저것이 우리가 그러면 안 된다고 말하네."

첫 번째 어릿광대 나방이 다시 동료들에게 말했다.

"우리는 뭐든 다 해도 돼!"

다른 놈이 공중제비를 돌며 소리쳤다.

"우린 우리한테 금지되지 않은 걸 모두 다 해도 돼. 그런데 누가 우리한테 뭘 못 하게 하지? 우린 슐라무펜이야!"

"누가 우리한테 뭘 못 하게 하지?"

모든 어릿광대 나방들이 합창했다.

"우린 슐라무펜이야!"

"나!"

바스티안이 대답했다.

"저기 저것이 '나'라고 말하네."

첫 번째 나방이 다른 놈들에게 말했다.

"어째서 너지?"

다른 놈들이 물었다.

"넌 우리한테 뭐라고 할 권한이 없어."

"아니, 내가 아니야!"

첫 번째 놈이 설명했다.

"저기 저것이 '그'라고 말하네."

"왜 저기 저것이 '그'라고 하지?"

다른 놈들이 물었다.

"도대체 누구보고 '그'라는 거야?"

"넌 누구보고 '그'라는 거니?"

첫 번째 나방이 밑으로 소리쳤다.

"난 '그'라고 하지 않았어."

바스티안은 반은 화가 나서, 반은 웃으면서 위에다 소리쳤다.

"난 너희들이 탑을 파괴하는 것을 내가 금한다고 말하는 거야."

"그가 우리가 탑을 파괴하는 것을 금한대."

첫 번째 나방이 다른 놈들에게 설명했다.

"누가?"

새로운 놈이 끼어들어 물었다.

"저기 저것이."

다른 놈들이 대답했다. 그러자 새로 온 놈이 말했다.

"난 저기 저것을 몰라. 도대체 저게 누구지?"

첫 번째 놈이 소리를 질렀다.

"어이, 저기 저것. 넌 도대체 누구냐?"

"난 저기 저것이 아니야!"

바스티안이 이제 꽤 화가 나서 소리쳤다.

"나는 바스티안 발타자르 북스다. 더 이상 울고 한탄하지 말라고 내가 너희들을 슐라무펜으로 만들었어. 어젯밤만 하더라도 너희들은 불행한 아하라이였어. 너희들의 은인에게 좀 더 존경심을 갖고 조용하게 대답할 수 없겠니!"

모든 어릿광대 나방들이 동시에 깡충깡충 뛰고 춤추는 것을 멈추고 바스티안에게 눈길을 돌렸다. 갑자기 숨죽인 고요가 흘렀다.

"저기 저것이 뭐라고 했지?"

멀리 떨어져 앉아 있던 나방 하나가 속삭였다. 그러나 옆에 있던 놈이 그놈의 모자를 한 대 쳐서 모자가 눈과 귀 위로 미끄러져 내려왔다. 다른 놈들은 모두 "쉬!"라고 했다.

"다시 한 번 아주 천천히, 자세하게 말해 줄래요?"

첫 번째 나방이 일부러 공손하게 부탁했다.

"난 너희들의 은인이야!"

그러자 어릿광대 나방들 사이에서 심지어 우스꽝스럽기까지 한

소란이 일어났다. 한 놈이 다른 놈에게 말을 전하고 하더니 마침내 지금까지 분지 전체에 퍼져 있던 수많은 형체들이 전부 바스티안 주위에 모여들어 기어 다니고 날아다녔고, 자기네끼리 서로 귀에다 대고 소리쳤다.

"그 말을 들었니? 그 말을 이해했니? 그는 우리의 인은이래! 이름이 나스티반 발테북스래! 아니, 북시안 원인이래! 헛소리, 자라테트 북시볼이야! 아니야, 발드리안 힉스야! 슐룩스! 바벨트리안 은북스! 닉스! 플락스! 트릭스!"

온 패거리가 열광해서 이젠 아예 정신이 나간 것 같았다. 그들은 서로 손을 잡고 흔들고 모자를 들어 올리고 어깨와 배를 두드려 대서 커다란 먼지 구름이 떠올랐다.

"우린 정말 행운아야!"

패거리들이 소리쳤다.

"우리의 북스테터 잔지바르 바스텔볼 만세!"

그리고 계속 소리치고 웃으면서 그 거대한 무리는 전부 높이 올라가서 계속 빙빙 돌았다. 그 소음은 멀리까지 울렸다.

바스티안은 그 자리에 서 있었고 자기 진짜 이름이 뭔지 알지 못하게 되었다.

바스티안은 자기가 정말 좋은 일을 한 건지 이젠 확신할 수 없었다.

제 19 장

길동무들

　그들이 그날 아침 출발했을 때 햇빛이 어두운 구름 사이를 뚫고 비스듬히 비쳤다. 비바람은 마침내 잠잠해졌고, 오전 동안 두세 번쯤 소나기를 만났지만 그러고 나서는 금방 날씨가 좋아졌다. 눈에 띄게 따뜻해졌다.

　세 기사는 기분이 아주 좋았다. 그들은 서로 농담을 주고받고 웃어 대고 온갖 장난을 쳤다. 하지만 바스티안은 버새를 타고 조용히 생각에 잠겨 앞서 가고 있었다. 세 기사는 물론 바스티안을 아주아주 존경했기 때문에 생각에 잠긴 바스티안을 방해하지 않았다.

　그들이 지나는 지역은 여전히 끝날 것 같지 않은 바위 많은 그 고원 지대였다. 단지 나무들만 점점 빽빽해졌고 키도 커졌다. 습관대로 푸후르를 타고 훨씬 앞서 날아가 지역의 다른 방향도 살피던 아트레유는 바스티안이 생각에 잠긴 것을 출발할 때부터 벌써 알아차렸다. 아트레유는 행운의 용에게 어떻게 해야 친구의 기운을 북돋아 줄 수 있을지 물어보았다. 푸후르는 루비 빛 눈동자를 굴리며 말했다.

　"아주 간단해. 걔가 저번부터 나를 한번 타 보고 싶다고 하지 않았었니?"

　얼마 후 작은 여행단이 어떤 바위 모퉁이를 돌았을 때 아트레유와 행운의 용이 거기에서 기다리고 있었다. 둘은 편안하게 햇볕 아래 누워 실눈을 뜨고 도착하는 이들을 쳐다보았다.

　바스티안은 멈추어 서서 그들을 살폈다.

"피곤하니?"

바스티안이 물었다.

"전혀 아니야. 그저 너한테 내가 잠깐 동안 이하를 타도 될지 물어보려고 했어. 난 아직 한 번도 버새를 타 본 적이 없단다. 네가 전혀 싫증을 내지 않는 걸 보면 틀림없이 아주 굉장할 거야. 나한테 이런 즐거움을 한번 나눠 주지 않을래, 바스티안? 그동안에 너한테 나의 늙은 푸후르를 빌려 줄게."

아트레유가 대답했다.

그러자 바스티안의 뺨이 기쁨으로 붉어졌다.

"정말이니, 푸후르? 나를 태워 주겠니?"

바스티안이 물었다.

"좋습니다요, 전능한 술탄 님! 올라타고 꽉 잡아!"

푸후르가 그르릉거리며 한쪽 눈을 찡긋했다.

바스티안은 버새에서 뛰어내려 단숨에 푸후르의 등에 올라탔다. 바스티안이 은백색 갈기를 꽉 잡자 용은 하늘로 올라갔다.

바스티안은 그라오그라만의 등에 타고 빛깔의 사막을 달렸던 일을 아직도 생생히 기억했다. 하지만 하얀 행운의 용을 타고 가는 것은 좀 달랐다. 거대한 불의 사자를 타고 질주하는 것이 도취와 외침 같았다면 탄력 있는 용의 몸뚱이가 유연하게 위아래로 움직이는 것은 때로 부드럽고 정겨웠다가 때로 힘차고 빛나는 노래와 비슷했다. 특히 푸후르가 번개처럼 빠르게 커브를 돌아 그의 갈기와 입가에 난 수염과 사지에 붙은 긴 술들이 하얀 불꽃처럼

날름거릴 때면 그의 비상은 천상의 노래 같았다. 바스티안의 은빛 망토는 바람에 뒤로 펄럭였고 햇빛 속에서 마치 수천 개의 불꽃의 흔적처럼 반짝거렸다.

정오 무렵에 그들은 그 사이 바위로 뒤덮인 고원에 야영지를 차린 일행 옆에 내려앉았다. 그곳은 햇살이 내리쬐었고 작은 시내가 흘렀다. 불 위에는 벌써 수프가 담긴 솥에서 김이 모락모락 나고 있었고 둥글넓적한 빵도 있었다. 말들과 버새는 약간 떨어진 초원에서 풀을 뜯고 있었다.

식사가 끝나고 세 기사는 사냥을 가기로 결정했다. 여행용 식량, 특히 고기가 거의 바닥났다. 이리로 오는 도중에 그들은 덤불 속에서 꿩들이 우는 소리를 들었다. 토끼도 있는 것 같았다. 그들은 아트레유에게 그가 초록 피부 족으로서 틀림없이 열성적인 사냥꾼일 테니 같이 가지 않겠느냐고 물었다. 그러나 아트레유는 고맙지만 됐다고 그들의 청을 거절했다. 그래서 세 기사는 그들의 강한 활을 집어 들고 화살이 든 화살통을 등에 메고서 가까운 작은 숲으로 갔다.

아트레유와 푸후르, 바스티안만 남았다.

잠깐 침묵이 흐른 뒤에 아트레유가 제안했다.

"바스티안, 우리한테 너의 세계에 대해 조금 더 얘기해 주지 않을래?"

"너희한테 무슨 얘기가 재미있을까?"

바스티안이 물었다.

"어떠니, 푸후르?"

아트레유가 행운의 용에게 물었다.

"난 너네 학교에 다니는 아이들 이야기가 듣고 싶어."

행운의 용이 대답했다.

"어떤 아이들?"

바스티안은 깜짝 놀랐다.

"너를 놀렸던 애들 말이야."

푸후르가 설명했다.

"나를 놀렸던 애들이라고?"

바스티안은 한층 더 놀라서 되풀이했다.

"난 아이들에 대해서 아무것도 몰라. 그리고 아무도 감히 날 놀리려고 하지 않았을 거야, 정말 확실해."

"하지만 네가 학교를 다녔다는 것은 생각나니?"

이제 아트레유가 끼어들었다.

"응. 어떤 학교가 기억 나, 그건 맞아."

바스티안은 생각에 잠겨서 말했다.

푸후르와 아트레유는 서로 눈길을 주고받았다.

"난 그 점을 걱정했었어."

아트레유가 중얼거렸다.

"도대체 뭘?"

"넌 벌써 다시 네 기억의 일부를 잊어버렸어. 이번에는 아하라 이들이 슐라무펜으로 변신한 것과 관련이 있어. 넌 그 일을 하지

말았어야 했어."

아트레유가 진지하게 대답했다.

"바스티안 발타자르 북스."

이제 행운의 용이 말했다. 목소리가 꽤나 엄숙하게 들렸다.

"네가 내 충고를 중요하게 생각한다면, 이제부터 넌 아우린이 너에게 주는 힘을 더 이상 사용하지 않는 것이 좋겠다. 안 그러면 너는 너의 나머지 기억마저 잊어버릴 위험이 있어. 그렇게 되면 네가 어떻게 너의 고향으로 돌아갈 수 있겠니?"

"실은 난 결코 그곳으로 돌아가고 싶지 않아."

바스티안은 잠시 고민한 후에 고백했다.

"하지만 넌 그래야 해! 넌 돌아가서 네 세계를 바르게 만들도록 노력해야 해. 다시 사람들이 우리 환상 세계를 찾아오게 말이야. 그렇지 않으면 환상 세계는 언젠가 다시 멸망할 거고, 그러면 다 헛수고가 돼!"

아트레유가 깜짝 놀라 소리를 질렀다.

"내가 아직 이곳에 있잖아. 달아이에게 새 이름을 지어 준 지도 얼마 되지 않았고 말이야."

바스티안은 약간 기분이 상해서 말했다.

아트레유는 입을 다물었다.

"어쨌든 왜 우리가 지금까지 바스티안이 돌아갈 수 있는 길에 대한 단서를 전혀 발견하지 못했는지 이제 분명해졌어. 재가 그걸 전혀 원하지 않는다면!"

이제 다시 푸후르가 대화에 끼어들었다.

"바스티안, 네가 돌아가야 할 이유가 도대체 아무것도 없니? 거기에 사랑하는 게 아무것도 없니? 틀림없이 너를 기다리고 걱정하고 있을 너의 아빠 생각은 안 하는 거니?"

아트레유가 거의 간청하듯이 말했다.

바스티안은 고개를 흔들었다.

"안 그럴 거야. 아빠는 아마 내가 없어져서 기쁠 거야!"

아트레유는 어리둥절해서 친구를 바라보았다.

"너희 말을 듣고 있으면, 너희도 나한테서 벗어나기만을 바라는 것 같은 생각이 들어."

바스티안은 씁쓸하게 말했다.

"너, 그게 무슨 말이니?"

아트레유가 약간 새된 목소리로 물었다.

"그야 뭐, 너희 둘이 걱정하는 건 딱 하나인 거 같아. 즉 어떻게 하면 되도록 빨리 내가 다시 환상 세계에서 꺼지도록 하는 거."

바스티안이 대답했다.

아트레유는 바스티안을 바라보았고 천천히 고개를 가로저었다. 오랫동안 셋 다 한 마디도 하지 않았다. 바스티안은 둘을 비난했던 걸 이미 후회하기 시작했다. 바스티안 자신도 자기가 한 말이 옳지 않았다는 것을 알고 있었다.

"나는, 우리가 친구라고 생각했어."

얼마 후에 아트레유가 나지막이 말했다.

"맞아. 우린 친구이고 언제나 그럴 거야. 용서해 줘, 내가 멍청한 말을 했어."

바스티안이 소리쳤다.

아트레유가 미소 지었다.

"우리가 네 마음을 상하게 했다면, 너도 우리를 용서해라. 일부러 그런 건 아니었다."

"어쨌든 너희 충고를 따르겠어."

바스티안은 화해 조로 말했다.

얼마 뒤 세 기사가 돌아왔다. 그들은 자고새 몇 마리, 꿩 한 마리, 토끼 한 마리를 잡아왔다. 야영지에서 철수했고 여행은 계속되었다. 바스티안은 이제 다시 이하를 타고 갔다.

오후에 그들은 곧고 키가 아주 큰 나무들로만 이루어진 숲으로 들어섰다. 그것들은 침엽수였고 저 위 아주 높은 데서 빽빽한 초록 지붕을 이루었기 때문에 바닥으로 빛이 들어오지 않았다. 그 때문인지 키 작은 나무들이 하나도 없었다.

부드럽고 평평한 땅바닥 위에서 달리는 것은 편했다. 푸후르도 일행과 함께 걸어가기로 결정했다. 만일 푸후르가 아트레유를 태우고 나무 위로 날아갔더라면 일행을 놓치기 십상이었을 것이다.

오후 내내 그들은 어둑하고 희미한 초록 빛 속에서 키 큰 나무줄기들 사이를 뚫고 나갔다. 저녁 무렵 그들은 어떤 언덕 위에서 성의 폐허를 발견했다. 온통 무너져 내린 탑과 성벽, 다리와 방들

사이에서 아직 어느 정도 온전한 둥근 천장 방을 찾아냈다. 그들은 여기서 밤을 보낼 준비를 했다. 이번에는 빨간 머리 휘스발트가 요리 당번이었는데 요리를 상당히 잘했다. 휘스발트가 불에다 구운 꿩은 맛이 기가 막혔다.

다음 날 아침 그들은 계속 이동했다. 사방이 똑같아 보이는 숲을 하루 종일 지나갔다. 다시 저녁이 되어서야 비로소 자기들이 커다란 원을 그리며 빙빙 돌았다는 것을 깨달았다. 아침에 떠난 그 성의 폐허를 다시 맞닥뜨렸기 때문이다. 단지 이번에는 다른 쪽에서 접근했을 뿐이었다.

"이런 일은 난생처음이야!"

휘크리온이 말하면서 검은 콧수염을 비비 꼬았다.

"내 눈을 믿을 수가 없군!"

휘스발트가 말하면서 빨간 머리를 흔들었다.

"이건 절대 있을 수 없어!"

휘도른은 툴툴거리고 길며 마른 다리로 성의 폐허 안으로 들어갔다.

하지만 그건 사실이었다. 전날 먹다 남은 음식 찌꺼기가 그 사실을 입증해 주었다.

아트레유와 푸후르도 어떻게 그렇게 헤매게 된 건지 영문을 알 수 없었다. 하지만 둘 다 입을 다물었다.

저녁 식사 때—이번에는 휘크리온이 구운 토끼 고기를 준비했는데 그럭저럭 먹을 만했다.—세 기사는 바스티안에게 인간의

세계에 대한 소중한 기억 중에서 조금만 이야기해 줄 수 있는지 물었다. 하지만 바스티안은 목이 아프다는 이유로 거절했다. 바스티안이 하루 종일 말이 없었기 때문에 세 기사는 그 말을 진짜라고 믿었다. 그들은 목이 아플 때 어찌어찌하면 좋다고 몇 가지 충고를 하고는 잠자리에 들었다.

아트레유와 푸후르만이 바스티안의 마음속에 무슨 일이 일어나고 있는지 감을 잡았다.

아침 일찍 다시 길을 떠났고 하루 종일 숲을 지나가며 일정한 방향을 놓치지 않으려고 세심한 주의를 기울였다. 그러나 저녁이 되자 그들은 다시 그 성의 폐허 앞에 서 있었다.

"도대체 어쩌자는 거지!"

휘크리온이 소리를 질렀다.

"미치겠군."

휘스발트가 신음하듯 내뱉었다.

"친구들, 우리 이 직업을 포기하자고. 우린 떠돌이 기사감은 못 되는가 봐."

휘도른이 차갑게 말했다.

바스티안은 이곳에 온 첫날 저녁에 이미 이하를 위한 특별한 공간을 발견했었다. 이하가 이따금 완전히 혼자 있으면서 생각에 잠기는 걸 좋아했기 때문이다. 이하는 서로 자기들의 훌륭한 태생과 고귀한 족보 얘기 말고는 다른 얘기는 전혀 하지 않는 말들과

어울리는 것을 성가셔 했다. 이날 저녁 바스티안이 버새를 그 자리에 데려다 주었을 때 버새는 말했다.

"주인님, 나는 왜 우리가 더 이상 앞으로 나아가지 못하는지 알아요."

"그걸 어떻게 아니, 이하?"

"내가 주인님을 태우고 가니까요. 반쪽만 당나귀면 뭐든지 다 느끼거든요."

"그러면 네 생각에 이유가 뭐 같니?"

"주인님이 더 이상 앞으로 가기를 원하지 않아서예요. 주인님은 뭔가 소원하기를 그만두었어요."

바스티안은 놀라서 이하를 바라보았다.

"넌 정말 현명하구나, 이하!"

버새는 당황하여 기다란 귀를 이리저리 흔들었다.

"우리가 지금까지 줄곧 어느 방향으로 움직였는지 알아요?"

"아니. 넌 아니?"

바스티안이 되물었다.

이하가 끄덕였다.

"지금까지 우리는 줄곧 환상 세계의 중심으로 향하고 있었어요. 그게 우리 방향이었지요."

"상아탑을 향해서?"

"그래요, 주인님. 그리고 우리가 그 방향을 지킨 동안에는 잘 나아갔어요."

"그럴 리가 없어. 그랬다면 아트레유가 알아차렸을 거야. 푸후르는 물론이고. 하지만 둘 다 아무것도 모르는걸."

바스티안이 의심스럽다는 듯 말했다.

"우리 버새들은 단순한 짐승이고 확실히 행운의 용하고는 비교도 할 수 없지요. 하지만 우리가 잘 아는 게 몇 가지 있어요, 주인님. 방향 감각도 그중 하나지요. 우린 그걸 타고났어요. 절대 길을 잃지 않거든요. 그렇기 때문에 나는 주인님이 어린 여왕에게로 가려고 하는 거라고 확신했던 거예요."

이하가 말했다.

"달아이에게로……. 그래, 그 애를 다시 보고 싶어. 내가 뭘 해야 할지 그 애가 알려 줄 거야."

바스티안은 중얼거렸다.

바스티안은 이하의 부드러운 주둥이를 쓰다듬고 속삭였다.

"고맙다, 이하. 고마워!"

다음 날 아침 아트레유가 바스티안을 한쪽 옆으로 데려갔다.

"잘 들어, 바스티안. 푸후르와 나, 우리가 너한테 사과할게. 우리가 네게 했던 충고는 좋은 뜻으로 한 거였지만 바보 같았어. 네가 그 충고를 따른 뒤부터 우리 여행은 진척이 없단다. 푸후르와 나는 어젯밤에 오랫동안 그 점에 대해 이야기를 나누었어. 네가 다시 뭔가 원하지 않는 한, 너는 여기서 더 이상 앞으로 가지 않을 거고 너와 함께 우리도 그렇게 될 거야. 네가 뭔가 원함으로써

더 많은 걸 잊어버리게 되는 건 피할 수 없지만, 그래도 다른 방법이 없어. 우리는 네가 제때에 돌아가는 길을 발견하길 바랄 뿐이야. 우리가 여기 머물러 있으면 너도 어찌할 수가 없어. 그러니 넌 아우린의 힘을 써서 다음 소원을 찾아내야 해."

"그래. 이하도 똑같은 말을 했어. 그리고 난 벌써 다음 소원을 알고 있어. 가자. 모두에게 내 소원을 알려 주고 싶거든."

바스티안이 말했다.

그들은 다른 이들에게로 돌아갔다.

"친구들, 우리는 지금까지 나를 나의 세계로 되돌려 보낼 수 있는 길을 찾았지만 헛수고였습니다. 우리가 계속 이런 식으로 하다간 영영 길을 찾지 못할 것 같아 걱정입니다. 그래서 나는 나에게 그 길에 대해 알려 줄 수 있는 유일한 인물을 찾아가기로 결심했어요. 바로 어린 여왕입니다. 오늘부터 우리 여행의 목적지는 상아탑입니다."

바스티안이 큰 소리로 말했다.

"만세!"

세 기사는 이구동성으로 소리를 질렀다.

그러나 푸후르의 청동빛 목소리가 그 틈으로 울려 퍼졌다.

"그만둬, 바스티안 발타자르 북스! 네가 하려는 일은 불가능해! 황금빛 눈의 소원의 지배자는 단 한 번밖에는 만날 수 없다는 걸 정말 모르는 거니? 넌 여왕을 결코 다시 볼 수 없어."

바스티안은 벌떡 일어났다.

"달아이는 내게 빚이 아주 많아. 그 애는 나를 만나는 걸 거절하지 않을 거야."

바스티안은 화가 나서 말했다.

"두고 보면 알 거야. 여왕의 결정은 때때로 이해할 수는 없다는 것을."

푸후르가 대답했다.

"너와 아트레유는 내게 끊임없이 충고를 하려는구나. 하지만 내가 너희의 충고를 따른 결과, 우리가 어떻게 됐는지 너희도 직접 보고 있잖아. 이제 내가 알아서 결정하겠어. 난 이미 결정했고 이제 밀고나갈 거야."

바스티안은 화가 머리끝까지 치미는 걸 느꼈다. 깊이 숨을 들이쉬고는 좀 침착해져서 말을 이었다.

"게다가 너희는 항상 너희 기준으로 생각해. 너희는 환상 세계의 피조물이지만 나는 인간이야. 나한테 너희와 똑같은 것이 적용될 거라고 어떻게 확신하지? 아트레유가 아우린을 지니고 있었을 때는 지금 나하고는 달랐어. 그리고 내가 아니면 도대체 누가 달아이에게 보석을 돌려줘야 하지? 그 애를 한 번밖에 만날 수가 없다고 그랬니? 하지만 난 벌써 두 번이나 그 애를 만났어. 아트레유가 그 애 방에 들어간 순간 우린 처음으로 서로를 보았고 두 번째는 커다란 알이 깨졌을 때였지. 나에게는 모든 게 너희한테와는 달라. 그리고 나는 세 번째로 달아이를 보게 될 거야."

모두들 말없이 가만히 있었다. 세 기사는 무엇 때문에 말다툼

을 하는지 알지 못했으므로, 그리고 아트레유와 푸후르는 정말로 확신이 없어졌기 때문에.

"그래. 어쩌면 네가 말한 대로일지도 몰라, 바스티안. 어린 여왕이 너를 어떻게 대할지 우리는 알 수 없어."

마침내 아트레유가 나지막이 말했다.

그런 다음 그들은 길을 떠났고 몇 시간 되지 않아, 정오가 되기도 전에 숲 가장자리에 다다랐다.

앞에는 약간 구릉이 진 드넓은 초원 지대가 펼쳐졌고, 그 사이로 강이 굽이쳐 흘렀다. 강에 도착하자 그들은 강줄기를 따라갔다.

아트레유는 다시 전처럼 푸후르를 타고 일행보다 앞서서 날았고 길을 살펴보기 위하여 넓은 원을 그리며 그들 주위를 선회했다. 둘은 근심에 가득 차 있었기에 비행이 전처럼 쉽지 않았다.

한번은 아주 높이 올라가 멀리까지 날아가 보았을 때 멀리서 땅이 마치 잘려 나간 듯이 보이는 곳을 발견했다. 그 바위 절벽은 ㅡ눈으로 볼 수 있는 한ㅡ수목이 무성한 깊숙한 평원으로 이어졌다. 강물은 거기에서 거대한 폭포가 되어 밑으로 떨어졌다. 하지만 말을 타고 오는 일행은 다음 날이나 되어야 그 지점에 도착할 것이었다.

푸후르와 아트레유는 돌아갔다.

"푸후르, 어린 여왕이 바스티안이 어떻게 되든지 개의치 않을 거라고 생각하니?"

아트레유가 물었다.

"글쎄. 여왕은 차별을 두지 않아."

푸후르가 대답했다.

"하지만 만약 여왕이 정말로 그……."

아트레유가 말을 계속했다.

"말하지 마!"

푸후르가 아트레유의 말을 끊었다.

"네가 무슨 생각을 하고 있는지 알아. 하지만 말하지 마."

아트레유는 한동안 침묵했다가 다시 입을 열었다.

"그 애는 내 친구야, 푸후르. 우린 그 애를 도와야 해. 필요하다면 어린 여왕의 뜻을 거역하고라도 말이야. 하지만 어떻게?"

"행운을 가지고."

용이 대답했고 처음으로 그의 청동종 같은 목소리에 금이 간 것처럼 들렸다.

그날 저녁 강변에 위치한 빈 통나무집에서 밤새 쉬기로 했다. 그 집은 푸후르에게는 물론 너무 좁아서 푸후르는 전에 자주 그랬던 것처럼 공중에서 자기로 했다. 말들과 이하도 바깥에 머물러야만 했다.

저녁 식사를 하는 동안 아트레유는 자기가 발견한 폭포와 이상한 절벽에 대해 말했다. 그러고는 마치 지나가는 말처럼 덧붙였다.

"그건 그렇고 우리 자취를 쫓는 자들이 있어."

세 기사는 서로 바라보았다.

"이런!"

휘크리온은 크게 소리치더니 모험심에 불타 검은 콧수염을 비비꼬았다.

"몇 놈이지?"

"우리 뒤로 일곱이 있었어."

아트레유가 대답했다.

"하지만 밤새 온다고 하더라도 내일 아침까지는 이곳에 도착하지 못할 거야."

"무장을 했나?"

휘스발트가 물었다.

"그건 확인 못 했어."

아트레유가 말했다.

"게다가 다른 방향에서도 더 많이 오고 있거든. 서쪽에서 여섯을 보았고, 동쪽에서 아홉에다가 열둘인가 열셋이 우리 맞은편에서 오고 있어."

"뭐 하려는 건지 기다려 봅시다."

휘도른이 말했다.

"서른다섯이나 서른여섯 정도는 우리 셋한테는 전혀 위험한 상대가 못 되니까. 바스티안 님과 아트레유한테는 말할 것도 없고."

그날 밤 바스티안은 지금까지 대개 그랬던 것처럼 지칸다 칼을 풀어놓지 않았다. 손잡이를 손으로 꽉 쥐고 잤다. 꿈속에서 바스티안은 달아이의 얼굴을 보았다. 달아이는 바스티안을 보고 큰 희

망을 주는 듯한 미소를 지었다. 깨어났을 때 그 이상 기억나지 않았지만, 그 꿈은 여왕을 다시 보게 될 거라는 희망을 더 굳건하게 해 주었다.

바스티안이 통나무집 문밖으로 눈길을 던졌을 때 강에서 올라온 아침 안개 속에 일곱 형체가 서 있는 것이 희미하게 보였다. 둘은 바닥에 서 있었고 나머지는 여러 종류의 짐승을 타고 있었다. 바스티안은 조용히 친구들을 깨웠다.

기사들이 칼을 허리에 찼고, 모두 함께 통나무집 밖으로 나갔다. 바깥에서 기다리고 있던 형체들은 바스티안을 보자 타고 있던 짐승에서 내리더니 일곱이 전부 다 동시에 왼쪽 무릎을 꿇었다. 그들은 머리를 숙이며 소리쳤다.

"환상 세계의 구원자, 바스티안 발타자르 북스 님께 인사 올립니다!"

새로 도착한 자들은 너무나 기이한 모습이었다. 서 있었던 둘 가운데 하나는 목이 유달리 길었는데, 그 위에 각 방향으로 향해 있는 얼굴이 네 개 달린 머리가 얹혀 있었다.

첫 번째 얼굴은 명랑한 표정이었고, 두 번째는 화난 표정, 세 번째는 슬픈 표정, 네 번째는 졸린 표정이었다. 얼굴들은 전부 고정된 채 변하지 않았지만, 매 순간 기분에 알맞는 얼굴을 앞으로 돌릴 수 있었다. 그자는 사분의 사 트롤이었는데, 어떤 곳에서는 기분파라고도 했다.

걸어온 다른 하나는 환상 세계에서 세팔로포다 또는 두족류(頭

足類)라고 불리는 자로, 즉 아주 길고 가는 다리가 떠받치는 머리만 달랑 있고, 몸통과 손이 없는 존재였다. 두족류는 항상 떠돌아다니며 정해 놓고 사는 데가 없었다. 대부분 수백 놈씩 떼를 지어 다녔고 혼자 다니는 경우는 드물었다. 두족류는 풀을 먹고 살았다. 지금 여기 바스티안 앞에 무릎을 꿇고 있는 자는 젊어 보였고 붉은 뺨을 가졌다. 염소보다 조금 클까 말까 한 말을 타고 온 다른 셋은 난쟁이 그놈과 그림자 악한, 마녀였다. 그놈은 이마에 황금빛 장식용 고리를 둘렀는데, 틀림없이 제후인 모양이었다. 그림자 악한은 사실 어느 누구의 그림자도 아닌 그림자로만 되어 있었기 때문에 알아보기 힘들었다. 마녀는 고양이처럼 생긴 얼굴에 긴 황금빛 머리카락을 가졌고 그 머리카락으로 몸을 외투처럼 감쌌다. 마찬가지로 온몸이 텁수룩한 황금빛 털로 덮여 있었다. 마녀는 다섯 살배기 어린아이보다 크지 않았다.

황소를 타고 온 또 다른 방문객은 노인으로 태어나 아기가 되면 죽는다는 사사프라스 인이었다. 여기 이자는 길고 흰 수염에, 대머리에다 주름투성이 얼굴이었다. 그러니까—사사프라스 인 기준으로 판단하건대—아주 젊었고, 대략 바스티안 나이 정도였다.

파란 드쉰 하나는 낙타를 타고 왔다. 그는 길고 홀쭉했으며 커다란 터번을 둘렀다. 비록 벌거벗은 근육질의 상체가 마치 번쩍이는 푸른 금속으로 만들어진 것처럼 보이긴 해도 모습은 사람 같았다. 얼굴에는 코와 입 대신에 구부러진 커다란 독수리 부리가 달렸다.

"너희들은 누구이고 무엇을 원하느냐?"

휘크리온이 약간 무뚝뚝하게 물었다. 방문객들이 정중하게 인사했는데도 그들이 위험하지 않다는 것을 완전히 확신하지 못한 듯이 혼자서만 아직껏 칼 손잡이를 놓지 않고 있었다.

지금까지 졸린 얼굴을 보여 주고 있던 사분의 사 트롤은 이제 명랑한 얼굴을 앞으로 내밀더니 휘크리온은 싹 무시하고 바스티안을 향해 말했다.

"바스티안 님, 우리는 환상 세계의 아주 여러 나라에서 온 제후들입니다. 우리는 각자 당신에게 인사를 드리고 당신의 도움을 청하려고 길을 떠나왔습니다. 당신이 여기 계시다는 소식은 이 나라에서 저 나라로 퍼졌고, 바람과 구름이 당신 이름을 부르고 바다의 물결은 쏴쏴 소리를 내면서 당신의 명성을 알리며 어느 시냇물이나 다 당신의 힘에 대해서 속삭입니다."

바스티안은 아트레유를 흘끗 보았지만, 아트레유는 진지하고 사뭇 엄격한 얼굴로 트롤을 바라보고 있었다. 입가에 미소라고는 눈곱만큼도 찾아볼 수 없었다.

"우리는 알고 있습니다."

이제 파란 드쉰이 말을 받았다. 목소리가 독수리의 날카로운 울음소리처럼 들렸다.

"당신이 밤의 숲 페렐린과 빛깔 사막 고압을 창조한 것을 말입니다. 당신이 다채로운 죽음의 불을 먹고 마시고 그 안에서 목욕을 했다는 것도 우리는 알고 있습니다. 환상 세계의 그 누구도 살

아서 견뎌 내지 못했을 그 일을 말이죠. 당신이 천 개 문의 사원을 지나왔다는 것과 은의 도시 아마르간트에서 일어난 일도 우리는 알고 있습니다. 우리는 주인님, 당신이 뭐든지 할 수 있다는 것을 알고 있습니다. 당신이 한 마디만 하면 당신이 원하는 그대로 된다는 거지요. 그래서 우리는 당신을 초대하려고 합니다. 우리만의 이야기를 갖게 되는 은혜를 베풀어 주시길 바랍니다. 우리 모두 아직 우리만의 이야기가 없거든요."

바스티안은 생각해 보고는 고개를 흔들었다.

"너희가 내게 기대하는 것을 지금은 아직 할 수 없어. 나중에 너희 모두 도와주겠어. 하지만 우선은 나는 어린 여왕을 만나야 해. 그러니까 상아탑을 찾아갈 수 있게 날 도와주렴!"

그들은 조금도 실망하는 빛을 보이지 않았다. 잠깐 자기들끼리 상의하더니 모두 아주 기쁜 마음으로 바스티안의 제의에 따라 동행하겠다고 밝혔다. 그리고 잠시 후 이제 소규모 대상(隊商)에 맞먹는 행렬이 움직이기 시작했다.

그들은 하루 종일 새로 도착한 이들과 부딪쳤다. 아트레유가 전날 보고했던 사신들이 사방에서 나타났을 뿐만 아니라 훨씬 많은 이들이 나타났다. 산양 다리를 한 목양신들과 거대한 밤요정들, 요정과 요괴들, 딱정벌레를 탄 놈과 세 발 달린 놈들, 끝이 젖혀진 긴 장화를 신은 사람 크기만 한 닭과 연미복 같은 것을 입고 황금 뿔이 달린 똑바로 서서 걸어가는 사슴이 보였다. 새로 도착한 이들 가운데는 대체적으로 사람 모습과는 전혀 닮지 않은 존

재들이 많았다. 예를 들면 헬멧을 쓴 구릿빛 개미, 기이하게 생긴 걸어다니는 바위, 긴 부리로 음악을 연주하는 피리처럼 생긴 짐승이 있었고, 또—이렇게 말할 수 있다면—한 걸음 뗄 때마다 녹아서 웅덩이가 되었다가 좀 있다가 다시 새로 형체를 한데 모으는 정말 이상한 방식으로 움직이는 이른바 웅덩이 귀신도 셋 있었다. 그러나 새로 도착한 이들 가운데 제일 기묘한 자는 앞부분과 뒷부분이 따로따로 움직일 수 있는 이중(二重)이였다. 그는 붉고 하얀 줄무늬가 쳐진 것만 빼면 어딘지 조금 하마하고 닮은 데가 있었다. 그사이 벌써 백 명 정도가 되었다. 그리고 모두 다 환상 세계의 구원자인 바스티안에게 인사하고 자기만의 이야기를 지어 달라고 부탁하러 온 것이었다. 하지만 제일 먼저 온 일곱 명이 나중에 온 이들에게 우선 상아탑으로 여행하는 것이라고 설명했고, 그러면 모두 함께 가겠다고 했다.

휘크리온과 휘스발트, 휘도른은 바스티안과 함께 이제 꽤 길어진 행렬의 맨 앞에서 갔다.

저녁 무렵 일행은 폭포에 도착했다. 밤에는 이미 고원을 떠나 꼬불거리는 산길을 내려와 나무 크기만 한 난초들로 이루어진 숲에 들어서 있었다. 난초들은 반점이 있었고 약간 불안감을 주는 듯한 거대한 꽃들이었다. 그래서 야영지를 차렸을 때, 모든 경우를 대비하여 불침번을 세우기로 결정했다.

아트레유와 바스티안은 어디에나 무성하게 널린 이끼를 모아서 푹신한 잠자리를 만들었다. 푸후르가 머리를 안쪽으로 둔 채 고리

모양으로 두 친구를 둘러싸고 누웠다. 둘은 마치 커다란 모래 성벽 안에 자기들끼리만 있어서 보호받는 듯했다. 공기는 따뜻했고 난초가 뿜어내는 특이한 향기로 덮였는데, 가히 기분 좋은 향기는 아니었다. 거기에는 재앙을 예고하는 뭔가가 숨어 있었다.

제 20 장
눈 달린 손

 행렬이 다시 이동하기 시작했을 때 난초 꽃과 잎에 맺힌 이슬 방울이 막 떠오른 아침 햇살을 받아 반짝거렸다. 또다시 새로운 사자들이 기존 무리에 합류해서 전체 일행 수가 벌써 삼백 명쯤으로 늘어난 것을 제외하면 간밤에 별다른 사건은 일어나지 않았다. 이렇게 가지각색인 존재들의 행렬은 정말이지 볼 만한 광경이었다.

 난초 숲 속으로 들어가면 갈수록 난초 꽃의 형태와 빛깔은 점점 더 믿을 수 없이 기괴해졌다. 그리고 얼마 안 가서 휘크리온, 휘스발트, 휘도른 기사는 불안감에 보초를 세울 수밖에 없었던 것이 전혀 근거 없지 않았음을 확인했다. 많은 수가 육식 식물이었고, 송아지 한 마리쯤은 너끈히 삼켜 버릴 만큼 컸던 것이다. 그 식물들은 비록 자진해서 움직이지는 않았지만—그런 점에서 보초는 필요 없었다.—누가 건드리면 마치 덫처럼 탁 닫혔다. 그래서 기사들은 자기들의 동행 또는 타고 있던 짐승의 팔이나 다리를 빼내기 위해 몇 번이나 칼을 사용해 꽃을 전부 베어 버리고 조각내어야만 했다. 이하를 타고 가던 바스티안은 끊임없이 가능한 온갖 환상의 존재들에 의해 빽빽이 둘러싸였다. 그들은 바스티안의 눈에 띄어 보려고 애쓰거나 최소한 한 번 보기라도 하려고 했다. 하지만 바스티안은 아무 말 없이 생각에 잠긴 얼굴로 가고 있었다. 바스티안의 마음속에는 새로운 소원이 싹텄고, 그 소원은 처음으로 바스티안을 접근할 수 없고 심지어 음울해 보이게 만들었다.

 화해를 하긴 했지만, 바스티안이 아트레유와 푸후르의 태도에

서 가장 불쾌한 것은 그들이 자기를 마치 자신들이 책임져야 하고 지도 편달해 줘야 하는 자립적이지 못한 어린아이로 취급한다는 의심할 여지 없는 사실이었다. 곰곰이 잘 생각해 보니 처음 만났던 날부터 계속 그랬다. 도대체 어쩌다가 그렇게 되었을까? 보아 하니 그들은 어떤 이유에서 자기들이 바스티안보다 우월하다고 느끼는 것 같았다. 비록 좋은 뜻으로 그런다고 하더라도 말이다. 의심할 여지 없이 아트레유와 푸후르는 바스티안을 순진하고 보호가 필요한 사내아이라고 여겼다. 그렇지만 그건 별로 바스티안의 맘에 들지 않았다. 아니, 전혀 맘에 들지 않았다! 바스티안은 순진하지 않았다! 두고 보면 알게 될 것이다! 바스티안은 위험해지고 싶었다. 위험하고 두려운 존재이고 싶었다! 누구나 조심해야만 하는 사람이고 싶었다. 아트레유와 푸후르조차도.

파란 드쉰이—그건 그렇고 그의 이름은 일루안이다.—바스티안 주위에 몰려 있는 군중 사이를 뚫고 들어와 가슴에 팔을 겹쳐 대고 인사했다.

바스티안은 멈춰 섰다.

"무슨 일이야, 일루안? 말해 봐!"

"주인님."

드쉰이 독수리 같은 목소리로 말했다.

"새로 도착한 길동무들에게 들은 얘기가 좀 있습니다. 몇몇이 우리가 향하고 있는 그 지역을 잘 안다고 주장하더군요. 그러면서 모두 겁내며 부들부들 떨고 있습니다, 주인님."

"무엇 때문에? 거기가 어떤 지역인데?"

"육식 난초들이 사는 이 숲은 오글라이스 정원이라고 하고 마법의 성인 호로크 성에 속합니다, 주인님. 그 성은 '눈 달린 손'이라고 하지요. 그곳에는 환상 세계에서 제일 강력하고 고약한 여자 마법사가 살고 있습니다. 이름은 크사이데라고 합니다."

"좋다."

바스티안이 대답했다.

"겁먹은 자들에게 안심하라고 전해라. 내가 옆에 있다고."

일루안은 다시 인사하고 사라졌다.

조금 뒤에 앞서서 날아갔던 아트레유와 푸후르가 바스티안 옆에 내려앉았다. 일행은 마침 점심 시간에 잠시 쉬는 중이었다.

"그걸 뭐라고 해야 좋을지 모르겠어."

아트레유가 말을 시작했다.

"걸어서 서너 시간쯤 걸리는 난초 숲 한가운데에서 바닥에서 우뚝 솟은 커다란 손처럼 보이는 건축물을 보았어. 아주 무시무시한 인상을 주더라고. 우리가 이 방향을 그대로 고수하면 바로 그리로 가게 돼!"

바스티안도 그 사이에 일루안에게 들은 이야기를 했다.

"이번 경우에는 방향을 바꾸는 게 현명할 것 같은데, 안 그러니?"

아트레유가 물었다.

"안 돼."

바스티안이 말했다.

"하지만 크사이데와 꼭 만나야 할 이유는 없잖아. 만남을 피하는 게 나을 거야."

"이유가 있어."

바스티안이 말했다.

"어떤 이유?"

"내가 원하니까."

바스티안이 말했다.

아트레유는 입을 다물었고 눈이 휘둥그레져서 바스티안을 쳐다보았다. 그 때 다시 사방에서 환상 세계의 주민들이 바스티안을 보려고 몰려들었기 때문에 대화를 계속할 수 없었다.

하지만 점심 식사가 끝난 후 아트레유는 다시 와서 바스티안에게 짐짓 아무렇지도 않은 투로 이렇게 제안했다.

"나와 함께 푸후르를 타고 날아 보지 않을래?"

바스티안은 아트레유가 뭔가 할 말이 있다는 것을 알아차렸다. 그들은 행운의 용 등에 올라탔다. 아트레유가 앞에, 바스티안이 뒤에. 그리고 공중으로 날아올랐다. 함께 나는 것은 처음이었다.

남들이 듣지 못할 만한 높이에 닿자마자 아트레유는 말했다.

"이제 너와 단둘이 얘기하기가 힘들어졌어. 하지만 우린 꼭 서로 이야기를 해야만 해, 바스티안."

"나도 그 생각을 했어."

바스티안이 웃으면서 말했다.

"도대체 뭐니?"

"우리가 도달한 곳 또 우리가 지금 향하고 있는 곳은……, 너의 새로운 소원하고 관련이 있는 거니?"

아트레유는 망설이면서 말을 꺼냈다.

"아마도."

바스티안은 조금 차갑게 대답했다.

"그래."

아트레유가 계속 말했다.

"우리도 그렇게 생각했어, 푸후르와 나 말이야. 이번 소원은 어떤 거니?"

바스티안은 아무 말도 하지 않았다.

"날 오해하지는 마. 우리가 그 무엇이나, 그 누군가를 겁내서 그러는 건 아니야. 하지만 우린 너의 친구로서 네가 걱정돼."

아트레유가 덧붙였다.

"그럴 필요 없어."

바스티안은 더욱 차갑게 대꾸했다.

아트레유는 한참 동안 말이 없었다. 마침내 푸후르도 고개를 돌리고 말했다.

"아트레유가 아주 합리적인 제안을 하려고 해. 잘 들어 봐, 바스티안 발타자르 북스."

"또 충고하려는 거야?"

바스티안이 비웃음을 띠고 물었다.

"아냐. 충고가 아니야, 바스티안."

아트레유가 대답했다.

"아마 당장은 네 맘에 들지 않을지도 모르는 제안이야. 하지만 거절부터 하지 말고 우선 그 제안을 곰곰이 생각해 봐. 우린 널 도울 수 있는 방법을 찾느라 내내 골머리를 썩였어. 모든 것이 어린 여왕의 표시가 너에게 끼치는 효력에 달렸어. 아우린의 힘이 없으면 넌 계속 뭔가를 소원할 수 없지만, 아우린의 힘이 있으면 너 자신을 잃어버리고 네가 가려고 하는 곳에 대한 기억을 점점 잊어버리게 돼. 우리가 손 놓고 있으면 네가 어디로 가려고 했는지 전혀 모르게 되는 순간이 올 거야."

"그 얘기는 이미 했잖아. 또 뭐가 남았니?"

바스티안이 말했다.

"내가 보석을 지니고 있었을 때는 전혀 달랐어."

아트레유가 말을 계속했다.

"그것이 나를 이끌어 주었고 나에게서 아무것도 빼앗아 가지 않았어. 아마도 내가 인간이 아니고 그래서 인간 세상에 대해 잊어버릴 기억이 없어서였을 거야. 나에게 전혀 해를 입히지 않았고, 완전히 반대였다는 말이야. 그래서 난 네가 나한테 아우린을 넘겨 주고 내가 이끄는 대로 그냥 맡겨 달라고 너한테 제안하려고 했던 거야. 내가 너를 위해서 너의 길을 찾아 줄게. 어떻게 생각하니?"

"거절한다!"

바스티안은 차갑게 말했다.

푸후르는 다시 고개를 뒤로 돌렸다.

"잠시 동안만이라도 차근차근 생각해 보지 않을래?"

"아니."

바스티안이 대답했다.

"뭐 하러?"

그러자 이제 아트레유가 처음으로 화를 냈다.

"바스티안, 정신 차려! 이런 식으로 계속할 수 없다는 걸 네가 깨달아야만 해! 넌 네가 완전히 변했다는 걸 정말 깨닫지 못하겠니? 도대체 네 문제가 뭐니? 뭐가 되려는 거야?"

"정말 고맙다."

바스티안이 불쑥 말했다.

"쉬지 않고 내 문제를 걱정해 줘서 정말 고맙구나. 하지만 솔직히 말해서 너희가 이제 나를 좀 그만 괴롭혀 줬으면 정말 훨씬 더 좋겠구나. 나는 너희가 잊어버렸을까 봐 그러는데, 나는 바로 환상 세계를 구한 사람이고, 달아이가 자기 힘을 맡긴 사람이거든. 그 애가 그렇게 한 데는 틀림없이 어떤 이유가 있었겠지. 안 그랬더라면 아우린을 너한테 줄 수도 있었겠지, 아트레유. 하지만 그 애는 너에게서 표시를 빼앗아서 그걸 내게 주었어! 내가 변했다고 그랬니? 그래, 친애하는 아트레유, 네가 옳게 봤다! 나는 너희가 생각하듯이 순진하고 아무것도 모르는 바보가 더 이상 아니란 말이다. 네가 왜 내게서 아우린을 가져가려는지 그 진짜 이유를 내

가 말해 볼까? 그건 바로 네가 나를 질투하기 때문이야. 오직 질투 때문이라고. 너희는 아직 나를 몰라. 하지만 너희가 계속 이런 식으로 굴면……, 다시 한 번 선의에서 말하겠다. 내가 어떤 놈인지 알게 될 거다!"

아트레유는 대답하지 않았다. 푸후르의 비행은 갑자기 모든 힘이 빠져 버렸다. 푸후르는 공중에서 몸을 힘들게 질질 끌더니 총에 맞은 새처럼 점점 더 아래로 떨어지기 시작했다.

"바스티안."

아트레유가 마침내 힘들게 입을 열었다.

"네가 방금 한 말은 네 진심이 아닐 거야. 잊어버리자. 그런 말은 한 적 없는 거다."

"그래 좋아. 네 맘대로 하렴. 내가 먼저 시작한 게 아니야. 하지만 좋아. 잊어버리자."

바스티안이 대답했다.

한동안 아무도 한 마디도 하지 않았다.

멀리 그들 앞으로 난초 숲 사이로 호로크 성이 나타났다. 성은 정말로 위로 곧게 쭉 뻗은 손가락 다섯 개가 있는 거대한 손처럼 생겼다.

"하지만 최종적으로 한 가지 더 분명히 해 두고 싶어."

바스티안이 갑자기 말했다.

"난 절대 돌아가지 않기로 결심했어. 환상 세계에 영원히 남아 있을 거야. 여기가 아주 마음에 들어. 그렇기 때문에 내 기억 따

위는 쉽게 포기할 수 있어. 그리고 환상 세계의 미래에 관해서라면, 난 어린 여왕에게 새로운 이름 수천 개를 지어 줄 수 있어. 우리에게 인간 세계 따위는 더 이상 필요하지 않아!"

푸후르는 갑자기 몸을 홱 돌리더니 되돌아 날았다.

"이봐! 뭐 하는 거야? 계속 날아가! 가까이에서 호로크를 보고 싶어!"

바스티안이 고함을 질렀다.

"난 더 이상 못 해. 난 정말 더 이상 못 가겠어."

푸후르가 깨진 듯한 목소리로 대답했다.

그들이 행렬 옆에 착륙했을 때 일행들은 대단히 흥분해 있었다. 알고 보니 곤충 모양의 검은 갑옷 같은 것을 입은 쉰 명쯤 되는 아주 커다란 남자 일당이 행렬을 습격했던 것이다. 많은 이들이 도망갔다가 이제야 혼자서 혹은 여럿이 함께 돌아왔고, 다른 이들은 용감하게 맞섰지만 조금도 성공적이지 못했다. 그 갑옷을 입은 거인들은 마치 아이들 장난밖에 안 된다는 듯이 저항하는 자늘을 전부 때려 눕혔다. 세 명의 기사 휘크리온, 휘스발트, 휘도른은 용감하게 싸웠지만 적을 단 한 명도 이기지 못했다. 결국 세 기사들은 힘으로 제압당해 무기를 빼앗기고 사슬에 묶인 채 끌려갔다. 검은 갑옷을 입은 자들 가운데 한 명이 특이한 금속성의 목소리로 다음과 같이 외쳤다.

"호로크 성의 여주인이신 크사이데 님이 바스티안 발타자르 북

스에게 보내는 전갈이다. 성주님은 구원자가 무조건 성주님께 항복하고 그 자신과 그의 재산, 그의 능력을 다해 충실한 노예로서 성주님을 섬기겠다고 맹세할 것을 요구한다. 하지만 구원자가 그럴 용의가 없고 성주님의 뜻을 수포로 만들려고 어떤 계략을 쓰려 한다면, 그의 세 친구 휘크리온, 휘스발트, 휘도른은 고문을 받아 천천히, 치욕스럽고 잔인하게 죽임을 당할 것이다. 시한은 내일 해가 뜰 때까지이니 구원자는 신속히 생각할지어다. 이상이 호로크 성의 여주인이신 크사이데 님이 바스티안 발타자르 북스에게 전하는 전갈이다. 전갈은 전달되었다."

바스티안은 입술을 깨물었다. 아트레유와 푸후르는 멍하니 앞을 보고 있었지만 바스티안은 둘이 무슨 생각을 하는지 정확히 알고 있었다. 그리고 그들이 아무 내색도 하지 않는 바로 그 점이 바스티안의 마음을 더 자극했다. 하지만 지금은 그것 때문에 뭐라 할 때가 아니었다. 나중에 적당한 기회가 있으리라.

"나는 크사이데의 협박에 절대로 굴복하지 않을 것이다. 그 점은 아주 명백하다. 우린 당장 붙잡힌 세 명을 빨리 구해 낼 계획을 세워야 한다."

바스티안은 주위에 있는 자들에게 큰 소리로 말했다.

"쉽지 않을 겁니다."

독수리 부리가 달린 파란 드쉰 일루안이 말했다.

"우리가 다같이 덤벼도 그 시커먼 놈들을 당해 내지 못할 겁니다. 이미 입증됐어요. 그리고 주인님, 당신과 아트레유 그리고 행

운의 용이 선두에 서서 싸운다고 해도 우리가 호로크 성을 점령할 때까지는 시간이 너무 오래 걸릴 거예요. 세 기사의 목숨은 크사이데의 손에 달렸고 우리가 공격한 걸 눈치 채면 즉시 그들을 죽일 겁니다. 분명합니다."

"그렇다면 눈치 채지 못하도록 해야지. 우리는 불시에 덮쳐야 해."

바스티안이 설명했다.

"어떻게 그렇게 할 수 있죠?"

사분의 사 트롤이 물었다. 그는 이제 화난 얼굴을 앞으로 돌렸는데 매우 무서워 보였다.

"크사이데는 아주 약아서 모든 상황에 다 대비하고 있을 겁니다."

"나도 그게 걱정입니다."

그놈 제후가 말했다.

"우리는 너무 숫자가 많아서 우리가 호로크 성을 향해 움직이면 크사이데가 못 볼 리가 없어요. 이런 행렬은 숨을 수가 없어요, 밤이라도 말이죠. 틀림없이 척후병을 세워 뒀을 겁니다."

"그렇다면 바로 그 점을 이용해서 속일 수 있을 거야."

바스티안이 생각해 보았다.

"무슨 말씀입니까, 주인님?"

"너희는 일행 전부를 데리고 다른 방향으로 계속 가거라. 그래서 너희가 도망가고, 우리가 세 포로를 구하는 걸 포기한 것처럼 보이도록 말이다."

"그러면 잡혀 있는 이들은 어떡하고요?"

"내가 아트레유, 푸후르와 함께 그 일을 맡는다."

"셋이서만요?"

"그래. 물론 아트레유와 푸후르가 나를 도와준다면 말이지. 그렇지 않으면 나 혼자 할 거다."

바스티안이 말했다.

경탄하는 눈길들이 바스티안을 바라보았다. 가까이에 있던 자들은 그 말을 들을 수 없었던 이들에게 소곤거리며 말을 전했다.

"주인님, 그건 당신이 이기든 지든 상관없이 환상 세계의 이야기 속에 남게 될 겁니다."

마침내 파란 드쉰이 소리쳤다.

"함께 가겠니? 아니면 뭐 새로운 제안이 있니?"

바스티안은 아트레유와 푸후르에게 물었다.

"아니. 우리는 너와 같이 간다."

아트레유는 조용히 말했다.

"그렇다면 행렬은 지금 해가 아직 있을 때 움직이기 시작하라. 너희는 마치 도망가고 있다는 인상을 주어야 한다. 그러니 서둘러라! 우리는 이곳에서 어두워질 때까지 기다릴 것이다. 내일 아침 일찍 우리는 다시 너희와 만나게 될 것이다. 세 기사와 함께든 아니든. 이제 출발해라!"

바스티안이 명령을 내렸다.

일행은 말없이 바스티안에게 인사하고 길을 떠났다. 바스티안과 아트레유, 푸후르는 난초 덤불에 숨어서 꼼짝하지 않고 조용히 밤이 오기를 기다렸다.

저녁 노을이 질 무렵, 갑자기 나지막이 철컥거리는 소리가 들렸고 거대하고 시커먼 남자 다섯이 다 떠나 버린 야영지로 들어서는 것이 보였다. 남자들은 이상하게 기계적으로 움직였다. 전부 완전히 똑같이 행동했다. 몸은 전부 검은 금속으로 된 것 같았고, 심지어 얼굴도 철가면 같았다. 그들은 동시에 멈추어 섰고 행렬이 사라진 방향으로 몸을 돌리더니 서로 한 마디도 주고받지 않고 발 맞춰 흔적을 쫓아갔다. 그러더니 다시 조용해졌다.

"계획이 제대로 되어 가는 것 같아."

바스티안이 속삭였다.

"다섯뿐이었어."

아트레유가 대꾸했다.

"나머지는 어디 있는 거지?"

"분명히 그 다섯이 어떤 방법을 써서 나머지를 부를 거야."

바스티안이 말했다.

마침내 완전히 캄캄해졌을 때 그들은 조심스럽게 숨어 있던 곳에서 기어 나왔고 푸후르는 둘을 태우고 소리 없이 공중으로 날아올랐다. 푸후르는 들키지 않으려고 난초 숲 우듬지 위에 되도록 바짝 붙어서 날아갔다. 처음에는 방향이 확실했다. 이날 낮에 갔었던 것과 똑같은 방향이었다. 십오 분쯤 그 방향으로 빠른 속도

로 날아갔을 때 호로크 성을 찾을 수 있을지, 어떻게 찾을지 하는 의문이 생겼다. 칠흑같이 어두웠다. 하지만 몇 분 후에 눈앞에 성이 나타났다. 성에 달린 창문 수천 개에 불이 환하게 밝혀져 있었다. 크사이데는 성이 눈에 보이도록 하는 것을 중요하게 여기는 모양이었다. 그것은 물론 쉽게 이해가 됐다. 크사이데는 비록 다른 의미에서였지만 바스티안의 방문을 기다리고 있었으니까.

푸후르는 신중을 기하기 위해 난초 사이 바닥으로 기어갔다. 하얀 진줏빛 비늘 옷이 반짝이며 빛을 반사하기 때문이다. 아직 들키면 안 되었다.

난초 뒤에 몸을 숨긴 채 그들은 성에 접근했다. 커다란 출입문 앞에는 갑옷을 입은 거인들 열 명이 보초를 서고 있었다. 그리고 불을 환하게 밝혀 놓은 창문마다 한 명씩, 보초들이 꼼짝하지 않은 채 시커먼 그림자처럼 위협적으로 서 있었다.

호로크 성은 난초 덤불에서 벗어난 탁 트인 작은 언덕에 서 있었다. 건물의 형태는 실제로 땅에서 솟아오른 거대한 손 모양이었다. 각 손가락은 탑이었고, 엄지손가락은 돌출창이 있는 부분이었는데, 그 위에 또 탑이 달려 있었다. 전체 건물은 여러 층 높이였고 손가락 마디마다 한 층을 이루었으며, 창문은 사방을 살피는 반짝이는 눈 모양이었다. 정말 눈 달린 손이라는 이름이 딱 어울렸다.

"잡혀간 이들이 어디에 있는지 알아내야 해."

바스티안이 아트레유의 귀에 대고 속삭였다.

　아트레유는 끄덕이고 바스티안에게 조용히 푸후르와 함께 있으라고 손짓을 했다. 그런 다음 작은 소리 하나 내지 않고 배로 기어서 갔다. 한참 지나서야 아트레유는 돌아왔다.

　아트레유가 속삭였다.

　"성 주변을 다 살펴보았어. 출입문은 저거 딱 하나밖에 없어. 하지만 철통같이 지키고 있지. 가운뎃손가락 맨 꼭대기에 채광창이 하나 있는 걸 봤어. 거기에는 갑옷 거인이 없는 것 같아. 하지만 우리가 푸후르를 타고 거기로 날아가면 틀림없이 들키고 말 거야. 기사들은 지하실에 갇혀 있는 것 같아. 어쨌든 아주 깊은 지하에서 나오는 듯한 긴 신음 소리를 한 번 들었어."

　바스티안은 골똘히 생각했다. 그러더니 속삭였다.

　"난 저 채광창으로 올라가 보겠어. 너랑 푸후르는 그동안 보초들의 관심을 딴 데로 돌려야 해. 우리가 출입문을 공격한다고 놈들이 믿게끔 뭐든 해. 너희는 저들을 전부 이리로 유인해야 해. 하지만 유인하기만 해, 알겠니? 싸우지는 마! 그 사이에 나는 뒤쪽에서 손을 기어 올라가 보도록 할게. 될 수 있는 대로 오래 녀석들을 붙잡아 둬. 하지만 위험한 짓은 하지 마. 몇 분만 기다렸다 시작해."

　아트레유는 끄덕이고 바스티안과 악수했다. 그러고 나서 바스티안은 은빛 망토를 벗고 어둠 속을 헤치고 갔다. 바스티안은 커다랗게 반원을 그리며 건물을 빙 돌아갔다. 그가 뒤편에 닿자마자 벌써 아트레유가 크게 외치는 소리가 들려왔다.

"이봐! 너희들, 환상 세계의 구원자 바스티안 발타자르 북스를 아느냐? 그가 여기에 왔다. 하지만 크사이데의 자비를 구하려고 온 게 아니라 포로들을 순순히 풀어줄 기회를 주기 위해서 온 거다. 그렇게 해야만 치욕스러운 목숨을 부지할 거다!"

바스티안은 그 때 덤불 속에서 성 모퉁이 너머를 내다볼 수 있었다. 아트레유는 은빛 망토를 걸쳤고 검푸른 머리카락을 마치 터번처럼 감아 올렸다. 둘을 잘 알지 못하는 사람이 본다면 둘은 꽤나 닮은 데가 있다고 여겼을 것이다.

시커먼 갑옷 거인들은 잠깐 동안 망설이는 듯했다. 하지만 잠깐 동안뿐이었다. 곧 그들은 아트레유를 향해 달려갔고, 금속성의 쿵쿵거리는 발소리가 들려왔다. 창문에 서 있던 그림자들도 이제 움직이기 시작했고 무슨 일이 있는지 보려고 초소를 떠났다. 다른 놈들이 무더기로 출입문에서 몰려나왔다. 첫 번째로 달려온 놈들이 아트레유를 거의 잡을 뻔했을 때 아트레유는 족제비처럼 얼른 피했고, 다음 순간 푸후르의 등에 타고 놈들의 머리 위에서 나타났다. 갑옷 거인들은 칼을 공중으로 휘두르고 높이 뛰어올랐지만 아트레유에 닿을 수는 없었다.

바스티안은 번개처럼 빨리 성으로 다가가서는 건물 정면을 기어 오르기 시작했다. 곳곳에 창틀과 벽의 돌출부가 있어 도움이 되었지만, 손가락 끝으로만 매달려 있어야 할 때가 더 많았다. 바스티안은 높이, 점점 더 높이 기어 올라갔다. 한번은 발을 대고 있던 벽 조각이 떨어져 나가 잠시 동안 한 손으로만 매달려 있었

다. 하지만 몸을 위로 끌어올렸고 다른 손으로 붙잡을 만한 것을 찾아내고는 계속 올라갔다. 드디어 탑에 도착한 다음부터는 훨씬 빨리 나아갈 수 있었다. 탑과 탑 사이의 간격이 좁아서 그 사이에 몸을 버티고 위로 밀며 올라갈 수 있었기 때문이다.

마침내 바스티안은 채광창에 닿았고 얼른 그 안으로 들어갔다. 실제로 그 탑 방 안에는 보초가 없었다. 왜 그런지는 모르겠지만. 바스티안이 문을 열자 나선형 계단이 보였다. 바스티안은 소리 없이 밑으로 내려갔다. 한 층 아래로 내려갔을 때 창가에 시커먼 보초 두 명이 서서 저 아래에서 일어나는 일을 지켜 보고 있었다. 바스티안은 들키지 않고 재빨리 그들 뒤로 지나갈 수 있었다.

다시 계단을 지나고 복도와 회랑을 지나 계속 살금살금 갔다. 한 가지 확실한 점은 이 갑옷 거인들이 전투에서는 천하무적일지 몰라도 그리 유능한 보초는 못 된다는 것이었다.

드디어 바스티안은 지하층에 다다랐다. 갑자기 밀려온 퀴퀴한 곰팡이 냄새와 차가운 공기 때문에 지하라는 것을 금방 알았다. 다행히 여기 있던 보초들은 전부 가짜 바스티안 발타자르 북스를 집으려고 위로 몰려간 모양이었다. 어쨌든 단 한 놈도 보이지 않았다. 벽에는 횃불이 걸려 있어서 길을 밝혀 주었다. 점점 더 깊이 내려갔다. 바스티안이 보기에 지하도 지상만큼 여러 층으로 된 것 같았다. 마침내 맨 아래층에 도착하자 곧 휘크리온, 휘스발트, 휘도른이 고통 받고 있는 감옥이 눈에 들어왔다.

세 기사들은 긴 쇠사슬에 손목이 묶인 채 시커멓고 바닥이 없

는 구멍처럼 보이는 구덩이 위 공중에 매달려 있었다. 쇠사슬은 감옥 천장에 달린 도르래를 지나 권양기로 이어져 있었다. 하지만 권양기는 커다란 철제 맹꽁이 자물쇠로 잠겨 있어서 움직일 수 없었다. 바스티안은 어쩔 줄 몰라 하며 서 있었다.

세 포로는 마치 기절한 듯 눈을 감고 있었다. 하지만 그 때 끈질긴 휘도른이 왼쪽 눈을 뜨더니 말라붙은 입술로 중얼거렸다.

"이봐 친구들, 누가 와 있는지 보라고!"

나머지 둘도 있는 이제 마찬가지로 힘들게 눈을 떴고 바스티안을 보자 입가에 미소가 스쳐 지나갔다.

"당신이 우릴 그냥 내버려 두지 않을 거라는 걸 알았답니다, 주인님."

휘크리온이 쉰 목소리로 말했다.

"너희를 어떻게 내려 주지? 권양기는 잠겨 있어."

바스티안이 물었다.

"칼을 뽑아서 단칼에 사슬을 잘라 버리세요."

휘스발트가 내뱉었다.

"그랬다가 구덩이로 떨어지라고? 별로 좋은 생각이 아닌걸."

휘크리온이 물었다.

"난 칼을 뽑을 수 없어. 지칸다가 스스로 내 손으로 튀어 들어와야 해."

바스티안이 말했다.

"으흠, 그게 마술 칼의 바보 같은 점이라니까. 필요할 때는 고

집을 부린다니까."

휘도른이 투덜거렸다.

"이봐! 권양기 열쇠가 있었어. 놈들이 어디에 숨겨 두었지?"

휘스발트가 갑자기 속삭였다.

"저기 어딘가에 헐렁한 돌판이 있어. 놈들이 나를 위로 끌어올릴 때 자세히 보진 못했지만."

휘크리온이 말했다.

바스티안은 눈을 부릅떴다. 빛은 희미하고 가물거렸지만 몇 번 왔다 갔다 한 후에 바닥에서 약간 튀어나온 돌판을 발견했다. 조심스럽게 돌판을 들어 올리자 실제로 거기 열쇠가 있었다.

이제 바스티안은 권양기의 커다란 자물쇠를 열어서 떼어 낼 수 있었다. 천천히 권양기를 돌리기 시작했는데, 삐걱거리고 우지직 하는 소리가 너무 요란해서 틀림없이 위에 있는 지하층에도 들렸을 터였다. 갑옷 거인들이 완전히 귀먹지 않았다면 지금쯤 소리를 들었을 것이다. 하지만 이제 와서 그만둔다고 해도 아무런 도움도 되지 않았다. 바스티안은 세 기사가 구덩이의 가장자리 높이까지 내려와 떠 있을 때까지 계속 돌렸다. 그들은 앞뒤로 몸을 흔들기 시작하더니 결국 발로 땅바닥을 디뎠다. 그제야 바스티안은 기사들을 완전히 내려 주었다. 셋은 지쳐서 바닥에 쓰러졌고 그 자리에 그대로 누워 있었다. 그리고 손목에는 여전히 두꺼운 쇠사슬이 걸려 있었다.

바스티안은 고민할 시간이 별로 없었다. 이제 돌로 된 지하실

계단을 내려오는 금속성의 쿵쿵거리는 발소리가 들렸기 때문이다. 처음에는 몇몇이, 그러더니 점점 더 많은 수가. 보초들이 오고 있었다. 놈들의 갑옷은 횃불 빛을 받아 거대한 곤충 껍질처럼 번쩍거렸다. 모두 똑같은 동작으로 칼을 빼들었고 좁은 감옥 입구 뒤에 서 있었던 바스티안에게 달려들었다.

그 때 드디어 지칸다가 녹슨 칼집에서 튀어나와 바스티안의 손으로 들어왔다. 빛나는 칼날은 번개처럼 맨 앞의 갑옷 거인들에게 달려들었고 무슨 일이 일어났는지 바스티안이 제대로 파악하기 전에 놈들을 조각조각 베어 버렸다. 그리고 이제 녀석들의 정체가 드러났다. 놈들은 비어 있었다. 그들은 스스로 움직이는 갑옷으로만 되어 있었을 뿐, 속에는 아무것도 없었다. 텅 비어 있었다.

바스티안의 위치는 좋았다. 감옥의 입구가 좁아서 매번 한 놈씩 차례로 접근해 올 수밖에 없었고 지칸다는 차례로 조각내 버렸다. 곧 놈들은 엄청나게 큰 새의 검은 알 껍질처럼 바닥에 수북이 쌓였다. 대략 스무 놈쯤 산산조각이 나자 나머지 놈들이 다른 작전을 쓰기로 한 듯했다. 놈들은 후퇴했다. 틀림없이 자기들한테 더 유리한 위치에서 바스티안을 기다리려고 하는 것 같았다.

바스티안은 그 틈을 타서 지칸다의 칼날로 세 기사의 손목에 묶인 사슬을 잘라냈다. 휘크리온과 휘도른은 느릿느릿 일어나서 이상하게도 놈들이 빼앗아 가지 않았던 자신들의 칼을 빼들고 바스티안을 도우려고 했다. 하지만 너무 오래 매달려 있었던 탓에 손에 감각이 없어져서 칼이 말을 듣지 않았다. 셋 중에 가장 연약

한 휘스발트는 아직 혼자 힘으로 일어나지도 못하는 처지였다. 두 친구가 그를 부축해야만 했다.

"걱정하지 마."

바스티안이 말했다.

"지칸다는 도움이 필요 없어. 내 뒤에 서 있기만 해. 괜히 나를 도우려고 하다가 일을 더 어렵게 하지 말고."

그들은 감옥을 빠져나와 천천히 계단을 올라갔고 홀 같은 커다란 방에 도착했다. 그리고 갑자기 햇불이 전부 꺼졌다. 그러나 지칸다가 밝게 빛을 비추었다.

다시 수많은 갑옷 거인들이 쿵쿵거리는 금속성의 발소리가 가까이 오는 것이 들렸다.

"빨리! 계단으로 돌아가! 여긴 내가 지킬 테니!"

바스티안이 말했다.

바스티안은 세 기사가 자기 명령대로 했는지 볼 수 없었고 그걸 확인할 시간도 없었다. 벌써 지칸다가 손 안에서 춤추기 시작했던 것이다. 그리고 지칸다에서 나오는 날카롭고 하얀 빛이 홀을 대낮처럼 환하게 밝혔다. 비록 놈들이 입구에서 계단으로 바스티안을 몰아붙여 사방에서 그에게 덤벼들 수 있었지만, 놈들이 강하게 내리치는 칼날은 한 번도 바스티안을 맞히지 못했다. 지칸다는 바스티안 주위에서 아주 빠르게 빙빙 돌아 마치 칼이 수백 개는 되는 듯이 보였고 서로 구별할 수도 없었다. 그리고 마침내 바스티안은 동강낸 검은 갑옷들의 폐허 속에 서 있었다. 아무것도 움

직이지 않았다.

"이리 와!"

바스티안이 친구들에게 소리쳤다.

세 기사는 계단 입구에서 나왔고 눈이 휘둥그레졌다.

"이런 건 여태 본 적이 없었네, 이럴 수가!"

휘크리온이 말했다. 그의 콧수염이 떨렸다.

"내 손자들에게 얘기해 줄 거야."

휘스발트가 더듬거렸다.

"안됐지만 걔들은 우리 말을 믿지 않을 걸세."

휘도른이 안타까워하며 덧붙였다.

바스티안은 망설이며 손에 칼을 들고 그 자리에 서 있었다. 하지만 갑자기 칼은 칼집으로 되돌아갔다.

"위험이 지나간 것 같아."

바스티안이 말했다.

"어쨌거나 칼로 막아낼 위험은 지나간 것 같군요."

휘도른이 말했다.

"이제 뭘 하죠?"

"지금 난 크사이데를 직접 만나고 싶어. 크사이데와 할 말이 있어."

바스티안이 대답했다.

이제 넷은 지하층의 계단을 올라가 일층에 도착했다. 거기 현관 홀 같은 곳에서 아트레유와 푸후르가 그들을 기다리고 있었다.

"너희 둘, 잘 했어!"

바스티안은 말하고 아트레유의 어깨를 두들겼다.

"갑옷 거인들은 어떻게 됐어?"

아트레유가 궁금해했다.

"빈 껍데기가 됐지! 크사이데는 어디 있어?"

바스티안이 되는대로 대답했다.

"위층 마술의 홀에."

아트레유가 대답했다.

"가자!"

바스티안이 말했다. 바스티안은 아트레유가 내민 은빛 망토를 다시 걸쳤다. 그런 다음 함께 넓은 돌계단을 따라 위층으로 올라갔다. 심지어 푸후르도 같이 갔다.

바스티안과 뒤이어 그의 부하들이 커다란 마술의 홀에 들어갔을 때 크사이데는 빨간 산호로 만든 왕좌에서 일어났다. 크사이데는 바스티안보다 키가 훨씬 컸고 아주 아름다웠다. 보랏빛 비단으로 된 긴 가운을 입었고, 머리카락은 불꽃처럼 빨갰으며 꼬고 땋아서 아주 늑이하게 위로 틀어 올렸다. 얼굴은 대리석처럼 창백했고 길고 마른 손도 역시 그랬다. 여자의 시선은 기묘하고 정신을 산란하게 했는데, 바스티안은 한참 뒤에야 그 이유를 알아낼 수 있었다. 여자는 눈이 짝짝이였다. 한 눈은 초록색, 한 눈은 빨간색이었다. 떨고 있는 걸 보아 바스티안을 겁내는 것 같았다. 바스티안이 그 시선을 맞받아치자 여자는 긴 속눈썹을 내리깔았다.

　방은 어디에 쓰이는지 알 수 없는 온갖 종류의 진기한 물건들로 가득 차 있었다. 그림이 그려진 커다란 지구의와 별자리 시계들이 있었고 천장에는 추들이 걸려 있었다. 그 사이에는 귀한 향로들이 서 있었는데, 거기서 여러 가지 빛깔의 무거운 연기 구름이 솟아 나와 안개처럼 바닥에 자욱이 깔렸다.

　바스티안은 그때까지 아무 말도 하지 않았다. 그것이 당황스러웠던 듯, 여자는 바스티안에게로 달려와 그의 앞 바닥에 몸을 던졌다. 그러더니 그의 발 하나를 붙잡아 자기 목덜미에 올려놓았다.

　"나의 주인이자 스승이시여."

　크사이데는 깊고 부드러우면서 딱히 뭐라 할 수 없는 베일에 싸인 듯한 목소리로 말했다.

　"환상 세계에는 당신을 당할 자가 아무도 없습니다. 당신은 모든 강력한 자들보다도 더 강력하고 모든 악마보다 더 위험합니다. 내가 당신의 위대함을 몰라볼 정도로 어리석었기 때문에 나에게 복수하고 싶으시다면 당신의 발로 나를 짓밟으십시오. 나는 당신의 노여움을 살 만합니다. 하지만 당신의 소문난 그 아량을 나 같은 하찮은 것에게도 베푸시고자 한다면, 내가 충성스러운 노예로 당신께 복종하고 나 자신과 나의 재산, 나의 능력을 전부 바쳐 당신을 섬기겠다고 맹세하는 것을 허락해 주소서. 당신이 바람직하다고 여기는 것을 하도록 나를 가르쳐 주옵소서. 그리고 나는 당신의 겸손한 제자가 되어 당신의 눈짓을 전부 따르겠습니다. 당신에게 하려고 했던 짓을 후회하며 당신의 자비를 구합니다."

"일어나라, 크사이데!"

바스티안이 말했다. 바스티안은 크사이데에게 화나 있었지만 이 마법사의 말이 마음에 들었다. 이 여자가 정말로 바스티안을 몰라보고 그렇게 행동했다면, 또 정말 진심으로 뉘우치고 있다면, 지금 여자를 벌하는 것은 그의 품위에 걸맞지 않으리라. 그리고 여자는 심지어 바스티안이 바람직하다고 여기는 것을 배우고 싶다고까지 했으니 사실 그 청을 거절할 이유는 전혀 없었다.

크사이데는 일어나 머리를 숙이고 바스티안 앞에 서 있었다.

"무조건 나에게 복종하겠느냐? 나의 명령이 네 맘에 들지 않더라도, 이의나 불평 없이."

바스티안이 물었다.

"그러겠습니다, 나의 주인이자 스승님. 나의 기술과 당신의 힘을 합치면 우리가 모든 것을 다 성취할 수 있다는 것을 알게 될 겁니다."

크사이데가 대답했다.

"좋다. 그렇다면 너를 내 밑에 두겠다. 너는 이 성을 떠나 나와 함께 상아탑으로 간다. 나는 거기서 달아이를 만나려고 한다."

바스티안이 대꾸했다.

크사이데의 눈이 아주 잠깐 동안 붉은빛 초록빛으로 반짝였지만, 그녀는 금방 긴 속눈썹을 다시 내리깔고 말했다.

"복종하겠습니다, 나의 주인이자 스승님."

모두 아래로 내려와 성 밖으로 나왔다.

"우선 우리 일행을 찾아야 해. 지금 어디에 있는지 어떻게 안 담……."

바스티안이 결정했다.

"여기에서 그리 멀지 않은 곳에 있습니다. 제가 그들을 좀 유인했지요."

크사이데가 대답했다.

"이번이 마지막이다."

바스티안이 대꾸했다.

"마지막입니다, 주인님."

크사이데가 되풀이했다.

"하지만 어떻게 거기에 가지요? 난 걸어가야 하나요? 한밤중에 이 숲을 지나?"

"푸후르가 우리를 태워 줄 거다. 푸후르는 우리를 다 태울 수 있을 만큼 충분히 힘이 세."

바스티안이 명령했다.

푸후르는 머리를 들고 바스티안을 바라보았다. 그의 루비 빛 눈동자가 번쩍거렸다.

"충분히 힘이 세긴 하지, 바스티안 발타자르 북스. 하지만 저 여자는 태우고 싶지 않아."

청동 목소리가 울려 퍼졌다.

"그래도 태우게 될 거야. 내 명령이니까!"

바스티안이 말했다.

행운의 용은 아트레유를 바라보았고, 아트레유는 눈에 띄지 않게 고개를 끄덕거렸다. 하지만 바스티안은 그 모습을 보았다.

모두 푸후르의 등에 올라앉자 푸후르는 곧장 공중으로 올라갔다.

"어디로?"

푸후르가 물었다.

"그냥 똑바로!"

크사이데가 말했다.

"어디로?"

마치 못 들은 것처럼 푸후르는 다시 한 번 물었다.

"똑바로!"

바스티안이 소리를 질렀다.

"너도 잘 알아들었잖아!"

"그렇게 해!"

아트레유가 낮은 목소리로 말했고 푸후르는 그 말을 따랐다.

반 시간쯤 후에──이미 아침이 밝아왔다.──그들은 저 아래에서 수많은 모닥불을 보았고 행운의 용은 착륙했다. 그동안에도 새로운 환상 세계 주민들이 모여들었고 다수가 천막을 가지고 왔다. 야영지는 난초 숲 외곽, 꽃이 만발한 넓은 초원에 늘어선 천막들로 이루어진 제대로 된 도시 같아 보였다.

"도대체 지금 몇 명이나 와 있는 거지?"

바스티안이 궁금해하자, 그동안 행렬을 지휘했고 이제 환영 인사를 하려고 나타난 파란 드쉰 일루안이 정확한 숫자는 셀 수 없

었지만 분명히 천 명은 될 거라고 설명했다. 그리고 그 외에도 또 다른 일이, 매우 이상한 일이 있었다고 했다. 일행이 아직 자정이 되기 전에 야영 준비를 하고 있을 때 갑옷 거인 다섯이 나타났다는 것이었다. 그런데 거인들은 평화적으로 행동했고 한쪽 구석에 가 있었다고 했다. 물론 아무도 거인들 가까이 다가가려 하지 않았다는 것이다. 그리고 거인들은 붉은 산호로 만든 빈 가마를 가지고 왔다고 말했다.

"제 가마꾼입니다. 제가 어제 저녁에 미리 보냈지요. 가마가 여행하는 데 가장 편하거든요. 만일 주인님이 허락하신다면."

크사이데가 간청하는 어조로 바스티안에게 말했다.

"그건 마음에 안 들어."

이제 아트레유가 크사이데의 말을 잘랐다.

"왜 안 드는데?"

바스티안이 물었다.

"어째서 반대하는 거야?"

"크사이데는 원하는 방식으로 여행할 수는 있어."

아트레유는 날카롭게 대답했다.

"하지만 이미 어제 저녁에 가마를 보냈다는 건 저 여자가 자기가 이곳으로 오게 될 걸 처음부터 알고 있었다는 뜻이라고. 이 모든 게 저 여자의 계획이었어, 바스티안. 너의 승리는 사실은 패배였어. 저 여자는 자기 방식대로 너를 자기 편으로 끌어들이기 위해서 일부러 네가 이기게 한 거야."

"그만 해! 난 네 의견을 묻지 않았어! 네가 끊임없이 가르치려고 하는 통에 넌더리가 난다. 이제 넌 내 승리를 부정하고 내 관용을 웃음거리로 만들려고까지 하는구나!"

바스티안은 분노로 얼굴이 빨개져서 소리쳤다.

아트레유는 대꾸하려고 했지만 바스티안이 고함을 질렀다.

"입 닥치고 날 내버려 둬! 내가 하는 일과 나라는 사람이 너희 둘의 마음에 들지 않는다면 너희들 갈 길을 가! 난 붙잡지 않아! 너희들이 원하는 곳으로 가 버려! 난 너희들한테 질렸어!"

바스티안은 가슴에 팔짱을 끼고 아트레유에게 등을 돌렸다. 둘러서 있던 군중은 숨을 죽였다. 아트레유는 한동안 아무 말 없이 꼿꼿이 그 자리에 서 있었다. 지금 이 순간까지 바스티안이 다른 이들 앞에서 아트레유를 나무란 적은 한 번도 없었다. 목이 메여 숨을 제대로 쉴 수가 없었다. 아트레유는 한동안 기다렸지만 바스티안이 다시 돌아보지 않자 천천히 몸을 돌리고 떠나갔다. 푸후르가 아트레유를 따라갔다.

크사이데는 미소를 지었다. 기분 좋은 미소는 아니었다.

하지만 그 순간 바스티안에게서 자기가 인간 세계에서 아이였다는 기억이 사라져 버렸다.

제 21 장
별들의 수도원

　환상 세계의 모든 나라에서 온 새로운 사자들이 상아탑으로 가는 바스티안 일행에 끊임없이 합류했다. 다 세어 보기도 전에 곧 다시 새로운 이들이 도착했기 때문에 숫자를 헤아려 보는 것은 헛수고였다. 수천에 달하는 무리가 매일 아침마다 움직이기 시작했고 휴식을 취할 때면 야영지는 상상할 수 없을 정도로 이상한 천막 도시가 되어 버렸다. 바스티안의 길동무들은 모습뿐만 아니라 몸 크기도 서로 아주 달랐기 때문에, 천막도 크게는 서커스 장만 한 것에서부터 작게는 골무만 한 것까지 있었다. 사자들이 타고 여행하는 마차와 차량도 말로 설명하기 힘들 정도로 다양했다. 아주 평범한 포장마차에서부터 시작해서 굉장히 특이하게 구르는 통과 깡충깡충 뛰는 구슬도 있었고, 또 스스로 기어 다니는 발 달린 그릇까지 있었다.

　그 사이 바스티안을 위해서도 천막이 마련되었는데, 모든 천막 중에서 가장 화려했다. 그것은 작은 집 모양이었고 화려한 빛깔의 반짝이는 비단으로 만들어졌으며 그림들이 온통 금실, 은실로 수놓아졌다. 지붕에는 일곱 갈래의 촛대가 문장으로 그려진 깃발이 펄럭였다. 천막 안에는 담요와 쿠션이 푹신하게 깔려 있었다. 야영지가 어디에 세워지든지 상관없이 이 천막이 중심에 자리잡았다. 그리고 그사이 바스티안의 시종 겸 경호원 노릇을 하게 된 파란 드쉰은 바스티안의 천막 입구 앞에서 보초를 섰다.

　아트레유와 푸후르는 아직 바스티안을 동행하는 무리에 끼어 있었다. 하지만 공개적으로 비난한 다음부터 바스티안은 이들과

 더 이상은 한 마디도 나누지 않았다. 바스티안은 아트레유가 굴복하고 용서를 빌기를 남몰래 기다리고 있었다. 하지만 아트레유는 전혀 그렇게 하지 않았다. 푸후르도 바스티안을 존경할 마음이 없는 것처럼 보였다. "얘들은 존경하는 법을 배워야 해!" 하고 바스티안은 혼잣말했다.

 "누가 더 오래 버틸 수 있는지가 문제라면 그 둘은 결국 내 의지를 꺾을 수 없다는 걸 깨닫게 될 거야. 하지만 얘들이 굴복한다면, 나는 두 팔 벌려 얘들을 맞을 거야. 아트레유가 내 앞에서 무릎을 꿇으면 걔를 일으켜 세우고 이렇게 말해야지. 내 앞에서 무릎 꿇을 필요 없어, 아트레유. 넌 내 친구고 계속 그럴 거니까……."

 하지만 한동안 둘은 행렬의 맨 끝에서 따라왔다. 푸후르는 나는 법을 잊어버린 듯 걸어갔으며 아트레유는 푸후르 옆에서 대부분 고개를 숙이고 걸어갔다. 전에 그들은 선발대로서 지역을 답사하기 위해 행렬보다 앞서 공중을 날아갔었지만, 이제는 후발대로 뒤에서 걸어왔다. 바스티안은 기분이 좋지 않았지만 어쩔 수 없었다.

 행렬이 이동할 때 바스티안은 대개 버새 이하를 타고 선두에 있었다. 그러나 바스티안은 그 일에 흥미를 잃고 대신 크사이데의 가마를 찾아가는 일이 점점 잦아졌다. 크사이데는 언제나 아주 공손하게 바스티안을 맞이했고 바스티안에게 제일 편안한 자리를 내주고 발치에 가서 앉았다. 크사이데는 언제나 재미있는 화제를 이끌어 냈고 바스티안이 인간 세상에서 있었던 과거에 대해 얘기하

는 것을 불편해한다는 것을 알아차린 다음부터 거기에 대한 질문을 삼갔다. 크사이데는 거의 쉬지 않고 옆에 있는 동양산 파이프로 담배를 피웠다. 파이프의 관은 에메랄드 빛 살무사처럼 생겼고, 크사이데가 대리석처럼 하얗고 긴 손가락 사이에 끼고 있는 물부리는 뱀 머리 모양이었다. 그 여자가 물부리를 빨면 꼭 뱀 머리에 입맞춤하는 것 같았다. 그녀가 맛있게 입과 코로 뿜어 대는 연기 구름은 매번 다른 빛깔이었다. 파랬다가 노랬다가 분홍이었다가 초록이었다가 보라가 되곤 했다.

"전부터 너에게 물어볼 게 있었다, 크사이데."

언젠가 크사이데를 방문했을 때 바스티안이 말했다. 그러면서 바스티안은 완전히 똑같은 보조로 가마를 지고 가는, 검은 곤충 모양 갑옷을 입은 거대한 남자들을 생각에 잠겨 쳐다보았다.

"당신의 노예는 듣고 있습니다."

크사이데가 대답했다.

"네 갑옷 거인들하고 싸웠을 때 그들이 오직 갑옷으로만 되어 있고 안은 비어 있다는 걸 알게 되었어. 저들은 도대체 어떻게 움직이지?"

바스티안은 말을 계속했다.

"나의 의지를 통해서이지요. 그들은 텅 비어 있기 때문에 내 의지에 복종하는 겁니다. 내 의지는 비어 있는 것은 모두 조종할 수 있습니다."

크사이데가 웃으면서 대답했다.

크사이데는 바스티안을 두 가지 빛깔의 눈으로 유심히 쳐다보았다.

바스티안은 이 눈빛을 보자 어쩐지 마음이 불안해지는 걸 느꼈지만, 크사이데는 벌써 다시 속눈썹을 내리깔았다.

"나도 나의 의지로 그들을 조종할 수 있을까?"

바스티안이 물었다.

"그럼요, 나의 주인이자 스승님."

크사이데가 대답했다.

"나보다 백 배는 더 잘할 겁니다. 나는 당신에 비하면 아무것도 아닌걸요. 한번 해 보실래요?"

"지금은 말고. 다음에 하든가."

바스티안은 그 일이 불쾌하게 느껴져 대답했다.

"당신 자신의 의지에 따라 움직이는 자들에 의해 실려 가는 것보다 늙은 버새를 타고 다니는 게 정말 더 좋습니까?"

크사이데는 말을 계속했다.

"이하는 날 태우는 걸 좋아해. 나를 태울 수 있어서 기뻐한다고."

바스티안은 약간 언짢은 듯 말했다.

"그렇다면 그 버새 때문에 그렇게 하는 겁니까?"

"왜 안 돼? 그게 뭐가 나쁜데?"

바스티안이 대꾸했다.

크사이데는 입에서 초록빛 연기를 뿜어 내었다.

"오, 아무것도 아닙니다, 주인님. 당신이 하는 일인데 나쁠 리가 있겠습니까?"

"무슨 말을 하고 싶은 거야, 크사이데?"

크사이데는 불꽃처럼 빨간 머리를 수그렸다.

"당신은 다른 이들에 대해 생각을 너무 많이 하십니다, 주인이자 스승님."

크사이데가 속삭였다.

"하지만 어느 누구도 당신 자신의 중요한 발전을 소홀히 할 만큼 가치는 없습니다. 주인님, 나에게 화를 내지 않으시겠다면 감히 충고 한마디 하고 싶군요. 당신의 완전함에 대해서 더 많이 생각하소서."

"그것하고 늙은 이하하고 무슨 상관이 있지?"

"그리 많지는 않습니다, 주인님. 거의 없지요. 단지 이하가 당신 같은 분께는 어울리는 짐승이 아니라는 것뿐. 당신이 그 평범한 짐승의 등에 타고 있는 것을 보면 괴롭습니다. 당신의 일행들도 모두 그 점을 의아하게 생각하지요. 주인이자 스승님, 당신만, 유일하게 당신만 당신의 체면에 어울리는 게 뭔지 모르고 있어요."

바스티안은 아무 말 하지 않았다. 하지만 크사이데의 말은 깊은 인상을 주었다. 다음 날 바스티안과 이하가 선두에 선 행렬이 향기로운 라일락으로 이루어진 작은 숲이 군데군데 있는 무척이나 아름다운 목초지를 지나갈 때 바스티안은 점심 시간 휴식을 이용

해 크사이데의 제안을 실행에 옮겼다.

"잘 들어라, 이하. 우리가 헤어져야 할 시간이 왔다."

바스티안은 이하의 목을 쓰다듬으며 말했다.

이하는 비탄의 소리를 내었다.

"왜요, 주인님? 제가 할 일을 그렇게 제대로 못 했나요?"

이하가 한탄했다.

이하의 검은 눈에서 눈물이 흘렀다.

"물론 아니야. 그 반대야. 넌 이 먼 길을 오면서 내내 나를 편안하게 태워 줬고 아주 참을성 있게 잘 따라 주었기 때문에 이제 너의 노고에 보답하려고 해."

바스티안은 이하를 위로하기 위하여 서둘러 말했다.

"전 다른 보답은 필요 없어요."

이하가 대꾸했다.

"전 계속 주인님을 태우고 싶어요. 대체 어떻게 더 큰 것을 바라겠어요?"

"네가 그러지 않았니? 너희 같은 족속은 자식을 낳을 수 없어서 슬프다고."

바스티안이 말을 계속했다.

"그래요. 제가 아주 늙으면 걔들에게 요즈음 겪었던 일을 이야기해 주고 싶어서 그랬지요."

이하가 슬픔에 잠겨 말했다.

"좋아. 그렇다면 이제 너에게 이야기를 하나 들려줄게. 이 이야

기는 사실이 될 거야. 그리고 이건 너의 이야기니까 오직 너한테만, 너 혼자에게만 들려주고 싶어."

바스티안이 말했다.

바스티안은 이하의 긴 귀를 잡고 속삭였다.

"여기서 그렇게 멀지 않은 작은 라일락 숲에서 네 아들의 아버지가 너를 기다리고 있어. 백조 깃털로 된 날개가 달린 하얀 수말이야. 갈기와 꼬리는 아주 길어서 바닥에까지 닿지. 녀석은 벌써 며칠 전부터 몰래 우리를 뒤쫓고 있어. 너한테 깊이 빠졌거든."

"저한테? 하지만 전 하찮은 버새일 뿐이고 이젠 젊지도 않은걸요!"

이하는 깜짝 놀라 소리를 질렀다.

"그에겐……."

바스티안이 나지막이 말했다.

"네가 바로 너 그대로이기 때문에 네가 이 환상 세계에서 제일 아름다운 피조물인 거야. 어쩌면 네가 나를 태운 것도 한몫을 했겠지. 하지만 그는 수줍음을 잘 타서 여기 이렇게 온갖 이들이 많이 있는 상황에서 너에게 접근할 엄두를 못 내고 있어. 네가 그에게 가야만 해. 그렇지 않으면 그는 상사병으로 죽을 거야."

"이런 세상에. 그 정도로 심해요?"

이하가 당황해서 말했다.

"그래. 그러니 이제 잘 가거라, 이하! 죽 달려가기만 하면 그를 만날 거야."

바스티안이 이하의 귀에 대고 속삭였다.

이하는 몇 발자국 가다 다시 한 번 바스티안을 향해 돌아섰다.

"솔직히 말하면 좀 두려워요."

이하가 말했다.

"용기를 가져! 그리고 네 아이와 손자들에게 내 이야기를 해 주는 걸 잊지 마."

바스티안이 웃으며 말했다.

"고마워요, 주인님!"

이하는 간단하게 대꾸하고 떠나갔다.

바스티안은 느릿느릿 걸어가는 이하의 뒷모습을 오랫동안 바라보았다. 이하를 보내 버린 것이 그다지 기쁘지 않았다. 바스티안은 자기의 호화로운 천막으로 들어가 푹신한 쿠션 위에 누워서 천장을 쳐다보았다.

거듭해서 바스티안은 내가 이하의 가장 큰 소원을 이루어 줬어 하고 혼잣말을 했다. 하지만 그런다고 바스티안의 언짢은 기분이 사라지지는 않았다. 중요한 것은 바로 언제 왜 누군가를 위해 무슨 일을 하느냐 하는 점이었다.

하지만 그건 바스티안만의 문제였다. 이하는 실제로 날개 달린 눈같이 하얀 수말을 만났고 그와 결혼했다. 그리고 나중에 아들을 하나 얻는데, 그는 날개 달린 하얀 버새로 이름은 파타플란이었다. 파타플란은 환상 세계에서 많은 명성을 떨쳤지만, 그건 또 다른 이야기이니 다음 기회에 얘기하도록 하겠다.

그때부터 바스티안은 크사이데의 가마를 타고 여행을 계속했다. 크사이데는 바스티안이 될 수 있으면 최대한 편히 갈 수 있도록 자기는 내려서 옆에서 걸어가겠다고까지 제안했지만 바스티안은 그 제안을 받아들이려고 하지 않았다. 그래서 그들은 이제 넓은 산호 가마에 함께 타고 행렬의 맨 앞에서 갔다.

바스티안은 여전히 기분이 상해 있었고, 버새와 떨어지라고 충고한 크사이데한테도 그랬다. 그리고 크사이데는 아주 금방 그 점을 눈치 챘다. 바스티안이 퉁명스럽게 대답하는 바람에 제대로 담소를 나눌 수가 없었다.

"당신에게 선물을 하나 드리고 싶습니다, 나의 주인이자 스승님. 당신이 자비를 베풀어 받아 주신다면."

크사이데는 방석 아래에서 아주 고급스럽게 장식된 작은 상자를 끄집어냈다. 바스티안은 기대에 가득 차서 몸을 일으켰다. 크사이데는 상자를 열고 일종의 사슬같이 움직이는 고리들로 이루어진 가느다란 허리띠를 꺼냈다. 고리와 버클은 투명한 유리로 되어 있었다.

"그게 뭐냐?"

바스티안이 궁금해했다.

허리띠는 그녀의 손 안에서 나지막이 쩔그렁거렸다.

"눈에 보이지 않게 만드는 허리띠지요. 하지만 주인님, 당신이 이름을 붙여 주어야 합니다. 그래야 당신 것이 되지요."

바스티안은 허리띠를 살펴보았다. 그러더니 "허리띠 겜말."이라고 말했다.

크사이데는 웃으며 끄덕였다.

"이제 당신 겁니다."

바스티안은 허리띠를 받아 손에 든 채 망설였다.

"기능을 확인할 겸 당장 한번 매어 보시지 않겠습니까?"

크사이데가 물었다.

바스티안은 허리에 허리띠를 둘렀다. 마치 맞춘 듯이 꼭 맞는 느낌이었다. 그러나 그저 느꼈을 뿐이었다. 자기 자신을 볼 수 없었으니까. 몸통도, 발도, 손도 볼 수 없었다. 그 느낌이 너무나 불쾌해서 바스티안은 곧바로 버클을 풀려고 했다. 하지만 손도 허리띠도 보이지 않았으므로 풀 수가 없었다.

"도와줘!"

바스티안은 목멘 소리로 내뱉었다. 다시는 허리띠 겜말을 풀지 못해서 영원히 투명 인간으로 살아야 될까 봐 갑자기 겁났다.

"다루는 법을 먼저 배워야 한답니다. 나도 그랬어요, 주인이자 지배자님. 내가 돕는 걸 허락하세요."

크사이데가 말했다.

크사이데는 허공에다 손을 뻗더니 눈 깜짝할 사이에 허리띠 겜말을 풀었고 바스티안은 다시 자기 모습을 보게 되었다. 바스티안은 안도의 한숨을 쉬었다. 그러고는 웃었고 크사이데도 미소 지으며 파이프의 뱀 모양 물부리로부터 연기를 빨아들였다.

어쨌든 크사이데는 바스티안의 생각을 다른 데로 돌릴 수 있었다.

"이제 당신은 모든 해악에 대해 한결 더 안전해졌어요. 이 점은 말로 표현 못할 정도로 중요하지요."

크사이데가 부드럽게 말했다.

"해악이라니? 도대체 무슨 해악?"

바스티안은 여전히 좀 어리둥절한 채 물었다.

"오, 아무도 당신의 상대가 못 되지요."

크사이데가 속삭였다.

"당신이 만일 현명하다면 말이죠. 위험이 당신 자신 안에 내재해 있기 때문에 당신을 위험에서 보호하는 것이 어렵습니다."

"무슨 뜻이지? 내 자신 안이라니?"

"현명하다는 것은 사물을 초월하며 아무도 미워하지 않고 아무도 사랑하지도 않는 거지요. 하지만 당신은 여전히 우정을 중요하게 생각합니다. 당신의 마음은 눈 덮인 산봉우리처럼 차갑고 냉담하지 못합니다. 그래서 누군가 당신에게 해를 입힐 수 있는 거죠."

"그게 누구라는 거지?"

"그렇게 오만불손한데도 당신이 여전히 좋아하는 자이지요, 주인님."

"더 분명하게 말해 봐!"

"초록 피부 족 출신의 저 무례하고 불손한 꼬마 야만인 말입니다, 주인님."

"아트레유?"

"네, 그리고 뻔뻔한 푸후르도."

"그리고 둘이 나에게 해를 입힐 거라고?"

바스티안은 웃음이 터져 나왔다.

크사이데는 고개를 숙인 채 앉아 있었다.

"결코 그렇게 생각하지 않아. 그리고 그런 말은 듣고 싶지 않다."

바스티안이 말을 이었다.

크사이데는 입을 다물고 고개를 더 깊이 수그렸다.

긴 침묵이 흐른 후에 바스티안이 물었다.

"그런데 아트레유가 나에게 반대해 계획한다는 게 도대체 뭐지?"

"주인님, 내가 아무 말도 하지 않았더라면 좋았을 것을!"

크사이데가 속삭였다.

"이제 모조리 다 말해라!"

바스티안이 소리쳤다.

"괜히 빙빙 돌려 말하지 말고! 네가 아는 게 뭐지?"

"화를 내시니 떨리는군요, 주인님."

크사이데는 더듬거리더니 정말로 온몸을 떨었다.

"하지만 이걸로 내가 끝장난다고 해도 이 말을 해야겠습니다. 아트레유는 당신에게서 어린 여왕의 표시를 빼앗으려고 한답니다. 몰래 그러든지 폭력을 쓰든지 해서요."

바스티안은 잠깐 동안 숨이 막혔다.

"그걸 증명할 수 있느냐?"

바스티안은 목이 잠긴 채 물었다.

크사이데는 고개를 흔들고 중얼거렸다.

"나의 지식이란 것은 증명할 수 없는 부류랍니다, 주인님."

"그렇다면 떠벌리고 다니지 마라!"

소리친 바스티안의 얼굴에 피가 솟았다.

"그리고 온 환상 세계에서 제일 정직하고 용감한 소년을 모함하지 마라!"

그 말과 함께 바스티안은 가마에서 내려서 가 버렸다. 크사이데는 생각에 잠겨 뱀 머리를 만지작거렸고 붉은색 초록색 눈이 번득였다. 얼마 후에 여자는 다시 미소 지었고 입에서 보랏빛 연기를 내뿜으면서 속삭였다.

"곧 알게 되겠지요, 나의 주인이자 스승님. 허리띠 겜말이 당신에게 증명해 줄 겁니다."

야영할 준비가 되자 바스티안은 자기 천막으로 들어갔다. 바스티안은 파란 드쉰인 일루안에게 아무도 안으로 들이지 말라고, 크사이데마저 절대 들이지 말라고 명령했다. 바스티안은 혼자서 곰곰이 생각해 보고 싶었다.

바스티안은 마법사가 아트레유에 대해 한 말은 조금도 생각해 볼 가치가 없다고 여겼다. 하지만 뭔가 다른 것이 그의 생각을 사로잡았다. 현명해지는 것에 대해 여자가 던졌던 몇 마디가.

 그동안 바스티안은 아주 많은 것을 경험했다. 두려움과 기쁨, 슬픔과 승리. 소원 하나가 이루어지면 서둘러 다음 소원을 향해 갔고 한 순간도 쉬지 않았다. 그러나 어떤 것도 평온과 만족감을 주지 못했다. 하지만 현명해진다는 것. 그것은 기쁨과 고통, 두려움과 동정심, 명예욕과 굴욕감을 초월하는 것을 의미했다. 위대해진다는 것은 모든 사물을 초월하고 아무것도, 아무도 사랑하거나 미워하지 않으며, 또한 타인의 혐오나 애정도 완전히 무관심하게 받아들일 수 있는 것을 의미했다. 진정으로 현명한 자는 더 이상 아무것에도 관심을 두지 않는다. 현명한 자에게는 쉽게 다가갈 수 없고 아무것도 그에게 해를 입힐 수 없다. 바스티안은 이제 자기의 마지막 소원에 도달했다고 확신했다. 그라오그라만이 말했듯이 바스티안을 그의 참뜻으로 이끌어 줄 그 마지막 소원 말이다. 그제야 그는 그라오그라만의 말뜻을 이해했다고 믿었다. 그는 위대한 현자(賢者)가 되기를 소원했다. 환상 세계 전체에서 제일 현명한 현자가!

 얼마 후에 바스티안은 천막에서 나왔다. 조금 전까지 바스티안이 전혀 주의를 기울이지 않았던 풍경을 달이 비추었다. 천막 도시는 기이한 모양의 산들이 넓게 궁형으로 둘러싼 분지에 펼쳐졌다. 완전한 정적이 흘렀다. 골짜기에는 자그마한 숲과 덤불들이 있었지만 산비탈로 갈수록 나무들이 드문드문해지더니 더 높은 곳에서 완전히 없어져 버렸다. 그 위로 솟은 일련의 바위들은 온갖 형상을 만들었는데 마치 거대한 조각가의 손으로 일부러 만든 형

태 같아 보였다. 바람은 잠잠했고 하늘에는 구름 한 점 없었다. 별들이 전부 반짝이고 평소보다 더 가까워 보였다.

　맨 위, 가장 높은 산꼭대기 중 하나에서 바스티안은 둥근 지붕의 건물처럼 보이는 것을 발견했다. 희미한 빛이 새어 나오고 있는 걸 보니 누군가 살고 있는 듯했다.

　"나도 보았습니다, 주인님."

　일루안이 그르렁거리는 목소리로 말했다. 일루안은 천막 입구의 초소에 서 있었다.

　"저게 무엇일까요?"

　일루안이 말을 끝내기가 무섭게 아주 멀리서 이상한 울음 소리가 들려왔다. 그 소리는 "부우엉 부우엉!" 하고 길게 끄는 부엉이 소리 같았지만 더 깊고 힘찼다. 그러더니 그 울음 소리가 두 번, 세 번 울려 퍼졌다. 하지만 이번에는 여러 목소리로.

　정말 부엉이들이었다. 바스티안이 얼른 세어 보니 여섯 마리였다. 부엉이들은 둥근 지붕의 건물이 있는 산꼭대기 방향에서 날아왔다. 날개를 거의 움직이지 않으면서 미끄러지듯 날아왔다. 가까이 올수록 그들이 놀랄 정도로 크다는 것을 분명히 알 수 있었다. 부엉이들은 믿지 못할 정도로 빠른 속도로 날았다. 눈은 환하게 빛났고 머리에는 솜털이 수북한 귀가 쫑긋 세워져 있었다. 그들은 전혀 소리를 내지 않고 날았다. 바스티안의 천막 앞에 내려앉았을 때 날개가 가볍게 푸드덕거리는 소리조차 나지 않았다.

　이제 부엉이들은 바닥에 내려앉아 있었는데 모두 바스티안보다

컸다. 그리고 크고 둥그런 눈이 달린 머리를 사방으로 돌렸다. 바스티안은 부엉이들에게로 다가갔다.

"너희들은 누구이며, 누구를 찾느냐?"

"직관의 어머니 우슈투가 우리를 보냈소. 우리는 별들의 수도원 기감의 비행 사자라오."

한 놈이 말했다.

"그게 무슨 수도원인데?"

바스티안이 물었다.

"지혜의 장소. 인식(認識)의 수도사들이 사는."

다른 부엉이가 대답했다.

"우슈투는 누구냐?"

바스티안이 계속 캐물었다.

"수도원을 이끌고 인식의 수도사들을 가르치는 깊은 명상가 세 분 가운데 한 분이오."

세 번째 부엉이가 설명했다.

"우리는 밤의 사자이며 그분에게 속한다오."

"만일 낮이었다면 관조의 아버지 쉬르크리에가 그분의 사자인 독수리를 보냈을 거요. 그리고 낮에서 밤으로 넘어가는 황혼녘에는 영리(怜悧)의 아들 이지푸가 그분의 사자인 여우를 보냈을 거고."

네 번째 부엉이가 덧붙였다.

"쉬르크리에와 이지푸는 누구지?"

"깊은 명상가 중 나머지 두 분이시오, 우리의 윗분들이지."

"그런데 너희들은 여기서 뭘 찾는 거냐?"

"우리는 위대한 지자(智者)를 찾고 있소."

여섯 번째 부엉이가 말했다.

"깊은 명상가들 세 분께서는 그가 이 천막 도시에 머무르고 있는 것을 아시고 그에게 계시를 부탁하시는 거요."

"위대한 지자? 그게 누군데?"

바스티안이 물었다.

"그의 이름은 바스티안 발타자르 북스요."

여섯 부엉이가 모두 한꺼번에 대답했다.

"그렇다면 옳게 찾았다."

바스티안이 대답했다.

"내가 그 사람이다."

부엉이들은 갑자기 몸을 깊이 숙여 절했다. 놀랄 정도로 큰 몸집에도 불구하고 그 모습은 거의 익살맞아 보였다.

"세 분의 깊은 명상가들께서는 당신이 방문하셔서 그분들이 평생 동안 풀 수 없었던 문제를 풀어 주기를 겸허하고 정중하게 청하십니다."

첫 번째 부엉이가 말했다.

바스티안은 생각에 잠겨 턱을 쓰다듬었다.

"좋아. 하지만 내 제자 둘을 데려가고 싶다."

마침내 바스티안이 대답했다.

"우리는 여섯입니다."

부엉이가 말했다.

"둘이서 한 분씩 모실 수 있습니다."

바스티안은 파란 드쉰에게 말했다.

"일루안, 아트레유와 크사이데를 데려와!"

드쉰은 재빨리 사라졌다.

"내가 대답해야 할 문제가 어떤 거지?"

바스티안이 궁금해했다.

"위대한 지자여, 우리들은 그저 불쌍하고 무지한 비행 사자일 뿐이고 인식의 수도자의 가장 낮은 서열에도 속하지 못합니다. 깊은 명상가 세 분께서 평생 동안 풀지 못한 문제를 우리가 감히 어떻게 말씀드리겠습니까?"

부엉이 한 놈이 말했다.

몇 분 뒤 일루안이 아트레유와 크사이데를 데리고 돌아왔다. 일루안은 오는 길에 무슨 일인지 급히 설명해 주었다.

바스티안 앞에 섰을 때 아트레유는 나지막이 물었다.

"왜 나를?"

"그래요. 왜 저 녀석을?"

크사이데도 물었다.

"곧 알게 될 거다."

바스티안이 대꾸했다.

부엉이들은 미리 알고 있었는지 그네 세 개를 가지고 왔다. 둘

씩 짝을 지어 그네에 붙어 있는 밧줄을 발톱으로 거머쥐었다. 바스티안, 아트레유, 크사이데는 그네에 앉았고 커다란 밤의 새들은 그들을 데리고 공중으로 날아올랐다.

별들의 수도원 기감에 도착하자, 커다란 둥근 지붕은 수많은 정육면체의 구역들로 구성된 아주 넓은 건물의 맨 꼭대기 부분에 불과하다는 것을 알게 되었다. 그 건물에는 셀 수 없이 많은 창문이 있었고 높다란 바깥 담은 바위 절벽에 바로 접해 있었다. 청하지 않은 손님은 접근하기 어렵거나 전혀 접근할 수 없었다.

정육면체의 구역들에는 인식의 수도자들의 방과 도서관, 작업실들과 사자들의 숙소가 있었다. 커다란 둥근 지붕 아래에는 세 명의 깊은 명상가들이 강의하는 회의실이 있었다.

인식의 수도자들은 모습과 출신이 제각각인 환상 세계의 주민들이었다. 하지만 이 수도원에 들어오기 위하여 나라와 가족과의 인연을 전부 끊어야만 했다. 이들 수도자들의 생활은 힘들고 금욕적이며, 그들은 오로지 지혜와 인식을 구하는 일에만 헌신했다. 그러나 원한다고 해서 누구나 다 이 공동체에 받아들여지지는 않았다. 시험은 엄격했고 세 명의 깊은 명상가들은 가차 없었다. 그래서 수도사가 삼백 명을 넘어 본 적이 거의 한 번도 없었지만, 덕분에 온 환상 세계에서 제일 똑똑한 자들의 집단을 만들었다. 수도자의 숫자가 겨우 일곱 명으로 줄어든 때도 있었다. 그래도 시험의 엄격한 정도는 절대 변하지 않았다. 현재는 남녀 수도자의 숫자가 이백 명이 조금 넘었다.

바스티안이 아트레유와 크사이데를 거느리고 커다란 강의실로 안내 받았을 때 가능한 모든 종류의 환상 세계 존재들이 뒤섞여 있었다. 그들이 바스티안을 따르는 이들과 구별되는 점은 모습에 상관없이 모두 거친 흑갈색 수도복을 입었다는 것뿐이었다.

하지만 세 명의 웃어른, 즉 깊은 명상가들은 사람의 모습을 하고 있었다. 그에 반해 머리는 사람의 머리가 아니었다. 직관의 어머니 우슈투는 부엉이 얼굴이었다. 관조의 아버지 쉬르크리에는 독수리 머리를 하고 있었다. 그리고 마지막으로 영리의 아들 이지푸는 여우 머리를 하고 있었다. 그들은 높이 솟아오른 돌 의자에 앉아 있었고 매우 위대해 보였다. 아트레유와 크사이데마저 그들을 보고 움찔할 정도였다. 그러나 바스티안은 유유히 그들에게 다가갔다. 깊은 정적이 커다란 홀에 가득 찼다.

셋 중에 가장 연장자로 보이는 중간에 앉은 쉬르크리에가 건너편에 빈 왕좌를 천천히 손으로 가리켰다. 바스티안은 거기에 앉았다.

한참 침묵이 흐른 뒤에 쉬르크리에가 입을 열었다. 조용히 말했으나 그 목소리는 놀랍게도 깊고 풍부하게 울렸다.

"아주 오랜 옛날부터 우리들은 우리 세계의 수수께끼에 대해 곰곰이 생각해 보고 있다네. 이지푸는 우슈투가 직관하는 것과 다르게 생각하고, 우슈투의 직관은 내가 관조하는 것과 다른 것을 가르치고, 또한 내가 관조하는 것은 이지푸가 생각하는 바와 다르다네. 더 이상 이래서는 안 될 것이야. 그래서 우리는 그대, 위대한 지자에게 여기로 와서 우리를 좀 가르쳐 달라고 청한 걸세. 그

대는 우리의 청을 들어주겠는가?"

"그러지요."

바스티안이 말했다.

"그렇다면 위대한 지자여, 우리의 질문을 들어 보게. 환상 세계는 무엇인가?"

바스티안은 한동안 침묵했다가 대답했다.

"환상 세계는 끝없는 이야기이지요."

"우리에게 그대의 대답을 이해할 시간을 주게나."

쉬르크리에가 말했다.

"내일 같은 시간에 이곳에서 다시 만나세."

세 명의 깊은 명상가들과 인식의 수도자들은 모두 아무 말도 하지 않고 일어나 밖으로 나갔다.

바스티안과 아트레유, 크사이데는 간단한 식사가 준비되어 있는 손님방으로 안내되었다. 잠자리는 거친 천으로 만들어진 담요가 덮인 간소한 나무 침대였다. 바스티안과 아트레유에게는 물론 아무 문제가 되지 않았지만, 크사이데만은 마법을 써서 좀 더 편안한 침대로 바꾸어 보려고 했다. 하지만 이 수도원에서는 크사이데의 마법의 힘이 통하지 않는다는 사실만을 확인할 수밖에 없었다.

다음 날 밤 정해진 시간에 모든 수도자와 세 명의 깊은 명상가들이 다시 커다란 원형 천장 홀에 모였다. 바스티안은 다시 왕좌에 앉았고 크사이데와 아트레유는 좌우에 서 있었다.

이번에는 직관의 어머니 우슈투가 부엉이 눈을 크게 뜨고 바스

티안을 바라보며 말했다.

"우리는 그대의 가르침에 대해 곰곰이 생각해 보았지, 위대한 지자여. 하지만 새로운 의문이 생겼구나. 만일 그대가 말한 대로 환상 세계가 끝없는 이야기라면, 그 끝없는 이야기는 어디에 쓰여 있지?"

다시 바스티안은 한동안 침묵했다가 대답했다.

"구릿빛 비단으로 장정된 어떤 책 안에."

"우리에게 그대의 말을 이해할 시간을 주시게."

우슈투가 말했다.

"내일 같은 시간 이곳에서 다시 만나지."

그 전날 밤과 똑같은 일이 일어났다. 그리고 그 다음 날 모두 다시 강의실에 모였을 때 영리의 아들 이지푸가 입을 열었다.

"이번에도 우리는 당신의 가르침에 대해 곰곰이 생각했소, 위대한 지자여. 그리고 다시 우리는 새로운 의문 앞에 어쩔 줄 몰라 하고 있소. 만일 우리들의 세계, 환상 세계가 끝없는 이야기이고 그 끝없는 이야기라는 것이 구릿빛 책 속에 쓰여 있다면 그 책은 어디에 있소?"

짧은 침묵 끝에 바스티안이 대답했다.

"어떤 학교 건물 창고에."

"위대한 지자여!"

여우 머리를 한 이지푸가 말했다.

"우리는 당신이 우리에게 한 말이 진실임을 의심하지 않소. 하

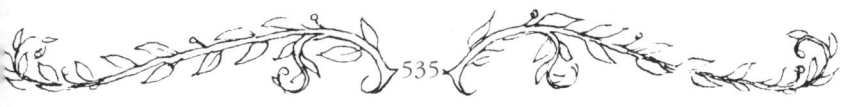

지만 우리가 그 진실을 보게 해 주길 당신에게 청하고 싶소. 그렇게 할 수 있소?"

바스티안은 가만히 생각하더니 말했다.

"할 수 있을 것 같군요."

아트레유가 깜짝 놀라 바스티안을 쳐다보았다. 크사이데도 색깔이 서로 다른 눈에 의아하다는 표정을 띠었다.

"내일 밤 같은 시간에 다시 만납시다."

바스티안이 말했다.

"하지만 여기 이 홀이 아니라 바깥에 별들의 수도원 기감의 지붕에서요. 그리고 여러분은 주의 깊게 쉬지 않고 하늘을 관찰해야 합니다."

그 다음 날 밤—지난 사흘 밤처럼 별이 보이는 맑은 밤이었다.—세 명의 깊은 명상가들을 비롯한 교단의 모든 성원들은 정해진 시간에 수도원 지붕에 서서 고개를 뒤로 젖힌 채 밤하늘을 쳐다보고 있었다. 아트레유와 크사이데도 바스티안이 뭘 계획하고 있는지 모르는 채 거기 섞여 있었다.

하지만 바스티안은 커다란 둥근 지붕의 맨 꼭대기로 기어 올라갔다. 꼭대기에 섰을 때 그는 멀리 주위를 둘러보았고 그 순간 멀리서, 멀리 지평선에서 달빛을 받아 신비롭게 빛나는 상아탑을 처음으로 보았다.

바스티안은 주머니에서 알 차히르를 끄집어냈다. 돌은 부드럽게 빛났다. 바스티안은 아마르간트 도서관 문에 새겨져 있던 글귀

를 다시 기억해 냈다.

"……그러나 그가 나의 이름을 뒤에서 앞으로,
두 번째로 불러 준다면
나는 백 년 동안의 빛을
한 순간에 발하리라."

바스티안은 돌을 높이 들고 외쳤다.
"르히차 알!"
그 순간 별들이 반짝이는 하늘을 창백하게 만들고 그 뒤편의 어두운 우주 공간을 밝힐 정도로 밝은 섬광이 번쩍했다. 그리고 그 우주 공간은 낡고 검으며 거대한 들보가 있는 학교 창고가 되었다. 그러고는 곧 지나가 버렸다. 백 년의 빛을 발한 것이었다. 알 차히르는 흔적도 없이 사라졌다.

모두들, 바스티안도 한참이 지나서야 다시 희미한 달빛과 별빛에 익숙해졌다.

그 환각에 감동 받아 모두 입을 다문 채 커다란 강의실에 모였다. 마지막으로 바스티안이 들어왔다. 인식의 수도자들과 세 명의 깊은 명상가들은 자리에서 일어나 바스티안에게 깊이 오랫동안 머리를 숙였다.

"그대가 내려 준 계시의 섬광에 대해 뭐라 마땅히 감사할 말이 없네, 위대한 지자여. 나는 그 신비로운 창고에서 나와 같은 종류

의 존재를 보았네. 독수리 말일세."

쉬르크리에가 말했다.

"당신은 착각하고 있군요, 쉬르크리에."

부드러운 미소를 띠고 부엉이 얼굴의 우슈투가 반박했다.

"나는 그게 부엉이인 걸 똑똑히 봤다오."

"두 분 다 잘못 보신 겁니다."

이지푸가 눈을 반짝이며 끼어들었다.

"거기에 있는 존재는 나와 친척입니다. 여우였어요."

쉬르크리에는 저지하듯 손을 들었다.

"이제 우리는 다시 원점으로 돌아왔네. 오직 그대만이 이 질문에도 답할 수 있다네. 위대한 지자여. 우리 셋 중에 누가 옳은가?"

쉬르크리에가 물었다.

바스티안은 차가운 미소를 띠고 말했다.

"셋 다."

"우리에게 그대의 대답을 이해할 시간을 주오."

우슈투가 청했다.

"그러지요."

바스티안이 일어났다.

"당신들이 원하는 만큼 얼마든지 시간을 가지시죠. 우리는 이제 떠날 거니까."

인식의 수도자들과 세 웃어른의 얼굴에 실망의 빛이 번졌다.

하지만 바스티안은 오랫동안, 아니 영원히 곁에 머물러 달라는 그들의 계속되는 청을 냉정하게 거절했다.

그리하여 바스티안은 그의 두 제자와 함께 밖으로 배웅되었고 비행 사자들이 천막 도시로 데려다 주었다.

그건 그렇고 그날 밤 별들의 수도원 기감에서는 세 명의 깊은 명상가들 사이에 처음으로 근본적인 의견 충돌이 시작되었고 이로 인해 여러 해 뒤에 교단이 해체되고 직관의 어머니 우슈투, 관조의 아버지 쉬르크리에, 영리의 아들 이지푸가 제각기 자신의 수도원을 세우는 결과를 낳았다. 하지만 그건 또 다른 이야기이니 다음 기회에 얘기하도록 하겠다.

하지만 그날 밤부터 바스티안은 자기가 예전에 학교에 다녔었다는 기억을 몽땅 잊어버렸다. 창고와 심지어 구릿빛 비단으로 장정된 훔친 책마저도 기억에서 사라져 버렸다. 그리고 자기가 어떻게 환상 세계로 오게 되었는지도 생각하지 않게 되었다.

제 22 장

상아탑을 둘러싼 전투

앞서 보냈던 정찰대가 야영지로 돌아와 상아탑에 이제 아주 가까이 왔다고 보고했다. 이틀, 늦어도 사흘만 속력을 내서 가면 도착한다는 것이다.

하지만 바스티안은 결정을 내리지 못한 듯했다. 전보다 자주 멈춰 쉬는가 하면 그러다 갑자기 다시 서둘러 출발하곤 했다. 일행은 그 이유를 알지 못했지만, 물론 아무도 물어볼 엄두를 내지 못했다. 별들의 수도원에서 위업을 세운 뒤로 바스티안은 접근하기 힘들게 되었다. 심지어 크사이데조차도. 일행 사이에서는 온갖 종류의 추측이 떠돌았다. 하지만 대부분의 일행들은 기꺼이 바스티안의 모순되는 명령을 따랐다. 위대한 현자들은—그들은 그렇게 생각했다.—평범한 이들에게는 종종 종잡을 수 없게 보이는 것이다. 아트레유와 푸후르조차도 바스티안의 행동을 이해할 수 없었다. 별들의 수도원에서 일어난 일은 둘의 이해를 뛰어넘는 것이었기에. 하지만 그 일로 인해 바스티안에 대한 걱정이 늘어났을 뿐이었다.

바스티안의 마음속에는 두 가지 감정이 서로 싸우고 있었고 둘 중 어느 하나 잠재울 수 없었다. 바스티안은 달아이를 만나기를 갈망했다. 바스티안은 이제 온 환상 세계에서 유명 인사가 되었고 경탄을 받았으며 동등한 위치에서 달아이를 마주볼 수 있게 되었다. 하지만 그와 동시에 달아이가 아우린을 돌려 달라고 할 거라는 걱정이 마음을 채웠다. 그런 다음엔 어떻게 될까? 여왕이 바스티안이 이젠 거의 알지도 못하는 세계로 그를 돌려 보내려고 할

까? 바스티안은 돌아가고 싶지 않았다! 그리고 보석을 지니고 있고 싶었다! 그러다가 다시 여왕이 그것을 돌려 받겠노라고 절대 말한 적이 없다는 생각이 났다. 어쩌면 달아이는 바스티안이 원할 때까지 계속 가지고 있으라고 할지도 모른다. 어쩌면 바스티안에게 선물로 준 것이라 영원히 바스티안의 소유일지도 몰랐다. 그런 생각이 드는 순간이면 바스티안은 달아이를 다시 보게 될 때까지 잠시도 기다릴 수 없었다. 바스티안은 더 빨리 달아이 곁에 가기 위하여 행렬을 재촉했다. 하지만 금방 다시 의심이 덮쳤고 그럴 때면 멈춰 세우고 생각을 정리하려고 휴식을 취했다.

그렇게 서둘러 급하게 가다가 또 몇 시간이고 지체하는 것을 반복하면서 드디어 그 유명한 미로, 꼬불꼬불한 크고 작은 길로 가득 찬 화원만으로 된 그 넓은 평원의 가장자리에 도착했다. 지평선에는 황금빛으로 물든 저녁 하늘을 배경으로 상아탑이 신비로운 흰빛으로 빛나고 있었다.

모든 환상 세계 출신 일행들, 또한 바스티안도 경건한 마음으로 아무 말도 하지 않고 그 광경의 형용할 수 없는 아름다움을 즐겼다. 심지어 크사이데의 얼굴에도 여태껏 한 번도 보인 적이 없는 경탄의 표정이 떠올랐다. 하지만 물론 금방 다시 사라져 버렸다. 맨 뒤에 서 있던 아트레유와 푸후르는 그들이 지난번에 여기 왔을 때 미로가 얼마나 다른 모습이었던가를 상기했다. 무(無)라는 죽음의 병으로 파괴되어 있었던 모습을. 이제는 그 어느 때보다 더 화려하고 아름답고 빛나 보였다.

바스티안은 그날은 더 이상 가지 않기로 결정했고 그래서 야영지가 만들어졌다. 바스티안은 사자를 몇 명 보내 달아이에게 인사를 전하고 다음 날 상아탑으로 갈 것이라고 알리도록 했다. 그런 다음 천막에 누워 잠을 청했다. 바스티안은 쿠션 위에서 이리저리 뒤척였고 걱정 때문에 안정이 되지 않았다. 바스티안은 이날 밤이 전혀 다른 이유 때문에 환상 세계에 온 이후 최악의 밤이 되리라는 것을 예감하지 못했다.

자정 무렵 바스티안은 마침내 선잠이 들었는데 천막 입구에서 흥분해서 소곤대고 속삭이는 소리 때문에 깜짝 놀라 깨고 말았다. 바스티안은 일어나 바깥으로 나갔다.

"무슨 일이냐?"

바스티안은 엄하게 물었다.

"여기 이 사자가 너무나 중요해서 내일까지 기다릴 수 없는 소식을 당신께 전해야 한다고 떼를 쓰는군요."

파란 드쉰 일루안이 대답했다.

일루안이 멱살을 잡고 일으켜 세운 사자는 작은 날쌘이로서 토끼와 어느 정도 비슷했지만 털가죽 대신에 눈부시게 화려한 깃털 옷을 입었다. 날쌘이들은 환상 세계에서 제일 빨리 달릴 수 있었고 엄청나게 긴 구간을 아주 빠른 속도로 주파할 수 있어서 실제로 그 모습을 볼 수는 없고, 다만 그들이 일으킨 먼지 구름의 흔적을 보고 날쌘이들이 지나갔다는 것을 알아챌 수 있을 정도였다. 바로 그 능력 때문에 여기 이 날쌘이는 사자가 되었다. 그는 상아

탑으로 갔다가 다시 돌아온 것이었고 드쉰이 그를 바스티안 앞에 세웠을 때 숨차서 헉헉거리고 있었다.

"용서하세요, 주인님."

날쌘이는 숨을 헐떡거리며 몇 번이나 깊이 머리를 조아렸다.

"쉬시는 걸 방해했다면 용서하세요. 하지만 제가 이렇게 하지 않았더라면 당연히 저를 탓하셨을 겁니다. 어린 여왕은 지금 상아탑에 안 계십니다. 벌써 아주 오래전부터요. 그리고 아무도 여왕이 어디 계신지 모릅니다."

바스티안은 갑자기 마음이 텅 비고 차가워지는 것같이 느꼈다.

"네가 착각을 했겠지. 그럴 리 없어."

"다른 사자들이 돌아오면 그 사실을 입증해 드릴 겁니다, 주인님."

바스티안은 한동안 말이 없더니 딱딱하게 말했다.

"고맙다, 이제 됐다."

바스티안은 몸을 돌려 자기 천막으로 들어갔다.

바스티안은 침상에 앉아 두 손으로 머리를 받쳤다. 오래전부터 자기를 찾아오고 있다는 소식을 달아이가 듣지 못했다는 건 전적으로 불가능했다. 달아이는 바스티안을 다시 보려 하지 않는 건가? 아니면 무슨 나쁜 일이 생겼나? 아니, 그녀 자신의 제국에서 어린 여왕에게 뭔가 나쁜 일이 생긴다는 것은 전혀 생각할 수 없었다.

하지만 여왕은 없었다. 그건 곧 여왕에게 아우린을 돌려줄 필요

가 없다는 뜻이었다. 다른 한편으로 바스티안은 달아이를 다시 보지 못한다는 데 대해 쓰디쓴 실망을 느꼈다. 달아이가 어떤 이유에서 이런 행동을 했든 바스티안은 납득이 되지 않았다. 아니, 마음이 아팠다!

이윽고 아트레유와 푸후르가 그렇게 자주 되풀이했던 말, 누구든 어린 여왕은 딱 한 번밖에 만날 수 없다는 말이 떠올랐다.

슬픔 때문에 바스티안은 갑자기 아트레유와 푸후르에 대한 그리움을 느꼈다. 바스티안은 누군가와 터놓고 얘기하고 싶었다. 친구와 말하고 싶었다.

허리띠 겜말을 두르고 눈에 띄지 않게 친구들에게 가 봐야겠다는 생각이 바스티안에게 떠올랐다. 그렇게 하면 품위를 해치지 않고 그들 곁에 있으면서 위안을 얻을 수 있을 것이다.

바스티안은 얼른 치장된 작은 상자를 열고 허리띠를 꺼내 허리에 둘렀다. 자기 모습이 안 보이게 되자 처음에 그랬던 것처럼 그 불쾌한 느낌이 엄습했다. 바스티안은 익숙해질 때까지 잠시 기다렸다가 바깥으로 나가 천막 도시를 이리저리 돌아다니며 아트레유와 푸후르를 찾기 시작했다.

도처에서 들뜬 소곤거림과 속삭임 소리가 들려왔고, 그림자 같은 형체들이 천막들 사이로 휙 스쳐 지나갔으며 여기저기에 몇 명씩 쪼그리고 앉아 나지막이 서로 의논하고 있었다. 그 사이에 다른 사자들도 돌아왔고 달아이가 상아탑에 없다는 소식은 순식간에 온 야영지에 쫙 퍼졌다. 바스티안은 천막 사이를 돌아다녔지만 그

가 찾는 둘을 한동안 발견하지 못했다.

아트레유와 푸후르는 야영지 맨 가장자리에 꽃이 만발한 로즈메리 나무 아래에 앉아 있었다. 아트레유는 책상다리를 하고 팔짱을 끼고 앉아서 굳은 얼굴로 상아탑 쪽을 바라보고 있었다. 행운의 용은 아트레유의 발치에 커다란 머리를 둔 채 땅에 누워 있었다.

"여왕이 부적을 돌려 받기 위해 그 애는 예외로 해 주는 것이 나의 마지막 희망이었어. 하지만 이제 모든 희망이 사라졌어."

아트레유가 말했다.

"여왕은 자기가 무슨 일을 하는지 알 거야."

행운의 용이 말했다.

그 순간 바스티안은 둘을 발견했고 보이지 않게 그 곁으로 다가갔다.

"여왕이 정말 알고 있을까? 그 애는 더 이상 아우린을 가지고 있으면 안 돼."

아트레유가 중얼거렸다.

"어떻게 하려고? 걔가 자진해서 내주진 않을 거야."

푸후르가 물었다.

"내가 빼앗아야겠어."

아트레유가 대답했다.

바스티안은 이 말을 듣고는 발밑의 땅이 꺼지는 것 같은 느낌이 들었다.

"어떻게 빼앗겠다는 거야? 그래. 일단 네가 그걸 가지기만 한다면 걔가 돌려 달라고 더 이상 너한테 강요할 수는 없을 거야."

푸후르가 말하는 소리가 들렸다.

"오, 그건 모르겠어. 그래도 그 애의 힘과 마술 칼이 여전히 남아 있는걸."

아트레유가 말했다.

"하지만 부적이 널 지켜 줄 거야. 그 애 앞에서도."

푸후르가 반박했다.

"아니. 그렇지 않을 거야. 그 애 앞에서는 아니야. 안 그래."

아트레유가 말했다.

"그리고 그 애는 너한테 그걸 주려고 했었잖아. 너희들이 아마르간트에서 처음 만났던 그날 저녁에. 그런데 네가 거절했지."

푸후르는 나지막하고 차가운 웃음을 띠며 계속 말했다.

아트레유가 끄덕였다.

"그때는 일이 어떻게 될지 몰랐었거든."

"그렇다면 아직 무슨 수가 남아 있는 거니? 어떤 수를 써서 걔한테서 부적을 빼앗을 수 있겠니?"

푸후르가 물었다.

"훔쳐야겠어."

아트레유가 대답했다.

푸후르가 머리를 치켜들었다. 푸후르는 루비 빛으로 빛나는 눈동자로 아트레유를 바라보았다. 아트레유는 시선을 바닥으로 떨구

고 나지막이 대답했다.

"훔쳐야겠어. 다른 방법이 없어."

불안한 정적이 흐른 뒤에 푸후르가 물었다.

"언제?"

"오늘 밤 안에. 내일이면 이미 너무 늦을 테니까."

아트레유가 대답했다.

바스티안은 더 이상 듣고 싶지 않았다. 바스티안은 천천히 그 자리를 떠났다. 차갑고 한없는 공허만이 느껴졌다. 이제 모든 것이 상관없었다. 크사이데가 말했던 것처럼.

바스티안은 천막으로 돌아가 허리띠 겜말을 풀었다. 그런 다음 일루안을 보내서 휘스발트, 휘크리온, 휘도른 등 세 기사를 불러오게 했다. 기다리면서 왔다 갔다 하는 동안에 크사이데가 이 모든 것을 예언했었다는 생각이 떠올랐다. 바스티안은 그 말을 믿지 않으려고 했지만, 이제는 믿어야만 했다. 크사이데는 바스티안을 진심으로 대했고 이제 그는 그 점을 깨달았다. 오직 그 여자만이 바스티안에게 진심으로 충성했다. 하지만 아트레유가 계획을 실제로 실행할 건지는 아직 확실하지 않았다. 어쩌면 그건 그저 착상에 불과했고 아트레유는 벌써 그 생각을 부끄러워할지도 몰랐다. 만일 그렇다면 바스티안은 그 일에 대해 언급하고 싶지 않았다. 비록 우정 따위는 이제 아무 의미도 없게 되었지만. 그것은 영원히 끝나 버렸다.

세 기사가 오자 바스티안은 오늘 밤 안에 도둑이 자기 천막에

침입할 거라고 예상할 만한 이유가 있다고 설명했다. 그래서 세 기사에게 천막 안에서 보초를 서 주고 도둑이 들면 그게 누구든지 상관하지 말고 곧장 붙잡아 달라고 말했다. 휘스발트, 휘도른, 휘크리온은 그렇게 하겠다고 말하고 편안히 자리를 잡았다. 바스티안은 천막을 떠났다.

바스티안은 크사이데의 산호 가마로 갔다. 크사이데는 깊은 잠에 빠져 있었고 시커먼 곤충 같은 갑옷을 입은 거인 다섯만이 가마 주위에 꼼짝 않고 똑바로 서 있었다. 어둠 속에서 보면 거인들은 다섯 개의 바윗덩이 같았다.

"너희들이 나에게 복종해 주길 바란다."

바스티안이 나지막이 말했다.

곧바로 다섯 전부 시커먼 철로 된 얼굴을 바스티안에게 돌렸다.

"명령만 하십시오, 우리 여주인님의 주인님!"

한 놈이 금속성의 목소리로 대답했다.

"너희들이 행운의 용 푸후르를 당해 낼 수 있을 것 같으냐?"

바스티안은 물었다.

"그선 우리를 조종하는 의지에 달려 있습니다."

금속성의 목소리가 대답했다.

"그것이 내 뜻이다."

바스티안이 말했다.

"그렇다면 우리는 누구든지 당해 낼 수 있습니다."

이것이 대답이었다.

"좋다. 그렇다면 지금 놈의 근처로 가거라!"

바스티안은 손으로 방향을 가리켰다.

"아트레유가 놈을 떠나자마자 곧장 놈을 잡아라! 하지만 놈과 거기 있어라. 놈을 데리고 올 때가 되면 내가 너희를 부르겠다."

"기꺼이 그렇게 하겠습니다, 우리 여주인님의 주인님."

금속성의 목소리가 대답했다.

다섯 명의 시커먼 놈들은 소리 없이 발 맞춰 움직이기 시작했다. 크사이데는 자면서 미소를 지었다.

바스티안은 자기 천막으로 돌아왔다. 하지만 눈앞에 천막이 보이자 망설였다. 만일 아트레유가 정말로 도둑질을 하려고 한다면, 바스티안은 아트레유가 잡힐 때 옆에 있고 싶지 않았다.

하늘에서는 벌써 먼동이 트고 있었다. 바스티안은 천막에서 그리 멀지 않은 나무 밑에 앉아 은빛 망토로 몸을 감싸고 기다렸다. 시간은 한없이 느리게 흘러갔고 희미한 아침이 밝아 오더니 한층 환해졌다. 바스티안이 아트레유가 계획을 포기했을 거라는 희망을 가지려던 참에 갑자기 화려한 천막 안에서 시끄럽고 웅성거리는 소리가 터져 나왔다. 아주 잠시 뒤 아트레유는 등 뒤로 손이 묶인 채 휘크리온에 의해 천막에서 끌려 나왔다. 다른 두 기사가 뒤따라 나왔다.

바스티안은 힘겹게 몸을 일으켜 나무에 기대고 섰다.

"결국!"

바스티안은 혼자 중얼거렸다.

그러고 나서 천막 쪽으로 갔다. 바스티안은 아트레유를 보고 싶지 않았고 아트레유도 고개를 숙이고 있었다.

"일루안!"

바스티안은 천막 입구 옆에 있는 파란 드쉰에게 말했다.

"일행을 모조리 다 깨워라. 모두 여기 모이라고 해. 그리고 검은 갑옷 거인들에게 푸후르를 데려오라고 해라."

드쉰은 날카로운 독수리 소리를 내뱉고 급히 자리를 떴다. 그가 지나간 곳마다 크고 작은 천막들과 다른 침상들에서 기척이 나기 시작했다.

"전혀 저항하지 않았습니다."

휘크리온이 투덜대며 머리로 꼼짝도 하지 않고 고개를 숙인 채 서 있는 아트레유를 가리켰다. 바스티안은 외면하고 어떤 돌 위에 앉았다.

시커먼 거인 다섯이 푸후르를 데리고 왔을 때 호화 천막 주변에는 벌써 수많은 군중이 모여 있었다. 쿵쿵거리는 금속성의 보조를 맞춘 발소리가 가까이 오자 구경꾼들은 옆으로 물러서서 길을 열어 주었다. 푸후르는 묶여 있지도 않았고 갑옷 입은 거인들은 그를 건드리지 않고 그저 좌우에서 칼을 빼들고 걸어왔다.

"놈은 전혀 저항하지 않았습니다, 우리 여주인님의 주인님!"

행렬이 바스티안 앞에 멈춰 섰을 때 금속성 목소리 하나가 말했다.

푸후르는 아트레유 앞 땅바닥에 누워 눈을 감았다.

긴 정적이 흘렀다. 마지막 지각생들이 야영지에서 서둘러 달려와 무슨 일이 있는지 보려고 목을 쭉 뺐다. 오직 크사이데만 오지 않았다. 소곤거림과 속삭임이 점차 잦아들었다. 모든 시선이 아트레유와 바스티안 사이를 번갈아 왔다 갔다 했다. 잿빛 여명 속에서 그들의 꼼짝 않는 형체는 마치 영원히 굳어 버린 색깔 없는 그림 같았다.

드디어 바스티안이 일어났다.

"아트레유, 너는 나에게서 어린 여왕의 표시를 훔쳐내 네 것으로 삼으려고 했다. 그리고 너, 푸후르는 그것을 알고 있었고 아트레유와 공모했다. 그렇게 해서 너희 둘은 한때 우리 사이에 있었던 우정을 욕되게 했을 뿐 아니라 나에게 보석을 준 달아이의 뜻에 반하는 가장 사악한 범죄를 저질렀다. 너희들의 잘못을 인정하느냐?"

바스티안이 말했다.

아트레유는 바스티안을 오랫동안 쳐다보고는 고개를 끄덕였다.

바스티안은 목이 잠겨 두 번이나 말을 하려다 못 하고 겨우 말을 이을 수 있었다.

"나는 나를 어린 여왕에게 데려다 준 게 바로 너였다는 것을 기억한다. 아트레유. 그리고 푸후르가 아마르간트에서 불렀던 노래를 기억한다. 그래서 나는 너희들의 목숨을, 도둑과 그 공범의 목숨을 살려 주려고 한다. 너희들이 하고 싶은 대로 해라. 하지만 내 곁에서 떠나라, 너희들이 갈 수 있는 한 멀리. 그리고 절대 다

시는 내 눈앞에 나타날 생각을 하지 마라. 나는 너희들을 영원히 추방한다. 나는 너희들을 알고 지낸 적이 없다!"

바스티안은 고갯짓으로 휘크리온에게 아트레유의 결박을 풀어 주라는 손짓한 다음 돌아서서 다시 앉았다.

아트레유는 움직이지 않고 한참 동안 서 있더니 바스티안에게 눈길을 한 번 던졌다. 무슨 말인가 하려는 듯하더니 다시 생각을 바꿨다. 아트레유는 푸후르에게 몸을 숙이고 귀에다 대고 뭐라고 속삭였다. 행운의 용은 눈을 뜨고서는 일어났다.

아트레유는 푸후르의 등 위에 올라탔고 푸후르는 공중으로 날아올랐다. 용은 차츰 밝아지는 아침 하늘로 곧장 날아갔다. 푸후르의 동작은 무겁고 힘이 없었지만 금방 멀리 사라져 버렸다.

바스티안은 일어나서 자기 천막으로 들어갔다. 그리고 침상에 벌렁 누웠다.

"이제 당신은 진정한 위대함에 도달했습니다."

베일에 싸인 듯한 부드러운 목소리가 나지막이 말했다.

"이제 당신에겐 아무것도 중요하지 않고 더 이상 아무것도 당신에게 다가갈 수 없습니다."

바스티안은 일어나 앉았다. 그 말을 한 것은 크사이데였다. 크사이데는 천막의 제일 어두운 구석에 웅크리고 앉아 있었다.

"너였어? 어떻게 이 안에 들어왔지?"

바스티안이 물었다.

크사이데는 미소를 지었다.

"주인이자 스승님, 나를 막을 수 있는 보초는 없답니다. 오직 당신의 명령만이 그럴 수 있죠. 날 내쫓으시겠습니까?"

바스티안은 다시 드러누워 눈을 감았다. 얼마 있다가 바스티안은 중얼거렸다.

"난 상관없어. 있든지 가든지 마음대로 해!"

여자는 한참 동안 반쯤 내리깐 속눈썹 밑으로 바스티안을 살폈다. 그러더니 물었다.

"무슨 생각을 하고 있습니까, 주인이자 스승님?"

바스티안은 크사이데에게 등을 돌리고 돌아누워 아무런 대답을 하지 않았다.

지금 바스티안을 저대로 내버려 두면 절대 안 된다는 것을 크사이데는 분명히 알고 있었다. 바스티안은 거의 크사이데의 손을 벗어나려는 참이었다. 바스티안을 위로하고 기운을 북돋워 줘야 했다. 자기 식으로. 바스티안이 크사이데가 그를 위해. 또 자신을 위해 계획해 둔 길을 계속 가도록 해야 했다. 그리고 이번에는 마술 선물이나 간단한 술책으로는 통할 일이 아니었다. 더 강력한 수단을 써야만 했다. 크사이데가 쓸 수 있는 가장 강력한 수단, 즉 바스티안의 은밀한 소원에 기대 봐야 했다. 크사이데는 바스티안의 옆에 앉아 귀에다 대고 속삭였다.

"나의 주인이자 스승님, 언제 상아탑으로 들어가시렵니까?"

"모르겠다. 달아이도 없는데 거기서 무슨 볼일이 있겠어? 난 이제 뭘 해야 좋을지 도무지 모르겠어."

바스티안은 쿠션에 대고 말했다.

"거기 가서 어린 여왕을 기다리면 될 텐데요."

바스티안은 크사이데에게로 돌아누웠다.

"그 애가 돌아올 거 같아?"

바스티안이 급하게 질문을 한 번 더 되풀이하고 나서야 크사이데는 망설이면서 대답했다.

"그럴 것 같지 않군요. 내 생각엔, 여왕은 영원히 환상 세계를 떠났고 당신이 여왕의 후계자라고 봅니다, 주인이자 스승님."

바스티안은 천천히 몸을 일으켰다. 바스티안은 크사이데의 서로 다른 빛깔의 눈을 들여다보았다. 크사이데가 무슨 말을 했는지 완전히 이해하기까지는 시간이 조금 걸렸다.

"나?"

바스티안은 내뱉었다. 뺨이 붉게 물들었다.

"이 생각이 그렇게나 놀랍습니까?"

크사이데가 속삭였다.

"여왕은 자기 모든 권리의 표시를 당신에게 주었어요. 당신에게 제국을 맡긴 겁니다. 당신은 이제 어린 황제가 될 겁니다, 나의 주인이자 스승님. 그리고 그건 당신의 마땅한 권리입니다. 당신은 이곳으로 오셔서 환상 세계를 구했을 뿐만 아니라 처음으로 창조하기도 한 겁니다! 우리 모두는—나 자신도 포함해서—당신의 피조물에 불과합니다! 당신은 위대한 지자입니다. 이 모든 걸 봤을 때 마땅히 당신에게 돌아갈 전능(全能)을 잡으라는 데 왜 놀라십니까?"

바스티안의 눈이 점점 차가운 열기에 휩싸여 번득이기 시작하는 동안 크사이데는 새로운 환상 세계에 대해서, 세세한 부분까지 전부 바스티안의 뜻에 따라 형성되고 바스티안이 마음대로 창조하고 파괴할 수 있으며, 아무 제한이나 조건 없이 선하든 악하든, 아름답든 추하든, 어리석든 현명하든 상관없이 모든 피조물이 오직 바스티안의 의지대로 생겨나는 세계, 바스티안이 숭고하고 신비롭게 모두 위에서 군림하고 영원한 유희로서 운명을 조정하는 세계에 대해 이야기했다.

"그렇게 되어야만 비로소 당신은 진정으로 자유로워집니다. 당신을 구속하는 모든 것에서 자유로워지는 거죠. 그리고 원하는 것을 자유롭게 할 수 있습니다. 당신의 참뜻을 찾고자 하지 않았나요? 바로 이겁니다!"

크사이데는 이렇게 말을 끝냈다.

같은 날 아침 야영지가 철수되고 산호 가마를 탄 바스티안과 크사이데가 이끄는 수천 명의 행렬은 상아탑을 향하여 길을 떠났다. 거의 끝없는 행렬이 미로의 구불거리는 길들을 지나갔다. 그리고 해 질 무렵 선두가 상아탑에 도착했을 때 끝에서 오던 무리는 이제 겨우 화원의 맨 외곽 경계선을 넘어오고 있었다.

바스티안을 위해 준비된 환영식은 더할 나위 없이 아주 성대했다. 어린 여왕의 궁인들에 속했던 모든 이들이 바삐 움직이고 있었다. 모든 성첩(城堞)과 지붕에서는 요정 보초병들이 번쩍이는

트럼펫을 들고 목이 터져라 불어 댔다. 어릿광대들은 곡예를 펼쳤고 점성가들은 바스티안의 행운과 위대함을 알렸고 제빵사들은 산만 한 높이의 케이크를 구워 냈으며, 장관들과 고관들은 산호 가마의 옆에서 나란히 가면서 군중 사이를 뚫고 상아탑을 돌며 점점 좁아지는 나선형으로 된 중심가를 따라 본래 궁전 구역 안으로 통하는 커다란 문 앞까지 가마를 안내했다. 바스티안은 크사이데와 모든 고관들이 뒤따르는 가운데 눈처럼 하얗고 널따란 계단을 올라가 모든 홀과 복도를 지나고 두 번째 문도 통과해 계속 위로 올라갔고, 상아로 만들어진 동물과 꽃과 나무들이 있는 정원을 지나고 아치형 다리들을 건너가 마지막 문을 지나갔다. 바스티안은 거대한 탑의 꼭대기를 형성하는 그 목련 꽃 모양의 정자에 들어가려고 했다. 하지만 꽃잎은 닫혀 있었고 그리로 이어지는 마지막 구간은 너무나 미끄럽고 비탈이 져서 아무도 올라갈 수 없었다.

바스티안은 당시 심한 부상을 입은 아트레유도 위로 올라갈 수 없었던, 어쨌거나 자기 힘으로는 그럴 수 없었던 것을 기억했다. 그리로 올라가 본 적이 있었던 이들 가운데 어느 누구도 어떻게 그게 가능했는지 몰랐으니까. 그건 선물로 주어져야 한다.

하지만 바스티안은 아트레유가 아니었다. 이제부터 이 마지막 구간을 은총으로 베풀어야 할 자는 다름아닌 바스티안이었다. 그리고 바스티안은 이제 와서 가던 길을 멈출 생각은 없었다.

"장인들을 불러오너라!"

바스티안은 명령했다.

"저 미끄러운 표면을 깎아 계단을 만들든가 아니면 사다리를 놓든가 아니면 뭐든지 생각해 내라고 해라. 난 저 위를 거처로 삼을 것이니까."

"주인님, 저 위는 황금빛 눈의 소원의 지배자께서 우리 곁에 계실 때 거처하시는 곳입니다."

가장 나이가 많은 고문관 하나가 과감히 이의를 제기했다.

"내가 시키는 대로 해!"

바스티안은 고문관에게 호통쳤다.

고관들은 하얗게 질려서는 뒤로 물러나 명령을 따랐다. 장인들이 불려와 무거운 망치와 끌을 가지고 작업에 착수했다. 하지만 아무리 애써도 그 꼭대기에서 눈곱만큼의 조각도 쪼아 낼 수 없었다. 끌은 손에서 퉁겨져 나갔고 매끄러운 표면에는 긁힌 자국 하나 나지 않았다.

"뭔가 다른 수를 생각해 내라. 나는 저 위로 올라가야 하니까. 그리고 내 인내심이 곧 바닥이 날 거라는 점을 명심해라."

바스티안은 말하고 언짢아서 홱 돌아섰다.

그러고 나서 바스티안은 되돌아가 우선 크사이데와 세 기사인 휘스발트, 휘크리온, 휘도른 그리고 파란 드쉰 일루안이 주축을 이루는 자신의 궁인들을 데리고 궁전 구역의 나머지 방들을 장악했다.

그날 밤 바스티안은 지금까지 달아이를 위해 일했던 모든 고관, 장관과 고문관들을 언젠가 의사 회의가 열렸던 그 커다란 원

형 홀로 불러 모았다. 바스티안은 그들에게 황금빛 눈의 지배자가 자신, 바스티안 발타자르 북스에게 끝없는 환상 제국에 대한 모든 권력을 넘겼으며 지금부터 자기가 여왕의 자리를 취하겠다고 선언했다. 바스티안은 그들에게 자기의 뜻에 완전히 복종할 것을 맹세하라고 요구했다.

"설령, 가끔 가다 내 결정이 그대들에게 납득이 안 되더라도 말이다. 나는 그대들과 다르니까."

바스티안은 덧붙였다.

그러고 나서 바스티안은 정확히 칠십칠 일 후에 자신이 환상 세계의 어린 황제 직에 즉위하겠다고 결정했다. 대관식은 환상 세계에서조차 전례가 없을 정도로 아주 성대한 축제가 되어야 할 것이라고 했다. 자기는 환상 제국의 모든 민족이 대관식에 대표를 보내기를 바라니까 즉시 각 나라에 사절을 보내라고 명령했다.

그 말을 끝으로 바스티안은 당황한 고문관과 고관들을 남겨 둔 채 물러 나왔다.

그들은 어떻게 해야 좋을지 몰랐다. 바스티안이 한 말은 전부 너무나 엄청난 내용이어서 그들은 한참 동안 말없이 그 자리에 서서 고개를 숙이고 있었다. 그런 다음 고문관과 고관들은 나지막한 소리로 의논하기 시작했다. 그리고 몇 시간 동안 논의를 한 끝에 드디어 바스티안의 지시를 따르기로 합의했다. 바스티안은 어린 여왕의 표시를 지니고 있고 그 표시에 충성하는 것은 의무였기 때문이다. 달아이가 정말로 바스티안에게 모든 권력을 이양했다고

믿든지 아니면 이 모든 일이 또다시 그저 달아이의 이해할 수 없는 결정에 불과한 건지 상관없이. 그래서 사절들이 파견되었고 그 밖에 바스티안이 지시한 모든 것이 실행되었다.

하지만 바스티안 자신은 더 이상 그 일에 신경을 쓰지 않았다. 대관식 준비를 위한 모든 세부 사항은 크사이데에게 위임했다. 그리고 크사이데는 상아탑의 궁인들을 바쁘게 일을 시켰다. 그것도 어느 누구도 어떤 생각도 할 짬을 내지 못할 정도로 아주 바쁘게.

바스티안 자신은 그후 몇 날, 몇 주 동안 대개 자기가 고른 방 안에 꼼짝하지 않고 앉아 있었다. 앞만 뚫어지게 바라보고 아무것도 하지 않았다. 뭔가를 소원하거나 마음을 즐겁게 해 줄 이야기를 생각해 내고 싶었지만, 아무것도 떠오르지 않았다. 텅 비고 공허한 느낌이 들었다.

그러다가 마침내 달아이를 불러올 수 있을 거라는 생각이 떠올랐다. 만일 자기가 정말로 전능하다면, 소원이 전부 실현되었다면 달아이도 복종해야 할 터였다.

거의 밤마다 바스티안은 앉아서 혼자 중얼거렸다.

"달아이야, 오너라! 넌 와야 해! 나는 네가 올 것을 명령한다."

그리고 바스티안은 빛나는 보석처럼 자기 가슴속에 남은 달아이의 눈빛을 생각했다. 하지만 달아이는 오지 않았다. 그리고 바스티안이 달아이를 오게 하려고 시도하면 할수록 가슴속에 있던 그 빛에 대한 기억은 점점 더 사라져 갔고 곧 바스티안의 가슴속은 완전히 깜깜해졌다.

바스티안은 목련 정자에 들어가기만 하면 모든 것을 다시 찾게 될 거라고 자신을 달랬다. 그래서 거듭해서 장인들한테 가서 위협도 하고 대가도 약속하면서 재촉했지만, 장인들이 하는 일은 전부 소용없는 것으로 드러났다. 사다리는 부서졌고 강철 못은 구부러졌으며 끌은 튕겨 나갔다.

이따금 바스티안이 기꺼이 같이 수다를 떨거나 장난을 칠 수도 있었을 기사 휘크리온, 휘스발트, 휘도른은 거의 쓸모가 없었다. 세 기사들은 상아탑의 제일 깊은 지하층에서 포도주 저장고를 발견했다. 거기 앉아서 그들은 밤낮으로 마시고 주사위 놀이를 하고 큰 소리로 멍청한 노래를 부르거나 서로 싸우곤 했는데, 가끔 가다 심지어 서로 칼을 뽑을 때도 있었다. 때로는 술에 취해 비틀거리며 중심가를 쏘다니며 요정, 정령, 마녀들과 탑에 있는 다른 여자들을 괴롭혔다.

바스티안이 기사들에게 말을 시키면, 그들은 "뭘 원하는 거지, 주인님? 우리한테 뭔가 할 일을 줘야지."라고 말했다.

하지만 바스티안에게는 아무런 생각도 떠오르지 않았고 마상 자신도 대관식으로 무엇이 어떻게 바뀔지 알지 못하면서도 대관식 때까지만 참으라고 그들을 달랬다.

갈수록 날씨도 점점 나빠졌다. 흐르는 황금처럼 보였던 일몰 광경은 점점 더 보기 힘들어졌다. 하늘은 대부분 잿빛에 구름이 잔뜩 끼어 있었고 공기는 숨이 막혔다. 바람 한 점 없었다.

그렇게 천천히 정해진 대관식 날이 다가왔다.

 파견했던 사절들이 돌아왔다. 그 가운데 많은 사절들은 환상 세계의 많은 나라에서 대표들을 데리고 왔다. 하지만 또 어떤 이들은 빈손으로 돌아와서는 찾아갔던 주민들이 대관식 참석을 딱 잘라 거절했다는 소식을 전했다. 그리고 여러 곳에서 은밀하거나 혹은 공개적인 반란이 있다고 전했다.
 바스티안은 꼼짝 않고 앞만 바라보았다.
 "당신이 환상 세계의 황제가 되면 그 모든 것을 철저히 없애 버리면 됩니다."
 크사이데가 말했다.
 "나는 내가 원하는 것을 그들이 원하기를 바란다."
 바스티안이 말했다.
 그렇지만 크사이데는 새로운 지시를 내리려고 이미 서둘러 자리를 떠 버린 뒤였다.
 이윽고 대관식 날이 밝았다. 대관식은 거행되지도 못한 채 상아탑을 둘러싸고 혈전이 벌어진 날로서 환상 세계 역사에 기록된 그날이.
 아침부터 하늘은 두꺼운 납회색 구름으로 잔뜩 덮여서 제대로 날이 밝지 않았다. 불안하게 어스름한 빛이 사방에 비쳤고 공기는 바람 한 점 없이 너무나 무겁고 답답하여 거의 숨을 쉴 수가 없었다.
 크사이데는 상아탑의 의전관 열네 명과 함께 여태껏 환상 세계에서 있었던 어떤 행사보다 더 화려하고 호사스러운 아주 풍성한 행사 프로그램을 마련했다.

　이미 이른 아침 시간부터 모든 거리와 광장에서는 음악이 울렸다. 하지만 그것은 상아탑에서는 이날 이때껏 단 한 번도 들어 보지 못했던 그런 음악이었다. 거칠고 찢어질 듯하면서 단조로웠다. 그 음악을 들은 이는 누구나 발을 실룩거리기 시작했고 원하든 원하지 않든 춤을 추고 깡충깡충 뛰어야만 했다. 검은 가면을 쓴 악사들이 누구인지 아무도 몰랐고 크사이데가 그들을 어디에서 데리고 왔는지 아무도 몰랐다.

　모든 건물과 집들의 정면은 화려하게 울긋불긋한 크고 작은 깃발로 장식되었지만 바람이 한 점도 없었으므로 깃발은 축 늘어져 있었다. 중심가를 따라서, 그리고 궁전 구역의 높은 성벽 주변에는 수없이 많은 그림들이 끝도 없이 붙어 있었는데 작은 것에서 초대형 그림까지 모두 하나같이 똑같은 얼굴, 바로 바스티안의 얼굴이 그려져 있었다.

　아직 목련 정자에는 들어갈 수 없었기에 크사이데는 대관식을 위하여 다른 장소를 물색했다. 나선형의 중심가가 궁전 담의 큰문 앞에서 끝나는 곳에 있는 넓은 상아 계단에 왕좌가 놓여져야 했다. 수많은 황금 향로가 여기에서 연기를 내뿜었고 감각을 마비시키는 자극적인 냄새가 나는 그 연기는 천천히 계단을 지나고 광장을 지나 중심가로 내려갔고 옆 골목이며 구석이며 방이며 할 것 없이 퍼져 나갔다.

　곳곳에 시커먼 거인들이 곤충 갑옷을 입고 서 있었다. 다섯밖에 남지 않았던 그들을 어떻게 수백 배로 불릴 수 있었는지 크사

이데 말고는 아무도 몰랐다. 하지만 그것만이 아니었다. 그 가운데 쉰 명쯤은 이제 역시 온통 검은 금속으로 만들어지고 완전히 똑같이 움직이는 거대한 말을 타고 있었다.

이 말을 탄 거인들은 개선 행렬을 하듯이 왕좌를 호위하며 중심가를 올라왔다. 왕좌가 어디에서 난 건지 아무도 몰랐다. 왕좌는 교회 현관만큼 컸고 순전히 온갖 모양과 크기의 거울로만 만들어졌다. 오로지 방석만 구릿빛 비단으로 되어 있었다. 그 번쩍이는 거대한 놈은 신기하게도 누가 밀거나 끄는 것도 아닌데 마치 살아 있는 생물처럼 저절로 나선형 거리를 따라 천천히 위로 움직였다.

왕좌가 커다란 상아문 앞에서 멈춰 서자 바스티안이 궁전 구역에서 나와 거기에 앉았다. 온통 반짝이는 차가운 화려함의 한가운데에 앉으니 바스티안은 마치 인형처럼 초라하고 작아 보였다. 시커먼 갑옷 거인들의 대열이 저지하는 수많은 구경꾼들이 환호성을 질러 댔지만 그 소리는 설명할 수 없이 가냘프고 새되게 울렸다.

그리고 나서 예식의 가장 지루하고 피곤한 부분이 시작되었다. 환상 제국의 모든 사절들과 대표들이 한 줄로 쭉 늘어서야 했는데, 그 줄은 거울 왕좌로부터 상아탑의 나선형 중심가 끝까지 이어질 뿐만 아니라 더 멀리 미로 정원에까지 뻗어 있었고 새로 온 이들이 계속해서 줄의 맨 끝에 와서 붙었다. 차례가 오면 누구나 왕좌 앞에 엎드려 이마로 바닥을 세 번 두드리고 바스티안의 오른발에다 입을 맞추며 다음과 같이 말해야 했다.

"우리 국민과 우리 종족의 이름으로 우리 모두를 존재하게 해 주신 당신께 환상 세계의 어린 황제로 즉위하실 것을 청합니다!"

두서너 시간 이런 식으로 계속되었을 때 갑자기 대기자들의 행렬에서 소란이 일어났다. 젊은 목양 신이 서둘러 거리를 올라오고 있었는데, 마지막 힘을 다 짜내어 뛰어오고 있는 걸 알 수 있었다. 비틀거리다가 자꾸만 넘어졌지만 다시 벌떡 일어나 계속 달려와 이윽고 바스티안 앞에 와서 쓰러지더니 숨을 헐떡였다. 바스티안은 그에게로 몸을 굽혔다.

"무슨 일이길래 감히 예식을 방해하는 거냐?"

"전쟁입니다, 주인님!"

목양신이 내뱉었다.

"아트레유가 많은 폭도들을 규합해 군대 세 부대를 이끌고 이리로 오고 있습니다. 놈들은 당신이 아우린을 내놓을 것을 요구합니다. 만일 자발적으로 내놓지 않으면 힘으로 빼앗겠다고 합니다."

갑자기 죽음과 같은 정적이 찾아들었다. 흥분시키던 음악도 새된 환호성도 단번에 잦아들었다. 바스티안은 창백해진 채 멍하니 앞만 쳐다보았다.

그 때 세 기사, 휘스발트, 휘크리온, 휘도른이 달려왔다. 기사들은 굉장히 기분이 좋아 보였다.

"드디어 우리가 할 일이 생겼군요, 주인님!"

그들은 뒤죽박죽 소리를 질러 댔다.

"우리에게 맡겨만 주십시오! 예식은 그대로 계속하십시오! 우린 유능한 이들을 몇 명 모아 반란군들을 맞으러 가지요. 놈들에게 두고 두고 잊지 못할 교훈을 주겠습니다."

그 자리에 있던 환상 세계 주민들 수천 명 중에는 전투에는 아무 쓸모가 없는 이들도 있었다. 하지만 대다수는 아무 무기든 하나는 다룰 수 있었다. 몽둥이든 칼이든 활이든 창이든 투석구(投石具)든지 아니면 단순히 이빨이나 발톱이라도. 그런 이들이 전부 세 기사 주위에 모여들었고, 세 기사는 군대를 지휘했다. 그들이 떠나는 동안 바스티안은 예식을 계속하기 위해 방어력이 떨어지는 많은 무리와 남았다. 하지만 그때부터 바스티안은 더 이상 식에 집중할 수가 없었다. 그의 눈은 자꾸만 왕좌에서 잘 볼 수 있는 지평선으로 향했다. 거기서 거대한 먼지 구름이 일어나고 있는 것을 보니 아트레유가 데리고 온 군대가 어느 정도 규모인지 짐작할 수 있었다.

"걱정 마십시오. 아직 내 검은 갑옷 거인들이 개입하지 않았습니다. 그들이 당신의 상아탑을 지킬 것이고 그들을 이길 자는 아무도 없지요. 당신과 당신의 칼 말고는."

크사이데가 바스티안 곁으로 다가와 말했다.

몇 시간 뒤 첫 번째 전투 소식이 도착했다. 아트레유의 편에서는 거의 모든 초록 피부 족이 싸우고 있었고, 또한 켄타우로스 이백 명, 바위베어먹기 족 쉰여덟 명과 계속해서 공중에서 전투에 끼어드는, 푸후르가 이끄는 행운의 용 다섯에다가 그 밖에도 운명

의 산맥에서 온 거대한 흰 독수리 무리와 매우 많은 다른 생물들이 합세하고 있었다. 게다가 일각수들까지도 보였다.

비록 그들은 휘크리온, 휘스발트, 휘도른 기사가 지휘하는 군대에 비해 수적으로 한참 열세였지만, 엄청난 투지로 싸웠기 때문에 바스티안을 위해 싸우는 군대를 계속 상아탑 쪽으로 밀어붙였다.

바스티안은 직접 나가서 군대의 지휘를 맡으려고 했으나 크사이데가 말렸다.

"신중하세요, 주인이자 스승님. 전투에 개입하는 것은 환상 세계의 어린 황제라는 당신의 새로운 신분에 어울리지 않습니다. 그 문제는 안심하고 충복들에게 맡기십시오."

크사이데가 말했다.

전투는 하루 종일 계속되었다. 미로 정원은 바스티안의 군대가 끝까지 끈질기게 방어하였고 온통 짓밟히고 피비린내 나는 전장으로 변해 버렸다. 어두워지기 시작하자 반란군들의 선발대가 상아탑의 발치에 도달했다.

그제야 크사이데는 말을 탄 이들과 타지 않은 이들 상관없이 시커먼 갑옷 거인들을 내보냈고 거인들은 아트레유의 충복들에게 달려들어 무시무시하게 날뛰기 시작했다.

상아탑을 둘러싼 전투에 대해 자세히 보고하는 것은 불가능하기 때문에 여기에서 포기할 수밖에 없다. 오늘날까지도 환상 세계에는 그날 낮과 밤에 대한 수많은 노래와 기록이 전해진다. 전투에 참가했던 모든 이들이 서로 다른 것을 경험했기 때문이리라.

이 모든 이야기는 아마 다음 기회에 얘기해야 할 것이다. 어떤 이들은 아트레유의 편에는 크사이데의 마력에 대항할 수 있는 선한 마법사 한 명, 아니 몇 명이 있었다고 전한다. 이 점에 대해 확실히 아는 것은 아무것도 없다. 아마도 이 점이 아트레유와 그 부하들이 검은 갑옷 거인들이 있는데도 상아탑을 점령할 수 있었던 데 대한 설명이 될 듯하다. 하지만 다른 이유가 더 그럴듯하다. 바로 아트레유가 자신을 위해서 싸운 것이 아니라, 친구를 위해 싸웠다는 것이다. 친구를 구하기 위해서는 친구를 이겨야만 했다.

밤이 이미 깊었다. 연기와 화염으로 가득한 별 없는 밤이었다. 바닥에 떨어진 횃불, 넘어진 향로 혹은 부서진 등잔 때문에 탑 곳곳에서 불이 났다. 바스티안은 깜박이는 불빛 속에서 유령 같은 그림자를 던지며 싸우는 이들 사이로 이리저리 뛰어다녔다. 주위에서는 무기들이 부딪쳐 내는 소리와 싸움하는 이들이 내는 고함소리가 났다.

"아트레유!"

바스티안은 쉰 목소리로 소리쳤다.

"아트레유, 내 앞에 나타나라! 나와 붙어 보자! 어디 있냐?"

하지만 지칸다 칼은 칼집 안에서 꼼짝도 하지 않았다.

바스티안은 궁전 구역의 방방마다 돌아다니다가 길만큼 넓은 커다란 성벽 위로 올라갔다. 바스티안이 막—이제는 산산조각이 나 버린—거울 왕좌가 있는 그 커다란 바깥쪽 문으로 달려가려고 했을 때 아트레유가 반대편에서 다가오는 것이 보였다. 아트레

유는 손에 칼을 들고 있었다.

이윽고 바스티안과 아트레유는 서로 노려보며 마주섰다. 지칸다는 움직이지 않았다.

아트레유는 바스티안의 가슴에 칼 끝을 들이댔다.

"부적을 내놔라. 너 자신을 위해서."

아트레유가 말했다.

"배신자!"

바스티안이 맞서 소리쳤다.

"넌 나의 창조물이야! 내가 모든 것을 다 존재하게 했어! 너도! 네가 나한테 대항하려 하느냐? 무릎을 꿇고 용서를 빌어라!".

"넌 미쳤어. 넌 아무것도 창조하지 않았어. 넌 모든 것에 대해 어린 여왕의 은혜를 입었어! 아우린을 내놔!"

아트레유가 대답했다.

"가져가 봐! 할 수 있다면!"

바스티안이 소리쳤다.

아트레유는 망설였다.

"바스디안, 너는 왜 내가 너를 구하기 위해 너를 물리치도록 하니?"

아트레유가 말했다.

바스티안은 칼자루를 잡아당겼다. 그리고 지칸다가 스스로 튕겨 나와 손 안으로 들어오지 않고도 바스티안은 자신의 어마어마한 힘으로 지칸다를 칼집에서 뽑아낼 수 있었다. 하지만 그 일이

 일어난 바로 그 순간 커다란 소리가 들렸다. 그 소리는 너무나 끔찍하게 울려서 저 아래 문 앞 길에 있던 전사들도 순간 얼어붙은 듯 멈춰 서서 둘을 올려다보았다. 그리고 바스티안은 그 소리를 기억해 냈다. 그건 그라오그라만이 돌이 되었을 때 들었던 무시무시한 삐걱거리는 소리였다. 그리고 지칸다의 빛이 사라졌다. 지칸다를 바스티안 마음대로 꺼낼 경우 일어날 일에 대해 사자가 예언했던 말이 머리를 스쳤다. 하지만 이제 더 이상 되돌릴 수 없었고 그러고 싶지도 않았다.
 바스티안은 아트레유에게 칼을 휘둘렀고 아트레유는 자신의 칼로 막아내려고 했다. 그러나 지칸다는 아트레유의 칼을 동강내고 가슴을 찔렀다. 깊은 상처가 났고 피가 솟아 나왔다. 아트레유는 뒤로 비틀거리더니 커다란 문의 성첩에서부터 밑으로 떨어졌다. 그 때 연기 덩어리로부터 길고 하얀 불꽃이 밤하늘을 뚫고 날아와, 떨어지는 아트레유를 받더니 데리고 가 버렸다. 하얀 행운의 용 푸후르였다.
 바스티안은 망토로 이마의 땀을 훔쳤다. 그러는 동안 바스티안은 망토가 검게, 밤처럼 검게 변해 버렸다는 것을 알아차렸다. 여전히 손에 지칸다를 쥔 채 바스티안은 궁전 담을 내려가 빈 광장으로 갔다.
 아트레유를 이기게 되자 전세는 순식간에 급변했다. 거의 승리를 눈앞에 둔 듯했던 반란군 군대는 도망가기 시작했다. 바스티안은 절대 깨어날 수 없는 끔찍한 꿈을 꾸고 있는 것 같았다. 승리

는 쓸개즙처럼 씁쓸한 맛이었지만, 그와 동시에 격렬한 승리감이 온몸을 덮쳤다.

  검은 망토를 휘감고, 손에는 피 묻은 칼을 들고 바스티안은 상아탑의 중심가를 천천히 내려갔다. 중심가는 이미 거대한 횃불처럼 불길 속에 타오르고 있었다. 하지만 바스티안은 화염이 내는 시끄러운 소리를 거의 느끼지 못한 채 그 속을 뚫고 계속 갔고 마침내 탑의 발치에 도달했다. 거기서 바스티안은—이제는 환상 세계 주민들의 시체로 가득한 끝없는 전쟁터가 된—황폐화된 미로 정원의 한가운데에서 기다리고 있던 나머지 군대를 만났다. 휘크리온, 휘스발트, 휘도른도 그곳에 있었는데, 휘스발트와 휘도른은 중상을 입었다. 파란 드쉰 일루안은 전사했다. 크사이데가 그 시체 옆에 서 있었다. 크사이데는 손에 허리띠 겜말을 들고 있었다.

  "주인이자 스승님, 일루안이 당신을 위해 이것을 구해 냈습니다."

  크사이데가 말했다.

  바스티안은 허리띠를 받아 꽉 쥐더니 주머니에 집어넣었다.

  바스티안은 천천히 그의 전우이자 일행들을 둘러보았다. 겨우 수백 명만이 살아남았다. 그들은 지칠 대로 지치고 넋이 나가 보였다. 깜박이는 불빛에 비친 그들은 마치 유령들 한 떼 같았다.

  모두 장작더미처럼 점점 무너져 내리는 상아탑 쪽으로 얼굴을 돌렸다. 꼭대기에 있는 목련 정자는 활활 타올랐고 꽃잎은 활짝 열렸지만 안이 텅 빈 게 보였다. 그러더니 불꽃이 정자마저 삼켜

버렸다.

바스티안이 칼로 불길과 파편 더미를 가리키며 거친 목소리로 말했다.

"이건 아트레유가 한 짓이다. 그러므로 난 이제 세상 끝까지 그를 쫓아가겠다!"

바스티안은 시커먼 금속으로 된 거대한 말 위에 올라타고 소리쳤다.

"나를 따르라!"

말은 버텼으나 바스티안은 자기 뜻에 따라 움직이게 했고 전속력으로 밤 속으로 질주했다.

제 23 장
늙은 황제들의 도시

바스티안이 이미 칠흑 같은 밤 속을 몇 킬로미터나 달려간 뒤에야 비로소 뒤에 남아 있던 전우들은 출발했다. 다수가 부상당했고, 모두 죽도록 지쳐서 어느 누구도 바스티안의 엄청난 힘과 끈기를 따라갈 수가 없었다. 금속 말을 탄 시커먼 갑옷 거인들조차도 아주 힘겹게 움직이기 시작했고 걸어서 가는 다른 갑옷 거인들은 평소처럼 발 맞춰 행진할 수가 없었다. 거인들을 조종하는 크사이데의 의지도 힘의 한계에 다다른 것처럼 보였다. 크사이데의 산호 가마는 상아탑이 불탈 때 같이 타 버렸다. 그래서 온갖 부서진 마차에서 떼어 낸 널빤지, 부서진 무기, 시커멓게 숯이 된 상아탑의 잔해로 새로 가마를 만들었지만, 그것은 궁색한 오두막에 더 가까워 보였다. 나머지 병사들도 발을 절뚝거리고 질질 끌며 힘겹게 겨우 뒤따라왔다. 휘크리온, 휘스발트, 휘도른도 말을 잃어버려 서로 부축해 줘야만 했다. 아무도 한 마디도 하지 않았지만 바스티안을 따라잡는 건 불가능하다는 것을 모두 알고 있었다.

바스티안은 계속 암혹을 뚫고 달렸다. 검은 망토는 어깨에서 사납게 펄럭였고 금속으로 된 거대한 말의 사지는 움직일 때마다 삐걱거리고 끽끽거리는 반면, 커다란 발굽은 땅바닥을 힘차게 내리쳤다.

"이러!"

바스티안은 소리쳤다.

"이러! 이러! 이러!"

아무리 말이 빨리 달려도 바스티안에게는 충분치 않았다.

어떤 대가를 치르더라도 아트레유와 푸후르를 따라잡으려고 했다. 설령 너무 달려 이 금속 괴물 말이 다 부서진다 할지라도!

바스티안은 복수를 원했다! 지금쯤이면 벌써 모든 자기 소원의 목적지에 도달했을 텐데, 아트레유가 망쳐 버렸다. 바스티안은 환상 세계의 황제가 되지 못했다. 아트레유는 쓰디쓴 대가를 치러야 한다!

바스티안은 금속 말을 한층 더 난폭하게 몰았다. 녀석의 관절에서 삐걱거리고 철컥거리는 소리가 점점 더 크게 들렸지만, 녀석은 주인의 뜻을 따라 한층 더 속도를 냈다.

그 격렬한 추격이 몇 시간이나 계속되었지만 날은 새지 않았다. 그리고 바스티안의 머릿속에는 계속해서 불타는 상아탑이 어른거렸고 아트레유가 자기 가슴에 칼을 들이댔던 순간이 자꾸만 되풀이해서 떠올랐다. 마침내 바스티안은 처음으로 이런 의문이 생겼다. 왜 아트레유는 망설였을까? 그런 모든 일이 있고 난 후에도 왜 아우린을 힘으로 빼앗기 위해 나에게 상처를 입히지 않았을까? 그러자 이제 갑자기 바스티안은 자기가 아트레유에게 입힌 상처와 뒤로 비틀거리며 떨어지던 아트레유의 마지막 모습이 생각났다.

바스티안은 그때까지 여전히 손에 쥐고 흔들던 지칸다를 녹슨 칼집에 집어넣었다.

아침이 밝아 왔고 바스티안은 차츰 자기가 어디에 있는지 알아볼 수 있었다. 금속 말이 지금 질주하는 곳은 황야였다. 늘어선 노간주나무들의 어두운 윤곽은 마치 두건을 쓴 몸집 큰 수도사들

이나 끝이 뾰족한 모자를 쓴 마법사들이 꼼짝 않고 모여 있는 모습 같았다. 그 사이로 여기저기 바윗덩어리들이 흩어져 있었다.

그러더니 금속 말이 질주하던 도중에 아주 갑작스럽게 간단히 산산조각 나 버리고 말았다.

바스티안은 말에서 심하게 떨어지는 바람에 정신이 몽롱해진 채 누워 있었다. 마침내 겨우 다시 몸을 일으켜 부딪혀서 얼얼해진 팔다리를 비비며 보니 자기가 키 작은 노간주나무 덤불 속에 있었다. 바스티안은 기어 나왔다. 바깥에는 마치 기사 기념비라도 폭발한 것처럼 껍데기 같은 말의 잔해가 널따란 평원에 흩어져 있었다.

바스티안은 일어나서 검은 망토를 어깨에 걸치고 아무 목적지도 없이 밝아 오는 아침 하늘을 향해 마냥 걸어갔다.

하지만 노간주나무 덤불에는 바스티안이 잃어버리고 간 반짝거리는 물건이 하나 남아 있었다. 바로 허리띠 겜말이었다. 바스티안은 잃어버린 걸 전혀 몰랐을 뿐더러 그 뒤에도 단 한 번도 겜말 생각을 하지 않았다. 일루안이 화염 속에서 허리띠를 건져냈던 것은 정말 쓸데없는 짓이었다.

며칠 뒤 어떤 까치가 겜말을 발견하였다. 까치는 이 반짝거리는 물건이 뭔지도 모르는 채 둥지로 가져갔다. 그것으로 또 다른 이야기가 시작되었지만, 그것은 다음 기회에 들려주도록 하겠다.

정오 무렵 바스티안은 황야를 가로질러 놓인 높다란 토담에 이르렀다. 바스티안은 그 위로 올라갔다. 토담 뒤로는——안으로 갈

수록 점점 더 깊이 팬—평평한 분화구 모양의 넓은 분지가 있었다. 그리고 그 골짜기 전체에 도시가 세워져 있었다. 어쨌든 건물의 수를 보았을 때 도시라고 부를 만했지만 바스티안이 본 중에 가장 괴상한 도시였다. 모든 건물들이 계획이나 생각 없이 마치 거대한 자루에서 그냥 거기에 쏟아 부어 놓은 것처럼 뒤죽박죽으로 내던져져 있었다. 도로도 광장도 없었고 질서라고는 도무지 찾아볼 수 없었다.

또한 건물 하나하나도 괴상해 보였다. 문이 지붕에 붙어 있고 계단은 도저히 다가갈 수 없는 곳에 만들어져 있거나 물구나무를 서야만 디딜 수 있거나 허공에서 끝나곤 했다. 탑들은 기울어져 있었고 발코니는 세로로 벽에 붙어 있었으며 문 대신 창문을, 담 대신 마룻바닥을 만들어 놓았다. 마치 건설업자가 작업 도중에 뭘 짓고 있는 건지 잊어버리고 만 것처럼 둥근 아치가 어디에선가 갑자기 뚝 끊어진 다리도 있었다. 바나나처럼 구부러진 탑과 거꾸로 서 있는 피라미드들도 있었다. 간단히 말해서 온 도시가 광기로 가득 찼다는 인상을 주었다.

이윽고 바스티안은 시민들을 보았다. 남자와 여자 그리고 아이들이었다. 겉모습으로 봐서 보통 사람처럼 보였다. 하지만 옷을 보면 모두 바보가 되어 버려 입는 데 쓰는 물건과 다른 용도로 쓰는 물건을 구별하지 못하는 것처럼 보였다. 머리에는 전등갓, 모래 담는 양동이, 수프 그릇, 휴지통, 봉지나 상자 같은 걸 썼다. 그리고 몸에는 탁자보, 양탄자, 커다란 은박지나 심지어 큰 통을

둘렀다.

많은 사람들이 손수레와 마차를 끌거나 밀며 돌아다녔는데, 그 안에는 부서진 등잔, 매트, 접시, 누더기와 싸구려 장신구 등 온갖 잡동사니란 잡동사니는 다 쌓여 있었다. 또 어떤 사람들은 비슷한 잡동사니를 한 짐 가득 등에 지고 돌아다녔다.

도시 안으로 들어가면 갈수록 사람들로 점점 더 붐볐다. 하지만 아무도 자기가 어디로 가려고 하는 건지 제대로 알지 못하는 것 같았다. 어떤 사람이 손수레를 힘들게 어떤 방향으로 끌었다가 잠시 후 다시 반대 방향으로 끌고 가더니 다시 얼마 후에 새로운 방향으로 가는 것을 바스티안은 여러 번 보았다. 하지만 모두들 일에 열성적으로 몰두하고 있었다.

바스티안은 한 명에게 말을 걸어 보기로 했다.

"이 도시는 이름이 무엇입니까?"

바스티안이 말을 건 사람은 손수레를 놓고 몸을 똑바로 세우고는 마치 열심히 생각이라도 하는 양 한동안 이마를 문지르더니 손수레를 세워 둔 채 그냥 가 버렸다. 손수레를 가져가는 걸 잊어버린 것 같았다. 그러나 몇 분 뒤에 어떤 여자가 그 손수레를 힘들게 어디론가 끌고 갔다. 바스티안은 그 여자에게 그 잡동사니가 그녀 것이냐고 물었다. 여자는 서서 한동안 골똘히 생각에 잠겨 있더니 가 버렸다.

바스티안은 몇 번 더 말을 걸어 보았지만 어떤 질문에도 대답을 듣지 못했다.

"저들에게 물어보는 건 헛수고야."

갑자기 낄낄거리는 목소리가 들려왔다.

"저들은 너한테 아무 말도 할 수 없어. 저들을 아무 말도 안 하는 자들이라고 불러도 될 거다."

바스티안은 소리가 나는 쪽으로 몸을 돌렸고 담장의 불쑥 튀어나온 부분에(사실은 거꾸로 서 있는 돌출창의 아래 부분이었다.) 작은 회색 원숭이가 앉아 있는 것을 보았다. 원숭이는 술이 달린 검은 박사 모자를 쓰고 있었고 발가락으로 뭔가를 세어 보느라 잔뜩 열중해 있는 듯했다. 그러더니 바스티안을 보고 히죽 웃고 말했다.

"미안, 뭘 좀 빨리 계산해 보느라고."

"넌 누구니?"

바스티안이 물었다.

"내 이름은 아르각스야. 반갑다."

원숭이는 대답하며 박사모를 살짝 쳐들었다.

"그러는 넌 이름이 뭐지?"

"바스티안 발타자르 북스라고 해."

"그럼 그렇지!"

원숭이는 만족스럽다는 듯 말했다.

"그런데 이 도시 이름은 뭐니?"

바스티안이 물었다.

"이 도시에는 사실 이름이 없단다."

아르각스가 설명했다.

"하지만 굳이 말하자면 늙은 황제들의 도시라고 이름 붙일 수 있겠지."

"늙은 황제들의 도시?"

바스티안은 불안해져서 되풀이했다.

"어째서? 난 이곳에서 늙은 황제처럼 보이는 자는 한 명도 보지 못했는걸."

"그래?"

원숭이는 낄낄거렸다.

"하지만 네가 여기서 보는 자들은 모두 언젠가 한 번은 환상 세계의 황제였지. 아니면 적어도 그렇게 되고 싶어 했거나."

바스티안은 깜짝 놀랐다.

"네가 그걸 어떻게 아니, 아르각스?"

원숭이는 다시 박사모를 살짝 쳐들며 히죽 웃었다.

"나는 굳이 말하자면 이 도시의 감독관이거든."

바스티안은 주위를 둘러보았다. 아주 가까운 곳에서 어떤 노인이 구덩이를 파고 있었다. 이제 노인은 구덩이 안에다 불 켜진 초를 넣고는 삽으로 다시 구덩이를 메우고 있었다.

원숭이가 낄낄거렸다.

"잠깐 시내 구경을 할래, 신사 양반? 굳이 말하자면 장차 네가 살게 될 도시와 처음으로 안면을 튼다고나 할까?"

"싫어."

바스티안이 대답했다.

"무슨 말을 하는 거니?"

원숭이는 바스티안의 어깨 위로 뛰어올랐다.

"자, 가자!"

녀석이 속삭였다.

"공짜야. 넌 이미 입장료를 전액 지불했어."

바스티안은 사실은 도망가고 싶었지만 걸어가기 시작했다. 마음이 불편했고 그런 느낌은 한걸음 뗄 때마다 더 커졌다. 바스티안은 사람들을 살펴보았는데, 사람들이 서로 이야기를 나누지 않는 것이 눈에 띄었다. 사람들은 서로 전혀 신경 쓰지 않았고 심지어 서로를 전혀 알아보지 못하는 것 같았다.

"저들은 왜 저러는 거야? 어째서 저렇게 이상하게 구는 거지?"

바스티안이 물었다.

"이상하지 않아."

아르각스가 바스티안의 귀에 대고 낄낄거렸다.

"저들은 너와 같은 종족이라고 말할 수 있지. 아니 더 정확히 말해서 예전에 그랬었지."

"그게 무슨 말이야?"

바스티안은 멈추어 섰다.

"저들이 인간이라는 거야?"

아르각스는 즐거워서 바스티안의 등에서 깡충깡충 뛰었다.

"그렇지! 그렇다고!"

바스티안은 가던 도중에 어떤 여자가 앉아서 뜨개질바늘로 접

시에서 완두콩을 집어 내려고 애쓰는 것을 보았다.

"저들은 어떻게 여기로 왔지? 여기서 무슨 일을 하는 거야?"

바스티안이 물었다.

"오, 언제나 자기 세계로 돌아가는 길을 찾지 못한 인간들이 있었지. 처음엔 돌아가고 싶어 하지 않았고, 이제는 굳이 말하자면 돌아갈 수 없지."

아르각스가 설명했다.

바스티안은 바퀴가 네모인 인형용 유모차를 밀어 보려고 온갖 애를 다 쓰는 어린 소녀를 바라보았다.

"왜 돌아갈 수가 없는데?"

바스티안이 물었다.

"돌아가기를 소원해야 해. 하지만 저들은 이제 아무 소원도 없어. 마지막 소원을 다른 데 써 버렸거든."

"마지막 소원? 원하는 대로 계속 소원을 빌 수 없는 거야?"

바스티안은 입술이 새파랗게 질린 채 물었다.

아르각스는 다시 낄낄거렸다. 그러더니 이라도 잡으려는지 바스티안의 터번을 벗기려고 했다.

"그만둬!"

바스티안이 소리쳤다. 원숭이를 떨쳐 버리려고 했지만 원숭이는 꽉 붙잡고는 즐거워서 소리를 질러 댔다.

"안 되지! 안 되고말고!"

원숭이는 끽끽거렸다.

"오직 너의 세계를 기억하는 동안만 너는 소원할 수 있어. 여기 있는 사람들은 기억을 다 소비해 버렸지. 더 이상 과거가 없는 자는 미래도 없어. 그래서 저들은 늙지도 않아. 저들을 봐! 저들 가운데 어떤 자들은 벌써 천 년, 심지어 그것보다 더 오랫동안 여기 있다는 걸 믿을 수 있겠니? 하지만 저들은 지금 모습 그대로 머무는 거야. 저들 자신이 더 이상 변할 수 없기 때문에 저들에게는 아무것도 변할 수 없어."

바스티안은 거울에다 비누칠을 하고는 거울을 면도하려고 덤비고 있는 한 남자를 보았다. 처음에는 우습게 여겨졌지만 이제는 등골이 오싹해졌다.

바스티안은 빨리 걸어갔고 그제야 비로소 자기가 점점 도시 안으로 깊숙이 들어가고 있는 것을 알게 되었다. 되돌아가고 싶었지만 무엇인가가 자석처럼 바스티안을 끌어당겼다. 바스티안은 뛰기 시작했고 그 귀찮은 원숭이를 떼어 버리려고 했지만 녀석은 찰거머리처럼 들러붙어서 심지어 바스티안을 재촉하기까지 했다.

"더 빨리! 빨리! 빨리! 빨리!"

바스티안은 자기가 하는 짓이 아무 소용이 없다는 것을 알고 멈춰 섰다.

"그렇다면 여기에 있는 사람들 모두 언젠가 환상 세계의 황제였거나 되려고 했던 거야?"

바스티안은 숨을 헉헉거리며 물었다.

"그럼."

아르각스가 말했다.

"돌아갈 길을 찾지 못하는 자는 누구나 언젠가 황제가 되고 싶어 하지. 누구나 성공한 건 아니지만 전부 황제가 되길 바랐어. 그래서 여기에는 두 종류의 바보가 있지. 하지만 결과는 이렇게 말할 수 있겠지. 똑같아."

"어떤 두 종류? 설명해 봐! 난 꼭 알아야 해, 아르각스!"

"좀 침착해라! 좀 침착해!"

원숭이는 낄낄거리며 바스티안의 목을 더 꼭 껴안았다.

"한 종류는 조금씩 자기 기억을 써 버렸지. 그리고 마지막 기억을 잊어버렸을 때 아우린도 그들의 소원을 실현시킬 수 없었어. 그런 다음 그들은 굳이 말하자면 아주 저절로 여기로 왔지. 황제가 되었던 다른 종류의 인간들은 황제가 되면서 단번에 모든 기억을 잊어버렸지. 그래서 더 이상 소원이 없었기 때문에 아우린은 역시 그들의 소원도 들어줄 수 없었어. 보다시피 결과는 똑같단다. 그들도 여기에 있고 떠날 수 없어!"

"저들 모두 한때 아우린을 가졌었단 거니?"

"당연하지!"

아르각스가 대답했다.

"하지만 저들은 그 사실을 오래전에 잊어버렸어. 이제 아무것도 저 불쌍한 바보들을 도울 수 없을 거다."

"그럼 저들은……."

바스티안은 망설였다.

"저들은 그걸 빼앗긴 거야?"

"아니. 누군가 황제가 되면 그 자신의 소원으로 사라지게 돼. 아주 명백하다고 할 수 있지. 왜냐하면 어린 여왕의 힘을 결국 여왕에게서 힘을 빼앗는 데 사용할 수는 없으니까."

아르각스가 대답했다.

바스티안은 너무나 비참한 기분이 들어서 어디라도 앉고 싶었지만 작은 회색 원숭이는 허락하지 않았다.

"안 돼, 안 돼. 시내 구경이 아직 안 끝났어."

아르각스가 소리쳤다.

"제일 중요한 게 남아 있어! 계속 가라! 계속 가!"

바스티안은 무거운 망치를 들고 바닥에 놓인 양말에다 못질을 하고 있는 어떤 소년을 보았다. 어떤 뚱뚱한 남자는 비누 방울에다 우표를 붙이려 하고 있었는데, 비누 방울은 물론 매번 터졌다. 하지만 남자는 그만두지 않고 새로 비누 방울을 불었다.

"봐라!"

바스티안은 아르각스의 낄낄거리는 목소리를 들었고 원숭이가 손으로 바스티안의 머리를 특정한 방향으로 돌리는 것을 느꼈다.

"저기 봐! 웃기지 않니?"

그곳에는 남자들과 여자들, 늙은이들과 젊은이들 할 것 없이 많은 사람들이 모여 서 있었다. 모두 아주 기묘한 옷을 입었지만 서로 말을 하지 않았다. 모두 자기 자신에만 열중하고 있었다. 바닥에는 커다란 주사위가 매우 많이 놓여 있었는데 각 주사위의 여섯 면에 글자가 쓰여 있었다. 사람들은 계속 다시 주사위들을 뒤섞어서는 오랫동안 주사위를 쳐다보았다.

"저기서 뭣들 하는 거야? 저건 무슨 놀이지? 이름이 뭐야?"

바스티안이 속삭였다.

"제맘대로 놀이."

아르각스가 대답했다. 원숭이는 놀이하는 이들에게 손짓하고는 소리쳤다.

"잘 한다, 얘들아! 계속 그렇게 해! 포기하지 마!"

그러고 나서 다시 바스티안을 향하여 귀에 대고 소곤거렸다.

"저들은 더 이상 이야기를 할 수 없단다. 언어를 잃어버렸지. 그래서 내가 저들을 위해 이 놀이를 생각해 냈지. 보다시피 이 놀이에 저들은 몰두하고 있지. 게다가 아주 간단하단다. 네가 한 번만 생각해 본다면 세상의 모든 이야기가 근본적으로 겨우 스물네 글자로 이루어져 있다는 것을 인정할 거다. 글자들은 언제나 똑같고 다만 그 조합이 달라질 뿐이지. 글자로부터 단어가 형성되고 단어로부터 문장이, 문장으로부터 장(章)이, 그리고 장이 합쳐져서 이야기가 만들어지는 거지. 저기 봐라, 저기에 뭐가 쓰여 있지?"

바스티안이 읽었다.

ㅠㅠㅡㅓㅐㄷㄹㅛㄱㅋㅍㅋㅌㅁ

ㅍㅌㅍㄱㅎㅛㅜㅠㅣㄹ
ㅁㅋㅂㅇㅎㅈㅌ
ㅏㄴㄹㄷㅁ
ㅎㅍㅠㅊㅋㅁㅅ
ㅐㅁㅕㅇㄷ
ㅁㅈㄱㅎㅇㅈㅇ
ㅂㄴㅁㅎㄷㅅ
ㅂㄴㄱㄹㅊ
ㅁㄴㅇㅋㅎㄷㅅ
ㅂㅁㅋㅍㅎ
ㄷㄱㅇㄴ
ㅁㄴㅇㄷㅅ
ㅌㅊㅍㄹ
ㅊㅋㄴㅇㄹㄷㅎ
ㅎㅇㄹㄱㅊ
ㅂㅁㄴㄱㅅ
ㅋㅌㅊㅇㄹㄱㅅㄴㅇㄹ
ㅂㅁㅋㅎㅌㅇㄴ

"그래."

아르각스는 낄낄거렸다.

"대부분 그렇지. 하지만 아주 오랫동안 놀이를 하다 보면, 몇

년 동안 말이야, 이따금 우연히 단어가 만들어지기도 한다. 특별히 기발한 단어는 아니지만, 최소한 단어이긴 하지. 예를 들면 시금치 경련이나 솔빗 소시지 혹은 옷깃 라크칠 같은 것. 하지만 백 년, 천 년, 십만 년을 계속해서 놀이를 하다 보면 십중팔구는 우연히 한 번 시가 생겨날 게 틀림없어. 그리고 영원히 이 놀이를 하다 보면 가능한 모든 시들, 모든 이야기들이 생겨날 것이고, 게다가 모든 이야기 중의 이야기들과 심지어 지금 막 우리 둘이 나누고 있는 이 이야기도 생겨날 거야. 논리적이지, 안 그래?"

"무서워."

바스티안이 말했다.

"오! 그건 관점에 달렸지. 저기 저자들은 말하자면 저 놀이에 열심인걸. 그거말고 환상 세계에서 우리가 저들과 함께 달리 무엇을 하겠니?"

아르각스가 말했다.

바스티안은 오랫동안 말없이 놀이를 하는 자들을 바라보다가 나지막이 물었다.

"아르각스. 너는 내가 누구인지 알고 있지, 그렇지?"

"어떻게 모를 수가 있니? 환상 세계에서 네 이름을 모르는 자가 어디 있냐?"

"하나만 말해 줘, 아르각스. 내가 어제 황제가 되었다면 나도 벌써 여기 왔었겠네?"

"오늘 아니면 내일, 혹은 일 주일 후에. 어쨌든 너는 곧 여기로

왔을 거야."

아르각스는 대답했다.

"그렇다면 아트레유가 날 구했구나."

"그건 나도 몰라."

아르각스가 말했다.

"그 애가 나에게서 보석을 빼앗는 데 성공했더라면 무슨 일이 일어났을까?"

원숭이는 다시 낄낄거렸다.

"아마 그랬더라도 역시 이곳에 왔겠지."

"왜?"

"네가 돌아갈 길을 찾으려면 아우린이 필요하니까. 하지만 솔직히 말해서 난 네가 그걸 해낼 수 있다고 생각 안 해."

원숭이는 손뼉을 쳤고 박사모를 살짝 쳐들며 히죽거렸다.

"말해 줘, 아르각스. 난 무엇을 해야 하지?"

"너를 네 세계로 되돌려 보내 줄 소원을 하나 찾아내."

바스티안은 다시 오랫동안 말을 하지 않더니 물었다.

"아르각스, 내가 도대체 소원 몇 개를 더 가질 수 있는지 말해 줄 수 있니?"

"그렇게 많지 않아. 내가 보기에는 기껏해야 세 개 아니면 네 개야. 그걸로는 해내기 힘들 거야. 넌 조금 늦게 시작하는 거고 돌아가는 길은 쉽지가 않으니까. 너는 안개 바다를 지나가야 해. 벌써 그것만으로도 아주 힘든 일이야. 그 다음에 무슨 일이 닥칠

지 나는 몰라. 환상 세계에서는 너희 같은 족속이 너희의 세계로 가는 길이 어디 있는지 아무도 몰라. 어쩌면 너 같은 자들에게 마지막 구원책인 요르의 민루트를 찾을지도 모르지. 너에겐 거기가 굳이 말하자면 너무 멀 것 같아 걱정이지만, 이번에는 늙은 황제들의 도시를 빠져나갈 길을 찾을 수 있을 거야."

"고맙다, 아르각스!"

바스티안이 말했다.

작은 회색 원숭이는 히죽 웃었다.

"또 보자, 바스티안 발타자르 북스!"

그리고 아르각스는 단숨에 괴상한 집 쪽으로 사라져 버렸다. 터번은 가지고 갔다.

바스티안은 잠시 꼼짝 않고 그곳에 서 있었다. 바스티안은 지금 들은 이야기 때문에 온통 혼란스럽고 당황스러워서 결심할 수가 없었다. 지금까지 모든 목표와 계획이 한순간에 무너져 버린 것이다. 내부의 모든 것이 거꾸로 서 버린 것 같았다. 맨 꼭대기가 맨 밑으로 가고 맨 뒷부분이 맨 앞으로 온 그 피라미드처럼. 바스티안이 희망했던 것은 자신의 파멸이었고 미워했던 것은 자신의 구원이었다.

우선 한 가지만은 분명했다. 이 정신 병원 같은 도시에서 빠져나가야만 했다! 그리고 절대 다시 돌아오고 싶지 않았다!

바스티안은 이 터무니 없는 집들이 밀집된 사이로 걸어갔고 도시로 들어오는 길이 밖으로 나가는 길보다 훨씬 더 쉬웠다는 것을

알게 되었다.. 바스티안은 번번이 자기가 방향을 잃어버렸고 다시 도시 중심으로 돌아왔다는 것을 깨닫게 되었다. 오후를 꼬박 다 보내고서야 겨우 토담에 도착할 수 있었다. 그는 황야로 뛰어갔고 ―전날 밤과 마찬가지로 깜깜한― 밤이 와서 어쩔 수 없이 멈춰야 했을 때까지 계속 뛰었다. 바스티안은 기진맥진해서 어느 노간주나무 아래에 쓰러졌고 깊은 잠에 빠졌다. 그리고 그날 잠을 자면서 자기가 예전에 이야기를 지어 낼 수 있었다는 기억이 사라졌다.

밤새 꿈속에서 바스티안은 단 하나의 영상만을 보았다. 그건 사라지지도 않고 변하지도 않았다. 아트레유가 가슴에 상처를 입고 피를 흘리며 꼼짝하지도 않고 말도 없이 그대로 서서 바스티안을 바라보고 있었다.

바스티안은 천둥이 치는 바람에 깨어나 벌떡 일어났다. 아주 깊은 어둠이 바스티안을 둘러싸고 있었고 며칠 전부터 모여든 많은 구름이 거칠게 흥분한 것 같았다. 쉬지 않고 번개가 번쩍거렸고 천둥이 우당탕거리고 울려서 땅이 진동했고 폭풍이 황야로 휘몰아쳤으며 노간주나무들이 휘어져서 바닥에 닿았다. 마치 회색 커튼처럼 폭우가 황야로 쏟아져 내렸다.

바스티안은 일어났다. 검은 망토로 몸을 감싸고 서 있자니 빗물이 얼굴 위로 흘러내렸다.

번개가 바스티안 바로 앞에 있던 나무로 떨어져서 울퉁불퉁한 줄기를 쪼개 버렸다. 나뭇가지들에 곧장 불이 붙었고 바람이 불씨

를 밤의 황야 위로 몰고 갔지만 퍼붓는 비 덕분에 곧장 꺼졌다.

바스티안은 무시무시한 굉음 때문에 무릎을 꿇고 주저앉고 말았다. 이제 바스티안은 손으로 흙을 파내기 시작했다. 구덩이가 웬만큼 깊어졌을 때 바스티안은 지칸다를 허리춤에서 풀어 구덩이 안에 집어넣었다.

"지칸다!"

바스티안은 포효하는 폭풍 속에서 나지막이 말했다.

"난 너와 영원히 이별하련다. 누군가 너를 친구에게 휘두르는 불행이 절대 다시 일어나지 말아야 해. 그리고 너와 나 때문에 일어난 일이 잊혀지기 전에는 아무도 여기서 너를 발견해선 안 돼."

그리고 나서 바스티안은 다시 구덩이를 메우고 아무도 발견하지 못하도록 그 위에 이끼와 나뭇가지를 덮었다.

지금도 지칸다는 거기에 있다. 아주 먼 훗날에야 비로소 아무 위험 없이 그것을 만질 수 있는 누군가가 오리라. 하지만 이것은 다른 이야기이므로 다음 기회에 얘기하겠다.

바스티안은 어둠 속으로 계속 걸어갔다.

뇌우는 아침녘에 수그러들었고 바람도 잠잠해졌으며 나무에서 빗방울이 뚝뚝 떨어졌다. 주위는 조용해졌다.

그날 밤부터 바스티안의 길고 고독한 방랑이 시작되었다. 바스티안은 일행이나 전우들에게나 크사이데에게로 돌아가려 하지 않았다. 바스티안은 이제 인간 세상으로 돌아가는 길을 찾으려고 했다. 하지만 어떻게, 어디에서 찾아야 할지 몰랐다. 그리로 넘어가

게 해 줄 문이나 개울, 경계선 같은 게 어디엔가 있을까?

소원을 가져야만 한다는 것을 바스티안은 알고 있었다. 하지만 맘대로 할 수는 없었다. 바스티안은 바다 밑에 가라앉은 배를 찾지만, 뭔가 찾기도 전에 자꾸만 수면 위로 밀려 올라가는 잠수부가 된 기분이었다.

바스티안은 자기에게 소원이 겨우 몇 개밖에 남지 않았다는 것도 알았다. 그래서 아우린을 사용하지 않으려고 조심했다. 아직 남아 있는 얼마 안 되는 기억은 오로지 그의 세계에 가까이 다가갈 수 있게 해 주고 무조건 필요할 때만 희생시킬 수 있었다.

하지만 소원이라는 것은 맘대로 불러내거나 억누를 수 있는 것이 아니다. 소원은 우리 마음속에서 좋은 것이든 나쁜 것이든 상관없이 모든 의도보다 더 깊숙한 곳에서 나온다.

바스티안이 알아차리지 못한 사이에 마음속에서 새로운 소원이 점차 분명한 형태를 드러내고 있었다.

여러 낮과 밤을 방랑하면서 움튼 외로움 때문에 바스티안은 어떤 공동체에 속하는 것, 어떤 집단 속에 받아들여지는 것, 주인이나 승리자나 특별한 자로서가 아니라 그저 다른 이들 중의 하나, 어쩌면 가장 하찮은 자나 가장 중요하지 않은 자로, 하지만 물론 거기에 속하고 그 공동체에 참여하는 자로 받아들여지는 것을 소원하게 되었다.

그러던 어느 날 바스티안은 어떤 바닷가에 이르렀다. 어쨌든 처음에는 그렇게 생각했다. 바스티안이 서 있는 곳은 가파른 바위

로 된 해변이었고 눈앞에는 하얗게 굳은 파도로 이루어진 바다가 펼쳐졌다. 한참 후에야 비로소 바스티안은 파도가 정말로 치지 않는 것이 아니라 아주 천천히 움직여서 해류가 생기고 시계 바늘처럼 눈에 띄지 않게 도는 소용돌이가 일어난다는 것을 알아차렸다.

안개 바다였다!

바스티안은 가파른 해안을 따라 걸었다. 공기는 훈훈하고 약간 습했으며 바람은 없었다. 아직 이른 오전이었고 해가 수평선까지 뻗은 눈처럼 하얀 안개 위를 비추었다.

바스티안은 몇 시간을 걸어서 정오 무렵 작은 도시에 도착했는데, 그 도시는 육지와 조금 떨어져서 바깥의 안개 바닷속 기둥 위에 세워져 있었다. 공중에서 흔들리는 기다란 현수교가 그 도시와 바위 해안의 튀어나온 부분을 연결했다. 바스티안이 다리를 건너자 다리가 약하게 흔들렸다.

집들은 비교적 작았고, 문과 창문, 계단 할 것 없이 전부 아이들을 위해 만든 것 같았다. 실제로 거리에 왔다 갔다 하는 이들도 전부 아이 몸집이었다. 비록 수염이 난 성인 남자와 머리를 위로 틀어올린 성인 여자들이었지만. 통 구별할 수 없을 정도로 서로 너무 닮았다는 점이 눈에 띄었다. 얼굴은 젖은 흙처럼 어두운 갈색이었고 매우 부드럽고 조용해 보였다. 그들은 바스티안을 보고는 고개를 끄덕였지만 아무도 말을 걸지 않았다. 매우 과묵한 듯이 보였고, 길과 골목에 왕래가 많은데도 누가 한마디 하거나 부르는 소리는 아주 어쩌다 한 번 들렸다. 혼자 다니는 이는 전혀

보이지 않았고 항상 크고 작은 무리를 지어 서로 팔짱을 끼거나 손을 잡고 돌아다녔다.

바스티안은 집들을 더 자세히 들여다보다가 집이 전부 일종의 버들가지를 엮어 만든 것이고 어떤 집은 투박하게 어떤 집은 섬세하게 만들어진 것을 알았다. 심지어 도로 바닥도 같은 종류였다. 이윽고 바스티안은 사람들의 옷, 즉 바지, 치마, 재킷과 모자도 엮어 만든 것임을 깨달았다. 물론 옷들은 아주 세련되고 정교하게 엮여 있었다. 보아하니 이곳은 모든 게 같은 재료로 만들어진 것 같았다.

여기저기에 다양한 수공업 공장이 보였고 모두 엮어서 물건들을 만들고 있었다. 신발, 항아리, 등잔, 찻잔, 우산……, 이 모든 것을 엮어서 만들어 냈다. 그리고 오로지 여러 명이 협동해서만 그 모든 물건들을 제작할 수 있었기 때문에 절대 혼자 일하지 않았다. 아주 능숙하게 서로를 도와주고 다른 이의 작업을 보완해 주는 모습을 지켜보는 것은 즐거운 일이었다. 일하면서 그들은 대개 가사 없이 단순한 멜로디를 흥얼거렸다.

이 도시는 그렇게 크지 않았고 그래서 바스티안은 금방 도시 외곽에 도달했다. 그리고 눈앞에 펼쳐진 광경을 보니 그곳은 선원들의 마을임에 틀림없었다. 온갖 종류와 크기의 배가 수백 척 있었기 때문이다. 하지만 그곳은 상당히 이상한 선원 마을이었다. 배들이 전부 커다란 낚싯대에 매달려 하얀 안개가 지나가는 깊은 심연 위에 살짝 흔들리며 나란히 떠 있었다. 더욱이 그 배들도 모

조리 버들가지를 엮어 만든 것 같아 보였고 돛도 돛대도, 노도 키도 없었다.

바스티안은 어떤 난간 위로 몸을 굽혀 안개 바다를 내려다보았다. 도시를 떠받치는 기둥이 얼마나 높은지 햇빛을 받아 저 아래 하얀 표면에 어른거리는 그림자를 보고 알 수 있었다.

"밤이면 안개는 도시 높이까지 올라오지. 그러면 우리는 바다로 나갈 수 있네. 낮이면 태양이 안개를 다 먹어 치워서 해수면이 내려가지. 그게 알고 싶지 않았나, 낯선 친구?"

바로 옆에서 목소리는 들려왔다.

바스티안 옆에서 남자 셋이 난간에 기댄 채 부드럽고도 다정하게 바스티안을 바라보고 있었다. 바스티안은 남자들과 이야기를 나눴고 이 도시의 이름이 위스칼이며 광주리 도시라고도 한다는 것을 알게 되었다. 이곳 주민들은 위스칼나리라고 했다. 그 단어는 대략 '함께하는 이들'이라는 뜻이었다. 그 셋의 직업은 안개 선원이었다. 바스티안은 자기가 누구라는 것을 알리고 싶지 않아서 이름을 말하지 않고 아무개라고 한다고만 했다. 세 선원은 그들 개개인은 원래 이름이 없고 그게 전혀 불필요하다고 말했다. 모두 함께 위스칼나리였고 그것으로 충분하다는 설명이었다.

마침 점심 시간이었기 때문에 선원들은 바스티안에게 함께 식사하러 가자고 초대했고 바스티안은 고마워하며 받아들였다. 그들은 근처 식당에 자리를 잡아 앉았고 식사하는 동안 바스티안은 위스칼 시와 시민들에 대한 모든 것을 알게 되었다.

　스카이단이라고 하는 안개 바다는 하얀 증기로 된 거대한 대양이었고 환상 세계를 두 부분으로 나누었다. 스카이단이 얼마나 깊은지는 아직 아무도 알아내지 못했으며 어디에서 이렇게 어마어마한 안개가 나오는지도 역시 몰랐다. 비록 안개 표면 밑에서도 숨을 쉴 수 있고 안개가 비교적 얕게 깔린 해안에서 조금 떨어진 곳에서 바닷속에 들어갈 수는 있었지만, 끌어낼 수 있게 밧줄을 몸에 묶고 잠수해야만 했다. 안개가 짧은 시간 안에 모든 방향 감각을 앗아 버리는 특성이 있기 때문이었다. 그동안 수많은 대담하거나 경솔한 자들이 혼자 걸어서 스카이단을 건너가려고 했다가 목숨을 잃었다. 안개 바다 건너편에 갈 수 있는 유일한 방법은 위스칼나리들의 방법뿐이었다.
　위스칼 시에 있는 집들과 모든 일용품, 옷과 배들을 엮어 만드는 데 쓰이는 재료는 해변에서 가까운 안개 바다의 표면 밑에서 자라는 일종의 골풀이었는데, 그 골풀은—방금 한 말에서 쉽게 추측할 수 있듯이—목숨을 걸어야만 베어 올 수 있었다. 이 골풀은 아주 잘 휘어지고 보통 공기 속에서는 심지어 흐늘거리기까지 하지만, 안개보다 가볍고 안개 위에 떠 있을 수 있기 때문에 안개 속에서는 꼿꼿하게 있었다. 그래서 골풀로 만든 배도 당연히 뜰 수 있었던 것이다. 위스칼나리가 입은 옷은 그러니까 옷인 동시에 안개에 빠질 경우를 대비한 일종의 구명조끼였던 것이다.
　하지만 그것이 위스칼나리의 진짜 비밀은 아니었고 그들의 모든 행동을 규정 짓는 독특한 단결의 이유도 그걸로는 설명되지 않

 았다. 바스티안이 금방 깨달은 바로는 위스칼나리들은 '나'라는 단어를 모르는 것 같았고, 어쨌든 그 말을 한 번도 쓰지 않았으며 항상 '우리'라고만 말했다. 그 이유가 뭔지 바스티안은 나중에야 알게 되었다.

 세 안개 선원의 대화에서 그들이 그날 밤 바다로 나가는 것을 알게 된 바스티안은 견습 선원으로 자기를 써 줄 수 없는지 물었다. 그들은 얼마나 오래 항해할지, 종국에 어디로 도착할지 결코 알 수 없기 때문에 스카이단에서의 항해가 다른 항해와는 전혀 다르다고 설명했다. 바스티안은 그래도 좋다고 말했고, 그러자 선원들은 바스티안을 자기들의 배로 데려가기로 했다.

 밤이 오자 기대했던 대로 안개가 올라오기 시작했고 자정 무렵에는 광주리 도시 높이만큼 되었다. 아까까지 공중에 매달려 있던 배들은 이제 전부 하얀 표면에 둥둥 떴다. 바스티안이 탄 배는 ─길이가 삼십 미터쯤 되는 납작한 거룻배였다.─닻줄을 풀고 광활한 밤의 안개 바다 속으로 천천히 나아갔다.

 처음 본 순간 벌써 바스티안은 돛도 노도 없고 스크루도 없는 이런 종류의 배가 어떤 추진 장치로 움직이는지 궁금했다. 듣기로는 스카이단에는 거의 항상 바람이 잠잠하기 때문에 돛이 쓸모가 없고 노나 스크루로는 안개 위를 제대로 항해할 수 없었다고 했다. 배를 움직이는 힘은 전혀 다른 것이었다.

 갑판 중앙에는 약간 올라온 둥근 평면이 있었다. 바스티안은 벌써 처음에 발견하고는 선교(船橋)나 그와 비슷한 것이라고 생각

했다. 아닌게 아니라 항해하는 동안 내내 적어도 두 명, 이따금 셋, 넷 혹은 그 이상의 안개 선원이 그 위에 올라가 있었다.(전체 선원 수는 열네 명이었다. 물론 바스티안은 빼고.) 그 둥근 평면에 올라간 이들은 어깨동무를 하고 배가 가는 방향을 바라보고 있었다. 아주 자세히 쳐다보지 않으면 그들이 움직이지 않는다고 생각할 수도 있다. 주의 깊게 살펴보아야만 비로소 선원들이 아주 천천히, 서로 완전히 일치해서 춤을 추듯이 몸을 흔들고 있는 것을 알 수 있다. 게다가 그들은 계속 반복되는 단순한 멜로디를 흥얼거렸는데, 그것은 아주 아름답고 부드러웠다.

바스티안은 처음에는 이 이상한 행동이 그 속에 어떤 숨겨진 의미가 있는 특별한 의식이나 관습이라고 생각했다. 항해 셋째 날에야 비로소 바스티안은 옆에 앉아 있던 한 친구에게 물었다. 그 선원은 바스티안이 놀라는 것에 대해 도리어 어리둥절해하면서 그 선원들이 상상력으로 배를 움직이는 거라고 설명했다.

바스티안은 그 설명을 처음에는 이해할 수가 없어서 숨겨진 바퀴 같은 것을 움직이게 하는 거냐고 물었다.

"아니야."

안개 선원이 대답했다.

"네가 만일 너의 다리를 움직이려 한다면 그걸 생각하는 걸로 충분하지. 아니면 너의 다리를 바퀴로 가동시켜야 하니?"

자신의 육체와 배가 다른 점은 오직 최소한 위스칼나리 두 명이 자신들의 상상력을 완전히 하나로 합쳐야 한다는 것뿐이었다.

그런 합일을 통해서만 비로소 움직일 수 있는 힘이 생겨나기 때문이다. 그리고 더 빨리 항해하고 싶으면 여러 명이 함께 해야 했다. 보통 세 명이 한 조로 일했고 나머지는 휴식을 취했다. 겉으로는 아주 쉽고 우아해 보일지라도 사실은 끊임없이 엄청난 집중력을 필요로 하는 힘들고 고단한 일이었기 때문이다. 하지만 그것이 스카이단을 항해할 수 있는 유일한 방법이었다.

바스티안은 안개 선원들에게 훈련을 받았고 단결의 비밀인 춤과 가사 없는 노래를 익혔다.

긴 항해를 하는 동안 점차 바스티안은 그들의 일원이 되었다. 춤추는 동안 자기 자신의 상상력이 다른 이들의 상상력과 융합되어서 하나의 전체로 통일되는 것을 느끼는 것은 아주 독특하고 형용할 수 없는 몰아(沒我)와 조화의 기분이었다. 바스티안은 정말로 그들의 공동체에 받아들여지고 그들에게 속한다는 기분이 들었다. 그리고 그와 동시에 그가 태어난 세계, 지금 그가 그리로 돌아갈 길을 찾고자 하는 세계에 인간들이 존재한다는 것, 모두 자신만의 생각과 의견을 가진 인간들이 존재한다는 기억이 머릿속에서 모소리 사라졌다. 바스티안이 아직도 흐릿하게 기억할 수 있는 유일한 것은 그의 집과 부모님뿐이었다.

그러나 마음속 깊은 곳에는 혼자이고 싶지 않다는 것말고 또 다른 소원 하나가 여전히 살아 있었다. 그리고 그 다른 소원은 이제 조용히 꿈틀대기 시작했다.

그 소원은 위스칼나리들이 서로 아주 다른 종류의 생각의 방식

을 조화시켜 단결된 삶을 얻게 된 것이 아니라, 그들이 서로 완전히 똑같아서 아무 노력 없이도 공동체라고 느끼기 때문이라는 것을 바스티안이 처음으로 알아차리게 된 날에 일어났다. 오히려 위스칼나리들에게는 서로 다투거나 불화가 생길 가능성이 전혀 없었다. 아무도 자신을 개체로 느끼지 않았기 때문이다. 서로 조화를 이루기 위해 견해 차이를 극복할 필요가 없었고 노력도 기울일 필요가 없다는 바로 그 점이 바스티안은 점점 못마땅해졌다. 그들의 부드러움이 싱거워 보였고 항상 똑같은 멜로디의 노래는 지루하게 여겨졌다. 바스티안은 모든 면에서 뭔가 부족하고 자기가 뭔가에 굶주려 있음을 느꼈지만, 그게 뭔지 아직 알 수 없었다.

얼마 후에 하늘에 거대한 안개 까마귀가 나타났을 때 비로소 그 점이 분명해졌다. 위스칼나리들은 전부 겁을 집어먹고 할 수 있는 한 재빨리 갑판 밑으로 숨었다. 그러나 한 명이 제때 숨지 못했고, 그 무시무시한 새는 괴성을 내며 내려와 그 불쌍한 자를 낚아채 부리에 물고 가 버렸다.

위험이 지나고 난 뒤 위스칼나리들은 다시 밖으로 나와 마치 아무 일도 없었다는 듯이 노래를 부르고 춤을 추며 항해를 계속했다. 조화는 깨지지 않았고 슬퍼하지도 탄식하지도 않았으며 그 사건에 대해 한 마디도 하지 않았다.

바스티안이 까닭을 물었을 때 어떤 이가 대답했다.

"아니. 한 명도 모자라지 않아. 무엇 때문에 우리가 슬퍼해야 하지?"

개인은 중요하지 않았다. 서로 구별되지 않기 때문에 대신하지 못할 자는 아무도 없었다.

하지만 바스티안은 개인이고 싶었고 다른 모두와 똑같은 한 명이 아니라 누군가가 되고 싶었다. 바로 자기 모습 그대로 사랑받고 싶었다. 위스칼나리의 공동체에는 조화는 있었지만 사랑은 없었다.

바스티안은 가장 위대한 자, 가장 강한 자, 가장 똑똑한 자이고 싶은 게 아니었다. 그 모든 것은 지나갔다. 원래 모습으로 사랑받기를 바랐다. 착하든 못됐든, 아름답든 추하든, 똑똑하든 멍청하든 상관없이 자신의 모든 약점도 함께. 아니면 바로 그 약점 때문에 사랑받기를.

하지만 바스티안이 도대체 어땠던가?

바스티안은 몰랐다. 환상 세계에서 많은 것을 얻었지만 그 모든 선물과 힘 속에서 자기 자신을 다시 찾을 수 없었다.

그때부터 바스티안은 안개 선원들의 춤에 더 이상 끼지 않았다. 바스티안은 뱃머리 맨 앞에 앉아 스카이단을 바라보았다. 매일매일, 이따금 밤까지 새우면서.

그리고 드디어 반대편 해안에 도착했다. 안개 배가 정박하자 바스티안은 위스칼나리들에게 고맙다는 인사를 하고 육지로 향했다.

장미꽃이 만발하여 온갖 빛깔의 장미 숲으로 가득한 곳이었다. 그리고 그 끝없는 장미 숲 한가운데에는 꼬불꼬불한 오솔길이 나 있었다.

바스티안은 그 길을 따라갔다.

제 24 장
아이우올라 부인

크사이데의 마지막은 이야기하기에 오래 걸리지는 않지만 환상 세계에서 많은 일들이 그러하듯이 이해하기 어렵고 모순으로 가득 차 있다. 오늘날까지도 학자들과 역사 편찬자들은 어떻게 그런 일이 가능했는지 생각하느라 골머리를 썩이고 있고 심지어 어떤 이들은 그 사실을 의심하거나 달리 해석해 보려고 애쓰고 있다. 여기서 정말 무슨 일이 벌어졌는지 알려줄 터이니 누구나 자기 능력껏 이 일을 해석해 보아도 좋을 것이다.

바스티안이 이미 위스칼 시에서 안개 선원들을 만났던 바로 그 때, 크사이데는 시커먼 거인들과 함께 바스티안이 탔던 금속 말이 산산조각 났던 황야의 그 지점에 도착했다. 그 순간 크사이데는 이미 바스티안을 다시는 찾지 못할 것임을 예감했다. 조금 뒤 바스티안이 넘어간 흔적이 있는 그 토담을 보았을 때 이러한 예감은 확실해졌다. 만일 바스티안이 늙은 황제들의 도시에 도착했다면 영원히 거기에 머무르든 아니면 그 도시에서 빠져나오는 데 성공하든 상관없이 바스티안은 크사이데의 계획에 더 이상 도움이 되지 못했다. 첫 번째 경우에 바스티안은 거기 있는 모든 사람들처럼 모든 힘을 다 빼앗겨 버리고 아무것도 소원하지 못했을 것이다. 두번째 경우엔 힘과 위대함에 대한 모든 소원이 바스티안의 마음속에서 사라졌을 것이다. 두 가지 경우 다 크사이데에게 있어서 게임은 끝난 것이었다.

크사이데는 갑옷 거인들에게 멈추라고 명령했지만 이해할 수 없게도 거인들은 뜻을 따르지 않고 계속 행진했다. 그러자 크사이

데는 화가 나서 가마에서 뛰어내려 양팔을 벌리고 거인들을 막아섰다. 하지만 갑옷 거인들은 걸어가던 놈이건 말을 탄 놈이건 할 것 없이 마치 그녀가 존재하지 않는다는 듯이 계속 쿵쿵거리며 걸어갔고 발과 말굽으로 크사이데를 짓밟았다. 그리고 크사이데의 숨이 끊어졌을 때에야 비로소 그 긴 행렬은 마치 멎어 버린 시계처럼 갑자기 멈추어 섰다.

나중에 휘스발트, 휘도른, 휘크리온이 나머지 군대를 이끌고 도착했을 때 이곳에서 무슨 일이 벌어졌는지 보고는 납득하지 못했다. 속이 빈 거인들을 움직인 것은 오로지 크사이데의 의지뿐이었으니 그녀를 짓밟고 지나가게 한 것도 역시 크사이데의 의지였기 때문이다. 하지만 세 기사는 오랫동안 골똘히 생각하는 데는 별달리 재주가 없었으므로 결국 어깨를 한 번 으쓱하고는 그 일을 그냥 내버려 두었다. 세 기사들은 이제 무엇을 할까 의논한 끝에 출정은 이미 끝났다는 결론에 도달했다. 그래서 그 세 기사들은 남은 병사들을 해산시키고 각자 집으로 돌아갈 것을 권했다. 자신들은 바스티안에게 충성을 맹세했고 그 맹세를 깨고 싶지 않았기 때문에 환상 세계를 다 뒤져서라도 바스티안을 찾자고 결정했다. 하지만 어디 방향으로 갈 것인지 의견의 일치를 보지 못했기에 각자 따로따로 다니기로 결정했다.

세 기사들은 작별을 나누고 각자 다른 방향으로 절뚝거리며 떠났다. 셋 다 더 많은 모험을 겪었고 환상 세계에는 그들의 의미 없는 탐험에 대한 수많은 기록이 전해 온다. 하지만 그것은 또 다

른 이야기이니 다음 기회에 얘기하도록 하겠다.

텅 빈 시커먼 금속 거인들은 그 때 이후로 움직이지 않은 채 늙은 황제들의 도시 근처에 있는 황야의 그 지점에 서 있었다. 비와 눈이 내려 그들은 녹슬었고 점점 비스듬히 혹은 똑바로 땅속으로 가라앉았다. 하지만 몇몇은 오늘날에도 볼 수 있다. 그 장소는 소문이 나빠서 방랑자들은 누구나 그곳을 빙 돌아서 간다. 하지만 이제 바스티안에게로 돌아가도록 하자.

장미 숲 속으로 완만하게 휘어진 오솔길을 걸어가는 동안 바스티안은 뭔가를 보고 깜짝 놀랐다. 환상 세계를 돌아다니는 동안 내내 그런 것을 한 번도 본 적이 없었기 때문이다. 그건 바로 어떤 방향을 가리키는, 깎아 만든 손 모양의 이정표였다.

"변화의 집으로"라고 쓰여 있었다.

바스티안은 서두르지 않고 표시된 방향으로 갔다. 수많은 장미꽃의 향기를 맡고 마치 뜻밖의 즐거움이 자기를 기다리고 있는 것처럼 점점 더 기분이 좋아졌다.

마침내 바스티안은 새빨간 사과들이 잔뜩 열린 둥근 나무들이 늘어서 있고 곧게 뻗은 가로수 길에 도착했다. 가로수 길 맨 끝에 집 한 채가 보였다. 가까이 다가가서 보니 그 집은 바스티안이 여태껏 보았던 집 가운데 가장 우스꽝스럽게 생긴 집이었다. 끝이 뾰족하고 높다란 지붕은 둥글둥글해서 마치 커다란 호박처럼 보이는 건물 위에 뾰족 모자처럼 얹혀 있었고, 벽은 여기저기에 혹처

럼 툭 불거져 나온 부분, 말하자면 불룩 나온 배들이 있어서 넉넉
하고 아늑한 느낌을 주었다. 또 창문 몇 개와 문이 있었는데, 전
부 호박에다 서툴게 뚫어 놓은 구멍같이 비스듬하고 비뚤었다.
 그 집 쪽으로 걸어가면서 바스티안은 집이 천천히 계속해서 변
하는 것을 알아챘다. 마치 달팽이가 더듬이를 내밀 듯이 살며시
오른쪽에 작은 혹이 하나 생기더니 점차 돌출창이 있는 작은 탑이
되었다. 그와 동시에 왼쪽에서 어떤 창문이 닫히더니 천천히 사라
져 갔다. 지붕에는 굴뚝이 하나 솟아 나왔고 문 위로는 격자 난간
이 있는 작은 발코니가 만들어졌다.
 바스티안은 가만히 서서 계속되는 변화를 경탄하고 재미있어
하며 지켜보았다. 이제 왜 이 집의 이름이 "변화의 집"인지 확실
히 알 수 있었다.
 바스티안이 여전히 그렇게 서 있는 동안 집 안에서 따뜻하고
아름다운 여자의 노랫소리가 들려왔다.

> "친애하는 손님이여. 백 년 동안
> 우리는 너를 기다렸구나.
> 이리로 오는 길을 발견했으니
> 네가 틀림없구나.
> 너의 갈증과 허기를 채워 줄
> 모든 것이 준비되어 있단다.
> 네가 찾고 원하는 모든 것,

보호도,
모든 고통 뒤의 위로도.
네가 좋은 이였든 나쁜 이였든
너는 네 모습 그대로면 된단다.
너의 길은 멀었으니까."

아, 바스티안은 생각했다.
'정말 아름다운 목소리네! 저 노래가 나를 향한 노래라면!'
목소리는 다시 노래하기 시작했다.

"위대한 주인이여, 다시 어려져라!
아이가 되어 안으로 들어오너라!
문 앞에만 서 있지 마라.
네가 여기 온 것을 환영하니까!
벌써 오래전부터
널 위해 모든 것이 준비되었단다."

목소리는 바스티안에게 물리칠 수 없는 매력을 발휘했다. 바스티안은 노래를 부르는 이가 아주 친절한 사람이라고 확신했다. 그래서 문을 두드리자 목소리가 외쳤다.
"들어와! 들어와, 착한 아이야!"
문을 열자 아늑하지만 그리 크지 않은 방이 보였고, 창문을 통

해 방 안에 햇빛이 쏟아졌다. 중앙에는 바스티안이 모르는 울긋불긋한 과일들이 가득 담긴 온갖 접시와 바구니들이 차려진 둥근 탁자가 있었다. 탁자 앞에는 약간 사과처럼 생긴 여자가 앉아 있었다. 그만큼 붉은 뺨에다 동글동글하고 그만큼 건강하고 산뜻했다.

그 여자를 보자마자 팔을 벌리고 뛰어가서 "엄마! 엄마!"라고 부르고 싶다는 욕구가 바스티안을 엄습했다. 하지만 바스티안은 자제했다. 엄마는 죽었고 여기 환상 세계에는 없을 것이 분명하므로. 이 여자는 비록 엄마와 똑같은 사랑스러운 미소를 띠고 똑같이 믿음을 주는 것처럼 쳐다보았지만 기껏해야 엄마와 자매처럼 닮은 정도였다. 바스티안의 어머니는 키가 작았는데 여기 이 여자는 키가 컸고 어쩐지 당당해 보였다. 그 여자는 온통 꽃과 과일로 장식된 챙이 넓은 모자를 쓰고 있었고 입은 옷도 화려한 빛깔의 꽃무늬 천으로 만든 것이었다. 한동안 쳐다보고 나서야 바스티안은 그 옷이 진짜로 나뭇잎과 꽃잎, 과일로 만들어진 것을 알아차렸다.

그렇게 서서 여자를 바라보고 있는 동안 벌써 아주 오래, 오래 전에 잊어버렸던 느낌이 바스티안을 엄습했다. 언제, 어디에서 그런 느낌을 가졌는지 기억할 수 없었고 그저 자기가 아직 어렸을 때 이따금 그렇게 느꼈다는 것만 알았다.

"앉으렴, 착한 아이야!"

여자는 말하며 초대한다는 손짓으로 의자를 가리켰다.

"틀림없이 배가 고플 테니 우선 먹기부터 해라."

"실례합니다."

바스티안이 대답했다.

"손님을 기다리고 계셨군요. 하지만 저는 아주 우연히 이곳까지 왔어요."

"정말?"

여자는 묻고 싱긋 웃었다.

"뭐, 상관없어. 그래도 먹을 수는 있지, 안 그러니? 먹는 동안 짧은 이야기 하나 들려주마. 어서 들어라, 너무 오래 권하게 하지 말고."

바스티안은 검은 망토를 벗어 의자에 걸쳐 놓고는 의자에 앉아 망설이면서 과일을 하나 집었다. 과일을 깨물기 전에 바스티안은 물었다.

"그런데 아줌마는요? 아무것도 안 드세요? 아니면 과일을 좋아하지 않나요?"

여자는 큰 소리로 맘껏 웃었는데, 바스티안은 왜 웃는지 어리둥절했다.

"좋아."

다시 진정하고 나서 그 여자는 말했다.

"네가 그렇게 권한다면 나도 너랑 같이 뭐 좀 먹지 뭐. 하지만 내 방식대로 먹을 거야. 놀라지 마라."

그러면서 바닥에 있던 물뿌리개를 집어서 머리 위로 올리더니 자신에게 물을 주었다.

"아! 상쾌하구나!"

이번에는 바스티안이 웃었다. 그러고 나서 바스티안은 과일을 깨물었다. 여태껏 이렇게 맛있는 것은 먹어 본 적이 없었다. 또 다른 과일을 집어먹었고 그건 더 맛이 좋았다.

"맛있니?"

바스티안을 주의 깊게 살펴보고 있던 여자가 물었다.

바스티안이 입에 한 가득 물고 있어서 대답할 수가 없었기에 씹으면서 고개를 끄덕거렸다.

"기쁘구나. 특별히 신경 좀 썼단다. 먹고 싶은 만큼 맘껏 먹으렴!"

여자가 말했다.

바스티안은 새 과일을 집었고 이번에는 그야말로 기막힌 맛이었다.

"이제 이야기를 들려주마. 그래도 방해받지 말고 먹어라."

여자가 말했다.

바스티안은 여자가 하는 말을 듣기 위하여 애써야만 했다. 새 과일마다 전부 황홀할 정도로 맛있었기 때문이다.

"옛날, 옛날에……."

꽃으로 꾸민 여자가 이야기를 시작했다.

"우리의 어린 여왕은 죽을병에 걸렸지. 여왕은 새 이름이 필요했고 그건 사람만이 지어 줄 수 있었거든. 하지만 사람들은 더 이상 환상 세계로 오지 않았고 아무도 그 이유를 몰랐단다. 그리고

여왕이 죽으면 그걸로 환상 세계도 끝이었지. 그런데 어느 날, 아니 더 정확히 말해서 어느 날 밤에 다시 한 사람이 왔어. 어린 소년이었고 어린 여왕에게 달아이라는 이름을 지어 주었지. 여왕은 다시 건강해졌고 고맙다는 표시로 그 애에게 그 아이의 모든 소원이 환상 세계에서 다 이루어질 것이라고 약속했단다. 그 아이가 자신의 참뜻을 발견할 때까지. 그때부터 그 어린 소년은 긴 여행을 했어. 한 소원에서 다른 소원으로. 그리고 소원은 다 이루어졌지. 그리고 한 소원이 이루어지면 다른 소원으로 이끌었지. 좋은 소원만 있었던 게 아니라 나쁜 소원도 있었어. 하지만 어린 여왕은 구별하지 않았어. 여왕에겐 여왕의 제국에 있는 모든 것이 다 똑같이 여겨졌고 똑같이 중요했어. 그래서 결국 상아탑이 파괴되었을 때도 여왕은 그걸 막기 위해 아무 짓도 하지 않았어. 하지만 소원이 이루어질 때마다 그 어린 소년은 자기가 살았던 세계에 대한 기억의 일부를 잊어버렸지. 그래도 그 애는 별로 신경 쓰지 않았어. 어차피 그리로 돌아가고 싶지 않았거든. 그렇게 아이는 계속해서 소원했고 이제 거의 모든 기억을 써 버렸단다. 그런데 기억 없이는 아무것도 소원할 수 없지. 그래서 그 애는 이미 거의 사람이 아니라 환상 세계 주민이 되어 버렸어. 그 애는 아직도 자신의 참뜻이 무엇인지 모른단다. 지금 그 애는 그걸 발견하지 못한 채 마지막 남은 기억도 다 써 버릴 위험에 처해 있어. 그렇게 되면 그 애는 다시는 자기가 속했던 세계로 돌아갈 수 없게 되지. 그래서 결국 변화의 집으로 오게 된 거야. 여기에 머물면서 그 애

가 자신의 참뜻을 찾을 수 있도록. 변화의 집은 스스로 변하기 때문만이 아니라 거기에 사는 이들을 변화시키기 때문에 그런 이름이 붙었거든. 그리고 그건 그 어린 소년을 위해서 정말 중요한 일이었어. 지금까지 그 애는 자기 자신이 아닌 다른 사람이 되기를 원했지만, 변하고 싶어하지는 않았거든."

그 부분에서 그 여자는 이야기를 중단했다. 손님이 씹는 것을 멈추었기 때문이었다. 바스티안은 베어 먹다 만 과일을 손에 들고 입을 벌린 채 꽃으로 장식한 여자를 바라보았다.

"맛이 없거든 그냥 놔두고 다른 걸 먹으렴!"

여자가 걱정스럽게 말했다.

"어떻게? 아, 아니에요. 아주 맛있어요."

바스티안은 더듬거렸다.

"그렇다면 다행이고."

여자는 만족한 듯 말했다.

"그런데 변화의 집에서 그렇게 오랫동안 기다려 왔던 그 어린 소년의 이름을 깜박 잊고 말하지 않았구나. 환상 세계의 많은 이들이 그 애를 그냥 '구원자'라고 부르지. 다른 이들은 '일곱 갈래 촛대의 기사'나 '위대한 지자' 혹은 '주인이자 지배자'라고 부르기도 하고. 하지만 그 애의 진짜 이름은 바스티안 발타자르 북스였단다."

그러더니 여자는 미소를 띤 채 오랫동안 손님을 바라보았다. 바스티안은 몇 번 침을 삼키고서는 조용히 말했다.

"그게 제 이름이에요."

"그렇구나!"

여자는 말했다. 조금도 놀란 것 같지 않았다.

모자와 옷에 달려 있던 꽃봉오리가 갑자기 전부 동시에 활짝 열리더니 꽃이 피었다.

"하지만 백 년이라니, 그렇게 오래 환상 세계에 있지 않았어요."

바스티안이 미심쩍어하면서 말했다.

"오, 실제로는 우리는 훨씬 더 오랫동안 널 기다렸단다."

부인이 대답했다.

"나의 할머니, 할머니의 할머니도 널 기다렸는걸. 이것 봐, 지금 너에게 들려준 이야기는 새로운 이야기이지만 아주 오래된 옛날에 관한 것이란다."

바스티안은 그라오그라만의 말이 떠올랐다. 그때 바스티안은 여행을 막 시작했던 참이었다. 이제 정말로 그 후로 백 년이 지난 듯이 여겨졌다.

"그건 그렇고 아직까지 너에게 내 이름을 말하지 않았구나. 나는 아이우올라 부인이란다."

바스티안은 이름을 되풀이해 봤다. 정확하게 발음할 수 있을 때까지 좀 애써야만 했다. 그런 다음 새 과일을 하나 집어 들어 한 입 베어 먹었다. 매번 지금 먹고 있는 과일이 가장 맛이 좋은 것 같았다. 바스티안은 벌써 과일이 하나밖에 남지 않은 걸 보고

조금 걱정이 되었다.

"더 먹고 싶니?"

그의 눈길을 알아챈 아이우올라 부인이 물었다. 바스티안은 고개를 끄덕였다. 아이우올라 부인은 모자와 옷에서 과일을 따서는 접시에 다시 가득 채웠다.

"과일이 아줌마 모자에서 자라나요?"

바스티안은 어리둥절해서 그녀에게 물었다.

"모자라니?"

아이우올라 부인은 이해할 수 없다는 듯 바스티안을 바라보았다. 그러더니 크고 환한 웃음을 터뜨렸다.

"아, 내 머리 위에 있는 게 모자라고 생각한 거니? 아니란다, 착한 아이야. 이건 모두 나에게서 자라는 거란다. 네 머리카락이 자라듯 말이다. 네가 마침내 여기에 와 주어서 내가 얼마나 기쁜지 이걸 보면 알 거야. 그러니까 내가 꽃을 활짝 터뜨리잖니. 슬프면 전부 시들어 버린단다. 그렇지만 먹는 걸 잊지는 마라!"

"모르겠어요. 누군가의 몸에서 나온 걸 먹을 수는 없잖아요."

바스티안이 당황해서 말했다.

"왜 안 돼? 아기들은 엄마 젖을 먹잖아. 그건 너무나 아름답단다."

아이우올라 부인이 대답했다.

"그렇죠. 하지만 아주 아기 때나 그러잖아요."

바스티안은 약간 얼굴을 붉히며 반박했다.

"그렇다면 넌 지금 다시 아주 어린애가 되는 거지, 착한 아이야."

아이우올라 부인이 환한 표정으로 말했다.

바스티안은 새 과일을 집어서 깨물었다. 아이우올라 부인은 기뻐하면서 한층 더 화려하게 꽃을 피웠다.

잠시 침묵이 흐른 뒤 부인이 말했다.

"그가 우리가 옆방으로 옮기길 바라는 것 같구나. 아마 그가 너를 위해 뭔가 준비해 놨나 보다."

"누가요?"

바스티안은 묻고 주위를 둘러보았다.

"변화의 집이."

아이우올라 부인은 당연하다는 듯 말했다.

정말로 뭔가 이상한 일이 일어났다. 바스티안이 모르는 사이에 방이 모습을 바꾼 것이다. 방 천장은 높이 올라갔고 벽은 세 면이 탁자 쪽으로 상당히 가깝게 밀고 들어왔다. 네 번째 벽면에는 아직 공간이 있었는데, 거기에 이제 문 하나가 열린 채로 있었다.

아이우올라 부인은 자리에서 일어나서—이제 얼마나 키가 큰지 볼 수 있었다.—제안했다.

"가자. 그는 고집불통이란다. 한번 놀랄 일을 생각해 놓으면 반대해도 아무 소용없지. 뜻대로 하게 하자꾸나. 게다가 대개는 선의에서 하는 일이란다."

아이우올라 부인은 문을 지나 옆방으로 갔다. 바스티안은 뒤를

따랐고 만일을 생각해서 과일 접시를 들고 갔다.
　옆방은 홀만큼 컸고 식당이었는데 바스티안에겐 어쩐지 낯익었다. 낯선 것은 오직 거기 있는 가구가 식탁과 의자 할 것 없이 전부 거대해서 바스티안이 올라가지 못할 정도로 너무나 크다는 점뿐이었다.
　"이거 보렴!"
　아이우올라 부인이 재미있다는 듯 말했다.
　"변화의 집은 언제나 새로운 걸 생각해 낸단다. 이제 그는 너를 위해서 마치 어린아이처럼 느껴지도록 방을 꾸며 놨어."
　"왜요? 그럼 그 전에는 이 홀이 없었나요?"
　바스티안이 물었다.
　"당연히 없었지. 이것 봐, 변화의 집은 생생히 살아 있단다. 그는 자기 나름대로 우리 대화에 끼어들고 싶은 거야. 이렇게 하여 너한테 뭔가 말해 주려는 것 같구나."
　부인이 대답했다.
　그러고 나서 부인은 식탁 앞의 의자에 앉았다. 바스티안은 다른 의자에 올라앉으려고 애썼지만 소용 없었다. 아이우올라 부인이 바스티안을 도와 위로 안아 올려야만 했다. 코가 겨우 식탁 판에 닿을 정도였다. 바스티안은 과일 접시를 갖고 오기를 정말 잘했다고 생각하고는 접시를 무릎에 올려놓았다. 만약 식탁 위에 올려놓았더라면 손이 닿지 않았을 것이다.
　"자주 이렇게 옮겨 다녀야 하나요?"

"자주는 아니다."

아이우올라 부인이 대답했다.

"기껏해야 하루에 서너 번 정도야. 때때로 변화의 집은 그냥 장난으로 그런단다. 그러면 갑자기 모든 방들이 뒤집어지지. 바닥이 위로 가고 천장이 밑으로 오고 뭐 그런 식으로. 하지만 순전히 신이 나서 그러는 것이고 내가 진지하게 타이르면 곧 다시 이성을 되찾는단다. 근본적으로 그는 아주 사랑스러운 집이고 난 이 안에서 정말 유쾌하단다. 우린 서로 웃을 일이 많지."

"하지만 위험하지는 않나요? 그러니까 예를 들면 밤에 잠을 자는데 방이 점점 작아지면요?"

바스티안이 물었다.

"무슨 생각을 하는 거니, 착한 아이야?"

아이우올라 부인은 거의 화가 나서 소리를 질렀다.

"집은 날 아주 좋아하고 너도 좋아한단다. 네가 온 걸 기뻐해."

"하지만 집이 누군가를 싫어하면요?"

"모르겠다."

부인이 대답했다.

"무슨 질문을 하는 거니! 지금까지 여기에는 나와 그를 빼곤 아무도 없었단다."

"아, 그렇구나! 그럼 제가 첫 번째 손님인가요?"

바스티안이 말했다.

"물론이지."

바스티안은 커다란 방 안을 둘러보았다.

"이런 방이 이 집 안에 들어갈 수 있다니 도저히 믿을 수가 없어요. 바깥에서 봤을 때 그리 커 보이지 않던데요."

"변화의 집은, 바깥보다 안이 더 크단다."

아이우올라 부인이 설명했다.

그 사이에 벌써 저녁 노을 빛이 새어 들어왔고 방 안은 점점 어두워졌다. 바스티안은 커다란 의자에 기댄 다음 머리를 받쳤다. 기분 좋은 졸음이 밀려왔다.

"왜, 그렇게 오랫동안 저를 기다렸어요, 아이우올라 부인?"

바스티안은 물었다.

"난 항상 아이를 원했단다."

부인이 대답했다.

"내게 응석을 부리고 나의 애정이 필요하고 내가 돌봐 줄 수 있는 어린아이. 너 같은 아이 말이다. 착한 아이야."

바스티안은 하품을 했다. 부인의 따뜻한 목소리 때문에 잠에 저항할 수 없을 것 같았다.

"하지만 아줌마의 어머니와 할머니도 저를 기다렸다고 했잖아요."

바스티안이 대답했다.

아이우올라 부인의 얼굴이 이제 어둠 속에 파묻혔다.

"그래. 내 어머니와 할머니도 아이를 갖기를 원하셨지. 하지만 오직 나만 이제 아이를 가졌구나."

 부인의 목소리가 들렸다.
 바스티안의 눈이 감겼다. 바스티안은 가까스로 물었다.
 "어째서요? 아줌마의 어머니는 아줌마가 어렸을 때 아줌마를 가졌던 거잖아요. 그리고 할머니에겐 아줌마의 어머니가 있었고요. 그러니까 그분들도 아이가 있었던 거잖아요?"
 "그렇지 않단다. 착한 아이야."
 목소리가 나지막이 말했다.
 "우리는 사정이 다르단다. 우리는 죽지 않고 태어나지도 않지. 우리는 언제나 똑같은 아이우올라 부인이면서도 또 아니란다. 내 어머니는 나이가 들자 시들어 버렸지. 마치 겨울 나무처럼 잎이 전부 떨어지고 어머니 자신 속으로 완전히 들어가 버렸지. 그렇게 오랫동안 지냈단다. 그러다 어느 날 다시 새 잎을 피우기 시작했고, 꽃봉오리가 맺히고 꽃이 피고 마지막으로 열매가 열렸지. 그렇게 나는 생겨났어. 이 새로운 아이우올라 부인이 나였거든. 내 할머니가 어머니를 이 세상에 내보냈을 때도 똑같았단다. 우리 아이우올라 부인들은 언제나 우선 시들고 나야만 비로소 아이를 얻을 수 있단다. 그러니까 우리는 우리 자신의 아이일 뿐이지 어머니는 될 수 없는 거야. 그래서 난 네가 지금 여기 있어서 참 좋단다, 착한 아이야……."
 바스티안은 대답하지 않았다. 달콤한 잠에 반쯤 빠져 부인의 말소리가 흥얼거리는 노랫가락처럼 들렸다. 바스티안은 아이우올라 부인이 일어나 자기 쪽으로 다가와서 몸을 구부리는 소리를 들

있다. 부인은 바스티안의 머리를 부드럽게 쓰다듬어 주고는 이마에 입맞춤했다. 그런 다음 바스티안은 자기를 팔에 안고 어디론가 데리고 가는 것을 느꼈다. 바스티안은 마치 어린아이처럼 부인의 어깨에 머리를 기댔다. 그리고 잠의 따뜻한 어둠 속으로 점점 더 깊이 빠져 들어갔다. 옷이 벗겨지고 폭신하고 향기로운 침대에 눕혀지는 것 같았다. 마지막으로 바스티안은—이미 아주 멀리서—아름다운 목소리가 나지막이 노래하는 소리를 들었다.

"잘 자라, 나의 귀염둥이! 잘 자라!
넌 아주 많은 일을 겪었지.
위대한 주인이여, 다시 어려져라!
잘 자라, 나의 귀염둥이, 잠들어라!"

다음 날 아침 깨어났을 때 바스티안은 어느 때보다 훨씬 기분 좋고 만족스러웠다. 주위를 둘러보니 작고 아늑한 방에 누워 있었다. 그것도 아기 침대에! 하지만 아주 커다란 아기 침대였고, 아니 더 정확히 말하자면 어린아이에게 그렇게 보일 만한 침대였다. 잠깐 동안 그것이 바스티안에게 우습게 여겨졌다. 바스티안은 틀림없이 어린아이가 아니었으니까. 환상 세계가 준 힘과 선물을 바스티안은 아직 전부 지니고 있었다. 어린 여왕의 표시도 여전히 목에 걸고 있었다. 하지만 다음 순간 자기가 여기 누워 있는 모습이 우습든 말든 전혀 상관없다고 생각했다. 바스티안과 아이우올

라 부인 말고는 절대 아무도 이 일에 대해 알지 못할 것이고 둘 다 모든 것이 좋고 옳다는 것을 알고 있었으니까.

바스티안은 일어나 씻고 옷을 입은 뒤 밖으로 나갔다. 나무 계단을 내려가서 커다란 식당으로 내려갔는데, 밤새 식당은 부엌으로 변해 있었다. 아이우올라 부인은 벌써 아침밥을 해 놓고 바스티안을 기다리고 있었다. 부인도 기분이 매우 좋아 보였다. 꽃이 모두 활짝 피어 있었고, 부인은 노래하고 웃고 심지어 바스티안과 식탁을 돌면서 춤까지 추었다. 아침을 먹고 난 뒤 부인은 신선한 공기를 쐬고 오라고 바스티안을 바깥으로 내보냈다.

변화의 집을 둘러싸고 있는 넓은 장미숲에는 여름이 영원히 계속되는 듯했다. 바스티안은 어슬렁거리고 다니면서 부지런히 꽃 속을 먹는 벌들을 관찰하고 덤불 속에서 새가 지저귀는 소리를 듣고 손등으로 기어오르는 붙임성 있는 도마뱀과 놀기도 하고 토끼를 쓰다듬어 주기도 했다. 때때로 덤불에 누워 달콤한 장미 향기를 맡고 실눈을 뜨고 햇빛을 쳐다보며 특정한 것은 아무것도 생각하지 않고 마치 시냇물처럼 시간이 흘러가도록 내버려 두었다.

그렇게 며칠이 지났고, 또 몇 주가 지났다. 바스티안은 신경 쓰지 않았다. 아이우올라 부인은 유쾌했고 바스티안은 어머니 같은 보살핌과 애정에 전적으로 몸을 맡겼다. 자기가 알지 못한 채 오랫동안 뭔가에 목말라 있었고 이제 그것이 채워지고 있는 듯했다. 그리고 아무리 채워져도 만족하지 못할 것 같았다.

얼마 동안 바스티안은 변화의 집을 지붕부터 지하실까지 샅샅

이 뒤지고 다녔다. 그 일은 쉽게 물리지 않았다. 방들이 전부 끊임없이 변화해서 언제나 새로운 것을 발견할 수 있었으니까. 집이 손님을 즐겁게 하기 위해 아주 애쓰고 있음이 틀림없었다. 집은 놀이방과 기찻길, 인형 극장, 미끄럼틀 들을 만들었고 심지어는 회전 목마까지 만들어 냈다.

때때로 바스티안은 하루 종일 근처를 돌아다니기도 했다. 하지만 절대 변화의 집에서 아주 멀리까지 가지는 않았다. 갑자기 아이우올라 부인의 과일이 먹고 싶어 견딜 수가 없게 되는 일이 되풀이되었기 때문이다. 그럴 때면 잠시도 참지 못하고 부인에게로 달려가 마음껏 배부르게 먹었다.

저녁이면 그들은 종종 긴 대화를 나누었다. 바스티안은 환상 세계에서 겪었던 모든 일을 부인에게 들려주었다. 페렐린과 그라오그라만, 크사이데와 자기가 아주 심하게 부상을 입히고 심지어 죽였을지도 모르는 아트레유에 대하여.

"전 모든 것을 잘못했어요."

바스티안은 말했다.

"모든 것을 잘못 이해한 거예요. 달아이는 저에게 그토록 많은 것을 선물했는데 전 그걸로 해만 끼쳤어요, 저와 환상 세계에."

아이우올라 부인은 오랫동안 바스티안을 바라보았다.

"아니야."

부인이 대답했다.

"난 그렇게 생각하지 않는다. 넌 소원의 길을 따라갔고 그 길은

결코 똑바로 나 있지 않단다. 넌 멀리 돌아갔지만 그게 너의 길이었어. 왜 그런지 아니? 넌 생명의 물이 솟는 샘을 찾아야만 돌아갈 수 있는 부류에 속하기 때문이란다. 그 샘은 환상 세계에서 가장 은밀한 장소란다. 거기로 가는 건 쉽지 않아."

잠시 침묵이 흐른 후 부인은 덧붙였다.

"거기로 이끄는 길은 어떤 것이나 결국엔 옳은 길이란다."

그 때 바스티안은 갑자기 울음을 터뜨렸다. 그 자신도 왜 우는지 몰랐다. 가슴속에 있는 매듭이 풀려 눈물 속에서 녹아 버리는 것 같았다. 바스티안은 울고 또 울었고 그칠 수가 없었다. 아이우올라 부인은 바스티안을 무릎에 앉히고 부드럽게 쓰다듬었다. 바스티안은 얼굴을 부인 가슴에 있는 꽃들에 파묻고 지칠 때까지 실컷 울었다.

이날 저녁 그들은 더 이상 대화를 나누지 않았다.

그 다음 날에야 비로소 바스티안은 다시 한 번 자신의 탐험에 대해 말을 꺼냈다.

"생명의 물을 어디에서 찾을 수 있는지 아세요?"

"환상 세계 경계선에서."

아이우올라 부인이 말했다.

"하지만 환상 세계에는 경계선이 없잖아요."

바스티안이 대답했다.

"아니 있어. 하지만 바깥에 있지 않고 안에 있단다. 어린 여왕이 거기로부터 모든 힘을 받지만 여왕 자신은 갈 수 없는 곳에."

"그런데 거길 제가 찾아내야 하나요?"

바스티안은 걱정스럽게 물었다.

"이미 너무 늦은 게 아닌가요?"

"네가 그리로 가는 길을 찾게 해 주는 소원은 단 하나뿐이란다. 바로 마지막 소원이지."

바스티안은 깜짝 놀랐다.

"아이우올라 부인, 아우린으로 소원을 하나씩 이룰 때마다 그 대신 기억이 조금씩 없어졌어요. 여기에서도 그런가요?"

부인은 천천히 고개를 끄덕였다.

"하지만 전혀 눈치 못 채겠는걸요!"

"다른 때에는 눈치 챘었니? 잊어버린 게 뭔지 넌 알 수 없단다."

"그런데 지금은 도대체 뭘 잊어버리고 있죠?"

"때가 오면 말해 주마. 그렇지 않으면 넌 그걸 붙잡을 거다."

"그러면 제가 모든 걸 잊어버려야 하나요?"

"아무것도 잊어버리지 않아."

부인이 말했다.

"모든 것이 그저 변하는 거란다."

"그렇다면 아무래도 서둘러야겠네요. 여기에 머무를 수가 없어요."

바스티안은 불안해져서 말했다.

부인은 바스티안의 머리칼을 쓰다듬었다.

"걱정하지 마. 시간이 걸릴 만큼 걸린단다. 너의 마지막 소원이 깨어나면 넌 알게 될 거야. 그리고 나도."

비록 바스티안 자신은 전혀 눈치 채지 못했지만 그날부터 실제로 뭔가 변하기 시작했다. 변화의 집의 변화시키는 힘이 효력을 발휘했던 것이다. 그러나 모든 참된 변화가 그러하듯이 그 변화는 마치 식물의 성장처럼 조용하고 천천히 이루어졌다.

변화의 집에서 몇 날 며칠이 흘렀지만 여전히 여름이 계속되고 있었다. 바스티안은 여전히 아이처럼 아이우올라 부인에게 응석을 부리는 것을 즐겼다. 부인의 과일도 처음과 마찬가지로 여전히 아주 맛있었지만, 점차 엄청난 식욕은 진정되었다. 바스티안은 덜 먹었다. 부인은 그걸 알아차렸지만 한마디도 하지 않았다. 부인의 보살핌과 애정도 받을 만큼 받은 느낌이었다. 그리고 그 욕구가 줄어드는 것과 같은 정도로 마음속에서 전혀 다른 종류의 갈망, 지금까지 바스티안이 전혀 느끼지 못했고 모든 면에서 지금까지의 모든 소원들과 다른 욕망이 깨어났다. 바로 자기 자신을 사랑할 수 있었으면 하는 갈망이었다. 바스티안은 그렇게 할 수 없다는 사실을 깨닫고 놀라고 슬펐다. 하지만 그 소원은 점점 더 강해졌다.

어느 날 저녁 둘이 자리를 같이 했을 때 바스티안은 아이우올라 부인에게 그 얘기를 했다.

바스티안의 말을 듣고 난 뒤 부인은 오랫동안 말을 하지 않았다. 부인의 눈길은 이해할 수 없는 표정을 담고 바스티안을 향해

있었다.

"이제 네 마지막 소원을 알아냈구나. 너의 참뜻은 사랑하는 것이란다."

부인이 말했다.

"그런데 왜 저는 사랑할 수가 없죠, 아이우올라 부인?"

"그건 생명의 물을 마신 다음에야 비로소 가능하단다."

부인이 대답했다.

"그리고 다른 이들에게 생명의 물을 가져다 주지 않고는 너의 세계로 돌아갈 수 없단다."

바스티안은 혼란스러워서 침묵했다.

"하지만 아줌마, 아줌마도 벌써 그 물을 마신 건가요?"

바스티안이 물었다.

"아니. 내 경우는 좀 다르단다. 나는 내게 넘치는 것을 선사할 누군가가 필요할 뿐이야."

아이우올라 부인이 말했다.

"그건 사랑이 아닌가요?"

아이우올라 부인은 한동안 생각해 보더니 대꾸했다.

"그건 네가 원했던 거였어."

"환상 세계의 존재들도 사랑할 수가 없나요? 저처럼?"

바스티안은 근심스럽게 물었다.

"이런 말이 있어. 생명의 물을 마셔도 되는 환상 세계 피조물이 몇 있다는. 하지만 아무도 그게 누군지 모른단다. 그리고 우리가

좀처럼 얘기하지 않는 약속이 하나 있는데, 바로 먼 훗날 언젠가 사람들이 환상 세계로도 사랑을 가져다 줄 때가 올 거라는 것이란다. 그러면 두 세계는 하나가 되는 거지. 하지만 그 말이 무슨 뜻인지 나는 모른단다."

부인은 나지막이 대꾸했다.

"아이우올라 아줌마."

바스티안도 마찬가지로 나지막이 물었다.

"때가 되면 제가 마지막 소원을 찾아내기 위해서 잊어버려야만 하는 게 뭔지 말해 주신다고 약속했죠. 이제 그 때가 왔나요?"

부인은 고개를 끄덕였다.

"넌 아버지와 어머니를 잊어버려야만 했어. 이제 넌 네 이름 말고는 가진 게 아무것도 없단다."

바스티안은 곰곰이 생각했다.

"어머니와 아버지?"

바스티안은 천천히 말했다. 하지만 그 말은 아무 의미도 없었다. 기억힐 수 없었다.

"이제 전 어떻게 해야 하죠?"

바스티안이 물었다.

"나를 떠나야 한단다. 변화의 집에서의 시간은 지나갔어."

부인이 대답했다.

"어디로 가야 하는데요?"

"너의 마지막 소원이 너를 이끌어 줄 거야. 그 소원을 잊어버리

지 마라!"

"지금 당장 가야 하나요?"

"아니, 오늘은 늦었다. 내일 아침 날이 밝으면 떠나라. 변화의 집에서 아직 하룻밤이 남았구나. 이제 가서 자자."

바스티안은 일어나 부인에게로 다가갔다. 가까이 다가가서야 비로소 바스티안은 어둠 속에서 꽃이 전부 시든 것을 알아차렸다.

"걱정하지 마라!"

부인이 말했다.

"내일 아침에도 내 걱정은 하지 마라. 네 길을 가렴! 모든 게 다 좋고 제대로 된 거란다. 잘 자라, 착한 아이야!"

"안녕히 주무세요, 아이우올라 부인."

바스티안이 중얼거렸다.

그런 다음 방으로 올라갔다.

다음 날 아래층으로 내려갔을 때 바스티안은 아이우올라 부인이 여전히 그 자리에 앉아 있는 것을 보았다. 모든 잎과 꽃, 과일이 부인에게서 떨어져 버렸다. 아이우올라 부인은 눈을 감고 있었고 마치 시커멓게 말라 죽은 나무 같아 보였다. 바스티안은 오랫동안 앞에 서서 부인을 쳐다보았다. 그러더니 갑자기 바깥으로 나가는 문이 홱 열렸다.

바깥으로 나가기 전에 바스티안은 다시 한 번 돌아보고 말했다. 아이우올라 부인에게 하는 말인지 아니면 집에, 아니면 둘 다에게 하는 말인지 모르고.

"고마워요, 전부 다 고마워요!"

그런 다음 바스티안은 문밖으로 나왔다. 바깥은 밤 사이에 겨울이 되어 있었다. 눈은 무릎까지 쌓였고 만발했던 장미 숲에는 시커먼 가시덤불만 남아 있었다. 바람 한 점 없었다. 매섭게 춥고 너무나 고요했다.

바스티안은 망토를 가져오려고 집으로 도로 들어가려고 했지만 문과 창문들은 사라지고 없었다. 집은 온통 막혀 있었다. 추위에 떨면서 바스티안은 길을 떠났다.

제 25 장
그림들의 광산

눈먼 광부 요르는 그의 오두막 앞에 서서 사방으로 뻗은 광활한 눈밭에 귀를 기울이고 있었다. 사방이 완전히 고요해서 그의 섬세한 귀에는 아주 멀리 떨어져 있는 나그네가 눈을 밟으며 내는 뽀드득 소리까지 다 들려왔다. 그 발걸음은 오두막 쪽으로 다가오고 있었다.

요르는 키가 큰 노인이었지만 얼굴에는 수염도 주름도 없었다. 옷, 얼굴, 머리카락 할 것 없이 전부 돌처럼 잿빛이었다. 꼼짝하지 않고 서 있을 때는 마치 커다란 용암 덩어리를 조각해 놓은 듯이 보였다. 요르의 보이지 않는 눈만이 검은색이었고 눈 속 깊은 곳에 작은 불꽃 같은 빛이 어른거렸다.

바스티안—그가 바로 나그네였다.—은 다가오더니 말했다.

"안녕하세요. 전 길을 잃었습니다. 생명의 물이 솟는 샘을 찾고 있거든요. 저를 도와주실 수 있나요?"

광부는 그 말을 하는 목소리에 귀를 기울였다.

"넌 길을 잃은 게 아니야."

광부는 속삭였다.

"하지만 조용히 말해라. 그렇지 않으면 내 그림이 다 무너지니까."

노인은 바스티안에게 손짓을 했고 바스티안은 뒤따라 오두막으로 들어갔다.

오두막은 아무런 장식 없이 아주 간소한 작은 방 하나가 전부였다. 나무 탁자 하나, 의자 두 개, 간이 침대 하나와 온갖 음식

과 그릇을 보관하는 널빤지 선반 하나. 뚜껑 없는 화덕에는 불이 피워져 있었고 그 위에 걸린 솥에서는 수프가 김을 내고 있었다.

요르는 접시 두 개에다 수프를 가득 담아 탁자 위에 올려놓고 손님에게 손짓으로 먹으라고 권했다. 그들은 아무 말 없이 식사했다.

이윽고 광부는 기대고 앉았고 그의 눈은 바스티안을 관통하여 아주 먼 곳을 바라보았다. 노인은 속삭이듯 물었다.

"넌 누구냐?"

"제 이름은 바스티안 발타자르 북스예요."

"아, 그러니까 아직 이름은 아는구나."

"네. 그런데 아저씨는 누구시죠?"

"나는 요르다. 눈먼 광부라고 하지. 하지만 난 빛 속에서만 장님이야. 완전한 암흑이 지배하는 내 광산 안에서는 볼 수 있단다."

"무슨 광산인데요?"

"민루트 갱이다. 그림들의 광산이지."

"그림들의 광산?"

바스티안은 어리둥절해서 되풀이했다.

"그런 건 처음 들어 봐요."

요르는 끊임없이 뭔가에 귀를 기울이는 듯이 보였다.

"하지만 그 광산은 바로 너 같은 이들을 위해 있는 거다. 생명의 물로 가는 길을 찾지 못하는 사람들을 위해서."

요르는 소곤거렸다.

"도대체 무슨 그림들인데요?"

바스티안은 알고 싶어 했다.

요르는 눈을 감고 한동안 침묵했다. 바스티안은 질문을 되풀이해야 할지 어쩔지 알지 못했다. 이윽고 광부가 속삭이는 소리가 들렸다.

"세상에서 사라지는 것은 아무것도 없다. 뭔가 꿈을 꾸었는데 깨어나니까 무슨 꿈이었는지 기억나지 않은 적이 있느냐?"

"그럼요. 자주 그래요."

바스티안이 대답했다.

요르는 생각에 잠긴 채 고개를 끄덕였다. 그런 다음 일어나서 바스티안에게 따라오라는 신호를 보냈다. 오두막에서 나가기 전에 요르는 바스티안의 어깨를 세게 붙잡으며 귀에다 대고 소곤거렸다.

"한데 아무 말도, 아무 소리도 내면 안 된다. 알겠느냐? 네가 보게 될 것은 내가 오랫동안 작업해서 이룬 거다. 어떤 소리라도 그것들을 파괴할 수 있다. 그러니까 입 다물고 조용히 걸어라!"

바스티안은 고개를 끄덕였고 그들은 오두막에서 나왔다. 오두막 뒤에는 나무로 만든 채굴 탑이 세워져 있었고 그 밑에 지하 깊숙한 곳으로 수직 갱도가 나 있었다. 그들은 그 옆을 지나 광활한 눈밭으로 나아갔다. 그리고 이제 바스티안은 마치 귀한 보석처럼 하얀 비단에 파묻힌 듯 거기 놓인 그림들을 보았다.

그림들은 일종의 설화석고(雪花石膏) 결정으로 된 아주 얇은 판들이었는데, 투명하고 천연색이고 갖가지 크기와 모양을 했다. 네

모진 것과 둥그런 것, 파편 같은 것과 온전한 것이 있었으며 어떤 것은 교회 창만큼 크고 어떤 것은 미니어처만큼 작았다. 그림들은 크기와 모양에 따라 대략 정리되어 줄지어 놓인 채 하얀 평원의 지평선까지 뻗어 있었다.

그림들이 무엇을 나타내는 건지는 수수께끼였다. 가장(假裝)한 인물들이 커다란 새장 안에서 날아다니는가 하면 당나귀들이 판사 가운을 입고 있고, 또 연한 치즈처럼 녹아 내리는 시계들이 있는가 하면 눈부시게 반짝이는 꼭두각시 인형들이 인적 없는 광장들에 서 있었다. 또 여러 짐승들을 조합해 놓은 얼굴과 머리가 있었고, 풍경을 그린 그림들도 있었다. 그런가 하면 밭에서 추수하는 남자들, 발코니에 앉아 있는 여자들처럼 아주 평범한 그림들도 있었다. 산간 마을과 바다 풍경, 전쟁 장면, 서커스 공연, 거리와 방들이 있었고 계속해서 얼굴들이 그려져 있었다. 늙은이의 얼굴과 젊은이의 얼굴, 현명한 얼굴과 우직한 얼굴, 바보의 얼굴과 왕의 얼굴, 어두운 얼굴과 밝은 얼굴들이. 그런가 하면 사형 장면과 사신(死神)의 춤처럼 잔혹한 그림들과 해마를 타고 있는 젊은 숙녀가 이리저리 돌아다니며 지나가는 모든 이들로부터 인사를 받는 코처럼 재미있는 그림들도 있었다.

그림을 따라가며 보면 볼수록 바스티안은 그 뜻이 뭔지 점점 더 알 수 없었다. 다만 한 가지는 분명했다. 대체로 독특하게 분류해 놓긴 했지만 그 그림들에서 모든 것을 볼 수 있다는 것.

여러 시간을 요르와 함께 줄지어 놓인 판들을 둘러보고 있으려

니 광활한 눈밭으로 어스름이 내렸다. 그들은 오두막으로 돌아갔다. 문을 닫고 난 뒤 요르는 나지막한 목소리로 물었다.

"네가 아는 그림이 있었니?"

"아뇨."

바스티안은 대꾸했다.

요르는 생각에 잠겨 머리를 흔들었다.

"왜요?"

바스티안은 궁금해 했다.

"저게 무슨 그림들이에요?"

"인간 세상에서 잊혀져 버린 꿈들이다."

요르가 설명했다.

"꿈은 한 번 꾸고 나면 그냥 없어질 수 없단다. 하지만 그 꿈을 꾼 사람이 꿈을 간직하고 있지 않는다면 꿈이 어디로 가겠니? 여기 환상 세계, 우리 곁으로 오지. 우리의 땅 밑 저 깊은 곳으로. 거기에 잊혀진 꿈들은 아주 섬세한 층을 이루며 차곡차곡 쌓여 있단다. 아래로 깊이 들어가면 갈수록 더 빽빽하게 쌓여 있지. 온 환상 세계가 잊혀진 꿈들로 이루어진 기반 위에 서 있는 거다."

"제 꿈도 여기에 있나요?"

바스티안은 눈이 휘둥그레져서 물었다.

요르는 그저 고개를 끄덕이기만 했다.

"제가 그것을 찾아야 한다는 건가요?"

바스티안은 계속 캐물었다.

"적어도 하나는. 하나면 충분하다."

요르가 대답했다.

"하지만 뭐 하려고요?"

광부는 바스티안에게로 얼굴을 돌렸다. 이제 화덕에 있는 작은 불빛만이 얼굴에 비쳤다. 광부의 보이지 않는 눈이 다시 바스티안을 관통하여 아주 먼 곳을 바라보는 듯했다.

"잘 들어라, 바스티안 발타자르 북스."

요르가 말했다.

"난 말 많이 하는 건 질색이다. 정적을 더 좋아하지. 하지만 이번만큼은 네게 말해 주겠다. 너는 지금 생명의 물을 찾고 있다. 넌 네가 속한 세계로 돌아가기 위해 사랑할 수 있게 되길 바라지. 사랑한다……. 말은 쉽지! 생명의 물은 네게 물을 것이다. 누구를 사랑하냐고? 사랑은 그렇게 간단하게 어떻게든 일반적으로 할 수 있는 게 아니기 때문이다. 하지만 넌 네 이름말고는 모든 것을 다 잊어버렸다. 그리고 네가 그 질문에 대답할 수 없으면 그 물을 마시지 못할 거다. 그렇기 때문에 네가 잊어버린 꿈을 다시 찾는 것만이 너를 도와줄 수 있는 거야. 너를 그 샘으로 인도해 줄 그림만이. 하지만 그 대신 넌 네가 아직 가지고 있는 마지막 것을 잊어버려야만 할 거다. 바로 네 자신 말이다. 그건 힘들고 인내심을 요구하는 일이란다. 내 말을 잘 새겨 두어라. 두 번 다시 이런 말은 하지 않을 테니."

그런 다음 요르는 나무 침대에 누워 잠들었다. 바스티안은 딱

딱하고 차가운 바닥에서 잠을 청하는 수밖에 달리 도리가 없었다. 하지만 요르는 개의치 않았다.

다음 날 아침 팔다리가 뻣뻣해진 채 깨어 보니 요르는 이미 나가고 없었다. 아마도 민루트 갱 속으로 내려간 모양이었다. 바스티안은 손수 뜨거운 수프 한 접시를 먹었다. 몸은 따뜻해졌지만 맛은 별로 없었다. 너무 짜서 눈물과 땀을 먹는 것 같았다.

그런 다음 바스티안은 바깥으로 나가 넓은 눈밭을 헤치며 수많은 그림들 옆을 지나갔다. 이제 그 중요성을 알았기 때문에 하나하나 주의 깊게 살펴보았지만 어떤 식으로든 특별히 마음을 움직이는 그림은 하나도 찾을 수 없었다. 모두 다 아무 상관이 없는 거였다.

저녁 무렵 요르가 질통을 타고 광산 갱도에서 나오는 것을 보았다. 등받침대 안에 아주 얇은 설화석고로 된 여러 가지 크기의 판 몇 개를 지고 있었다. 바스티안은 요르가 다시 한 번 평원 멀리 나아가 새로 발견한 것들을 폭신한 눈 위에다 아주 조심스럽게 어떤 줄의 맨 끝에 내려놓는 동안 말없이 그를 따라다녔다. 한 그림에는 가슴이 비둘기 두 마리가 든 새장인 남자가 그려져 있었다. 다른 그림 하나는 돌로 된 여자가 커다란 거북을 타고 가는 모습을 나타냈다. 아주 작은 그림 하나에서는 겨우 나비 한 마리만 알아볼 수 있었는데 나비 날개에는 글자 형태로 된 점들이 있었다. 다른 그림들도 몇 개 더 있었지만 바스티안에게 뭔가 의미 있게 여겨지는 건 하나도 없었다.

다시 광부와 함께 오두막에 앉았을 때 바스티안이 물었다.
"눈이 녹으면 그림들은 어떻게 되죠?"
"여기는 언제나 겨울이다."
요르가 대꾸했다.
이 말이 그날 저녁 둘이서 나눈 대화의 전부였다.
다음 며칠 동안 바스티안은 그림들 중에서 다시 알아보거나 아니면 적어도 뭔가 특별한 것을 뜻하는 것을 하나 찾아보았다. 하지만 아무 소용이 없었다. 저녁이면 바스티안은 광부와 오두막에 앉아 있었는데, 광부가 말하지 않았기 때문에 바스티안도 역시 입을 다물고 있는 데 익숙해졌다. 그림이 부서지지 않게 소리를 내지 않고 조심스럽게 움직이는 방법도 차차 요르에게서 배워 갔다.
"이제 그림을 다 봤어요. 하지만 제 그림은 없었어요."
어느 날 저녁 바스티안이 말했다.
"낭패로구나."
요르가 대답했다.
"어떻게 해야 하죠?"
바스티안이 물었다.
"아저씨가 가지고 오는 새 그림들을 기다려야 하나요?"
요르는 한동안 곰곰이 생각을 하더니 머리를 흔들었다.
"내가 너라면, 민루트 갱으로 직접 들어가서 현장에서 파내 보겠다."
요르가 속삭였다.

"하지만 제 눈은 아저씨 눈하고는 달라요. 어둠 속에서 볼 수 없다고요."

바스티안이 말했다.

"긴 여행을 하는 동안 빛을 얻지 못했느냐?"

요르는 묻고 다시 바스티안을 관통해 쳐다보았다.

"반짝이는 돌이라든지, 지금 너를 도울 만한 것 말이다."

"있었어요. 하지만 알 차히르를 다른 데 써먹어 버렸어요."

바스티안이 슬픈 목소리로 대답했다.

"낭패로구나."

요르는 돌처럼 굳은 얼굴로 되풀이했다.

"어떡하면 좋죠?"

바스티안은 알고 싶어 했다.

광부는 또다시 오랫동안 말이 없다가 대꾸했다.

"그럼 어둠 속에서 일해야지."

바스티안은 소름이 쫙 끼쳤다. 아직 바스티안은 아우린에게서 받은 힘과 대담함을 고스란히 다 가지고 있었지만 저 아래 땅속 아주 깊은 곳에서 완전한 암흑 속에 있을 생각을 하니 골수까지 다 얼어붙을 지경이었다. 바스티안은 아무 말도 하지 않았고 둘은 잠자리에 들었다.

다음 날 아침 광부가 바스티안의 어깨를 흔들었다.

바스티안은 일어났다.

"수프를 먹고 가자!"

요르가 퉁명스럽게 명령했다.

바스티안은 시키는 대로 했다.

바스티안은 광부를 따라 수직 갱도로 가서 함께 질통을 타고는 민루트 갱으로 내려갔다. 점점 더 깊이 내려갔다. 갱도 입구를 통해 들어오던 희미한 빛줄기도 이미 사라져 버렸고 질통은 점점 더 아래 암흑 속으로 내려갔다. 그러더니 마침내 덜커덩하는 느낌이 바닥에 도착했음을 알려주었다. 그 둘은 내렸다.

이곳 땅 밑은 저 위 겨울의 평원보다 훨씬 따뜻했다. 앞에서 서둘러 가는 광부를 어둠 속에서 잃어버리지 않기 위해 애쓰는 사이에 바스티안은 금방 온몸에서 땀이 나기 시작했다. 가는 길은 수많은 횡갱(橫坑)과 갱로를 지나고 때로는 나지막이 울리는 발소리로 짐작건대 홀 같은 곳을 지나기도 하면서 구불구불 계속 이어졌다. 바스티안은 불쑥 튀어나온 부분이나 버팀목에 여러 번 아주 세게 부딪혔으나 요르는 전혀 신경 쓰지 않았다.

그날과 그 다음 며칠 동안 광부는 말없이 그저 바스티안의 손을 잡고 이끌면서 바스티안에게 섬세하고 아주 깨지기 쉬운 설화석고 층을 서로 분리해서 조심스럽게 떼어 내는 기술을 가르쳤다. 그 작업을 위해 나무나 뿌리로 만든 주걱처럼 느껴지는 연장도 있었지만 바스티안은 한 번도 보지 못했다. 일을 끝낸 다음에는 작업하던 장소에 그대로 두었기 때문이다.

차츰차츰 바스티안은 저 아래 완전한 어둠 속에서 익숙하게 다니는 법을 배웠다. 설명할 수 없는 새로운 감각으로 갱로와 횡갱

을 찾아냈다. 그러던 어느 날 요르는 말없이 그저 손으로 건드리기만 하면서 이제부터 오로지 기어서만 들어갈 수 있는 낮은 횡갱 속에서 혼자서 작업하라고 지시했다. 바스티안은 그 말에 따랐다. 그곳은 매우 좁았고 머리 위로는 원생 암석 덩어리가 짓누르고 있었다.

어머니의 몸 안에 있는 아직 태어나지 않은 아기처럼 몸을 둥글게 말고 바스티안은 깊고도 어두운 환상 세계의 밑바닥에 누워 참을성 있게 잊혀진 꿈을, 자기를 생명의 물로 인도해 줄 그림을 캐내고 있었다.

땅속에서는 영원히 밤이 계속되어 아무것도 볼 수 없었기 때문에 바스티안은 선택도, 결정도 할 수 없었다. 그저 우연이나 자비로운 운명의 힘으로 언젠가 올바로 찾아낼 수 있기를 바라는 수밖에는 없었다. 저녁마다 바스티안은 깊은 민루트 갱 속에서 캐내온 것을 위로 가져와 저물어 가는 햇빛에 내놓았다. 그리고 저녁마다 그의 작업은 헛수고가 되어 버렸다. 하지만 바스티안은 불평하지도, 분개하지도 않았다. 바스티안은 자신에 대한 연민을 전부 잃어버린 것이었다. 바스티안은 참을성이 많고 조용해졌다. 비록 바스티안의 힘은 한이 없었지만 종종 아주 피곤했다.

그 힘든 시간이 얼마나 오래 계속되었는지 말로 할 수는 없다. 이런 종류의 일은 날이나 달로 측정할 수 없으니까. 어쨌든 어느 날 저녁 바스티안이 그림 하나를 가져왔는데, 그 그림을 보자마자 너무나 흥분하는 바람에 놀라 소리를 질러 모든 것을 망가뜨리지

않도록 자제해야만 했다.

민감한 설화석고 판에는—판은 그리 크지 않았고, 보통 책 정도의 크기였다.—하얀 가운을 걸친 남자가 아주 뚜렷하고 선명하게 보였다. 손에는 석고 치아 모형을 들고 있었다. 남자는 그냥 서 있었는데, 그의 자세와 조용하고 걱정스러운 얼굴 표정이 바스티안의 마음을 건드렸다. 하지만 바스티안을 가장 놀라게 한 것은 그 남자가 유리처럼 투명한 얼음 덩어리 안에 얼어붙어 있다는 점이었다. 뚫고 들어갈 수 없지만, 완전히 투명한 얼음층이 사방에서 완벽하게 둘러싸고 있었다.

눈 위에 내려놓은 그 그림을 보면서 바스티안의 마음속에서 모르는 그 남자에 대한 그리움이 생겨났다. 그리움은 처음에는 거의 알아차리지 못하게 점점 다가와 마침내 집채만 한 거대한 파도가 되어 모든 것을 낚아채 휩쓸어 가는 바다의 밀물처럼 아주 멀리서 다가오는 느낌이었다. 바스티안은 그 안에서 거의 빠져 죽을 것 같아 헐떡거렸다. 가슴이 아파 왔다. 이 거대한 그리움을 감당하기에는 그의 가슴이 너무 작았다. 그 격랑 속에 바스티안이 아직 가지고 있던 그 자신에 대한 모든 기억이 가라앉아 버렸다. 그리고 아직 지니고 있던 마지막 것, 자신의 이름을 잊어버렸다.

얼마 후에 요르의 오두막으로 돌아왔을 때 그는 말이 없었다. 광부도 아무 말 하지 않았지만 다시 아주 먼 곳을 바라보는 듯한 눈으로 오랫동안 그를 쳐다보더니 생전 처음으로 돌 같은 잿빛의 굳은 얼굴에 짧은 미소가 지나갔다.

그날 밤 이제 더 이상 이름이 없는 사내아이는 지독하게 피곤한데도 잠을 이룰 수 없었다. 계속해서 눈앞에 그 그림이 어른거렸다. 그 남자는 무언가 말을 하고 싶은데 얼음 덩어리 속에 갇혀 있어서 말하지 못하는 것 같았다. 이름 없는 사내아이는 남자를 도와주고 싶었고 얼음을 녹이고 싶었다. 백일몽을 꾸듯 사내아이는 따뜻한 체온으로 얼음 덩어리를 녹이려고 자기가 껴안고 있는 모습을 보았다. 하지만 전부 헛수고였다.

그러더니 갑자기 아이는 남자가 자기에게 하려고 했던 말을 들었다. 귀가 아니라 심장 깊은 곳에서.

"날 도와줘! 날 이대로 내버려 두지 마! 나 혼자서는 이 얼음에서 나가지 못해! 날 도와줘! 오직 너만이 날 여기서 꺼내줄 수가 있어. 오직 너만이!"

다음 날 아침 동이 터서 일어났을 때 이름 없는 사내아이는 요르에게 말했다.

"오늘부터는 민루트 갱으로 내려가지 않을 거예요."

"떠나려는 거냐?"

사내아이는 끄덕였다.

"가서 생명의 물을 찾겠어요."

"너를 이끌어 줄 그림을 찾았니?"

"네."

"나에게 보여 주겠니?"

사내아이는 다시 한 번 끄덕였다. 둘은 그림이 있는 눈밭으로

나갔다. 사내아이는 그림을 보았지만 요르는 마치 아이를 관통해 아주 먼 곳을 바라보듯 볼 수 없는 눈을 아이의 얼굴로 향했다. 요르는 한참 동안 뭔가에 귀를 기울이는 것 같았다. 마침내 요르가 고개를 끄덕였다.

"이걸 가지고 가라."

광부는 속삭였다.

"그리고 잃어버리지 마라. 이 그림을 잃어버리거나 망가뜨리면 너한테는 모든 게 끝장난다. 이제 환상 세계에서 네게 남은 것은 아무것도 없기 때문이다. 내 말이 무슨 뜻인지 알 거다."

이름 없는 사내아이는 고개를 숙이고 서서 한동안 말이 없었다. 그러더니 마찬가지로 나지막이 말했다.

"고마워요, 요르. 저에게 가르쳐 준 것 전부 다."

그들은 악수를 나누었다.

"넌 훌륭한 광부였다."

요르가 소곤댔다.

"그리고 열심히 일했다."

그 말과 함께 요르는 돌아서서 민루트 갱의 수직 갱도로 향했다. 요르는 한 번 돌아보지도 않고 질통에 올라타고 깊은 구덩이로 들어가 버렸다.

이름 없는 사내아이는 눈 속에서 그림을 집어 들고 광활한 새하얀 평원으로 터벅터벅 걸어갔다.

 벌써 여러 시간을 걸어왔다. 요르의 오두막은 등 뒤 지평선에서 사라진 지 이미 오래였고 주위에는 사방으로 뻗은 새하얀 평원밖에는 아무것도 없었다. 하지만 아이는 조심스럽게 양손에 들고 있는 그림이 자신을 특정한 방향으로 이끌고 있다고 느꼈다.
 사내아이는 그 힘을 따르기로 결심했다. 그 길이 길건 혹은 짧건 상관없이 그 힘이 자기를 올바른 장소로 데려다 줄 테니까. 이제 그를 제지할 것은 없었다. 아이는 생명의 물을 찾고자 했고 찾을 수 있을 거라고 확신했다.
 갑자기 공중 높은 데서 시끄러운 소리가 들려왔다. 멀리 수많은 목구멍에서 나오는 외침과 지저귀는 소리 같았다. 하늘을 쳐다보자 커다란 새 떼처럼 보이는 검은 구름이 보였다. 그 떼가 더 가까이 다가왔을 때야 비로소 아이는 그게 실제로 뭔지 알아차렸고 깜짝 놀라 얼어붙은 듯 그 자리에 서 있었다.
 어릿광대 나방 슐라무펜이었다!
 '이런 맙소사.'
 이름 없는 사내아이는 생각했다.
 '나를 보지 않았기를! 저놈들이 고함을 질러 대면 그림이 파괴될 거야!'
 하지만 녀석들은 아이를 보았다! 나방 떼는 엄청 크게 웃고 소리치면서 고독한 나그네에게 돌진해 오더니, 아이를 둘러싸고 눈 위에 내려앉았다.
 "만세!"

슐라무펜들은 울긋불긋한 입을 벌리고 새된 소리로 말했다.

"드디어 찾았다, 우리들의 위대한 은인을!"

그리고 그들은 눈 위에서 뒹굴며 눈뭉치를 서로 던지고 공중제비를 하고 물구나무를 섰다.

"조용히 해! 제발 조용히 하라고!"

이름 없는 사내아이는 절망적으로 속삭였다. 그러나 그들은 전부 신이 나서 이구동성으로 소리쳤다.

"뭐라고 한 거야?" ─ "저이 말이 우리가 너무 조용하다는데!" ─ "우리에게 그런 말을 한 놈은 아직 없었어!"

"원하는 게 뭐야? 왜 나를 내버려 두지 않는 거야?"

사내아이는 물었다.

모두들 사내아이의 주위를 빙빙 돌면서 꽥꽥거렸다.

"위대한 은인! 위대한 은인! 넌 우리가 아직 아하라이였을 때 우리를 구원해 준 것을 아직 기억하니? 그때 우리는 온 환상 세계에서 제일 불행한 존재였지. 하지만 지금 우린 우리 자신에게 넌더리가 났어. 네가 우리를 이렇게 만들어 준 것이 처음에는 아주 신이 났지. 하지만 지금은 지루해 죽을 지경이야. 우린 사방을 날아다니는데 의지할 데가 하나도 없어. 규칙이 없어서 제대로 된 놀이를 할 수도 없어. 넌 구원해 준답시고 우리를 우스꽝스러운 어릿광대로 만들어 버렸어! 넌 우릴 속였어, 위대한 은인아!"

"하지만 난 선의에서 그런 거야."

사내아이는 깜짝 놀라서 속삭였다.

"그랬겠지, 네 자신에게는!"

슐라무펜들이 이구동성으로 소리쳤다.

"네가 아주 훌륭해 보였겠지. 하지만 우리는 너의 친절 때문에 호된 대가를 치러야 했어, 위대한 은인!"

"도대체 내가 어떻게 해야 하지? 나한테 원하는 게 뭐야?"

사내아이가 물었다.

"우리는 너를 찾아 다녔다."

슐라무펜은 어릿광대 얼굴을 일그러뜨리며 새된 소리를 질러 댔다.

"우린 네가 슬며시 없어지기 전에 널 따라잡으려고 했지. 그리고 이제 널 잡았어. 그리고 네가 우리의 대장이 되기 전까지는 널 잠시도 가만히 내버려 두지 않을 거야. 넌 우리의 대장 슐라무펜이 되어야 해, 우리의 지도자 슐라무펜, 장군 슐라무펜! 네가 원하는 건 다 해먹어라!"

"하지만 도대체 왜, 어째서?"

사내아이는 애원하듯 속삭였다.

어릿광대들은 목쉰 소리로 이구동성으로 외쳤다.

"우리는 네가 우리에게 명령하고, 우리를 계속 지휘하고, 우리에게 강제로 뭔가 하게 하고, 우리에게 뭔가를 금지하기를 원해! 우리는 뭔가를 위해서 존재하기를 원해!"

"난 못 해! 너희들 가운데 하나를 뽑으면 되잖아?"

"안 돼, 안 돼. 우리는 널 원해, 위대한 은인아! 네가 우리를

지금 모습으로 만들었잖아!"

"안 돼. 난 여기서 떠나야 해. 난 돌아가야 한다고!"

사내아이는 콜록거렸다.

"그렇게 빨리는 안 되지, 위대한 은인!"

어릿광대 입들이 소리를 질렀다.

"넌 도망가지 못해. 그게 너한테 어울리긴 하겠지. 환상 세계에서 슬쩍 도망치는 게!"

"하지만 나도 어쩔 수 없어!"

사내아이가 단언했다.

"그럼 우리는, 우리는 뭐지?"

녀석들이 이구동성으로 대답했다.

"가 버려! 너희에게 신경 쓸 수 없어!"

사내아이가 소리쳤다.

"그럼 우릴 원래대로 돌려 놔!"

날카로운 목소리들이 대꾸했다.

"우린 차라리 아하라이로 되돌아가고 싶어. 눈물의 호수는 말라 버렸고 아마르간트는 말라 버린 호수 위에 있어. 그리고 이젠 아무도 섬세한 은사 세공품을 만들지 않아. 우리는 다시 아하라이가 되고 싶다고!"

"난 못 해. 환상 세계에서 더 이상 힘이 없어."

사내아이가 대답했다.

"그렇다면 우린 너를 데려가겠어!"

온 떼가 소리지르며 뒤죽박죽 빙빙 돌았다.

수많은 작은 손들이 아이를 잡고 공중으로 들어 올리려고 했다. 사내아이는 있는 힘을 다해 버텼고 나방들은 사방으로 날아갔다. 하지만 약이 오른 말벌처럼 끈질기게 자꾸 되돌아왔다.

비명과 째지는 소리 사이로 갑자기 멀리에서 마치 커다란 청동 종이 울려 퍼지는 듯 나직하면서도 힘 있는 울림 소리가 들려왔다.

그러자 슐라무펜들은 재빨리 도망쳤고 시커멓게 떼를 지어 하늘로 사라졌다.

이름 없는 사내아이는 눈 속에 무릎을 꿇었다. 앞에는 산산이 부서져 버린 그림이 놓여 있었다. 이제 모든 것을 잃어버렸다. 생명의 물로 사내아이를 이끌어 줄 수 있는 것은 이제 아무것도 없었다.

고개를 들었을 때 아이는 좀 떨어진 눈밭에 두 형체가 서 있는 것을 눈물 사이로 흐릿하게 보았다. 하나는 크고 하나는 작은 형체가. 아이는 눈을 비비고 다시 한 번 쳐다보았다.

하얀 행운의 용 푸후르와 아트레유였다.

제 26 장
생명의 물

 이름 없는 사내아이는 망설이면서 일어나 아트레유 쪽으로 몇 걸음 걸어갔다. 그러더니 다시 멈추어 섰다. 아트레유는 가만히 서서 사내아이를 주의 깊게 조용히 바라보기만 했다. 가슴에 난 상처에서는 더 이상 피가 흐르지 않았다.

 두 아이는 오랫동안 서로 바라보고 서 있었다. 둘 다 아무 말이 없었다. 상대방의 숨쉬는 소리까지 들릴 정도로 고요했다.

 천천히 이름 없는 사내아이는 목에 걸고 있던 황금 사슬을 잡아 아우린을 풀었다. 아이는 몸을 굽혀 보석을 조심스럽게 아트레유 앞에 있는 눈 위에 놓았다. 그러면서 아이는 다시 한 번 서로 꼬리를 물어 하나의 타원을 만들고 있는 밝고 어두운 색깔의 두 마리의 뱀을 바라보았다. 그러고는 부적에서 손을 뗐다.

 그 순간 아우린의 황금빛 광채가 너무나 휘황찬란하게 빛나서 마치 태양을 쳐다본 것처럼 눈이 부셔 눈을 감아야만 했다. 다시 눈을 떴을 때 사내아이는 천정(天頂)처럼 커다란 둥근 지붕 홀에 서 있었다. 홀은 황금빛이 나는 네모난 돌로 지어졌다. 이 헤아릴 수 없이 커다란 방 가운데에는 도시의 성벽만큼 기대한 뱀 두 마리가 누워 있었다.

 아트레유와 푸후르 그리고 이름 없는 사내아이는 커다란 아가리로 하얀 뱀의 꼬리를 물고 있는 검은 뱀의 머리 쪽에 나란히 서 있었다. 동공이 세로로 된 고정된 눈이 셋을 향했다. 뱀에 비하면 그들은 너무나 작았고 심지어 행운의 용마저도 하얀 애벌레만큼 작아 보였다.

꼼짝도 하지 않는 뱀의 거대한 몸통은 알 수 없는 금속처럼, 하나는 새까맣게 다른 하나는 은백색으로 광채를 냈다. 뱀들은 서로 물고 있기 때문에, 오직 그 때문에 그들이 일으킬 수 있는 불행이 제지될 수 있었다. 서로를 놓아준다면 세계는 망할 것이다. 그건 확실했다.

서로를 꼼짝 못 하게 하여 뱀들은 동시에 생명의 물을 보호하였다. 뱀들이 둘러싸고 누워 있는 중앙에는 거대한 분수가 있었는데, 물줄기는 눈으로 따라갈 수 없을 정도로 빠르게 위아래로 춤추었고 떨어지면서 수천 개의 모양을 만들었다가 다시 흩어지곤 했다. 물거품은 미세한 안개가 되어 흩어졌고 그 안개 속에서 황금빛은 무지개 빛깔로 반사되었다. 그것은 수천 개의 기쁨의 목소리가 내는 물결치는 소리이자 환호성이자 노랫소리이자 탄성이자 웃음 소리이자 외침이었다.

이름 없는 사내아이는 목이 타는 듯 물을 바라보았다. 하지만 어떻게 저 물에 닿을 수 있단 말인가? 뱀 머리는 움직이지 않았다.

갑자기 푸후르가 고개를 들었다. 루비 빛 눈동자가 반짝거리기 시작했다.

"너희도 물이 말하는 걸 알아들 수 있니?"

푸후르가 물었다.

"아니. 못 알아듣겠어."

아트레유가 대답했다.

"어떻게 이게 가능한지 모르겠어. 하지만 난 아주 분명하게 알

아들을 수 있어. 아마 내가 행운의 용이라서 그런가 봐. 기쁨의 언어는 모두 서로 같은 종류거든."

푸후르가 소곤거렸다.

"물이 뭐라고 하는데?"

아트레유가 물었다.

푸후르는 주의 깊게 귀를 기울이더니 들은 말을 천천히 하나하나 따라했다.

"우리는 생명의 물!
저절로 솟는 샘이라네.
너희들이 우리를 많이 마실수록
더욱 풍성하게 흐른다네."

푸후르는 다시 한 번 귀를 기울이더니 말했다.

"계속해서 '마셔라! 마셔라! 네가 원하는 것을 해라!'라고 소리치고 있어."

"도대체 어떻게 저쪽으로 가지?"

아트레유가 물었다.

"우리 이름을 묻고 있어."

푸후르가 설명했다.

"난 아트레유야!"

아트레유가 소리쳤다.

"난 푸후르!"

푸후르가 말했다.

이름 없는 사내아이는 가만히 있었다.

아트레유는 아이를 바라보다가 손을 잡고 외쳤다.

"애는 바스티안 발타자르 북스다!"

"왜 직접 말하지 않느냐고 묻는데."

푸후르가 통역했다.

"애는 그렇게 할 수 없어."

아트레유가 말했다.

"전부 다 잊어버렸어."

푸후르는 다시 한동안 철썩거리고 쏴쏴거리는 소리에 귀를 기울였다.

"기억이 없으면 들어갈 수 없다고 말하는걸. 뱀들이 들여보내 주질 않을 거래."

"내가 애를 대신해서 모든 걸 기억한다. 애가 자신과 자신의 세계에 대해 얘기해 준 걸 전부. 난 애를 대리한다."

아트레유가 소리쳤다.

푸후르는 귀를 기울였다.

"무슨 권리로 그렇게 하느냐고 묻는걸."

"난 애의 친구다."

아트레유가 말했다.

푸후르가 주의 깊게 귀를 기울이고 있는 동안 다시 시간이 흘렀다.

"네 말을 인정해 줄지 확실히 모르겠다."

푸후르가 아트레유에게 속삭였다.

"이제 네 상처에 대해서 말하고 있어. 어쩌다 그렇게 됐는지 알고 싶어 해."

"우린 둘 다 옳았고, 둘 다 틀렸었어! 하지만 방금 바스티안은 자발적으로 아우린을 내놨어!"

아트레유가 말했다.

푸후르는 귀를 기울이더니 고개를 끄덕였다.

"그래. 이제 인정해 주겠대. 이곳이 아우린이래. 우리를 환영한다고 하네."

푸후르가 말했다.

아트레유는 거대한 황금 천장을 쳐다보았다.

"우리들 모두, 이걸 목에 걸었었어. 심지어 푸후르, 너도. 잠깐 동안이긴 했지만."

아트레유가 말했다.

행운의 용은 아트레유에게 조용히 하라는 신호를 보내고 다시 물의 노래에 귀를 기울였다.

그러고 나서 통역했다.

"아우린은 바스티안이 찾아 다녔던 문이래. 개는 처음부터 문을 가지고 다녔던 거야. 하지만 뱀들이 환상 세계의 것은 아무것도—물이 말하길—문턱을 넘지 못하게 한대. 그래서 바스티안은 어린 여왕에게 선물받은 걸 전부 내놔야 해. 그렇지 않으면 생명의 물을 마실 수 없어."

"하지만 우리들은 여왕의 표시 안에 있는 거잖아. 여왕은 여기 없는 거야?"

아트레유가 외쳤다.

"여기서 달아이의 힘은 끝난대. 그리고 여왕만이 유일하게 이곳에 절대 들어올 수 없대. 여왕은 자기 자신을 벗어 놓을 수 없기 때문에 광채의 내부로 들어올 수 없대."

아트레유는 혼란스러워 아무 말도 하지 않았다.

"이제 묻기를, 바스티안이 준비가 되었냐는데?"

푸후르가 계속했다.

"그래!"

아트레유가 큰 소리로 말했다.

"얘는 준비됐어."

그 순간 커다란 검은 뱀의 머리가 입에 문 하얀 뱀의 꼬리를 놓치지 않은 채 아주 서서히 들리기 시작했다. 거대한 뱀의 몸이 위로 둥글게 휘더니 결국 반은 검고 반은 하얀, 높다란 문이 생겼다.

아트레유는 바스티안의 손을 잡고 그 무시무시한 문을 지나 이제 거대하고 웅장한 모습으로 그들 앞에 위용을 드러낸 분수로 다가갔다. 푸후르가 둘을 따랐다. 그리고 분수에 다가가며 한 걸음씩 뗄 때마다 환상 세계에서 얻었던 경이로운 선물들이 하나씩 바스티안에게서 떨어져 나갔다. 아름답고 강하고 겁 없는 영웅에서

　다시 작고 통통하고 수줍음이 많은 소년이 되었다. 이미 요르의 민루트에서 거의 누더기가 되어 버린 옷마저도 사라졌고 완전히 무로 녹아 버렸다. 그래서 결국에 바스티안은 알몸으로 커다란 황금 원 앞에 섰다. 그 중앙에는 생명의 물이 수정 나무처럼 높이 샘솟고 있었다.

　그 마지막 순간에 바스티안은 환상 세계의 선물은 하나도 없었지만 그의 세계와 그 자신에 대한 기억은 아직 되찾지 못했기 때문에 완전한 불확실의 상태를 경험했다. 바스티안은 자신이 어떤 세계에 속하는지, 자기라는 존재가 실제로 존재하기나 하는 건지 알지 못했다.

　하지만 곧 바스티안은 수정처럼 맑은 물 속으로 뛰어 들어가 이리저리 뒹굴고 물을 내뿜고 튀기며 반짝이는 물방울이 입 안으로 흘러 들어가게 했다. 바스티안은 갈증이 가실 때까지 마시고 또 마셨다. 기쁨이 머리부터 발끝까지 가득 찼다. 살아 있다는 기쁨, 그 자신이라는 기쁨이. 이제 바스티안은 다시 자기가 누구인지, 어디에 속하는지 알게 되었던 것이다. 바스티안은 다시 태어났다. 그리고 제일 멋진 점은 바스티안이 이제 원래 있는 그대로의 자신이 되고 싶어 한다는 것이었다. 설령 수많은 가능성 중에서 한 가지를 골라도 됐더라도 다른 걸 선택하지 않았으리라. 이제 바스티안은 알기 때문이다. 세상에는 수없이 많은 형태의 기쁨이 있지만, 근본적으로 그 기쁨들은 단 하나의 기쁨, 즉 사랑할 줄 안다는 기쁨이라는 것을.

훗날 바스티안이 이미 다시 그의 세계로 돌아오고 한참이 지난 뒤에도, 어른이 되고 결국 노인이 되었을 때도 이 기쁨이 바스티안에게서 완전히 떠난 적이 한 번도 없었다. 인생의 가장 힘든 시기에도 바스티안에게는 마음으로부터의 기쁨이 남아 있어 그를 미소 짓게 하고 다른 사람들을 위로해 주게 했다.

"아트레유!"

바스티안은 푸후르와 함께 황금 원의 가장자리에 서 있는 친구를 향해 소리쳤다.

"너도 와! 오라고! 마셔! 기막히게 좋아!"

아트레유는 웃으면서 고개를 흔들었다.

"아니. 이번에는 그냥 너를 데리고 여기 온 거야."

아트레유는 되받아 소리쳤다.

"이번에라니?"

바스티안이 물었다.

"무슨 말이니?"

아트레유는 푸후르와 시선을 교환하더니 말했다.

"우리 둘은 이미 여기 한 번 왔었어. 그때는 잠이 든 채 이리로 옮겨졌다가 다시 잠이 든 채 데려가졌기 때문에 금방 이곳을 알아보지 못했어."

바스티안은 물에서 나왔다.

"난 이제 다시 내가 누구인지 알겠어."

바스티안이 환한 표정으로 말했다.

"그래. 이제 나도 널 다시 알아보겠어. 지금 넌 그때 내가 요술 거울 문에서 보았던 그 모습 그대로야."

아트레유가 끄덕이며 말했다.

바스티안은 거품을 내며 반짝이는 물을 쳐다보았다.

"물을 아버지에게 가져다 주고 싶어. 하지만 어떻게 하지?"

바스티안이 세찬 물소리에다 대고 외쳤다.

"가져갈 수 없을 거야. 환상 세계의 것을 가지고는 절대 문턱을 넘을 수 없어."

아트레유가 대답했다.

"바스티안은 돼."

푸후르의 소리가 들렸다. 푸후르의 목소리는 이제 다시 충만한 청동의 울림을 가지고 있었다.

"쟤는 할 수 있을 거야!"

"네가 바로 행운의 용이니까!"

바스티안이 말했다.

푸후르는 바스티안에게 조용히 하라는 신호를 보내고 수천 개의 목소리가 쏴쏴거리는 소리에 귀를 기울였다.

그러더니 푸후르는 설명했다.

"물이 말하기를, 너는 이제 네 갈 길을 가야 하고 우리도 그렇대."

"대체 내 길은 어디에 있지?"

바스티안이 물었다.

"다른 문을 지나서."

푸후르가 통역해 주었다.

"하얀 뱀 머리가 있는 곳에."

"좋아."

바스티안이 말했다.

"하지만 어떻게 지나가니? 하얀 머리는 움직이질 않는데."

실제로 하얀 뱀의 머리는 꼼짝하지 않았다. 놈은 검은 뱀의 꼬리를 입에 물고 있었고 거대한 눈은 바스티안을 뚫어지게 보았다.

"물이 네게 묻고 있어, 환상 세계에서 네가 시작한 이야기를 전부 끝맺었는지."

푸후르가 알려주었다.

"아니."

바스티안이 대답했다.

"실은 하나도 못 했어."

푸후르는 한동안 귀를 기울였다. 푸후르의 얼굴에 당황한 빛이 지나갔다.

"그러면 하얀 뱀이 너를 통과시키지 않을 거라고 하는걸. 넌 환상 세계로 돌아가서 모든 이야기의 끝을 맺어 줘야 한대."

"모든 이야기를?"

바스티안이 더듬거렸다.

"그렇다면 나는 결코 돌아가지 못해. 모두 헛수고였어."

푸후르는 긴장한 채 귀를 기울였다.

"뭐라고 하니?"

바스티안이 알고 싶어 했다.

"조용히 해!"

푸후르가 말했다.

얼마 후에 푸후르는 한숨을 내쉬며 말했다.

"달리 어쩔 수 없다고 그런다. 누군가 너 대신 그 일을 맡아서 해 준다면 몰라도 말이야."

"하지만 이야기는 셀 수 없이 많아. 그리고 각 이야기에서 계속 새로운 이야기가 생기고. 그런 일은 아무도 맡아 할 수 없어."

바스티안이 말했다.

"아니."

아트레유가 말했다.

"내가 해."

바스티안은 할 말을 잃고 아트레유를 바라보았다. 그러더니 아트레유의 목을 끌어안고 더듬거리며 말했다.

"아트레유, 아트레유! 네가 해 준 일을 절대 잊지 않을 거야!"

아트레유는 미소를 지었다.

"좋아, 바스티안. 그러면 환상 세계도 잊지 마라."

아트레유는 바스티안의 뺨을 친근하게 토닥거리고는 재빨리 뒤돌아 서서 검은 뱀 머리로 된 문 쪽으로 갔다. 문은 그들이 이곳에 들어설 때처럼 여전히 높다랗게 아치를 만들었다.

"푸후르, 내가 남겨 둔 이야기를 어떻게 끝맺을 거니?"

바스티안이 말했다.

하얀 용은 루비 빛 눈을 찡긋하더니 대답했다.

"행운을 가지고, 친구. 행운을 가지고!"

그 말과 함께 푸후르는 그의 주인이자 친구를 따라갔다.

바스티안은 아트레유와 푸후르가 문을 지나 환상 세계로 돌아가는 모습을 바라보았다. 둘은 다시 한 번 뒤돌아보고는 바스티안에게 손을 흔들었다. 그리고 나서 검은 뱀머리가 내려오더니 다시 바닥에 누웠다. 바스티안은 아트레유와 푸후르를 더 이상 볼 수가 없었다.

이제 혼자였다.

바스티안은 하얀 뱀 머리 쪽으로 돌아섰고 그 순간 뱀이 몸을 들어 올리더니 아까 반대편에서 했던 것과 똑같은 식으로 뱀머리가 둥글게 문을 만들었다.

바스티안은 재빨리 두 손으로 생명의 물을 떠서 문으로 달려갔다. 그 뒤에는 어둠이 있었다.

바스티안은 그 안으로 몸을 던졌다. 그리고 허공 속으로 떨어졌다.

"아빠!"

바스티안은 소리쳤다.

"아빠!―나―바스티안―발타자르―북스예요!"

"아빠! 아빠!―나―바스티안―발타자르―북스예요!"

소리를 지르는 사이에 바스티안은 자기가 중간 과정 없이 학교 창고로 돌아온 것을 알았다. 언젠가 아주 오래전에 환상 세계로 떠났던 그곳에. 바스티안은 창고를 금방 알아보지 못하고 주변에 보이는 기괴한 물건들, 박제 동물, 해골과 그림들 때문에 잠시 동안 아직도 환상 세계에 있는 게 아닌가 하고 의심하기까지 했다. 하지만 곧 자기 책가방과 불 꺼진 초가 꽂힌 일곱 갈래의 녹슨 촛대를 보고는 그곳이 어디인지 알게 되었다.

이곳으로부터 끝없는 이야기를 거치는 대단한 여행을 시작한 지 얼마나 오래되었을까? 몇 주? 몇 달? 어쩌면 몇 년? 언젠가 마술 동굴에 단 한 시간 머물렀었는데 돌아와 보니 백 년이 지나 있었다는 어떤 남자의 이야기를 읽은 적이 있다. 남자가 알았던 사람들 중에서 오직 한 사람만 살아남아 있었는데, 남자가 떠날 때는 어린아이였던 사람이 이제는 아주 늙은이가 되어 있었다.

지붕의 채광창으로 잿빛 일광이 쏟아져 들어왔다. 하지만 오전 인지 오후인지 알 수 없었다. 창고 안은 바스티안이 이곳을 떠날 때와 마찬가지로 아주 추웠다.

바스티안은 덮고 있던 먼지투성이의 군용 담요 더미를 벗어 던 지고 신을 신고 외투를 입었다. 둘 다 비가 내렸던 그날과 다름없이 젖어 있어서 바스티안은 깜짝 놀랐다.

바스티안은 책가방을 어깨에 메고 모든 것의 출발점이 된, 그때 훔쳤던 책을 찾았다. 바스티안은 불친절한 코레안더 씨에게 책을 돌려주리라고 단단히 마음먹었다. 도둑질을 했다고 벌을 주거

나 경찰에 고발하거나 아니면 그보다 더 심한 짓을 할지 몰라도 바스티안처럼 엄청난 모험을 겪은 사람은 그다지 겁날 게 없었다. 그러나 책이 없었다.

바스티안은 찾고 또 찾았다. 담요를 들쑤셔 보고 구석구석을 뒤져 보았다. 소용없었다. 끝없는 이야기는 사라져 버리고 말았다.

"그래 좋아."

마침내 바스티안은 혼잣말했다.

"그렇다면 없어졌다고 말하지 뭐. 분명히 내 말을 안 믿겠지. 어쩔 수 없잖아. 될 대로 되라지 뭐. 그렇게 오랜 시간이 흘렀는데 기억하고 있기나 할까? 어쩌면 그 서점이 아예 없어졌을지도 몰라."

곧 밝혀지겠지. 어쨌든 우선은 학교 안을 지나가야만 했다. 마주치는 선생님과 아이들이 전혀 낯설다면 얼마나 시간이 지났는지 대충 알게 되리라.

하지만 창고 문을 열고 학교 복도로 내려갔을 때 바스티안을 맞이한 것은 완전한 정적이었다. 건물 안에는 단 한 사람도 없는 것 같았다. 그런데 때마침 학교 탑의 시계가 아홉 시를 쳤다. 그러니까 오전이고 틀림없이 수업은 벌써 시작되었으리라.

바스티안은 몇 개 교실을 들여다보았으나 어디나 똑같이 텅 비어 있었다. 창문으로 가서 거리를 내려다보니 몇몇 사람들과 차들이 오가고 있었다. 그러니까 최소한 세상이 망한 건 아니었다.

바스티안은 계단을 내려가 커다란 정문으로 갔다. 문을 열려고

했지만 잠겨 있었다. 그는 관리인의 집으로 통하는 문으로 가서 벨을 누르고 문을 두들겼지만 인기척이 나지 않았다.

바스티안은 고민했다. 언젠가 누군가 오기를 마냥 기다리고 있을 수는 없었다. 바스티안은 당장 아버지에게 가고 싶었다. 비록 생명의 물을 다 흘리긴 했지만.

창문을 열고 누가 와서 문을 열어 줄 때까지 소리를 질러야 할까? 아니, 그건 어쩐지 창피스럽게 생각되었다. 창문을 타고 내려가면 되겠다는 생각이 들었다. 창문은 안에서 열 수 있었다. 하지만 일층에 있는 창문에는 전부 창살이 있었다. 이층에서 거리를 내려다보았을 때 비계를 보았던 기억이 났다. 아마 학교 외벽을 새로 회칠한 모양이었다.

바스티안은 다시 이층으로 올라가서 창문으로 갔다. 창문을 열고 밖으로 나갔다.

비계는 세로로 된 들보로만 되어 있었는데 그 사이에 일정한 간격을 두고 가로로 널빤지들이 연결되어 있었다. 널빤지는 바스티안의 몸무게에 눌려 위아래로 흔들거렸다. 잠깐 동안 현기증이 나고 겁났지만 바스티안은 둘 다 억눌렀다. 페렐린의 주인이었던 자에게는 이따위 건 문제도 아니었다. 비록 그 굉장한 체력을 갖고 있지도 않고 뚱뚱한 몸의 무게 때문에 조금 괴롭긴 했지만. 조심스럽고 침착하게 손을 뻗어 손과 발을 붙잡고 디딜 곳을 찾으면서 세로 들보를 타고 밑으로 내려왔다. 한번은 나무조각에 찔렸으나 그런 사소한 일쯤은 아무렇지도 않았다. 약간 화끈거리고 헐떡댔

지만 바스티안은 무사히 거리로 내려왔다. 아무도 그를 못 봤다.

바스티안은 집으로 달려갔다. 필통과 책이 발걸음에 리듬을 맞춰 가방 안에서 덜거덕거렸고 옆구리가 결렸으나 계속 달렸다. 아버지에게 가고 싶었다.

마침내 자기가 살던 집에 도착했을 때 바스티안은 잠깐 동안 멈추어 서서 아버지의 실험실 창문을 올려다보았다. 그리고 갑자기 불안감이 가슴이 짓눌렀다. 아버지가 그곳에 살지 않을 수도 있다는 생각이 처음으로 들었기 때문이다.

하지만 아버지는 있었고 바스티안이 오는 걸 본 게 분명했다. 바스티안이 계단으로 급히 올라가는데 아버지가 달려왔기 때문이다. 아버지는 팔을 벌렸고 바스티안은 아버지의 품안으로 뛰어들었다. 아버지는 바스티안을 들어 올려 집으로 들어갔다.

"바스티안, 내 아들아!"

아버지는 거듭 말했다.

"내 귀여운, 귀여운 아가야, 도대체 어디 있었니? 무슨 일이 생긴 거니?"

아버지와 식탁에 앉아 뜨거운 우유를 마시고 아버지가 정성스레 버터와 꿀을 듬뿍 발라 준 빵을 먹으면서 비로소 바스티안은 아버지의 얼굴이 얼마나 창백하고 헬쑥한지 알아차렸다. 눈은 빨갛게 충혈되었고 턱은 면도도 하지 않았다. 하지만 그것말고는 바스티안이 떠났던 그 당시와 똑같아 보였다. 바스티안은 아버지에게 그 말을 했다.

"그 당시라니? 그게 무슨 말이냐?"

아버지가 어리둥절해서 물었다.

"제가 얼마나 오래 떠나 있었어요?"

"어제부터다, 바스티안. 학교에 간 다음부터. 네가 돌아오지 않아서 선생님께 전화했더니 네가 학교에 오지도 않았다고 그러더구나. 하루 종일, 그리고 밤새 너를 찾아 다녔단다, 내 아들아. 아주 나쁜 일이 일어났을까 봐 걱정이 되어 경찰에 신고도 했단다. 이런, 바스티안. 도대체 무슨 일이 있었던 거냐? 네가 걱정돼서 거의 미칠 지경이었단다. 도대체 어디 있었니?"

그러자 바스티안은 자기가 겪었던 일을 이야기하기 시작했다. 바스티안은 모든 일을 아주 자세히 설명했고 그느라 여러 시간이 걸렸다.

아버지는 전에 없이 열심히 바스티안의 말에 귀를 기울였다. 아버지는 바스티안의 이야기를 이해했다.

정오 무렵 아버지는 한 번 이야기를 중단시켰다. 하지만 경찰에 전화를 걸어 아들이 돌아왔고 다 괜찮다는 것을 일리느라 그랬을 뿐이었다. 그런 다음 점심을 차렸고 바스티안은 이야기를 계속했다. 생명의 물에 도착한 대목에 이르러 아버지에게 그 물을 가져다 주려고 했지만 엎질러 버렸다는 이야기를 했을 때는 이미 저녁 무렵이었다.

이미 부엌 안은 거의 어두웠다. 아버지는 꼼짝하지 않고 앉아 있었다. 바스티안은 일어나 불을 켰다. 그리고 이제 여태껏 단 한

번도 보지 못한 모습을 보았다.

아버지의 눈에 눈물이 맺혀 있었다.

바스티안은 자기가 아버지에게 생명의 물을 가져다 주었다는 사실을 깨달았다.

아버지는 말없이 바스티안을 무릎에 앉히고 꼭 껴안았고 둘은 서로를 쓰다듬었다.

오랫동안 그렇게 앉아 있다가 아버지는 깊은 숨을 내쉬고 바스티안의 얼굴을 들여다보더니 미소를 띠었다. 그건 바스티안이 여태껏 아버지의 얼굴에서 본 중에 가장 행복한 미소였다.

"이제부터, 이제부터 우리에게 모든 것이 달라질 거다. 그렇게 생각하지 않니?"

아버지는 완전히 달라진 목소리로 말했다.

그러자 바스티안은 끄덕였다. 가슴이 꽉 차 올라 말을 할 수가 없었다.

다음 날 아침 첫눈이 내렸다. 폭신하고 깨끗한 눈이 바스티안의 방 창문턱에 쌓였다. 거리의 소음은 전부 눈 속에 잦아들었다.

"들어 봐, 바스티안."

아침을 먹으면서 아버지는 즐겁게 말했다.

"우리 둘이 진짜로 축하할 만한 것 같구나. 오늘 같은 날은 살면서 딱 한 번만 찾아오는 거야. 한 번도 맞아 보지 못하는 사람들도 있고. 그래서 말인데 우리 둘이 아주 굉장한 일을 해 보는 게 어떠니? 난 오늘 일하지 않을 거고 넌 학교에 가지 않아도 돼.

내가 결석계를 써 주마. 네 생각은 어떠니?"

"학교라니요? 학교가 아직도 있어요? 어제 교실을 둘러보았을 때는 아무도 없었는걸요. 관리인도 없었어요."

바스티안이 물었다.

"어제?"

아버지가 대답했다.

"하지만 어제는 강림절 첫째 주일(크리스마스가 시작되기 사 주 전 일요일. 이 일요일부터 크리스마스 주간이 시작된다./옮긴이)이었다. 바스티안."

아이는 생각에 잠겨 코코아를 저었다. 그러더니 나지막이 말했다.

"아무래도 다시 완전히 적응이 될 때까지 조금 시간이 걸릴 것 같아요."

"그래."

아버지는 고개를 끄덕이며 말했다.

"그러니까 우리 둘이 하루 놀자는 거다. 뭐가 가장 해 보고 싶니? 어디로 소풍을 갈 수도 있고 아니면 동물원에 갈까? 점심엔 세상에서 가장 근사한 요리를 먹는 거다. 오후엔 네가 가지고 싶은 걸 전부 사러 가고. 그리고 저녁엔……, 저녁땐 극장에 갈까?"

바스티안의 눈이 반짝거렸다. 그러더니 단호하게 말했다.

"하지만 먼저 해야 할 일이 있어요. 코레안더 씨에게 가서 책을 훔쳤고 잃어버렸다고 말해야 해요."

아버지는 바스티안의 손을 쥐었다.

"이것 봐라, 바스티안. 네가 원한다면 내가 대신 그 일을 해 주마."

바스티안은 고개를 흔들었다.

"아니에요. 이건 제 일이에요. 제 스스로 처리할래요. 그리고 당장 하는 게 좋겠어요."

바스티안은 결심했다.

바스티안은 일어나 외투를 입었다. 아버지는 아무 말 하지 않았지만 아들을 바라보는 눈길은 놀라움과 대견함으로 가득 차 있었다. 아들이 그렇게 행동한 적은 여태 한 번도 없었던 것이다.

"나도 변화에 익숙해질 때까지 좀 시간이 걸릴 것 같구나."

마침내 아버지가 말했다.

"금방 돌아올게요."

벌써 현관에 나간 바스티안이 소리쳤다.

"분명히 오래 걸리지 않을 거예요. 이번에는 안 그럴 거예요."

코레안더 씨의 서점 앞에 섰을 때 갑자기 용기가 줄어들었다. 장식체의 글자가 쓰인 유리창을 통해 서점 안을 보았다. 코레안더 씨는 막 손님을 상대하고 있었고 바스티안은 손님이 갈 때까지 기다리기로 했다. 바스티안은 고서점 앞에서 서성거리기 시작했다. 다시 눈이 내리기 시작했다.

손님이 드디어 서점에서 나왔다.

"지금이야!"

바스티안은 자신에게 명령했다.

바스티안은 빛깔의 사막 고압에서 그라오그라만에게 맞섰던 일을 생각했다. 결심을 단단히 하고 문 손잡이를 눌렀다.

어둠침침한 실내의 반대쪽 끝을 갈라놓은 책으로 된 벽 뒤에서 기침 소리가 들렸다. 바스티안은 그리 다가가더니 약간 창백하지만 진지하고 침착하게 코레안더 씨 앞에 나섰다. 코레안더 씨는 처음 만났을 때와 같이 낡아 빠진 가죽 안락의자에 앉아 있었다.

바스티안은 아무 말 하지 않았다. 바스티안은 코레안더 씨가 화가 잔뜩 나 달려들며 "도둑놈! 범죄자!" 아니면 그 비슷하게 고함칠 거라고 생각했다.

그러는 대신 그 노인은 찬찬히 아치형 파이프에 불을 붙이면서 반쯤 감긴 눈으로 우스꽝스럽게 생긴 조그만 안경 너머로 바스티안을 유심히 쳐다보았다. 마침내 파이프에 불이 붙자 한동안 열심히 파이프를 빨더니 투덜대며 말했다.

"그래, 무슨 일이냐? 도대체 뭐 때문에 여길 또 온 거냐?"

"제가……"

바스티안은 더듬거리며 말하기 시작했다.

"제가 아저씨 책을 훔쳤어요. 돌려 드리려고 했는데 불가능하게 됐어요. 잃어버렸거든요. 아니 더 정확히 말해서 어쨌든 없어져 버렸어요."

코레안더 씨는 빨기를 멈추고 입에서 파이프를 뺐다.

"어떤 책?"

코레안더 씨가 물었다.

"제가 저번에 여기 왔을 때 아저씨가 읽고 있었던 책요. 제가 가져갔어요. 아저씨는 전화를 받으러 뒤로 갔고 그 책은 안락의자 위에 있었어요. 전 그냥 가져갔어요."

"그래."

코레안더 씨는 말하고 헛기침을 했다.

"하지만 난 없어진 책이 없다. 도대체 어떤 책이었냐?"

"제목은 '끝없는 이야기'예요."

바스티안이 설명했다.

"표지는 구릿빛 비단으로 되어 있고 이리저리 움직이면 희미하게 빛이 나요. 표지에 하나는 밝고 하나는 어두운 색깔의 뱀 두 마리가 그려져 있어요. 서로 꼬리를 물고 있고요. 안에는 두 가지 색깔로 인쇄되어 있어요. 각 장은 아주 크고 아름다운 머리글자로 시작하고요."

"정말 이상하구나! 그런 책은 없었는걸. 그러니까 넌 내 책을 훔친 게 아니다. 아마 다른 곳에서 슬쩍한 거겠지."

코레안더 씨가 말했다.

"분명히 아니에요!"

바스티안은 확신했다.

"틀림없이 기억하실 텐데요. 그 책은……."

바스티안은 망설이다가 말했다.

"마법의 책이에요. 전 책을 읽다가 끝없는 이야기 속으로 들어

갔거든요. 하지만 다시 나왔을 때는 책이 사라져 버렸더라고요."

코레안더 씨는 안경 너머로 바스티안을 살펴보았다.

"너 지금 날 놀리는 거 아니냐, 응?"

"아니에요."

바스티안은 짐짓 당황해서 대답했다.

"절대 아니에요. 제 말은 사실이에요. 그걸 아셔야 해요!"

코레안더 씨는 한동안 생각해 보더니 머리를 흔들었다.

"나한테 모조리 다 자세히 설명해 줘야겠다. 앉아라, 얘야. 자 앉아라!"

코레안더 씨는 파이프 자루로 맞은편에 있는 안락의자를 가리켰다. 바스티안은 앉았다.

"자, 이제 이 모든 일이 어떻게 된 건지 얘기하렴. 하지만 제발 천천히 순서대로 말해라!"

코레안더 씨가 말했다.

바스티안은 이야기를 시작했다.

아버지에게 말할 때처럼 그렇게 상세히 말하지는 않았지만 코레안더 씨가 점점 더 큰 관심을 보이며 더 자세한 내용을 알고 싶어 했기 때문에 바스티안이 이야기를 다 끝낼 때까지 두 시간 이상이 소요되었다. 왜 그랬는지는 모르겠지만 이상하게도 그 오랜 시간 동안 손님이 한 명도 오지 않았다.

바스티안이 이야기를 끝내자 코레안더 씨는 오랫동안 파이프만 빨아 댔다. 깊은 생각에 잠겨 있는 눈치였다. 드디어 코레안더 씨

는 다시 헛기침을 하고서는 작은 안경을 고쳐 쓰고 한동안 바스티안을 유심히 뜯어보더니 말했다.

"한 가지는 분명하다. 넌 나한테서 책을 훔치지 않았어. 왜냐하면 그 책은 내 것도 네 것도, 다른 누구의 책도 아니니까. 내가 잘못 안 게 아니라면 그 책은 환상 세계에서 나온 걸 거다. 누가 알겠니, 어쩌면 지금 이 순간에 다른 누군가가 그 책을 손에 들고 읽고 있을지도 모르지."

"그렇다면 제 말을 믿으시는 거죠?"

바스티안이 물었다.

"당연하지. 생각이 있는 사람이라면 다 그럴 거다."

코레안더 씨가 대답했다.

"솔직히 말해서, 그래 주실 거라곤 생각하지 않았어요."

바스티안이 말했다.

"환상 세계로 절대 갈 수 없는 사람들이 있단다."

코레안더 씨가 말을 이었다.

"그리고 환상 세계로 갈 수 있지만 영원히 거기서 머무는 사람들이 있지. 또 환상 세계로 가서 다시 돌아오는 사람들도 몇 있단다. 너처럼. 그리고 그 사람들이 두 세계를 건강하게 만들지."

"아!"

바스티안은 얼굴이 약간 붉어져서 말했다.

"전 사실 그런 말 들을 자격이 없어요. 하마터면 못 돌아올 뻔했는걸요. 아트레유가 없었더라면 전 지금 분명히 늙은 황제들의

도시에 있을 테고 영원히 거기 머물렀을 거예요."

코레안더 씨는 끄덕이고 생각에 잠겨 연기를 내뿜었다.

"거 참. 년 행운아구나. 환상 세계에 친구가 있으니. 그런 건 정말이지 아무나 있는 게 아니지."

코레안더 씨가 투덜거렸다.

"코레안더 아저씨, 그런 걸 다 어떻게 아세요? 혹시 아저씨도 환상 세계에 가 본 적이 있나요?"

바스티안이 물었다.

"당연하지."

코레안더 씨가 말했다.

"그렇다면 아저씨도 달아이를 아시겠네요!"

바스티안이 말했다.

"그래, 어린 여왕을 알지. 하지만 그 이름으로는 아니다. 난 다르게 불렀단다. 하지만 그건 중요하지 않아."

코레안더 씨가 말했다.

"그럼 틀림없이 그 책을 아시겠네요!"

바스티안이 소리쳤다.

"그럼 끝없는 이야기를 읽어 보신 거지요!"

코레안더 씨는 머리를 흔들었다.

"진정한 이야기는 모두 끝없는 이야기란다."

그는 천장까지 쌓여 있는 수많은 책들을 죽 훑어보더니 파이프 자루로 책을 가리키면서 말을 계속했다.

"환상 세계로 들어가는 문은 수도 없이 많단다. 애야. 그런 마법의 책도 더 많이 있지. 많은 사람들이 그걸 눈치 채지 못하지. 중요한 건 누가 그런 책을 손에 넣게 되느냐는 거다."

"그렇다면 끝없는 이야기는 사람마다 다 다른 거죠?"

"내 말이 그 말이다."

코레안더 씨가 단호히 대답했다.

"게다가 책만이 아니라 다른 방법으로도 환상 세계로 갔다가 다시 돌아올 수 있단다. 너도 알게 될 거다."

"정말이에요?"

바스티안이 기대에 가득 차서 물었다.

"그러면 달아이를 한 번 더 만날 수 있겠네요. 누구나 달아이는 한 번밖에는 못 만난다던데."

코레안더 씨는 몸을 앞으로 숙이고 목소리를 낮췄다.

"경험 많은 늙은 환상 세계 여행자가 하는 말을 좀 들어 보렴, 애야. 환상 세계에서는 아무도 모르는 비밀이 있단다. 생각해 보면 왜 그런지 너도 알게 될 거다. 달아이는 두 번 만날 수 없어, 그건 맞다. 달아이로 있는 동안은 그렇지. 하지만 네가 달아이에게 새 이름을 지어 줄 수 있다면 넌 달아이를 다시 보게 될 거다. 그리고 아무리 자주 그렇게 해도 매번 다시 처음이자 단 한 번 만나게 되는 거지."

코레안더 씨의 불도그 같은 얼굴에 잠깐 동안 부드러운 빛이 났다. 그 빛은 얼굴을 젊고 거의 아름답게 보이게 했다.

"고맙습니다. 코레안더 아저씨!"

바스티안이 말했다.

"내가 너에게 감사해야지, 애야."

코레안더 씨가 대답했다.

"네가 가끔 이리로 나를 찾아와서 우리 경험을 서로 나눴으면 좋겠구나. 그런 일에 대해 이야기할 수 있는 상대가 그리 많지 않거든."

코레안더 씨는 바스티안에게 손을 내밀었다.

"그러겠니?"

"좋아요."

바스티안은 말하고 그 손을 잡았다.

"이제 가야 해요. 아빠가 기다리시거든요. 하지만 곧 다시 들를게요."

코레안더 씨는 문까지 바스티안을 배웅했다. 문 앞으로 갔을 때 유리창에 쓰인, 좌우가 거꾸로 된 글자 사이로 아버지가 도로 반대편에 서서 바스티안을 기다리는 것이 보였다. 아버지의 얼굴에서만 빛이 나고 있었다.

바스티안이 문을 열어젖히자 작은 놋쇠 종 한 묶음이 세차게 울리기 시작했다. 바스티안은 그 빛을 향해 뛰어갔다.

코레안더 씨는 조심스럽게 문을 닫으며 두 사람을 쳐다보았다.

"바스티안 발타자르 북스."

코레안더 씨가 중얼거렸다.

"내가 잘못 본 게 아니라면 넌 많은 사람에게 환상 세계로 가는 길을 알려줘서 그들이 우리에게 생명의 물을 가져다 주게 할 거다."

그리고 코레안더 씨는 잘못 보지 않았다.
하지만 그건 또 다른 이야기이니 다음 기회에 얘기하도록 하겠다.

옮긴이의 말

네가 원하는 것을 해라
── 환상과 현실을 하나로 잇는 마법의 주문

『끝없는 이야기 Die unendliche Geschichte』(1979)를 쓴 미하엘 엔데(1929─1995)는 환상과 모험이 가득 찬 동화를 많이 쓴 독일의 동화 작가입니다. '현대 신화를 만들어 낸 사람', '환상을 제조하는 장인', '환상이 삶의 묘약이었던 작가'라며, 동화 작가로는 보기 드물게 전후 독일 최고의 작가라는 칭송을 듣고 있습니다. 첫 작품인 『기관차 대여행 Jim Knopf und Lukas der Lokomotivführer』(1960)이 커다란 성공을 거둔 이후 작품이 발표될 때마다 큰 화제를 불러일으키면서 어린이들의 사랑을 듬뿍 받는 작가가 되었습니다. 많은 독일 사람들은 어린 시절 그의 책을 읽고 환상과 꿈의 세계를 만났고 어른이 되어서도 그 세계를 잊지 못하고 찾곤 합니다. 엔데의 책은 사십여 개의 언어로 번역되어 독일 사람들뿐만 아니라 세계 여러 나라 사람들의 사랑을 받고 있습니다.

엔데는 초현실주의 화가로 널리 알려진 아버지 에드가 엔데(1901─1961)와 역시 화가로 알려진 어머니 루이제 바르톨로메(1892─1973) 사이에서 1929년 가르미슈-파르텐키르헨이라는 조그마한 남부 독일 마을에서 태어났습니다. 1931년 아버지 에드가 엔데는 화가로서 좀 더 나은 문화적 환경에서 지내려고 뮌헨으로 이사를 갔고 엔데는 유년 시절을 뮌헨에서 보내게 됩니다. 엔

데에게 뮌헨이라는 도시는 유년 시절뿐만 아니라 전생애를 통해 삶의 근거지였습니다.

아버지 에드가 엔데는 그의 예술에 큰 영향을 줍니다.

> 1935년 우리 가족은 뮌헨-슈바빙에 있는 집으로 이사를 갔습니다. 사층에 있는 집이었는데 반은 아버지의 화실이었고 반은 살림집이었지요. 집 천장이 유리로 덮여 있어 밤이면 별을 바라볼 수 있었습니다. 저는 이곳에서 자라났습니다.
> ─악셀 무르켄과의 인터뷰(1994),
> 「뮌헨에서의 미하엘 엔데」에서

아버지 에드가는 현실에서 벌어지는 일보다 가슴속에서 자라는 진실의 소리를 듣는 것을 중요하게 생각했고 그 분위기는 아들에게 그대로 전해졌습니다. 가난하지만 예술을 사랑하는 아버지와 화가, 조각가, 문인들로 이루어진 아버지의 친구들 사이에서 어린 엔데는 아주 어릴 때부터 예술의 분위기를 몸으로 익혀 나갔습니다. 철학과 종교학, 인간학적인 문제들, 연금술과 신화에 대한 관심들은 아버지로부터 아들에게로 그대로 전해졌습니다. 그 시절 그런 관심을 가진다는 것은 쉬운 일이 아니었습니다. 나치 시대가 이미 시작되어 독일 사람들의 숨통을 조이고 있었기 때문입니다. 그런 시절, 예술의 분위기를 온몸으로 익힐 수 있었다는 것은 엔데에게는 대단한 행운이었습니다.

독일은 제2차 세계 대전의 전범이지만 전쟁은 많은 독일 사람들의 가슴에 깊은 상처를 줍니다. 자유로운 예술혼을 지녔던 엔데 가족도 이 시절 동안 많은 일을 겪었습니다.

1936년 아버지 에드가는 나치 정부로부터 예술 활동 금지 처분을 받고 화가로서의 모든 활동을 금지당합니다. 가난한 살림을 돌보기 위하여 어머니는 마사지사로 나섰고 가족 전부 어려운 시절을 보내게 됩니다. 아버지의 많은 유대인 친구들은 강제 수용소로 끌려갔고 어린 엔데는 집안에서 들은 이야기를 바깥에 나가서 하지 못하는 경험을 하게 됩니다.

사 년 뒤 엔데는 김나지움(중학교와 고등학교를 겸한 독일 교육 기관)으로 진학합니다. 입학 시험은 겨우 붙었지만 6학년 과정에서 엔데는 낙제합니다. 엔데는 학교 시절을 너무나 끔찍했던 때로 회상하곤 했다고 합니다. 『끝없는 이야기』의 주인공 바스티안이 그러하듯 엔데에게 학교는 감옥에서 머무는 시간이나 다름없었습니다.

아버지는 나치 군인으로 끌려 나가고 엔데 역시 열두 살의 나이로 나치 소년단에 들어가야만 했습니다. 나치 소년단에 들어가는 것을 죽기보다 싫어했던 엔데는 말을 탈 줄 알면 소년단에서 나올 수 있다는 것을 알고 승마 학교에 입학해 예비 군인이나 다름없던 소년단을 빠져나옵니다. 제2차 세계 대전은 (이 시기에 소년 시절을 보낸 많은 사람들이 그러하듯) 엔데를 더 이상 소년으로 내버려 두지 않았습니다.

우리가 사는 거리는 화염으로 덮였고 연기와 폭약 냄새로 가득했습니다. …… 나는 마치 술 취한 사람처럼 불타고 있는 거리를 걸어 다녔습니다. 노래를 부르면서……. 나는 반쯤 미쳐 있었습니다. 지금도 잘 생각이 나지 않습니다. 빛을 보고 뛰어드는 하루살이처럼 그 거리에서 불로 뛰어들고 싶다는 생각을 했습니다. 1943년, 저는 아저씨를 방문하기 위하여 함부르크로 갔다가 폭격당하는 거리를 보았습니다. 정말, 세계가 멸망하는 것은 아닐까 하고 저는 생각했더랬습니다. 지금도 저는 그때 꿈을 꾸곤 합니다.

—《플레이보이》 인터뷰(1982), 「미하엘 엔데」에서

전쟁은 엔데에게 패배주의적인 정서를 안겨 줍니다. "무슨 일을 할 때 언제나 가장 나쁜 경우부터 생각하고, 어려움을 망해 가는 세계에서 보통으로 일어나는 일로 여기며 오히려 더 큰 재앙이 오지 않는 것에 놀라는 것"(미하엘 엔데와 베르크 키르흐바움, 「어둠의 고고학, 에드가 엔데의 예술과 작품에 관한 대화록」, 슈투트가르트, 1985, 117쪽)이 그의 생각을 아주 오래 붙잡아 둡니다.

전쟁이 끝나고 난 뒤 그의 가족은 슈바빙으로 이사를 갑니다. 엔데는 고등학교로 돌아가지 않고 슈투트가르트에 있는 발도르프 학교에서 나머지 고등학교 이 년 과정을 마치게 됩니다. 발도르프 학교는 먼저 다니던 고등학교보다는 훨씬 자유로운 곳이어서 엔데

는 그런대로 편안한 학교 생활을 하게 됩니다. 이 시기에 엔데는 연극 대본과 시를 쓰기도 하며 미래의 작가로서 꿈을 키우게 됩니다. 집안이 어려운 탓에 대학 진학을 포기한 엔데는 좀 더 나은 연극 대본을 써 보고 싶다는 열망으로 뮌헨에 있는 오토 팔켄베르크 드라마 학교로 진학합니다.(1948) 입학 시험에서 엔데는 시험 관들에게 배우가 아니라 극작가가 되고 싶다고 밝힌 바 있으며, 학교 시절 그는 연기 수업보다는 극작가가 되기 위한 과정에 더 많은 시간을 투자합니다.

그의 희망하고는 상관없이 학교를 졸업한 엔데는 슐레스뷔크-홀슈타인이라는 작은 도시의 지방 무대에서 배우 생활을 합니다.(1951) 버스를 타고 이곳저곳으로 옮겨 다니며 주정꾼과 담배 연기 가득한 시골 마을에 있는 주점에서 무대에 나서야 했습니다. 무대는 보잘것없고 작은 역할만이 주어졌지만 이 시절은 엔데에게 현실을 바라보는 눈을 일깨워 주었습니다.

> 좋은 경험이었고 건강한 시절이었습니다. 뭔가 쓰려고 하는 사람은 이런 학교에 가야 합니다. 극장이 아니라 건강하게 일하는 사람들이 있는 곳, 예를 들면 옷장은 어떻게 만들고 문을 어떻게 붙이는 게 좋은가 등을 가르쳐 주는 진짜 세계. 이런 곳이 좋은 문학 학교이지요.
>
> ──미하엘 엔데, 「모에를 인터뷰하다. 토시오 타무라와 함께 원고를 작성하다」, 작가의 유고(1992)에서

　이 때 엔데는 현실을 배웠을 뿐 아니라 극작가로서의 글쓰기 기법도 틈틈이 익히게 됩니다. 이 시절의 엔데는 같은 세대의 다른 작가와 마찬가지로 독일의 극작가이자 당대 최고의 대가였던 베르톨트 브레히트(1898—1956)에게 많은 영향을 받습니다.

　1951년 엔데는 다시 뮌헨으로 돌아옵니다. 이 무렵 성격 차이로 다툼이 잦던 부모는 이혼하고 엔데는 아버지와의 예술적 견해 차이로 심한 다툼을 하게 되는 등 집안 불화가 끊일 날이 없었습니다. 이혼 후 어머니는 수면제를 먹고 자살을 시도하게 되고 그런 어머니 곁을 떠나지 않고 엔데는 어머니를 돌봅니다. 아들의 정성 덕분에 어머니는 드디어 새 삶을 찾고 못 이룬 화가로서의 길을 가게 됩니다.

　집안이 어려움에 처한 가운데 엔데는 이 시기 평생의 반려자이자 예술의 동반자인 부인 잉게보르크 호프만(1921—1985)을 만납니다. 호프만은 배우이며 엔데보다는 여덟 살이나 위였지만 두 사람은 만남 이후로 친구로서, 함께 연극을 하는 동료로서 길을 같이 갔고 무엇보다도 호프만은 젊은 엔데의 후원자가 되어 뮌헨 극장가에 무명의 배우이자 작가인 엔데를 소개하는 큰 역할을 합니다.

　비록 브레히트로부터 많은 감명을 받았고 기법을 배우기도 했지만 어느새 엔데는 브레히트의 세계의 그늘을 벗어납니다.

나는 브레히트에 아주 오랫동안 심취했지요. 내가 극작가로 출발하던 때부터 브레히트가 던졌던 모든 문제에 나는 깊이 공감했어요. 그리고 오랫동안 브레히트의 그늘에서 벗어나지 못했답니다. 그의 그늘에서 벗어나기 위해 많은 세월이 필요했습니다. 아주 오랜 뒤에야 나는 브레히트를 비판할 수 있게 되었습니다. 브레히트는 문학을 사회정치적으로 인간을 이해하는 도구라고 생각했어요. 브레히트처럼 문학을 생각하면 작가는 독자보다 더 똑똑한 사람이어야 하고 독자를 가르쳐야 하지요. 하지만 난 그렇게 생각하지 않아요. 내 글을 읽는 독자들은 나만큼 교양이 있으며 나만큼 계몽되어 있습니다. 내가 무엇을 그들에게 가르칠 수 있겠습니까? 나는 내 독자들과 함께 이야기를 나누고자 합니다. 나는 그들을 이를테면 함께 즐길 수 있는 게임의 세계로 초대하려고 합니다. 게임을 같이 하면서 마음을 풍요롭게 할 것을 조금 경험한다면 좋겠지요. 어쩌면 행복하게 된다면 그보다 더 좋은 일이 어디 있겠습니까! …… 몇 시간 동안 게임을 같이 하고 난 뒤 막 다림질된 영혼과 함께 게임 바깥으로 다시 나갈 수 있다면.

—조셉 보위스와 미하엘 엔데,
『예술과 정치 대화 한마당』, 바엔, 1989, 103쪽

뮌헨에 있는 바이에른 라디오 방송국과 계약을 맺고 엔데는 남부 이탈리아로 여행을 떠납니다(1956). 남부 이탈리아 여행은 동

화 작가로서의 엔데에게 결정적인 영향을 줄 사건과 만나게 합니다. 팔레르모라는 곳으로 갔을 때의 일입니다. 어느 날 저녁 왕이 살던 성이 있는 큰 광장에서 이야기꾼들을 만나게 되었습니다. 그들은 많은 사람들에게 둘러싸여 이야기를 들려주고 있었습니다. 사람들은 그들 주위에 모여 앉아 홀린 듯 이야기를 듣고 있었습니다. 이 끝없이 이어지는 이야기는 시칠리아 언어로 되어 있었고 때때로 고전 음유 시인들의 이야기를 모방하기도 하면서 나무칼로 중간중간 박자를 넣어 가며 사람들을 꼼짝 못 하게 붙잡아 두고 있었습니다.

이야기꾼들은 때때로 재미있을 만한 대목에서 이야기를 끊고 사람들이 돈을 던져 주기를 기다렸다가 돈을 던져 주는 소리가 만족할 만큼 울리면 이야기를 계속했지요. 오를란도와 리날도라는 시칠리아 영웅담이었습니다. 사람들은 앉아서, 누워서 끝없이 이어지는 이야기를 들으며 온 저녁을 다 보냈지요. 그들은 정말 인상 깊게 이야기를 들려주었지만 나에게 그 이야기는 매우 낯설었습니다. 나는 사람들에게 물었지요. 저 이야기는 어디에 나오는 이야기인지. 그 이야기는 알렉상드르 뒤마라는 사람이 쓴 소설을 이야기하기에 맞게 다시 만든 것이라 했습니다. ⋯⋯ 나에게는 그런 이야기가 목표입니다. 백 년쯤 뒤에 내가 지어낸 이야기를 팔레르모에 있는 이야기꾼들이 거리에서 사람들을 모아 놓고 이야기하게 하자는 것이지요. 제임스 조이스가

쓴 『율리시스』로는 거리에서 사람들이 들을 수 있게끔 하지 못하지만 뒤마의 이야기는 사람들에게 들려줄 수 있지 않은가! 그런 의미에서 본다면 나는 문학가가 아닙니다. 오히려 나는 작가들이 스타일을 만든답시고 이리저리 꾸미고 하는 것을 좋아하지 않습니다.

—『어둠의 고고학』에서

브레히트에 대한 비판과 남부 이탈리아 이야기꾼들에게서 받은 강한 인상은 바로 엔데의 작품 세계를 이해하는 데 열쇠가 됩니다. 독자를 가르치기보다는 독자와 함께 즐기기, 어렵지 않으면서도 깊은 뜻이 담긴 이야기 쓰기. 평생을 바쳐 엔데가 쓴 동화들은 바로 이런 그의 뜻이 충분히 반영된 것이었습니다.

1960년 엔데는 드디어 첫 작품인 『기관차 대여행』을 발표하면서 유명해집니다. 그러나 이 책도 출판되기까지 우여곡절이 많았습니다. 출판사 프로그램에는 맞지 않는다, 아이들은 이렇게 두꺼운 책을 읽지 않는다는 이유로 여러 출판사에서 거절당하고 엔데는 실망한 나머지 원고를 휴지통에 집어 넣습니다. 이 소식을 들은 호프만은 엔데에게 용기를 북돋아 주고 마지막으로 어떤 출판사를 알아보자는 제안을 합니다. 그 출판사는 슈투트가르트에 있는 가족 경영을 하는 출판사(티네만 출판사)였고 첫 인연 이후로 엔데의 대부분의 책은 그 출판사에서 나오는 등 작가와 출판사의

평생 친구 관계는 지속됩니다. 이 책이 나오면서 엔데는 '독일 청소년 문학상'을 수상하게 되며, 이 책을 읽고 열광한 어린이들은 동화 속에 나오는 기관사 루카스에게 편지를 띄우기도 했다는 이야깃거리를 남깁니다. 이 동화에는 죽는 날까지 엔데의 동화 원형, "어른과 아이가 함께 꿈과 환상의 세계를 여행한다."라는 모티프가 그대로 담겨 있습니다. 어른이란 과거의 아이였던 어떤 인간이며 아이란 어느 날 어른일 인간이라는 작가의 생각은 아이와 어른의 세계를 잇는 아름다운 동화를 만들어 냅니다. 꿈과 환상의 세계에서 소외받지 않는 어른들이 나오는 그의 동화는 그래서 아이들뿐만 아니라 어른들에게까지 사랑받게 된 것입니다.

연이어 엔데는 『모모 Momo』(1972)로 세계적인 명성을 얻게 되고 동화 작가로서 확고부동한 위치를 가집니다.

『끝없는 이야기』(1979)는 이탈리아로 거주지를 옮기고 난 뒤에 나온 작품입니다. 그 당시 독일에서는 사회정치적인 내용을 담지 않으면 좋은 문학으로 인정받지 못했고 이런 분위기는 환상을 작품의 소재로 삼는 엔데를 견딜 수 없게 만듭니다. 그래서 엔데는 1964년에 결혼한 호프만과 함께 거주지를 이탈리아로 옮겼습니다.

이 책에 얽힌 이야기도 그야말로 '끝없는 이야기'입니다. 1977년 2월 어느 날, 티네만 출판사 편집자인 한스베르크 바이트브레히트는 이탈리아에 사는 엔데를 찾아갑니다. 그의 여행 목적은 여느 편집자가 다 그러하듯 작가에게 글쓰기를 독촉하기 위한 것이었습니다. 독촉을 받은 엔데는 낡은 구두 상자를 뒤적거리더니 메모

몇 개를 내놓았습니다. 그 메모 가운데 이런 것이 있었습니다.

어떤 소년이 책을 읽다가 책 속에 있는 이야기로 들어간다. 그리고 이야기 속에서 빠져나오기 어려워진다.

편집자는 그의 메모에 매혹되고 이 메모를 바탕으로 새로운 동화를 쓰는 것에 동의합니다. 엔데는 원고를 크리스마스까지 완성해서 출판사로 보내겠다고 약속합니다. 그 때 작가의 생각은 간단하고 짧은 이야기를 쓰겠다는 것이었습니다. 그러나 한편으로는 간단한 작업은 아닐 수도 있겠다는 생각을 작가는 동시에 하고 있었다고 합니다.

그의 예감은 작품을 쓰기 시작하면서 현실로 나타납니다. 소재가 작가의 손에서 폭발하기 시작한 것입니다. 작가는 다시 출판사로 전화를 걸어 시간이 더 필요하다고 말했고 적어도 1979년에는 책이 나올 수 있을 거라고 하면서 독촉하는 편집자를 달랬습니다. 그 이후로 엔데는 거의 소식을 전하지 않다가 1978년 편집자에게 다시 전화를 합니다.

이 책은 아마도 보통 책이 아니라 마법의 책이 될 것이다. 구릿빛 나는 가죽 표지와 놋쇠 단추를 표지에 달아야 한다.

편집자는 당장 이탈리아로 갔고 작가와의 여러 차례에 걸친 실

랑이 끝에 책 디자인을 완성합니다. 비단으로 표지를 만들고 두 가지 색깔로 인쇄하며 알파벳 스물여섯 개가 들어간 삽화를 각 장마다 넣는다는 겁니다.

작품을 위한 마지막 진통은 표지나 삽화 따위가 아니었습니다. 문제는 환상의 세계의 수수께끼를 푸는 것과 어떻게 바스티안(환상의 세계로 들어갔던 이 책의 주인공)을 현실 세계로 나오게 할 것인가 하는 것이었습니다. 1978, 79년 겨울은 매우 추웠습니다. 엔데가 살던 이탈리아도 예외는 아니어서 혹독한 추위로 수도관이 꽁꽁 얼어붙었습니다. 엔데의 집에도 수도관이 얼었고 드디어 터져서 집은 물에 잠기고 맙니다. 습기로 뒤덮인 천장, 곰팡이가 차오르는 집에서 엔데는 마지막 진통을 합니다. '어린 여왕'의 부적, 그것이 바로 환상의 세계에서 빠져나오는 출구!

『끝없는 이야기』는 바스티안이라는 한 소년이 사람의 아이에게 새 이름을 받지 못하면 멸망할 위험에 처한 '어린 여왕'의 나라인 환상의 세계를 구하는 이야기입니다. 새 이름을 지어내어야 할 뿐만 아니라 환상의 세계와 현실의 세계를 연결하지 못하면 환상의 세계도 사람의 세계도 멸망하리라는 것을, 환상에 빠진 소년 바스티안이 배우는 이야기입니다. 뚱뚱하고 못생겼으며 약골이어서 아이들에게 언제나 놀림감이 되며 일찍 돌아가신 어머니 탓에 아버지의 관심 바깥으로만 내도는 이 소년이 가장 잘할 수 있는 일은 꿈꾸고 환상으로 이야기를 만드는 일이었습

니다. 누구의 사랑도 받지 못하는 아이, 그 아이는 어느 날 서점에서 책을 훔쳐 아무도 없는 학교 창고 다락으로 올라가 책을 읽습니다. 그리고 그 책 속으로 들어갑니다.

　이 책은 한 소년의 이야기입니다. 그리고 그 소년의 신화의 세계, 내면 세계의 이야기이기도 합니다. 그 세계가 어느 날 밤에 '무(無)'라는 위기에 빠집니다. 그렇다면 마땅히, 그 소년뿐만 아니라 누구라도, '무'로 뛰어들어야 합니다. 우리 유럽은 지금 위기에 처해 있습니다. 우리가 가지고 있던 가치들이 사라질 위기에 놓여 있는 것입니다. '무'로 뛰어들어야만 우리는 우리의 가장 깊은 곳에 있는 창조적인 힘을 깨울 수 있습니다, 바로 새로운 환상의 세계를 만드는 것이지요. 새로운 가치를 창출해 내는 일이기도 하고요.

　　　　　　　　　　　　　　—미하엘 엔데

　바스티안이라는 한 소년의 예를 통하여 제시된 환상의 세계로 가는 길은 길고도 어려운 길이었습니다. 사람들은 무의미한 세계에 살고 있고 사람 세계의 무의미함은 환상의 세계마저 무의미함으로 뒤덮어 놓았습니다. 그리고 환상의 세계로 들어간 사람이 새로운 세계를 만드는 일은 더 어려운 일입니다. 바스티안은 어렵게 환상의 세계로 들어가지만 환상의 세계에서 바스티안은 더 큰 어려움에 빠집니다. '무'로 뒤덮인 곳에서 새로운 것을 만들어 내어야 하기 때문입니다. 어떻게 이 새로움을 만들어 낼 것인가 하는

문제를 위해 엔데는 세 가지 규칙을 제시합니다.

1 네가 가능하다고 생각하는 것만을 원해야만 한다.
2 네 이야기에 속한 것만을 가능하다고 생각할 수 있다.
3 네가 진실로 원한 것만이 네 이야기에 속할 수 있다.

이 알쏭달쏭해 보이기까지 하는 규칙은 환상의 세계로 들어간 바스티안의 모험을 통해서 구체적인 옷을 입고 있습니다. 창조의 허영에 빠져 환상의 세계에 계속 남기를 고집하는 바스티안은 마침내 '요르의 민루트' 광산에서 태아처럼 몸을 둥글게 말고 잃어버린 꿈을 캐내면서 진실에 도달합니다. 엔데가 말하는 진실이란 바로 누구도 아닌 자기 자신의 참모습을 발견하는 것이었습니다. 잃어버린 꿈의 광산에서 바스티안에게 속했던 자신만의 이야기는 아버지의 모습이었고 바로 아버지(현실)로 되돌아가서 아버지를 건강하게 만드는 것(환상의 세계와 사람의 세계를 연결하고 서로 건강하게 만드는 것)이 바스티안이 할 일이었습니다.

『끝없는 이야기』는 출판되자마자 엄청난 부수로 팔렸고, 수많은 상('북스테후데 불', '독일 어린이 문학상', '빌헬름-하우프 어린이 문학상' 등등)을 수상하기도 합니다. 독일의 시사 주간지 《슈피겔》(1980. 7. 23.)에서는 그동안 엔데가 올렸던 성과와 『끝없는 이야기』의 뒷이야기 특집을 내고 "어린이를 위한 소설 한 편이 독자들에게 소설에 대한 관심을 불러일으키는 역할을 했다."라고 극찬

하기까지 했습니다.

　우리에게는 낯설어 보이는 어린이 소설에 대한 독일인들의 관심은 사실은 어린이에 대한 관심에 다름 아닙니다. 어린 시절에 가진 문화적인 풍부한 경험이 어른이 되고 난 다음 건강한 문화를 창조할 수 있는 능력으로 발전할 수 있을 거라는 소박한 믿음을 근거로 독일인들은 아낌없는 문화 투자를 어린이들에게 합니다. 많은 역량 있는 작가들이 동화 작가로 활동하며 어린이들에게 꿈을 전달하는 집배원 역할을 충실하게 하는 독일 문단의 분위기에서 우리도 본받을 점이 있습니다. 작가들은 자신이 속한 공동체에 전해져 내려오는 이야기, 신화를 끊임없이 현대적으로 해석하고 재생하는 꿈의 공장 노동자가 됩니다. 엔데도 그런 꿈의 공장 노동자 중에 하나였습니다. 『끝없는 이야기』에 나오는 수많은 흥미 진진한 인물들은 그리스 로마 신화, 북구 신화, 독일 신화에서 빌어 온 것이고 이야기의 골격도 그리스 영웅담 오디세이의 여행을 그대로 닮아 있습니다. 우리는 이 책을 통해서 유럽인들이 환상의 세계를 접해 볼 수 있고 우리에게는 어떤 환상의 세계가 있는지 되돌아볼 수 있는 기회를 가질 수 있을 것입니다.

　엔데는 1995년 8월 28일 위암으로 세상을 떠납니다. 지금 엔데는 뮌헨에 있는 발트 공원 묘지에 잠들어 있습니다. 생전에 엔데는 아버지 에드가 엔데의 말을 인용하며 죽음 뒤의 세계를 이렇게 말했습니다.

구체적으로 지각될 수 있는 세계의 뒤에는 틀림없이 또 다른 하나의 세계, 아니 어쩌면 많은 세계가 있을 것이다. 우리가 구체적으로 지각할 수 없다고 할지라도 정말로 그 세계는 있을 것이다. 아니 구체적으로 지각할 수 있는 세계보다 더 구체적으로 그 세계는 있을지도 모른다.

——『어둠의 고고학』에서

어쩌면 엔데는 환상과 현실을 넘나드는 이야기를 통해 또 다른 세계와 이 세계를 이어 주고 있는지도 모릅니다.

2000년 1월
허수경

미하엘 엔데(1929 ─1995)
남부 독일 가르미슈-파르텐키르헨에서 초현실주의 화가인 에드가 엔데와 역시 화가인 루이제 바르톨로메의 외아들로 태어났다. 아버지가 나치 정부로부터 예술 활동 금지 처분을 받아 가족 모두가 어려움을 겪었지만, 부모의 예술가적 기질은 엔데에게 큰 영향을 끼쳤다. 글, 그림, 연극 활동 등 다양한 영역을 넘나드는 엔데의 예술가적 재능은 그림뿐만 아니라 철학, 종교학, 연금술, 신화에도 두루 정통했던 아버지의 영향이 특히 컸다. 제2차 세계 대전 즈음, 발도르프 학교에서 수학하다 아버지에게 징집 영장이 발부되자 학업을 그만두고 가족과 함께 나치의 눈을 피해 도망했다. 전후 뮌헨의 오토 팔켄베르크 드라마 학교에서 잠깐 공부를 더 하고서는 곧바로 연극 배우, 연극 평론가, 연극 기획자로 활동했다. 1960년에 첫 작품 『기관차 대여행 Jim Knopf und Lukas der Lokomotivführer』을 출간하고 '독일 청소년 문학상'을 수상함으로써 본격적으로 작가의 길을 걷게 된다. 1970년엔 『모모 Momo』를, 1979년엔 『끝없는 이야기 Die unendliche Geschichte』를 출간함으로써, 세계 문학계와 청소년들 사이에서 엔데라는 이름을 확실히 각인시킨다. 엔데는 이 두 소설에서 인간과 생태 파국을 초래하는 현대 문명 사회의 숙명적인 허점을 비판하고, 「하멜른의 피리 부는 사나이」처럼 우리 마음 속에 소중히 살아 있는 세계, 기적과 신비와 온기로 가득 찬 또 하나의 세계로 데려간다. 1995년, 예순다섯에 위암으로 눈을 감았다.

허수경
1964년 경남 진주에서 태어났다. 경상대학교 국문과를 졸업하고, 1987년《실천문학》을 통해 시인으로 등단했다. 1988년 첫 시집 『슬픔만한 거름이 어디 있으랴』를 출간하고, 1992년 두 번째 시집 『혼자 가는 먼 집』을 출간했다.